U0095086

FAIT ET FICTION

Pour une frontière

Françoise Lavocat

论边界

事实与虚构

［法］弗朗索瓦丝·拉沃卡 著　曹丹红 译

华东师范大学出版社

·上海·

图书在版编目（CIP）数据

事实与虚构：论边界／（法）弗朗索瓦丝·拉沃卡著；曹丹红译.
—上海：华东师范大学出版社，2023
ISBN 978-7-5760-4001-2

Ⅰ.①事... Ⅱ.①弗... ②曹... Ⅲ.①小说创作—研究 Ⅳ.① I054

中国国家版本馆 CIP 数据核字（2023）第 119480 号

CNL

La traductrice a bénéficié, pour cet ouvrage, du soutien du Centre national du livre

本书译者翻译此书得到法国国家图书中心的资助

事实与虚构——论边界

著　　者	［法］弗朗索瓦丝·拉沃卡
译　　者	曹丹红
责任编辑	顾晓清
审读编辑	王莹兮　韩　鸽
责任校对	王丽平
封面设计	周伟伟

出版发行　华东师范大学出版社
社　　址　上海市中山北路 3663 号　邮编　200062
网　　址　www.ecnupress.com.cn
邮购电话　021-62869887
网　　店　http://hdsdcbs.tmall.com/

印 刷 者　苏州工业园区美柯乐制版印务有限责任公司
开　　本　890×1240 32 开
印　　张　21.125
版面字数　403 千字
版　　次　2024 年 1 月第 1 版
印　　次　2024 年 1 月第 1 次
书　　号　ISBN 978-7-5760-4001-2
定　　价　128.00 元

出 版 人　王　焰

（如发现本版图书有印订质量问题，请寄回本社市场部调换或电话 021-62865537 联系）

目 录 |

导　读

曹丹红

　　《事实与虚构》是法国文学研究者弗朗索瓦丝·拉沃卡近年来的一部重量级专著，于 2016 年由瑟伊出版社出版，收入热奈特主编的"诗学"文丛。《事实与虚构》的出版备受法语学界关注。2017 年，孔帕尼翁（Antoine Compagnon）在法兰西公学院组织召开"文学这边：十年新方向"研讨会，以一年一书的形式介绍 2007—2016 十年间法国出版的较有代表性的文学理论著作，《事实与虚构》成为 2016 年的文论代表作。出版几年来，《事实与虚构》的影响已溢出法语学界，被翻译成英语、意大利语出版，现在中译本也已翻译出版。《事实与虚构》有一个简短的副标题——"论边界"（Pour une frontière），"pour"一词有赞成之意，表明了作者面对事实与虚构所持的立场，也明确道出了本书的写作动机。在导读中，我们将展现作者如何捍卫这一边界，揭示这一捍卫行动的意义，同时思考《事实与虚构》对今日文学研究的借鉴价值。

一、边界的模糊

　　之所以要捍卫事实与虚构的边界，首先是因为作者认为当今社会，"虚构的边界可能会消失或最终会模糊的观点被广泛接受"（引言）。拉沃卡将导致这一模糊的原因归结为四个方面，并在著作第一部分"一元论与二元论之争"中分四章进行了论述。这四个方面包括 *storytelling*（故事讲述）概念获得的成功、后现代主义影响［巴特（Roland Barthes）、利科（Paul Ricoeur）、怀特（Hayden White）、韦纳（Paul Veyne）］、拉康（Jacques Lacan）与精神分析学影响、认知科学影响。

首先是 1990 年代中期以来的 *storytelling* 在西方世界取得的全面胜利。2007 年一项调查显示，在谷歌网站输入 "storytelling" 后出现 2020 万个结果[1]。这个数据在 2021 年初翻了十倍[2]。所谓 *storytelling*，是指用一个精心编织的故事来替代现实，以达到"格式化思想"[3]甚至精神控制的目的。作为"一种交际、控制与权力技术"[4]，*storytelling* 由叙事学引发的广泛兴趣造成，但其实践与思考最终在很多层面取代了叙事学。这一取代的结果是，一方面，*storytelling* 的拥护者更多来自英语世界，是塞尔语用学的继承者，

---

1 Christian Salmon, *Storytelling. La Machine à fabriquer des histoires et à formater les esprits*, La découverte, 2008, p. 72.

2 另一个与此相关的现象是"后真相时代"（post-truth era）一词的出现。"post-truth"被《牛津词典》选为 2016 年度词汇。《牛津词典》将其定义为"诉诸情绪与个人信仰比客观事实更能塑造民意的种种状况"。

3 Christian Salmon, *Storytelling. La Machine à fabriquer des histoires et à formater les esprits*, op. cit.

4 Christian Salmon, *Storytelling. La Machine à fabriquer des histoires et à formater les esprits*, op. cit., p. 18.

否认大多数叙事学者持有的虚构性内部评判标准 [1]，认为仅从形式看无法区别事实与虚构，进而模糊了这两者的边界。另一方面，*storytelling* 更多应用于政治经济领域，因此研究者的研究对象也从文学领域转移至非文学话语实践。广义的"story"被用来理解社会生活的方方面面，导致与故事相关的虚构观念得到极大拓展，最终形成了一种"泛虚构主义"（panfictionnaliste），"溶解了虚构的边界，也溶解了虚构观念本身"（第一部分第一章）。

其次是后现代思想导致的历史与虚构之间的混淆。拉沃卡主要探讨了巴特、怀特、利科和韦纳的学说，因为"它们构成了1960—1980年代质疑历史与虚构区别的论调的基础"（第一部分第二章）。从巴特的《历史话语》（1967）、利科的《时间与叙事》、怀特的《元史学》与《形式的内容》到韦纳的《古希腊人是否相信他们的神话》与《人如何书写历史》等著作，这批理论家的态度可以用德里达（Jacques Derrida）的名言来总结，即"文本之外别无他物" [2]。一切均由语言编织而成，而语言只能指向自身。在这批后现代思想家笔下，连被认为如实再现现实的19世纪现实主义小说也被解构，被指其所呈现的真实是一种"真实效应"（effet de réel）或"指称幻象"（illusion référentielle） [3]。这批思想家进而将这一结论扩展至一切语言产品，包括历史著作在内，其中海登·怀特的观点尤为极端，他用四种比喻模式来描述四种理解与

1　尤其以德国学者汉伯格（Käte Hamburger 1957）和奥地利裔美国学者科恩（Dorrit Cohn 1999）为代表。

2　Jacques Derrida, *De la grammatologie*, Minuit, 1967, p. 207.

3　Roland Barthes, « L'effet de réel », *Communications*, 1968 (11), p. 84-89.

阐释历史的方式，将历史的书写等同于情节的编制，由此抹平了历史书写与虚构创作之间的形式差异。

再次是精神分析对现实的质疑。拉康（Jacques Lacan）的名言"真实，就是不可能性"（Le réel, c'est l'impossible）[1] 充分体现了一部分精神分析理论的真实观。在拉康看来，真实既是精神分析师要抵达的终极目标，同时又是不可能的，因为在真实与对真实的认识之间隔着主体，主体的欲望主宰着他的感官，主体的语言限制着他对觉察到的事物的表达。与其他后现代理论一样，拉康的真实观也深受当时的语言观影响，将现实视作语言构筑的产物，同时认为这一现实并不等同于真实。因而，文学艺术提供的，只能是真实的拟象，是对真实的再现，甚至是对这种再现的再现。如此一来，"'真实'与'虚构'通常所指的事物之间形成的两极被彻底颠倒。真实位于主体那无法定义、无法触及的心理现实（*das Ding*）之中，虚构涵盖感觉、话语、概念、社会艺术产品的整体，后者构成了'世界'"（第一部分第三章）。拉康的名言随后被不断引用与反复评论，特别受原样派克里斯蒂瓦（Julia Kristeva 1979，1983）与索莱尔斯（Philippe Sollers 1971，1983）等人的推崇，在文学领域长期被奉为圭臬，塑造出某种意义上的"幻觉人类学"，其影响一直持续至 21 世纪，主要体现于法国小说家兼文论家福雷斯特（Philippe Forest 1999，2006）等人的文学创作与理论探索中。

最后是认知科学特别是认知心理学与神经科学的发展带来

1　Jacques Lacan, *Le Séminaire, Livre XVII, L'Envers de la psychanalyse*, Seuil, 1991, p. 143.

的影响。从广义上说，最早从认知角度考察文学作品的研究是心理学家巴特利特（F. C. Bartlett）出版于 1932 年的著作《回忆》（*Remembering*）[1]。狭义的认知科学与文学研究的结合大约始于1970 年代中后期，今日已成为跨学科文学研究的重要途径。认知心理学主要通过实验考察文学阅读对被实验者行为的影响，而实验表明，文本属性——被认为属于事实文本还是虚构文本——不会对实验者产生明显影响。从神经科学领域来说，1990 年代初镜像神经元被发现，研究者通过磁共振成像等科学实验观察到，某个行动，无论它是被真实执行的、被察觉到的还是被想象的，它所激活的都是同一些神经网络，且神经网络活跃的时间也等长。总的来说，认知科学关心人的叙事理解能力，但并不刻意区分事实叙事与虚构叙事，因为在认知科学家看来，无论从过程还是从影响看，这两类叙事在神经元层面引发的变化是一样的。这样的结论深刻影响了批评领域，在这一领域内，"认知科学的影响被看作对事实叙事与虚构叙事差异问题的摈弃，甚至令这一问题失效"（第一部分第四章）。

总之，20 世纪末出现的泛虚构理论用哲学家拉马克（Peter Lamarque）和奥尔森（Stein Haugom Olsen）的话来总结是一种"最为极端的修辞学，反映了现代思想中的一种普遍倾向，根据后者，不存在'真实的'世界，存在的一切都只是被建构的，真实

---

1 参见 J. -M. Schaeffer, *Les troubles du récit*, Thierry Marchaisse, 2020. Version Kindle. Chapitre 1.

是一种幻觉，而虚构无处不在"[1]。

二、边界的捍卫及其意义

拉沃卡虽然自视为虚构理论研究者，但《事实与虚构》的出发点并不是要捍卫虚构。因为在拉沃卡看来，尽管当代人对虚构越来越不信任，但虚构始终保持着强大的生命力，无须我们去捍卫，而形形色色的泛虚构主义理论的盛行也从另一个角度证明了虚构的生命力。"反过来，虚构的边界需要得到捍卫，因为五十年来，在被反复攻击之后，这些边界已被破坏。"（结论）

捍卫虚构的边界，即是坚持对虚构与事实进行区分。实际上，在呈现泛虚构主义观点时，拉沃卡已于同一时间指出了泛虚构主义本身的矛盾，因为这些理论本身都暗含了一种二元思想。从 *storytelling* 理论来看，尽管这类理论确实有抹除事实与虚构边界的倾向，但不少 *storytelling* 理论家其实并非对所有跨越现象一视同仁，往往在最后关头区分出具有欺骗性的虚构与审美虚构——也就是狭义的虚构，用拉沃卡的话来说，"狭义的虚构始终是大部分有关 *storytelling* 的论著的隐含范本"（第一部分第一章）。所谓狭义的虚构，即认为"虚构是一种由想象力创造的文化产物，不受由对经验世界的指称所确立的真值条件性（vériconditionnalité）限制"（第一部分第一章）。对欺骗性虚构与审美虚构、想象世界

1　Peter Lamarque, Stein Haugom Olsen, *Truth, Fiction and Literature. A philosophical Perspective*, Clarendon Press, 1994, p. 162.

与经验世界的区分无疑需要以坚实的真伪判断为前提。

从历史书写角度看，无论新历史主义如何强调历史的虚构化，历史学家的出发点始终是对真实的追求。历史学家在工作条件受限的情况下，经常要靠想象力填补空白，但在面对例如大屠杀、大灾难等极端问题时，历史学家的伦理观念与职业道德往往会阻止其采取虚构方法，尤其当此种方法可能导致历史被歪曲时。从接受者角度来说，对历史文献的阅读必然会考虑"著作的书名、作者的身份、副文本等形成的语用学背景"（第一部分第二章），也就是说，"阅读历史叙事时占主导地位的阅读契约意图让我们相信存在一个权威的声音，并且对其予以信任，除非存在相反的指示（例如我们被告知这位历史学家不太可信等）"（第一部分第二章）。历史是一个求真的学科，在这个学科内，刻意抹除事实与虚构的界限往往意味着某种政治或意识形态诉求。

从认知科学角度说，近些年的心理学与神经科学的发展非但没有抹杀事实与虚构的区别，反而坐实了区别主义假设。认知科学借助问卷调查、测试或磁共振成像等实验方式揭示，"我们拥有一种认知结构，能够辨别真实与想象，在涉及记忆进程时尤其如此"（第一部分第四章），也就是说，大脑对事实与虚构的理解会"动用的不同记忆类型……不同记忆类型会引发特殊的神经元反应，证实它们逻辑属性的差异"（第二部分第五章）。具体而言，事实与虚构刺激的是大脑的不同区域。事实更多刺激大脑皮质中线结构，尤其是腹内侧前额叶皮层，虚构刺激的主要是外侧前额叶皮层和前扣带回皮层。大脑不同区域与不同记忆类型相关，事实激活的是与自身相关的记忆，引发个体做出反应，而虚构激活的是语义记忆，这一区域反过来会控制并降低情绪波动[1]。如果大脑判断作品为虚构，那么对这一作品的接受一方面会导致认知及感知脱节，使得道德评判与共情反应变得松垮，促使我们对虚构人物持更为宽容的态度，另一方面还会阻止我们采取行动，不至于像堂吉诃德那样，冲上木偶剧舞台去解救"公主"。实际上，对一些学者来说，"区分不同类型以及控制它们之间的混淆的能力正是精神健康的一个标志"[2]。

在二元论很容易被诟病的时代，为什么拉沃卡不仅坚持对事实与虚构进行区分，而且还用数百页的篇幅对其进行了谈论？实际上，《事实与虚构》虽多次指出，对事实与虚构的边界的坚持具有"在认知、观念及政治上的必要性"，或者说"对其边界的定义具有社会与政治上的重要意义"（引言），但没有系统论证边界混淆的危害。不过我们在其他场合看到了拉沃卡捍卫边界的理由。在 2017 年一场特殊的模拟法庭[3]中，以拉沃卡为代表的学者作为"原告方"，向混淆边界的做法提出了"控诉"，陈述其五大"罪状"：如果不区分事实与虚构，在所谓的"后真相时代"特别容易导致虚假新闻的泛滥；不区分历史与虚构就是否认历史学家的伦

1　Sperduti, Marco *et al.*, "The paradox of fiction : Emotional response toward fiction and the modulatory role of self-relevance", *Acta Psychologica*, 2016 (165), p. 54.

2　Olivier Caïra, *Définir la fiction*, Éditions de l'EHESS, 2011, p. 76.

3　即"虚构诉讼案"（Le procès de la fiction），于 2017 年 10 月 7 日 19 点至 10 月 8 日凌晨 2 点在巴黎市政厅举办，为巴黎市政府举办的一年一度的"不眠夜"活动之一，多位作家、艺术家、媒体人以及来自文学、历史、哲学、新闻传媒、神经科学等领域的学者参加了模拟法庭活动，就事实与虚构的边界是否存在、是否需要捍卫的问题进行了辩论。

理，否认其肩负揭示历史与过往真相的责任；模糊边界有时会对他人造成伤害，特别是在以真人为原型的虚构作品中；模糊边界会导致我们无法体验虚构及其与边界的游戏带来的乐趣；模糊边界会导致认知与科学错误[1]。

鉴于上述种种理由，事实与虚构的边界不可混淆的观点得到了不少学者的支持，舍费尔甚至认为，"让我们暂且假设人类'决定'不再区分真假，或者说科技进步有一天会促使我们混同真实与想象……假如这样的事真的发生了，那么结果不是导致产生一个完全异化的社会，结果会更为简单，那就是导致我们这个具有扩张性的种族的快速灭绝"[2]。

三、虚构的本质

捍卫事实与虚构的边界从另一个角度说，意味着对事实与虚构的不同属性有预先的判断。实际上，界定虚构的本质属性正是《事实与虚构》第三部分试图进行的一项工作。拉沃卡对虚构本质的思考并非始于《事实与虚构》。早在 21 世纪初，她已在自己主编的合集《虚构的用途与理论》（2004）中，与多位研究者一道，借助 16—18 世纪的作品，对虚构进行了重新界定。借助

1　https://www.lepeuplequimanque.org/proces-de-la-fiction/live?utm_source=newsletter&utm_medium=email&utm_campaign=le_proces_de_la_fiction_nuit_blanche_7_octobre 2017&utm_term=2017-09-29.

2　Jean-Marie Schaeffer, *Pourquoi la fiction?* Seuil, 1999, p. 9.

桑纳扎尔（Sannazar）的《阿卡迪亚》（*Arcadia*）、莫尔（Thomas More）的《乌托邦》（*Utopia*）和无名氏的《小癞子》（*La Vida de Lazarillo de Tormes*）这三部虚构作品，拉沃卡分析了文艺复兴时期流行的牧歌文学、乌托邦小说和流浪汉小说及其中隐含的虚构观念，反驳了汉伯格（Käte Hamburger）、科恩（Dorrit Cohn）、热奈特、舍费尔和部分可能世界理论家提出的虚构理论。首先，汉伯格在出版于 1957 年的名作《文学的逻辑》（*Die Logik der Dichtung*）中，将第一人称叙事排除在虚构之外，但拉沃卡指出自己分析的三个文本均为第一人称叙事。这一观察相当于也反驳了科恩的定义。在《虚构的特性》中，科恩将虚构界定为"非指称性文学叙事"[1]，也就是说虚构对科恩来说与外部世界无涉，是一种"自我指涉"[2]的想象性作品。在随后的分析中，科恩进一步将虚构叙事模式归结为一种双层结构（故事 / 话语）模式，强调了叙述声音与作者声音的分离。科恩意义上的虚构叙事明显属于热奈特所说的异故事叙事，而拉沃卡研究的几部作品既然都是第一人称叙事，因而都属于同故事叙事，且叙事性明显较弱。从更普遍的角度说，文学艺术发展至今，类型之间的交叉渗透加深，虚构与纪实作品借鉴彼此表现手法的现象已屡见不鲜，仅从语言形式来判断作品属性变得越来越困难。其次，热奈特在逻辑学与语用学影响下，认为虚构判断既非真也非假，虚构与真实世界无涉，"进入虚构，就是走出语言使用的普通场域，后者的标志是对真实

1　Dorrit Cohn, *The Distinction of Fiction*, Johns Hopkins UP, 1999, p. 12.

2　Dorrit Cohn, *The Distinction of Fiction*, *op. cit.*, p. 13.

或劝说效果的顾虑"[1]，但拉沃卡指出在自己研究的这几部小说里，指称具有不同属性，有时指向虚构世界，有时明显指涉外部世界，不符合热奈特所说的虚构的"不及物性"[2]。第三，借鉴逻辑学发展起来的可能世界理论主张虚构世界遵循矛盾律，具有连贯统一性。但拉沃卡分析的三个文本呈现的世界充满矛盾与悖论，不符合可能世界理论的界定。最后，从 1990 年代以来，虚构的语用学定义开始占上风，通过虚构引发的效应或接受方的态度来界定虚构，包括沃尔顿（Kendall Walton）提出的"扮假作真"（2013）效应，舍费尔提出的"沉浸"效应与"共享的趣味假扮"（1999）态度。但拉沃卡指出，虚构不一定只是游戏，它也可以是很严肃的行为，把柯勒律治（Samuel Taylor Coleridge）所说的"怀疑的自愿终止"当作进入虚构的态度，这种理论主要是依据 19 世纪小说提出的，而"文艺复兴时期的诗学理论家……就从未让文学话语免除言说真实的责任"[3]。在指出现有几种较具代表性的虚构观念存在的缺陷后，拉沃卡通过对上述三部作品的分析，提出了自己的虚构观，肯定"悖论尤其是与第一人称单数形式结合使用的悖论可以被视作 16 世纪虚构的主要标志之一"[4]。

从上述结论看，十二年后出版的《事实与虚构》是拉沃卡前

1　Gérard Genette, *Fiction et diction*, Seuil, 1991, p. 99.

2　Gérard Genette, *Fiction et diction*, *op. cit.*, p. 114.

3　Françoise Lavocat, « Fictions et paradoxes: les nouveaux mondes possibles à la Renaissance », in Françoise Lavocat (dir.), *Usages et théories de la fiction*, Rennes, Presses Universitaires de Rennes, 2004. Version Kindle.

4　*Ibid.*

期研究的延续。在这部著作中，拉沃卡重申了以汉伯格、科恩等人的理论为代表的内部视角以及以沃尔顿、舍费尔等人为代表的语用学视角的局限性。不同的是，如果说 2004 年的文章仅指出悖论之于确定虚构本质的重要性，2016 年的著作则明确指出，围绕悖论探讨虚构本质的视角是一种本体论视角，而这也是作者意图采取的视角。在实用主义与相对性思想大行其道的今天，作者意识到本体论视角在部分人眼中可能会显得不合时宜，尽管如此，她仍认为本体论视角"最好地契合了我们所置身的历史时刻"（第三部分引言），因为"自 1980 年代开始，伴随飞速发展的虚构研究的，是对人物的某种兴趣，包括对其生存模式的兴趣，对其不完整属性的兴趣，对其栖居几个世界——包括我们自己的世界——的倾向的兴趣。三十多年来，莱布尼茨（Leibniz）不可避免地成为思想教父（无论别人会就过时的神学视角说些什么），虚构概念与世界概念的结合已成不言自明的事实，逻辑与文学研究彼此交叉（即使很有限），指称概念的有效性在语言转向大背景下得到讨论，这一切都令虚构研究扎根于某种本体论视角中"（第三部分引言）。

　　与此同时，尽管指出此前基于形式主义与逻辑学进行的虚构本体论探讨各自存在缺陷，但拉沃卡的虚构本体论研究仍借助了逻辑学与可能世界理论。只不过，与哲学逻辑学中的可能世界理论不同的是，她强调了虚构的本体异质性，并将其视作最能将虚构与事实区别开来的根本属性。所谓的本体异质性主要体现在两个方面：首先是虚构存在的种属多样性，也即属性完全不同的存在，比如人、神、妖等可以大量共存于虚构世界。从这一角度说，除了宣布与事实完全相符的作品——通常自称非虚构，其他作品都可以算是虚构，只是虚构程度有所不同。其次是虚构生物的存在方式多样性，也就是说，虚构中出现的生物可以在真实世界具备或不具备对应体，例如《战争与和平》中的拿破仑与娜塔莎尽管都是作品中的人物，但他们在作品中的存在方式有所不同，拿破仑的形象与行动必须符合史实，不能做出违背史实的举动，而想象出来的人物娜塔莎不受这种限制，作者可以自由安排她的行动与命运。虚构种属多样性与存在方式多样性这两个方面彼此关联，它们的共同点在于不可能出现于真实世界或纯纪实作品中。

这种本体异质性或者说多元性在拉沃卡看来正是"虚构世界最主要的吸引力"（结论），因为其向受众提供了现实生活或事实文本所无法提供的体验，呈现了不可能的可能世界。《事实与虚构》在第三部分探讨了不可能的可能世界的几种可能性，包括悖论、虚构中的虚构世界与转叙（métalepse）现象。对于悖论，上文已提到，拉沃卡早已指出悖论是虚构的主要标志之一。在《事实与虚构》中，她再次肯定，"虚构对悖论保持非常开放的态度。不可能性与虚构性甚至是不可分割的"（第三部分第二章）。她进而在瑞安（Marie-Laure Ryan 2010）和卡伊拉（Olivier Caïra 2011）的研究基础上，归纳出三个层次的悖论："第一个层次是虚构本身的悖论，也即赋予非存在以存在。这一层次决定了第二层次的悖论，我们可以称之为'结构性'悖论，因为它们影响了虚构世界的呈现形式与模式（说谎者悖论和集合论悖论）。最后，第三个层次涉及虚构呈现的悖论主题。"（第三部分第二章）举例来说，第一层次的悖论是虚构不仅允许谈论"方形圆圈"之类的事物，还允许它们在虚构世界真实存在，第二层次的悖论体现于不可能的叙述者、做梦者被梦等结构，第三层次的悖论例如时间旅行主题。

第二种不可能的可能世界是虚构中的虚构。与现实世界不同的是，虚构作品可以包含本质不同的次级世界（虚构国），例如《爱丽丝漫游奇境记》中的"奇境"，《世界尽头与冷酷仙境》中的"世界尽头"，《1Q84》中 1Q84 的世界，《镜花缘》主人公游历的各个奇特的王国，等等。这些次级世界因与虚构中的现实世界存在本体差异，起初往往使不小心进入这些世界的"正常"人产生种种不适，这种不适感进而引发"穿越"者对现实世界本身展开反思，因此虚构中的虚构国往往具有讽刺与批评功能。在某一类虚构中，虚构国由来自其他文学作品的人物、场景构成（小说国），此时对虚构中之虚构国的描绘、对虚构国与现实世界关系的谈论实际上也成为对虚构本身的一种思考，虚构成为一种"元"虚构，体现出其反思功能。

第三种不可能的可能世界由转叙造成。作为一种修辞格，转叙在亚里士多德《诗学》中即已出现，1972 年，热奈特在《辞格 III》中将其作为一种叙事手法提出[1]，指的是"从一个叙述层到另一个叙述层的过渡"[2]。近年来，随着元叙事概念在文学批评领域的流行，转叙概念也在批评话语中获得越来越重要的地位。拉沃卡的转叙研究深受热奈特（1972、2004）与麦克黑尔（1987）启发，但认为前者的转叙概念过于宽泛，后者的过于狭窄。她认为应将

1　métalepse，转叙，也被译为"转喻"。

2　热奈特，《叙事话语 新叙事话语》，王文融译，中国社会科学出版社，1990 年，第 163 页。

转叙界定为虚构人物对本质不同的世界的真实跨越。这就将热奈特归于"转叙"名下的很多现象排除在研究之外，例如狄德罗、斯特恩等作家笔下人物对故事外读者的呼吁，《一千零一夜》中人物讲述故事的行为，观众将演员等同于戏剧人物，等等。因为这些现象虽突显了不同的叙述层次，但并没有构建出一个本质不同的新的可能世界，或者没有实现可能世界之间的跨越，狄德罗的读者不可能进入小说中，山鲁佐德也没有进入到她所讲的故事里。相反，热奈特与麦克黑尔举的另一些例子，比如科塔萨尔的《花园余影》、皮兰德娄的《六个寻找剧作家的角色》、罗布-格里耶的《幽会的房子》等，这些作品在拉沃卡看来采取了真正意义上的转叙手法。拉沃卡之所以如此重视转叙，不仅因为转叙明显证实了她的虚构定义，还因为转叙概念与虚构边界之间的密切关系："人们对虚构边界的兴趣很大程度上得益于一个事实，即'转叙'一词在批评语汇中的出现。"（第三部分第四章）或者反过来说，作品中的转叙主题与手法的增加得益于人们对边界的兴趣以及跨越边界的欲望，在现实世界无法实现的跨越在虚构中得到实现。

从本体论角度将虚构定义为由悖论、虚构中的虚构、转叙等构成的杂糅事物，拉沃卡强调的是本体异质性引发的强烈阐释欲望。悖论与不可能性往往在虚构读者或观众身上引发不适感，迫使他们启动自身的认知与阐释机制，去"抚平、纠正或忽略阻碍产生虚构沉浸的矛盾"（结论），创造符合逻辑的世界。拉沃卡将这种能力称作"修复能力"（结论），同时认为这种能力只有本体杂糅、多元的虚构才能激发，而现实无论多么复杂，均因本身的本体同质性而无法做到这一点。虚构因而具备了一种独特的人类

学价值，正如拉沃卡所言："可能虚构本质上的慷慨是对我们自身有限性的一种补偿。"（结论）

在六百多页的篇幅里，拉沃卡批判了西方盛行的"泛虚构主义"，界定了虚构的本质，从形式与用途两个角度出发，捍卫了事实与虚构的区别。《事实与虚构》涉及诸多与虚构相关的理论探讨与批评实践，可以说是对近半个世纪以来的虚构研究的总结。与瑞安、舍费尔、卡伊拉等虚构研究者一样，拉沃卡的例子也没有局限于文学作品，而是从文学拓展至其他领域，从书籍拓展至其他媒介，包括电影、电视剧、漫画、电子游戏，甚至辟专章探讨了虚拟现实与虚构的关系，有助于深入对虚构本质及其与事实的边界的认识。在从方方面面探讨虚构的同时，拉沃卡提到了"虚构理论转向"，指出自己"选取的理论都产生自虚构理论转向之后"（引言），并将这一转向的时间限定在 20 世纪最后 20 年，以艾柯（Umberto Eco 1979）、帕维尔（1986）、沃尔顿（1990）、瑞安（1991）、热奈特（1991）、多勒泽尔（Lubomír Doležel 1998）、科恩（1999）、舍费尔（1999）等人的理论为代表，"正是借助这些在 1986—1999 年间出版的一系列著作，一个学派得以形成，促使我们能够谈论一种断裂，或者用一个已被用滥的术语来说，是一种'范式转型'"（引言）。因此，《事实与虚构》不仅是对虚构本质的再界定，对事实与虚构边界的捍卫，也表明了作者意图构建一门新学科的主张，以虚构为研究对象，向来自不同学科的理论与方法开放。由此观之，我们不难理解作者对事实与虚构边界的捍卫：拥有明确的研究对象无疑是学科确立的第一步。

中译本前言

看到《事实与虚构——论边界》的中译本面世，我非常开心。《事实与虚构》原著于 2016 年由巴黎的瑟伊出版社出版。中译本是译者曹丹红的辛勤工作与热情投入的成果，为此我要向她表示衷心的感谢。此外，我也感谢促成中译本在华东师范大学出版社出版的所有朋友，尤其是华东师范大学的袁筱一教授。

这部著作在法国以及世界其他国家，尤其在中国获得了热烈反响。我曾有幸在华东师范大学、南京大学以及 2017 年上海外国语大学举办的第 6 届国际叙事学大会上陈述本书的观点。每一次，我都为能引起同行们、学生们的兴趣深感庆幸，大学生们的好奇心与活跃思维令我赞叹，与中国师生的交流讨论令我受益良多。我当前从事的研究是《事实与虚构》这部著作的延续，有关（19世纪法国与英国）小说中的人口与社会实际人口之间的对比分析。我在中国多所大学报告过我的研究，获得了很多正面反馈。我于2019 年 10 月在江西师范大学举办的第 7 届国际叙事学大会上宣读的会议论文已被翻译成中文并发表出版[1]。

除了中国研究者强烈的好奇心，这部著作在中国获得正面接

---

1 弗朗索瓦丝·拉沃卡，《叙事学的新对象 新方法：虚构人口与人口学风格》，《江西师范大学学报（哲学社会科学版）》2020 年第 1 期。

受的原因还在于，中国的文化环境长期以来深受小说传统的影响。中国小说传统因莫言[1] 在 2012 年获诺贝尔文学奖而得到全世界的认可。其作品中充满转叙手法（例如作者出现在虚构内部），而本书专门辟了一章探讨转叙这种修辞格。更早一些，9 世纪沈既济的《枕中记》、李公佐的《南柯太守传》，17 世纪蒲松龄的《聊斋志异》及汤显祖的戏剧（1601 年的《邯郸记》）都是基于梦与清醒、真实与想象之间的摇摆。这些作品为这个普世主题提供了特具启示性的精妙形式。17 世纪的欧洲在西班牙作家卡尔德隆的戏剧（《人生如梦》1635）中发现了该主题，而中国此前已存在大量相关创作，这一发现振奋人心。我们还可以提一下曹雪芹的伟大小说《红楼梦》，该作品中贯穿着这一主题。欧洲思想还要感谢中国贡献了庄周梦蝶的寓言。这个故事旨在为人们对现实本质的认识注入一丝怀疑，许多西方思想家和哲学家——从拉康到韦纳都从中汲取过灵感。此外，佛家思想在将现实世界非现实化的过程中，与基督教的某些教义殊途同归，这点也并非不可能。实际上，《事实与虚构》提出的一个观点正是：古代中国、中世纪与巴洛克时期的欧洲之所以产生大量虚构以及某种早期的虚构意识，可能是受到了有利于本体论质询（有关现实的本质）的宗教环境的推动。

1　新索邦大学教授张寅德的研究很大程度上推动了法国学界对莫言的了解（Zhang Yinde, *Mo Yan: le lieu de la fiction*, Paris, Editions du Seuil, 2014）。

我曾有幸与张隆溪[1]、波斯岱尔（Philippe Postel）、魏简（Sébastien Veg）[2] 进行合作，他们的研究使我深信西方思想与中国思想从长时段来看能够互相兼容。即使缺乏很好地进行此类研究的能力，我也希望在虚构研究领域，能有更多的桥梁在这两个世界之间架设起来。从这个角度说，伟大的比较文学学者和汉学家艾田蒲（René Étiemble）是我们的引路人。1970 年，艾田蒲在我执教的法国新索邦大学（巴黎三大）建立了非亚欧研究中心，他始终是我们的榜样，始终激励着我们。

回到中译本，我想说明一下，与原书相比，中译本更新了与法律和神经科学相关的部分内容，这些领域的认识发展得很快。

最后，我希望这部译著能在热奈特（Gérard Genette）、瑞安（Marie-Laure Ryan）等人的研究之后，为中国虚构研究的发展尽一点绵薄之力。这几位学者在虚构研究方面的奠基性著作已被翻译成中文[3]。愿这部新的译著能够成为交流与合作的新起点。

弗朗索瓦丝·拉沃卡

2021 年 2 月 20 日

1　Zhang Longxi, *Allegoresis. Reading Canonical Literature East and West*, Ithaca (N. Y.), Cornell University Press, 2005. 张隆溪现为国际比较文学学会（AILC）主席。

2　Sébastien Veg, « Fictions et Cultures », *Poétiques comparatistes*, dir. par F. Lavocat et A. Duprat, Lucie Editions, 2010.

3　很遗憾，帕维尔（Thomas Pavel）的《虚构的世界》（1986）与舍费尔（Jean-Marie Schaeffer）的《为什么需要虚构？》（1999）这两部先驱性著作还没有被翻译成中文。不过，巴罗尼（Raphaël Baroni）的名著《叙述张力》近期已被翻译成中文出版。

引　言

虚构的边界[1]可能会消失或最终会模糊的观点被广泛接受。

在思想领域，边界无法抵御解构主义和后现代主义对二元论的攻击。在应用领域，杂糅形式、互动越来越多，游戏帝国表面上正在无止境地扩张，这似乎在人们对文化产品（artefacts culturels）的日常接受中抹除了边界的概念。文学与纸媒优越地位的终结也对边界概念产生着负面影响。除此之外，对西方模式与历史的偏离、"欧洲省份化"[2]进程均逐渐发展出事实文化的可能性条件，与虚构的独立运动一起，共同促进了事实与虚构区分的相对化。

另外，在一个时而被整体性术语探讨，时而又被视作"多元

1　事实与虚构的区分一般来说是从语义学、本体论或语用学角度进行的。本书将综合这三种途径，提出多种彼此叠合的"边界"概念，这是我们采用"边界"（frontières）一词的复数形式的原因。

2　我们联想到查卡拉巴提（Chakrabarty）那部知名著作的书名（2009 [2000]）。（本书提及的很多文献尚未有中译本，为方便读者搜索文献展开深入阅读，凡正文涉及文献出处时，译者均采用原注形式。如文献已有中译本且作者引用较多，译者会尽可能采用中译本译文，在文献第一次出现时以脚注形式标注中译本版本信息，其余均以夹注形式直接在文中标注。文献信息也可查阅书末参考文献。特殊情况另行说明。——译注）

宇宙"（plurivers）[1] 的世界，"边界"有什么用呢？这个词本身就不受欢迎，因为它似乎在文学理论领域引入了另一种性质的冲突。帕维尔（Thomas Pavel）将那些坚持事实与虚构差别的人称作"分隔主义者"（ségrégationnistes），将那些反其道而行之的人称作"融合主义者"（intégrationnistes），我们可以从这样的称谓中感觉到，"分隔主义者"是那些讨人厌的边界卫士，死守着一个敌视多元化和文化融合的国家 [2]。

本书即致力于检视这一处境，反对这一论断，消除这一疑虑。我们建议以某种文化产品观的名义来重新考察虚构的边界，该观点受到多元性与杂糅性的引导，并深受可能世界想象的启发。我们视自己为温和的差别主义者（différentialiste），将在本书中指出虚构边界存在的事实，以及虚构边界在认知、观念及政治上的必要性。不过，我们同样对边界跨越的诱惑与企图感兴趣。

一、实际上，我们并不是要否认事实与虚构杂糅模式的多样性与创造力。此外，这些杂糅模式也并不是当代社会的产物，即便"实构"（faction）[3]一词的发明会令人产生这样的误解。事实远非如此，因为不断穿越边界、融合虚构与事实的渴望存在于所有

1　关于术语"plurivers"，可参见量子物理学中的多元宇宙理论（Everett 1957; Saunders *et al.* éd. 2010）。

2　帕森斯（Parsons 1980）在区别"当地人"和"移民"时，也借用了一种暗示真实历史背景的边界想象。

3　"faction"一词在法语中早就存在，指"岗哨、站岗"等意。用该词来指一类与"fiction"相对的文学类型则是当代社会的产物。——译注

时代，存在于所有或者说几乎所有文化中。这恰恰是边界存在的最好证据。反过来，对虚构边界的否定已经不再有助于描述虚构的用途[1]及其吸引力。如果擦除虚构的边界，我们将再也无法理解虚构在法律与舆论面前表现出的内在的脆弱性。虚构不稳固的地位很好地表明对其边界的定义具有社会与政治上的重要意义。

虚构从来不曾得到百分之百的接受与肯定，虽然不同时代加诸虚构的罪名可能不同。今天，虚构概念有消解的危险。这一断言似乎是个悖论，因为神秘仙境的魅力已通过电影和电子游戏在全球范围内展现出来，全世界每年有大量观众花数百个小时观看电视季播剧。某种实践上的突变毫无疑问已经产生，并在不断加强，标志这一突变的是文本与书籍地位的衰退。可是，全球读者对村上春树作品的兴趣，或者从更狭隘的角度说，对"Wu Ming"[2]团体作品的兴趣均证明，通过阅读进入虚构世界仍然是一种常见的途径，进入虚构甚至成为今日某部大获成功的系列作品——贾斯泼·福德（Jasper Forde）系列小说的主人公礼拜四·耐克斯特（Thursday Next）冒险故事（2001—2011）的主题。

然而，即使虚构作品被广泛接受的新用途——同人小说、网络世界、*cosplay*——呈现出一派欣欣向荣的气象，某种虚构观念仍在撤退，有些人甚至表达了对虚构的所谓厌倦态度以及重

1　我们用用途（usage）一词统称通过游戏、阐释、再创造来思考、创造、征用虚构的方式。

2　意大利波伦亚市某作家共同体笔名，因团体有五名成员，且成员共同创作出版作品，故以汉语拼音"Wu Ming"命名，可以理解为"无名""五名"等。该共同体已以"Wu Ming"之名出版多部作品。——译注

新萌生的敌意。这一现象体现在"故事讲述"（*storytelling*）[1]一词及其概念在当前所获得的成功：叙事（récit）与虚构概念相互混淆，"虚构"被等同于其古老的涵义，也就是"谎言"，尽管人们在把握想象性作品时，确实从未长久地将"谎言"概念排除在外。这一产生自认知转向的普遍观念将人类变成"虚构"的接受者与散布者，认为人类生活于某种普遍的幻觉中，这幻觉又由错误的感知、商业和政治宣传元素、流言以及罗兰·巴特意义上的神话构成。既然虚构（被假定）覆盖了整个世界和全部知识领域——鲍德里亚已经在1981年哀叹过这一现象，那么它将不再具有轮廓，也不再具有形式、逻辑、分类学及本体论层面的可辨识特征。人们时而将对虚构作品的兴趣等同于对流言蜚语的兴趣（Vermeule 2010），时而又认为小说阅读与电话聊天之间没有任何区别（Citton 2010a）。某种观念认为一切虚构作品都是转叙（métaleptique）[2]性质的（Citton 2010a），进而同质化了构成虚构质地的异质元素。而虚构实际上是由悖论、具有现实指称性的飞地、现实的碎片交织而成的，这些碎片时而呈现谜样色彩，时而

---

1 storytelling（故事讲述）是一个重要的后经典叙事学术语，目前已进入法语，被法语学界广泛使用。由于该词目前并无统一中译文，为避免混乱，在下文中，译者将直接使用该词，并用斜体表明该词相对于法语来说也是外来词。——译注

2 将"métalepse"这一修辞学术语用于叙事学研究是法国学者热奈特的创造，最先见于《辞格 III》。中译文参见《叙事话语 新叙事话语》，王文融译，中国社会科学出版社，1990年，第163—166页。王文融将其译为"转喻"，容易与修辞格混淆，且很难体现该词具有叙事学维度。该词有时也被译作"越界""跨层"等，我们采用的是杰拉德·普林斯《叙事学词典》中译本的译法，将其译作"转叙"。——译注

具有启示意义，时而又令人受伤。

虚构在今日确实是一个战场。不过虚构历来都是战场，只是战争模式与冲突方有所不同。

当今时代，涉及虚构作品的不断增多的争议、论战和评判揭示，一部分公众对虚构作品中指称现实的元素表现得越来越不宽容。与此同时，作家本人会主动强调事实与虚构界限原则上的模糊性，或者因想象力产物假定的不及物性而要求完全不受作品的牵连。不时出台的愈发强硬的渎神法令似乎表明，无论作家、批评家还是某些为他们辩护的律师如何赞同，在法律领域占上风的并不是作家们提出的上述理由。

无论如何，在这一问题上，我们这个时代回响着种种不和谐的声音。人们对虚构的用途也没有达成任何共识。某些信奉进化论或认知科学的研究者无限夸大这种用途，认为虚构对个体、社会与全人类的发展必不可少（Zunshine 2006）。但从表面来看，美国政府并不认同这一观点，因为他们最近以某种意味深长的方式，减少了虚构作品在中学教育中的比重[1]。

除此之外，一些当代作家受结构主义思想或原样派（Tel Quel）遗产影响，也表达了对虚构的不信任[2]。他们的宣言受到部分批评家的支持，后者将自我虚构（autofiction）与见证叙事

---

1 在采用共同核心课程标准（*Common Core State Standards*）的美国各大州（四州除外）中，事实类文本阅读从此以后大大超过了文学文本阅读，比重大约为七比三（Gewertz 2013）。

2 尤其是劳伦·比奈（Laurent Binet）的《HHhH：希姆莱的大脑是海德里希》（*HHhH* 2009）。

（récit de témoignage）的大量涌现视作小说写作程序滥用的迹象（Viart 2009），或者是对现实的某种不可磨灭的欲望或怀念的表达。例如，在墨菲斯（Morpheus）[《黑客帝国》（Matrix）] 与齐泽克在 21 世纪头十年先后充满嘲讽地欢迎我们来到"现实的荒漠"[1] 之后，席尔兹（David Shields）又将他那本触及我们所关注问题的著作命名为《现实饥渴症》（Reality Hunger 2010）。

至于我们，我们不相信现实乌托邦，不相信文学的自洽，也不相信所有人会对事实与虚构之间的区分无动于衷。我们相信虚构作品与世界的某种关系，这种关系当然具备游戏性质，但也具备协商性质，通常还具备冲突性质。为了把握这种关系，我们必须很好地理解虚构定义中的关键问题，也就是在虚构确切的轮廓内部，具备诗学、人类学、文化、历史、法律、政治、心理学及认知意义的种种要素。本书意图探索的，正是这些方面。

二、我们选取的理论都产生自虚构理论转向之后。

20 世纪的最后 15 年见证了虚构理论领域知识图景的彻底转变与更新。艾柯（Umberto Eco 1979）、沃尔顿（Kendall Walton 1987; 1988）、帕维尔（1988 [1986]）[2]、瑞安（Marie-Laure Ryan 1991）、热奈特（Gérard Genette 1991）、多勒泽尔（Lubomír Doležel 1998）、

---

1 这句话首先是《黑客帝国》（1999）中的人物墨菲斯说的，之后齐泽克（2007 [2002]）用它做了自己著作的书名。

2 如果原著非法语撰写而作者参考了法译本，如果文献有多个版本而作者参考了较新版本，作者会以（参考版本出版日期 [原版或初版出版日期]）的形式对文献进行标注。译文保留了这种标注形式。下同。——译注

科 恩（Dorrit Cohn 2001 [1999]）、舍 费 尔（Jean-Marie Schaeffer 1999）位于这一转变与更新的源头。这并不意味着这些作者的观点都是一致的。在更为专门或更注重历史性的研究 [1] 中，其他前驱性或决定性的研究成果［例如汉伯格（Käte Hamburger）、布斯（Wayne Booth）、库瑞（Gregory Currie）等人的研究］也没有被遗忘或忽略。不过，在我们看来，正是借助这些在 1986—1999 年间出版的一系列著作，一个学派得以形成，促使我们能够谈论一种断裂，或者用一个已被用滥的术语来说，是一种"范式转型"。

这一转变体现在什么地方？帕维尔的《虚构的世界》（1988 [1986]）和舍费尔的《为什么需要虚构？》（1999）的开头都提到了虚构人物——分别是匹克威克先生（Mr Pickwick）和劳拉（Lara Croft）[2]，都谈论了人物在故事读者或游戏玩家心目中的存在方式。只有重新回到当时的知识背景——经典叙事学和形式主义的口号成为教科书内容，禁锢了当时的知识界，我们才能理解匹克威克先生和劳拉闯入这两本书的开头所产生的思想解放甚至可以说是喜气洋洋的效果。由于不断听人重复，此前人们大多已接受，人物只能存在于纸上，读者（因为被谈论的永远只是阅读）始终面临掉入指称幻象（illusion référentielle）制造的陷阱的危险，而文

---

1 例如圣热莱（Richard Saint-Gelais 2011）的跨虚构性（transfictionnalité）研究，卡伊拉（Olivier Caïra 2009, 2011）有关游戏的研究以及巴罗尼（Raphaël Baroni 2007）有关阅读情感动力的研究。
2 游戏及电影《古墓丽影》女主角。——译注

学中的"真实"注定只能是一种"效应"[1]。可是，对人物——不再仅仅是文学人物——抱有的善意意味着承认人物具有一种倾向，会超越其原始媒介和情节功能来延续自己的生命，尤其证明社会不再以居高临下的姿态，来面对读者——也可以是观众或游戏玩家——对人物所采取的有趣、多情、有创意的用途。

形式主义不是唯一受到质疑的，因为对虚构的蔑视有多重来源。由于其用途被等同于不同程度的异化，虚构因而被怀疑对受众施加影响，为一切（社会、政治、商业）统治阶级服务。反之，20 世纪末的虚构理论侧重邀请人们去构筑不同的世界并安居其上，鼓励人们抛开思考文学消极性质（作为与死亡、与不在场的基本关系）的形而上学。它们为理性的推理过程和清晰的论证形式重新赋予了价值，因为从本源看，与它们紧密相关的是逻辑学和分析哲学，而非解构主义的星云。

20 世纪最后三十几年的科学研究伴随并推动了这一新的理论想象的产生。从 1970 年代开始出现的可能世界的理论，及 20 年后认知科学的发展与普及重塑了敏感性。人们开始用变体与替代物的概念去理解现实与虚构的关系，而不再将其局限于通行几千年的真相与拟象的对立框架之内。理解、阐释、情感、道德评判

1　1968 年，罗兰·巴特在《交际》（*Communications*）杂志第 11 期发表《真实效应》（L'effet de réel）一文，指出真实其实是由文字制造的效应。这一观点对其后的文学与文论研究产生了深远的影响。具体参见本书第一部分第二章。亦可参见译者论文《法国现实主义诗学中的"真实效应"论》（《文艺争鸣》2018 年第 9 期）、《"逼真"话语在法国诗学中的演变》（《西北工业大学学报（社会科学版）》2020 年第 2 期）。——译注

之间的神经元联结被证实后，形式视角与某种更为"天真"的方法也即价值与情感视角之间的二元对立被扫除。

尽管我们并不会因此向某种机械的新科学主义让步，但不得不承认，认知科学的普及也令不参考科学实验方案——哪怕非常间接地参考——就对接受者态度展开思辨的做法变得更加困难。此外，认知科学也强有力地促进了对作为人类学能力的虚构的重新评估，同时成为支撑叙事与虚构、虚构与美学或者说与文学性之间区别的有力依据[1]。

总的来说，我们的确有理由担心，取代过去的口号（纸上人物和指称幻象）的，只是虚构理论的口号——理论成为自己成功的牺牲品。尽管如此，柯勒律治那复活的名言（"怀疑的自愿终止"[2]），将虚构视作"扮假作真的游戏"[3]或"共享的趣味假扮游戏"[4]的定义，这一切汇合聚拢，共同强调了信仰的世界。这一视角既突出了虚构同神话与神圣领域的临近关系，也突出了虚构世界与一切可能世界——例如哲学假设与哲学思考投射出的可能世界之间的亲缘性。

然而，在宣告继承上述理论遗产的同时，本书捍卫的立场也从几个方面与这一遗产有所区别。

---

1 本段文字尤其重申了舍费尔的研究成果（1999，2005a）提出的观点。

2 *"That willing suspension of disbelief"*，柯勒律治（1983 [1817]: chap. XIV, vol. 2, 6）。我们在第一部分第四章和第二部分第二章还会再提到这一定义。

3 沃尔顿在《扮假作真的模仿：再现艺术基础》（*Mimesis as Make-Believe: On the Fondations of the Representational Arts*, 1990）中提出的概念。此处采用了商务印书馆 2013 年版中译本译名。——译注

4 舍费尔在《为什么需要虚构？》（1999）中提出的虚构定义。——译注

从上文提到的理论更新中诞生的某些虚构观念实际上表现得过于狭隘专门，导致其很快就难以把握现状，也就是杂糅状态以及地理、媒介和学科的拓展。这些观念通常依据的区分事实与虚构的标准实际上已部分地失去效力。

例如科恩（1999）沿袭汉伯格（1986 [1957]）的思路所进行的叙事学研究。科恩明确指出自己的研究视角具有局限性，同时拒绝将虚构视作小说以外的东西。她还否认了虚构与想象的联系，因为这种联系在她看来过于泛化。但她没有讨论这一问题涉及的某个重要困难：无论在什么时代，事实与虚构产品之间的区别始终基于一些文化、意识形态与哲学公设，而后者探讨的正是现实与想象的划分。由此看来，这个问题远远超越了叙事学领域，它要求阐明虚构观念与其认识论基础之间的关联，以及虚构观念与观念中或隐或显的人类学之间的关联。无论如何，这是本书的研究目标之一。

逻辑–语用学标准也常常被用来肯定虚构与事实界限的存在，但这些标准同样具有局限性。虚构理论的一个重要贡献是对虚构作品独立地位的坚持，确保这一独立性的逻辑依据是虚构事物[1]的非现实指称性，以及作者与读者在虚构面前所持的游戏态度与"扮假作真"（make-believe）态度。然而，游戏内在的随意性、虚构公认的非现实指称性难道不会将虚构局限在西方世界19—20世纪的短短几十年内吗？

---

[1] 用"fictionnel"来指人工产品，而用"fictif"来指不存在的事物的本质，这是一种常见的做法。但在本书视角下，这一区分无甚必要。

将虚构视作摆脱真伪判断法则、从来没能获得读者严肃认同的想象世界意味着，从虚构之内排除所有试图成为典范、具备教育或认知用途的作品，以及所有从寓言或其他角度揭示历史或超现实世界某个特征的作品。实际上，这种虚构观甚至不符合人们对 19 世纪欧洲小说的一贯认识。

历时的、比较的维度能够支撑一种更为开放的虚构观（但不会因此抹除虚构的边界），而没有考虑到这种维度显然是大部分上世纪末发展起来的虚构思想的主要局限。

因此，在明确提出重新划定虚构边界的方法之前，本书首先要阐明我们尝试将历史与理论联系起来的方式。

三、虚构史学[1]晚近才出现，并与虚构理论同时发展起来[2]。虚构理论不是虚构史学。采纳历时视角的虚构理论非常少见[3]；而参考虚构理论研究成果的虚构史学研究更为少见[4]，即使提及虚构理论，也只是为了迅速摆脱它们，理由是它们常常犯颠倒时代的错误。

我们无意对虚构史研究进行考察，不过虚构史研究可以分为不太均衡的两个部分：一部分可以称之为兴起理论（théories de l'émergence），它们比另一部分也就是衰退理论（théories du déclin）更为详尽深入。事实上，大部分虚构史学家都致力于弄清虚构的

1　例如尼尔森的开创性研究（Nelson 1969）。
2　德语学界尤其关注这一问题，可能是受了尧斯（Hans Robert Jauss）美学的影响。
3　在这方面，帕维尔是个例外。
4　杜普拉（Duprat 2011）、奥柯尔（Hautcoeur 2016）的研究是明显的例外。

出现、开端与飞跃。相反，另一些史学家预告了虚构的终结。

一般认为，西方历史上有五个时期见证了虚构概念与应用的诞生。第一个时期的标志是一部作品（亚里士多德的《诗学》），第二个时期的标志是一个流派（第二代智术师）和一种叙述形式（希腊小说），第三个时期的标志是另一种叙述形式的出现（中世纪骑士小说），第四个时期的标志是某种理论繁荣现象、新文学形式的出现以及对希腊小说模式的重新阐释（文艺复兴及 17 世纪），第五个时期的标志是某个文类也就是现实主义小说的全面胜利（18 世纪——尤其当研究者是盎格鲁–撒克逊学者，或 19 世纪）。研究者缺乏共识，一个阶段的专家对另一个阶段（一般来说更为早期）的专家的研究成果普遍不了解，这些状况足以令人怀疑一切寻找虚构起源的计划。

让我们快速了解一下围绕虚构在西方传统中的首次出现展开的论战，论战一般集中在对《诗学》第九章某些段落的理解及对其影响的探讨上[1]。亚里士多德在这几个段落中区分了诗人与历史学家[2]，它们的奠基性作用毋庸置疑，从 16 世纪至 20 世纪，它们影响了一切有关历史与虚构对立关系的思考。然而，它们的意义、中肯性、重要性以及分水岭价值在近期受到了质疑[3]。

虚构的第二次出现与希腊小说出现的时间吻合。卡森（Barbara Cassin 1986, 1995）阐明了第二代智术师对 *pseudo*（有意欺骗的

---

1 例如罗斯勒（Rösler 1980）的研究。他的论文题目《古代虚构的发现》（Die Entdeckung der Fiktionalität in der Antike）意味深长。

2 《诗学》第九章 1451 a36 至 1451 b11，1451 b27 至 1451 b33。

3 尤其是杜彭（Dupont 2007）的研究（参见第二部分第一章）。

模拟）与 *plasma*（无意欺骗的模拟，也就是虚构）的区分。人们在使用 *plasma* 与 *pseudo* 时的犹豫态度可能首次得到了揭示，不过从长时段来看，这种犹豫其实出现在每一时期。虚构历史应该被描绘成某种持续的摇摆，甚至是两种态度的长期共存，这两种态度如此接近，以致常常无法被区分。

事实上，一些文学研究专家正是因为注意到 *pseudo* 的持续在场，从而不断地推迟虚构产生的时间。布夏（Mawy Bouchard 2006）曾揭示文艺复兴时期存在的某种强烈的反偶像崇拜倾向，并认为拉伯雷的作品不属于虚构类型。盖勒格（Catherine Gallagher 2006）没有在 18 世纪中期之前的作品中发现虚构的痕迹，她的论文题目《虚构性的兴起》（The rise of fictionality）[1] 已很能说明问题。而佩吉（Nicholas Paige 2011）在 19 世纪初期的作品中才发现虚构的踪迹！尽管如此，这个概念在托马斯·阿奎那、邓斯·斯各脱（Duns Scot）和纪尧姆·德奥坎（Guillaume d'Ockham）那里已有非常清晰的陈述 [2]。佩吉［其著作名《虚构之前》（Before Fiction）也富含意味］断言，在英国哥特小说产生之前无法谈论虚构，最多只能将卡佐特（Jacques Cazotte）[3] 的《恋爱中的魔鬼》（Le Diable amoureux）算在内。对于剩下的那些从《高卢的阿玛迪斯》（Amadis de Gaule）到《堂吉诃德》（Quichotte）的

1　这个题目摹仿的是伊恩·瓦特（Ian Watt）的著作《小说的兴起》（The Rise of the Novel, 1957）。

2　正如杜普拉（2009, 2010）、雪弗洛莱（Chevrolet 2007）、杜普拉与雪弗洛莱（2010）、德莫奈（Demonet 2002, 2005a, 2005b, 2010）的研究所指出的那样。

3　雅克·卡佐特（Jacques Cazotte），1719—1792，法国神怪小说先驱。《恋爱中的魔鬼》出版于 1772 年。——译注

作品，佩吉认为我们被自己的历史处境与回顾视角遮蔽了视线，往往倾向于夸大这些作品的重要性，而它们实际上都是可以被忽略的例外。

在虚构的范畴与历史方面，盖勒格与佩吉的研究导向了极端的马尔萨斯主义，在我们看来站不住脚。佩吉提出了一个分类表，根据这个分类，从荷马至 1670 年占主导地位的是某种历史与创作的混合体；从 1670 年至 18 世纪末占主导地位的是伪纪实作品（pseudo-factuel）；不指称现实的模式直至 19 世纪才被接受，只有这种模式才有资格被称作虚构。假设 19 世纪的文学确实体现出某种统一的虚构本质，将一切融合事实与虚构的作品排除在外，那么，历史与虚构的混合，各种寓言结构，对事实的一切虚假、反讽、吊诡的断言又是以什么名义被视作虚构进而被否定的呢？盖勒格的理论更为局限，因为"虚构"一词在她那里只能指英国现实主义小说，不指称世上任何一个个体，尤其要求具备她所谓的"反讽式信任"（crédulité ironique），因此，菲尔丁（Fielding）之前无虚构！

这些研究途径不仅严格限定了虚构历史的开端，还严格限定了其结局，如此一来，一大部分当代文化制品，从奇幻故事（fantasy）到半个世纪以来杂合历史与虚构的一切实验模式，都无法吻合虚构的普罗克拉斯提斯之床[1]。

---

1 普罗克拉斯提斯是希腊神话中一个庄园主，招待客人时，会让他们睡到一张特别的床上过夜，如果客人个子太高，就砍掉他们身体超出床的部分，如果客人个子太矮，就把他们的身体拉长，以正好符合床的长度。比喻用暴力使人服从统一标准。——译注

我们没有忘记第三[1]和第四次出现。关于它们，我们仅简单地指出，从中世纪或文艺复兴时期的文献材料出发来探寻虚构的本质，这种做法具有巨大的启发性，因为这促使我们放弃将小说的黄金时代当作水平线，从而去关注另一个时期，在这一时期，人类创造力的价值尚未得到承认，而话语从未被免除道德教化的要求。从更为古老的世纪出发来考察虚构，这与根据浪漫主义作品和理论确立的虚构观念以及历史[2]形成了有益的对照。实际上，古老世纪的诗学家们从未停止强调虚构与真理、宗教、社会及政治用途的紧密联系，一方面是为了捍卫它，另一方面也是为了控制它；与此同时，虚构本身通过吸收、转移、讽刺这些关键问题，大大增加了数量。这种张力是虚构的固有属性，杰克·古迪（Jack Goody 2003 [1997]）中肯地指出，虚构的普遍状况是不停地受到攻击。因此，我们必须通过虚构与世界的某种不纯粹的关系，从长时段而非艺术自治理论开启的短暂时期内去思考虚构，构成上述不纯粹关系的是对权力的屈服、现实世界的束缚以及对合法性的追求。

为了快速提及虚构历史终结论，离开西方范畴来看问题不无裨益，尽管终结论在西方也存在 [例如维亚尔（Dominique

1　尤其参见海因茨尔（Heinzle 1990）的研究，海因茨尔在其中讨论了豪格（Haug 1985）的学说。豪格提出了一个假设，认为虚构在 12 世纪即已出现，同时指出这一虚构不同于"现代"虚构观念。这是一个永恒的争论。感谢弗兰岑（J. Franzen）提供了这一文献信息。

2　参见雪弗洛莱（2007）、杜普拉与雪弗洛莱（2010）关于 15 世纪、16 世纪及 17 世纪诗艺理论的研究，以及奥柯尔（2010）关于 15—18 世纪小说之中虚构性出现的研究。

Viart）、席尔兹或朗格（Luc Lang）的观点］。在中国和日本，虚
构思想有悠久的历史，它如今通过众多论争[1]、西方理论的大量翻
译[2]以及主要来自社会学领域原创学说的发展[3]而得到延续。见田宗
介（Munesuke Mita 1992）、大泽真幸（Masachi Osawa 1996）[4]、东
浩纪（Hiroki Azuma 2008 [2001]）等人在著作中提出了虚构时代
行将结束的观点。见田宗介将战后日本社会分为三个阶段：理想
时代、梦想时代和虚构时代，其中虚构时代介于 1970—1990 年
间。根据这位社会学家的观点，虚构时代的标志是小说、娱乐、
游乐园［他引用了鲍德里亚（1992: 53）］、过度消费、现实与想象
混淆状态的扩散、透明的白色[5]。这张清单揭示了与虚构观念紧密
相连的特征：本质的缺失，道德与意识形态的持续失败。

  或许正是这一社会历史学切分方法的强烈倾向促使下一代

---

1 例如张隆溪（2005）对朱利安（François Jullien 1985, 1995, 1996）理论的质疑。
   朱利安认为将虚构视作寓言是西方观念，中国人并不熟悉这些观念。

2 中国和日本已经或正在翻译出版大量虚构理论（包括热奈特、舍费尔、瑞安、帕
   维尔的著作）。舍费尔及集中在舍费尔周围的研究者极大地促成了这一结果。在
   日本，舍费尔和大浦康介（Yasusuke Oura）曾组织研讨日活动，并出版了一部
   比较叙事学研究著作（2005）。久葆昭博（Akihiro Kubo）和岩松正洋（Masahiro
   Iwamatsu）翻译了瑞安、舍费尔和帕维尔的著作，他们两位都是大浦康介研究小
   组成员。

3 在文学研究领域，需要指出的是 2013 年出版的由大浦康介主编的文集，目前尚
   无法译本。

4 《虚構の時代の果て―オウムと世界最終戦争》没有被译成任何一种西方语言。
   我们对这部著作的了解仅来源于一些二手资料。大泽真幸也是研究经典动画电影
   《攻壳机动队》（Ghost in the Shell）的专家。

5 见田宗介将每个时期与一种颜色相联系（例如 1960 年代是粉红色）。他的理论依
   据是某种普遍印象以及虚构与布景中占据主导地位的颜色。

日本研究者在谈论 1990 年以后的阶段时，往往将其视作后虚构时代？

有一种观点认为我们已经走出了虚构时代。这种观点部分地建立于对鲍德里亚，尤其对利奥塔的宏大叙事终结论的借鉴（两人在日本后现代文学领域都非常有名）。这种观点也从某种赛博文化分析中受益颇多。东浩纪与大泽真幸是赛博文化研究专家。东浩纪将赛博文化描述为分裂成多重人格的主体的四处散落、叙事的解体，以及处于偶然性和短暂性影响下人物的彻底解构。如果说东浩纪认为他所理解的赛博文化导致了虚构时代的结束，那是因为他将虚构等同于某种类型的叙事沉浸，等同于某种认同小说人物的方式。

即便我们接受这一对媒体文化的描述，难道我们不能认为，我们见证的不是虚构的终结，而是对其旧有模式的重新利用吗？当代文化产品的特征不正是融合了历史与想象，并受制于伪纪实体制吗？媒体文化并没有迫使人们走出虚构，而是带来了新的实践，拓展了虚构的模式与用途。

起源话语与终结话语彼此交织，将虚构局限于 19 世纪以来发展起来的欧洲小说。我们没有理由支持一方或另一方。

因此，本书提供的并非虚构的线性历史，哪怕理由仅仅是我们不想采纳任何上升或下降的目的论。虚构概念是新近才产生的，可是作为想象力产物的文化产品却十分古老，而且不仅限于西方社会。这一历史由前仆后继的、暂时性的斗争、后退和繁荣构成。虚构会根据不同的模式，不可避免地与事实结合，这一现象本身同虚构一样古老。此外，在某个既定的历史时期，虚构的多种观念与用途始终共存，尽管它们可能并非处于同等地位。无论何种时代何种文化，某种确立于真相与谎言对立之上的多少有些严格的二元论被不断提出。不过我们在相同的背景下，也发现存在纯粹基于趣味性角度的种种虚构观，将虚构视作单独的、受保护的领域，以及一些相反的实践（有时还有理论），坚持虚构与历史或事实之间的彼此渗透。无论哪一种观念占上风，都意味着思考虚构的可能性，意味着虚构无论多么微不足道，都在文化中占有一席之地。

对虚构的不同构想依赖于不断变化的认知基础。人们根据真理程序（programme de vérité）[1] 来思考事实与虚构的差别，但福柯及之后的韦纳（Paul Veyne 1983）已很好地指出，这些真理程序并非永恒不变。不过，我们还是坚持认为，这些真理程序和认知基础始终包含某种对现实与想象、对事实与虚构的切分，尽管切分线在不同时代、不同文化中的位置会发生变化。

为了证明这一点，我们始终青睐对不同时空进行比较研究的方法。读者会在这本书中看到，我们特别强调 17 世纪与 20 世纪或 21 世纪的对比，以及西方与远东的对比，尽管后一种对比的内容相对薄弱一些。这样做一部分是出于我们的兴趣与能力，但同时也是深思熟虑的选择。中国和日本有着非常悠久灿烂的思考虚构、创造虚构的传统，这些虚构作品最近被小说和赛博文化重新

---

1 "programme de vérité" 为韦纳的一个关键概念，在《古希腊人是否相信他们的神话》中被多次提及，中译者将其译为"实相的方针"（第 14 页）、"实相纲领"（第 31 页）、"实相程序"（第 31 页）、"实相的程序"（第 31 页）等。本书译者倾向于译为"真理程序"。——译注

发掘，对它们的研究足以撼动认为西方在这一领域存在优势的偏见。在历时视角方面，我们将尝试探索相对来说没那么热门的领域，因为 19 世纪是所有重要的虚构理论家青睐的时代。既然 19 世纪被认为是小说与虚构的黄金时代（尽管此时文化产品的性质总的来说非常杂乱），那么我们将不得不走出这个世纪，来割裂虚构概念与小说概念，以便更好地理解 21 世纪。我们将尝试构建一些陌生化的对比，因为我们相信对古老时代的回顾更有利于我们的研究，也就是通过历史来观照理论，通过理论来观照历史。

四、本书的第一部分将讨论某些虚构理论，这部分理论出现于 17—18 世纪，以及 1970 年代至今，它们描述、促进了事实与虚构的边界模糊，甚至被认为已成功取消了这些边界。我们将从对 storytelling 这一概念的考察出发（第一章），依据巴特、利科（Paul Ricoeur）、怀特（Hayden White）以及韦纳的理论，指出事实与虚构之界限的消除只能通过逻辑矛盾实现（第二章）。事实与虚构的差别始终以一种多少有些不言自明的方式，建立于某个理论之上，后者有关现实和想象的分离，触及了主体问题。随后我们将考察拉康精神分析学（第三章）和认知科学（第四章）对这一问题的思考。

本书第二部分将探讨虚构的界限问题。我们将从文化、法律、语用学（选取的标准有别于人们通常依据的标准）和认知角度去考察这些界限。本书的第三部分也就是最后一部分将捍卫一种研究虚构边界问题的本体论途径。

我们的研究当然并不求全责备。我们清楚地知道，其他学说，尤其德里达和罗蒂（Richard Rorty）的学说，甚至齐泽克的学说，在 20 世纪的最后几十年里，促进了有关虚构性与事实性的论争，从某种程度上说甚至塑造了这些论争。契约理论，认为虚构作者与读者具有确定地位的观点，认为作者的言语行为具有决定性作用的观点，都已受到德里达（1977）的强烈批判。我们承认在语言的使用中，尤其在虚构的使用中存在很多不确定性，存在游戏特征。尽管如此，解构思想的框架，将一切涉及指称对象和本体论的问题都视作无效的做法（Rorty 1990 [1979], 1994 [1991]）[1]，这些都与我们的假设格格不入，从更为广泛的角度看，也与虚构理论的分析哲学和逻辑学基础格格不入，因此在本书中进行与德里达、罗蒂等人理论的对比（此外这一对比在别处已进行过）不可能取得卓有成效的结果。

总的来说，我们捍卫一种理解虚构性的开放观念，在这一观念中，奠定虚构的基础无论从内部看还是从外部看都是其多样性：同一时期多样的虚构用途与认识，文化产品本质上的异质性。我们的视角不是目的论视角，并不将虚构的精髓等同于某种只看到所谓的虚构独立性的历史状态。

为什么？归根到底，世界文化、全部的过往——也包括西方的过往——无法用上述虚构观念去理解，这又有什么关系呢？为什么不能承认，只有我们这些西方人，我们这些出生于 20 世纪后

1　罗蒂 1979 年的著作已有中译本，参见罗蒂著《哲学和自然之镜》，李幼蒸译，商务印书馆，2003 年。——译注

半叶甚至 21 世纪初的世界公民才会陶醉于想象的游戏？为什么不能承认，只有我们才充分意识到事实与虚构属于彼此分离的领域，并因它们界限的模糊而产生警觉，或欣喜不已？

对于这些问题，我们只能从反面作答。这样做有科学、伦理和历史的多重理由。虚构现象可能是人类的某个恒定特征，是一种普遍的认知能力，因此我们应该研究它的一切形式，它的一切历史演变，即便本书只能对其中某些亮点展开研究。此外，虚构作为与信仰展开的游戏，或许应该被理解为一种自由的实践，重要的是在最遥远的人类共同体中寻找哪怕最微不足道的表现形式。最后，我们已经走出虚构的某种特定用途占主导的时代，这种特定用途与小说密不可分，我们对它那么熟悉、那么习以为常，以致常常将它与虚构的本质混为一谈。其他用途已经产生，研究它们、认识它们的任务迫在眉睫，对那些接受对更为古老的时代作一番回顾的人来说，这个任务也意味着对虚构其他用途的承认。

第一部分

一元论与二元论之争

第一章　从叙事到*storytelling*

　　锡东（Yves Citton）在其贡献给 *storytelling* 的几部近作中提到"有关叙述性的早期著作"和"有关 *storytelling* 的最新论述"[1]。萨尔蒙（Christian Salmon）在其有关 *storytelling* 的名著中也梳理了该词的历史演变与谱系，向广大法国读者揭示了 *storytelling* 的词与物。他以小道消息的形式，揭露了 *storytelling* 实践：2001年，在美国的一次学术晚宴上，有人提到彼得·布鲁克斯（Peter Brooks）的一篇文章[2]。该文章引用了巴特、托多罗夫（Todorov）、小布什等人，评论了政治话语中一个前所未有的现象，即"story"（故事）这一借自文学理论，更确切地说借自 1970 年代法国叙事学的术语与概念而今无处不在。这一三重的运动——从（自接受 *French Theory*[3] 以来的）美国到法国，从叙事学到对 *storytelling* 的迷恋，从大学学者的（小）世界到权力、公司和媒体的（大）

1　锡东（Citton 2010: 77）。这种提法充满论战意味，我们不准备对其展开探讨。叙事学领域一些较新的著作证明了这一点（Pier, Garcia Landa éd. 2008）。

2　彼得·布鲁克斯（1984）本人也曾肯定"故事"无处不在，并分析了他在文学和精神生活中发现的"讲故事渴望"。

3　关于这一问题，库塞（Cusset）正本清源的研究始终没有过时。（中译本参见库塞著《法国理论在美国：德里达、福柯、德勒兹公司以及美国知识生活的转变》，方琳琳译，河南大学出版社，2018 年。——译注）

世界——书写了对 *storytelling* 的 *storytelling*。

  萨尔蒙的结论启发了我们的思考，但我们需要预先作几点说明。萨尔蒙对 *storytelling* 的理解具有法国背景，赋予了该词十分浓重的负面色彩，很大程度上改变了术语的意义。其实美国的情况并非始终与法国一样，因为在美国，这是一个古老而用途广泛的词[1]。在某些领域，例如口头文学研究[2]或信息科技领域[3]，这个词不涉及任何意识形态立场，这点无论在美国还是在法国都是如此。*narrative* 和 *fiction* 这两个词在美国与在法国的涵义也不完全相同。*narrative* 可能包含负面色彩［但法语中对应的 récit（叙事）一词却不具备这种内涵］，类似于广义的、不具备专门涵义的 *storytelling* 或 *fiction* 具有的负面色彩。值得注意的是，变动不居的是价值范畴：是不是赋予这些词以"谎言""虚假"等意义，会根据不同文化背景、历史时期以及学科领域而有所变化。

---

1 例如，本雅明（Walter Benjamin）的文章 *Der Erzähler*（1936—1937）翻译成英语就是 *The Storyteller*（讲故事的人），翻译成法语是 *Le Conteur*（讲故事的人）。由冈迪亚克（M. de Gandillac）翻译的第一个译本（1952）译为 *Le Narrateur*（叙述者）。很明显，"Narrateur"一词在叙事学研究中太过专业的涵义导致了之后译文的改变。感谢帕特隆（Sylvie Patron）向我们指出了本雅明文章的第一种法译文。

2 例如鲁思（Rooth 1976）的研究。

3 例如某个系列研讨会和出版物证实了这一点，出版物名为《虚拟故事讲述——运用虚拟现实科技来讲述故事》［*Virtual Storytelling. Using Virtual Reality Technology for Storytelling* (2001, 2003, 2005)］。这一系列研讨会由某个法国项目组［阿尔萨斯影像中心（Pôle Image Alsace）与法国虚拟现实工作小组（French Virtual Reality Group）］组织召开。

我们的目的在于弄清虚构地位的颠覆导致的结果。假如我们从启发思考的角度接受萨尔蒙和锡东勾勒的谱系，那么我们就从倚重虚构类文本的叙事学研究[1]过渡到了主要关注事实叙事的 *storytelling* 研究[2]。事实上，大多数叙事学者对事实与虚构的差异不甚关心[3]，不过他们总的来说信奉某种"差别主义"理论，而且他们的例子都传统地借自叙述性文学虚构[4]。反过来，研究 *storytelling* 的理论家一般来说公认事实与虚构并无差别，他们持一种泛虚构主义（panfictionnaliste）视角，后者溶解了虚构的边界，也溶解了虚构观念本身。

在接下来的讨论中，我们将首先简要勾勒从叙事学至 *storytelling* 理论的谱系。我们的假设是，对狭义虚构不利的发展变化是由语用学视角［塞尔（John Searle）和热奈特］战胜汉伯格的逻辑语言学假设所导致的。

---

1 我们不能谈论唯一一种叙事学，而应谈论复数的叙事学［普林斯（Prince 2003）、纽宁（Nünning 2003）］。然而，假如要研究虚构问题及事实与虚构的差异问题，我们面对的作者数量很有限，在此仅列举部分，包括科恩（1990、2001 [1999]）、多勒泽尔（1999、2010a、2010b）、热奈特（1991）、汉伯格（1986 [1957]）、罗施尼格（Löschnigg 1999）、纽宁（2003）、帕维尔（1988 [1986]）、瑞安（2001）、舍费尔（1999、2005c、2013）、马蒂内与谢费勒（Martinez & Scheffel 2003）、皮赫莱宁（Pihlainen 2002）、斯加林［Skalin 2005 (éd.)、2008］。我们可以在上述所有作者，尤其是纽宁、马蒂内与谢费勒、舍费尔（2013）的著作中找到有关这一问题的互补性书目。

2 除了已提到的法国学者，论著者还包括于斯顿（Huston 2008）及弗尔福德（Fulford 2001）、里奇（Rich 2006）、杰克逊（Jackson 2007）、纳什（Nash 1990）、布雷耶与桑切斯［Blayer & Sanchez 2002 (éd.)］等美国学者。

3 普林斯（2003）、斯加林（2005 年编著引言）。

4 热奈特（1991）指出了这种情况，并对此深感惋惜。

是时候明确我们所说的"虚构"的意义了。实际上，虚构概念有多个"狭隘意义"：汉伯格和科恩意义上的（第三人称想象性散文叙事），沃尔顿和舍费尔意义上的（扮假作真的游戏；共享的趣味假扮游戏）[1]。对舍费尔、热奈特和今日大部分虚构理论家来说，虚构不一定是叙述性的，不一定指文学作品，从更广泛的角度来说，不一定指审美作品，正如儿童的假扮游戏所证实的那样。这两种定义的共同点在于认为，虚构是一种由想象力创造的文化产物，不受由对经验世界的指称所确立的真值条件性（vériconditionnalité）限制：这是我们在本书中暂时采用的"狭隘"定义。实际上，我们在后面会指出，虚构指称世界的能力常常在某些情况下迫使它服从要求，与其他被视为真实的世界版本相吻合。

在这一章中，我们首先将尝试分析虚构观念太过宽泛的原因，近十五年来，虚构观念的拓展逐渐成为主流导向。为达此目的，我们将考察针对汉伯格的虚构性内在标记理论提出的几种批评，随后强调虚构性外在标准——例如作者意图或叙述者与作者的区分——的脆弱性。之后我们再来看一看虚构观念是如何逐渐在一些对 *storytelling* 的分析中解体的：我们是否应该认为，这种解体意味着当代对虚构性概念的把握出现了某种退化？然而，我们也会看到，狭义的虚构始终是大部分有关 *storytelling* 的论著的隐含范本。这一发现将最终促使我们肯定 *storytelling* 概念的价值，因为它有助于我们在某种更新的、比传统差别主义叙事学更为宽广

1　沃尔顿（1990）、舍费尔（1999）。

的视野下，阐明虚构特有的一些属性[1]。归根到底，*storytelling* 理论的出现揭示了事实与虚构区别问题的政治属性。

一、从"差别主义"（différentialisme）到"一元论"[2]

汉伯格的理论未经证伪就被取代了。如果人文学科学术界如同比彻和特罗勒尔（Tony Becher & Paul R. Trowler 2001 [1989]）[3] 描绘的那样，与乡村风景相似，由孤立的村庄构成，彼此不了解对方，在经历繁荣或衰败后逐一消失[4]，那么叙事学者的小圈子看起来非常孤立。我们可以将这些叙事学者称作"二元论者"或"差别主义者"，他们支持判断虚构性的内部标准，仍然在借用德国理论家汉伯格的假说[5]。我们的目的与其说是要回到这些不断被论述与探讨的标准（回顾一下，这类标准尤其涉及时间系统变

1　实际上，尽可能用对虚构时常呈现的特征的不同理解来取代有关"虚构特性"的思考大有裨益。

2　术语"差别主义""一元论"分别指那些承认事实与虚构之间有差别以及否认这种差别的人，这两个术语在此是中性的（与帕维尔在《虚构的世界》中使用的"分隔主义"和"融合主义"有所不同），尽管我们很清楚，有关性别与种族的话语在使用"差别主义"时一般都具有负面意义。但后一种视角显然与我们的视角无任何关系。

3　中译本参见比彻、特罗勒尔著《学术部落及其领地》，唐跃勤等译，北京大学出版社，2008 年。——译注

4　关于人文学科研究的非累积性特点，参见诺沃特尼著作（Nowotny 1989）。

5　班菲尔德（Banfield 1995 [1982]）、马丁（Martin 1986）、科恩（2001 [1999]）、马蒂内与谢费勒（2003）、纽宁（2003）、斯加林［2005 (éd.)］。

化[1]、以第三人称代词指称的人物、描述心理活动的动词的运用、第三人称自由间接风格[2]的使用），不如说是为了弄清承认这些标准的学者[3]主动占据少数派立场的理由，因为经典叙事学的假设实际上已经变得十分脆弱。

从虚构性的内部标准到外部标准

在叙事学领域，我们会发现，汉伯格的逻辑语言学假说在两个时刻被边缘化。第一个是塞尔表明立场的时刻（1982 [1975]）[4]，塞尔否认了虚构性的一切内在标准。第二个是热奈特对汉伯格和科恩学说展开分析的时刻（1990），热奈特重现了差别主义立场的摇摆，这一立场从支持虚构性内部标记理论过渡到支持外部标记理论。热奈特本人持一种折衷主义立场，他承认汉伯格的虚构性内部标准的有效性[5]，但他依据三个理由，尽可能缩小了它的效力范围。他首先强调了这些内部标准的历史性与偶然性；他认为汉

---

1 "叙事性过去时"（le prétérit épique）在法语中或用简单过去时（le passé simple）表示，或用未完成过去时（l'imparfait）表示［有关这一点，参见帕特隆（Patron 2009: 158n. 2）］，这种时态已失去指称过去的语法功能。与它相关联的一些时空指示词在指向由第三人称代词指称的虚构陈述出发点时，同样失去了指向现实之中的"我"的功能。

2 用于表达某种未经语言组织的意识状态。对这些内心场景的详尽描述也是其中一种标准。

3 斯加林（2005）、纽宁（2005）。

4 中译本参见塞尔著《表达与意义》，王加为、王明珠译，商务印书馆，2017 年。——译注

5 热奈特（1990）没有采纳时序、时长、频率标准，这些因素并不构成虚构的区别性标准。罗施尼格（1999）回顾了这一论战。

伯格将第一人称叙事驱逐出了虚构领域，而他对这一做法提出了质疑；他肯定了一个有别于作者的叙述者在场的重要性，并将此作为虚构性的标准。

　　这三条反驳意见会引出几点简要的评论，因为对这些理由进行详尽分析会超越本章的框架，而且这一工作已由其他学者完成[1]。

　　热奈特（1990: 763）首先指出，时间系统的变化，作为"虚构陈述出发点"（je-origine fictif）[2]的人物的中心地位，（在汉伯格看来）是虚构世界时空体系的组织基础，但这些元素尤其常见于 19 世纪小说。然而，汉伯格分析的中肯性得到了更为庞大的语料的支撑。这一分析的中心思想是，虚构无时间性，虚构世界由某个时间系统组织，后者的参照系并非作者的现在时。该思想受到很多书的开头的肯定：从西方童话故事套语（"从前……"及其变体）引起的"脱节感"（décrochage）到《源氏物语》（*Genji monogatari*，写于公元 1000 年左右的日本）第一句"这是在哪个朝代呢？"[3]制造的悬念[4]。例如，于尔菲（Honoré d'Urfé）的《阿丝特蕾》（*L'Astrée* 1607）的开头完全可以理解为某种滑移：从

1　关于叙述者问题，参见罗施尼格（1999）及帕特隆（2009）。

2　德语原文为 "fiktives Ursprung-Ich"，参见 Käte Hamburger, *Die Logik der Dichtung*（《诗的逻辑》），E. Klett, 1957。——译注

3　根据作者的引用译出。中译本多采用肯定句，例如丰子恺译本第一句"话说从前某一朝天皇时代，后宫妃嫔甚多，其中有一更衣……"［紫式部著《源氏物语》（上），丰子恺译，人民文学出版社，2019 年，第 1 页］；叶渭渠、唐月梅译本第一句"昔日不知是哪一代王朝，宫中有众多女御和更衣侍候天皇。"（紫式部著《源氏物语》，叶渭渠、唐月梅译，作家出版社，2014 年，第 2 页）——译注

4　关于这一问题可参见斯特鲁弗（Struve 2010: 169）。

作者与读者所处的真实历史地理背景滑向某个从人物的时间和情感出发观察到的世界。无论以何种方式来分析或命名——瑞安（1991）称其为"再中心化"（*recentering*），库瑞（1990）或舍费尔（1999）称其为"沉浸"，布法罗学派（école de Buffalo）称其为"指示转移"（déplacement déictique）[1]——这里涉及的始终是一种脱节形式，从经验世界的参照框架转移至虚构框架，而后者又是由文本投射，并由读者推断出来的。汉伯格是首位在语言中发现世界之间过渡痕迹的学者。在不同的语言、时代与文化中，当然还存在其他因素，会导致产生这种至关重要的脱节感[2]。

热奈特的第二个反驳意见涉及将虚构错误地缩小至第三人称叙事的认识。对这个问题的审视超出了我们的研究目的。我们仅满足于和帕特隆一起指出，断定汉伯格将第一人称叙事驱逐出虚构范畴，这一断言并不准确。汉伯格的假设是将第一人称虚构（创造出与叙述者这一"陈述出发点"相关的世界）列入虚构–模拟（fiction-simulation）[3]的范畴。事实上，大部分被理解为事实叙事、用卡伊拉（2011）的术语来说导致"接受框架谬误"的虚构都曾是（且今日也还常是）第一人称叙事，尽管其故事（*fabula*）的逼真程度有

1　见帕特隆（Patron 2009: chap. X, 237 页及其后）。

2　斯特鲁弗（Struve 2010: 169）提到，古典日语会使用不同的语法形式来叙述亲身经历的事件和想象出来的事件。

3　这一类型是对卡森（1995）提出的某一组对立的回应，根据这一对立，第二代智术师实现了从"pseudo"（谎言、有意欺骗的模拟）到"plasma"（表明自身模拟性质，无欺骗意图，因而也就是虚构）的观念转变。延续两千年的思考虚构的基本类型就此确立：从此以后，虚构不断在 *pseudo* 和 *plasma* 之间摇摆。

所不同。例如阿普列乌斯（Apulée）的《金驴记》（*L'âne d'or*）[1]，托马斯·莫尔的《乌托邦》（*Utopia*），吉尔拉格（Guilleragues）的《葡萄牙修女的情书》（*Lettres de la religieuse portugaise*），桑德拉斯（Courtilz de Sandras）的《达达尼昂先生回忆录》（*Mémoires de Monsieur de D'Artagnan*）[2]，狄德罗的《修女》（*La Religieuse*），米莎·德丰塞卡（Misha Defonseca）[3] 的《米莎：大屠杀时代回忆录》（*Misha. A Mémoire of the Holocaust Years*）。当然，接受框架谬误并不为第一人称叙事所特有，希尔德斯海姆（Wolfgang Hildesheimer）著名的《马波特》（*Marbot*）已证明了这一点[4]。但对第一人称的使用（当第一人称代词指代的是有别于作者的叙述者兼人物，比如华生之于柯南·道尔）仍然是模糊事实与虚构边

---

1 关于这一问题，请参见我们的论文（Lavocat 2011a）。

2 《回忆录》令贝尔（Pierre Bayle）受骗。关于 18 世纪的伪回忆录，参见米耶（Millet 2007）以及赫尔曼（Herman）、柯祖（Kozul）、克雷默（Kremer）的著作（2008）。

3 又名莫妮卡·德·韦尔（Monique de Wael）。和假威尔科米尔斯基（Wilkomirski）[布鲁诺·格罗让（Bruno Grosjean），《断片：童年，1939—1948》（*Brushstücke. Aus einer Kindheit*, 1939—1948），1995] 一样，莫妮卡·德·韦尔也在 1997 年出版了一部假回忆录，叙述二战期间的童年生活 [法译本书名为《与狼共存》（*Survivre avec les loups*）]。在这两个招摇撞骗者的策略中，第一人称起了关键作用。

4 卡伊拉（Caïra 2011: 15）曾忍俊不禁地指出，希尔德斯海姆这部小说是文学批评真正的宠儿。科恩（2001 [1999]: chap.v）、舍费尔（1999: 133—164）等学者对这部小说引发的谬误展开了彼此矛盾的评论。科恩在此发现了事实与虚构界限存在的确证，在她看来，小说之所以被视作自传，是因为作者在此摹仿了虚构的常用标记。舍费尔却反过来在此看到了虚构性内部标准缺失的证据。热奈特（1990: 773 n.25）认为科恩弱化了界限冲突。

界的最佳手段。今天撰写自我虚构这一令热奈特（1990: 676）不知所措的"吊诡文类"的作者们已十分清楚这一点。

叙述者理论：一种虚幻的解决途径

热奈特及其后很多关注过边界问题的研究者［包括卡拉尔（Philippe Carrard 1998 [1992]）等历史学家］一致肯定，判定虚构性的两个标准，一是看作者是否严肃认同他所讲的故事，是否愿意为之承担责任并保证其真实性（这是塞尔的观点），二是看作者与叙述者是同一还是分离的关系。这两个标准并不是一回事，但它们彼此相关，从第一个标准很容易推导出第二个标准，例如我们可以认为，作者的"假扮"态度体现于他假装自己是某个发表意见的人物（这是热奈特和瑞安对塞尔的解读[1]）。因此，要对陈述的虚构性质负责的正是作者的这个幽灵般的分身（在那些不存在作为人物的叙述者的叙事中）。在这种情况下，这一学说弱化了事实叙事与虚构叙事的区别，因为虚构性标准此时确立于某种理论上的虚构与某个虚幻的实体之上。正如帕特隆[2]指出的那样，在作者身上再添加一个虚构叙述者[3]，这样的古老论调经常被当作权威论据，实际上，这一理论上的虚构那幸运地具有的统一性标准

1　参见帕特隆（Patron 2009: chap. v），尤其是第 123—124 页。

2　帕特隆（2009: 281）建议从作者出发（并非传记意义上的，而是诗学意义上的），重新思考叙事的陈述分析，将作者视作叙事的真实陈述主体，这样做并不会排除作者在某些叙事中设置虚构叙述者的情况。

3　根据罗施尼格（Löschnigg 1999: 41），这种论调可追溯至 1950 年代中期，提出者是凯塞尔（Wolfgang Kayser）。

引发了很多困难。

我们主要考察其中两个困难。

第一个困难是，认为所有虚构作者都持一种假装态度[1]或许以偏概全。对于其中的一些虚构，难道我们不能设想作者是在严肃地描述某种并不存在的事物状态吗？第二个困难是，作者与叙述者的关系——当存在叙述者时——非常多变，而且经常难以辨别[2]。

事实上，19 世纪及 20 世纪的某些作家支持叙述者理论，认为叙述者代替他们陈述了他们的虚构故事（例如托马斯·曼[3]）。但其他作家肯定他们本人才是"讲故事的人"（正如昆德拉[4]）。19 世纪之前的作家经常把自己与他们的虚构故事的叙述者混为一谈[5]。很多当代作家则认为，在书写行动中，与自身的关系令现实与虚构的范畴变得难以区分［洛朗斯（Camille Laurens）、埃奈尔（Yannick Haenel）、福雷斯特（Philippe Forest）、达里厄塞克（Marie Darrieussecq）[6]］。这一论据被席尔兹（2010）利用至极限，席尔兹以虚构内在的杂糅性，以记忆和主体的不确定性为名，捍

---

1 帕维尔（1988 [1986]）质疑了某种"虚构契约"的存在，换句话说，他质疑了作者"扮假作真"态度的明确性与坚定性，尤其是在长时段即整部作品的写作中。

2 热奈特（1990: 770）本人也指出，根据这一标准，我们无法明确奈瓦尔（Nerval）《奥蕾莉娅》（*Aurélie*）或布勒东（Breton）《娜嘉》（*Nadja*）的性质。

3 参见科恩（2001 [1999]）。

4 帕特隆转引（2009: 301）。

5 罗施尼格（Löschnigg 1999: 42）指出，菲尔丁的《汤姆·琼斯》（*Tom Jones*）或但丁的《神曲》就是这样的情况。

6 对达里厄塞克的分析参见齐布费勒（Zipfel 2001: 142）。

卫了近年来最遭热议的一些伪回忆录，例如威尔科米尔斯基和德丰塞卡的回忆录。

我们已经指出，从 1990 年及 1991 年的研究来看，热奈特在此问题上持一种折衷主义立场，被夹在两种观点之间，一边是承认虚构性内在标准（汉伯格和科恩）的差别主义叙事学者的观点，另一边是塞尔的观点。塞尔不容置辩地肯定不存在任何虚构性内部标准[1]，这一断言令人震惊，而对这违背真实的断言的广泛接受更令人震惊[2]。在塞尔的启发下，对一种极端语用学视角的采用既可能导向一种一元论 [例如卡拉姆（Calame 1996, 2010）]，也可能导向一种坚定的差别主义立场 [尤其以舍费尔（1999, 2012）和卡伊拉（2011）为代表]。不过，我们仍然可以认为，虚构性标准的外化削弱了以文本为对象的考察模式的地位。虚构标准从此迁移至作者的意图之中，但我们没有任何办法证明作者的意图是可知的，甚至无法证明它不具备模糊性。这很可能对抹杀事实与虚构的边界起到了作用。此外，事实与虚构边界的模糊性很大程度上被塞尔加强（1982 [1975]），因为他拉近了文学作品与日常交流、交谈甚至流言之间的距离。如今，无论在采取语用学视角的

1　"帮助我们识别某个文本是否属于虚构作品的标准必须存在于作者的施为意图中。并不存在有助于判断文本是否是虚构作品的任何文本、句法或语义特征。"（Searle 1982 [1975]: 109）

2　舍费尔在很长一段时间里都持塞尔这种看法，之后才修正自己的看法。目前他已接受存在虚构性内部标记的观点，不过也不无道理地坚持这些标记的任意性及其文化偶然性（Schaeffer 2012）。

叙事学者[1]那里，还是在研究 *storytelling* 的思想家[2]那里，甚至在部分受认知科学启发的文学研究专家[3]那里，塞尔的观点都已成为批评话语中一种真正的老生常谈。即使不应将虚构性与文学性混为一谈[4]，我们仍注意到一个颇有意思的现象，即事实与虚构边界的抹除与文学文本与非文学文本边界的抹除[5]完全是同时发生的，而且可能彼此关联。

这一双重的抹除（事实叙事与虚构叙事之间，文学虚构与非文学虚构之间）是多种文化因素作用的结果，但也是叙事学（至少是叙事学中对虚构边界问题感兴趣的、持"差别主义"观点的少数派）地位被语用学派削弱的结果。而叙事学地位的弱化令一些 *storytelling* 理论的出现与成功成为可能。

二、*storytelling* 棱镜下的虚构还剩下些什么？

在研究 *storytelling* 的论著中，虚构的地位充满了悖论：虚构概念无处不在，然而，上文定义过的狭义的虚构本身在此却几乎完全消失了。

1　例如普拉特（Pratt 1977）。
2　例如弗尔福德（2001 [1999]）。
3　沃缪勒（Vermeule 2010）。
4　热奈特（1991）、舍费尔（1990）。我们将在下一章讨论这个问题。
5　关于这一问题，参见斯加林（2008）。

一种倒退?

上述处境可以有多种解释。一方面,这是盎格鲁-撒克逊学界的思想和术语占据主流地位的结果。我们已看到,在盎格鲁-撒克逊学术背景下,"fiction""narrative"之类的词与法语中相应的词具有不同的意义与内涵。上述处境也是对叙事感兴趣的人的圈子逐渐扩大的结果,这个圈子从文学理论研究者的专业圈子扩大到一个广阔得多的多学科领域(萨尔蒙是社会学家),有时甚至延伸至学术界边缘,将记者[例如里奇、玛丽·麦卡锡(Mary McCarthy)、弗尔福德]、作家(例如于斯顿或朗格),同时还有医生、法律人士等包括在内[1]。弗尔福德在《纽约时报》任专栏作家,出版过一部有关 *storytelling* 的杂文集,在他笔下,我们看到了下面的句子:

接下来的文字是一项研究,我希望这项研究是明智的,它是某个立足现实(*reality-based*)[2]的观察家对这些虚构现实的观察:它们是如何被创造的,以及当实际的现实——在伊拉克或我们国家——变得太过明显、不容忽视时,它们又是如何被消解的。(Rich 2006: 4)

---

1 这一现象构成了通常所说的"叙事转向"(narrative turn)。

2 这一表述引用了小布什某位匿名顾问的话。根据《纽约时报杂志》某个记者透露,这位顾问曾嘲讽那些"立足现实"(*reality-based*)的人,并宣称是权力的拥有者创造了这些现实。萨尔蒙(2008 [2007]: 186)评论了这则被里奇转述的小道消息。

　　这个例子在同类评论文章中代表了一种常态而非例外。在例子中，"虚构"（fictionnel）一词意味着"不存在"（inexistant）［此外"虚构现实"（réalité fictionnelle）与"实际现实"（réalité actuelle）形成对立］，具有"虚假""谎言"等重要的微妙含义。当于斯顿（2008: 118）指出，在伊拉克或其他地方，人们为"糟糕的虚构"而战死时，她也是这样理解这个词的。同样地，萨尔蒙（2008 [2007]: 180）把宣称工人与老板享有相同利益的"虚构"叫作"劳动的虚构化"。从萨尔蒙的视角来看，一个"虚构公司"是一个出售"有用虚构"的公司，也就是出售空谈与谎言混合物的公司，通过某种相当成功的循环效应，公司推广的（谎言意义上的）虚构旨在将这个公司转变成（非物质实体意义上的）虚构，因为公司的目的在于摆脱雇员以及产品，为远程金融操作提供便利。

　　如果我们回想一下，西德尼爵士（Philip Sidney）怎样在1595年斩钉截铁地指出，诗人（与历史学家不同）从不撒谎，因为他从不肯定什么（Sidney 2002 [1959]: 103），那么上述对"虚构"一词的负面态度可以理解为一种倒退。西德尼爵士在理解诗性虚构时用的不正是接近塞尔的语汇？我们很可能禁不住想称赞西德尼爵士对虚构的态度富有真知灼见，因为它与今日众多理论家的态度一致，然而这种态度在当时其实是孤立的。富尔蒂耶（Furetière）所编辞典（1690 [1684]）的"虚构"词条更突出"谎言"之义：

　　　　虚构：谎言，欺骗。他向我表露心意，完全没有虚构。他所说的一切都是夸夸其谈和虚构。

虚构也用来指诗歌创作和人们头脑中产生的幻觉。古人在虚构方面的自由度很大。他们的神的所有冒险故事都只是虚构。这个病人头脑中产生的虚构和幻觉加剧了他的病痛。

"夸夸其谈"这个表达很适合形容 storytelling 理论家们揭露的管理者与政治家的话语。如果说词条的第二段匆匆提及"诗歌创作"领域，那是为了迅速将其缩减至异教错误的放纵态度或精神病状态下的谵妄。在这一点上，请注意，富尔蒂耶设想的虚构体现出 17 世纪法国人对该词的使用，它既被用在日常交谈中（"他向我表露心意，完全没有虚构"），也被用在美术、宗教史和医学语言中。所以，16 世纪末的西德尼爵士和 17 世纪末的富尔蒂耶，这两人谁食古不化，谁富有新意呢？

那么，究竟应该说倒退，还是应该说，对"虚构"的某种负面且非专业化的理解从未消失，现在只不过是重新出现了而已？受汉伯格启发的差别主义论说的相对孤立状态可能部分地在于它们不合时宜的单一学科性。汉伯格反对费英格（Hans Vaihinger 2008 [1911]）的学说，而费英格将虚构与人类活动所有分支中的某种"仿佛"（*als ab*）现象相关联。科恩捍卫的虚构定义极其狭隘，她将虚构定义缩小至该词在英语中的常用涵义，也即"小说"，拒绝一切转向想象力作用的思考[1]，并主张该词的通用意

1　在《虚构的特性》（*Propre de la fiction*）第一章"虚构：现状梳理"开篇几行中，科恩在引用费英格时，揭露了对"虚构"一词的"混乱有害的语言学应用"（Cohn 2001 [1999]: 11）。

义（作为谎言与虚假）、哲学意义（作为观念）和文学意义（作为文学类型）之间完全不可通约。这种狭隘化是可以接受的吗？无论如何，它无法回答令 20 世纪末的人们感兴趣的问题，提出这些问题的既包括舍费尔、帕维尔[1]等虚构理论家，也包括研究 *storytelling* 的理论家。如果说与 *storytelling* 相关的学说表面看来确实具备一点新意（锡东即这样认为），那是因为这些学说给文学艺术虚构松了绑。但它们同时也确实令虚构陷入了从分析思考场域中消失的危险。

确切情况到底如何？让我们来考察一下文学虚构在于斯顿（2008）、萨尔蒙（2008 [2007]）、锡东（2011）提出的论据中所处的地位及其功能。

虚构对战虚构

在 2008 年出版的《爱讲故事的物种》（*L'Espèce fabulatrice*，英译 *The Tale-Tellers*[2]）中，于斯顿初看之下捍卫了某种极端的泛虚构主义，且这一立场促使她将一切集体或个体的人类话语称作"虚构"（取其空想、幻觉、谎言之义）。她还宣布现实等同于虚构，因为引导人们，促使其行动、相爱、死亡的正是想象性的构

---

1 参见帕维尔为《虚构的特性》（*The Distinction of Fiction*）（法译 *Propre de la fiction*——译注）所写的书评。他写道："可能非现实指称性这一标准没能完全抓住虚构的特性。"（Pavel 2001: 83）

2 "Tale-Tellers"一词不如"storytellers"常见，但意义相同。在美国，它指几个专门研究 *storytelling* 的小组，这些小组通常由大学教师组成，*storytelling* 被理解为讲故事的艺术。

造（我们在锡东的著作中看到了同一种思路，尽管锡东的理论具有更为明显的认知科学外壳）。这种泛化的怀疑主义并不新鲜，伊拉斯谟的一位前驱者乌尔齐奥（Antonio Codro Urceo）已在 1502年宣布，一切知识同作者与读者一样，只不过是编织出来的故事（*Vos quoque lectores fabulae estis*），世界本身同样如此。这种怀疑主义言论最终促使人们提倡大量阅读诗人编写的故事[1]。五个世纪之后，于斯顿说的是同一回事：在书的结尾，她号召全世界人民大量阅读文学虚构（在她看来，与其向伊拉克输送武器，不如在此发展阅读项目）。虚构对抗虚构，*storytelling* 对抗文学：于斯顿认为非文学虚构无论好坏都是"不由自主的"，是异化人的，而文学虚构是"有意为之的"，具有解放功能，能帮助个体摆脱非文学虚构的控制。小说家提出的这一有利于自身的解决方法十分保守，旨在息事宁人。它为文学虚构保留了专门的空间和优越的地位。这两类"虚构"似乎纯粹出于偶然才拥有了相同的名称，因为它们涵盖的效果和价值截然不同，它们之间的相互影响从来没有被思考过[2]。

在另两位作者那里，不同虚构形式之间的交缠情况更为复杂，因此导致了更多的问题。

萨尔蒙（2008 [2007]）不像于斯顿那样，对虚构进行令人

---

1 《祈祷，又谓布道。书信、诗集、讽刺诗、田园诗、俏皮话》（*Orationes, seu Sermones, ut ipse appellabat. Epistolae, Silvae, Satyrae, Eglogae, Epigrammata* 1502）中的"第一则对话"（Sermo Primus）。参见柯拉尔（Correard 2008: 155-162）。

2 于斯顿（2008: 182）提到几种可能的反对意见（有些小说会产生不良影响），不过她很快就对这一问题略过不谈。

安心的切分。在他所描绘的后工业世界中，公司声称自己继承的"不是特斯拉而是托尔斯泰"（88）[1]——他玩了一个文字游戏。给员工和选民洗脑的 *storytelling* 都是文学作品，更确切地说都是小说。此外，公司本身也变成了"小说"（romanesque）（88）。

我们可以从多个角度去理解这句话。首先，这些虚构的公司像虚构故事中描写的那些公司，例如唐·德里罗（Don Delillo）《球员们》（*Joueurs* 1993 [*Player* 1977]）中的公司。萨尔蒙无甚新意地指出，小说与现实完全吻合，是因为文学作品具有某种预言功能，也因为从今往后，现实将根据文学虚构来塑造自身，后一种说法部分地回应了鲍德里亚（1981）的学说。另一方面，这些公司变成"小说"还意味着它们确确实实像虚构那样运转，因为它们要求员工具有某种"沉浸"[2]态度，甚至某种"怀疑的自愿终止"[3]。柯勒律治的口号[4]被用来描写在老板编造的故事面前所持的极端信任状态。萨尔蒙利用精细的文学工具来描绘真实的公司世界，例如他引用巴赫金（Bakhtine）来解释福特公司的"时空体"（chronotope）已经被打破（2008 [2007]: 91）。如果说于斯顿

1　原文为"Toyota"（丰田）和"Tolstoï"（托尔斯泰），译文为获得同等效果，用另一个汽车品牌"特斯拉"代替了"丰田"。——译注

2　新的管理规定假设每个人"都沉浸并服从于某个共同的虚构即公司的虚构，就像人们任由自己被小说吸引"（Salmon 2008 [2007]: 94）。

3　"……它的前提是虚构世界特有的一种态度，即怀疑的自愿终止，新兴经济真正的理想类型。"（Salmon 2008 [2007]: 89）

4　怀疑的自愿终止 ["That willing suspension of disbelief"（Coleridge 1983 [1817]: II, 6）]，这句话经常被认为是对虚构本质的定义，尤其是在舍费尔（1999）对它重新发掘之后。

（2008：126）将世界看成一个舞台（"all the world a stage"），萨尔蒙毫无疑问将它看成了一部小说。

可是，这些工具的效力能发挥至什么程度呢？

在此过程中，萨尔蒙（2008 [2007]: 137）还指出了政治虚构与小说虚构的相似性的某种（并非不起眼的）限度：

> 如果说小说的艺术在于编织一种有关真实的吊诡陈述形式，也即阿拉贡所说的"为真的谎言"（le mentir vrai），那么 *spin doctors*（舆论导向医生）实践的则是 *storytelling*，后者被当作一种绝对的骗术，也可以说是一种"为假的谎言"（un mentir faux），一种提供虚假情报的新形式。

如此一来，我们面对的难道不是一种矛盾现象吗？我们可以认为，萨尔蒙最终对虚构的区分和于斯顿相差无几：一边是吊诡的文学虚构，也就是既不真也不假的虚构，另一边则是具有欺骗性的权力"虚构"。

萨尔蒙远非虚构研究领域的新手。1999 年，在《虚构的坟墓》（*Tombeau de la fiction*）一书中，他严厉斥责了一个仇恨虚构、审判虚构的时代，并提出了一种颇具价值的小说观，将小说视作和事实与虚构之边界进行游戏的艺术。我们完全认同这一小说观：

> 一切小说史只不过是对小说幻觉（illusion romanesque）之限度的长期思考，因而也就是对现实与虚构之间变动不居的边界的

长期思考。现实与虚构之间无数次的过渡，生活与梦境之间无尽的短接令小说兴奋。小说的艺术不仅远不会抹除现实与虚构的边界，反而还会强调它们之间的差别，令边界变得更加明显，有时几乎达到可以触摸的程度，例如在卡夫卡的作品中。小说幻觉其实就是现实与虚构、梦境与生活在小说中进行的永恒的、密切的、直接的交流所制造的幻觉。（Salmon 1999: 43）

如果我们大胆地在萨尔蒙相隔十年出版的两本著作之间建立某种联系，我们可以这样理解：文学虚构巩固了事实与虚构的差异，同时与这一边界嬉戏，权力虚构却倾向于擦除这一边界，它们的操纵能力即由此而来。此外，一种憎恶文学虚构的文明给某个完全由虚构塑造的世界留下了位置，虚构的危险和诱惑就此产生，它们存在于利科所说的"再塑形（reconfiguration）"即"摹仿 III"中，存在于锡东所说的"剧情化"（scénarisation）中。在这三位学者的著作中，思考 *storytelling* 过程中提出的关键问题在于，如何界定和评价虚构与现实生活之边界的跨越：（1）跨越的结果始终是负面的吗？（2）一切虚构——无论文学虚构还是非文学虚构——之中都存在这种跨越吗？（3）如果是，跨越的方式是一致的吗？

对于前两个问题，于斯顿的回答是否定的。她没有探讨第三个问题。在她看来，存在"不由自主的"好虚构，例如爱情故事，存在"有意为之的"好虚构，即小说。萨尔蒙对第一个问题的回答是肯定的，对于另两个问题，在 1999 年的著作中，他的答案是否定的，而在 2008 年的著作中，他的回答应该说是肯定的[1]。锡东对第一个问题的回答是否定的，对另两个问题的回答是肯定的。

锡东试图选择一条与萨尔蒙那本畅销书反方向的道路[2]。他首先否定了"权力虚构"这种观念，后者在他看来颇具阴谋论色彩。他还认为，在网络时代，故事的传播不存在纵深（从顶端向底部）。可能他的评判不无道理。更为重要的是，他运用了某个半哲学（主要是利科的哲学）半认知科学的理论武器来捍卫虚构，这一理论武器促使他将一切虚构效果描述成一种大脑的"通导"（frayage）[3]，后者又被自动等同于某种"路径的重新规划"（re-routage）[4]。实际上，"通导"一词更多是指通过重复来增强某种神经元回应，通过取道某条已走过的路径令神经元反应更容易发生。在医学术语中，"通导"指的是兴奋感由一个神经元传递到另一个神经元，这种传递在一条已经走过的路径中实现，因此遭遇的阻力较小；根据类比法，这个词在心理学中指的是因重复而更加容易实现的转移和流通。然而，在锡东的视野中，虚构实现的"通导"始终与新途径的创造，与路线的偏离有关，而创造和偏离借

1　除去之前引用的那句话（Salmon 2008 [2007]: 137）。
2　但他还是数次强调与萨尔蒙观点的一致性（Citton 2010: 66 n.1）。
3　（法国国家科学研究中心国家语料中心，http://www.cnrs.fr/definition/frayage。）"frayage"也是拉康精神分析学的一个关键术语，拉康（1986: 47）用它来翻译弗洛伊德的术语"Bahnung"。拉康也给出了（1986: 76）另一个可能与它对等的词"串联"（concaténation）。他将"frayage"一词与他频繁提及的"神经元系统"的功能联系了起来（例如 Lacan 1986: 42, 59, 72）。（关于"frayage"一词，精神分析学中有时也译作"易化"。——译注）
4　锡东（2010），尤其是第三章和第四章。

助的是假扮行动和对多元可能世界的接触。这种假设并非毫无根据，但必须承认，仅凭目前的认知科学研究状况，还无法证实这种假设。假如我们承认虚构能够拓展经验，制造某种开口 [1]（后面我们会提出虚构作为与信仰的游戏的假设），那么与此相关的是哪种虚构呢？锡东坚持拒绝赋予小说以特权 [2]，从更广泛的角度来说，拒绝赋予艺术虚构以特权，因为无论故事是确有其事还是纯属虚构，无论它是简单还是复杂（这两组对立并不重合），其"剧情化"过程是一样的。锡东的"剧情化"一词指的是叙事对受众的影响，也就是神经元面对某个故事的反应，以及由此产生的道德评判和行动：

剧情化活动因而既适用于演员扮演的虚构人物，也适用于我本人在很可能发生于未来的集体行动中，作为真实个体的举动（无论我是否意识到自己正参与某种剧情化过程）。在后一种情况下，我将真实的个体（我和其他参与行动的人）也视作虚构人物。（Citton 2010: 85）

说实话，这一命题与某个被反复重申的论调很难兼容，这一论调主张主体有权自由选择有利于自己的故事（从锡东的立场来看也就是左翼故事，他热切呼唤这些故事，来对抗右翼的

---

1 我们可以将这种情况与上文谈论汉伯格时提到的"脱节""指示转移"联系起来看。

2 锡东多次引用《宿命论者雅克》（*Jacques le Fataliste*）中拉·宝姆蕾夫人（Madame de la Pommeraye）的故事，作为对通导过程的虚构呈现。

storytelling）。一边是选择的自由，另一边是主体被无意识地牵扯入剧情化过程，这两者如何能共存呢？

锡东设想了统一多种可能性的方法，或许可与费英格的"仿佛"理论相提并论。他将对（自我与他者的）未来的想象等同于将自己（自我与他者）视作虚构人物的过程，而且是戏剧人物——他明确指出，再一次令人联想到巴洛克幻觉：整个世界是一座舞台（*all the world a stage*）。某种政治选择（锡东在提到集体行动时想到的正是政治选择）等同于某个虚构的可能世界的想法非常具有诱惑力，因为在独裁制度下，包含在可能世界理念中的自由可以具备多种不同内涵，例如文学内涵、宗教内涵、政治内涵，正如帕维尔（2010）暗示的那样；而在民主制度中，这一虚构可能性给政治行动笼罩上了一道乌托邦光环。

但是，抹除各种可能性之间的差别会导致什么后果？锡东对转叙一词的使用即体现了对这种泛化的无差别主义的滥用。在他看来，一切叙事都具有转叙性质[1]。无论什么样的叙事，他都能从中归纳出一种"剧情化"，而后者被理解为叙事与生活之间界限的跨越。如此得到界定的"剧情化"将神经元面对叙事的反应也纳入其中，这样一来，理解一个故事已然是在执行某种转叙操作[2]。

---

[1] 尤其自热奈特（2004）以来，转叙被界定为从一个叙述层进入另一个叙述层的过程，例如虚构中的虚构人物遇见虚构中的真实人物的情景［伍迪·艾伦 1987 年的影片《开罗紫玫瑰》（*La Rose pourpre du Caire*），或当希区柯克出现在自己的影片中时］。

[2] "剧情化活动之所以具有转叙性质，恰恰因为它连接了某个为未来而想象的（虚构）剧本和这一虚构（真实）发生的便利性。"（Citton 2010: 86）

因此,《开罗紫玫瑰》和《飘》没有任何差别,而一部电影或小说与一次电话聊天也没有任何差别 (Citton 2010: 112)。此外,在锡东看来,根据某个后现代老生常谈,我们甚至已经接触不到微小叙事 (与自利奥塔之后被认为已死亡的宏大叙事相对),只能从交谈、从搜索引擎中拾取叙事性断章与碎片。一个如此不连贯的环境如何能再塑形,如何能综合世界的异质性 (用利科的话来说,锡东宣称继承了利科的思想),如何能令人进入文学或政治的可能世界呢? 泛化转叙的假设没有任何描述性功能,因为它无法指出也无法描述现实与虚构间的边界游戏——萨尔蒙 (1999) 与我们自己都在这类边界游戏中看到了小说的艺术,也无法揭示在不同程度上构成虚构世界本质的种种悖论。它阻止我们去品味不适感与怪异感 [1],这些感觉是由对本体论边界的僭越所造成的,后者才是真正的转叙。

三、虚构概念扩大带来的教训

在 *storytelling* 视角下,审美虚构 (文学或电影) 与 "数不尽的世界叙事" ——用巴特 (1966) 那已经有些被用滥的话来说——形成了对照,甚至被后者淹没。它们与流言蜚语、电话交谈或总统竞选演讲平起平坐,与过去在汉伯格、科恩、热奈特及其他叙事学者著作中的地位相比,它们的地位如今明显下降了很多。

1　热奈特 (2004) 特别强调了转叙的这个方面。

我们可以像科恩那样哀叹出现这种状况，也可以从中获得一些启示。启示首先通过对照显现出来：虚构概念的扩大突显了想象力为艺术目的而创造出来的文化产品的某些特殊性。

虚构的抵抗

首先，仔细研读之后，会发现有关 *storytelling* 的著作并没有彻底简化虚构观念。于斯顿在最后一刻发明了一种二元对立，复兴了文学虚构的某种传统观念（不由自主的虚构／有意为之的虚构）。萨尔蒙还记得小说"为真的谎言"和政治宣传赤裸裸的"谎言"之间的根本区别。狭义的虚构始终在抵抗着。

其次，如果说拉近文学与生活并非没有益处 [1]，仅强调虚构的用途则会产生视角错误。这一转移可能导致对虚构的方法和性质完全不作区分。这种漠然可以匆忙套上一个适合一切叙事类型的认知外壳（锡东的"通导"）。然而，一部作品的风格及其媒介无疑会引起特殊的认知反应（Bolens 2008）。不同书写——例如普鲁斯特或拉法耶特夫人的作品——塑造的感知模式、引起的身体效果截然不同。更何况，小说阅读、网络游戏和电话聊天产生的刺激肯定各不相同。

---

[1] 马瑟（Macé 2011: 15）明确拒绝了叙事学，因为后者忽略了文学的用途，并令它远离生活："远离符号学或叙事学模式后（这些模式在描述阅读活动时，倾向于将它看作一种封闭于自身的操作，越与世隔绝越有价值，因此它们之后很难将阅读融入生活中），文学经验便站到了其他艺术和一切实践时刻这边，在我们的生活中，文学经验实际上与实践紧密相连。"（也可参见马瑟著《阅读：存在的风格》，张琰译，华东师范大学出版社，2018 年，第 10—11 页。——译注）

虚构模拟是否会导致行动的问题也充满了争议。如果暂且将电子游戏带来的互动搁置一旁，我们可以假设，虚构游戏在认知层面牵涉被压抑甚至被挫败的行动。在相反的情况下，我们会像堂吉诃德那样，跳上舞台去拯救公主，将木偶撕成碎片。玛丽埃尔·马瑟（Marielle Macé 2011: 30）坚持阅读行动具有内在的被动与主动状态，她的观点不无道理。通过重申某个显而易见的事实，我们希望让人听到不同于那些将虚构视作行动的人的声音，这个事实便是：不同于宗教和政治文本，虚构（至少其中为数不少的虚构）的首要功能既不是呼吁介入，也不是召唤行动。脱离经验世界，将自我投射至另一些世界，由虚构引起的一些可以称为情感或智力愉悦的感官运动模拟（simulations sensori-motrices）：我们从这些活动中获得的益处，其最终目的其实很难说清。

我们不是要否认虚构对于建立思维和行动模式的有效性，也不是要否认作为"规范与财富的世界"（帕维尔的术语[1]）的虚构的典范维度。但我们也可以重申一个事实，即大量艺术虚构并不是对什么计划的支持，或者至少它们的价值取向是模糊的，有时甚至是自相矛盾的，与政客、管理人员的故事不同，这些虚构的规范性功能经常很难辨清。

一种政治边界

有关 *storytelling* 的论著给予的一点启示是，艺术虚构在对

---

1 有关这一问题的思考贯穿了帕维尔大部分著作。特别参见他 2003 年的讲座（网络资源）。

比之下突显了模糊性，但我们能从中获得的启示并不局限于此。
有关 *storytelling* 的书写出现于 1990 年代末，它们令事实与虚构
之差异的政治意义一览无余。与 1970—1980 年代相比，这些政
治意义已经发生了变化。弗兰克·里奇[1] 在 2006 年出版了一本谈
论 *storytelling* 的书，书名《史上最伟大的故事——从"9·11"
到卡特里娜飓风，真相的衰退与陷落》(*The Greatest Story Ever
Sold. The Decline and Fall of Truth from 9/11 to Katrina*) 明确揭
示了他的言论的政治语境，并表明了一种立场。一种相反的立场
是，将对故事——包括虚假故事——的宽容与对小布什政策的
公开支持联系起来，例如在弗尔福德那里[2]。萨尔蒙在 2007 年萨
科齐和罗亚尔 (Ségolène Royal) 的总统竞选活动中看到了美国
式政治 *storytelling* 的胜利[3]。其著作在 2008 年再版时，他在后记
(第 215—216 页) 中直言不讳地指出，对这位法国前总统[4]的仇
恨的结晶是他这本书畅销的原因。撇开呼唤"左翼 *storytelling*"
的锡东不谈，在美国与法国，将对执政党权力宣传的控诉与对
storytelling 的控诉结合起来的，确实都是来自左翼的反对派。在
1970 年代可能采纳解构主义学说的知识分子曾被权力当局指责
"立足现实" (*reality based*) (按照前文已提到的里奇的说法)，他

1　里奇是《纽约时报》专栏记者。
2　小布什将萨达姆·侯赛因与希特勒进行了比较，而弗尔福德以 *storytelling* 的名
　　义为这种比较提供了辩词 (Fulford 2001 [1999]: 33)。
3　萨尔蒙在 2007 年将这两位候选人各打五十大板。在 2008 年的再版后记中，他解
　　析了萨科齐及其团队的 *storytelling*。
4　指萨科齐，2007—2012 年在任，在作者出版此书时已成为"前总统"。——
　　译注

们便干脆标榜自己"立足现实"的立场。

我们于是看到某种倾向的颠倒。在德里达和怀特影响下，二元论者——也包括现实与虚构的二元论——的解构主义在 1970—1980 年代，作为一种进步主义选择成为主流，与保守的实证主义相对立，后者仍一派天真地相信瑞安所说的"老爹的现实"[1]。然而，在第二次海湾战争的刺激下，对 storytelling 的控诉改变了这种割裂局面。从此以后，storytelling 甚至 narrative 等词所获得的负面涵义与其说意味着人们对作为谎言的虚构的不信任，不如说意味着对现实观念的正名。不过，我们只有在这一二元思想框架下，才能理解虚构游戏，后者被我们等同于对虚构与非虚构边界的频繁的操纵。

三种调和形式在我们看来必不可少。

首先，有必要平衡一种内部视角（虚构性或事实性内部标记研究）和一种外部视角（语用学、文化研究、社会学）。内部研究没有得到充分的开展，尤其缺乏具备历时与比较视角的研究[2]。有关 storytelling 的论著经常完全不关注虚构作品的形式层面，令这些分析徒具无法证伪的普遍性论断，从而失去了描述功能。

双重的焦点暗示了研究路径的多元化：虚构标记必须在某种

1　"后现代主义用奠基于悖论、由约定的游戏规则建立的现实视角取代了由牛顿物理学、启蒙世纪和实证主义确立的'老爹的现实'。这些规则由我们自己定义，对它们的认识只能是碎片化的、主观的。"（Ryan 2010a: 61-62）

2　杜普拉与我本人在 2010 年主编的《虚构与文化》（Fiction et Cultures）是这方面的一次尝试。

主要属于本体论研究的路径中得到理解，但这并不意味着要将语用学排除在外，因为我们不可能摆脱"趣味假扮游戏"的观念，即便这种观念既无法定义"虚构的本质"，也无法定义多种多样的虚构。此外，我们也不可能放弃叙事学分析方法。不过，弗鲁德尼克（Monika Fludernik 1996）或帕特隆（2009: 283）都已指出，虚构——尤其是从用途角度去考察的虚构，并不只是叙事学研究的对象。

第三个调和建议有关虚构定义的范围。汉伯格的语言学分析代表了一种非常有价值的本体论研究。她对虚构性内部标记及其矛盾特征的描述巩固了某种虚构观，即将虚构视作从一个世界过渡到另一个世界的观点。她有关"虚构陈述出发点"的观念能与非实际存在的实体的本体论兼容共存。汉伯格还详尽呈现了第一人称的使用所产生的无法解决的问题。尽管如此，汉伯格和科恩所捍卫的虚构观还是太过狭隘，缺乏对当下的观照，也缺乏虚构问题涉及的人类学维度。但某种太过宽泛的定义致命地将虚构等同于谎言，也是不确切的。上文我们曾尝试指出，对不同形式的虚构（例如文学或非文学叙事）不加区分的做法并不具备实际效用。有意义的（且经受住历史考验的）恰恰是在事实与虚构边界处的摇摆态度。今日对这一问题的思考囊括了——有时不无矛盾地——对虚构的不同理解与虚构的多元用途（无论用途是否特殊），而 *storytelling* 理论是其中一种视角。我们曾尝试指出这样一种不确定的虚构性概念的局限性及其益处。这一概念尤其突显了事实与虚构边界概念的政治意味。

虚构概念的扩大与普及带来了多重启示，其中一种启示深具时代特征，最终促使我们怀疑对"虚构本质"的探索是否是一座海市蜃楼。叙事作品数不胜数。虚构的形式与用途同样数不胜数，揭示、呈现、操纵着或远离或逼近的虚构边界，表达了对这一边界的不同程度的否定或顾虑。

第二章　虚构的历史，历史的虚构

　　历史与虚构的关系问题并不是一个新问题。自文艺复兴以来，它就是诗艺理论家和亚里士多德《诗学》的评论者关心的重大问题。17 世纪的所有小说家和剧作家都向自己提出过这个问题。相关的争论那么流行，以至于在 18 世纪，它甚至成为歌剧的序幕，其中历史与虚构争执不下，而且尽管剧作家常常假装令这两者和解，但结果往往有利于虚构[1]。这一论争从未被解决，因为每个时代它都会出现，而且不同时代所用的语汇比我们想象得还要接近。无论如何，在 1990 年代，它仍然是一个晦暗不明的问题，而且可能是引发最多笔墨的一个。

　　我们所处的后现代浪潮之后的历史背景使得我们能够对这一论争的不同时期进行梳理，并提出如下假设：对历史与虚构之边界不存在的证明无法不借助一种前后矛盾的方式完成。在历史与

1　尤其参见德拉科斯特（Louis de La Coste）根据鲁瓦（Pierre-Charles Roy）剧本改编、于 1712 年 4 月 5 日上演的抒情悲剧《雅典人克蕾于丝》（*Créüse l'Athénienne*），或博纳瓦勒（Michel de Bonneval）于 1736 年 8 月 23 日上演的《小说：英雄主义芭蕾舞剧》（*Romans, ballet héroïque*）。还有拉摩（Jean-Philippe Rameau）根据卡于扎克（Louis de Cahusac）的剧本改编、于 1745 年 10 月 12 日上演的《波吕许谟尼亚的节日》（*Fêtes de Polymnie*）。在序幕中，寓言、历史和神话彼此相遇，炫耀了各自在记忆殿堂中的优越位置。

虚构还没有被概念化时，并不存在对它们的边界的讨论。然而，自从古希腊人开始反思他们的神话的时代——韦纳（1983）将这一时期视作人类纯真天性的黄金时代一去不复返的时期，自从文艺复兴时期重新发现了亚里士多德的《诗学》，西方开始区分历史与虚构。这并不意味着只有西方（本章的思考仅限于西方）才承认这种区分，下文我们还会提到这一点[1]。这也并不意味着虚构的疆域已经被很好划定并且不可更改，因为我们知道，大量的英雄、神祇和失去地位的圣人会从一个疆域（或者说一种信仰体制）跨越到另一个（Pavel 1988 [1986]: 56）。另一个同样毋庸置疑的事实是，无论在西方还是在别处，对于那些装饰历史文本的、充满神奇色彩的图案，人们都抱有程度不同但相当持久的宽容态度。尽管如此，西方的文艺复兴开启了某个战场，对历史或虚构的优先地位——用当时的术语来说是"典范"（excellence），对它们的相似性，对它们的差异，对它们的扩张，对它们收编另一方的尝试展开了无穷无尽的评判。无论过去还是今天，这些论争都包含了政治与道德意义。

因此，我们在此将提供一种包含历史比较的总结。我们的目的在于展现这些与历史和虚构关系相关的问题的悠久历史，并分辨出在何种理论中历史与虚构的边界被真实或表面地抹杀。我们的意图并不是将种种当代学说简化为某个历经几百年的传统，而是确立它们之间的联系。我们将先探讨巴特、怀特、利科和韦纳的学说，它们构成了 1960—1980 年代质疑历史与虚构区别的论

1　见第二部分第一章。

调的基础[1]。侵蚀历史与虚构对立的一整套论据在他们的论著中都有所体现。

之后我们将简要回顾过往，因为历史维度在巴特、怀特和韦纳的论述中占据着重要位置。与怀特的论断相反，历史与虚构的关系在 17 世纪和在今天一样，充满了曲折冲突。这种逆时序介绍可能会令人吃惊。因为我们并不意在呈现一种有关历史与虚构区别的线性历史。目的论视野不是我们的视野。恰恰相反，我们试图证明，虚构历史上的局部断裂与兴盛没有什么理由可言，将虚构视作合法的、制度化的实践的观点从根本上不堪一击。历史与虚构的区分并非 19 世纪的发明；虚构本身也并非出现于 18 世纪末期（英国）[2]。对 17 世纪的选择旨在拆卸这些路标，并对一种狭隘的虚构性历史提出质疑。

一、泛虚构主义运动（1967—1987）

取消事实与虚构边界这件事，很多时候就像艾柯科幻小说中的时间机器（1985 [1979]: 192）。只须告诉读者存在一台时间机器，便能让他接受机器的原则，而不去追究机器如何才能运转。

1　不少介绍怀特的著作或由基斯·詹金斯（Keith Jenkins）主编的文集（1997）证明了这一点。这些学说的影响显而易见，例如对科塞雷克（Reinhart Koselleck）和尧斯的影响。在客观性的不可能性以及历史与叙事之边界的缺失问题上，尧斯持极端观点（Jausse 1987 [1982]）。

2　这是盖勒格（2006 [1996]）的观点。

巴特（1967）对历史与虚构关系的论述很像这些虚构的机器。怀特曾多次强调巴特的影响，例如他的《形式的内容》（*The Content of the Form* 1987）的题词即借用了巴特的话："事实从来只是一种语言的存在。"卷首的这一宣言为怀特提供了策略，他看似取消了历史与虚构的区别，事实上却不断运用最传统的语汇来肯定这种区别。然而，与利科一样，怀特也构建出一种比巴特统一得多的理论，因此很难真正去动摇它。历史学家韦纳著作中的理论武器没那么完美，不过他提出了从历史性角度去观照虚构的设想，我们对这一设想部分地表示认同。

"真实效应"（effet de réel）[1]，从小说到历史：罗兰·巴特（1967）

这一时期，切实存在的第一篇质疑事实与虚构边界的里程碑式文章是巴特发表于 1967 年的题为《历史话语》（Le discours de l'Histoire）的短文。这篇文章在 1984 年被收入文集《语言的呢喃》（*Le Bruissement de la langue*），文集中的不少文章与《历史话语》形成了照应。事实上，这部文集包含了随后成为那一时期文学研究教条（*doxa*）的主要元素：对所谓"现实主义"文学的贬低，对科学与文学之界限的质疑，以及对"作为客体的语言"和"元语言"之对立的质疑。

1　有关"effet de réel"，我们此处采用孔帕尼翁《理论的幽灵》中译本（吴泓缈等译，南京大学出版社，2011 年）提供的译文，将其译为"真实效应"，实际上根据语义也可译为"现实效应""真实效果""现实效果"等。——译注

巴特非常简略地陈述了这一问题的历史背景[1]。他指出，16世纪是科学与文学之间产生认识论断裂的时期[2]，这种断裂在19世纪得到承认并加剧；巴洛克时期是西方文学发展史上唯一一个重视语言享乐色彩的短暂时期；"古典修辞学"的贡献在于展开了话语分析，不过其分类方法已经过时，历史与小说的对立尤其体现了这一点。

巴特的引号是严谨性的表现，用以表明引号内的事物（"真实""理性""客观""人物"）只存在于天真无知者的眼中，但如果我们假设引号起不了这种作用，那么巴特又该如何证明上述观点呢？

巴特首先列举了"转换语"（*shifters*）[3]类型，这些转换语是历史叙事中的陈述标记。他仅满足于指出，这些转换语也存在于小说中，但没有对它们的性质与功能进行任何比较分析。比如，

---

1 不过巴特的简略相比很多人还是略胜一筹。例如我们在埃文斯（Richard J. Evans）更为晚近的著作中看到了如下这段相当简化、令人困惑的论述："在中世纪及现代早期，很多历史学家认为他们的职责是按时间顺序记录神的旨意在人世间被实现的情况……启蒙时期的理性史学家们用某种奠基于人类力量的历史解释模式取代了旧有模式，不过他们仍然认为自己的著作是道德说明的一种类型。"（Evans 1997: 5）

2 "如果说从16世纪开始，经验主义、理性主义和宗教现实（自宗教改革以来）合力产生了飞跃——即科学精神（广义的科学）的飞跃伴随着语言独立性的倒退，这并非一种偶然现象。从此以后，语言降级为表达工具或'优美风格'，而在中世纪，人文主义七艺几乎平等地分享着人类话语与自然界的秘密。"（Barthes 1984c: 12）

3 这个词借自雅各布森（Jakobson 1990），雅各布森的文章《转换语和词语类型》（Shifters and verbal categories）初次发表于1957年。

历史学家会标明他们的信息来源；但巴特（1984b: 165）也指出，当小说家转述某些"虚构的信息提供者讲述的奇闻轶事"时，他们也会标明信息来源。至于在历史学著作中，对出处的提供是系统的、必不可少的，在小说中，出处往往被省略，或者会引起非常复杂的效果（即"真实效应"），在历史学著作中，信息能够被核实，在小说中，信息无法被核实——这些差别都不重要。对巴特来说，唯一需要的，是某个大致能被判定为信息来源标记的文本元素（系统地）出现于历史著作和（选择性地出现于）虚构作品中。在陈述内容方面，巴特把切分历史文本，将其切分为"内容单位"的工作视为一项有待完成的工作，这些"内容单位"可分三类，一类是标记或符号，一类是"说理性话语片段"，还有一类是标志着叙事分岔的"基点"。我们有理由猜测，所有这些单位也存在于虚构作品中，巴特（1984b: 172）明确指出这些作品主要是"古典小说"，尽管我们不太明白得出这一论断的理由[1]。

不过，（构成巴特与怀特学说共同基础的）根本性问题在别处。它在于，主体与意义都是根据完全没有得到阐明的精神分析学基础想象出来的。叙述是构筑主体与意义幻觉的场所，这导致了一个结果（至少巴特如此认为）：叙述在没有任何辨析的情况下被纳入虚构的类型。叙述本身——还是巴特的观点——从其本源看，也就是从神话与史诗的角度看，具有某种虚构属性。

这一理据可以被反驳，理由如下：在起源时期，甚至直至距

1　巴罗尼（2007）已很好地证明，情节在当代叙事——无论何种媒介——中也很重要且常见。

今并不那么遥远的时期，神话与史诗肯定不具备虚构地位。此外，同样可以肯定的是，叙事最初都是事实叙事[1]。有关叙事起源的学说无论如何都是无法被证伪的[2]。但是，在巴特的论证中，导致出现某种关键的意义偏移现象的，是虚构一词隐含的模糊色彩与否定色彩。这种意义偏移随后产生了巨大影响：我们在怀特的著作中看到了同样的语汇。偏移的线路大致如下：历史叙事承载着意义，意义是意识形态的近义词[3]，意识形态被等同于虚假观念基础上的想象；而自我们开始思考虚构以来，想象始终与虚构性——从巴特视角来看也就是与小说密不可分。通过这一系列的对等，虚构与历史之间的差别终于被抹平。这一系列对等中，只有一组对等（第二组，即意识形态与想象的对等）得到了阐明：

> 历史话语从本质上说是一种意识形态建构，或者，如果我们承认想象是一种语言，话语陈述者（纯粹的语言实体）通过这种语言"充实"陈述主体（心理或意识形态实体），那么历史话语更确切地说是一种想象（imaginaire）。（Barthes 1984b: 174）

1　沃缪勒等人（2010）从认知科学角度，古迪（2006）从人类学角度都肯定了这一点。

2　基于对起源理论的同一种滥用，以一种极度含糊地对待史实的态度，巴特（1984b: 156-157）宣称，某些历史叙事能成为严肃作品，恰恰表明人们对"古老的宇宙起源说中，本质上与诗人或占卜者的言语有关的神秘时间"的"模糊记忆"和"怀念"。

3　实际上，巴特和怀特一样，认为他所呼唤的编年史或结构主义历史摆脱了意识形态，因为它们不是叙述性的。

巴特（1984b: 171）于是对比了被认为"客观的""历史在此似乎自行讲述的"历史叙事和精神病患者的话语，因为两种情况下都"没有人对陈述负责"。但如果历史学家介入到自己的叙事中，此时"空洞的陈述主体"就会渐渐被各种谓词充实，这些谓词意在建构出确实有"人"在说话的幻觉。历史叙事的陈述因此摇摆于疯狂和虚构之间。

如果说某个传统观点将历史叙事与虚构叙事对立起来，在前者中看到作者与叙述者的统一，在后者中看到一个虚构的叙述者[1]，那么巴特完全不赞同这一传统观点。在他看来，历史叙事的作者（"陈述者"）与小说叙事一样，只作为"纯粹的语言实体"（1984b: 174）存在。从根本上说，历史与虚构的共同点，是被巴特称作"指称幻象"（1984b: 176）的东西。不难看到，巴特将建立于一小部分虚构文学（现实主义小说）基础上的思考扩展到了历史。在思考事实与虚构的差别时，他的做法也别无二致。或许正是这个原因导致《历史话语》无法摆脱种种矛盾。例如，巴特强调了历史叙事的"存在优先权"："历史事件通过语言与某种存在优先权建立了关联：人们讲述的是曾经发生的事，而非未发生的事，或疑似发生的事。"（1984b: 171）然而，这一命题却绝对不适用于虚构，哪怕后者是幻觉甚至谎言，因为虚构在其与事实的关系中，并不要求获得任何"存在优先权"。

因此我们必须承认，《历史话语》没有提出任何理据，可以帮助我们从反面去回答引言中提出的问题，也就是"始终将诗

1　对这一问题的讨论参见上一章。

歌话语与小说话语、将虚构叙事与历史虚构对立起来是否合理"
（1984b: 163）的问题。

边界的边界：利科与怀特

利科与怀特经常被相提并论[1]。首先是两位作者本人。利科曾
多次向怀特[2]，尤其向他的比喻理论（根据这一学说，怀特按照修
辞格对历史事件预先进行了观念化）致以敬意，尽管他并没有
从细节上探讨怀特奇怪的四分法（四种比喻形态对应四种情节编
制模式，后者又对应四种阐释模式以及意识形态蕴涵模式，等
等）[3]。利科将怀特的四种比喻形态全部归结为隐喻（métaphore），
并强调了怀特的"预想"（preconception）[4]与他本人的"预塑形"
（préfiguration）即摹仿 I[5]之间的相似性。从怀特这方面来看，他
更多强调了与利科的差异。尽管他确实致敬了《时间与叙事》

1　例如斯蒂克拉特和斯宾登主编的文集（Stückrath & Zbinden 1997）。

2　参见利科（1985: 213, 220-224）。我们可以认为，法国学界正是通过利科而熟悉
　　怀特的。

3　参见怀特著《元史学》（*Metahistory* 1973）（中译本参见怀特著《元史学》，陈新
　　译，彭刚校，译林出版社，2004 年。——译注）。对比喻理论的批评，可参见卡
　　罗尔（Carroll 1990）。

4　《元史学》中译本没有统一对 preconception 一词的译文，在不同处分别将其译为
　　"偏见"（第 27 页）、"先人为主概念"（第 152 页）、"成见"（第 183 页）、"先入
　　之见"（第 257 页）等。在怀特的学说中，preconception 是一个中性词，因此本
　　书译者统一将其译为"预想"。——译注

5　部分术语的翻译参考了利科著《虚构叙事中时间的塑形——时间与叙事卷二》
　　（*Temps et récit*, tome 2），王文融译，商务印书馆，2018 年。王文融将 *mimèsis* 译
　　为"模仿活动"，我们根据普遍用法将其译为"摹仿"。——译注

（*Temps et récit*）这部"权威性"巨著的出版（怀特在 1987 年出版的《形式的内容》中专辟一章讨论了利科"三部曲"中的前两卷 [1]），但他也批判了这部著作的宗教维度。他指出，利科将历史叙事甚至一切叙事视作某个从根本上说具有悲剧性的时间之谜的寓言，这一视角与他本人存在明显差别 [2]。在为《记忆，历史，遗忘》（*La Mémorire, l'histoire, l'oubli* 2000，英译本 2004 年出版）撰写的书评中，他再次指出了利科著作"哲学与神学混杂"的一面，这一点在他看来无可挽回地令利科的阐释学笼罩上了保守主义色彩。这一分歧是根本性的：怀特著作具有非常明显的论战色彩（不断揭露反动史学家 [3]，批评他们是 19 世纪的继承人，他们紧抓住某个客观性幻觉不放，否定自己的著作具有叙述与诗学维度，从根本上说可被证伪 [4]），如果叙事确如利科在其全部著作中声称的那样，对于理解过去事件必不可少，那么怀特著作中这一论战维度就会消失。

不过，如果说两位学者确实存在一致性，且都在对方著作中

---

1 这章标题为"叙事性的形而上学：利科历史哲学中的时间与象征"（White 1987: 169-184）（中译文参见怀特著《形式的内容》，董立河译，文津出版社，2005 年，第 226—248 页。——译注）。

2 实际上，在怀特看来，历史事件可以用悲剧、喜剧、讽刺或反讽的模式叙述，但事件本身并不带有任何标记，帮助我们优先选择这种或那种叙述模式。

3 例如怀特（2010: 310）对质疑新史学的希梅尔法布（Gertrude Himmelfarb 1989, 1992）的批判。在怀特看来，希梅尔法布的立场相当于与马克思主义者、女性、黑人以及所有想要摧毁传统历史的种群为敌。

4 根据怀特的说法，利科认为"历史学家不仅有理由讲述有关过去的故事，而且不能够采取别的不同方式而仍能公正地对待历史过去的丰富内容"（怀特 2005: 234-235）。

发现了这一点，那么这种一致性是两人对事实与虚构差别的最小化倾向。

在利科（1985: 224-225）看来，比喻理论确确实实令虚构与历史的边界遭到被抹除的威胁。怀特本人对此危险并非一无所知。1987 年，他相当尖锐地暗示，利科所做的正是别人指责他本人的事：

> 利科并没有像我一直被指责的那样，消除文学虚构和历史编纂之间的差别，但他坚持认为，两者都属于符号话语的范畴，并且共有一种单一的"最终指称物"，这样，他的确淡漠了它们之间的界限。（2005: 235）

此外，在结束这个贡献给利科的章节时，怀特预见到，利科出于其历史观的神秘维度，可能会在《时间与叙事》第三卷中摧毁虚构与历史的界限。在他看来，这一结果将是"一种莫大的反讽"：

> 然而，如果他被迫摧毁神话和历史之间的区别（没有这种区别，小说的概念就很难想象），以便努力将历史思考从反讽中拯救出来，那么，这就是一种莫大的反讽。（2005: 248）

反讽显然还体现于，利科支持神话与历史界限不存在的论据实际上比怀特的更为极端，而怀特的名声很大程度上恰恰来自他对这一界限的攻击（Paul 2011: 6）。与麦金道什-瓦尔贾贝迪昂

（Fiona McIntosh-Varjabédian 2011）的观点不同，这里涉及的并不是一个简单的误读问题[1]，因为怀特尤其在《元史学》出版，并亲近法国结构主义流派思想后[2]，刻意保持了某种模糊性，经常在同一篇文章中，时而肯定这一界限的存在不容触犯，时而又肯定其在过去、未来、现在的消失。此外，如麦金道什–瓦尔贾贝迪昂那样，将法国历史学家视作某个过时的二元论的食古不化的捍卫者，并把他们与他们的美国同行对立起来也是不正确的。对怀特理论的驳斥并不局限于法国（法国的巴特、德里达、利科、韦纳、德·塞尔托提供了很多来源不同的非二元论学说），争议同时也波及欧洲和盎格鲁–撒克逊世界[3]。

以下我们将对怀特与利科有关历史与虚构界限的学说进行比较研究，这一研究涉及三方面的理据：（1）文本理据，根据这一理据，没有任何元素可以帮助我们区别历史文本与虚构文本；（2）建立于效果理论基础上的接受理据；（3）认知理据，这一理据假设历史学家和小说家身上存在相似的思维机制。最后我们将展现出来（4）指称问题如何在两人的论证中制造了困难。

1　麦金道什–瓦尔贾贝迪昂认为，怀特是在 *fingere* 即"建构"的意义上使用"虚构"（fiction）一词的，而他的批判者将其理解成了"想象的生产"（production de l'imaginaire）。我们后面会看到，事情并非如此简单。

2　利科强调了这一转变（2011: 58 及其后）。

3　例如纽宁（1997，2005）、希梅尔法布（1989，1992）、弗里德兰德［Friedländer 1992 (éd.)］、朗格（1992）、卡罗尔（1990）、斯加林［2005 (éd.)］、皮赫莱宁等人的论著。

文本理据

根据一个与大众阅读经验相悖的断言，虚构文本与历史文本无法从形式上得到鉴别。这一断言在 1970 年代成为批评话语中的老生常谈，其依据常常是塞尔（1982 [1975]）的理论，塞尔否认一切虚构性内部标记存在的可能性。奇怪的是，在很长一段时期内，人们对事实性标记的兴趣要小得多，讨论也少得多[1]。这一现象的原因可能在于，如果说有不少虚构作品以多少具有趣味性的方式掩盖了自己的虚构本质，以便获取真实性带来的权威地位，那么试图以虚构面目出现的历史叙事要少得多，除非作者刻意为之。在一般交际情境下，历史叙事运用明显的修辞手法是为了证实其真实性，这对阅读它们的社会群体来说意义重大。

此外，虚构与历史文本界限不明的观点并不会令人吃惊，尤其因为无论利科还是怀特都始终没有将自己的分析局限于个案[2]，甚至没有局限于现实主义文学。尽管怀特几乎所有的研究对象都借自 18—19 世纪（尤其 19 世纪），他仍然坚称自己的结论适用于一切文学作品，包括最具趣味性的文学作品。利科则反过来断言，在现实主义小说中，虚构指称外部世界的特征并没有表现得更为明显。

不过，无论对利科还是对怀特来说，他们采取这种立场的时

1　参见杜隆（Dulong 1997）、雷瓦兹（Revaz 2009）。后现代虚构作品中的事实元素很容易辨认，有关事实元素如何进入后现代虚构的讨论，参见索尔伯格（Sauerberg 1991）。

2　例如希尔德斯海姆的《马波特》（1981），这部作品曾引发诸多（出色的）评论。关于《马波特》作为经典批评主题的问题，参见卡伊拉（Caïra 2011: 15-16）。

间都相当晚。我们可以假设，这一立场是他们后期思想走向极端与夸张之后的结果。在《元史学》中，怀特并不持这种观点，他甚至在书中强调了小说与历史的明显区别。在这部著作著名的导论中，他提到，即便历史学家使用了文学形式，那也是以一种简单化的方式。历史学家"总体而言，无论如何苛求其材料，他们仍倾向于成为朴素的故事讲述者"（2004: 10 脚注 6）。历史学家根据文学模式编制的情节非常简单，这种特征恰恰源于他们肩负告知真相的责任（在怀特看来，这种责任感十分盲目）。历史学家并不是"为故事"而讲故事：

准确地说，由于史学家并非（或声称不是）"为故事"而讲故事，他倾向于以最普通的形式将故事情节化，一如神话寓言或侦探小说，或如浪漫剧、喜剧、悲剧和讽刺剧。（2004: 10 脚注 6）

但是，虚构性与复杂性之间并不存在必然联系（Ankersmit 1983: 27），此外我们还可以补充一点，即无论我们如何看待指称客观世界的意图［怀特认为这种意图是天真的，而且注定无法达成，利科则认为这种意图是历史学家气质（*ethos*）的构成要素］，这种意图都塑造了文本[1]。然而，自 1976 年起，怀特的表述越来越具挑衅意味。在一篇意味深长地名为《事实再现的虚构》（The Fiction of factual representation）的文章中，他确立了一种平衡法，该平衡法后来成为他论证的鲜明特点。他很清楚自己会遭遇何种

---

1 "……指称功能带来的区别体现于叙述形式中，或者更确切地说，体现于叙述所运用的涵义体系中。"（Pihlainen 2002: 42）

反驳，因而在文章一开头便重申了事实与虚构、虚构叙事与事实叙事之间因"惯例"而形成的本质区别：

> 历史事件有别于虚构事件，是因为自亚里士多德以来，人们就已在按照某种惯例分析它们的差别。历史学家处理的是一些可以被归入特定时空的事件，一些可以被（或已经被）观察到或察觉到的事件，而创意作家（诗人、小说家、剧作家）既可以处理这类事件，也可以处理想象的、假定的、编造的事件。历史学家或创意作家所处理的事件的性质根本不是问题所在。（White 1976: 22）

然而，一旦将某个观念作为老生常谈，作为可能有误的陈词滥调提出并清除后，怀特便通过某种渐进法，首先断定历史学家与作家的话语彼此重叠（这点充分有理），因为他们的书写形式和他们的意图"经常相同"（这点并不尽然），接着又断定我们无法将两种话语区别开来（这点完全没有道理）："如果将历史与小说仅仅视作词语编制的人工造物，那么它们根本无法彼此区别。"（White 1976: 23）它们之间可能存在的差别从此以后只不过是读者期待的投射。

利科（1980: 1）首先坚持了历史与虚构在叙事性方面的"结构统一性"，随后对历史与虚构中的"交叉"与"重叠"展开了分析，最后得出可将米什莱（Michelet）与托尔斯泰"相提并论"（1985: 272）[1]的结论。虚构"近似历史"的特征与历史"近似虚

---

1 《时间与叙事》卷三（1985）中的辩证运动正在于"逐渐缩小历史与虚构各自的本体论目标之间的差距"（Ricoeur 1985: 13）。

构"的特征甚至允许它们互换位置（1985: 279）[1]。利科的表述没有怀特那么绝对。不过我们后面会看到，促使历史与虚构几乎重叠的操作在利科心中可能比在怀特心中更为强大：利科不仅令它们存在于形式中（叙事性），还令它们存在于意图中（小说家本人也可以抢夺保存记忆的责任）以及阅读中。尽管如此，利科没有对任何历史文本展开分析[2]，怀特也没有对任何虚构文本展开分析[3]，来支撑这些对比性结论。

这一特征被强化有三方面的原因，首先是虚构性与文学性之间不易察觉却始终存在的混同，其次是对形式–内容结合体这一概念的滥用（这个概念启发怀特将 1987 年的著作命名为《形式的内容》），最后是因为隐喻被赋予了重要功能。这三个原因具有内在的联系。

在《形式的内容》前言中，怀特实际上在两种观念之间建立了某种重要关联。第一种观念是，叙事的文学性并不仅仅意味着风格上的美化，"形式也具有内容"。第二种观念是，"最近的话语理论"消解了"实在话语与虚构话语之间的区分。这种区分是基

1　我们有必要说明一下利科的论据。虚构虽摆脱了举证的限制，但承受了逼真性原则的限制。逼真性被界定为"近似过去"，因为逼真意味着事情可能发生。因此，虚构（用利科的话来说，1985: 278-279）模拟了历史对过去所负的债务。这一论据很诱人，但它撇开了所有不具备如此得到界定的逼真性的虚构。此外，面对某个替代性的过往，我们也很难将虚构的伦理维度与某种（虚拟的）债务挂钩，除非我们仅谈历史小说或反事实虚构。

2　在《时间与叙事》卷二中，利科对《达洛卫夫人》《魔山》以及《追忆似水年华》如何塑造虚构的时间性进行了精确的分析。

3　在《元史学》中，怀特分析了布克哈特、米什莱、兰克、克罗齐、马克思、尼采、黑格尔的著作；在《事实再现的虚构》（1976）中，他分析了达尔文的著作。

于以下假设：实在的指称对象和虚构的指称对象之间存在本体论的差别"（2005: 2）。换句话说，文学形式有能力悬置甚至改变事实文本的本质属性。形式的这种能力来自隐喻，后者同时被视为一种转义（trope）和一种具有作用力的思想，既作用于历史想象层面，也作用于叙事建构与外部指称层面。隐喻借助某种令指称观念本身变得陈腐的转移，将整个书写过程变成了文学。（Ricoeur 1985: 230-231）

这样一种观点促使人们将有文采的事实叙事都视为虚构，以圣西门的《回忆录》[1]为例，这些作品对修辞与风格都进行了高度的雕琢。但这种做法是不正确的，哪怕仅从作者不断重申的现实指称意图的角度来说都是如此。我们确实已经不再写而且也无法再理解具有文学性的事实文本[2]，而此前几个世纪对这类文本都非常熟悉。但我们的时代仍在生产大量事实性的文学文本，例如卡雷尔（Emmanuel Carrère）[3]或门德尔松[4]的作品。

文学性与虚构性之间的关系并不是一个简简单单就能解决的问题。我们无法否认米什莱等作家的文本制造的虚构效应，怀特和巴特都十分偏爱米什莱的著作，因为它们体现出历史与虚构的交织：

1　埃尔桑（Marc Hersant）在 2009 年揭露了圣西门评论中出现的偏离正轨的现象。这些偏离正轨的评论已成为老生常谈。他的著作的书名《圣西门公爵回忆录中的真实话语》很能说明问题。

2　热奈特（1991）也对此表示了惋惜，他支持对文学性与虚构性进行区分。

3　《他人的生活》（*D'autres vies que la mienne* 2009）。

4　《失踪：寻找六万人中的六个》（*The Lost. A Search for Six of Six Million* 2006）。

乌尔苏拉女修会的创办人罗密翁是一个年事已高的人，原是清教徒，经历过一切宗教激情的阶段，已经看透一切。他以为这些年轻的普罗旺斯修女们已经跟他一样审慎且深思熟虑，希望将这一小群羊群圈在单调而无情绪信仰的贫瘠牧场里，就像经堂修会已经奉行的那样。这是为无聊大开其门，那天早上，一切倾泻而出。[1]

上述段落构成了帕庐（Palaud）的戈弗里迪（Gauffridy）和玛德琳（Madeleine）的故事的开头，这个故事已被证实确有其事，因而米什莱的叙述无疑指向这一事件。但是，这个段落确实可以被当作小说来阅读。科恩和汉伯格[2]准确地看到，在描写与年轻的修女们隐藏的欲望作斗争的好心老牧师时，正是对后者的思想及其（错误）世界观的展露将他变成了虚构人物和喜剧形象。这段文字的虚构性标记体现在主题及风格层面。依靠一个制造悬念的时间指示词（"那天早上……"）——正如我们在很多小说开头看到的那样，事件突然闯入，制造了虚构世界效应。

如同科恩（1999）认为的那样，从节选的文本出发去探讨事实与虚构的差异，这样的做法或许会引起偏差。我们不仅应考虑作者的全部著作，还应考虑著作的书名、作者的身份、副文本等形成的语用学背景。尽管如此，上文引用的米什莱著作片段仍促使我们正面提出本章的核心问题：是否存在某个文学性的度，超

1　中译文参见米什莱著《女巫》（La Sorcière），张颖绮译，电子工业出版社，2014年，第127页。——译注

2　关于这一问题，亦可参见纽宁（1993，1997，2005）以及斯加林编著（2005）。

过这个度，历史文学就进入了虚构的范畴？这是怀特的论证不断暗示的观点。如果答案是肯定的，那么这个度是就所有读者来说的，还是就某些读者来说的？还是说，文本的属性本身就是模棱两可的？制造某种"世界效应"，也就是制造"为故事"而讲故事的效果的，究竟是对修辞格以及时态的选择，还是事实性标记以及提醒指称契约的话语的缺失？具有虚构特征的事实文本 [例如怀特提到的斯皮格曼（Spiegelman）的《鼠族》(Maus)] 会不会失去指称真实人物或事件的能力？我们无法接受这种观点。怀特本人也不会这样认为。

之后我们会看到，将历史与虚构的差异简化为风格问题的做法会导向死胡同，17 世纪的诗学家们就常常误入这个死胡同。

出于上述种种理由，"形式 – 意义"的教条无法令我们满意，它会导致我们无视甚至蔑视出现于副文本中的声明，无视甚至蔑视文本之中那些表明文本与外部世界之间多重关系（见证、回忆、纪念、政治性、自传性、趣味性）的记号。

接受理据

下面的论述与利科有关。怀特的讨论并不涉及阅读及文本效果理论，他只在一种情况下考虑了接受问题，在这种情况下，他采取阐释立场完全是为了某种现实化效果，也就是说过去必须在其对现时的有用性中得到理解，这一点在他晚期的著作中体现得尤为明显。(White 2010: 380)

这里我们无法对利科有关"再塑形"的全部观点进行逐一介绍，"再塑形"即摹仿 III，指将时间经验融入行动与生活领域的过程，这一时间经验由阅读被情节编制"塑形"的作品获得[1]。我们感兴趣的仅仅是这些观点与历史和虚构之差异相互干扰的方式。利科在《时间与叙事》卷三的第二部分（"叙事诗学：历史，虚构，时间"）一开头就提到了这种联系："我们将再塑形问题等同于历史与虚构之间交叉指称的问题。"（1985: 147）然而，这种交叉主要体现在阅读中（1985: 265）。因此，让我们暂且将指称问题的逻辑–认知方面搁置一边，先来审视一下利科提出的专门涉及阅读的论据。

论据有两个。第一个指出，读者可以像读小说那样阅读历史叙事，用受柯勒律治启发的利科的话来说，这意味着停止怀疑、给予信任：

> 我们可以像读小说那样读历史书。如此，我们便进入阅读契约中，这一契约在叙述声音和隐含读者之间建立了一种同谋关系。由于它的存在，读者降低了防线。他心甘情愿地中止了怀疑。他产生了信任。他已准备将认识灵魂这一过大的权利让渡给历史学家。（Ricoeur 1985: 271）

稍后他又谈到"受控制的幻觉"和一种"警惕性与怀疑的自

1　（利科和怀特都认为）对情节的编制既和虚构叙事有关，也和历史叙事有关：这是他们的理论以及他们的一致性的关键点。不过，利科对这一问题的探讨存在某种不对称性：如果说他撰写了大量有关历史书写与历史哲学的研究著作（除了1983—1985年出版的《时间与叙事》，还有1955年的《历史与真理》，2000年的《记忆，历史，遗忘》），在小说研究方面，他则只写了一部著作（《时间与叙事》卷二）。

愿终止之间的奇怪默契，美学领域的幻觉正产生自怀疑的自愿终止"[1]。这一切产生了一种"幸运的结合"（1985: 271），很符合利科全部研究体现出的由综合带来的和解效果。

上述论据和一切与阅读相关的论据一样，没有提供任何可被验证或观察的数据，因而无法被证伪，只是看起来煞有其事。此外，它的可信度还因提到柯勒律治这位虚构领域无法被质疑的权威人物而增强。毫无疑问，具备上述引文描述的态度的读者肯定还是存在的。但我们也可以描述一种完全不同的情境，后者不会比上一种更加真实，或者更加不真实。

事实上，我们是否可以认为，阅读历史叙事时占主导地位的阅读契约意图让我们相信存在一个权威的声音，并且对其予以信任，除非存在相反的指示（例如我们被告知这位历史学家不太可信等）？当前一些有关信仰运作方式的研究确实得出了类似结论，我们之后还会提到。在利科看来，由于历史学家的气质被等同于面向过去人类的某种负债感，现在的读者没有任何理由不严肃对待历史学家的承诺。历史学家提及的受述事件的来源与不同版本，需要我们去验证，但如果我们不是职业历史学家，对我们来说，

---

1 在《时间与叙事》卷一中，利科区分了史学家和叙述者。他强调道："……恰恰因为史学有客观性目标，所以它可以将客观性的限度问题作为一个特殊的问题。这一问题对单纯天真的叙述者来说是陌生的。用柯勒律治那句常被人引用的话来说，叙述者期待其读者的'怀疑的自愿终止'（*a willing suspension of disbielief*）。史学家面对的是多疑的读者，后者不仅期待史学家讲述事件，也期待他证实自己叙事的真实性。"（Ricoeur 1983: 249）在《时间与叙事》卷三中，对立有所缓和。此外，"单纯""天真"的叙述者这一奇怪的概念表明，利科极大地简化了不可靠叙述者问题（Ricoeur 1985: 236-238）。

这些事件只要存在可能性即已足够。我们正是在面对蕴含事实标记的叙事时"降低防线"的，事实标记强化了历史学家预先被赋予的可靠性，因为历史学家被公认必须做到准确与真诚［这是威廉斯（Bernard Williams 2006 [2002]）提出的很实用的标准］。此外，怀特的全部著作均意图支持历史学家不可避免地被叙事吸引的倾向。

反过来，当我们阅读一部小说，品尝利科所谓"想象的变奏"带来的美妙滋味，会有很多"反沉浸"（désimmersion）的操作提醒我们，我们正身处一个虚构的世界，以至于我们可以用另一个虚构定义来代替柯勒律治的名言：信任的自愿终止。

在颠倒利科所探讨的两极时（这种两极对立不是他本人理论的特点），我们没有对其论据中存在的混淆视听的方面提出质疑。毫无疑问，某些历史叙事会制造虚构效果，正如某些虚构会制造纪录片效果——无论我们怎样定义"效果"，而定义"效果"始终不是一件容易的事。对个体读者或共同体具有重要意义的主题，人们对其指称杂糅性（hybridité référentielle）的容忍度差异很大，通常容忍度较低。在一个被假定对历史与虚构之间界限模糊性高度宽容的时代，也就是 17 世纪，历史学家瓦利亚（Antoine Varillas）［撰写了《佛罗伦萨轶事》（*Anecdotes de Florence* 1685）等著作］因写了具有小说色彩的历史叙事而受到嘲讽，其著作太过明显的虚构效果抹杀了可信度[1]。利科假设的"幸运的结合"远

1　不过，瓦利亚的情况较为复杂，因为他信誉扫地也有政治方面的原因，与此同时，他是因为被剥夺了参考王室资料的资格，才被迫采用小说的形式（Uomini 1998a : 357 及其后）。

远没有成为标准。

利科的第二个论据是虚构对世界造成的影响。这一论据与上一个论据的性质不同。问题不再是将同样的效果赋予不同性质的文本，而是认为对某个文本的阅读会在现实中产生改变这一文本性质的结果。利科把这一过程称作文本借助阅读"回归生命"。正是在这一理论框架下，"现实""非现实""指称"等概念在他看来失去了效力（1985: 229）。这是什么意思呢？

近期，研究者的兴趣开始转向虚构的用途[1]——这一转移常常受利科著作启发，毫无疑问，这将注意力引向了真实现象，后者由想象力产生，可以被观察，其中一些甚至可以被测量。阅读或观看虚构作品引发认知、知觉、生活方面的改变[2]，这些改变在身体与姿势、经济与风景中留下印记，可以被认为是个体或集体现实化运算（opérations d'effectuation）[3]的结果。现实化与有关想象力的某个古老观念[4]很相似，想象力此时被视作能将欲望转变为现实的力量。从逻辑角度说，虚构对真实的影响不会令虚构变得更

---

1 我们可以举马瑟（2011）和锡东（2010）的例子，两人都大量借鉴了利科的理论。

2 锡东（2010）提到"再链接"（reconcaténation）、"剧情化"（scénarisation），不过我认为一个更具涵盖性的术语似乎更为有用。

3 "现实化算子"（opérateur d'effectuation）这一术语从属基于冯·赖特（von Wright 1963）的行为理论发展起来的形式逻辑。参见奥图瓦（Hottois 2002: 18）。我们将其理解为虚构在世界中的全部延伸。

4 杜布瓦（1987: 19-40）指出，在文艺复兴时期，想象力主要被视为一种现实化生产（production de réalisation）。帕拉塞尔苏斯（Paracelse）曾提到"想象潜势"（virtus imaginativa），并认为后者具备无穷的力量。

为真实 [1]（灰姑娘不会因为迪士尼乐园的女员工扮演她的角色，或因为上百万小女孩根据故事塑造自己的欲望对象而变得更为现实）。不过，虚构的各种现实化——生活的，趣味的，商业的——因娱乐业的开发而变得越发多样，它们体现了或者说——根据不同的视角——维持甚至激发了全世界人民渴望另一种生活的欲望。现实化实践所创造的杂糅空间促使对事实与虚构界限的想象变得更加困难，因为这一空间揭示了一种无法遏制、人所共有的冲动，即跨越边界的冲动。这是如今人们普遍感觉边界如此脆弱的原因之一。

然而，利科并没有以如此宽泛的方式来思考"再塑形"。虽然他对解释清楚这一富有创造力的多形态空间功不可没，但他特别将这一空间纳入他自身对时间关系的思考中。他的假设是，虚构想象出来的时间变幻与历史叙事对过去的类似重构结合起来，提供了一个解决时间悖论 [2] 的方案，在将个体时间——无论虚构与否——与宇宙时间联结的同时，平息了死亡带来的焦虑。

这一假说深具诱惑力。不少作品（利科研究的少数几部小说以外的作品）通过人物跨越的时间阶段，结合了神话时间、历史时间与个体时间。例如，于尔菲的《阿丝特蕾》（1607—1625）可以这样来读：这部具有高度现实化潜力的爱情小说（牧羊人及其世界在两个世纪里被人们不知疲倦地摹仿，为后来人提供了名

1　于斯顿这样认为（见第一部分第一章）。

2　自奥古斯丁（《忏悔录》卷九）起，时间悖论即被定义为时间的存在与非存在。我们只能观测存在的事物；对于过去或未来，时间已不存在或尚未存在，我们只能通过回忆或等待去体验（Ricoeur 1983: chap. I，"时间的悖论"）。

字、游戏、布景、社交模式、情感与个性的理想典范）同时也是
一部有关法兰西起源的小说——充满阿卡迪亚神话色彩，或者一
部野蛮人入侵史（明显受古代与文艺复兴时期历史学家著作的启
发），或者一则有关亨利四世统治初期的寓言。这部小说与其他
很多小说一样，实现了利科在谈论《达洛卫夫人》时所说的时间
叠加（tuilage）。可是，从这个角度说，历史学家的哪个故事能与
《达洛卫夫人》一类的小说媲美呢？此外，我们能将虚构构建的时
间关系简化为过去、现在与未来的联系吗？巴罗尼（2007）已指
出，"吸引人的"情节的特征在于通过悬念、谜团与意外，在阅读
中引发情感效应，这点不同于历史叙事"布局式的"情节（Baroni
2009: 63）[1]。初看之下，历史叙事可以像某些侦探小说那样建立
在谜团之上。读者在打开阿加莎·克里斯蒂的小说时，知道谋
杀已经发生或即将发生，打开马迪厄（Albert Mathiez）的著作
[《法国革命史》，1922—1927（*La Révolution française* 1922—
1927）]，知道法国大革命已经发生。两种情况下，读者的兴趣均
能自上而下，集中在导致这一事件的因果链以及事件爆发的方式
上。但历史学家不同于小说家，他不会表明自己是不可靠的，也
不会弄虚作假提供事件的其他版本。虚构想象出来的故事变体蕴
含了被历史学家的历史忽略的可能性（例如以时间悖论的形式出
现），即便历史尝试讲述另外的世界并采用反事实逻辑也于事无

1　巴罗尼在其著作的第一章（2009: 45-95）指出，利科情节理论的普及推动了虚构
　　叙事与事实叙事被不合理地等同起来。实际上，它们的差异建立于叙述塑形工
　　作，对虚构叙事来说，叙述塑形产生了不和谐感（美感与无尽阐释的源泉），对
　　事实叙事来说，叙述塑形则产生了某种本质上具有解释作用的和谐感。

补：这些尝试正因看起来借自虚构而以明显的方式呈现出虚构与历史的差别，无论从效果角度还是从可能性角度看，无论在逻辑层面还是在风格层面，都是如此。

认知理据

怀特和利科的论证基础是思维机制，他们认为历史学家的行为与小说家一样，在此过程中活跃着同一种思维机制。在怀特那里是著名的转义理论，怀特在《元史学》[1]导论中对其进行了阐述，利科（1975）从中看到了对他本人的隐喻理论的一种回应[2]。在怀特那里，转义攫取了观念化之前乱纷纷的历史材料，这似乎对应利科笔下被视为综合异质因素的摹仿 I，或者"预塑形"。这一无意识的操作导向了对某种类型的情节设置方式（对应不同的文学类型，"罗曼司"[3]、悲剧、喜剧和讽刺剧）的选择。怀特将这些情节设置方式与不同的世界观、因果类型和政治预设建立了

1　据我们掌握的资料，这是怀特唯一被译成法语的文本。著作由费里（Laurent Ferri）翻译，以《历史的诗学》为题发表于《迷宫》（*Labytinthe*）杂志的"'热土豆'——诗学、知识与政治"（"Patates chaudes". Poétique, savoirs, politique）专号，n°33, 2009 (2), p. 13-56。

2　然而，两位学者的观点还是存在很大差别。对利科来说，隐喻能够指称外部世界，因为诗功能"通过具有启示意义的虚构这条迂回的道路重新描绘了现实"（1997 [1975]: 311）。隐喻因而具有了预言存在的能力（它肯定某物像另一物）。怀特意义上的隐喻完全不同于此，后者恰恰试图通过呈现历史叙事与文学作品——没有明说但应是虚构作品——的相似性来抹除历史叙事指称外部世界的功能。

3　罗曼司（romance）这一术语在古代盎格鲁–撒克逊语汇中很常见，它同时指情感小说、田园小说、英雄小说，通常被认为是幼稚的创作。

联系。如此一来，与隐喻相关联的是"罗曼司"和某种对世界的"形式"解释模式，注重赋予个别事物——行动者或行动——的特殊性以价值，但并不试图寻找概念的高度精确性；这一类解释的代表是米什莱等几位伟大的叙事者，它的政治色彩是无政府主义的。与之相对的是喜剧类型，这一类型本质保守，青睐和解与一种提喻式的有机解释模式[1]，兰克的著作即属于这种模式。马克思的学术著作更多呈现了借代、悲剧、机械解释的结合。我们不想一一展现怀特的整个古怪体系。重要的是，怀特将某种论证模式和世界观与某种文学类型等同起来：这种简化思维强有力地起到了祛魅效果。即便怀特后来多次回到这个问题[2]，至少在《元史学》中，他坚称没有一种模式、类型、思维体系、对过去的书写比另一种更为有效、更为合法。因此，很明显，由文学类型思想引入的虚构思想令历史学家的一切客观声明都变得不可信，因为这种虚构思想在一开始便已不知不觉地滑入历史学家的文学–政治想象中。正是这种想象赋予历史学家的书写以意义，令他人理解某个过去，后者在现实中只以缺失的形式或大量互相矛盾的文献的

---

1 怀特认为历史学家往往通过宏观世界与微观世界之间某种隐含的关联来寻找引导行动者的思想。

2 例如在《讲述历史与意识形态》（Storytelling historical and ideological 1996）中，他将蒲鲁东（Proudhon）和马克思写的雾月十八日事件进行了比较，断言马克思的版本更接近真实，因为阶级斗争中没有任何意识形态的东西（White 1996: 292）。1992 年，在一篇著名的文章《历史情节化与真实问题》（Historical emplotment and the problem of the truth）中——下文还会提到这篇文章，怀特提出一个观点：对犹太人的大屠杀不能也不该随意用一种历史–文学类型来处理，他排除了讽刺剧与罗曼司的可能性。

面目出现。

利科的认知论据比怀特的更为有效，因为他超越了文学与虚构的脆弱等同。有效性还在于，利科似乎用某种强有力的情感或伦理防线保护了事实与虚构的界限，即认为历史学家对客观性的承诺是他们向逝者欠下的债务。在《历史与真理》(*Histoire et vérité*) 中，历史被定义为不严谨的学科，而触及历史真实的可能性则建立于对过去时代的人的同情之上。历史学家的客观性因而是一种"隐含的主观性"或者说"有教养的主观性"（1955: 23&24）。历史学家的感性投入被描写成一种沉浸在某个世界的行为，从现象学角度来看，无法将其与沉浸在某个虚构世界的行为区别开来。历史学家确实具备某种"背井离乡"的能力：

　　……通过假设置身另一个现时；他所研究的时代被他当作作为参照的现时以及时间观的中心。这一现时有一个未来，由当时人的等待、未知、预见和恐惧构成，而非由我们其他人确知发生的事构成。这一现时还有一个过去，它是当时人对过去的记忆，而非对我们确知发生的事的记忆。（Ricoeur 1955: 30）[1]

这一惊人的文本具有决定性作用。指示转移此前被汉伯格（1986 [1957]）界定为虚构的特有属性，用瑞安（2001）的术语来说是在另一个世界的时空中"再中心化"，在利科看来，指示转移

1　本书译者译。亦可参见利科著《历史与真理》，姜志辉译，上海译文出版社，2004 年，第 11 页。——译注

却标志了历史学家方法的特殊性。利科甚至建议"在想象中真正转移至另一种生活"（1955: 30），而这种转移传统上定义的是作者或读者与人物的关系。

《时间与叙事》卷三进一步探索了历史与虚构之间的关系，赋予了历史学家某种"意图性"（intentionnalité），后者主要奠基于想象之上，而想象被视作创造或呈现一个世界的能力（1985: 270）。历史学家创造的世界不是对曾经存在的世界的重构，而是这个曾存在的世界的"相似"版本。以"相似性"为基础，历史学家的方法揭示出一个"相似的存在"（être comme），也就是一种隐喻，但此隐喻的意义不同于怀特的隐喻，因为它并不涉及任何因果体系，也不涉及特别的意识形态。它标志着历史学家（思维转移）和历史叙事（相似性替代）与某种业已消失的事物状态之间的关系。在我们看来，这种论理思路最大程度地撼动了事实与虚构之差异的基石，因为某些特征原先主要是虚构沉浸的特征，如今也被赋予对历史叙事的阅读。然而，我们将会看到，利科并没有一以贯之地坚持这一吊诡的假设。

在《活的隐喻》（1975）中，利科捍卫了如下观点：隐喻具备双重指称价值（文本内与文本外）[1]，蕴含具有本体论价值的预知能力。十年后，在《时间与叙事》卷三末尾，他坚持抛开指称问题，以便阐明历史的诗学功能（1985: 153）。可是，谈论历史与虚构的关系问题真的能够毫无矛盾地撇开指称问题吗？

1　作为"内在于语言的语义成分和与一种外在于语言的现实之间的联系"（1975: 232）。

事实性纪念碑的暗礁

上述几位作者都试图摆脱与现实的关系以及那种"秘而不宣的现实主义"，但他们的努力都落空了，因为在利科看来，他们没能成功摧毁最大胆的建构主义形式（1985: 148-149）。

正如上文指出的那样，怀特经常（在文章开头或注释中）同意历史叙事不同于虚构叙事，因为它们需要关心现实问题（"are concerned with" 1976: 21）。但这是何种类型的"关心"、目标与关系呢？应该不是摹仿（*mimèsis*），因为怀特认为现实（及其迹象）的不协调与叙事的秩序之间存在彻底的不可通约性。然而，如果说通向现实的道路完全被堵塞，那么断言现实不协调的依据又是什么呢？现实的无序令一切再现活动都无差别地显得不合时宜，将一切真实性与准确性的野心变成错觉与欺骗：除怀特之外，这种想法贯穿整个 20 世纪，可以看作利科反对的"怀疑解释学"（1969）的延续。

尽管人们不断重申"事实不会自己说话"，这一断言却被大量超常事件和将这些事件树立为事实性纪念碑的共识粉碎。此外，可能正是当这个共识出现裂痕时[1]，理论与事件的对抗才变得紧

1　在这个问题上最著名的文献可能是利奥塔的《异识》（*Le Différend* 1983）。利奥塔认为，关于"奥斯维辛"的现实以及"毒气室"的意义，人们不可能达成一致意见（Lyotard 1983: 34）。在他看来，证据消失，战胜方法庭欠缺合法性（！）（90），这些问题意味着历史学家没有资格来回答修正主义者提出的问题。既然现实的存在不能通过经历来证明（76），既然能陈述这一现实的主体也已不复存在，那么任何见证人都无法对这一现实负责（82）。因此，修正主义者的实证主义被宣布无效，因为奥斯维辛与其说是事实不如说是"符号"，与其说是现实不如说是一种"元现实"（méta-réalité）（92）。正是在这一特殊的论述框架下（转下页）

张[1]，1990 年代紧张的学术语境中的大屠杀（Holocauste）即是这样的例子，这一时期否定主义（négationnisme）的发展蒙蔽了视听[2]。怀特的对手与拥趸已经或满意或气恼地[3]指出了怀特本人的自

（接上页）出现了有关大屠杀与地震的著名对比，地震可能会摧毁测量地震的所有工具："假设地震不仅摧毁了生命、建筑、物品，还摧毁了直接或间接测量地震的工具。无法量化地震的事实不但不会阻止，反而会促使幸存者产生地球力量巨大的念头。科学家说对地震一无所知，但普通人百感交集，而这种情感是由对不确定性的否定呈现激起的"（91）。

1　弗里德兰德十分清晰地论述这一冲突："欧洲犹太人的灭绝是最极端的集体犯罪案例，它必须迫使持历史相对论的理论家们去面对种种立场的后果，这些立场曾被太过轻松地从抽象层面得到了处理。"（Friedländer 1992: 2）他所主编的有关大屠杀之再现的文集（1992）起源于金斯伯格（Carlo Ginzburg）和怀特之间的一场论战，同时收录了怀特理论的反对者与支持者的观点。

2　有学者认为大屠杀可能改变了人们的现实观念，令历史与虚构的差别变得无足轻重（Langer 1975）。这种观点在 1980—1990 年代成为老生常谈。关于这一问题，参见佛利的文章（Foley 1982），佛利在文中探讨并否定了这种观点。我们赞同佛利的观点："但是我坚持认为，对大屠杀叙事进行深入考察恰恰会揭示相反的一面：书写大屠杀的作家对于现实与想象的区别深有意识，并运用了多样的修辞形式，来加强他们与读者之间建立的被我称之为'契约'的东西的事实性或虚构性，这'契约'是文学期待的范型。这并不是要否认，很多大屠杀叙事——事实叙事或虚构叙事——的氛围是魔幻的、非现实的……而是要承认，传达某种可怕经历的困难——即使只是为了说明现有文学在呈现这一经验上的不足——与宣称现实本身变成了'虚构'并不是一回事。"（Foley 1982: 332）佛利指出"虚构"（fictual）一词来自扎瓦扎德（Zavarzadeh 1976）。

3　持这一立场的主要是坎斯坦纳（Wulf Kansteiner 1994）、凯尔纳（Hans Kellner 1994）、布劳恩（Robert Braun 1994）。以布劳恩为例，他认为怀特毫无必要地削弱了自己的相对主义主张。他重申了怀特有关真实奠基于公众约定的观点，认为现实和历史都是旨在强化共同体联结的建构，都具有政治层面的可能性，道德层面的可想象性，以及社会层面的可接受性，大屠杀既已成为历史，便也不会例外。此后斯通［Stone 2001 (éd.), 2003］也捍卫了一种有关大屠杀的建构主义思路。反面的立场主要体现于弗里德兰德（1992）主编的著作中金斯伯格（转下页）

相矛盾之处，因为他承认《元史学》中定义的类型不适用于分析大屠杀。弗里德兰德（Friedländer 1992）主编的文集也收入了怀特的文章［《历史情节化与真实问题》（Historical emplotment and the problem of the truth）］，这篇文章对大屠杀之再现的讨论令人困惑。怀特尤其捍卫了一种诗意再现的可能性（对大屠杀的"寓言式"和"非字面"[1]再现），这种主张暗示着一种与大屠杀现实对应的字面再现是可能的。怀特明确指出，考虑到事实，应拒绝以滑稽、伤感、反讽的模式从字面直接再现大屠杀（即便用引号引起来也不行）：

> 假如有人用"滑稽"或"牧歌"模式来编写第三帝国发生的事，我们有充分的理由以"事实"的名义，将这类作品从各种彼此竞争的有关第三帝国的叙事作品清单中除名。（1992: 39）

怀特甚至举了一个有关二战的"从政治与科学上说"（1992: 42，斜体为本书作者所加）均不正确的再现例子[2]。向客观性的这种出人意表的回归同时还伴随着对某种大屠杀再现模式的颂扬："现代主义"事件的典型代表（正如一切当代历史经验[3]），由一种

（接上页）［"只是一种见证"（Just une witness），p. 82-96］与朗格［"对极端性的再现"（The representation of limits），p. 300-317］二人的文章。

1　他举的例子是斯皮格曼的《鼠族》（1986、1991）和莱维（Primo Levi）的作品。

2　希鲁格尔贝尔（Hillgruber 1986）。跟很多人一样，怀特也谴责希鲁格尔贝尔将二战末期德国东部地区人们的命运描绘得跟犹太人的命运一样悲惨。

3　他举了"核污染"和"生态自杀"（White 1992: 52）的例子。

同样具有"现代主义"色彩的风格写出，这种风格超越了主体与客体、事实与虚构的陈旧的二元对立。一个时代与一种风格或一种再现模式之间的对应因而不仅是可能的，而且还是受到高度期盼的。然而，这一再现模式的任务一般被认为是要抹除令其具有合法性的对应概念。此外，对所谓的现代主义风格的界定远远称不上清晰（怀特的很多解读者[1]坚持认为应该理解为"后现代"）[2]，尤其因为怀特借鉴了"中间语态"（la voix moyenne）[3]概念，这一概念借自巴特[4]，意味着写作主体的某种既在场又缺席的状态。在怀特的思想中，"中间语态"被等同于"现代的"、反现实主义的书写，它超越了或者说应该超越历史与虚构的区别。

事实果真如此吗？怀特提到的作家，无论莱维还是斯皮格曼，他们的作品均建立于自传契约与非常明确的指称契约之上。在两

1　例如，斯通（Stone 1997）将怀特有关大屠杀再现的观念与利科进行了对比。斯通将怀特对"现代性"（立即被他等同于后现代性）的呼吁视作公理，指责利科太过依恋某种应对大屠杀负责因而应被取缔的文化。

2　远远称不上清晰，是因为怀特在多篇文章中将伍尔夫的作品视作"现代性"的代表。

3　正如凯尔纳（Kellner 1994）（在韦尔南基础上）解释的那样，希腊语中的"中间语态"表达的是无行动者的行动的概念。不过，在西方，主体的发展取消了语言的这种可能性。因此，"中间语态"的复活与某个可能取消了主体的时代（我们的时代）相适应。凯尔纳认为，《鼠族》中的叙述声音符合这一定义。

4　巴特将"中间语态"等同于"现代写作"："写作，在今天，是令自己成为话语程序的中心，是令书写反作用于自身，是令行动与情感同步，是令书记员留在写作活动内部，不仅仅作为心理学主体……而是作为行动者。"（Barthes 1984a: 29-30）我们可能应该将"中间语态"理解为（已死的）作者的幽灵，后者以"书记员"的形式出现于文本中。对于"中间语态"，巴特举的例子是普鲁斯特作品中的叙述者的语态。

个案例中，指向事实的承诺不仅对作家本人来说至关重要，同时还会影响对作品的阐释。作为事实文学的代表，它们肯定了某种必要性，即不能将文学性与虚构性混为一谈。《鼠族》中猫与老鼠的世界既是一个自洽的虚构世界，从寓言角度看，也是一个带有历史性质与自传性质的世界，描述了作者的家庭曾经历过的犹太人受迫害的悲剧。寓言类文本都会以直接或加密的方式指称某种个体及/或历史现实，与所有这类文本一样，《鼠族》也属于杂糅文本（textes hybrides）类型，从形式看是虚构的，从本质看是指向事实的。

在大屠杀问题上，利科没能获得有别于怀特的结论。诚然，历史学家面对逝者的债务（利科理论的独有元素，怀特理论中没有这些概念）确实得到了前所未有的强调与重申。但与怀特一样，利科也在对大屠杀的再现中，看到了历史与虚构的可能以及必要的融合，同时又在最后以一种中规中矩的方式重新定义了它们各自的领域：

真正的历史学家被认为应该克制自己的情感……伦理上的中立态度可能适用于处理过去的某段历史发展过程，因为我们需要与这一过去拉开距离，以便更好地理解与解释它。但是，面对与我们距离更近的事件，例如奥斯维辛，这种中立态度似乎变得既不可能也不可取。此时需要遵守的是《圣经》的命令，更确切地说是《申命记》中的命令——*Zakhor*（你应记得）[1]，尽管这一命令

1　希伯来语"Zakhor"有多种中译文，此处根据译文贴切性，选取的是思高版《圣经》译文。——译注

并不一定等同于对历史书写的召唤。

……

在有关恐怖事件的记忆中，虚构的作用是恐惧与崇拜的力量的必然结果，这两种力量都能召唤一些以明显的独特性（unicité）为最主要特征的事件。

……

我们重新看到虚构激起在场幻觉的能力，但这种幻觉处于批评距离的控制之下。此时也是如此，心智表征能力（imaginaire de représentace）通过"摆放在眼前"进行"描绘"。新的事实是，受控制的幻觉并不是为了引起快感，也不是为了分散注意力，它是为某种由恐惧或崇拜引发的个体化（individuation）服务的……虚构赋予惊恐的叙述者以双眼。观看和哭泣的双眼。大屠杀文学的现状充分证明了这一点。或者是对尸体的计数，或者是有关受害者的传说。在这两者之间插入了一种历史解释，符合独特的因果责难法则，非常难以（甚至完全不可能）书写。

如此与历史融为一体后，虚构将历史带到了二者共同的起源，即史诗……在这两种情况下，虚构令自己服务于无法遗忘之事。它使得历史书写能够具有与记忆同等的地位。因为当好奇心是唯一推动力时，历史书写可以与记忆无关。（Ricoeur 1985: 272-275）

虚构提供"在场幻觉"，历史给予解释与批评距离。虚构还有激起恐惧与崇拜的责任。至于历史，它帮虚构摆脱了低微的地位，因为幻觉并不是为了引发快感或分散注意力，而是为民众的记忆服务的。

利科上述这番话并非没有道理。恰恰相反，很多古代与现代的例子能够支撑他的观点。令过往灾难的记忆留存下来的，并不是事实性报告，而是很多杂糅事实与虚构的文本，公开采用或重写档案的虚构［例如孟佐尼（Manzoni）1827年出版的有关1630年米兰鼠疫的《约婚夫妇》（*Les Fiancés*）］，以及很大程度上摹仿见证文学的虚构［1722年出版的笛福（Defoe）的《瘟疫年纪事》（*Journal de l'année de la Peste*）］[1]。再现大屠杀[2]的问题向虚构的合法性提出了挑战，关于这一问题，普斯托耶维奇（Alexandre Prstojević）曾指出，浩劫文学如何借助一些具有"与事实不符的历史性"的文本，逐渐获得了文学上的合法性。虚构尤其是一种"传播历史知识的工具"（Prstojević 2012: 43）。契斯（Danilo Kis）、佩雷克（Georges Perec）、伊姆雷（Imre Kertész）、塞巴尔德（W. G. Sebald）、拉维奇（Piotr Rawicz）的后现代写作明显体现出类型混杂性，在这些作品中，"虚构世界与客观世界紧密相连"（Prstojević 2012: 119）。普斯托耶维奇的这一分析同样适用于《鼠族》。

　　然而，无论多么具有说服力，利科的结论很难与哲学家本人的其他观点调和。一方面，哲学家在为虚构与历史分配任务时体现的保守令人吃惊。他一面努力证明历史学家创造了一个世界，与过去时代的人们建立了一种共情与认同的关系，一面却将与情

1　关于这一点，参见比诺什（Binoche 2006）和本书作者（2012）相关文章。

2　1961年，《方舟》（*L'Arche*）出版了一期作家与浩劫专号。八位作家回答了如下问题："作家会不会在虚构中背叛集中营悲剧？"作家们的回复各式各样、互相矛盾。［参见普斯托耶维奇（Prstojević 2012: 43）］

感和视觉相关的一切统统扔给了虚构（"观看和哭泣的双眼"）。留给历史去做的只剩指示现实、进行解释、理性地制造距离这些事。大屠杀文学令历史与虚构的融合成为必要，在描绘这一融合的时刻，利科把它们的传统角色还给了它们，仿佛此前进行的特征交换只成了悖论。

另一方面，虚构与历史是否真的可能产生"交叉指称"——也即历史把自己对过往的债务填充到虚构中，虚构把自己致幻的表达能力赋予历史——也成为一个问题。因为这一假设与利科的其他观点不兼容。在同一部著作中（《时间与叙事》卷三），利科确实曾断言，在一部虚构作品中，一切都成为虚构：

> 仅仅因为叙述者与主人公都是虚构的，一切对过去历史的谈论就都失去了对历史的表征功能，并具有了与其他事件同样的非现实属性……历史事件并没有被直接指明，仅仅是被提到而已。（Ricoeur 1985: 187）

在这些条件下，如果接近虚构的结果是令历史失去指称功能，那么我们就无法理解"交叉指称"怎样才能产生。在虚构与历史之间又会产生什么样的杂糅，什么样的融合？对历史的指称本应赋予虚构以伦理和记忆的分量，以此来抬高其地位，如今它会不会被虚构吸收并取消？当虚构影射的不是一战或德雷福斯事件〔利科认为，当《达洛卫夫人》和《追忆似水年华》分别提到这两起事件时，它们已失去指称功能〕而是奥斯维辛时，抹除指称异质性会产生什么样的后果？在前面引用的段落中（Ricoeur 1985:

272-275），对指称对象的悬置完全没有被当作虚构的一种功能，虚构的观念由此显得自相矛盾。

这两位作者重新构想历史与虚构界限的方式虽然不同但具有可比性，当涉及对大屠杀的思考时，这一构想在两位作者笔下承受了一种极端的调整。大屠杀在那些年扮演了泛虚构化理论的试金石。对比两位作者的理论，我们会对某种可能性产生怀疑，即我们是否有可能在不考虑指称对象的情况下思考历史叙事，将其等同于虚构，将文学性与虚构性混同起来。

这一结论同样适用于韦纳，有关修正主义的论战同样迫使他对自己的理论进行了修改。不过，韦纳的思想与利科和怀特、怀特和维达尔－纳凯（Vidal-Naquet）或金斯伯格的对话与论战保持了一定的距离，因此值得我们单独探讨，尤其因为它还具备某个无法归结为利科或怀特学说的维度，这一维度便是对虚构观念的历史性问题的考察。

想象的宫殿：保罗·韦纳

《古希腊人是否相信他们的神话》（*Les Grecs ont-ils cru à leurs mythes?* 1983）可能是法国[1]第一部从历史视角探讨虚构问题的著作。这部著作与帕维尔的著作《虚构的世界》之间的相似性非常明显[2]，《虚构的世界》法译本出版于 1988 年，比韦纳的著

1　实际上，在美国，尼尔森已在 1973 年出版了一部从历史角度探讨文艺复兴时期虚构观念的著作。

2　此外，帕维尔（1988 [1986]: 54）在书中多次引用韦纳的《古希腊人是否相信他们的神话》。

作晚五年。韦纳的思想与 1970 年代的法国文论不无关系。在为
《人如何书写历史》（*Comment on écrit l'histoire*）撰写的书评中，
德·塞托（1972）强调了本书与巴特（1967、1968）[1]、格雷马斯
（Greimas 1970）以及克里斯蒂瓦（Kristeva 1969）[2] 的文章论著之
间的亲缘性。韦纳本人在发表于 1978 年的文章《福柯，历史学的
革新者》（*Foucault révolutionne l'histoire*）[3] 和出版于 2008 年的著
作《福柯：其思其人》（*Foucault, sa pensée, sa personne*）中，解
释、捍卫了福柯的理论，不断重申自己与福柯思想的相似性。然
而，从今天来看，比起观点的相似性，历史学家与法国结构主义
者之间的视野差异更为明显。雷蒙·阿隆为《人如何书写历史》
撰写的书评（1971）（更多是以否定的方式[4]）强调了分析哲学对韦
纳的影响。对指称问题的追问，对语言游戏的兴趣，对常识的重
视，态度暧昧地赋予某种天真形式以价值，这些表现确实都更为
接近益格鲁-撒克逊的虚构理论而非原样派的虚构理论。韦纳的
一切努力均在于将目光导向实践，将其从抽象结构上扭转过来，
这些结构的根基是号称具有普适性的概念。因此，韦纳完全不会

1　德·塞托还将他书评的一个章节命名为 "历史的话语" ["转型期的认识论"（Une
　　épistémologie de transition），Certeau 1972: 1322]。

2　参见德·塞托（Certeau 1972: 1322 n. 28）。

3　《人如何书写历史》（1971）再版时，该文以附录形式发表于著作中。

4　阿隆（1971: 1324）多次表达了他对分析哲学的敌意，认为分析哲学已经被超越，
　　因为其研究的主题在半个世纪前就已被德国哲学穷尽。因此，他对韦纳思想的德
　　国来源的强调并不令人意外。

指责读者在小说人物上看出"文学迷信"[1]以外的东西：

> 这些天真的人并非毫无道理……正是真理体系之间的相似性帮助我们进入小说虚构，发现小说人物"栩栩如生"，同时找到过去的哲学与思想的意义。[2]

出于对虚构性（尤其文学虚构性）的不同理解，韦纳脱离了他那个时代的法国理论语境。这种偏离还具有些许政治色彩。信仰的可变性，对已确立的科学真理发自内心的怀疑，认为不同的甚至自相矛盾的"计划"能在同一个头脑中共存的信念，这一切的基础是共产主义理想的回流，后者在 1980 年代最终稳定下来。我们在此不考虑韦纳面对社会科学、人文科学和年鉴学派的批判立场[3]，尽管他本人属于年鉴学派[4]。我们感兴趣的是他的虚构观念以

---

1 "文学迷信——这是我对某类信仰的称呼，这类信仰的共同点是对文学的语言条件的遗忘。因此人物这些没有五脏六腑的活物，它们的存在与心理……"（Valéry 1941: 1.1, 221）这段著名的文字经常被哈蒙（Philippe Hamon 1972）等人引用。

2 本书译者译。亦可参见韦纳著《古希腊人是否相信他们的神话》，张竝译，华东师范大学出版社，2014 年，第 32 页。——译注

3 无论阿隆还是德·塞托都强调了冲突。《人如何书写历史》被视作一份反巴黎的外省人的"杜撰"、一份"檄文"、一个"散发出茴香酒味道的杀戮游戏"（Certeau 1972: 1318）。（茴香酒是法国南方特产。——译注）

4 卡拉尔（Carrard 1998 [1992]）已很好地解释了这一背景以及从更广泛角度说 1980 年代以来历史与文学的关系。对韦纳的评论参见卡拉尔著作法文本第 43、50—51、92—93 页。作者特别指出，除了部分与福柯思想接近的历史学家，大多数历史学家都不支持韦纳的观点，认为他的方法太哲学化，与他们关系不大。

及虚构在他的论证过程中所扮演的角色。

韦纳确信"历史中游移的实相"（2014: 140）依赖于之后被舍费尔等人称作"虚构沉浸"的东西。对韦纳来说，这种沉浸是完全的。阅读将我们投入某种次级状态：

我们只需翻开《伊利亚特》，就能步入虚构，就像人们说的，找不着北了……文学乃是魔毯，将我们从一个实相运送至另一个实相，但我们处在酣眠的状态之中……（2014: 31-32）

在阅读或情境再现时，我们表达了对虚构世界的信任。我们的情绪是这种信任的试金石："因为即便我们把《爱丽丝》一书及拉辛都视作虚构，但我们在阅读的时候仍会相信它们，我们还会坐在戏院的椅子里为之抽泣。"[1]（2014: 31）

韦纳认为阅读能令我们体验信仰模式的可变性。在我们这个社会，一旦书本合上，人们就停止信仰，而在其他社会，魔术或昏昧状态（la léthargie）[2]会延续很长时间。在《古希腊人是否相信他们的神话》一书中，"昏昧状态"标志着某种几乎蔓延至整个社会的态度，意在适应当时起作用的"真理程序"（即在某个特定

1　这一问题在当时成为流行，至少在美国是如此，拉德福德与威斯通（Radford & Weston 1975）的文章即证明了这一点。

2　"léthargie"一词在《古希腊人是否相信他们的神话》中是一个较为关键的词，多次出现，华东师范大学出版社版中译本分别译为"凝滞性"（第25页）、"酣眠"（第31、42页）和"麻木迟钝状态"（第140页）等。本书译者倾向于译为"昏昧状态"。——译注

时期决定什么可信什么不可信的信仰总和）。在古希腊，这一真理
程序在看待事实与虚构的区别时，表现出某种因循守旧的克制态
度。这种状况一直延续至丰特奈尔（Fontenelle）：

> 首先，在面对实相与虚构时，显得漠不关心，或至少是迟疑
> 不决。结果这种依赖性又促使人反抗，要全靠自己，且依据自己
> 的经验来判断一切，恰是这一注重现实事物的原则会将奇异之事
> 拿来同日常现实详加比照，从而转至其他的样态。（2014: 40）

韦纳经常诉诸读者的共同经验来帮助我们理解信仰模式及状
态的可变性。正如我们在阅读前后的心理结构不同，历史上的人
类群体不接受真理只有一个定义，对真理的解释与传承方式也有
不同的要求。

今天，一个虚构故事产生的吸引力真的与古希腊人面对他们
传说中的英雄，或者 20 世纪的人面对爱因斯坦的理论所产生的感
受性质相同吗[1]？这种等同值得商榷。不过，这一宽广的视野有一
个极大的好处，那便是将虚构视作一种历时的跨文化现象，有可
能激发各种各样的实用主义态度。这种论理思路的基础也是对虚
构与信仰关系的思考。最后，它也有助于对文学研究的公开捍卫，

1　"他们会相信宗教，阅读过程中相信包法利夫人，相信爱因斯坦、菲斯泰
　　尔·德·库朗热、法兰克人的特洛伊起源……"（韦纳 2014: 153）

因为既然神话[1]、历史[2]和科学[3]都成了文学类型，那么文学研究或者从更广泛的角度说文化研究不就成了一条最好的途径，来"跳出鱼缸"（sortir du bocal），通过某种"话语和实践史"，尽可能摆脱某个时代的陈词滥调？正如韦纳著作最后一章标题"在文化与对实相的信仰中必须择一"带着些许威胁呼吁的那样。

　　"人类"受到威胁这一主题大行其道的时代，上述诱人的计划始终具有现实意义，论述这一计划的这部书，我们也可以将其定性为文学，不仅因为它提到了纪德[4]、杜克洛（Oswald Ducrot）、里法泰尔（Michel Riffaterre）[5]等人，还因为它对具有教育意义的隐喻的大量运用。其中总结全书的"想象力的殿宇"的隐喻吸引了我们的注意力：

1　"与宗教联系极为松散的希腊神话其实只是极其大众化的文学体裁，是广义领域的文学，尤其是口头文学，如果'文学'这一术语能被应用在此的话。当时尚未存在虚构与真实的区别，传奇的因素也被平静地接受。"（韦纳 2014: 23）（译文略有改动。——译注）

2　"历史也是小说，有事实，有专有名词，我们已经发现，人们读书时对所读的内容都是完全相信。他们只是在读后才会把它看成虚构小说，而且他们还必须属于某个存在虚构观念的社会才成。"（韦纳 2014: 137）请注意，《人如何书写历史》前言起首第一句"历史是一部真正的小说"（韦纳 2014: 137）的语气还没有那么极端。

3　"各门科学不比文学更严肃，既然在历史上，事实无法同阐释分开，既然人们能按照自己的想法想象出各种阐释，那在精密的科学中也必定同样如此。"（韦纳 2014: 152）

4　以一种玩笑的口吻："拿但业（Nathanaël）尤其不让我拥有那种热诚之心。"（韦纳 2014: 164）

5　引用杜克洛（Veyne 1983: 35），将深化界定为某种"施事话语模式"（mode illocutoire），引用里法泰尔（韦纳 2014: 143 脚注 3）来嘲笑语文学认为能重构现实的幻觉。

……无论任何时刻，在想象力的殿宇之外不存在任何东西，也没有什么东西会有所反应（除了一些处于半存在状态的"物质现实"，也就是说，这些现实的存在尚未得到考虑，未获得其形式……）。因此这些殿宇并未竖立在空间之中：它们就是唯一可供支配的空间。当它们竖立起来时，会促使诞生一个空间，也就是它们自己的空间。在其周围，没有想要寻找进路的压抑的消极性。因而只存在让殿宇倏然出现的想象所构建的东西。（韦纳 2014：158-159）[1]

这一形象呈现了虚构概念在这部著作中所处的中心位置。韦纳在不知不觉中从文学虚构作为世界的观念（我们"进入"这个世界，我们相信它的真实性，我们采取这个世界中人的视角）过渡到了世界作为虚构的观念。建筑学隐喻表明了如下观点：宫殿以外别无他物，宫殿就是我们的世界。弗洛伊德式压抑的回归，黑格尔式否定的作用和海德格尔式存在的林中空地都被严格清除后，对我们来说，世上就只剩下我们自己的思想建造起来的建筑，富有意义，美不胜收，结构复杂。由于生物学隐喻同样为这一对想象力的想象增添了一点信息[2]，韦纳将我们的集体精神监狱描绘为一个自行增生的、隐喻性的组织，受某种生命原则的刺激["其内在的推进力并非朝向真实，而是朝向丰富性"（韦纳 2014：160）]，在我们不知情的情况下不断改变着自己。这一设想确如威

---

1 部分语句的译文结合原文进行了调整。——译注
2 这里涉及"文化扩散"（韦纳 2014：161）问题，全书倒数第二个注释贡献给了弗朗索瓦·雅各布（François Jacob）（韦纳 2014：159 脚注 1）。

廉斯毫不留情地指出的那样，是"荒诞不经的"吗[1]？它令韦纳的言论变得极端化（尤其与他 1971 年和 2008 年的观点相比），而它所开启的可能性被其他学者——从罗蒂到鲍德里亚——以更为极端的方式利用。尽管并非有意为之，韦纳所描绘的头脑中的风景与某个虚拟世界（巨大的，无限延展的，被陈词滥调统治，处于永恒的变动中）极具相似性，有力地证明了韦纳的理论放之四海而皆准的特征，至少在描述某些当代文化现象时是如此。

　　韦纳著作的深刻意义还在于，它揭示出，在同一个"程序"内部存在面对真假问题的多元态度，在从一个程序或精神世界向另一个过渡的过程中存在多样的特征。古希腊人面对他们的神话所表现的态度实际上也出现于很多历史时期。这一线团在一个长时段内展开，而韦纳本人也不断使用预见与比较的方法，后者有时显出有趣的时代错乱特征，比如西塞罗竟成了罗马人的维克托·库赞（Victor Cousin）（2014: 67）！从更严肃的角度说，如果说 16 世纪时帕斯基耶（Étienne Pasquier）[2]的读者谴责他标明资料出处，如果说 19 世纪还在出版约定俗成的流通文本而非原始文本（2014: 11），那是因为古希腊人的"程序"几乎延续至今。古希腊神话和《金色传奇》（Légende dorée）一直被相提并论（例如 2014: 24）。相信神话部分为真的态度一直延续至 18 世纪（2014: 149）。

1　更确切地说，威廉斯提到韦纳的"荒诞不经的相对主义"（Veyne 2006 [2002]: 354 n. 25）。韦纳在 2008 年著作中引用了这一对其青年时期著作不太客气的评价（Veyne 2008: 101 n. 1）。

2　帕斯基耶（1529—1615），法国文艺复兴时期著名人文主义者。——译注考虑到长时段和信仰结构的稳定性，这意味着归根到底我们不会那么频繁地改变宫殿或"鱼缸"（bocal），韦纳在其著作的结尾想表明的似乎是这一点。这种延续性首先关系到虚构概念。韦纳多次强调虚构概念的历史性[1]，不过他始终没有指出，在什么时期，根据什么标准，虚构概念对某种文化来说可能显得陌生。在他看来，这种情况可能更多出现在古希腊。然而他也强调了"希腊普通人"的立场所包含的"多疑"态度，这个"希腊普通人""按照他的脾气，他要么把该神话视为轻信的老婆婆说的故事，要么在面对以前的奇事时，持这样一种态度，即不管历史真实性，还是虚构，都毫无意义"（2014: 20-21）。历史学家描绘了自相矛盾的态度，于是，古希腊人一面相信英雄确实存在于历史中，一面又认为人们讲述的英雄故事是虚构的。出于古希腊人对语言、知识与谎言的看法，他们当然不会认为一切全是捏造出来的，不过他们承认故事中存在虚构成分，尽管这一成分的含量很难确定。他们的文化决定他们被两种感觉撕裂，一边是社会归属感，另一边是对自我内心的忠实，正如今天的我们。这样一种在虚构与非虚构的区别面前表现出来的含糊不清、息事宁人的态度似乎被韦纳视为失落的天堂。如同所有天堂一样，这个天堂存在的时间也不长，因为古希腊人试图通过寓言或离奇的编年史的形式来拯救他们的一部分神话，结果令自己"为一点小事自寻烦恼"（1983: 13）。

1　例如："甚至连真实与虚构的对置也显得是次要的，只不过具有历史价值而已，想象与现实的分别也不遑稍让。"（韦纳 2014: 160）

韦纳思想的最后一个特征是在伦理层面的追问，在 1983—2008 年间，这一追问始终占据他的思想。韦纳断言，不同的真理体制出现于不同的历史时期，真相并不存在，或者说无法获知。这一断言实际上碰到了不少难题。韦纳首先[1]试图通过嘲讽来摆脱佛里松（Robert Faurisson）问题[2]，但他的攻击没有解决任何问题：佛里松"必须如此，要么相信有毒气室，要么怀疑一切，就像道家信徒问自己他们是否并非正在做梦的蝴蝶，并未梦见自己是人，也未梦见有过毒气室……"（2014: 140）[3]在这一尽量不超越限度的怀疑主义与那个号称"世界本身并非虚构"的宣言之间，究竟该如何调和？韦纳区分了程序之内的错误（可受指摘）与一切程序的错误（无法避免），例如，与其时代相比，赫西俄德不是个造假者，正如著名的蝴蝶寓言的作者庄子不是造假者，因为在他们自己的文化语境中，他们没有犯任何错误。佛里松的情况与此不同。这是否意味着，佛里松所犯的错误仅仅是相对他自己的——也就是我们的——文化语境而言的？假如说赫西俄德、中国道士和佛里松分属不同的真理程序，假如说这些真理程序同样不可靠，那么佛里松的错误相对而言不就小了很多吗？相对真实的标准意

---

1 他在 2008 年的著作中很快又回到这个问题，例如他在引言中即猛烈抨击："但这种历史真理之疑难无关于对德雷福斯是否清白或毒气室是否实际存在的任何质疑——绝对无关。"（中译文参见韦纳著《福柯：其思其人》，赵文译，河南大学出版社，2018 年，第 3 页。——译注）

2 佛里松曾是法国里昂大学文学教授，法国否定主义代表人物，否认纳粹毒气室和犹太人大屠杀的事实，因反犹主义而屡次被法院定罪。——译注

3 他甚至更加明确地肯定："显然，忒修斯和毒气室的存在与否，在空间与时间的某个点上，都具有物质现实性，而不可归于我们的想象。"（韦纳 2014: 141）

味着真实的有效性被局限于某个特定的信仰世界或某个总有一天
会过时的"程序"之内，但这样的标准是站不住脚的。无论如何，
面对否定主义，这是一个太过软弱的答案。

不少迹象表明，韦纳本人也对自己的相对主义不满意。他时
而认为日常生活中的信仰的多样性与脆弱性制造了一种"平庸"
感（韦纳 2014: 117），时而又好像被自己的发现震惊[1]。他尽可能
不谈论这些发现，借口它们不会引起任何人的兴趣（韦纳 2014:
166）（怀特著作引发的论战潮流反驳了这种观点）。他不断安抚
读者，尤其在之后的著作中[2]。无论如何，《古希腊人是否相信他们
的神话》结尾用几乎有些牧歌式的口吻[3]，表达了一种清醒的担忧，
完全解释了 25 年后出版的《福柯：其思其人》的语调，以及他所
实现的部分转型。

在《福柯：其思其人》这部著作中，韦纳甚至建议扔掉他
"青年时代写的一部小书"[4]，但我们不准备这样做。2008 年的思想
界与 30 年前的主流思想界很不相似[5]。韦纳与那些推介"语言转向"

1　"首先这有种古怪的效果，会让人以为任何东西都是非真非假，但人们很快就对
　　此适应了。"（韦纳 2014: 166）
2　"让我赶快安抚一下读者：这种怀疑论与历史事实——这些事实充满了福柯的著
　　作——的现实性，无关，而与一些宏大问题有关。"（韦纳 2018: 78）
3　"这难道是我隐居乡村写这本书的原因吗？我真希望能像动物那样淡然。"（韦纳
　　2014: 167）
4　"而你也可以把年轻的韦纳的游移不定和信仰他们神话的希腊人丢到一边。"
　　（韦纳 2018: 128）
5　韦纳描述了自己与舍费尔有关福柯的交流，通过两个概念借鉴了"严格指示
　　词"（désignateurs rigides/rigid designators）理论，这两个概念一个是借自皮尔
　　斯（Charles Sanders Peirce）的"指示符"概念，另一个是借自帕瑟伦（转下页）

的学者的理论保持了距离，将福柯与他本人的理论界定为一种怀
疑主义、唯名论、非相对主义甚至实证论[1]。这种组合建立于某种
存在的双重性之上，一方面是怀疑主义认知论，另一方面是并不
具有怀疑主义色彩的生活；它帮助我们捍卫了一种可能性：我们
既能借助人文科学也能借助硬科学跳出"鱼缸"[2]。韦纳尤其为想象
力宫殿添加了外部景观。当然了，被他称为"渺小事实"的语言
外风景几乎难以分辨。但过往事件的物质现实（以毒气室的现实
为范式）不可置疑，纵使它是通过某种阐释程序被提及的。1983
年挥舞的尼采的旗帜（"事实并不存在"[3]）被束之高阁。

（接上页）（Jean-Claude Passeron）的"半专有名词"概念。这一举动意味着韦纳
重建了一种指称思想，甚至意味着对人文学科之科学性的可能性的支持（韦纳
2018: 155）。在注释中，他深入了自我批评："你可以看到一名历史学家因缺乏充
分的哲学训练而深陷其中的那种混乱，在写作那本书的过程中，他要处理的比
如神话之类的难题，又不可避免地包含着哲学的维度。我要说的是，那些难题
都太抽象了。麻烦的是我混淆了两个问题，即信仰模式多样性（这个表述是我
从雷蒙·阿隆那里学到的）的问题和时代中的真理的问题（这个问题是福柯告
知我的），对后一个问题我已做了相关阐述。如果我当时读过维特根斯坦或更为
全面地理解了福柯，或许会把那本书写得更好。"（韦纳 2018: 129）

1　实证论在这里指的是"调查经验数据的有效意义"（韦纳 2018: 22）。韦纳甚至谈
　　论了福柯的"解释学实证论"（韦纳 2018: 23-24）。面对文学文本，福柯所持观
　　点与"读者反映论"相对立："福柯确信文本有别于文本阐释，他的根本方法是
　　把文本作者放置在其时代之中去做出尽可能精确的理解。"（韦纳 2018: 23）

2　"我们在精确科学和人文科学中是可以得出一些实际的甚或科学的结论的。"
　　（韦纳 2018: 151）

3　"Es gibt keine Tatsachen"，"没有事实，只有阐释"（Nietzsche 1886—1887: 7 [60]，
　　KSA 12, 315）。韦纳多次引用尼采这句话（中译本译为"事实并不存在"，参见
　　《古希腊人是否相信他们的神话》，第 52 及 159 页。——译注）。对这句话的阐
　　释，参见贝尔奈（Berner 2006）。

韦纳指出了福柯与蒙田，以及从更广泛意义上说与 16 世纪的相似性：

> 他很像蒙田——却与海德格尔针锋相对，认为"我们没办法同存在相沟通"[1]。（韦纳 2018: 2-3）

> 在这个备受非议的句子里[2]，心存公正的读者可能发现它并非那么亵渎，而是在用优雅的蚀刻般的笔触强力地铭刻出对生命中悲剧性一面的某种形而上学感知。早在三个世纪以前，被画在沙滩上经受海水冲刷的面孔的这个意象就已经被阐释为人类"虚妄"处境的隐喻，被阐释为一种忧郁。（韦纳 2018: 81）

韦纳习惯抄此类近路。在比较两种怀疑主义时，作者想到的可能是另一种友好的辩护辞模式（蒙田的"雷蒙·塞邦赞"）。不过，他还是颇为有意思地勾勒出了伦理考量的界限与形式，这种考量是某种法式一元论的特征。

无论如何，他邀请我们拉近 16—17 世纪与 20—21 世纪的距

1　蒙田，《蒙田随笔全集》卷二，第十二章，"雷蒙·塞邦赞"（Apologie de Raymond Sebond）。韦纳在一个脚注中提到了这本书。（中译本参见蒙田著《蒙田随笔全集》，马振骋译，上海书店出版社，2008 年。——译注）

2　韦纳影射的是《词与物》的最后一句话："诚如我们的思想之考古学所轻易地表明的，人是近期的发现。并且正接近其终点。假如那些排列会像出现时那样消失……那么，人们就能恰当地打赌：人将被抹去，如同大海边沙地上的一张脸。"（中译文参见福柯著《词与物》，莫伟民译，上海三联书店出版社，2001 年，第 506 页。——译注）

离，在 1980 年代，很多人尝试过进行这种对比（后面会看到，比如拉康的例子），而后现代主义者滥用了这种对比[1]。反理性主义、反思性、人工性、忧郁症、螺旋和迷宫被认为是这些时期的美学的共同特征。抛开这些特征不谈，我们想强调另一个共同点，后者存在于对历史与虚构区别的不断追问中，无论是当时还是现在，由于新怀疑主义的发展，由于文学形式主义的主流地位，由于历史在与垄断地位不断上升的虚构抗争时遭到否定，历史与虚构的区别也不断遭到质疑。

二、17 世纪的战场

海登·怀特的历史论据

与利科不同的是，怀特将有关事实与虚构边界的历史当作了论据，后者建立于对现代性萌芽时期的某种单一的、简单化的理解之上。巴特的历时视角已经极其简单（16 世纪与"陈旧的修辞学"有些可取之处，受指责的二元论在 17 世纪确立，在 19 世纪大获全胜），怀特的历史视角有过之而无不及，无论如何，从其对 19 世纪之前的世纪的认识来说是如此。这些世纪在他看来标志着文学与历史关系的黄金时期[2]。怀特强调（1982: 120），在 19 世

1　对于此类大量涌现的文献，我们可以迪玛科普鲁（Dimakopoulou 2006）的文章为例，她在 16 世纪和 21 世纪的巴洛克风格中看到了对理性主义的抵制。

2　许多批评著作之后重拾了这一话题［例如卡里格南（Carignan 2000）］，始作俑者可能正是怀特。

纪之前，历史是修辞学的一个分支，是一种文学艺术。这是一个不争的事实，但这并不意味着这种情况没有引发任何争议。历史作为话语艺术，这一属性导致的结果令人吃惊，例如在怀特看来（1982: 122），旧制度下史学家的政治化是一种标准，而历史场域被视为一个混沌的场所，人们可以在修辞学才华允许的范围内赋予其任何意义。

我们可以理解，如此设想的过去在追求客观性的世纪（19 世纪）成为一种反衬，某种程度上说也成为今日的模板。实际上，怀特确实想扭转某种去修辞化、去政治化以及被他称之为"去崇高化"的运动的方向，这一运动的起始时间被他置于 18 世纪末期[1]，该运动将可怖事件，例如自然灾害排除在历史之外。对怀特来说，要恢复"崇高"的地位[2]，就必须承认历史事件是无法理解的[3]。

怀特完全继承了戈斯曼（Lionel Gossman）的思想，戈斯曼在《历史与文学》（History and literature）一文开头断言："在很长一段时期内，历史与文学的关系并不是一个特别值得关注的问题。"[4] 在这篇文章中，对古代的讨论只用了一个段落，对文艺复

1　自然史与社会史的大规模区分始于 17 世纪 [Lavocat (éd.) 2011]。
2　安克施密特（2005）把恢复"崇高"的地位视作其历史哲学的首要目标。
3　至少《元史学》表达了这样的观点，这一点甚至有利于历史与虚构的区分："史学家与小说家不一样，他面对着已构成事件的一种的的确确的混乱，他必须从中选取一些能用来讲述的故事要素。"（怀特 2004: 7）
4　"For a long time the relation of history to literature was not notably problematic"（Gossman 1978: 3）。与戈斯曼文章同时发表的还有怀特和明克（Louis O'Mink）的两篇重要文章，都收录于加纳利（Robert H. Canary）与考齐基（Henry Kozicki）主编并于 1978 年出版的文集中。

兴与 17 世纪的讨论只用了寥寥数行，而且还是通过对萨特的引用 [1]！之后到来的是 18 世纪，文学诞生，文学与历史分离，真实性与客观性顾虑产生。对于现代性早期，情况人尽皆知，很快被分门别类：由于修辞学与虚构性被不假思索地等同起来（这实际上构成了问题的核心），古典时期的诗艺理论家和历史学家有关历史书写方式的思考被概括为历史与小说之间的等同关系。

然而，还存在另一种更为博学的历史书写。由温伯格（Bernard Weinberg 1970 [1950], 1961）汇编的文艺复兴批评文集令读者深信，在文艺复兴时期的欧洲，对历史与虚构的对比与界定，包括在这两者都试图打压对方、取得合法地位的背景下，确定它们的局限性与它们的交叉点，这是当时的诗艺理论家 [2]、译者［如阿米欧（Amyot）］以及主要诗人［龙沙、西德尼爵士、塔索（Le Tasse）］最主要的思考对象。尼尔森（1969, 1973）揭示了真理体制的逐渐分化过程，这一过程的必然结果是自古代到 16 世纪的历史与虚构的逐渐分离。诚然，杜布瓦（Claude-Gilbert Dubois

---

1 在萨特看来（1964 [1948]: 112-113），一个 17 世纪的读者本身就是一个作者（Gossman 1978: 4）。

2 温伯格（Weinberg 1961: 13-16）在其简介意大利文艺复兴诗学的著作中用一个章节探讨了历史与诗歌的关系。在 15 世纪末及 16 世纪的意大利，思考过历史与诗歌之间关系（paragone）的主要作家包括：彭塔诺［Giovanni Pontano, Actius de numeris poeticis et lege historiae（《阿克提乌斯：诗歌节奏与历史阅读》）]、斯卡利杰［Jules César Scaliger, Poetices libri septem（《诗学七书》），1561］、萨尔维亚蒂［Leonardo Salviati, Il Lasca（《拉斯卡》），1585］。历史与诗歌有很多共同之处（都是叙述，拥有共同的教育与道德目标），但在与真理的关系上有所区别。尽管如此，萨尔维亚蒂承认历史学家会在必要情况下撒谎，从而削弱了历史的优越地位（Weinberg 1961: I, 15）。

1972）更坚持另一种观点，认为在 16 世纪，寓言、传说与历史从根本上说不分家，并提醒人们注意，历史在 16 世纪还没有构成一个学科。然而，在德赞（Desan 1987, 1993）、布夏（2002）、雪弗洛莱（2007）、杜普拉（2003, 2009）等人的努力下，自 1970 年代以来，通过对文艺复兴时期诗学及制度的分析，虚构观念史极大地得到了丰富。这些成果呈现了历史与虚构通过逐渐分离，在独立斗争中取得了共同或各自的胜利，不过这一胜利并不呈现为线性进步的形式[1]。

布夏（2002）出色地证明了"故事"（fable）和"历史"概念如何自 1540 年起，在知识与大学学科重组背景下，处于不断的重新定义与分离之中[2]。在她看来，历史的拥趸［例如博丹和拉波佩利尼艾尔（La Popelinière）］的战略是没收诗歌揭示真理的权利，令诗歌沦为空洞肤浅之物，以此来捍卫历史。要理解这种演变，我们就得考虑当时寓言信誉扫地的状况和新柏拉图主义诗艺的失败，这两者均让位于亚里士多德式的故事观念，故事在其中被视作具有可然性，因而具有理性的情节（Duprat 2009）。这便赋予虚构以合法地位，同时又剥夺了其宣扬神学真理的能力（Chevrolet

---

1 不过，丹德烈（Dandrey 2006: 26）更赞同一种观点，即历史与虚构"在可能性的庇护下"，在 17 世纪达成了和解。

2 "人文主义者群体都是三艺的专家，看重的是古典与现代文学的发展，他们在文化方面取得的成就迫使四艺及其他领域的'学者'要求获得另外的位置……。在人文主义教育中又产生了将诗人与'历史学家'对立起来的辩论，导致产生了叙事类型的细分，而此前所有的叙事类型处于同一个大家庭中。作为学习法律和'政治科学'前的预备教育，历史将三艺扔给了'诗人'，并要求在新学科等级中获得顶峰地位。"（Bouchard 2002）

2007）。虚构在被等同于想象力产物的过程中，逐渐获取了今日的领土与疆域。

然而，这一表面的胜利比任何时候都更将虚构暴露于危险中。虚构确实摆脱了真相与谎言逻辑，正如《高卢的阿玛迪斯》（*Amadis de Gaule*）的法译者埃尔伯雷·德泽萨尔（Nicolas d'Herberay des Essarts）在 1544 年[1]，或者诗人西德尼爵士在 1595 年[2] 斩钉截铁断言的那样。然而，如此一来，虚构除了供人消遣便再无其他用处，这一特点无论在当时还是在我们的时代，似乎都不足以令虚构被大众接受。实际上，如果我们再次采信布夏（2002）的观点，那么那个被她称为"偶像崇拜"且有利于虚构（与意大利诗艺理论家观点一脉相承）的运动引发了一种强烈的反偶像情绪，这种反应在 16 世纪末既体现在博丹等人身上，也体现在一些自由主义者身上，后者对故事态度轻蔑，认为它们只能魅惑简单的头脑[3]。相比之下，通俗文学在整个20世纪的低微地位似乎与文艺复兴时期的情况相去不远。

在 16 世纪，历史的地位并不比虚构更牢固。人文主义史学家

1　德泽萨尔写于《高卢的阿玛迪斯》第二卷（1541 年出版）卷首的诗句即证明了这一点："善良的读者，拥有判断力的读者 / 当你读到作者美妙的创作 / 请满足于它的风格 / 而不是询问你所读的内容是否真实。/ 谁人会说：我看到 / 荷马被指责，维吉尔被控诉 / 因为他们随心所欲写下的一切 / 不如福音书真实？"（2008 [1544]: 293）

2　参见西德尼（Sidney 2002 [1595]: 103）。详见前一章。

3　参见拉莫特·勒瓦耶（La Mothe le Vayer 1758: 239-247）等。

确实取得了瞩目的突破（帕斯基耶的文献法[1]，拉波佩利尼艾尔在客观性方面进行的勇敢尝试[2]），文艺复兴时期的史学理论家[3]与诗艺理论家确实有进行概念化的野心，而且都致力于明确历史与诗歌在知识领域的特有位置，尽管如此，历史仍然遭到深度的轻视，而且这种轻视在接下来一个世纪愈演愈烈[4]：一方面是一种怀疑主义，另一方面是一种在知识的所有领域当然也包括历史领域[5]出现

1　帕斯基耶，《法兰西研究》（*Des recherchers de la France* 1560—1565）。德赞（1993: 105；关于帕斯基耶：101-122）认为，在寻找一种更为客观的历史的过程中实现的方法论革命在 1576 至 1579 年间达到了鼎盛，其间勒艾朗的巴尔纳（Bernard Du Haillan）、迪蒂耶（Jean du Tillet）、德·贝尔福雷斯特（François de Belleforest）、维尼耶（Nicolas Vignier）和福谢（Claude Fauchet）等人的著作纷纷出版。

2　客观性追求带给拉波佩利尼艾尔的并不全是褒奖。拉波佩利尼艾尔的《法国史》（*Histoire de France* 1581）被胡格诺派查禁（虽然他本人也是新教徒），他不得不收回自己的言论（Desan 1993: 205）。

3　最重要的理论家包括帕特里齐［Francesco Patrizi, *Della historia diece dialoghi*（《有关历史的十则对话》），1560］、博杜安［François Baudouin, *De Institutione historiae universae ...*（《论总体史的确立》），1561］、博丹［Jean Bodin, *Methodus ad facilem historiarum cognatione*（《易于认识历史的方法》），1566］、拉波佩利尼艾尔［Henri L. V. de La Popelinière, *L'histoire des Histoires avec l'idée de l'histoire accomplice*（《历史的历史》），1599］。关于这一问题，参见博尔盖罗（Borghero 1983: 19 n. 24）和格拉夫顿（Grafton 2007: 123-188），后者在研究 16 世纪的"历史艺术"（l'ars historica）时，专辟一章谈论了博丹、帕特里齐和赖内克（Reineck）。

4　关于这一问题，参见阿扎尔（Hazard 1989 [1935]）、波普金（Popkin 1960）、波普金与施密特（Popkin & Schmitt 1998a, 1998b）、杜利（Dooley 1999）、夏皮罗（Shapiro 1983, 1991, 2000）、格拉夫顿（Grafton 2007）等人的经典著作。

5　学业改革和本笃会圣莫鲁斯支派研究成果证明了这一点。在 17 世纪，这一修会由塔里斯（Grégoire Tarrisse）、达希里（Luc d'Achery）和马比荣（Mabillon）神父领导。关于这一问题，参见克里格尔（Kriegel 1996）。

的事实文化。这两者的共同发展与表面看来互相矛盾的发展之间的复杂互动已经得到深入研究，我们并不认为能在已完成的调查研究上增添新的东西。这项研究已解释清楚，为什么历史与历史学家在 17 世纪遭到普遍怀疑是合理的，而且这种怀疑肯定不是由对塞克斯图斯·恩丕里柯（Sextus Empiricus）的阅读引起的。欧洲政权无法克制自己不去控制那些为同时代人以及后代记录他们行动的见证书写[1]，御用史学家大部分时候都是诗人、剧作家和小说家[2]，有时候完全没有任何顾忌[3]，文献与最权威的消息本身的糟糕质量[4]，古代史学家典范带来的限制与压迫[5]……这些因素汇集在一起，向当时的开明头脑呈现出一副堕落的克利俄[6]的形象：克利俄可能是"生活的主人"，却也是真理的拙劣祭司。杜利（Brendan Dooley 1999: 3）引用韦纳指出，17 世纪的男女对历史的态度，正如古希腊人对神话的态度，也就是说或多或少有些相信。一些人

1　尤其参见拉努姆（Ranum 1980）和福马罗利（Fumaroli 2002 [1980]）。

2　路易十四同时雇佣了 19 位历史学家，其中一位是拉辛（Jean Racine）。

3　杜利（Dooley 1999: 92）举了一个很有说服力的例子：不少意大利小说家，例如马拉纳（Gian Paolo Marana）、比萨乔尼（Maiolino Bisaccioni）、阿萨里诺（Luca Assarino）等毫无顾忌地篡改事件，编造文献来源。阿萨里诺甚至撰写事件的美化版并出售给不同的政治家。

4　正如杜利（Dooley 1999: 116-117）强调的那样，1588 年阅读罗马各类信息汇编的读者会读到亨利·德·纳瓦拉（Henri de Navarre）死亡、茹瓦约斯公爵（Anne de Joyeuse）被孔代亲王（Prince de Condé）刺杀的消息（这两则消息都是假的），却读不到格瑞福兰海战的结果以及西班牙"无敌舰队"的命运。历史学家和小报记者面对的是无法辨别真伪的檄文、书信、目击证词、日记和诽谤文大漩涡（Dooley 1999: 5）。

5　关于这一点，参见福马罗利（Fumaroli 2002 [1980], 1987）。

6　Clio，希腊神话中宙斯之女，九缪斯之一，掌管历史。——译注

觉得信息来源不可靠无伤大雅，另一些人从中看到了政府恶意的有力证据，还有一些人，可能为数不多，他们从这一现象出发，提出了重大的认识论问题（Dooley 1999: 115）。

　　无论如何，与怀特和戈斯曼的认识相反，17世纪并没有多少声音宣布自己对历史知识可能出错的可疑特点无动于衷。如笛卡尔[1]或拉莫特·勒瓦耶（La Mothe Le Vayer）那样拉近历史与虚构的距离，这样的做法始终是一种武器，一种辩词，无论昨天还是今天，都是为了制造一种反历史的战争机器。拉莫特·勒瓦耶所组装的战争机器与怀特的颇有几分相似之处[2]。实际上，对拉莫特·勒瓦耶来说，错误是由历史与历史学家的本质决定的，昨日（如此受景仰的古代模式）、今日、明日的历史学家都无法避免。在伟大的怀疑主义传统中，错误具有人类学意义："人类的缺陷"自然地将我们同时引向轻信、谎言和对故事的兴趣（La Mothe Le Vayer 1996 [1648]: 288）。错误也具有政治意义。在1648年出版的作品的前言中，拉莫特·勒瓦耶深化了信息悖论（在17世纪经

1　在《谈谈方法》（*Discours de la méthode pour bien conduire sa raison, et chercher la vérité dans les sciences* 1637）开头，笛卡尔回顾了自己青年时期的学习，列举了被他拒绝的知识。他将对历史与故事之间的亚里士多德式区分连同文艺复兴时期的人文主义教育一起弃之不顾，尽管在他之前和之后，这种区分得到了他人无限多次的评论。通过对一切逼真而非真实的知识的排斥，他同时贬低了虚构与历史的可能性（1996 [1897—1910]: VI, 4）。

2　与怀特或利科一样，拉莫特·勒瓦耶的立场随时间流逝而变得愈发极端。在1638年［也就是《谈谈历史》（*Discours sur l'histoire*）出版的年份］与1668年［也就是《论历史缺乏确定性》（*Du peu de certitude qu'il y a dans l'histoire*）出版的年份］之间发生的变化，可从两本著作的书名得到说明。拉莫特·勒瓦耶还在1648年写了"为某部历史著作所写的前言"，不过他之后并未撰写这部著作。

常被注意到）：掌握信息的人（当权者与他们的臣子）恰恰是最不希望信息传播的人。片面性不可避免，我们永远只能看到胜者的历史[1]。

拉莫特·勒瓦耶和怀特一样，都没有抹杀历史与虚构的区别，但两人都做出了试图抹杀的举动。对此，在 17 世纪及 20 世纪均非常有效的"故事"（fable）和"虚构"（fiction）两词定义上的模糊性也起到了一定作用。奠基于信仰和普遍错误的人类学促使人们格外关注艺术虚构塑造世界的方式（埃涅阿斯的故事启发人们编造出很多虚假的国族谱系）。这一事实具有不可避免的政治影响。（历史及历史研究方法的）道德维度的普遍性是拉莫特·勒瓦耶和怀特的另一重共通之处。最后，尽管拉莫特·勒瓦耶及其同代人的学说与怀特的转义理论没有任何相似之处，但他们都非常关心风格与虚构性相互关联的方式，这种关心有时甚至变成一种执念与阻碍。

风格与虚构性之间的关系问题在 17 世纪被许多研究历史的思想家不断提及，尤其是拉班神父的《历史指南》（le père Rapin, *Instructions pour l'histoire*, 1657）和勒莫瓦纳神父的《论历史》（Le Moyne, *De l'histoire*, 1670）。尽管福马罗利（Fumaroli 1987: 92）等人认为他们的著作是耶稣会点燃的反攻怀疑主义学说的炮火，但它们并没有很好地完成自己的使命。一方面，这些著作的

---

1 博丹已表达了类似观点［《历史方法》（*La méthode de l'histoire*）第 4 章］，拉莫特·勒瓦耶（2013 [1668]: 240）引用了他的观点："当异教徒谈论犹太人，当犹太人写基督教徒，甚至当基督教徒说摩尔人与伊斯兰教徒坏话时，我们不应该轻信他们的言论，他们的狂热与对历史的忠实格格不入。"

作者似乎普遍被怀疑主义学说征服，仅满足于削弱它们的绝对色彩。他们主动承认历史布满虚假信息，历史学家充满偏见，人民渴望故事，过去无法了解。面对这种状况，他们设想的唯一战略是修辞学，因为历史学家最根本的目标是让别人相信自己，关键词是逼真（vraisemblance），其重要性超越了真实（vrai）。无论在拉班和勒莫瓦纳（他们也是诗人和诗艺理论家）的著作还是在怀特的著作中，风格与形式问题与道德偏见结合在一起，其霸权地位遮蔽了一切认识论和方法论视角，而后者本来有可能建立一种历史性认识，并赋予其合法地位。

　　历史与虚构文学在 17 世纪的关系经常得到研究，这些研究大部分时候都受到某种有关虚构的极不成熟的目的论视角指引，证明这一点的是，直至 19 世纪，虚构始终依附于某种指称性话语的模式，或者摹仿、戏仿后者，或者将其作为面具与借口加以利用。17 世纪末伪回忆录与历史故事的流行，"意外发现的手稿"这一主题[1]的经久不衰——尽管这一主题在 18 世纪扮演了反面角色（作为虚构性宣言）[2]，这一切也被理解为虚构独立地位缺失的表现（Gallagher 2006 [1996]; Paige 2011: 29-30）。我们认为，应该反过来看 17—18 世纪虚构与历史并存的现象。这种现象引发的论战与调整表明，当时很多人都意识到虚构性的存在。此外，如果说这种并存是危险的，那并非因为它标志了虚构的附庸地位，而是

1　关于这一点，参见让·埃尔曼与阿兰［Herman et Hallyn (éd.) 1999］。
2　参见让·埃尔曼、柯祖与克雷默（Herman, Kozul, Kremer, 2008）、米耶（Millet 2007）。

因为它标志着虚构通过各种形式，将历史纳入了自己的范畴[1]。

　　用来支撑这一假设的论据我们都非常熟悉。让我们简要地回顾一下亚里士多德的《诗学》赋予诗歌相对历史的双重优势。诗歌不仅号称比历史更具哲学性（因为诗歌瞄准的是普遍性而非特殊性，《诗学》，第九章）[2]，而且诗中的人物姓名与主题一般借自历史，因为诗歌瞄准的是可能性：我们知情的已经发生的事尤其是可能的（《诗学》，第九章，81）[3]。经过 16 世纪一整个世纪的无果论战（Chevrolet 2007: 263-380），亚里士多德诗学在 17 世纪被经典化，从而准许并鼓励人们以逼真性为名挪用历史。正如

1　福雷斯蒂埃（Forestier 1999: 137）在历史于 17 世纪获得的地位中看到了一种悖论，悖论将理论家们封闭于某种"循环论证"中，但剧作家们利用了这种悖论，并与它展开了游戏，结果在他看来"同时在普通大众与上流社会人士面前，暂时谋杀了作为叙事类型 / 阅读对象的历史"。我们完全赞同这一分析。

2　"从上述分析中亦可看出，诗人的职责不在于描述已经发生的事，而在于描述可能发生的事，即根据可然或必然的原则可能发生的事。历史学家和诗人的区别不在于是否用格律文写作（希罗多德的作品可以被改写成格律文，但仍然是一种历史，用不用格律不会改变这一点），而在于前者记述已经发生的事，后者描述可能发生的事。所以，诗是一种比历史更富哲学性、更严肃的艺术，因为诗倾向于表现带有普遍性的事，而历史却倾向于记载具体事件。所谓'带有普遍性的事'，指根据可然或必然的原则某一类人可能会说的话或会做的事——诗要表现的就是这种普遍性，虽然其中的人物都有名字。所谓'具体事件'，指阿尔基比阿得斯做过或遭遇过的事。"（中译文参见亚里士多德著《诗学》，陈中梅译注，商务印书馆，1996 年，第九章，第 81 页。——译注）

3　"以上所述表明，用摹仿造就了诗人，而诗人的摹仿对象是行动的观点来衡量，与其说诗人应是格律文的制作者，倒不如说应是情节的编制者。即使偶然写了过去发生的事，他仍然是位诗人，因为没有理由否认，在过去的往事中，有些事情的发生是符合可能性［和可能发生］的——正因为这样，他才是这些事件的编织者。"（亚里士多德 1996: 82）

埃斯曼（Camille Esmein）的小说研究[1]和福雷斯蒂埃（Georges Forestier）的戏剧研究指出的那样，自 1630 年起，历史素材充斥了所有虚构作品（此外，这些作品经常被称作"历史"[2]），尽管其在巴洛克小说、英雄主义小说和历史故事中的呈现方式各不相同（Esmein 2008: 19-20），在高乃依与拉辛作品中的呈现方式也各不相同[3]。16 世纪的重要诗人或诗艺理论家青睐历史（阿米欧[4]、塔索[5]），但这样的立场在 17 世纪非常少见，当它出现时，往往与某种反小说的论调联系在一起［例如索雷尔（Charles Sorel）1670 年的观点］，而且常常是出于维护宗教教义的目的。

　　无论如何，研究历史的理论家、所有研究虚构类型——包括戏剧［奥比纳克神父（D'Aubignac）或高乃依］和小说［例如索雷尔、于埃（Huet）］——的理论家都非常清晰地圈定了自己的艺术领地。这并不意味着他们对历史与想象性文学所做的观念上

1　埃斯曼很恰当地提到"真正历史与虚构历史之间的竞争"（Esmein 2004: 32）。

2　埃斯曼（2004: 33）借用了乐维（Maurice Lever 1981）的统计数据，根据这一统计，17 世纪出版的小说中，有近 11% 题为"某某历史"。

3　例如，高乃依并不认为应逼真再现真正的历史，拉辛则极大地改变了历史事件（Forestier 1989）。

4　"在我看来，这种赞颂完全或者说主要来自对历史的阅读，比起任何其他由人类创造的书写类型来说，对历史的阅读更能结合高尚的愉悦与有用性，能够更为有效地令人快乐与获益、娱乐与学习。"（Jacques Amyot, Préface aux *Vies de Plutarque*, 1559, in Weinberg 1970 [1950]: 165）他在自己翻译的《特阿真尼与夏里克蕾阿的爱情》（*Amours de Théagène et de Chariclée*）的前言（Proesme 1548）中重申了历史的首要地位，建议虚构写作"巧妙地将真与假交织起来"（Esmein 2008: 105）。

5　塔索（1997 [1586]: 75）。诗人可以选择历史素材与虚构，但最好是借用历史。

的区分能在种种矛盾面前站住脚跟，这些矛盾部分地来源于一种艺术想吞并另一种的策略。不过，历史与虚构之间宁静的混乱状态属于一个已经结束的黄金时期，或者说，这个黄金时期从未存在过。

平行对照的启示

对前现代和后现代时期的对比考察为我们带来了什么启示？

这一考察首先帮助我们辨认出两个死胡同，或者说两条途径，一条来自文本主义视角，一条来自效果理论。"语言转向"背景下出现的文本主义视角促使怀特提出转义理论，并奇迹般地将一切风格、认知模式与政治选择简化为四种修辞格。在 17 世纪，修辞学的主流地位和对风格的执着导致了类似的扭曲，因为这些状况消除或者说弱化了指称问题（逼真性胜过了真实），阻止人们以方法的名义去构想对事实的调查（这对试图界定历史的诗艺理论家来说有效，但对在马比庸指引下投身历史改革的历史学家来说是无效的）。另一条途径在于对文本效果也即对利科所谓的"再塑形"的过度关注。在 17 世纪，一切话语形式——虚构话语或历史话语，其目标都是引发信仰，因为唯有信仰才能激发情感，使教化成为可能。这就造成了一种奇怪的错位，也即虚构瞄准的是真实，而历史瞄准的是逼真性。三个世纪过去，我们当然不可能以相同的方式思考历史与虚构的关系，但两个时代之间仍然存在相似性：人们都怀疑人类具有接近现实、掌握过去事件的能力（拉莫特·勒瓦耶、韦纳、怀特）；相比起真实，人们更青睐道德或政治机会主义（勒莫瓦纳、拉班、怀特、罗蒂）。话语的本质差别

退到背景中，想象力与现实的融合似乎实现于我们在上文中称为
"现实化区域"的场域。

历史与诗歌之间的亲缘性与冲突从属于事实与虚构关系的大
框架，但又没有完全与后者重合。历史与虚构的交叉因其对群体
的特殊重要性而不同于一切模糊或杂糅现象[1]。在事实与虚构之间
可以存在有趣的边界模糊现象，呼吁终止对文本或图像外部指称
性的评价。看多了电视真人秀的我们已习惯于将统一性契约搁置
一边，承认呈现给我们看的是半是表演、半是严肃的话语与行动。
真人秀依据的规则太过似是而非，真假难辨，而且通常我们会放
弃辨明真假。对个人生活的自我虚构只对作者的亲朋好友有意义，
此外他们也时常遭到后者的起诉[2]。

历史与虚构还存在其他结合模式，因具备教育教化价值而不
会遭到拒绝，尽管通过引发"沉浸"来传播历史信息的模式会在
例如今日的博物馆学[3]中不无理由地引发争议。建立于某种教育策
略之上、采取"仿佛"模式的历史虚构纪录片（docu-fiction），具
有历史内容的角色扮演游戏及其他电子游戏，这些是今日的合作

1　我们区别了模糊与杂糅，前者令作品属性难以界定，在后者中，事实与虚构元素
　　虽然混杂但仍可以被区分开来。

2　例如充斥洛朗斯职业生涯的多起诉讼案件。

3　比如历史纪念馆常常向游客提供模拟过去日常生活的活动；再如旨在将游客投入
　　某个平行时空的电影、短剧、服装、全息照片，这些事物制造了一个贫瘠的世界，
　　这个世界却被假定类似于某个通过一些迹象被呈现出来的过去。鲍德里亚
　　（1981）曾对一个完全转变成仿真品、成为一个巨大游戏区的世界进行过分析，
　　他的分析仍然适用。关于"沉浸"式博物馆学，其历史、其当代转变及其核心问
　　题，参见热利纳（Gélinas 2011）的分析。作者主张各类装置应具有更高的科学
　　性，这样娱乐消遣甚至操控才不会取代知识的获取。

形式，它们多少成功地实现了知识传播与平行世界趣味建构[1]之间的结合。

反过来，某些历史虚构结构引发的不信任感与争议令人联想到一个事实——指出这一事实的恰恰是某个游戏研究专家，即"历史从来不是中性的材料"（Caïra et Larré dir. 2009：3）。怀特及他的信徒持同样的观点，因为他们相信小说能够为历史提供替换版本，在给予女性、殖民地人民和少数族裔——即便以虚构人物形象出现——以话语权的同时，填补历史的空白。因此，"历史修正主义"（révisionnsime historique）是通过虚构途径对官方历史做出的重新阐释，它能在盎格鲁–撒克逊世界产生积极意义。虚构于是以失败者或无历史者之历史的面目出现。可是，以虚构（而非另一种历史）来修正某种被普遍接受的历史版本不会产生令虚构堕入谎言地位的风险吗？

以虚构修正历史

在本章结束之际，我们想举两个欧洲"虚构修正主义"的例子，这两个例子表明，某些历史–虚构结构的杂糅性何以能成为修正主义的论据。塞尔加斯（Javier Cercas）出版于 2001 年的《萨

1　有关这一问题的出色分析，参见合集《与历史游戏》（Caïra et Larré dir., *Jouer avec l'histoire*, 2009）。卡伊拉指出，历史角色扮演游戏非常具有法国特色，为了游戏顺利进行，玩家需要获取共有的知识，因此游戏尖锐地提出了与过去的关系的伦理问题。尤其参见亚沃尔斯基（Jean-Philippe Jaworski, 9-22）对以宗教战争为背景的游戏的谈论，肖迪耶与勒菲弗（Christophe Chaudier et Yann Lefebvre, 134-145）以及卡伊拉本人（113-134）对以纳粹主义时期为素材的游戏的谈论。

拉米斯岛的战士》（*Los soldados de Salamina*）和埃奈尔（Yannick Haenel）出版于 2009 年的《扬·卡斯基》借助虚构特有的手法，呈现了某段历史的未经证实、尚未成为共识的版本。在这两个案例中，向虚构过渡的标记是对直接风格或自由间接风格的运用，这些手法将历史人物转变成具有虚构视角的人物。从某种程度上说，这两个虚构版本殊途同归：塞尔加斯的小说暗示西班牙战争既没有获胜者也没有失败者[1]，从"人性"[2]角度看，战争双方——佛朗哥派与共和派是一丘之貉；埃奈尔的小说影射盟军要对犹太人灭绝惨案负责，因为罗斯福和丘吉尔与希特勒观点一致[3]。在埃奈尔案例中，作者不断重复自己有权混合历史与虚构。这一观点尽管有误[4]，却为作者提供了一个借口，使他能够避免为自己的控诉提供证据。对于卡斯基眼中罗斯福的态度，从此以后存在多个彼此竞争的版本，其中虚构版本与历史版本势均力敌，后者也包

1　这个在塞尔加斯小说中得到反复重申的观点完全被爱洛依丝·埃尔曼（2004）采纳，仿佛这一观点完全没有任何问题。

2　叙述者引用了马查多（Machado）弥留之际的言论（"事情很明显，我们失掉了战争。但在人性层面，我不是那么确定……也许是我们赢得了战争"），并补充了一句："谁知道他在后一点上说得对不对。"（Cercas 2002 [2001]: 23）对于这个问题，整部小说仅仅通过赋予佛朗哥派领袖曼扎（Rafael Sánchez Manza）以人性，提供了一个负面的答案。

3　我们无意重现论战过程。在这一问题上最具启发性的讨论可参见朗兹曼（Lanzmann 2010）、埃奈尔（2010）、维奥尔卡（Annette Wieviorka 2010）及帕谢（Pachet 2010）。

4　实际上，作品分为三个部分。前两个部分明显意在纪实（描述朗兹曼执导的与卡斯基的一次真实访谈，重写卡斯基回忆录）。第三部分采用第一人称口吻，虚构了卡斯基和罗斯福的会面，猛烈抨击了罗斯福。很少有作品如此明显地体现出事实写作与虚构写作之间的对立。

括当事人（扬·卡斯基）本人提供的版本。我们可以认为这是对虚构的滥用，也是虚构实现的强力一击，因为作品引发的悖论中最轻微的那个在于，只有作品中被作者宣布为虚构的部分才成为历史学家争论的对象。

反过来，比奈的小说《HHhH：希姆莱的大脑是海德里希》提供了历史的一种令人愉快的、可接受的版本（以海德里希为目标的布拉格袭击的策划者们被如实描绘成英雄），刻意呼唤一种历史的准确性，并对虚构表达出一种深度的不信任，尽管这种表达不乏幽默感[1]。这是否意味着，反对多数派的知识与信仰的人更看重虚构，而巩固这些知识与信仰的人往往宣扬现实与历史的保障？

这些争论和姿态并非全新事物。比奈坚持以最明显的方式贬低历史虚构[2]，这令人联想到路易斯·萨帕塔（Luis Zapata）的活动，后者在 16 世纪中期（1566），在其撰写的神圣罗马帝国查理五世史诗中添加了无数星号标记，向读者表明这些被标记的段落纯属虚构。

这种被强调的二元对立是否是某些时期的标志？在这些时期，对虚构性的警惕占据了上风。在比奈的个案中，这种二元对立是

---

1 巴特的教海在如下表述中清晰可见："真实故事的好处，就是我们无须考虑真实效应问题。"（Binet 2009: 38）下文提到将"一切虚构闹剧"（Binet 2009: 47）搁置一边，以及"（作者）对现实主义小说由来已久的厌恶感"（Binet 2009: 54）。

2 这一立场导致了比奈多次明确自己的观点，例如："无论如何，如果无法根据精确的来源撰写我的对话，那么它们就是编的。"（Binet 2009: 34）有趣的是，17世纪经常提到的对话问题此时仍然是区别事实写作或虚构写作的标准（汉伯格与科恩也强调了这一点）。

否可以理解为某种走出后现代的症候？还是应该认为，与"语言转向"试图令我们相信的相反，历史与虚构之间的界限从未被完全抹除过？

无论如何，历史与虚构的关系问题并没有得到解决，而且只要过去事件在伦理或情感层面始终牵扯着我们（这种牵绊不可避免地会随时间距离的增大而减弱[1]），只要我们始终看重对某种集体记忆的分享与传承，这一问题便永远也得不到解决。

1　龙沙［《法兰西之歌》(*La Franciade* 1951 [1572]) 前言］及很多人都已意识到，时间的流逝极大地影响人们对历史虚构故事的接受。

第三章　论真实的不可能性

　　一边是"主体危机"，另一边是对真实与想象、事实与虚构之差异的质疑，这两者的关系贯穿整个 20 世纪，以至于巴特在反驳历史客观性（1984b: 165）时没经过任何讨论就利用了这种关系，我们在上文已经看到这一点。与此同时，这两者之间的关联历史悠久，并带来了丰富的美学启迪。卡尔德隆（Calderón）《人生如梦》（*La vie est un songe*）的记忆还出现于当代许多有关这一问题的思考中。即便不追溯至卡尔德隆，我们也能联想到其他例子，例如马切西尼（Giovanni Marchesini）的《灵魂的虚构》（*Le Finzioni dell'anima* 1905）[1] 之于皮兰德娄（Luigi Pidandello）的重要性。在这部著作中，意识被视为一个场所，其间流行着种种"虚构"，后者指的是种种虚假再现，启发这些再现的是阻挡真实自我的社会环境。在《六个寻找剧作家的角色》（*Six personnes en quête d'auteur* 1921）中，个体自我的不确定性、现实的虚构特征以及虚构人物的现实性之间的明显关系体现得无以复加。

　　我们无意在此重新勾勒这一主题的谱系。只不过，在 1970 年代，这一主题得到深化与结晶，并融合了拉康思想与围绕在原样

1　关于这一点，参见若纳尔（Jonard 1997: 57）。

派周围的法国先锋派的思想，其影响延续至今。我们的任务即在揭示这种融合的一个重要方面。我们旨在呈现，现实无法触及的信念受到某句名言的支撑，会对理解虚构，甚至对创造与欣赏虚构造成怎样强有力的障碍。

"真实，就是不可能性。"（Le réel, c'est l'impossible）这句话被拉康说出后，体现出极大的吸引力。它被多次用于不同语境，尤其在 1970—1980 年间被克里斯蒂瓦[1]和索莱尔斯[2]引用，之后又被很多精神分析师[3]反复评论。在文学领域，它长期被视作不言而喻的现实。这也是福雷斯特在 2006 年以《小说，真实》（*Le Roman, le réel*）[4]为题出版的文集的理论基础。不可能的真实，这一老生常谈始终有可能被所谓的先锋派思想重新激活，重新阐释。

即便这一宣言的悖论特征已有些减弱，它对当代虚构思想的影响仍然不可忽视。它实际上假设虚构无处不在，因为现实的领域已缩减至某个无法抵达的场所。虚构帝国从此以后无边无际，抹除了主体与世界的差别，因为一者与另一者都具备同一种梦幻质地。这个帝国被错误与假象控制，而后者成为语言、知觉与心

1　克里斯蒂瓦（1979: 11）（1983: 17）。

2　"不可能的、并被如此感知的（真实）主体"（Sollers 1971: 25）；"不可能性，也就是我们梦想的真实！"（Sollers 1983: 262-263，涉及对萨德与基督的谈论）

3　参见《真实的呼唤》[*L'instance du réel*，桑特内（Christian Centner）主编的文集，2006 年版］及《拉康研究》（*L'en-je lacanien*）杂志，杂志将 2006 年这一期贡献给了"不可能性"这一主题。卡斯塔奈（Didier Castanet）主编寄语的题目为"不可能性，其实就是真实"（L'impossible, c'est le réel, tout simplement）。

4　这部文集收录了（p. 19-106）1999 年出版的题为《小说，真实，还有可能写作小说吗？》（*Le roman, le réel, un roman est-il encore possible?*）的著作。

理的本质成分。

退场的、被认为不可能触及的真实转变成欲望对象。无论如何，它被无数艺术探索与收编活动追赶：我们的时代所感受到的"事实饥饿症"[1]对这一颠覆并不陌生，通过这种颠覆，真实而非虚构世界被宣布无法触及。实际上，1970年代产生的文学思考不断地令虚构与这一幽灵或者说人们口中的幽灵挂钩。其结果是，由于忙着令不可能的真实变得可能，令其能在诗性虚构中被触及，"理论-反思运动"——考夫曼（Vincent Kaufmann 2011）的术语——没有对虚构概念本身进行系统探讨。

自1970年代以来，通过清除虚构基本元素（人物、情节）来摆脱虚构的集体努力人所共知。我们并非要回顾这一历史，而是试图理解在想象与现实的界限被上述悖论摧毁时，虚构所遭受的命运。

在本章中，我们试图弄清的，是边沁的虚构理论、拉康的不可能性真实概念以及原样派反虚构的文学思想之间的谱系关系。

我们首先将指出，边沁的虚构理论尽管谈论的不是文学，仍与当代虚构思想有着密切关系。之后我们将探讨拉康虚构观的某些层面（部分思想号称继承自边沁），我们依据的主要是《研讨班 VII》的内容，同时参考《研讨班 XI》和《研讨班 XIV》的内容[2]。

我们很清楚拉康提到的"真实""虚构"等术语会引起的困难，这些术语关系到意义、真理与科学问题。此外，在这一问题

1　席尔兹（Shields 2010）。
2　分别参见拉康1986年、1973年、2004年出版的著作。

上，在 1960—1970 年代之间，拉康本人的书写也体现出一种演变[1]。我们无意总结拉康的全部思想，只是尝试梳理他对文学虚构的认识。我们的兴趣尤其在于其思想与某种探讨幻觉的新巴洛克人类学之间的相似性，尽管前者不能完全被简化为后者。实际上，拉康本人慎于提出真实世界不可进入的命题，在任何情况下，他都没有否认梦与清醒状态之间的差别。

之后，我们将分析后世对拉康思想的继承，这一继承主要出现于 1970 年代的文学理论中，通过对"真实的不可能性"这一宣言的重新阐释实现。但因两部处于法国先锋派活跃期开端与结束时期的著作，拉康的影响延续至今。这两部著作是索莱尔斯的《虚构的逻辑》（*Logique de la fiction* 1968）和福雷斯特主编的文集，福雷斯特在半个世纪后再版了索莱尔斯的文本。

通过关注一个简短的句子（"真实，就是不可能性"）的命运而完成的考察有助于呈现拉康对边沁思想的挪用，以及文学理论对拉康思想的挪用，同时指出这种挪用产生于误解，或者说是以严重歪曲作者本意为代价而取得的。最后我们将提出假设：如果真实确实是不可能的，那么文学虚构也必将如此。

一、拉康对边沁的参考

在《精神分析伦理学》（*L'Éthique de la psychanalyse*）开头

1　参见巴迪欧（Badiou 2013）。

几页中，拉康（1986: 22）将弗洛伊德革命视作"虚构与现实"边界的一种根本性转移：

> 弗洛伊德式经验正是在虚构与现实的对立内部引发了颠覆运动。
>
> 一旦虚构与真实得到区分，事物便不再处于惯常的位置。在弗洛伊德那里，束缚人类的快感完全是虚构的。实际上，虚构从本质上说并不是具有欺骗性的东西，严格来说，它是我们称之为象征的东西。

就在这个预告性的段落之前，拉康（1986: 21）提到了边沁的虚构理论。之后在这期研讨班中，他又提到边沁，认为他是"从能指层面探讨问题的人"，因为他澄清了机构制度的"虚构层面，也就是从根本上说属于言辞的层面"（1986: 269）。拉康对边沁的颇具说服力的引用（推动了对边沁著作的重新评估）已为学界所熟悉[1]。道德问题是《精神分析伦理学》关注的核心问题之一，而对边沁的引用在这一问题的探讨中起到了关键作用，因为边沁的功利主义试图通过"语言与真的辩证关系来判断善"（1986: 21）。不过，拉康的致敬是误导人的，正如克莱罗（Jean-Pierre Cléro 2006: 139）指出的那样。克莱罗认为拉康对边沁的分析反将矛头引向了自身。"真"与"善"的意义并不相同，在拉康

---

[1] 此外，正是拉康对边沁的引用促使国际弗洛伊德协会出版社出版了法语版的边沁的《虚构理论》（*Théorie des fictions*，收入"精神分析话语"系列，1996 年）。克莱罗（Cléro 2006: 134-141）精辟地评论了边沁这段话及拉康对其的引用。

与边沁笔下，这两者的结合方式截然不同[1]。拉康一面断言"人的需求体现于对实用性的追求"（1986: 269），由此贬低一切道德唯心主义，一面又认为实用价值并非第一位。与边沁不同的是，拉康认为实用概念本身是产生虚构的源泉。

此外，拉康所阐述的"不可能的真实"观念肯定不为边沁所熟悉，对后者来说，内心世界与外部世界的区分并不成问题。边沁并不认为知觉体系如陷阱一般运作，这一点由他所举的一个例子证实，这个例子涉及通过碰撞或冲击遭遇真实：假如我们认为那个坚固实体并不存在，那么我们就会弄疼自己（1996: 46-47）。边沁（1996: 47 n.7）嘲笑了贝克莱式唯心主义的悖论，这一点倒也得到拉康的赞同，尽管理由完全相反，因为拉康认为，同精神分析相比，唯心主义并没有明确质疑现实的存在[2]。

边沁的体系建立于"真实"心理实体的存在之上，这里的心理实体囊括一切派生自知觉的认知活动：

> 各种各样的个体知觉，感觉器官抓住可感事物瞬间产生的全部印象，在回忆同一些事物时产生的理念，上述印象被想象力分解和重组后产生的新理念，对此种种，我们都无法拒绝赋予其真实实体的特征与名称。（1996: 45）

1　拉康的思想与边沁的思想在佩兰（Jean Périn 1990: 95-104）看来具有更大的一致性。佩兰认为边沁可能已经凭直觉意识到符号／想象／真实组成的三角。这一文本被国际弗洛伊德协会出版社收录于边沁的《虚构理论》中。

2　"唯心主义意味着真实的尺度是我们自身，无须去外部寻找。这是一种自我安慰的立场。"（Lacan 1986: 40）

这些"有时出于话语需要"确实会被抹杀存在的真实实体[1]（的名称），它们是边沁体系的基石。对于虚构实体，人们确实"从真实与现实角度说都不打算抹杀其存在，尽管它们的存在会被谈论它们的语法形式所抹杀"。这些虚构实体全部派生自真实实体，而后者产生于语言的原始状态［"人类关系的最初阶段"（1996: 59）］。边沁之后根据虚构的用途对其作了语用学性质的区分。虚构实体内在于语言，它们不仅有用，而且不可或缺。失去虚构实体，语言将不复存在。他将它们区别于文学虚构，认为后者"被免除了非真诚性"（1996: 61），并将其等同于"消遣"。在同一个段落中，他用寥寥数语谈到诗歌的例子，指出诗歌"出于这样或那样的理由激起这样或那样的行动"（强调的还是现实化效果）。因而文学虚构为达某种目的，也有可能运用激活存在拟象的能力。不过边沁对它们的兴趣不大。而具有欺骗性的虚构的情况完全不同，边沁著作的全部颠覆性与创造性来源于对这些虚构的揭露，后者与权力相互勾结，利用语言功能，虚假地赋予那不存在的事物以存在本质：

无论牧师与法律人士使用怎样的虚构形式，虚构的结果或目标——或者两者皆有——是欺骗，通过欺骗进行统治，通过统治提升虚构制造方的真实或假设的利益，损害虚构接受方的利益。（1996: 61）

---

1 这些实体实际上都是语言产物，边沁（1996: 45）特别指出，他谈论的是"虚构实体"或"真实实体"，而非"虚构实体名称"或"真实实体名称"。

我们知道，边沁这一通过检验语言来解构虚构的举动具有独创性，它在很多方面预示着分析哲学的做法。这一举动促使边沁揭露了从"财产权"至"自然权力"的很多宏大词汇的真实面目。大革命话语中许多幽魂不散的实体都受到他的一一检验。对基础的批评反过来有利于捍卫个体自由：边沁也是第一篇支持同性恋的论文的作者。

从虚构性的普遍理论的角度来看——在费英格之前首次提出，边沁的尝试意义重大，他致力于提炼出虚构性的不同等级，这一点在 1827 年发表的《逻辑要素》（Éléments de logique）[1] 中清晰地呈现出来。在边沁的视角中，这些等级很大程度上与信仰有关。因此，在真实实体与推论实体（entités inférentielles）（"我们相信其真实存在但无法被我们的感官察觉到的实体"，也就是上帝和我们的精神）之后，边沁提到"虚构实体，即其他人相信其存在但我们不相信的实体。异教神对我们来说是虚构实体，但对异教徒来说是推论实体"（1996: 327）。可见，真神界与假神界的分界线上充满孔隙，不仅从历史进程来看是如此，对同一个体而言也是如此："即便在同一个头脑内部，真实实体、推论实体或虚构实体之间也不存在精确的分界线，因为从积极到消极，信仰允许存在各种程度的确定性。"（1996: 327）

信仰的轮廓不确定，乃至同一个人具有多元的信仰体系，这是韦纳和帕维尔用来论证虚构边界流动性的论据之一。始终将实

1　1996 年版《虚构理论》的附录 B（p. 325-335）。本书主编米肖（Gérard Michaut）指出，这篇文章用的表述比《虚构理论》中的更为大胆（Bentham 1996: 325）。

用性放在第一位的边沁，是此类方法的先驱者。当他致力于切分"存在"的这一特性时，他优先考虑的仍然是信仰的程度[1]。

边沁的区分与切割并非先天就适合于拉康的学说，即便必要性、娱乐、欺骗等概念也出现于拉康建构的现实与虚构的新关联中。

二、雅克·拉康的新巴洛克人类学

主体与世界的影子剧院

拉康一直不断肯定精神分析与科学及数学的关系，因为精神分析产生了有关真实的知识话语[2]。与此同时，拉康（1986: 92）

---

[1] "根据信仰程度，可分为确定性、不同程度的偶然性、不可能性。"（Bentham 1996: 331）

[2] 卡斯塔奈（Castanet 2006: 5）指出，拉康对真实、不可能性与数学关系的思考依托的是柯瓦雷（Koyré）的思想（1973: 153）。柯瓦雷认为"通过不可能性解释真实"相当于"通过数学存在解释真实"；卡斯塔奈还是区分了拉康与柯瓦雷的立场（1973: 166）。最后，还是在拉康有关数学、真实与不可能性关系的理解上，可莱罗（2012）向我们呈现，精神分析如何将数学视作言说无意识的最好方式，并强调了数学认识论能从精神分析学中获得的启发。有关这一问题的最新研究成果来自巴迪欧（2013）。从拉康晚期著作《晕头转向》（*L'Étourdit* 1973）出发，巴迪欧指出，科学对于拉康来说是真实中可以传授、可以用数学表达的部分，不过真实同样也是可数学化过程遇到的死胡同，因为后者无法表达意义（sens）。"真实"对拉康来说也意味着性关系的不可能性。"ab-sexe"（巴迪欧创造的新词）指的是性关系的缺失，而"ab-sens"是由拉康确立的知识与意义之间的关联。在巴迪欧看来，精神分析通过与被界定为"ab-sexe"的真实建立关系而产生知识。

也声称，科学，尤其由牛顿在 18 世纪确立的物理学，"极其令人失望"。"我思"（cogito）虽然令科学成为可能，但它以虚幻错误的方式假定了一个完整密实的主体，一个"何蒙库鲁兹"（homoncule）（1973: 129）[1]，而后者实际上是残缺不全的。这个完整的主体不知道快感原则与现实原则的本质区别，而这一至关重要的分裂意味着主体与世界的冲突以及无法解决的不契合状态。如果不了解主体内部及主体与外部现实之间的这种断裂，那么一切话语都是空洞无益的。这就是为什么一切"真理都有着虚构的结构"，不可能存在"有关真实的真实话语"，由此，也不可能存在元语言（1966: 867）[2]。

　　尽管如此，科学仍然应该是能交流的，这点不同于魔法或宗教[3]，虽然科学交流模式会"缝合"（suture）[4]主体（1966: 876）。被

1　在这个段落中，拉康坚称"我撒谎"并不自相矛盾，它相当于说"我骗你"，而分析会阐释为"你说的是真实"。"我撒谎"说了些什么，而"我思考"从某种角度说没有任何意义。笛卡尔式的"我思"仅限于占据陈述舞台，以便建立一种确定性，它取消了欲望的维度。因此，"我思"在拉康看来是一个"流产儿"，一种"何蒙库鲁兹"，他建议用"我想"（desidero）来取代"我思"（cogito）。

2　拉康认为自己在 1955 年 11 月 7 日于维也纳宣适"真实的拟人法"（Prosopopée de la Vérité）时已经阐明了这个问题（"弗洛伊德的'物'，或弗洛伊德的回归在精神分析中的意义"，1966: 401-436）。

3　在魔法中，主体是大自然的一部分，这在拉康看来彻底排除了科学领域的实践；在这个意义上，他与列维－斯特劳斯背道而驰。此外，他还认为宗教阻挠了思考（Lacan 1966: 870-874）。

4　这个意为"缝纫"的罕见词常常出现在拉康及其门徒笔下。它赋予"缝合"行为的执行者（此处是实证主义）以某种萨德主义色彩，因为缝合主体的裂缝，正如《卧房里的哲学》中缝合母亲的性器官。在《精神分析伦理学》中，拉康多次提到萨德，但都是负面评价，将他视作康德道德法则与现代物理学的对立面。

科学真理摧毁的主体与《圣经》戒律中的不可作伪证有关，拉康认为这条戒律暗示着"陈述主体的退场"（1986: 99）。

克里斯蒂瓦正是以"弗洛伊德的认识论与存在革命"以及拉康的"不可能性"为名，在 1979 年否定了一切精神产品，后者不仅包括科学与宗教，还包括艺术。自古代起，直至弗雷格（Gottlob Frege）的指称理论（当然也包括在内），艺术就一直是"律法的有趣的同谋"[1]，因为这些精神产品否定了主体，导致了主体性的丧失。有关某个并非元语言且无法辨别真伪的话语的可交流性及可接受性问题始终没有得到解决[2]。

这一机制除了引发认识层面的困难，还导致了主体的彻底悖论，主体全身心投入对现实的追求，但其通向现实之路却受到双重阻挡，无论外部世界还是精神现实，他都无法触及。

首先，人类感官的构造导致人只能以迂回的方式掌握极少一部分外部现实[3]。感官的总体运作原则是一种"体内平衡"（homéostase），或者脱离环境的孤立状态[4]。感觉会过滤发生在我们身上的外部事件，因此我们要处理的"只是被选择的现实碎片"，它们来到我们面前时已经变形，完全被主观化（Lacan 1986: 59）。此外，与弗洛伊德不同的是，拉康还认为，现实原则（"次要原

---

1 参见克里斯蒂瓦（Kristeva 1979: 15）。

2 巴迪欧（2013）坚持拉康机制的理性与精神分析的"元科学"特征。我们当然可以不认同这一论断。

3 拉康如此描述弗洛伊德视角："现实是不稳定的。而且，恰恰因为这种不稳定性，规定触及现实之路径的命令是专制的。作为将人们引向真实的向导，情感都具有欺骗性。"（1986: 40）

4 "很明显，现实原则的功能是将主体从现实中孤立出来。"（Lacan 1986: 59）

则"）这条路径无论从内部还是从外部，都无法通向真实，它更多地起到纠正和调节快感原则（"首要原则"）的作用，而后者的动力是拉康所谓的"物"，*das Ding*，"沉默的现实"[1]，也就是"引发欲望的对象"。如果没有现实原则的介入，快感原则就会倾向于幻想那无处可寻的真实，"没有所指"的"沉默的现实"，被拉康等同于一个"大开的口子"、冲动，或者神的范畴、原始的"史前"大他者，不完全是母亲[2]——可能是母亲缺失的阳具。克里斯蒂瓦则建议使用"Vréel"［来取代现实－真实（vérité-réel）］，想通过这个词让人联想到"vrai-Elle"[3]。无论如何，这个空洞曾引发学者为其倾注大量墨水。

拉康极端化并普遍化了弗洛伊德描述的存在圈套，后者如同想象力的古老欺骗力量一样，促使我们相信自己发现了新东西，其实我们始终在徒劳地试图找回已知的东西。因而拉康认为，真实，"便是那始终在原地的东西"（1986: 85）。这句话也已成为名言。也就是说，我们以为自己在追逐林林总总的客体，其实我们是在追逐"物"，这林林总总的客体包括科学的对象（比如星体，最早的观测者研究星辰的回归），艺术的对象，爱的对象——都是属于对象"小 a"的范畴。在清醒的生活中如同在梦境中，再现

---

1 物的静默被拉康以一种出其不意且相当惊人的方式与哈勃·马克斯（Harpo Marx）令人费解的微笑建立了联系（1986: 69）。

2 拉康（1986: 127-128 及 139-143）嘲讽了梅兰妮·克莱因（Melanie Klein）的"母亲神话"，认为克莱因将艺术品视作对母亲身体的修复这一分析很幼稚。

3 Vréel 是克里斯蒂瓦自创的词，是 vrai（正真的）、réel（真实）两个词的缩合，本身没有意义。Vréel 与 vrai-Elle 读音几乎一样，后者意即"真正的她"。——译注

的始终是拟象，是"再现的替代品"。我们的努力、我们的情感导向的虚空在我们的生活中通过虚空的主要调子——遗憾体现出来。遗憾是我们大部分道德经验的基石。

对物的召唤激起的"悲悯"（pathos，拉康术语）通过一出巴洛克戏剧自动呈现出来。拉康引用路德来说明善与道德法则本质上的恶，并在弗洛伊德的思想与 16 世纪末 17 世纪初产生的认识论转向之间看到了一些亲缘关系。"对欲望的虚构"刺激产生了一些奔跑、躲避、逃离的画面，比如达芙妮的形象，而达芙妮的变形作为痛苦的隐喻多次被提到（1986: 74）。每一次会面最终都与"物"这一幽灵失之交臂，因而这些会面都带上了"消逝"[1]的特征；我们与世界的关系似乎被囚禁于某种幻境，在这幻境中，表象或（伪）再次呈现出"被分解的"一面。"与世界的关系"是一个"苍白的梦魇"[2]。痛苦与快感的混合体标志着我们与世界之间形成的令人悸动的错误关系，为解释这种混合体的悖论，拉康提到巴洛克建筑"扭曲的"形式（1986: 74-75）。此外，"巴洛克时代"被定义为某个时刻，其间建筑在"为获感官享受而做出的努力"中转变成一种悖论，这个时代也是艺术最能感知不可能之真的一个时代。

---

1 拉康之后阐述了"褪色"（fading）概念，这一概念被巴特运用于《恋人絮语》，不过是以极其隐晦的方式。巴特（1977: 130）将"褪色"概念与水洗牛仔裤、电话、爱人的疲惫、欲望的缺失、"坏母亲可怕的回归"联系了起来。

2 拉康（1986: 75）认为这一概念源自弗洛伊德。

文学虚构的恰当地位

文学或艺术虚构在这影子剧院中占据着模棱两可的位置。由于这些虚构是某个升华进程的结果，由于它们参与全社会公认的象征再现的交换，它们并不享有优越地位，甚至还常被视作没什么影响的消遣活动，是一种诱惑，或诸多娱乐方式中的一种。对此，拉康喜欢用 17 世纪道德说教者的口吻强调其无用性："在教育家、艺术家、手艺人、做裙子和帽子的裁缝、虚构形式的创造者等人提供的种种海市蜃楼中，社会找到了幸福。"（1986: 119）艺术的一般功能正是娱乐与欺骗："在属于特定历史阶段及特定社会的形式中，对象小 a，幻觉的虚构元素起到了蒙蔽主体、覆盖'物'（*das Ding*）的作用。"（1986: 119）

在 1960 年 2 月 10 日举行的主题为"变形中的骑士之爱"（L'amour courtois en anamorphose）的研讨课上，实现艺术这一功能的是行吟诗人的诗歌，它巧妙地将集体欲望引向某个用来替代"物"的客体。想象中无法靠近的、残酷的女性是一个非常有效的替代品，在近千年的时间里一直被使用，与 12 世纪或 20 世纪的真实女性地位形成了深刻的矛盾。我们完全有理由认为这个功能无时间性、无区别、不断重复，因为它对岩洞画与对布勒东诗歌[1]来说同样有效，不过，归根到底，"物"的本性即在于，无论何时何地，它始终与自身同一，而且始终处于同一个位置。从虚构概念角度来说，拉康理论的意义在于，他不仅阐释了全部作品，还阐释了全部的实践与态度。他非常关注我们（而非他本人）称

---

1 "换句话说，布勒东令疯狂的爱出现，用来替代'物'。"（Lacan 1986: 184）

之为虚构的东西对行为举止所起的调节作用："从结构角度来说，我们感兴趣的是，文学创造活动竟然能够起决定性作用，而之后当事件起源与关键词都被遗忘时，这一作用便会削弱。"（1986：178）

然而，艺术仍然具有一种明显的特征。关于霍尔拜因（Hans Holbein）的《大使》（*Ambassadeurs*），拉康暗示，艺术品并不仅仅是假象，它们还致力于让人看到"物"。这项任务或者说这种努力意味着痛苦之中存在一种清醒形式。无论如何，拉康是这样分析变形的，后者此前曾被界定为"痛苦的翻转"，甚至"病变点"：

> 转折点，在这个点上，艺术家完全翻转了空间幻觉的用途，并努力令它进入那原初的目标中，也即将它变成隐藏起来的现实的支撑——前提条件是，从某种角度说，艺术品的目标始终是为了逼近"物"。（1986：169）

然而，一切都促使人猜想，拉康从未提及的骷髅头（也没有考虑"虚空"主题的艺术与历史语境）也是一种"替代品"：他（1986：170）更倾向于谈论某种"针筒"状的东西，能够抽干不在圣杯中的血。因此骷髅头是某种缺失（圣杯中的血）的替代品，而这种缺失又是某个空洞——物——的替代品，能指链还可以拉长。此类阐释学始终意味着一种形象取代另一种，最终指向"物"的谜样"真实"，它非常接近拉康（1986：169）所阐述的柏拉图式艺术观念（假如我们用"理念"来替代"物"），即便拉康这样做是为了与柏拉图拉开距离：

柏拉图令艺术跌落至人类作品的最底层，因为对他来说，一切存在物因其与理念的关系而存在，只有理念是真实的。因此，存在的事物只是对某种"超真实"（plus-que-réel），某种"超现实"（surréel）的摹仿。因为艺术摹仿存在，所以它是影子的影子，摹仿的摹仿。因此你们可以看到在艺术作品中，在画家笔下的，是怎样的虚空。

拉康也拒绝其他人针对摹仿（minèsis）的所谓幼稚性进行的简单化的批判，这种批判是流行于1970年代的意见（doxa），它的内容在于将"摹仿艺术"或者说"现实主义"或"自然主义"艺术与某种非摹仿艺术对立起来，拉康（1986: 169）将后者称作"所谓的抽象艺术"，总之就是现代艺术，拥有洞察力与反思能力等一切美德。对拉康来说，不存在严格意义上的摹仿艺术，如此一来现代性也没有任何优势（在这一点上我们认同拉康的分析）："客体越是被意识到是摹仿的，就越能向我们敞开某个维度，在这一维度上，幻觉破灭，并瞄准了其他事物。"（1986: 170）

蝴蝶的寓言，或人生并不如梦

拉康有关真实之不可能性的理论是否会进一步模糊事实与虚构的界限？如果将"事实"等同于拉康所说的"真实"，换言之，等同于"物"，那么答案显然是否定的。物没有所指，而虚构无论从哪个角度去理解，都属于象征的范畴。

如果将虚构视作文学创造，那么艺术普遍来看始终关系到真实，因为它试图逼近"物"。然而艺术无法达到目的，因为"物"

是不可再现的。拉康有时也以更为简单的方式去考量艺术品与世界的关系，此时"真实"便仅指外部世界。例如，拉康提到行吟诗人的诗时，毫不犹豫地强调了诗歌与某种被呈现为事实的历史文化语境之间的差距，他在操纵共相（universaux）时的顾虑比韦纳还要少得多。

最后，我们在上文已提到幻影和影子剧院，与这些概念引发的联想不同的是，拉康在任何场合都不曾肯定人生是一场梦。他初次强调这一点，是在精神分析遭到批评，被指令人类远离现实（尤其远离政治冲突）时。精神分析不是唯心主义："我们只须考察精神分析从起源至今的路径，就会看到它在任何方面都不会推动我们去认同那句格言，也即'人生如梦'。"（Lacan 1973: 53）

这一声明位于拉康对弗洛伊德《梦的解析》（1900）第七章转述的某个梦[1]进行分析之前。在拉康的阐释中，父亲被真实这一"引发欲望的对象"唤醒，这提出了一个问题，即真实是如何触及正在做梦的主体的。心理真实的显示通过"堤喀"（tuché）[2]的中

---

1 "一位父亲在孩子快病逝的时候整日守在病床旁。孩子死后，他到隔壁房间睡下，但是让两室相连的门敞开着，所以，他能看见置放他孩子的房间以及尸体周围点燃着的长蜡烛。他还请了一位老人照顾死尸，并且在那里低声祷告。睡了几小时后，这位父亲梦见他孩子站在他床边，捉着他的胳膊，轻声地责怪他：'爸爸，难道你不知道我被烧着了吗？'他惊醒过来，发现隔壁房间正燃着耀目的火焰，跑过去一看发现那位守候的老人睡了，一支点燃着的蜡烛掉了下来，把周围布料和他深爱的孩子的一条手臂给点着了。"（中译文参见弗洛伊德著《梦的解析》，李燕译，陕西师范大学出版社，2008年，第251页。——译注）

2 也作"Tyché"，希腊语为"τύχη"，堤喀，希腊神话中的幸运女神。此处是拉康借自亚里士多德的概念，即亚氏在《物理学》中多次提到的"幸运"。拉康在《精神分析的四个基本概念》中将其界定为"与真实的相遇"。（1973: 53）——译注

介成为可能，"堤喀"是指偶然形成的因果关系，与能指网络的自动化形成了对立的关系。在某个无法察觉的重要时刻，介于睡梦与清醒之间，与真实的相遇几乎就要发生[1]。因此唤醒父亲的并非外部世界。不过隔壁房间里产生的轻微动静仍然起到了一定作用。一方面，它渗入梦制造的形象中，另一方面，它也肯定人处于梦醒状态：

> 真实可以由意外、轻微响声、少量现实体现，这少量的现实证明我们没有在做梦。从另一个角度说，这一现实并非无足轻重，因为唤醒我们的，正是再现的替代品的缺失掩盖的另一种现实。（Lacan 1973: 59）

尽管外部世界是"少量现实"，但它并没有被取消，也并非毫无影响。梦与欲望对象之间几乎就要相遇的特别时刻也是外部现实干扰主体心理现实的时刻。外部现实并没有唤醒主体，但向他保证他已走出梦境，进入"超越梦境之地"，后者是令人心碎的现实世界。

拉康对庄子那则著名道家寓言（我们看到韦纳也借用了这则寓言）的两处评论以另一种方式确立了梦境与现实的界限，此时外部世界的介入不再依靠轻微动静，而是成为处于清醒状态的主体身份的构成力量。中国哲学家梦见自己成为蝴蝶，醒来时问自

1　我们在这一段中使用了立木康介（Kosuke Tsuiki）文章的部分观点（Tsuiki 1996: 53-58）。感谢立木康介将他的研究成果与我们分享。

己是否正身处一只蝴蝶的梦中。

在"眼睛与目光的分裂"[1]中，拉康（1973）首先将视野看作"省略"或"遮蔽"，因为我们正被世界注视，而且我们意欲如此。出于这种最终会导向自恋的无知，某种视野形式（例如凝视）提供了一种完满感和一种自我意识错觉。此外，以我们注视世界的方式，我们看不到它向我们呈现了与我们自身的深层结构相关的东西。反过来，在梦中，形象的出现只是为了呈现某种东西，但还有主体的省略，因为做梦的主体不知道自己是梦的意识来源。清醒状态下，视野巩固了主体的控制地位，这一主体不知道自己的欲望结构，其实后者不断调节着他投向世界的目光以及世界在他脑中形成的图像。反过来，在梦中，形象指明了自身与欲望的关系，然而主体并不知道，不仅是他自己创造了这些形象，而且它们正是他自身。对拉康来说，目光的这两种盲点性质完全不同，尤其因为在清醒的生活中，总会有他人目光的介入，而后者在梦中必然是缺失的。

在这种背景下出现了道家寓言的例子：

庄子醒来时，会自问是否是蝴蝶梦见自己是庄子。他这样想不无道理，原因有二：首先这证明他并没有疯，没有认为自己与庄子绝对是同一人，其次他不知道自己道出了真相。实际上，恰恰当他是那只蝴蝶时，他从自己身份的某个根源处重新掌控了自我——本质上，他曾是并且一直是那只他根据自己的颜色描绘的

1　1964 年 2 月 19 日研讨课主题，1973 年出版（p. 65-74）。

蝴蝶，正是在那里，在根源最深处，他成为庄子。

证据就是，当他是蝴蝶时，他并没有想到问一问自己，当他是醒着的庄子时，他是否是此刻正在梦见的蝴蝶。因为，梦见自己变成了蝴蝶，他之后可能要回忆把自己想象成蝴蝶的情景，但这并不意味着他被蝴蝶俘虏——他是被俘的蝴蝶，但不是谁的俘虏，因为在梦中，他不是任何人的蝴蝶。只有当他醒来时，他才成为别人眼中的庄子，才陷入别人的捕蝶网中。（Lacan 1973: 88-89）

因此在梦与清醒状态之间，在他人目光赋予的身份与某种秘密幻想的、与主体心理现实密切相关的身份之间不可能存在任何相似性。没有做梦者的意识，就没有被梦见的蝴蝶的意识。

在《研讨班 XIV》（《幻想的逻辑》，1966—1967 年，出版于 2004 年）中，拉康这次假设庄子（拼写从 Tchoang-Tseu 变成 Tchouang-Tseu）已疯（如果我们效仿拉康 1964 年的做法，把疯狂界定为对自己社会身份的完全认同）。庄子在醒来时没有向自己提出任何问题：

当庄子梦见自己是蝴蝶时，他对自己说："这只是一个梦。"我可以断言，这完全符合他的精神状态。他一刻都没有怀疑自己能够解决有关自身身份也就是自己是庄子的小问题。他对自己说"这只是一个梦"，但恰恰在这一点上，他缺乏现实性。因为，只要某种是庄子的"自我"的东西奠基于某个事实——这一事实是主体存在的根本条件，即客体是"被看到的"，那么就不存在**任何**东西，能够更好地帮助克服目光世界中存在的背叛因素，因为这一世界要承载某种集合体（无论我们称呼它为"世界"还是疆域），而主体是这一集合体唯一的载体，唯一的存在模式。主体作为观看的主体，也就是说他只懂目力范围内的几何学（他会对别人说："这在右边"，"这在左边"，"这在里面"，"这在外面"），构成这一主体的"稳定性"，允许他以"我"定位自身的，唯有以下这一点——我之前已强调过：他本人是这个可见世界中的"一幅画"，蝴蝶只不过是将他作为一个"点"突显的东西，作为这个点在器官中逐渐变得可见时，其所具备的原初性的东西。（Lacan 2004: 173-174）

划分醒与梦、现实与虚构的，仍然是被观看的事实。然而，这种根本性的对立完全无法重构清醒状态下与世界处于真实关系的主体。如果说他人的目光令主体能在自恋陷阱可能编织的某种机制中，"帮助克服目光世界中存在的背叛因素"，那也是为了加强他的幻觉。

"真实"与"虚构"通常所指的事物之间形成的两极被彻底颠倒。真实位于主体那无法定义、无法触及的心理现实（*das Ding*）之中，虚构涵盖感觉、话语、概念、社会艺术产品的整体，后者构成了"世界"。外部世界是存在的，但它的显现微不足道：父亲梦中轻微的动静。尽管拉康多次重申，"虚构"与"欺骗性"并非近义词，他对"虚构"一词的使用仍然暗示该词具有错误甚至"背叛"等含义。这一点也是拉康及当代其他一元论者的共同之处。不过，拉康的思想是一种一元论吗？以上我们看到真实与虚构被重新界定，只要这两者不互相重叠，我们就可以谈论一种二元对立。然而，属于象征领域，因而从这个意义上说也属于虚构的，是促成我们与世界、与他人确立关系的全部因素。此外，考虑到在最高层次的，是位于一切"再现的替代品"源头的物之真实，即引发欲望的对象，那么我们要面对的，也是某种形式的泛事实主义。主体有可能尝试克服自身条件虚假性的途径非常有限：在半梦半醒之间遭遇真实，以弗洛伊德的方式或以谈论弗洛伊德的拉康的方式让无意识说话，或者借助艺术品逼近"物"。不过，意图与物相逢是痴心妄想，因为我们无法忍受促使我们接近物的快感与痛苦的极端性[1]。

　　然而，"真实的召唤"[2]还是降临到我们头上。在《精神分析伦理学》中，拉康不停地断言，道德对不久后被勒克莱（Serge Leclaire 1971）称作真实之"去蔽"[3]的东西感兴趣。道德之所以如此，是因为法律是欲望的基本构成要素，而实施迫害的道德法庭是真实（作为物）在场的迹象。道德对真实之"去蔽"的兴趣还体现于刺激精神分析的"对真相的渴求"——这正是弗洛伊德的方法是一种"伦理"方法的原因（Lacan 1973: 34-35）。

1　正是这一点赋予萨德作品以"可笑"及"疯狂"的特点（Lacan 1986: 97）。

2　这一表述大获成功。它之后被福雷斯特（2006 [1999]: 17）等人重拾。福雷斯特将他这本文集的其中一部分命名为"真实的前所未有的召唤"（L'appel inouï du réel）。

3　勒克莱的著作以下面这个定义开篇，这一定义非常清晰，但回避了不可能性概念："给真实去蔽是精神分析师的工作。真实？即那抵抗着、坚持着的东西，它无法削减，在逃脱的同时以快感、焦虑、死亡或阉割的形式出现。我们只能通过诡计来接近它。"（Leclaire 1971: 11）

尽管没有特别受到邀约[1]，但从1960年代起，一部分文学思想开始认为，文学是这一真实召唤、这一道德的接受者。与此同时，拉康在弗洛伊德理论基础上进行的对"真实"与"虚构"边界的再界定也引发了对虚构叙事的诋毁，法国因受原样派的影响尤其如此。

三、虚构²= 真实

理论的平行路径

1963年，索莱尔斯在瑟里西拉萨勒（Cerisy-la-Salle）宣读了一篇题为《虚构的逻辑》的文章，这篇文章在1968年以《逻辑》为名于瑟伊出版社"原样"丛书中出版。福雷斯特在2006年再版了这篇文章及索莱尔斯另外三篇文章，文集名重拾了1963年发言的题目（《虚构的逻辑及其他论文》），突出了他赋予这篇文章的重要性，该文章也由此开始受到重视。

在文章写就半个世纪后再去读它，不能不体会到一些异样感。实际上，题目带来的熟悉感具有欺骗性。自1970年代可能世界理论诞生后，拉近"逻辑"与"虚构"关系的举动变得寻常。它预告了帕维尔等人的研究，帕维尔在1986年对弗雷格和罗素（Bertrand Russell）有关虚构性思想的研究产生的影响进行了

---

1 勒克莱（Leclaire 1971: 11）认为，真实是精神分析的特殊场域，而"文人、剧作家、神话研究者和逻辑学家"更多是与想象打交道。

批判式评估。对虚构"逻辑"感兴趣也预告了对普特南（Hilary Putnam）或克里普克（Saul Kripke）著作的借用。

但索莱尔斯的文章与这一知识语境没有任何关系[1]。从第一个脚注开始，我们就知道索莱尔斯谈论的问题完全与逻辑问题无关。通过对维柯某段话的引用，索莱尔斯追溯了"逻辑"的词源，即逻各斯（*logos*），并拉近了其与"话语"（parole）继而与"故事"（fable）的距离。发言题目于是被笼罩上一层谜样的同义反复色彩。因为，正如我们将看到的那样，这里的问题也与虚构无涉。

以上分析并非为了谴责索莱尔斯（时年 27 岁）没有遵循某个传统，那时，这一传统尚未诞生。在他宣读《虚构的逻辑》一文之前，有关虚构的研究只有布斯的《小说修辞学》（*The Rhetoric of Fiction* 1961）。古德曼、艾柯、帕维尔和多勒泽尔的代表作都出版于 1970 年之后。反过来，这篇文章再版时，编者完全没有提及——哪怕是为了以示区别——这样一个题目毫无疑问会触及的领域在半个世纪里的变化，这点不能不让人吃惊。

由此观之，在有关虚构的种种理论形成的世界，诸多不可兼

---

1 文章还是提到了维特根斯坦，尽管他扮演的完全是反面角色。索莱尔斯提到"从不明显的无意义到明显的无意义"的"辩证过渡"。维特根斯坦谈论的毫无疑问是一个说明性计划［"我想教的，是如何从不明显的无意义过渡到明显的无意义"（Wittgenstein 2005 [1953]: § 464, 193）］。索莱尔斯的理解完全相反，他将这段话理解为对"无知"的赞歌，能够"在知识内部指控知识，象征性地在想象体系内部指控真理"（Sollers 2006: 36），也就是一个令人混乱的计划。索莱尔斯之后使用了另一个逻辑学术语［可能共存（compossibiilité），索莱尔斯给它加了个修饰语"普遍的"］，但这个词在文中完全是装饰性的。这种"普遍的可能共存"状态被认为是"抽象作品"的状态，后者"在其节奏与逻辑领域""调和了可能性与现实性"（Sollers 2006: 45）。

容的理论版本在同一时间被启用，至今仍在平行地延续自己的生命，却从未彼此交汇。在法国，主要在对尼采、马拉美、布勒东、胡塞尔[1]、巴塔耶和拉康的阅读中，形成了有关虚构的另一重概念，索莱尔斯的旧文和福雷斯特的新近研究（2006 [1999]）[2]已经很能代表这一概念。雅努斯的两副面孔此消彼长：作为文化产品的虚构被诋毁，世界与主体的整体虚构本质却得到肯定。然而，同一时期，在东欧[3]，随后在美国［无论"法国理论"（french theory）享有多少盛誉］，文学与哲学恰恰对被这一理论抛弃与排除的内容表现出兴趣[4]。

对虚构的仇恨

那些年反复出现一个现象，即人们的首要姿态在于宣布大部分或者说全部叙述性虚构不合格。在半个世纪里，抨击对象有点转移。对索莱尔斯（2006: 25）来说，不信任感主要涉及"传统虚构作家"，他们都已成过去，已被超越，因为他们没有提出与"我

1　正像索莱尔斯滥用了维特根斯坦，他也滥用了胡塞尔。他引用了胡塞尔一段著名的话，胡塞尔（1985 [1913]: §132, 227）在其中谨慎地提出一个在他看来有些吊诡的观点："'虚构'是现象学的活力元素，正如它是一切本相科学的活力元素。"但是，胡塞尔这段话指的是"艺术家掌握的再现方法的"暗示性力量和通过想象增加研究案例的可能性。胡塞尔的假设建立在某个超验主体存在的基础上，而这一点与索莱尔斯设想的"主体虚构"完全对立。

2　福雷斯特有不少研究索莱尔斯（1992）、索莱尔斯小说（1991）及原样派（1995, 2005）的成果。

3　罗马尼亚的帕维尔和原捷克斯洛伐克的多勒泽尔。

4　例如布雷蒙和帕维尔（1998）反巴特并为巴尔扎克正名的行动。

们不断接近的*现时*[1]相关"[2]的根本性问题。同时受到鄙视的还有那些重视形象胜过运动的作品。这意味着节奏被赋予一种未言明的优越地位，用热奈特的分类来说，"话语"（diction）胜过了"虚构"（fiction）（1991）。索莱尔斯也批判了演出体制，毫无过渡地指责其过于简单，过于因循守旧："某种标准被演出与舆论领域持单一价值观的成见固定下来，用来揭露那些无法跟随想象力之扩张或收缩的作品。"（Sollers 2006: 29）

　　索莱尔斯的文章强烈表达了对摹仿性虚构的不信任。在文章头几页，他相当明确地提到当时尚未被称作"虚构沉浸"的东西，将其作为反例与反衬。借助想象在虚构中前行，这只能累积一些老生常谈，而后者恰恰不会在索莱尔斯呼唤的新小说阅读行为中出现（"我想象一本书的开头"）：

　　　　他徒劳地寻找着……某部虚构作品作为参照，这部作品自诩为现实（这现实可能是可疑的、模糊的，但归根到底服从约定，要介绍那被当作外部元素加以描述的东西……读者以为进入了自身以外的某种通道，推开了再现的障碍，对于再现，他将或多或少地带着兴趣或怀疑去欣赏。总的来说，他已心照不宣地接受成为或拒绝世界，成为或拒绝托付给他的事件。……当他准备追随某条详细的路线，从内部辨认某种外在组织时（时刻准备着迎接

1　原文中即为斜体。

2　索莱尔斯也表明了他对"其他时代在远方编撰的"叙事的不屑，认为在这样的叙事中，"即便存在真实，也都与特定时空、具体事物相关，都以太过抽象的方式呈现"（2006: 17）。

迂回战术，或某个段落可能在他身上激起的一些回忆；时而任由
自己被已机械化的游戏和渗透攻陷，时而又对其充满期盼），出现
的恰恰是相反的情况。他手中拿着的书，这本小说，似乎逃脱了
那种命运，也即从第一页起便开始预告某种精神图景，之后某个
人会在某天决定自我局限于这精神图景中。归根到底，我们的读
者一直梦想遇见一种叙述，它没有无可挽回地成为过去、成为非
现实……（2006: 16-17）

这一观点完全站在帕维尔或舍费尔二三十年后提出的观点
的对立面。索莱尔斯假设了一个内心充满倦怠的读者，他对虚构
的种种扮假作真的游戏习以为常，对进入虚构世界的一切程序熟
稔于心，对是否要终止自己的怀疑持保留态度，对小说阅读引发
的种种情绪已心生厌倦。然而，当代读者始终在狂热地实践这个
活动，即使阅读不再是唯一可设想的方式，即使数字与多媒体世
界接过了接力棒。然而，在其置身的文学形式更新的知识语境
中，索莱尔斯看到的只是普通阅读态度的陈旧落伍。此外，索莱
尔斯提到的"成为过去、成为非现实"的叙述，可能只是虚构叙
事的固有属性，正如汉伯格（1986 [1957]）在那些年将虚构叙事
定义为运用一种并不表示时间概念的"叙事性过去时"（prétérit
épique）的第三人称叙事。然而，这种被认为沉闷过时的享受，
它的反例其实很难找到。新小说的假想读者仿佛置身一面镜子前
（这一想法并不新鲜），成为"被选中的牺牲品"（令人联想到巴塔

耶的牺牲概念[1]）。读者成为句子的一部分（Sollers 2006: 16-17），与作者难分难解。最终，读者并没有被考虑，即使有，也是通过缺席的方式，也就是读者似乎为不必再与一本书扯上关系而高兴。

　　半个世纪后，福雷斯特认为，知识与文学场域已是一片废墟。无数次被指定为特派员来"清算"先锋派的是"自然主义"小说（这一标签囊括了一切属于摹仿，能维持某个天真的幻觉，让人错以为外部世界真实存在的东西）和虚拟领域，即后现代思想、合成形象以及——从更广泛的角度说——电影[2]这一提升形象、损害语言的娱乐文化。奠定数码转向[3]的思想被认为应该愉快地赞成真实的消逝，并沉醉于表象的空洞舞姿，后者是愚化大众的积极帮凶[4]。无须惊讶，（公众的）惰性与（作者和文化生产者的）贪婪有利于被单方面视为全面倒退的东西。

　　在这灾难性结论的源头，我们毫无困难地看到了持续几千年的对虚构的控诉，包括虚构的霸权，虚构的空洞，虚构与编造、假扮及摹仿概念的原初结盟。令人不安的或许还有虚构带来的快乐的民主色彩。虚构是"谎言"、"拟象"、"赝品"（2006 [1999]: 33）、"伪币"（2006 [1999]: 20），它迷惑、欺骗、故弄玄虚、传

1　参见巴塔耶（Bataille 1988a: 467-471）。

2　福雷斯特（2006 [1999]: 33）认为电影接替了现实主义小说。这一观点有待证明。

3　作者影射的可能是鲍德里亚及其后继者。

4　"有人说，'真实'溶解于虚拟，合成图像成为主流，促使语言的用途衰退，拟象大量增生，阻止我们获得生活的真实意义。有人说，文化工业通过传播流水线生产的虚构，成为压抑意识的帮凶。这些流水线生产的虚构的唯一功能是娱乐大众，也就是使个体偏离一切真正的'经验'，只有后者才能将个体从其所沉入的集体睡眠中唤醒。"（Forest 2006 [1999]: 54）

染、腐蚀、异化[1]……为了控诉它，作者调用了各种词汇。拟象还存在其他困扰，例如作者先是提到古代对再现的禁令以及伊斯兰教传统，根据这一传统，被描绘的形象会在最后审判来临之日获得生命，并要求艺术家回答画出不完美复制品的理由，之后作者提到由"关于自我的小说"（le roman du je）创造的纸上人物，后者前来"要求用现实弥补虚构所犯下的罪"（2006 [1999]: 172）：请注意，这一转叙（métaleptique）式假设[2]悄无声息地暗示，"虚构"与"现实"在它们共同的领地上占据着界限分明的区域。这一悖论很难维持，并多次暴露出局限性，比如作者赞颂了阿拉贡，但阿拉贡肯定不会认为世界是虚构的，这就令作者陷入尴尬境地[3]。当作者建议用"遗嘱契约"（pacte testimonial）[4]来取代勒热纳的"指涉契约"（pacte référentiel）时，矛盾再次出现，因为作者认为，目前书写人类苦难却"没有经受这些苦难"的作家们与莱维不同，他们没有"在现实中购买"[5]"说话的权力"（2006 [1999]:

---

1 "迷惑人的……娱乐"（Forest 2006 [1999]: 113）；"故弄玄虚的虚构"（55）；"最受传染的虚构"（37）；"异化"（236）；"被形象腐蚀"（69）。

2 转叙式假设是罗斯（Philip Roth）、大江健三郎、罗伯–格里耶小说的题材。福雷斯特（2006 [1999]: 175 及其后）对罗伯–格里耶小说中这一主题有出色的对比分析。

3 "阿拉贡作品中存在超凡的阴影区域，从上游和下游包围着被阿拉贡（可能不太恰当地）称作'真实世界'的领域。那么这些阴影区域又该如何理解呢？"（Forest 2006 [1999]: 25）

4 在福雷斯特看来，这种替代的好处显然在于能够避开虚构与见证书写的属性差异问题。但是，我们能够想象一部从不提及被真心认为真实发生过的事件的见证文学作品吗？

5 文中引号表明，作者已经意识到在自己的理论框架内使用这一论据并不恰当。

253）。作者如何调和这些观点与那个他多次强调的、认为生活只不过是虚构的观点呢？

"叠加"的多重意义

上文已提到，对虚构的拒绝与将主体和世界理解为虚构的观念紧密相连。索莱尔斯尤其强调了自我的虚构属性，自我被描绘成转瞬即逝的在场，它的无限性在梦中得到体验。其写作采用了精神分析的模式，目的在于实现"揭秘""去魅"并"辨认"出虚构主体。换言之，是想象力的解放粉碎了主体虚假（虚构）的连贯性——这点继承了超现实主义者的思想。但是，令人困惑的是，这一过程本身又被称作"虚构"，这一次，"虚构"要从潜力倍增的积极意义上去理解："称其为'虚构'，是想令其展现一切可能性。"（2006: 21）

两个事物由此得到勾勒，一方面是一种对可能性概念保持敏感的新颖感觉[1]，另一方面是一种有些令人失望的吊诡颠覆，在这种颠覆中，（一种意义上的）虚构与（另一种意义上的）虚构意义叠加，产生了（文本的）现实性："面对原初的背叛，虚构得以用同等的背叛来回应，如此一来，即便存在沉默及对沉默的崇拜，虚构仍定义了唯一可能的忠诚。"（2006: 21）

这篇文章的结尾重复了开头（"我想象一本书的开头"）（2006: 15&52），并以"完全的现实"这样的字眼和一个自我指称的举动

---

1 例如如下句子："作品再现的当前事件由此在可能性的世界展开。"（Sollers 2006: 32）

而告终，后者在文本的物质性中取消了现实与虚构的差别。这样一种结局，这样一种闭合文本的动作之后将成为结构主义思想的基石。此外，这一结局已在文中得到铺垫："或许如下的说法并不过分：由虚构发展的东西被'真实'包裹（'真实'让位于一种解决了现实、虚构二元对立问题的文本经验）。"（2006: 24）

此外，请注意，即便索莱尔斯从形式上将世界囊括于虚构场域，他仍然远没有意识到此举的全部后果，因为他认为新近的科学发现，例如对原子和基本粒子（它们大致上被认为并非完全真实[1]）的发现，暗示了物质"矛盾"法则与思想"矛盾"法则之间的近似关系。这种微观世界 / 宏观世界的对立不太有拉康理论色彩，它的重现或许能解释索莱尔斯对帕拉塞尔苏斯的出人意料的引用（2006: 34 n.8）。

福雷斯特则不断重复一个等式，根据这个等式，由虚构（作品）反映的虚构（世界）提供了触及"真实"的途径。即使监护人拉康的影子无处不在（Forest 2006 [1999]: 30, 39, 142, 250），并且扮演着权威角色，"真实"仍以巴塔耶的方式被视为一种"不可能性"[2]，因为真实包含了欲望与服丧期的极限特征。索莱尔斯与

1　"现实主义与粗陋的实证主义无法掩盖一个事实：虽然原子和基本粒子能够产生与日常生活同样真实的现象，它们本身却并非如此真实。"（Sollers 2006: 32）

2　1962 年，巴塔耶初版于 1947 年、名为《诗之仇恨》的作品在子夜出版社再版时书名为《不可能性》。关于巴塔耶这一概念，参见西蒙（Simon 2003）。巴塔耶实现的某些颠覆——例如"色情文学的可能性是色情的不可能性的可能性"［Bataille, *Œuvres complètes*, XII, 323；西蒙转引（Simon 2003: 184）］——被福雷斯特挪用："没有真实的不可能性，不可能设想小说的可能性。"（2006 [1999]: 19）尽管如此，巴塔耶的色情与快感问题（将色情的不可能性与生活的"可能性"对立起来）与福雷斯特对"真实"与"虚构"的理解相去甚远。

福雷斯特特别青睐人类经验的某个方面，对此我们当然无意质疑，我们只是想对某种理论建构的合法性提出疑问，这一理论建构自视为某个知识传统的继承者，并以法式文学一元论最好的代表之一自居。

福雷斯特的论证赋予索莱尔斯实现的颠覆以一种系统性，并通过与拉康理论中真实之不可能性的复杂机制拉开距离，从而改变了这一颠覆的影响范围。实际上，这里涉及的确实不再是给物"去蔽"，也不再是揭示或解放想象力。文学并不满足于"逼近"却无法触及作为欲望对象的"物"，文学直接传达"生活的真正意义"，前提条件是采取作者戏谑地称之为"叠加"（redoublement）的形式。实际上，在谈论"虚构的虚构"或"虚构的平方"时，福雷斯特暗示了相同事物的相乘。然而，在一种情况下，虚构指的是世界的虚假形象，在另一种情况下，虚构指的是文学文本：

> 我们在此触及一个古怪、复杂的悖论纽结，但从这个纽结出发，一切结论都可以通过逻辑推演的方式获得。小说……构成了"现实"这一虚构的虚构，通过这种叠加撤销了虚构，促使我们能够触及"真实"点，小说在这个点上自我更新，并向我们传达生活的真正意义。（2006 [1999]: 34）

索莱尔斯利用了同一种模糊性，不过他的方法最终指向的是文本本身。福雷斯特拒绝这种封闭性，并从一顶不太符合数学规律的帽子里变出了"真实"，也即内心经验的真实："事实上，真正的文学邀请我们参与的，便是这一运动，从某种意义上说，它

将我们存在于世的虚构属性平方，在这一过程中让极不易被触及
的真实经验降临。"（2006 [1999]: 34）

这番话应该怎么理解呢？为什么对幻觉的虚构会取消现实，
并令真实出现？福雷斯特构想的小说仍然是一面反映世界的镜子，
无论这世界是内心世界还是外部世界，由于这个世界是语言构成
的，因而它也被定义为一面镜子，这就形成了一种不乏巴洛克色
彩的反射游戏[1]。

总的来说，福雷斯特的立场与许多法国当代作家（例如埃奈
尔、洛朗斯等）很相似，在某种具有后现代色彩（尽管他不愿承
认）的泛虚构主义与某种相当常见的、完全被经验的"真实性"
吸引的泛事实主义之间摇摆不定。

这些观点没有从拉康人类学中吸收太多东西。情况怎么可能
不如此呢？围绕原样派确立起来的思想，一面教人控诉虚构，一
面却没有放弃对虚构声望的利用。它试图将某种极端看法转变为
一种伪等式，这种极端看法认为一切再现都是不恰当的（换句话
说也是对世界与主体虚构性的极端看法），而伪等式的目标在于令
被宣布为不可能的真实变得可能：在1960年，真实被等同于文本
自在自为的运动；半个世纪后，真实被等同于某种情感内容。这

---

1 "小说是一面镜子，一直以来人们都这样说。但在这面镜子前，什么都站立不
住，除了另一面用完全相同的反光材料制造的镜子。这两个表面的对照已足以令
图像增多，直至无限，在图像中，一切自我再现都令人眩晕地增生。某个虚拟空
间就此被界定，在这个空间，对某个主体的感知令人惊恐、令人着魔，在复制品
与拟象的理论中，主体分裂成碎片，而复制品没有一个能自诩为原作。"（Forest
2006 [1999]: 185-186）

种操作与滑移富含意味地体现了对文学本质的理解的演变，然而，在这一过程中，没有被思考的恰恰就是虚构性。

　　认知科学的涌现是否更有利于准确把握虚构性及其古代与当代显现呢？在神经科学兴起（尤其镜像神经元的发现）与虚构理论之间无疑产生了某种历史的交汇。那么虚构理论能期待科学范式提供些什么呢？认知视角究竟是有助于终结某种有关主体的人类学——这个由弗洛伊德与拉康精神分析构建的主体几乎无法进入外部世界，还是会以不同方式呈现某个被普遍接受的幻觉范式，即事实与虚构的边界已溶解的幻觉范式呢？

　　总而言之，如果说确如我们料想的那样，要思考虚构，就必须承认其边界的存在，那么认知方法究竟有利于边界的消失，还是有利于边界的巩固呢？

第四章 认知的边界

认知科学与人工智能研究初看之下似乎强有力地促进了事实与虚构的混同。

人脑难道不是以多少调制好功能的摄像机的方式运转的吗？至少自《终结者》以来，很多出现于电影中的赛博格让我们作此联想。罗蒂（1990 [1979]）重拾某个延续几千年的怀疑主义，假设我们接触的只是现实的删减版，被我们自己的认知机能格式化[1]。这一幻觉人类学受到广泛认同[2]。我们已经数不清，自1980年代以来，有多少虚构——以《黑客帝国》（1999—2003）为例——衍生自普特南（1984 [1981]）提出的"缸中之脑"这一哲学寓言。

在更为狭小的文学批评领域内，认知科学的影响被看作对事实叙事与虚构叙事差异问题的摈弃，甚至令这一问题失效。大部

---

1 我们完全认同伯努瓦（Jocelyn Benoist）在批判"后现代反现实主义"（2011: 19）时提出的观点。在《现实主义哲学原理》（*Éléments de philosophie réaliste*）开头及专论再现的章节中，伯努瓦写道："或许，这是现代认识论中过去曾存在、现在仍存在着的一个老生常谈——认为我们只能通过再现来触及事物。在纯哲学领域之外，不难碰到此类断言，它经常出现在认知科学论著的开头，采用的是不言而喻的口吻。"（2011: 17）

2 我们已看到，于斯顿如何在《爱讲故事的物种》（2008）中将对认知科学的某种庸俗化认识与 *storytelling* 概念联系了起来（参见第一部分第一章）。

分宣称借鉴认知科学的虚构理论家断言，在阅读事实或虚构叙事时，神经元层面发生的变化是一样的［尤其是舍费尔（1999）的观点 [1]］。在佩尔蒂埃（Jérôme Pelletier 2011: 211）看来，这解释了认知科学领域专家普遍对文本的指称功能漠不关心的态度。直至目前，他们主要研究的是理解叙事的必要能力。此外，这也是格罗斯（Sabine Gross 1997）对认知科学启发下的文学研究提出的诸多批评之一。

然而，事实并没有那么绝对。在心理学（尤其是发展心理学）和神经科学 [2] 中仍然存在着对真实与想象、事实叙事与虚构叙事之界限感兴趣的研究。这些研究从未被虚构理论或 *storytelling* 理论提及，它们通过实验方式［问卷调查、测试或磁共振成像（IRM）］证实了差别主义假设。不过，在其他研究中，界限更多被视为某种连续统（*continuum*）。这些研究通常采用转移和模拟隐喻。尽管值得商榷，但转移和模拟隐喻确已成为跨学科的研究对象。

实际上，我们面对的是某种交叉交流，而上述隐喻恰恰构成了交叉点。一方面，不少心理学与神经科学领域专家利用了哲学与文学的主题及作品，另一方面，一些虚构理论家如舍费尔、库瑞、佩尔蒂埃等，他们提到并运用上述学科的方式也不无问题。关键在于在这个确切的点上分析跨学科融合是如何实现的，并思

1　不过，下文我们会提到，舍费尔后来大大改变了他的立场。
2　我们很清楚不能将这些研究等同起来。在不同领域，研究主体、技术、方法各不相同。不过，从我们非专业的目光来看，呈现但不混同所有研究认知现象的学者的成果，这样的做法有其价值。

考这一融合对于区别事实与虚构具有何种解释性意义。

一、区分真实与想象的认知能力

发展心理学研究很早就对儿童具有的区别真实与想象的能力表现出浓厚的兴趣。在 1970 年代末，研究随莫里森与加德纳（Morison & Gardner 1978）、弗拉威尔（Flavell 1987）、迪拉拉与沃森（DiLalla & Watson 1988）等人的成果进一步发展。这些研究修正了皮亚杰（Piaget 2003 [1926]）的理论，提出了儿童本质上无法区分真实与想象的假设。例如沙仑与伍利（Tanya Sharon & Jacqueline D. Woolley 2004: 305）[1]不断强调一个事实，即当人们要求幼童明确指出不同虚构形象的属性时，他们经常表现出困惑而非直接弄错；在 3—5 岁之间，这种犹豫逐渐消失。耐人寻味的是，两位作者强调，教育部分地扮演了消极的角色，延迟了这种能力的获得。在虚构实体的属性上，父母与教师确实会故意给儿童一些错误信息。关于判断与幼年适宜的非现实主义，西方世界普遍流行着某种文化共识（Sharon & Woolley 2004）。其他研究者侧重关注儿童对虚构世界的多样性及封闭性的感知问题，在斯科尼克及布鲁姆（Deena Skolnick & Paul Bloom 2006）看来，这种感知构成了对虚构世界本质的成熟理解。在研究中，斯科尼克与布鲁姆向两组人——一组是儿童，一组是成人——提出

1　可参见保罗·哈里斯（Paul L. Harris）等人富有启发性的同类研究（Harris *et al.* 1991）。

了问题，有关一些虚构人物对属于另一个世界的其他虚构人物的本质属性做出的评价。问题如下：灰姑娘相信超人的存在吗？她能看到并摸到超人吗？实验者预期的答案是否定的。儿童如果给出反面的回答，就会被理解为难以在某种非物理条件下采用他人的视角，因而也就是难以理解虚构中之虚构的属性（Skolnick & Bloom 2006: 813）。

　　尤其在 2000 年以后，这些研究者表明自己属于某个普遍的知识语境，关注虚构性，并对其关键作用有很深的认识。他们不断提醒，我们人生中的很大一部分其实是在不同的虚构世界度过的。发展心理学领域的专家在事实与虚构差异面前，表达了某种明显具有二元论色彩的观念，认为对这一差异的理解对儿童来说至关重要。但他们也没有停留于某个简单化的二元论，对多元世界的研究，对斯科尼克与布鲁姆称之为“世界间关系”（relations inter-mondes）换言之也即跨虚构性（transfictionnalité）问题的兴趣，都表明了这一点。此外，他们视为标准的是虚构世界的封闭性，而非它们之间的交流，在转叙式（métaleptique）僭越现象（例如 2007 的《怪物史瑞克 3》[1]）大量出现于儿童娱乐业的时代，他们的态度不免有些令人吃惊。不过，边界僭越的乐趣确实正在于边界的存在，以及观众对这一边界的感知。无论如何，由这些例子可见，跨学科渗透似乎已是既成事实，尤其当我们将这些例子与奥特利（Keith Oatley）的言论联系起来看时：1999 年，奥特利哀叹心理学家对虚构不感兴趣，因为对心理学家而言虚构是轮廓不清

1　来自迪士尼电影公司不同影片中的人物在这部动画片中团聚。

的客体，需要运用有缺陷的经验方法（1999: 107）。

在边界问题上巩固差别主义理解的所有方法中，我们还可以提及神经科学场域内开展的一些研究，后者的目的在于通过磁共振成像的方法，识别大脑中参与现实控制任务的区域。这类研究并非新生事物，2000 年以后，此类研究大量涌现，但其前期研究从 1980 年代初就已开始。在特纳等人（Martha S. Turner *et al.* 2008）或西蒙斯等人（Jon S. Simons *et al.* 2008）的实验中，参与者被要求补充完整句子或词组。参与者随后必须在他们本人或实验者的朗读过程中，辨认出他们读过或想象出来的词语。大脑的同一块区域（前额叶皮层侧面位置）被外部刺激或自我刺激（也就是由想象产生）导致的神经元活动激活。不过，通常认为只与自我指称进程相关的前额叶皮层额极中间区域只在受到自我刺激时才会被激活。此外，特纳及其合作者还指出了一个特殊区域，前额叶皮层腹侧尾部基底，在编故事时，这个区域的大脑活动较弱，此时主体以为有一种刺激被感知，实际上这只是主体的想象，或者反之。在特纳等人看来，这一区域的作用是执行控制任务，大脑可能通过与其他存储信息的比较，断定想象出来的事件可靠度低。在特纳等人（Turner *et al.* 2008: 1443）提到的另一项研究中（Frith *et al.* 2006），对真实事件的感知会引发轻微的认知混乱，而当事件是想象事件时不会发生这一现象。我们由此得以区别事件的性质。同样地，在虚构症（confabulation）[1] 案例中，被认为

---

1 虚构症一词今日被用来指虚假记忆及虚假感知，它在 1900 年左右进入医学（参见 Schnider 2008: 9）。

用于执行控制任务的前额叶皮层某区域没有或者说几乎没有被激活。这一缺失状态及与行动力（agentivité）方面有关的错误（病人记不起来究竟是他本人还是实验者大声念了一个词），被西蒙斯及其合作者（2008: 455）视作一种精神病症状。

除错误感知问题外，还有假性记忆问题。假如我们自己的记忆不可靠，那么我们与现实和虚构的关系又将如何呢？在福尔曼（Ari Folman）的电影《与巴希尔共舞》（Valse avec Bachir）[1] 出品的同一年，神经科学家施耐德（Armin Schnider）出版了一部著作，并意味深长地为它取名为《患虚构症的心灵——大脑如何创造现实》（The Confabulation Mind. How the Brain Creates Reality 2008），对思考上述问题深具启发性。

《患虚构症的心灵——大脑如何创造现实》这一书名紧跟时代潮流，很吸引人也很容易引发警觉，尽管如此，施耐德完全无意宣告一切对现实的感知都是虚假的，或者说任何能被接触到的真实都是被歪曲的。他的学说主要在于区别患病主体制造的现实变异与健康主体的虚假记忆 [2]。尽管从治疗角度来看，施耐德最感兴趣的是病症，但是最能解释我们所关心的问题的是后一类人，施耐德在全书第六章对其进行了谈论。记忆的弱点、目击证词的不

---

1 （《与巴希尔共舞》）这部电影是一个自我虚构叙事，由动画片和档案影像构成。影片涉及对黎嫩战争（1982）时期萨布拉与夏蒂拉难民营大屠杀记忆的重构，这一记忆被许多以色列士兵（尤其该电影的主人公兼叙述者）掩盖，这些士兵的回忆在梦、遗忘和虚假记忆之间摇摆。

2 在健康主体的案例中，虚假记忆产生于编码与再编码过程中；而患病主体的问题是回忆唤醒机制存在缺陷。病理性的虚构症反映了对大脑损伤以前存储的回忆的错误组织（Schnider 2008: 201-202）。

可靠性很久以前就已被证实（Kraepelin 1921 [1]）。在这一点上，施耐德的观察不但没有什么不同，用他本人的话说，甚至还有些令人气馁："令人不安的结论是，人类大脑借助其联想能力，能够创造虚假的记忆，后者与真正的记忆有着相同的真实外表以及相同的神经生理学支撑。"（Schnider 2008: 154）仿佛记忆与想象力产物虽被大脑以不同格式存储，但随着时间流逝，产生了彼此侵蚀的倾向。实际上，很容易诱导别人给出虚假的童年回忆[2]：在一组被测人群中（此前实验者已向被实验者讲述了一个事件，这一事件被指曾发生于被实验者童年时期，但真实情况并非如此），25% 的主体承认自己能想起这件事（Schnider 2008: 199）。很可能虚构人物、童年时读过的书从这种记忆磨损中受惠，渐渐被当作很久以前认识的人或经历过的事。无须提及压抑机制[3]，记忆本身构成了我们的认知机制中薄弱的一环，想象与现实的分隔墙上的一道裂痕。然而，在感知现实方面，我们原则上有进行区别的方法，后者尤其在于"消退"（extinction），也就是学习预想事件不会发生的能力。在正常思维下，想象的事物没有现实性（也即没有成为现实的可能世界）。而虚构症患者无法区别对现实没有影响的思

1　施耐德转引（Schnider 2008: 200）。

2　斯科特（Ridley Scott）1982 年的电影《银翼杀手》（*Blade Runner*）也暗示了这一点。仿生人（复制人）终于意识到自己的童年记忆是虚假的（被植入他们体内的），但恰恰是这种意识构成了他们的人性。

3　自动清除记忆程序作为一种防御机制，会在大脑中引起一种不正常的活跃现象［前额叶皮层背外侧被激活，海马体活跃度变低（Schnider 2008: 208）］。施耐德（2008: 205-210）拒绝接受虚构症具有代偿功能并与防御机制密切关联的设想，认为这种设想没有得到科学验证。

想（比如当病人宣称要为一群不在场的人准备晚餐时）与对现实有影响的思想。这些患病主体欠缺消退能力，其原因可能在于执行这一功能的细胞受到了错误引导（Schnider 2008: 291）。

一切似乎都表明，我们拥有一台精密的认知"仪器"，能够区别想象、回忆与感知，但这台"机器"可能出现故障，而且很容易就产生变异。我们很难理解虚构（例如童话故事，童话故事代表愿望实现的状态，有点类似虚构症患者感知到的世界）在上述状况中所起的作用。是否应该假设，虚构促使主体——尤其当主体是儿童时——在想象与现实之间进行必要的认知区分？实际上，儿童确实很早就懂得，通过魔力实现愿望的事情只发生在虚构世界。或者说，应该认为虚构构成了现实与想象之区分的对立面，由此允许我们尝试或者说在认知层面模拟一种类似虚构症患者的精神状态？目前没有任何实验支撑或证实这些假设。

二、虚构与事实艺术制品对读者与观众的不同影响

有关区别事实叙事与虚构叙事的能力，今日（至少据我们掌握的资料）也不存在涉及神经科学的测试。海沃德（Malcolm Hayward，从教于英语系）的研究处于文学与心理学研究的交叉点。在一篇发表于 1994 年的文章中，他提到一项实验，接受实验的是 45 名年级不同的文学系大学生，还有几位老师，他们被要求辨认 40 个短句，这 40 个短句是从随机选择的史学著作或虚构作品中抽取出来的，这些作品全部出版于 1900—1975 年间，且其

作者全部是美国人。历史小说、传记、回忆录及后现代小说被排除在外，因为它们可能会主动模糊界限。实验结果表明，错误率比较低，且与研究水平无关，当短句中的词语数量增加（从 5 个增加至 15 个）时，错误率随之降低。事实文本中抽取的句子引发的错误超过虚构文本，因为虚构标记更为明显。对于虚构性标记，实验参与者提到了专有名词、对话、第一人称的使用，尤其是段落的语气（虚构作品的语气被认为更具"戏剧性"）。这些标记出现在事实文本中时常会引发误判。不过，一切会出问题的情况都被排除在外，因而对调查结果的解读也变得困难。

这些研究在目标、方法及其想揭示的能力方面显然存在很大差异。儿童区分真实与想象实体的能力（取决于他们所处的文化环境以及他们在某个特定时期的认知发展），成年人区别感知、想象与记忆的能力（尤其属于神经元进程），还有区别事实叙事与虚构叙事的能力（很大程度上依赖于对从阅读经验中获得的类型符码的吸收），我们不能将这些能力置于同一个层面进行讨论。

然而，在海沃德的实验中，大学生提出的非叙事学标准意味着还有可能从认知角度给出答案，从源头就不同于给文本贴上事实或虚构标签的做法。对语调的关注令人联想到，辨认虚构性主要是一个风格问题，除此之外，将专有名词作为重要标记也值得一提。具有事实的或虚构的专有名词的场景很可能确实会引发不同的神经元进程。无论如何，这是亚伯拉罕（Anna Abraham）及其合作者进行的两项研究（2008、2009）的结论。我们后面还会提到这两项研究。

近期的神经科学研究在涉及事实与虚构区别问题时，并不太关注读者判断艺术品属性的能力。这些研究更为关注同一个文本在被标记为虚构或记录时，所引发的对立的认知反应。

这一问题在基德和卡斯塔诺（David Comer Kidd & Emanuele Castano 2013）的一项实验中顺带得到考察。实验结束后，基德和卡斯塔诺发表了一篇颇具影响力的论文，获得学界及大众的一致好评。他们宣布的实验结果确实很吸引人，因为研究结论清楚无误地证实，阅读文学虚构能比阅读通俗文学作品或非虚构作品（遗憾的是，研究完全没有说明使用的是哪一类事实文本，是报纸还是电话号码簿）带来更多的好处。在文学作品阅读过程中暂时被改进的是心智理论（ToM[1]），心智理论由一项测试得到衡量，在测试中，被测者要观看一些有表情的双眼的照片，并为这些眼睛配上合适的情感（RMET）。不幸的是，这项实验结果近期受到几个科学团队的质疑，因为后者证实这一实验无法复制。如果说，与一群什么都不读的人相比，在有阅读（无论何种读物）经验的主体人群中能够观测到心智理论有些许的改进，反过来，阅读过虚构文本（无论文学性如何）或事实文本的主体身上体现不出任何差异（Panero *et al.* 2017）。

这一令人失望的结果产生了一个后果：它应该会促使当前那些大肆吹捧虚构的人采取更为审慎的态度。我们不能忽视一个事实，即神经科学无法为某些判断提供不容置疑的科学依据，这些判断通常是纯粹的假设，根据这些假设，阅读虚构文本能够培养

1　研究者区分了认知心智理论（他人意图与信仰的干扰与再现）与情感心智理论（积极方面与共情相关，消极方面与反社会行为相关）（Kidd & Castano 2013: 377）。

共情能力与社会能力（尤其参见 Zunshine 2011）。尽管如此，仍有一些研究清楚表明，阅读虚构文本或事实文本时，主体的神经元进程确实有所区别。雅各布斯（Arthur M. Jacobs）所属团队的研究尤其具有代表性（Altmann *et al.* 2011; Schrott & 2011; Jacobs 2015）。他们进行的实验内容是向两组读者分发同样的文本，但把给一组的文本标明为事实文本，把给另一组的文本标明为虚构文本。研究表明，虚构文本与事实文本都会激活与想象和模拟（simulation）相关的进程，但激活的方式有所不同。如果将"模拟"一词泛泛地理解为对行动的再现与摹仿，那么事实文本与虚构文本一样，都能激起模拟进程。不过，虚构激活的是大脑中与模拟相关的区域，且此时模拟被理解为假想性情境的建构（Altmann *et al.* 2011）。虚构所引发的文学阅读模式促使读者进行更为缓慢的阅读，关注每一个词（Zwaan 1994），其目的在于重构人物的动机。这种阅读模式也有利于思想的神游，更注重可能发生的故事，而非采集信息或召唤存储于情景记忆中的现实回忆（Jacobs 2015）。

虚构文本与事实文本引发的阅读模式毫无疑问是彼此有别的，即便虚构能够改善理解他人动机的能力（ToM）的假设并没有得到证实。

综上所述，不同领域的多项研究给差别主义假说带来了重要论据。研究表明，我们拥有一种认知结构，能够辨别真实与想象，在涉及记忆进程时尤其如此，即便这一认知结构并不完美。这些结果产生自一些实验，其间实验者通过不同方法，对人类区别实体、感觉及指称现实的文本的能力进行了测试。当其他类型的问题被提出时，实验结果也发生了变化。

实际上，在情感与信仰确立模式等领域进行的研究确实倾向于模糊事实与虚构的边界，或从连续统的形式来考察这一边界。这些理论时常与领域内两个颇具影响力的隐喻相伴出现，即转移隐喻和模拟隐喻。

三、转移与模拟：连续统假设

转移隐喻与模拟隐喻出现于 1990 年代。第一个隐喻是由格里格（Richard Gerrig）在一本意味深长地命名为《体验叙述世界》（*Experiencing Narrative Worlds* 1993）的著作中提出的。法国人更倾向于谈论"沉浸"（尤其在舍费尔 1999 年的著作出版后），格里格却将虚构体验比作一场真正的旅行。他如此描述这场旅行：

> 某人（"旅行者"）被某种交通工具转移，这是他所做的某些行为的结果。
> 旅行者来到与始发地有些距离的地方，这促使始发地的某些方面变得难以触及。
> 旅行者回到出发地，多少有些被自己的旅行改变。[1]

---

1 格里格（Gerrig 1993：10-11）。格里格与瑞普（Gerrig & Rapp 2004: 267）之后又采用了这一量表。

这一定义强调了两个现象：读者或观众与真实环境的割裂或分离，阅读或演出对读者或观众的影响。在格里格之后，"分离"与"影响"这两个参数被视为读者或观众与格里格所说的"叙述世界"之间形成的关系的基本构成要素，而这些"叙述世界"迄今仍被心理学或神经科学的方法检验或测量。

模拟隐喻则借自信息论。它似乎是在 1992 年被情感心理学家奥特利首次使用："模拟在大脑中的运行方式与信息模拟在计算机中的运行方式完全相同。"（Oatley 1992: 105）

这一比较产生的时期，恰好是科学界被镜像神经元的发现所震惊的时期，镜像神经元于 1988 年在猴子身上被发现，于 1996 年在人身上被发现[1]。1989 年，詹诺德（Marc Jeannerod）的研究表明，某个行动在被执行、察觉或想象时，会在同样的时长内激活同一些神经网络。付出努力的感觉与是否执行一个真实的行动无关（Jeannerod 2001）。德克勒克（Gunnar Declerck 2010）从哲学视角出发，批判了模拟理论的后果，因为这些理论将我们觉察到的世界变成了大脑结构"预先确定的世界的映像"，换言之，使世界沦为一种幻象[2]。从我们关心的角度来看，模拟理论最大限度地巩固了虚构效应观念，因其否定了感性经验与大脑对其的再现之间的差异，从而否定了事实与虚构之间存在认知差别的可能性。

无论如何，模拟理论已成为思考虚构的主流范式，正如佩尔蒂埃题为《作为模拟文化的虚构》的文章（2008）暗示的那样。

1　参见佩尔蒂埃（Pelletier 2005）等。
2　感谢德克勒克让我们参考了其未出版的博士论文。

至于转移理念，它一度对虚构理论家极具启发性：瑞安（1991: 5）曾使用坐飞机旅行这一形象，来比喻从一个世界到另一个世界的过渡。该比喻的一个变体与水相关（"沉浸"），这一比喻涉及的形象和概念非常频繁地与虚构性观念联系在一起。

这些隐喻实现了当代想象体系（信息论、全球化流通）与自起源以来的西方虚构思想史的交融。对亚里士多德的重提成为一个普遍现象。舍费尔在《为什么需要虚构？》中推广了亚里士多德的理论。亚里士多德可能是被心理学家和神经科学领域专家——至少在我们参考的对虚构问题感兴趣的专家中——引用最多的作者。奥特利（1999）明确地将模拟、摹仿与净化相提并论。梅茨吕茨（Marie-Noëlle Metz-Lutz）及其团队（2010）参考了格里格的转移概念，运用神经成像来寻找亚里士多德所说的净化所留下的心理学印迹。转移隐喻与模拟隐喻因而完全成为多学科研究的对象。不过，它们导致了对虚构的模棱两可的理解，这符合传统，同时对构想虚构边界的方式不无影响。

1999 年，舍费尔在神经科学和镜像神经元的发现中找到依据，提出了一种有关摹仿与虚构的十分积极的构想（摹仿与虚构在学习、认知与社会生活中不可或缺）。类似的情况也于同一时期出现在心理学家对虚构的热情洋溢的赞歌中。例如，对奥特利（1997: 107）来说，虚构的"真实性是事实的两倍"[1]；它是"一种事关人类可能性的思想模式，主人公在这种思想模式中经历各种

1　"Twice as true as fact."奥特利区分了经验真实、连贯真实与个体真实，经验真实与虚构无关，虚构属于连贯真实与个体真实。

风波，体验各种情感"（Oatley 1999: 103）。在一篇试图成为百科全书的文章中，奥特利引用了亚里士多德、西德尼、莎士比亚、柯勒律治、詹姆斯，并赋予作为模拟的虚构以增进记忆、促进社会生活、修复创伤、理解自我、分享文化产品等功能。但他将叙事性与虚构性的益处混为一谈。我们也在詹赛恩（2006）等人的研究中多次看到这一课题的延续。詹赛恩依据心智理论（mind reading）[1] 相关研究成果，推断儿童能够通过模拟虚构人物的情感来猜测他者的意图。阅读虚构作品能磨炼社会生活能力，这足以解释为什么虚构既能给儿童也能给我们自己带来愉悦。

　　这一思考框架假定，在一种认为虚构具备交际、疗愈、教育功能，能促进人们对他者敏感开放的观念下，模拟、共情、情绪、心智理论之间存在紧密的联系。这样一来，虚构叙事与事实叙事又有何区别呢？奥特利给出了一个相当简单的回答。在他看来，如果说事实与虚构之间不存在本质差别，那么具有审美功能的叙述性虚构能够最大程度地引发情感回应，而一切的益处均由此而来；模拟效果由风格制造的陌生化效果，由对人物及其冒险活动的聚焦而加强，实际上，人物及其活动本身会引起读者的情感倾注。同样的模拟进程在事实性作品中很少见，尽管并非完全不可能（尤其在回忆录中）。

　　虚构与叙事、虚构与文学性之间的混淆往往伴随着对虚构性的漠视，虚构性只有在能为情感及其假定的神经元对应体系即模拟层面带来附加价值时才具有区别性特征。

1　心智理论是将各种精神状态赋予他人的能力。自闭症患者不具备这种能力。

重拾转移隐喻的研究与此前研究的区别在于，这些研究赋予虚构的某个方面以价值，并尝试对这一方面进行测量。这个方面与拟象这一古老的话题有关，也就是虚构实行控制、捕捉心智的能力。格里格（1993）、格里格与瑞普（2004）强烈支持这一假设，并建议修改柯勒律治对进入虚构的条件的著名定义，将"怀疑的自愿终止"改为"怀疑的自觉建构"（*willing construction of disbielief*）（Gerrig 1993: 240），一种类似走出虚构的建议。摆脱虚构的控制在他们看来需要付出努力。格里格认为，定期阅读小说的读者分享着一些有关人生的错误观点，比如将某些行为分配给某些稳定的性格，正如小说人物的行为与性格，或者乐观地相信一切皆有可能，相信因果关系的灵活性（这些列在文章末尾的假设没有经过验证）。我们无疑可以追问支撑这些假设的小说观念。

与格里格一样，格林（Melanie Green）及其团队（2000）也证实了转移与信仰改变之间的同根关系。他们通过一个简短的问卷调查，设置了一个有关沉浸的量表。随后，在多次实验中，格林及其合作者要求几组由六十多人组成的小组阅读几段短文，实验参与者的价值观与信仰在实验前已得到评估，他们读的短文或是事实文本或是虚构文本，公认具有或不具有文学品质。文本都经过刻意挑选，很难判断它们是否具有现实指称功能。它们有时被贴上事实文本的标签，有时又被贴上虚构文本的标签，且每次都会配上合适的副文本。不同的小组接收到不同的指令，能够引发或阻碍"转移"。

格林的实验结果吻合格里格的结果，它们揭示出，无论指令如何，"转移"总是与信仰的改变紧密相连。文本的文学品质有利于一者和另一者的实现。女性比男性更容易被"转移"，习惯反思的人——用这篇文章的话来说是"有认知需求的"人——与其他人一样容易被"转移"（我们很欣赏这一假设）。其中一个故事讲的是一个小女孩被一个精神病人杀害的事。读者在读完这个虚构故事后，都倾向于认为精神病医院监控力度不够，而在实验前他们没有此类想法。与"公正世界信念量表"[1]相关的信仰（类似"犯罪不会受到惩罚"）也受到了影响[2]，尽管并非每次都是如此。

格林等作者坚持认为，将文本标记为事实文本或虚构文本不会对"转移"及其与信仰相关的方面产生影响。他们还指出，尽管有副文本提醒，很多读者还是会弄错文本的属性，比如大家普遍将标记为事实的文本当作了虚构文本。实际上，在选择的 5 篇文章中，4 篇是虚构，最后一篇（小女孩与精神病人的故事）是一个以虚构方式撰写的真实故事。在这一点上，论证似乎有些偏差。作者只是证明，将一个虚构文本或以虚构方式撰写的文本标记为事实，这对读者是否将故事当真不会产生任何影响。此外，格林、加斯特（Garst）、布洛克三人之后也表达了同样的观点。在一篇发表于 2004 年的论文中（意味深长地题为"虚构的力量"），这几位作者强调了可能性标准，这个标准超越了将文本标记为虚构或事实的做法。他们还重新审视了所有可能吸引读者的

1　"公正世界信念量表"（*Just-world index*）由鲁宾（Rubin）和佩普劳（Peplau）1975年提出。格林与布洛克引用了这一量表（Green & Brock 2000: 705）。

2　有关虚构信息影响信仰进而影响现实世界的问题，亦可参见普伦提斯与格里格的研究（Prentice & Gerrig 1999）。

因素，例如文本中是否存在表达普遍真理的警句，读者是否熟悉故事发生的历史社会语境，叙述的典型性，等等。2000 年，格林与布洛克强调的是公众的脆弱性，因为他们很容易被隐藏信息属性的手段操纵[1]。2004 年，作者提到了信息审查者,（他们合情合理地认为）审查者几个世纪以来一直对虚构的力量充满恐惧（Green, Garst & Brock 2004: 174 ）。

因此，上述研究者首先考虑的并非虚构的边界问题，而是虚构塑造信仰与生活的令人着迷而又不安的方式。这一视角意味着边界上充满了缝隙。根据心理学领域的研究，事实与虚构之间界限模糊的原因在于，虚构会对现实产生作用［我们再一次看到了现实化（effectuation）主题］。此外，在自己认定为虚构的事物面前，读者或观众似乎不会阻断导致信仰改变的进程。

四、事实带来的愉悦

然而，与上述对虚构影响力的一致强调相反的是，另一项研究——由拉玛尔（Heather LaMarre）与朗德维尔（Kristen Landreville）在 2009 年发表——明确指出，在获取情感与学识方面，事实相较虚构更具优越性。研究对比了一部历史题材电影［《卢旺达饭店》（Hotel Rwanda）2004 ］与一部有关犹太人大屠

1　"读者对事实和虚构信息的反应是一个至关重要的问题。如果个体会轻易地被写实的小说吸引，或者忽略信息的来源，那么他们可能会受到具有操纵目的的交流者的支配。"（Green, Brock 2000: 718)

杀的纪录片［《邪恶的胜利》（*Triumph of Evil*）1998］对两组观众产生的影响（通过调查问卷统计）。调查结果促使研究者书写了一段激情澎湃的辩护词，指明纪录片更有利于政治介入。所呈现事件的当代性及极端性也很有可能对调查结果产生了影响。研究者最终强调了叙述的质量。无论是虚构电影还是纪录片，对她们来说重要的始终是 *storytelling*。不过，面对两个假设，两位作者没有表态，这两个假设是：其一，纪实电影具有独特的效力；其二，电影或纪录片具有同等的效果。此外，她们还呼吁增加杂糅形式的类型。

在心理学家中间（正如在文学理论家中间）存在两种彼此竞争，有时又彼此混同的研究途径。第一种途径强调虚构性，与转移隐喻和模拟隐喻存在紧密联系。第二种途径不了解转移隐喻和模拟隐喻，更加强调叙事性。围绕叙事性展开的思考一般都毫无悬念地判定虚构不存在优越性。根据视角的不同，也根据实验素材的不同，研究者获得的结果及其对结果的利用往往大相径庭。

如果说心理学领域的研究获得了截然不同的结论，那么神经科学领域的情况又如何呢？

上文提到的亚伯拉罕及其合作者的两项研究（2008，2009）在这个问题上发出了不一样的声音。他们研究的前提与其他研究非常相似，似乎已就定义虚构及其用途和效果的方式达成了一致意见。作者首先重申我们是大量消费虚构的读者，之后断定虚构假设了向另一个世界的转移，这种转移又被他们等同于自我向一个可能世界（原话如此）的投射。因此，虚构意味着主体与其直接视角的脱离。

为确定与这一过程相关的神经元活动，上述作者让实验参与者接触了一些简单的故事脚本，涉及真实或虚构的人物（布什、灰姑娘；2009 年的研究则涉及一位朋友）。这些脚本激活了相同或不同的大脑区域：涉及真实人物的脚本在后扣带回皮层和前额叶皮层引发反应（B10）。这些区域负责的是情景记忆、自我指称、评价性判断、认知分支（*cognitive branching*）以及前瞻性记忆。

涉及虚构人物的脚本激活的是大脑区域 45 和 47（梅茨吕茨等人也在 2010 年指出了这一点）。与这些区域相关联的是语义记忆，以及对不同再现之间的语义关系的评价。

在结论中，上述作者建议，从真实或虚构信息的编码方式以及我们获得这些信息的方式去思考事实与虚构的差别。根据他们的假设，起决定性作用的，是看这些信息对我们而言是否有用。自我相关度（*self relevance*），也即与自我的关系程度帮助我们区别真实与想象、事实与虚构。2009 年进行的第二项研究在涉及的人物中加入了实验主体的一位朋友，进一步肯定了上述分析。在这一假设支撑下，我们能够重申［正如亚伯拉罕和冯·克拉蒙（von Cramon）所做的那样］，与儿童的生活及日常经验相关的想象实体（例如圣诞老人）在他们看来比仙女和龙更为真实。

按照亚伯拉罕及其合作者的观点，真实实体比虚构造物更有价值，因为对于真实实体，我们拥有更多的信息，它们与我们直接相关。诚然，正如作者们指出的那样，虚构人物可以成为倾注情感的对象，这一点从用途上看，有可能令现实与虚构的边界变得模糊。尽管如此，亚伯拉罕团队仍然阐明，对真实的参照在我们的认知体系中占据优先地位。和与虚构相关的信息相比，与真实相关的信息更能激活涉及自我关系、与他者的关系、共情以及情绪的神经元网络。

另一项更新的研究以特别耐人寻味的方式肯定并延续了上述研究。一个由 39 人组成的实验组（20 位女性）观看了一系列现实主义风格的录像，录像时而被标记为纪录片，时而被标记为虚构［属于"伪纪录片"（mock documentary）类型］，它们的内容有的中性，有的积极，有的消极。实验表明，与被认为纪实的录像相比，明确被视作虚构的录像引发的情感更为微弱（Sperduti *et al.* 2016）。当文化制品具有消极内容时，这一结果更为明显（Sperduti *et al.* 2016）。换言之，与事实再现相比，虚构悲剧对我们的触动要小得多；而喜剧引发的情感强度与真实的幸福故事引发的情感强度相去不远。人们对社会新闻与灾难见证的兴趣也暗示了这一点。

然而，这项实验同时还表明，当文化制品的内容可与个人记忆建立联系时，看一部虚构作品与看一部纪录片引发的情感没有任何差异。这一事实强有力地与此前的发现形成了互补。实际上，哪部虚构作品不会触发个人记忆呢？自我相关度是事实的特权，但虚构很容易将这种关系占为己有。

因此，文学理论家试图用认知科学的新近发现来支撑自己的论证，但他们完全可以据此提出截然相反的观点。假如赞成差别主义论断，他们可以强调，儿童在 3—5 岁间学习对真实事物与虚构事物的区分，这种区别真实与想象的能力至关重要，而这一能力的缺乏是精神病的一种症状。此外，还可以加上一个事实：借助由 5 个词组成的陈述，读者很容易辨别虚构文本与事实文本各自的风格。然而，支撑一元论的论据也不在少数：我们与世界、与虚构的关系很大程度上建立在模拟进程以及不可避免具有缺陷的记忆进程之上；读者经常搞错文本的性质，甚至对其是否指称现实毫不在意。最后，某些研究表明，虚构作品比事实文本更能触动我们，它们会引发共情，锻炼心智理论（也就是揣摩他人情感、预见他人行为的能力）；其他研究尤其神经科学领域的研究表明，事实文本对上述能力的动用更多，因为它们与我们的关系更加紧密。尽管如此，假如虚构与事实制品能够唤醒个人记忆，那么它们引发的是同种类型的情绪。

这种摇摆部分地归因于实验者的不同选择，或许有时还归因于某些实验规范所导致的偏差，但尤其归因于神经元现象的复杂性，这些现象对记忆和情感提出了质疑。这种摇摆促使我们能够从认知视角出发，对理所当然认为现实与想象之间没有区别的错误想法提出质疑，也令一切毫不含糊地提出"虚构的本质"的结论变得可疑。

五、陷入模拟陷阱的虚构理论家

那么，虚构理论家是如何利用认知科学的？我们在此不想求全责备，仅集中分析舍费尔、库瑞和佩尔蒂埃的几部著作。

这些研究的共同点在于，它们的出发点都是模拟理论。三位作者都将模拟理论理解为对事实叙事与虚构叙事不作本质区分的态度的科学依据。我们在上文已证明，这种选择并非不可避免，因此我们可以认为，这种选择从根本上关系着虚构性研究的发展，因为模拟及相关事物（共情、心智理论）赋予虚构效果以内容和重要分量，而虚构效果往往与人类经验及人际关系相关。此外，当代虚构思想坚持以下维度：在 21 世纪头 10 年，认知角度观察到的虚构有百利而无一害。这确实是虚构思想呈现的当代特征，古代理论对此很陌生。在这种视角下，虚构有助于理解他人、改善人际关系、活跃社会生活，尽管借助堂吉诃德的荒唐，包法利夫人的不幸，塞万提斯与福楼拜做出的更多是相反的暗示。此外，将虚构列入更为广阔的模拟领域使我们能够区分两种能力，一种与对叙事的理解相关，另一种仅与虚构的用途相关。模拟理论因此有助于捍卫虚构性研究的独立性。

尽管如此，模拟理论的益处并非没有遭遇明显的阻碍。这一理论导致了对事实与虚构之对立的抹除，令虚构的特殊性消失。然而所有这些理论家最终又不遗余力地试图恢复虚构的特殊性。他们所有人都不得不面对这一困境。

他们提出的解决方案在于限制模拟的范围，令虚构模拟特殊化，或者超越、加强这种模拟。

比如，舍费尔认为虚构会制造出一个不完整的圈套，无法将假象维持到最后。在他看来，虚构不会触及信仰问题。舍费尔假设，即便面对虚构文本或事实文本，神经元进程相同，我们对文本的使用仍然不尽相同；扮假作真游戏涉及的推论进程（processus inférentiels）是"间接的"（2013: 32）。不过，2005 年舍费尔又断言，情感推论的空间化属于一般能力的范畴，事实与虚构的差别不可能位于思维能力的层面（2005a）。此外，他虽受塞尔影响，时常认为虚构性没有内在标记，但他也暗示，作为虚构文本特征的语言异常现象（例如汉伯格归纳的类型），其功能可能在于引发沉浸（2013: 35）。他还提出另一个假设，根据这个假设，虚构文本不同于事实文本，因为它们的首要目的在于引发沉浸，而这一过程会促使读者忽略文本的不连贯性 [格林等人（2004）也肯定了这一点]。舍费尔最终强调了模拟程序的混沌特征，并在这一问题上成为最谨慎的研究者。无论如何，对于调和虚构理论（排除虚构改变信仰的可能性）与模拟理论，他构筑了最为经济的解决方案。

　　库瑞也认为虚构模拟具有特殊性，不过他提出了一个更具思辨性的解决办法。实际上，他假设虚构作品读者会模拟事实文本读者的态度，而后者又会模拟人物的思想与行动。从某种程度上说，正是通过这一连串的替代，读者所感受到的共情被切断了与现实世界的联系，也就是说它不会推动我们采取行动。用一个信息学隐喻来说（舍费尔与佩尔蒂埃都用过这个隐喻），虚构所产生的模拟是"离线的"（*off line*）（Currie 1997: 71）。库瑞同舍费尔一样，认为虚构不会影响信仰[1]，但他坚持价值观层面的一个重要区别：我们对虚构人物的同情是真人无法获得的；从道德上说，我们对虚构人物更为宽容。这个有趣的区别目前并没有得到心理

1　库瑞多次（尤其 2004: 176-178，以及 2013 [2000]）提到这个问题，并表达了前后并不一致的观点。在后面这篇与伊基诺（Anna Ichino）合写的文章中，他提到并引用了格里格和布洛克的研究，但暗示他们的研究混淆了情感波动与信仰变化。他认为引起这种混淆的原因是人们过分害怕虚构会影响信仰。我们会在本书第二部分继续谈论这些问题。

学和神经科学研究的回应，至少从我们掌握的资料来看是如此。无论如何，心理学家非常强调虚构塑造信仰与经验的能力，看到这种能力被虚构理论家谨慎地减弱甚至排除，这不能不让人吃惊。

最后，佩尔蒂埃（2011: 237）提出了两种能力，两种形式的沉浸。一种是虚构能力，它是反思性的，且可能会引发完全的沉浸；另一种是叙述能力，它始终要求部分的沉浸。佩尔蒂埃采用了库瑞的理论，假设通过虚构沉浸，"主体模拟自己正在相信故事的内容"。"虚构能力"以一种循环论证的方式得到界定，因为它被定义为"以一种适应虚构再现作品的方式管理知识与情绪的能力"。无论如何，是否能够区别事实与虚构最终取决于"虚构能力"，因为作者认为，正是这种能力"帮助思想在面对经验、内容和信息时不产生混淆，这些经验、内容与信息的主要功能是丰富我们有关真实世界的认知库存"。

佩尔蒂埃的理论近期发生了演变。现在他尤其依据亚伯拉罕的研究，更为坚持事实与虚构的区别。他暗示叙述与虚构会以对立的方式运作，一方涉及情景记忆，另一方涉及语义记忆。引发沉浸、模拟和转移的可能是叙述而非虚构，而虚构反而会导致产生距离感和不信任感。虚构引发的情感［类似沃尔顿（1990）提到的"准情感"］不同于事实文本引发的情感（Pelletier 2016）。

总而言之，在上述三位作者看来，虚构沉浸是一种伪模拟，甚至是一种逆模拟或反模拟。

本书的目的并不在于以某个学科为标准来否定其他学科内进行的研究。指责心理学家处理文学理论问题过于幼稚，抑或用实验科学结果来评估文学理论成果，这两种做法都不恰当。

然而跨学科研究（进入 21 世纪后在上述学科中逐渐加强）导致的某些歪曲仍然需要被指出。首先是一个学科对另一个学科内部争论的极度狭隘化。实际上，认知科学（心理学及神经科学）中并不存在有关事实与虚构差别的学说，只存在考察这一问题的多重方法，以及不同视角之间的某种不协调性。哲学与文学领域的专家唯独对其中的模拟理论感兴趣，原因在于模拟理论与哲学或文学领域中的某些主题颇为相似，这些主题从传统看往往与虚构、幻觉、控制、仿真等紧密相关。但是，模拟理论令作为对象的虚构本身消失，也令现实与虚构的差别随之消失。与此同时，虚构理论家们在获取模拟理论后，为了能解释虚构独有的经验，会不遗余力地限制甚至改变它。

从普遍角度来说，心理学和神经科学领域专家从字面上采纳转移隐喻的方式导致了对虚构能力的过度阐释。吊诡的是，虚构理论家从同一种理论出发，很大程度上限制了这种能力，同时以思辨的方式，既在思维进程又在文本中，重新确立了事实与虚构的界线。

尽管如此，上述问题不应阻止我们从近三十年来的研究中获得启发。这些研究首先促使我们与一切教条主义保持距离，并避免在某个实验规则之外求助"读者"。对研究者现有成果的相互矛盾的阐释也再次提醒我们，问题被提出的方式很大程度上会影响其能获得的答案的类型。镜像神经元和模拟理论（与它们相关的是共情、情感和道德评价方面的回答）指出人们存在混淆真实与想象的倾向；但我们从孩提时代起就已具备区别这两者的能力，即便疾病可能影响这种能力（虚构症患者的情况），即便时间有时会导致我们分不清哪些是来自真实事件的记忆，哪些是来自别处的信息。正如我们即将看到的那样（第二部分），某些文化中并不存在这种区别，或者区别存在的方式有所不同。然而，我们认知构造内的这种可塑性，这种脆弱性，仍然令某种泛化的幻觉人类学，也即将一切都当作广义"虚构"的人类学显得不太真实。自1980年代以来，幻觉人类学的视角非常普遍，但我们并不赞成这种视角，它无法帮助我们理解虚构在接受虚构的文化中所起的作用。

无论如何，我们会考虑心理学领域取得的一些成果，后者断定虚构具有塑造信仰的能力，尽管虚构理论家（至少其中一部分人）在没有任何实验数据支撑的情况下提出了相反的看法。

心理学研究同时还肯定了某种假设，这一假设也是诗学研究者和文学本身的长期争论允许我们提出的：对于引发情感和道德评判的能力，我们无法断定其属于事实文本还是虚构文本。如果由对现实的再现所导致的认知模拟没那么强烈，虚构就不会那么频繁地被错当作其所不是的东西，也就是看似主要由事实叙事与脚本引发的与自我的关系及评价性判断。虚构似乎尤其具备另一种能力，面对感知到的环境，能引发某种认知脱节（通常被界定为"沉浸"），而叙事在这一过程中必然发挥了一定作用。叙述的推动力（叙述激发的好奇心或惊奇感）或许适用于一切叙事——事实文本也好，虚构文本也好，但其本身无法制造一个世界。而我们之所以能与自我、与环境、与现实"脱节"，恰恰因为虚构世界能以多种方式替代现实世界（比如呈现某种愿望实现的状态）。

毫无疑问，几个世纪以来，试图杂糅事实与虚构的种种尝试皆旨在结合不同的思维进程，后者尤其通过对不同类型的记忆的呼唤，可能为我们提供融合各种功能的益处。

第二部分

文化与信仰

世界上存在没有虚构的文化吗？假如我们将"虚构"理解为通常所说的 *storytelling*，也就是讲述与现实无太大关系的故事的倾向，那么回答自然是否定的[1]。但是，假如我们考虑从现代初期[2]开始，尤其在欧洲涌现的更为狭隘的定义，也就是将虚构理解为对某种明知不存在的状态的再现，并从这再现中获得乐趣的事实，那么直觉告诉我们，回答是肯定的。后一种虚构定义与用途意味着某种思维与行为机制，没有任何理由认为这种机制在所有时代都存在、受欢迎或受重视，哪怕在西方文明中也是如此，尽管西方文明似乎曾是最适宜于虚构生产、消费与大获成功的场所。

某种适宜虚构性生长的文化的最大化发展中没有任何不可避免的因素。在这样的文化中，批评或接受话语体现出对虚构的承认，虚构的生产与流通得到允许，甚至得到重视与保护。在本书作者所属的这一族群、这一历史时期、这一代人中，与虚构（尤其其中某些书写作品，以及较为次要的电影虚构）的接触还是一项受家庭及教育环境鼓励的活动。较早训练故事阅读有助于获得各种能力（评论、比较虚构，确定其年代，自己创作），这些能力有可能为某种职业与身份提供保障。然而，官方对虚构的友善态度可能不会持续太久。西方文化对虚构的重视中并没有任何具有普适性的东西，从更广泛的意义上说，这种现象可能与人类文化面对再现作品时具有的内在矛盾态度有关（Goody 2003 [1997]）[3]。

1　参见第一章第一节。

2　也就是 16—17 世纪。

3　古迪认为当代形象恐惧症的原因在于抽象艺术相对于具象艺术的优越地位（Goody 2003 [1997]: 13）。

此外，某种重视虚构的文化的历史与地理界限问题还具有意识形态与政治意义，后者根据地域与时期的不同会发生显著的变化。虚构是现代西方的发明，这一观点长期以来经常被官方利用。19 世纪末 20 世纪初，随着殖民统治与国家联盟建立（拉丁美洲[1]、波罗的海国家[2]、阿拉伯文化复兴[3]后的阿拉伯世界，尤其在埃及和黎巴嫩[4]），产生了大量小说形式的虚构[5]。虚构甚至受到公开鼓励，以便促进这些国家的现代化与独立。这一切有时会导致对整个古代诗歌甚至小说与批评传统的遮蔽与拒绝，从而来扶持一种"新虚构"[6]，令其致力于主体与国家的转型。例如，在 20 世纪初，某些中国革命者赋予了小说以促进思想现代化的能力（Veg 2010: 150）。

从 19 世纪末通过小说构建民族身份，到当前我们所处的时代，也即大泽真幸（1996）等日本思想家所谓的后虚构时代：某

1　参见路易（Louis 2010: 215-216）。

2　构建一种民族文学的呼吁是爱沙尼亚作家塔姆萨雷（Anton Hansen Tammsaare）的小说《真理与正义》（*Vérité et Justice* 2009—2010 [1926—1933]）的主题。这部小说（并非没有受到外国文学尤其陀思妥耶夫斯基和托马斯·曼作品的影响）旨在通过小说虚构构建一种国家遗产。

3　1798 年拿破仑远征以及奥斯曼帝国分裂之后产生的民族身份觉醒运动。参见布塔古（Boutaghou 2010: 93）。

4　小说虚构之所以会在这些国家发展，尤其因为它们拥有印刷品。对西方文学的摹仿伴随着对传统文化遗产的开发。参见布塔古（Boutaghou 2010: 94）。

5　我们也可用卡萨诺瓦（1999）的术语来分析这一现象。卡萨诺瓦指出，至 20 世纪初达到鼎盛的法国、英国、德国的文化统治为这些国家的文学制度与文学模型提供了确立普世美学价值的权力。

6　这是梁启超于 1902 年创办的杂志的名字。参见魏简（Veg 2010: 156）。[梁启超创办的杂志为《新小说》，魏简（Sébastien Veg）的文章可能将"小说"（roman）翻译成了"虚构"（fiction）。——译注]

种虚构文化的黄金时代就局限于这两端之间吗？无论好坏，虚构的统治是否与西方文化的统治携手而行，在19—20世纪发展至顶峰后便处于衰退的状态？如果我们将虚构与小说相关联，与某种得到广泛认同的文学经典相关联，与文本的优先地位相关联，与对作者、人物和读者之间关系的某种观念相关联，那么我们确实可以做以上设想。不过，我们没有理由捍卫这样一种狭隘的虚构观念。在我们看来，目前产生的转变只不过是虚构历史的一个篇章，这一历史本身被前后相继的飞跃与衰退运动贯穿。

＊

本书第二部分致力于爬梳上述虚构史的几个阶段，并首先提出其起止时间的问题。我们将把这段时间设想得非常漫长，原因在于，尽管某些虚构实践有时被视作不纯粹的，因为其建立于事实与虚构的杂糅之上，或者说建立于对文化产品属性的遮蔽之上，但这些实践显然无法排除某种虚构意识。不过，这种虚构意识并非放之四海而皆准[1]。那么，令虚构思想变得不可能或者说不真实的是哪些标准？我们将尝试回答这一问题。我们的答案将与某个广泛流传的观念背道而驰，根据这一观念，虚构是西方现代性的专属领地（第一章）。随后我们将考察承认虚构性的文化内部存在的一些摩擦：今日对虚构性的接受在何种程度上受到民法、宗教法以及舆论运动的阻碍（第二、第三章）？这些抵抗运动隐含了

---

[1] 古迪认为，尽管在大多数文化中，人们在对待再现时往往持一种隐晦的矛盾态度，但有关再现的思考只能通过书写发展起来（Goody 2003 [1997]）。

怎样的虚构观念？为了阐明这些对立，评估其值得商榷的合法性，我们将回到虚构与信仰的关系问题（第二章）。最后，我们将把虚构观念与两种当代现象进行对比，后者吸纳、吞并而且可能消解了虚构。实际上，虚构观难道没有因控制论文化而变得过时，没有因"VR/RL"[1]这组对立的出现而销声匿迹吗（第四章）？对于虚构人物，应该赋予他们怎样的地位？人物刚刚复活（在 1970 年代与作者一起被判处"死刑"），就变形为数字化身（第五章），进入了非常广泛的共情文化框架（第五章）。

因此，在这一部分，我们将在不忘现实指称问题的前提下，考察虚构的几种极端情况，同时思考后者是如何受到习俗、舆论或法律的制裁的。仪式、渎神、虚拟现实、虚构人物的人性化实际上构成了虚构性的极限状况，有时还为其强加了边界。这些态度与实践的共性在于促成某种形式的行动，而对虚构的使用不会或者说不完全会导致这样的结果。但这又意味着什么呢？

*

从与行动的外在关系和临近关系去思考虚构是一个古老的哲学传统。亚里士多德区分了制作（*poiésis*）和实践（*praxis*）[2]。中

1　通常是"虚拟现实"（Virtual Reality）和"真实生活"（Real Life）的缩写。

2　"但是应当看到，目的之中也有区别。它有时是实现活动本身，有时是活动以外的产品。当目的是活动以外的产品时，产品就自然比活动更有价值。"（中译文参见亚里士多德著《尼各马可伦理学》，廖申白译注，商务印书馆，2003 年，第 4 页。——译注）"因为，无论谁要制作某物，总是预先有某种目的。"（亚里士多德 2003: 168-169）[本段中译文与法译文有出入，根据法译文，本段意为："这后一种思想也控制着诗性理智，因为在创作中，艺术家的行动始终有（转下页）

世纪阿拉伯哲学家将诗人定义为"言行不一的人",但这一定义并不会将诗人打入说谎精的行列,因为他们的言论被视作某种"准行动"(Foda 2010)。

然而,当代思想实现了一次重要的视角逆转,之所以如此,一方面是因为阐释学提升了应用的地位(始于海德格尔和伽达默尔)[1],另一方面是因为分析哲学[2]和认知科学[3]对行动的思考抹杀了被动与主动、原因与结果的区别。

从前一种传统对虚构思想的贡献来看,利科是其主要继承人。1985 年,在《时间与叙事》卷三(《叙述的时间》)中,利科断言,通过非现实性来定义虚构是天真且有害的,在他看来,这种认识意味着人们从根本上将虚构视作负面的东西。在《时间与叙事》卷二中阐明"文本世界"概念之后,利科的任务从此在于建构一种阅读效果理论,根据这些效果,"文学又回归生活,也就是说又回归存在的实践与情感场域"(1985: 149)。1986 年,他又出版了一部著作,书名强调甚至增强了上述行动 [《从文本到行动》(*Du texte à l'action*)]。在这部著作中,他试图通过"逐渐将文本理论纳入行动理论"(1986: 8)来重新界定阐释学。他引用伽达默尔和

(接上页)一个目的。"——译注] 同时参见《尼各马可伦理学》第 6 卷,1140 b6。从这一视角来看,实践是一种自足的活动,而制作总是朝向某个结果,总是要求在完成时获得自身以外的东西。根据利维(Pierre Livet)的观点,这种二元论导致产生了倚重实践的政治及道德意识形态(2005: 10)。

1 经典阐释学区分了理解、阐释与应用(于自己、于世界)。但从海德格尔开始,以及在海德格尔派传统中,这三种活动变得不可分割(Grondin 2006: 38, 60)。

2 尤其参见德贡布(Descombes 1995)、巴利巴尔与罗吉埃(Balibar & Laugier 2004)。

3 尤其参见利维(Livet 2005, 2014)。

格尔茨（Clifford Geertz）（格尔茨将文化视作行动的理论确实在当代文学思想中产生了不少回响[1]）来尽可能地强化行动（本身被视作文本）、语言、话语和虚构之间的同构关系："虚构或者有助于重新描述已经存在的行动，或者会融入到某个行动者的行动计划中，或者会生产出主体间行动的场域本身。"（1986: 213）

这一肯定行动价值的态度近期出现了无数变体形式，体现于艺术、文学或虚构效果理论中，尤其是法国的理论[2]，后者包括：对作为"个体实践"的风格的推崇［Jenny 2000；Macé (dir.) 2010］，对阅读影响作家生活的方式的分析（Macé 2011），对建构左派历史以改变世界的鼓动（Citton 2010），从人类学视角对"艺术代理人"（agences de l'art）进行的反思（Gell 2009 [1998]），对小说表现伦理主体行动及其与历史关系的方式的思考（Daros 2012），或者通过提出"虚构＝未来＋行动"[3]这一等式，对虚构进行最简单化、极端化的界定（Jenvrey 2011: 9）。

我们无意反驳人们异口同声提出的这一明显流行于当下的看法。此外，虚构惊人地塑造现实的例子数不胜数，且也不是当代社会的特权。我们在此仅给出两个例子。

1　参见达洛斯（Daros 2012）。
2　库瑞（1989）的著作除外。库瑞在将行动与虚构联系起来时，并没有采用效应理论。他沿袭亚里士多德开创的传统，通过虚构创造者的行动来定义虚构的本质。
3　实际上，在这本薄薄的著作中，对"行动"一词咒语般的重复体现了某种当代强迫症的征兆："发明行动，是制造虚构。文学发明行动，因为它发明虚构。文学具有占领的目标，它通过发明行动来占据自我，它通过自己的发明方式，来未来占领人类……未来的行动！虚构＝行动的发明。文学发明虚构行动，行动−虚构，以虚构形式出现的行动"，等等（Jenvrey 2011: 9）。

18 世纪欧洲七年战争的结束很大程度上要归功于拉辛，他的《亚历山大大帝》（*Alexandre le Grand*）启发俄国沙皇彼得三世和腓特烈二世做出重要决定，改变了东普鲁士的命运（Ospovat 2014）。假如《24 小时》中杰克·鲍尔（Jack Bauer）没有救参议员帕默（Palmer）一命，使他在虚构故事中有机会成为美国历史上第一位黑人总统，那么奥巴马的当选很可能不会成为现实（Chalvon-Demersay 2012）。

因此，我们绝非想否认虚构对于世界的影响。可是，仅仅通过这些影响来理解虚构合理吗？此外，当人们的兴趣完全被生活、经验、现实、政治与历史吸引时，虚构性理念本身难道没有消散吗？虚构真的是改变它们的最佳手段吗？

无论如何，我们发现上面提到的大部分作者都搁置或避开了虚构观念，转而去讨论更为广泛的概念，例如文学或艺术概念。达洛斯（Philippe Daros）尽其所能降低了虚构沉浸在小说读者经验中的重要性[1]。利科本人在质疑（现实与非现实）二元对立思维，以及最终将行动等同于文本、将文本等同于行动的运动时，声称自己远离了指称问题[2]，因而也就远离了有关虚构的某种本体论视角。此外，当彼得三世模仿亚历山大大帝，将东普鲁士归还给战

---

[1] "拆散这一虚构织物意味着什么呢？……这些问题意味着另一种阅读及令虚构合法化的体制，后者并不排除舍费尔著作青睐的沉浸原则，但它促使我们思考当代虚构的书写是否恰恰违背了这样一种原则。'违背'意味着背靠这一原则，却是为了说出它在诗学尤其人类学方面的不足。"（Daros 2012: 85）

[2] "在远离与指称现实相关的词汇时，我们采取了与应用相关的词汇，这继承自阐释学传统，并在伽达默尔的《真理与方法》中重获荣耀地位。"（Ricoeur 1986: 229）

败的腓特烈二世时，起作用的是虚构，还是彼得三世通过拉辛的
戏剧理解到的史实？电视季播剧无疑是获得知识的工具，因为人
物的特征都被风格化并且强化了，而这些作为典范的人物之所以
能产生效果，是因为他们已长期融入观众的日常生活中（Chalvon-
Demersay 2012: 49-50）。但是，在其他时代、其他背景下，这些
功能也可以由布道或圣人生平中的历史插画、具有教化意义的真
实故事执行。

　　总之，某些当代思想赋予行动的超乎寻常的特权并没有考
虑到"行动"概念在哲学争论中的复杂性。我们并没有重构这
一争论的野心，只想重申一件事：受亚里士多德启发，与实践相
关联的绝对实证性建立于行动假定的自足性、行动者理想的独立
性及意图的可辨识性之上。然而，正如奥斯汀在其有关"道歉"
（excuse）的名著（1994 [1962]）中指出的那样，行动观念非常混
沌，不可能给出一个有关行动的一般定义[1]。根据利维（2005）的
观点，有关行动的线性纲要也不可能存在。要以扎根于身体运动
的复杂认知结构为基础来定义行动，也不需要某种有意识的意图。
在上述哲学与科学视角下，将艺术、文学、虚构或"虚构性"等
同于行动从某种程度上说是一种简化行为。

　　实际上，如果我们在实验中将接触虚构——也就是想象的剧
本——的现象孤立出来，近期的认知科学研究呈现出某个与引发

1　道歉，就是肯定自己的行为并非有意，断定假如我们控制了自己的行动，它就会
　　变得不同。但是，我们无法就一切事情道歉。比如，我们可以因为遗忘，因为走
　　错一步路，因为没能克制住自己吸烟而道歉，但我们无法因为没能控制住自己杀
　　人，或者甚至没能克制住自己酗酒而道歉。

行动这一结果完全相反的现象（亚伯拉罕等 2008, 2009；梅茨吕茨等 2010）[1]。此时产生的实际上是一种行动的克制，其表现是：与自我投入相关的大脑边缘区域和神经系统内没有活动，或者说活动非常微弱。我们可以界定三个等级的克制：在第一个等级中，镜像神经元帮助我们理解他人的行动，但克制住了因受感染而采取行动的倾向（即便共情促使我们的情绪被感染）；第二个等级在于克制行动的准备；第三个等级在于克制行动的发生（Livet 2014）[2]。主要与自我关系相关的大脑皮质中线系统（CSM）[3] 区域如果不活跃，意味着通过虚构中介感受到的情感具有某种特殊性：扮假作真游戏导致了某种形式的超脱态度（désengagement）。虚构再现的不完整性邀请我们对其进行扩展（推理），同时也终止了互动，因为后者找不到必要的认知支撑（Livet 2014）。

因此，虚构外在于某些行动形式。由于没有别的术语可采用，我们在提到"行动"时意味着三种特殊态度的集合，后者在我们看来标志了虚构普通用途中那些临近却彼此有别的实践的特征。

首先，虚构并不具有施为性。这意味着，尽管"施为性"这个词常被滥用，但自迈克·奥斯汀和舍费尔以来，我们已经知道，在虚构中完成的行动属于扮假作真的领域。因此，虚构中的行动既不是仪式也不是祈愿。我们由此可以设想，假如某些社会完全是从与超自然存在的有效交流角度去构想与语言和世界的关系的，

1　我们已在第一部分第四章提到这些研究成果。

2　诚挚感谢利维跟我们分享了他还未出版的研究成果。前一段的讨论完全得益于他的研究。

3　CSM: Cortical Midline System.

那么这些社会的成员所分享的想象体系不会为虚构的用途预留位置。其次，"行动"可以指如下事实：人们借助共情的纽带，集体抵抗威胁着我们同类的危险，与他们一起逃离危险，或向他们提供帮助。虚构沉浸通常要求的态度恰恰在于劝阻这些冲动。情感上的超脱促使我们接受自己的无能处境并享受这种处境，即便这样做必定会带来某种形式的挫败感。最后，我们意图捍卫某个观点，根据这一观点，游戏尤其是具有互动形式的电子游戏应当与虚构性区别开来，即便前者很多时候都与后者结合在一起[1]。

尽管我们试图区分行动方式与虚构用途，但仍然要强调它们之间的密切关系，并分析它们频繁的交叉情况，因为有些交叉已被当代文化体系化。当代文化的特征不正是对被理解为行动限度的虚构边界的否定吗？但根据我们的假设，不可能的行动或被惯例禁止的行动反而会引发完成行动的欲望与冲动：后文我们将会考察作为这一欲望之体现和表达的人物关系与转叙[2]。

采取这一视角意味着我们需要将自己的思考转移至用途领域，同时并不结束对指称问题的思考。相反，第二部分探讨的大部分问题，从宗教器物到数字平行世界，都需要将虚构用途分析（从这些用途所引发的反应到对行动的阐释产生的结果进行讨论的法律）与虚构本体论分析结合起来，包括它们指称或不指称世界的方式，以及它们的模态矩阵的变换方式，模态包括了可能与不可能、允许与禁止、知道与未知以及善与恶。

1　关于这一点，利维谈到了混合类型概念，因为游戏使有限的互动成为可能（2014）。
2　参见第三部分"从一个世界到另一个世界"。

第一章 虚构是西方现代性的发明吗?

　　虚构的多元文化历史比我们通常认定的还要长久得多、曲折得多。我们当然不可能从整个世界的角度去重述这一虚构史，我们的意图也不在于提供一种被赋予某种演变过程，追随理智、科学、资产阶级或个人主义进步的虚构史。毫无疑问，多种因素导致了此类研究主题的诞生，且其中一些对虚构并非特别友善。尽管如此，虚构本身作为用途，作为思想，作为艺术现实，几乎出现于地球表面的任何地方，几乎出现于人类历史的任何时期。

　　我们将通过一部成书于 1000 年左右的日本小说《源氏物语》（*Dit du Genji*）来指出，虚构可以被距离我们非常遥远的另一时期、另一文明思考与接受，而这一时期这一文明的信仰体制与现当代西方的信仰体制非常不同。

一、《源氏物语》对虚构的思考

　　对一个西方读者来说（也许对今天大部分日本人来说也是如

此？[1]），阅读《源氏物语》（*Genji monogatari* 翻译成法语后成为 *Dit du Genji*，这一译名很成问题[2]）是一个孤注一掷的行为。这部著作由一位居住在日本宫廷里的贵族女子写成于 1000 年左右，对于这位女士，我们知道得非常少（她用书中一个人物的名字——"紫"自称[3]，这一做法之后被她的同代人竞相效仿）。尽管这部作品非常有名，但它其实很难进入：人物众多（只有官职名），尤其因为我们不了解平安时代的历史背景与社会礼节，这些都令爱情

---

1 虽然日本学校也教《源氏物语》片段（尤其本章提及的第二十五回），但日本人读的并不是小说原著，而是某种现代重写本。第一个现代重写本作者是谢野晶子（Akiko Yosano，1942 年去世）。最著名的可能是谷崎润一郎（Junichiro Tanizaki）的重写本，1935 年开始编写，1970 年出版。值得一提的还有濑户内寂听（Jakucho Setouchi）最新的重写本（1996—1998）。

2 这一颇有中世纪色彩的书名是西耶费尔（René Sieffert 1977）的杰作。英语译者［主要有五位，其中包括阿瑟·韦利（Arthur Waley），1933 年译出，以及泰勒（Royall Tyler），2001 年译出］将书名翻译为 *The Tale of Genji*（《源氏的故事》）。德语译者［赫利奇卡（Herberth E. Herlitschka）1954 年根据韦利英译本译出，本尔（Oscar Benl）1966 年根据日语原著译出］选取了 *Die Geschichte vom Prinzen Genji*（《源氏王子的故事》）作为书名。"Dit""Geschichte"与"Tale"之间的变化反映出了作品性质的模糊性。作品自诩为真实故事，但"从一开始，作者就通过一个疑问句'这是在哪个朝代呢？'，标明了小说虚构世界与历史现实之间的距离……"（Struve 2010: 169）。"物语"（monogatari）一词的意思是"讲述某事的事实"，它的内涵并不包括虚构观念。"编造的叙事"或"小说"被称作"虚构物语"（tsukuri-monogatari）（Struve 2010: 167）。"物语"（monogatari）一词在 19 世纪被源自中文的"小说"（shosetsu）取代，关于这一术语的演变，参见博斯卡罗（Boscaro 2006: 141-148）及蔡特林（Zeitlin 2006: 249-261）。

3 "式部"一词指宫廷中分管礼仪的部门，作者的父亲在这个部门当差。有关这一时期日本女性的间接称呼方式及其与文化的关系，参见皮若（Pigeot 2017）。

与政治情节、冗长的对话与人物情感的表达非常难以理解[1]。非专业读者困惑地迷失于六条院弯弯曲曲的回廊，最后只能承认自己阐释能力的不济。

此外，阅读第二十五回《萤》会有惊人的发现，同时还会立即产生一种尴尬的感觉，因为西方读者无意中发现了一整篇说辞，有关面对虚构应该采取的不同态度。我们甚至可以从源氏（在这里被称为"太政大臣"）与其养女玉鬘以及与将名字借给作者的小说人物紫姬之间的对话中确立一种虚构理论类型学。这是由时代错乱以及某种虚假的熟悉感所导致的海市蜃楼吗？还是应当承认，在时间与地理上都与西方现代性相对的另一极，某种有关虚构性的精细的差别主义观念确实得到了表达[2]？

《源氏物语》的这一部分值得好好研读[3]。

这一部分位于第二十五回结尾。这一回名为"萤"，因其中有

1　迪安娜·德·塞利埃出版社（Diane de Selliers）在 2007 年重出了西耶费尔译本，但对读者没有多大帮助，因为这一版本完全缺失了与文本相关的批评性文字（该版本的侧重点在插图上）。

2　霍根（Patrick Colm Hogan）与潘迪特（Lalita Pandit）也指出了这一部分的理论价值（2005: 17-18）。两位学者强调了虚构式沉浸观念与"mono no aware"（"对物及其易逝特征的敏感性"）概念之间的关系。他们在亚里士多德的情节观与伟大的能剧理论家世阿弥（Zeami 1364—1443）的情节观之间看到了一种亲缘性。世阿弥极其关注将戏剧观众缓慢带入剧情又将其从中带出的方法。

3　一个工作小组［大浦康介、阿利乌（Jean-Marie Allioux）、久葆昭博、岩松正洋］同意与我们一起对这一片段进行考察，在他们的帮助下，我们检验了译文的正确性。我们在脚注中提供的更贴近原文的译文来自这项集体工作。（实际上，本书采用的法译文仍有几处错误，例如多次将玉鬘写为明石姬，或搞错代词指代对象。译者已将书中几处错误修改过来。下文不再另行加注说明。——译注）

一个浪漫的情节，这个情节在《源氏物语》丰富的图像史上被频繁描绘再现。太政大臣爱上了自己的养女，却怂恿他弟弟——年轻的萤兵部卿亲王向她献殷勤。女孩藏身于厢房，与正房仅一道帷屏之隔，太政大臣放出了萤火虫，照亮了夜色中的房间，令亲王得以窥见他的心上人[1]。之后举行了一场骑射竞赛，亲王在比赛中发挥出色。骑射竞赛后，太政大臣与玉鬘的爱情暂时冷却下来。连日的梅雨使宫里的女眷无所事事，适宜进行文化活动。活动主要是读书，誊写手稿并给它们上色。做这些事得特别灵巧，宫里的女眷才能高下不一。其中一些女眷似乎没读过多少"物语"[2]，另一些则相反：

> ……六条院内诸女眷寂寞无聊，每日晨夕赏玩图画故事。明石姬[3]擅长此道，自己画了许多，送到紫姬那里来给小女公子玩赏。玉鬘生长乡里，见闻不广，看了更加觉得稀罕，一天到晚忙着阅读及描绘。这里有许多青年侍女粗通画道。[4]

1　这是日本文学中的一个传统主题（topos），参见斯特鲁弗（Struve 2009）。
2　以无韵文书写的虚构叙事自 9 世纪以来在日本发展起来，例如《竹取物语》（*Taketori Monogatari*），10 世纪的《宇津保物语》（*Utsuho monogatari*）、《落洼物语》（*Ochikubo monogatari*），当然还有下文会提到的《住吉物语》，这些作品出现的时间都早于 11 世纪成书的《源氏物语》（Struve 2010: 167-168）。
3　明石姬是源氏的一个侧室，为源氏生了两个孩子。她是僧人的女儿，出身低微。很难断定她的出身是否与她对"小说"的熟悉有所关联。
4　中译文参见紫式部著《源氏物语》，丰子恺译，人民文学出版社，2019 年，第 541—542 页。——译注这段描绘的是女眷集体投入某项令人愉悦的活动以打发时间的态度，这种态度很快就遭到源氏的嘲笑，戏称这是典型的女性举止。玉鬘的回答属于认同理论：

> 玉鬘……觉得这里面描写了种种命运奇特的女人，是真是假不得而知，但像她自己那样命苦的人，一个也没有。她想象那个住吉姬在世之日，必然是个绝色美人。现今故事中所传述的，也是一个特别优越的人物。这个人险些儿被那个主计头老翁盗取，使她联想起筑紫那个可恶的大夫监，而把自己比作住吉姬。（2019: 542）

这里提到的《住吉物语》写于 10 世纪末，是一部非常流行的小说[1]，被认为是源氏某些猎艳行动的灵感来源。需要指出的是，玉鬘非常清楚历史叙事与虚构的区别（无论她将什么列入这些范畴内），她认为有必要誊写这些作品来表明读者对它们经久不衰的喜爱，最后，她对某个人物（受虐待的住吉姬）的经历充分地感同身受，以致将其与自己坎坷的人生进行了对比，形成了某种不太明显的真实效应。

源氏一进来便谈起了与小说相关的类型问题。这一点吸引了近期很多《源氏物语》评论者[2]。《源氏物语》是一部由女性撰写、

---

[1] 《住吉物语》讲的故事如下：一个女孩被继母迫害，逃到一座寺庙（住吉），她所爱的男人受到梦的指引，前来此地找到了她。

[2] 例如可参见白根治夫（Shirane 2008）的编著。

为女性撰写、用女性语言撰写的书[1]。不过，公开将虚构爱好者心甘情愿的轻信态度与女性联系起来，这点确实引人注意：

真讨厌啊！你们这些女人，不惮烦劳，都是专为受人欺骗而生的。这许多故事之中，真实的少得很。你们明知是假，却真心钻研，甘愿受骗[2]。当此梅雨时节，头发乱了也不顾，只管埋头作画。（2019: 542）

这正是一种沉浸态度，促使女读者不关心现实，包括感知现实，她们不顾梅雨时节天气炎热，也不关心自己的外表——她们的头发乱了，成为男性嘲笑的对象。然而，或许是受某种诱惑策略驱使，太政大臣紧接着转变了态度。他非常精确地描述了某种面对虚构的模棱两可的态度，并承认自己多少也持这种态度：

说罢笑起来。既而又改变想法，继续说道："但也怪不得你。不看这些故事小说，则日子沉闷，无法消遣。而且这些伪造的故事之中，亦颇有富于情味，描写得委婉曲折的地方，仿佛真有其事。所以虽然明知其为无稽之谈，看了却不由你不动心。例如看到那可怜的住吉姬的忧愁苦闷，便真心地同情她。又有一种故事，读时觉得荒诞不经，但因夸张得厉害，令人心惊目眩。读后冷静地回想起来，虽然觉得岂有此理，但当阅读之时，显然感到兴味。

---

1 实际上，小说几乎全部是用平假名写成，因此很少出现汉字。
2 在日语原文中，此句中并没有出现"骗"字。

近日我那边的侍女们常把古代故事念给那小姑娘听。我在一旁听听，觉得世间确有善于讲话的人。我想这些都是惯于说谎的人信口开河之谈，但也许不是这样吧。"玉鬘答道："是呀，像你这样惯于说谎的人，才会作各种各样的解释；像我这种老实人，一向信以为真呢。"[1] 说着，把砚台推开去。（2019: 542-543）

紫式部没有读过亚里士多德、西塞罗、昆体良，却借源氏之口，对逼真的叙事与不逼真、不可能的叙事进行了非常清晰的划分，指出前者确立了"仿佛"体制，后者包含很多"夸张"成分。需要强调的一点是，这个段落赋予情感以重要的地位，情感受作品逼真性推动，同时我们可以思考其性质：是共情，是悬念，还是情欲？总而言之，女性受害者的命运最能捕捉读者的注意力（像玉鬘一样，引诱者可能想到的也是住吉姬，后者常常被视为日本灰姑娘）。然而，不可能性并没有完全被消除，因为它制造了一种意外效果，真的令人"双眼圆睁"——欧洲巴洛克说的不正是同样的话吗？然而，情感上的震撼经不起反思与重读的时间的考验。太政大臣临时区分了几种真理体制：尽管"物语"能够表达真情实感，它们仍然属于谎言范畴，这点确凿无疑，因为它们并非历史著作，而且它们的内容并不吻合真实世界的情形。源氏的对话者玉鬘推翻了这种区分，肯定了假扮的权利（原话为"信以为真"），反过来指控她的养父说谎。源氏的观点于是又发生了一次转变：

---

1 逐字译为："只有惯于撒谎的人才会这样想象事情。至于我，我都信以为真。"

"那我真是瞎评故事小说了。其实，这些故事小说中，有记述着神代以来世间真实情况的。像《日本纪》等书，只是其中之一部分。这里面详细记录着世间的重要事情呢。"说着笑起来，然后又说："原来故事小说，虽然并非如实记载某一人的事迹，但不论善恶，都是世间真人真事。观之不足，听之不足，但觉此种情节不能笼闭在一人心中，必须传告后世之人，于是执笔写作。因此欲写一善人时，则专选其人之善事，而突出善的一方；在写恶的一方时，则又专选稀世少有的恶事，使两者互相对比。这些都是真情事实，并非世外之谈。中国小说与日本小说各异。同时日本小说，古代与现代亦不相同。内容之深浅各有差别，若一概指斥为空言，则亦不符事实。[1]佛怀慈悲之心而说的教义之中，也有所谓方便之道。愚昧之人看见两处说法不同，心中便生疑惑。须知《方等经》中，此种方便说教之例甚多。归根结底，同一旨趣。菩提与烦恼的差别，犹如小说中善人与恶人的差别。所以无论何事，从善的方面说来，都不是空洞无益的吧。"他极口称赞小说的功能。接着又说："可是，这种古代故事之中，描写像我这样老实的痴心人的故事，有没有呢？再则，这种故事中所描写的非常孤僻的少女之中，像你那样冷酷无情、假装不懂的人，恐怕也没有吧。好，让我来写一部古无前例的小说，传之后世吧。"说着，偎傍到玉鬘身边来。（2019: 543-544）

对这一段的阐释很困难。这里所表达的虚构视角与前文提到

1　逐字译为："如果我们仅将它们视作谎言，那我们就弄错了。"

的完全不同。源氏强调的都是虚构的历史文化真实，而虚构此时被理解为传说：虚构正是以传说的形式，保留了远古时代甚至人类起源时期的记忆，由此得以与地位显赫的《日本纪》[1]相提并论。实际上，人物笑着说出或许只能当作悖论的言论，这不由得让人猜测，或者他随意夸大了物语的价值，以博得女士们的好感，或者他对《日本纪》的真实性提出了质疑，而这实在是一个大胆之举。此外，之后的文字可能会令历史相对主义的当代拥趸们喜出望外，因为太政大臣质疑了一切见证、一切出自观察的文字的真实性：促使人们写下这些的不过是奉承、夸大及爱嘲讽的心理。然而，如果说与事实百分之百的吻合不可能，某种真实的底色始终存在。因此，与源氏之前竭力肯定的相反，物语并非谎言，我们甚至可以说，物语中不存在虚构。之后他又搬出佛家教义，来赋予物语真实性及有益性，这种真实性与有益性通过寓言的途径体现出来：它们的矛盾只是"方便之道"，它们打开的是通向某个隐藏的真理的途径。但是，文章最后又暗示，源氏的话只可能是一个玩笑，是对小说的矛盾赞歌。最后的反转由一句打情骂俏的话结束，源氏把自己描绘成了小说的主人公。

　　因此，他们的交流实际上是爱情游戏的一部分，当养父断言物语中没有一个少女像玉鬘那样桀傲不驯时，游戏的成分增强。而玉鬘用以下诗句来回答她的养父[2]：

1　成书于 720 年，汇集了日本起源以来的种种历史与神话。
2　《源氏物语》里有四百首和歌，并不时提到中国古诗（Struve 2010: 169）。

我亦频频寻往事，

亲心如此古无来。（2019: 544）

　　紫式部在此时介入。对话于是朝着小说的道德影响问题方向发展。它们的典范作用与它们同真情实感的相似性（这种相似性时而被强调，时而被否定）密切相关。正是作品的摹仿功能（尤其由插图质量实现）引起了主人公对自己爱情的回忆，这一功能令读者回想起《源氏物语》的开头，并产生了一种文本间性效果：

　　她看了《狛野物语》的画卷，赞道："这些画画得真好啊！"她看到其中有一个小姑娘无心无思地昼寝着，便回想起自己幼时的情况。源氏对她说道："这小小年纪，便已如此懂得恋情。可见像我这样耐心等待，是常人所做不到的，是可作模范的了。"的确，源氏在恋爱上经验丰富，竟是少有其例的。他又说："在小女儿面前，不可阅读此种色情故事。对于故事中那些偷情窃爱的女子，她虽然不会深感兴趣，但她看见此种事情乃世间所常有，认为无关紧要，那就不得了啊！"……

　　紫姬说："故事中所描写的那些浅薄女子，只知模仿别人，教人看了可厌可笑。只有《空穗物语》[1]中藤原君的女儿，为人稳重直爽，不犯过失。然而过分认真，言行坦率，不像女子模样，也未免太偏差了。"源氏答道："不但小说中如此，现世也有这样的

1　克兰斯顿（Edwin A. Cranston 1969）强调紫式部很熟悉《空穗物语》这部源自10世纪的著名书籍。

人。……"（2019: 544-545）

　　接下来是对悉心教育的必要性的思考，最后源氏做出了一个决定，要仔细挑选给他女儿读的小说——这多少有点讽刺意味，因为他本人正坚持不懈地试图诱惑自己的养女。

　　这位放浪形骸的王子的建议所立足的例子是模棱两可的，他在虚构与现实之间建立的关系也是模棱两可的。他所表达的颇具理论色彩的观点中肯定存在游戏与悖论的成分。一方面，源氏觉得他的风流韵事令所有小说逊色——故事本身已明确指出了这一点。这就有点像小说在自卖自夸。另一方面，他又觉得不应让年轻女孩相信生活就像小说！我们克制住了自己，不把源氏这位千年左右骁勇善战的王子想象成试图让他的养女避免某种包法利主义的现代人。幸运的是，紫姬说的话要比源氏稍微清楚一些。她又一次反驳了他：她从当时最著名的物语（《空穗物语》）中找到了一个例子，从这个例子出发，将小说女主人公设想成言论与行为的典范。在紫姬看来，她们尤其应是稳重的，行为举止符合规矩，也符合自己的利益，总之就是不要有"过失"。正如 17 世纪初于尔菲的读者在《阿丝特蕾》中寻找表白、交谈与写信的模板，平安时代宫廷里的女性们看来似乎也通过阅读小说来令自己的语言与举止更为优雅。《源氏物语》尤其是出于这一目的而写的。

　　我们如果对《源氏物语》这一部分提到的多种虚构观念进行重新表述，会获得一个较为完整的范畴，在欧洲，这些观念的形成花费了很长时间。

　　对虚构与现实关系的差别主义理解占了上风。多少有些逼真的叙事通过其对读者的作用得到考察，对它们的区分非常清晰。侧重点在情感上，人物一会儿对此泛泛而谈，一会儿又以第一人称对此进行谈论。对现实生活与物语之间的差距的评价催生了认同游戏，例如人物多次提到他们与其他虚构人物的相似性。他们正是通过与某个故事或某个虚构人物之间形成的私人的感性联系而表现出某种反思性，同时回忆起他们人生中的某些时刻。但是，某种同一性观念可能也以吊诡的、挑衅意味十足的方式，部分地得到了阐发，这种观念并不能确立事实与虚构的差别，或者说反而缩小了这一差别。两种不同的基本思想被源氏提出，之后在别的地区获得了非常重要的阐发。这两种思想是：虚构与历史的区别是微不足道的，因为叙事从来无法百分之百地如实再现现实；虚构通过神话与寓言的途径抵达真理（它们由此保存了对过往的记忆）。最后，某种与沉浸的举动相结合，并近似于"趣味假扮游戏"或"怀疑的自愿终止"的心理被源氏首先指斥为一种女性性格特征，接着女眷中的一位毫不含糊地承认了这一点，最后连源氏本人也承认自己也有这种心理，尽管程度有所不同。

上文对《源氏物语》片段的解读无疑得到了近几十年来西方虚构理论研究者争论的问题的启发。不过，借助这一阅读，我们意图断言的，并非千年左右的日本已存在并明确提出了某种虚构理论，而是在特定的社会、宗教、文化背景下，可能存在对虚构性的特别智慧的表达。这并不意味着这样一种思维机制在任何时间任何地点都会存在。虽然要确定哪些条件最有利于虚构文化的繁荣并非易事，但《源氏物语》这一片段已暗示，女性的消遣，宫廷的氛围，习俗的讲究，书画这一美学实践地位的提升，这些都使得虚构在这一条件下成为可能。在很长一段时期内，虚构确实是一种"奢靡文化"，并因此始终受到威胁，正如人类学家古迪（2003 [1997], 2006）强调的那样 [1]。我们还可以假设，这样一种文化受到某个信仰世界的支撑，后者准许创造发明，鼓励对现实的性质发问——这正是佛教的一个特征，也鼓励神圣与世俗领域的灵活往来。比如，源氏即毫不犹豫地用佛教文本与教义对物语进行了衡量。

　　这种具有自我意识的精神结构是产生反映这一知识的虚构的条件。这一现象尤其体现于 16—17 世纪的中国，当时的中国诞生了几部伟大的叙事性虚构 [2] 作品。

　　在日本，一切都促使我们猜想，12 世纪的战争最终结束了《源氏物语》呈现的这种精致完美的虚构文明。即使紫式部的小说成为经典，并自 14 世纪起很大程度上启发了能剧创作，从 12 世纪起占主流地位的仍然是史诗（尤其是著名的《平家物语》）。然而，史诗的合法性来自其历史性，即便史诗中不乏想象的成分（Struve 2010: 170）。接下来几个世纪的日本文学主动发展了杂糅形式，有时会灵活利用历史与虚构的模糊性，以及艺术与生活的相互塑造能力，这种塑造能力来自对现实世界的自动非现实

1　古迪比较了对戏剧、雕塑的接受与对花卉文化的接受。实际上，很多传统都禁止这些活动，因为它们体现了在一个普遍贫穷的社会中对剩余价值的占有（1994 [1993]）。这种断裂产生了认知矛盾，部分地解释了虚构及再现艺术为何会遭到范围广泛、周而复始的反对，因为其往往被视作奢侈文化的元素（2003 [1997]: 13-14）。

2　参见乐唯（Levi 1995）及波斯特尔（Postel 2010）。

化，因为现实世界往往被视作"凄凉的浮世"。井原西鹤（1642—1693）的很多故事即是如此，这些故事大多以京都的勾栏瓦舍为背景[1]。几个世纪后出现的著名的"私小说"（*watakushi-shôsetsu*）[2]更是杂糅形式的典范。私小说得到了非常多元化的解读，有时被理解为对19世纪西方现实主义不求甚解的摹仿，因为毕竟当时的日本社会并不重视私人生活（大浦康介2010a），有时又被理解为取消事实与虚构界限的后现代行为的萌芽（Fowler 1988; Forest 2005 [2003], 2006 [1999]）。日本当代状况（从村上春树的全球性成功到大泽真幸有关后虚构世纪的学说）标志了某种矛盾丛生、问题众多的虚构文化。这一现象并非日本特有，不过其虚构文化的历史与形式绝对与众不同：日本虚构文化的特征是过早出现过早衰败，数百年的杂糅形式实践，对末日的深具意识形态色彩的理论探讨，大量消费西方虚构[3]，并为西方读者大量创作图像与数字虚构。如果我们关注中国，或世界其他地区，我们可能会梳理出一种不同的历史。

虚构文化多种多样，也就是说它们按照不同的布局，令多种

---

1 在以某位真正存在过的演员为主人公的《岚的生平》（1688）中，井原西鹤突出了演员的表演与真实生活之间极具情色意味的混淆：某个妓女只接待化妆成岚的客人，某个男青年为了服从岚开玩笑时下的命令而自杀。

2 私小说在20世纪前半期发展起来。参见大浦康介（2010a: 41-42）。

3 仅举一例，在电影《阿凡达》（在2009年被2亿观众观看）票房榜上位居前列的有日本和中国，仅次于美国，排在法国、德国、英国之前。卡梅隆（James Cameron）的电影也被引进到南美洲、印度、阿拉伯国家和非洲国家，但影响没有如此巨大（http://fr.wikipedia.org/wiki/Avatar_(film,_2009)；http://www.boxofficemojo.com/movies/?page=intl & id = avatar. html）。

形式的单子主义与差别主义共存。从来不曾存在质地均匀的虚构文化，《源氏物语》即是非常有说服力的证明。此外，同一种文化中也并存着不同程度、不同形式的虚构意识，即使今天仍然如此。

任何虚构文化都不是决定性的。今天看来，将虚构视作"奢靡文化"的观念是反直觉的，因为对虚构的兴趣与全球流行文化之间的结合如今已那么普遍。然而，在很长一段时期内，那样的虚构文化确实是文化、宗教、社会条件综合作用下产生的珍稀成果，人类历史上的大多数人都不曾有机会看到这些条件的汇聚。尽管如此，就算存在什么文化，人们在其中不曾凭直觉用想象能力去创造世界，这样的文化也是很少见的，哪怕不得不将这种能力定性为谎言，或者不得不试图通过一切手段来阻止或控制这一实践。

基于以上分析，我们主张，无论从历史角度还是从地理角度，都应广义地去理解虚构性。

二、虚构文化的人类学边界

因而，一般认为的虚构文化的地理与历史边界并不是永久的。但是，拓展边界并不意味着边界不存在。确实，在某些文化中，虚构与谎言被混为一谈，虚构以童话故事形式出现，并且是儿童与女性的专属读物；在另一些文化中，文学创作常常带着历史与寓言的面具。假如我们不把这些文化排除在外，那么虚构文化的边界又如何划定呢？

为了回答上述问题，我们以两种截然不同的方式求助于人类学。首先，我们将指出，某种人类学视角（质疑常见的对亚里士多德《诗学》的哲学与文学阐释）令我们所捍卫的宽泛的虚构性概念失去效力。其次，我们将提议去更远的远方寻找虚构文化的可能性界限。一方面是非洲、美洲印第安人及土著传统社会中的某些仪式，另一方面是思考、承认、重视虚构的社会对虚构的使用，这两者之间存在怎样的关系呢？

亚里士多德怎么办？

虚构问题的西方源头

亚里士多德《诗学》第九章谈论了史学家与诗人的差别，对这一章的阐释视阐释者是想限制虚构概念的场域，还是反过来想强调其在长时段中的中心地位而有所变化。更确切地说，所有坚持差别主义立场的人都赋予《诗学》[1]的这几行文字以一种决定性影响，无论其采取的是逻辑和叙事学视角（Hamburger 1986 [1957]; Cohn 2001 [1999]）还是语用学和认知视角（Schaeffer 1999）[2]。相反，那些采取人类学视角的学者则认为古希腊人对虚构概念完全陌生，因此对《诗学》这一章的意义与影响的分析也有所不同（Dupont 2007; Calame 2010）。这意味着西方虚构史被剥夺了普遍公认的源头，虚构观念的重要性也由此下降。虚构思想的历史确实与对亚里士多德的解读密不可分。16—17 世纪的诗

1　参见第一部分第二章。

2　此外还可以举心理学（Oatley 1999）或神经科学（Metz-Lutz *et al.* 2010）的例子。参见第一部分第四章。

艺理论家们反复引用《诗学》第九章有关诗歌与历史的两个段落，最大化地利用了某种在他们看来赋予虚构的双重优势（比历史高级，但可以取材自历史）。至 21 世纪，对于虚构的观念、历史、定义来说，这些文字仍然具有关键意义与试金石功能。

　　舍费尔（1999）重新解读了亚里士多德与柏拉图的一组对立，其中前者肯定摹仿，后者反对拟象。这组对立毫无疑问塑造了西方虚构史。16 世纪末新亚里士多德理性主义战胜新柏拉图神秘主义，对揭去寓言面纱的虚构的发展及合法化来说是个意义重大的事件（Chevrolet 2007; Duprat 2009）。（暂时）用朗西埃提出的区分来说，形象的伦理体制在当时让位于诗学及再现体制，后者令形象摆脱真理体制，并将艺术等同于诗 / 摹仿（poiesis/mimèsis）这一结合（2000: 29）。在构想这两种在他看来相互对立的体制时，朗西埃仍然追溯至柏拉图与亚里士多德：前者更重视与真理的关系，以及对虚构效应与用途的某种思考，后者更重视行动组合方式的可理解性。然而，朗西埃与舍费尔的观点有深刻的区别。朗西埃声称，美学革命导致有关再现的诗学体制失效，而这终结了虚构的时代。在朗西埃看来，19—20 世纪的"现代性"[1]致力于与再现分道扬镳，造成了事实与虚构界限的模糊。美学体制确立了同一种讲述故事的方式[2]，因为现实主义虚构与见证书写分享的

1　朗西埃与"现代性"["现代性概念似乎是为了模糊对艺术转变的理解而被刻意发明出来的"（2000: 37）]、"后现代"（2000: 42）等词保持了距离。

2　不过，朗西埃拒绝从叙事角度来考察这个问题，因为在他看来这一角度同时将解构主义者和实证主义者逼进了死胡同（2000: 61）。在我们看来，这种做法是对近二十年来产生的论争的逃避。

是同一种意义体制（2000: 61）[1]。反过来，舍费尔则将美学与艺术自治性的来临视作最适宜虚构发展的时期（19—20 世纪通常被视作小说虚构的黄金时期）。舍费尔也没有区分柏拉图时代（用朗西埃的术语来说是"真理体制"）与亚里士多德时代（"诗学体制"）。不过他强调，一方面，受柏拉图启发的虚构–拟象噩梦始终存在；另一方面，认知科学的当代发展重新肯定了摹仿实践的价值，这是亚里士多德遥远的遗产。

虽然没有人会怀疑古典时期的类型系统与等级划分已经不复存在，但与虚构用途与效能相关的问题却远没有得到解决[2]。更为合理的可能是假设多种不同"体制"的并存，且这些体制在长时段内没么容易失效。因此，我们更赞成舍费尔的主张（以及他对亚里士多德的重新解读），尽管在有关虚构思想与历史的问题上，我们不打算如他那样赋予 19 世纪以特权。

戏剧与仪式：虚构 VS 行动

不过，某些古典学者坚持一种不同的视角——比朗西埃的更为狭窄（朗西埃并不否定柏拉图与亚里士多德的对立所扮演的奠基性角色，只不过认为亚里士多德确立的诗学体制已经结束）。

在杜彭（Florence Dupont）与卡拉姆的人类学视角下，现代虚构文化遮蔽了古代世界诗歌与戏剧实践的历史现实，这种实践从根本上说是口传的、宗教的、仪式性的。亚里士多德甚至成为

1　这是朗西埃的理解，同一种意义体制意味着赋权给匿名者与普通人。

2　它们是近期很多学者的研究对象（Caïra 2011; Citton 2010a ; Macé 2011）。

"西方戏剧的吸血鬼"（Dupont 2007），通过赋予 *muthos*（情节、故事、虚构）而非 *opsis*（表演艺术）以中心位置，导致人们对他那一时期的戏剧产生了错误看法。《诗学》的有害影响延续至今，可能强加了一种抽象的[1]、书面的、以文本为中心的、作为遗产的戏剧观念，遮蔽了戏剧短暂性、游戏及表演的一面。由于亚里士多德及西方对虚构的聚焦，我们再也无法得知戏剧过去的面目，以及它应该呈现的面目。从我们的研究来看，杜彭的切入点非常有意思，因为她极端化了虚构与行动的对立。

卡拉姆也提出了相似的观点，不过他对虚构的态度更为友善，同时致力于推动对虚构的重新思考与定义（2010）。他首先回顾了亚里士多德的二元对立，并坚称这一二元对立实际上并不成立：既然诗人可以向历史借题材，那么最重要的是在逼真性标准下进行诗的编制与行动的组合。如此一来，形成对立的就不是想象与真实，而是诗歌形式与非诗歌形式。老实说，整个 17 世纪就是如此阐释《诗学》的，我们不打算老调重弹[2]。我们看到，这一阐释准许介于历史与虚构之间的一切杂糅形式存在。然而，在我们看来，从指称对象角度来看，它并没有抹杀对真实存在与可能存在的事物的逻辑区分。因此，我们不得不接受一种看法，即亚里士多德的学说既是某种差别主义甚至二元对立的虚构观的基础，也是某种更关注边界可渗透性的视野的基础。

后一种视野正是卡拉姆捍卫并在古希腊人以及今人（他提到

1　马克斯（William Marx）近期重申了净化（catharsis）的身体维度，并强调了这一维度在之后遭到深度遮蔽的事实（2012: 111 及其后）。

2　我们已在第一部分第二章谈论过这个话题。

电子游戏以及虚拟现实的模糊属性）的实践中发现的（有点类似韦纳）。卡拉姆指出，一方面，对古希腊演说者来说，政治效率与功用的重要性始终居于神话的真理价值之上；另一方面，虚构从未被认为是纯粹想象性的，因为它们在宗教仪式的集体音乐表演中具有现实的实际用途。他同时还认为，古希腊小说（例如忒奥克里托斯）仅从表面上令宗教维度堕入趣味假扮游戏之中。此外，他也不赞同将趣味假扮游戏的观念当作虚构的一般定义，因为这一观念无法呈现虚构的指称维度及语用维度。

上述分析同时强调了虚构内在的杂糅性（卡拉姆），以及来源于仪式、游戏和表演的实践相对于虚构性的外在性（卡拉姆、杜彭）。这些结论无疑是正确的，只不过它们并不能断言亚里士多德的著作中没有虚构思想，古希腊戏剧中没有虚构的位置。我们认为，必须明确区分虚构用途与某些行动形式。当后者占据绝对主流地位时，我们无法谈论虚构文化。但认为亚里士多德时代的希腊不了解虚构文化——无论其实践形式多么混杂，这一想法很难与现实相符。

因此，应当进行一次新的中心偏移。应该将存在于亚里士多德文本——对其的阐释永远存在分歧——与（可能）反驳这些文本的实践之间那无法跨越的鸿沟搁置一边，离开被西方思想建构为源头，并被太频繁光顾的古希腊罗马场域，以便去面对“虚构”“现实”“谎言”等概念确实起不了作用的文化语境。这一思想体验必须足够陌生化，才能帮助我们勾勒出虚构性的一些概念及其语用边界。

几个传统社会中的行动与虚构

几个不属于文学研究领域的人类学家的研究成果给了我们不少启发，因为他们在提出虚构性问题时没有文学研究者常有的先入之见，不像后者那样总是毫无例外地强调虚构概念的理智主义或其时代错乱的特征。此外，人类学家还让我们了解到一些实践，后者以比古希腊（包括其戏剧制度及其戏剧理论家）更为正面、更为根本的方式，提出了无虚构的文化的可能性问题。

阿兰达人与"梦中生灵"

阿兰达人是中澳洲土著，他们被很多学者尤其列维–斯特劳斯（1962: 102-109）和莫斯（1969 [1910]: 434-439）[1] 研究过。从我们关注的角度来看，莫西弗（Marika Moisseeff）对阿兰达人的研究特别具有启示意义。莫西弗一开始就避开了信仰问题，从启发思考的角度来看，这是一个富有成效的举动，因为它允许我们在考察某种虚构思想时不必涉及信仰问题。这一选择（我们将在本章中探讨这一选择的结果，尽管这并非我们自己的选择）促使我们能够完全将虚构界定为神话，也就是"为某种知识库的构建做出贡献的文化产物，由于知识库的使命是被大众分享，文化产物因而成为个体间关系的中介"（Moisseeff 2007）。这个观点促使人类学家莫西弗在其他研究中认为，当代科幻小说构成了严格意义

1　莫斯与涂尔干合写的文章首先发表于 1910 年的《社会学年鉴》（*L'Année sociologique*, vol. 11, p.76-81）。参见 http://classiques.uqac.ca/classiques/mauss_marcel/oeuvres_2/oeuvres_2_1 0/les_aranda_loritja_1.pdf。有关阿兰达人的宇宙观，亦可参见泰斯塔尔（Testart 1991: 219 及其后）。

上的神话，因为其传达了一种宇宙观，成为某种意识形态的支撑（Moisseeff 2008, 2010）。

从这一角度来看，我们（可能）可以将阿兰达人的"共享叙事"[1]的集体创造视作某种奇特的虚构化进程。当阿兰达人迁移至另一个部落附近，他们会通过抹除外部参照系与事实元素，逐渐编造出某种叙事。在他们的"叙事"中，旅行的主人公不再是部落中的人物，而是一些"梦中生灵"。此外，这些土著认为自己是梦的化身（梦被设想为运动着的实体，是杂糅的、永恒的、不可见的、透明的），梦塑造了他们的物理环境，并对世界的秩序负责[2]。其他部落成员的梦介入其中，以便改变、补充"叙事"，此外，梦游不会被视作个体活动，而是"梦中生灵"的活动。进行旅行的是真正的人这一事实很快被视而不见；参与者断言这一旅行始终存在，只不过他们忘记了它，现在通过做梦又回想起它。由此，通过参与者的梦的合作，一种集体形式得以确立。梦确实具有一种根本性的创造维度，因为它允许集体在仪式与社会实践中进行创新，实现新的宏图等。如果一个孩子即将出生，如果某个成员梦见了一个场所，那么孩子便被与这一场所及其精神联系起来，而这确立了孩子的个人身份。在某种融合了客观性与主观性的实体的支配下，叙事、梦的领域、物理与社会的真实世界之间实现了完全的彼此渗透。此外，阿兰达人的"叙事"并不具备

---

1 我们使用"叙事"一词是为了讨论方便，因为叙事性在阿兰达人的语言产物中很罕见，我们在下文中会解释。

2 "从土著人的视角来看，这个世界的一切可见现象都有能力令某个梦中生灵在场。"（Moisseeff 1994: 8）

情节，且几乎没有任何因果链。它们只是描述了"梦中生灵"的
迁移，这些生灵与动物或其他超自然生物的相遇，以及相遇所产
生的风景变化。叙事在提到"梦中生灵"在地底下消失的地点时
戛然而止[1]。

　　阿兰达人的活动是否呈现了现实事件向集体想象创造物的转
变？这一转变在我们的理解体系中可以被称为一种"虚构能力"。
莫西弗认为答案是肯定的，但他同时也强调，在阿兰达人的"叙
事"与虚构的功能中存在一种基本差异，关乎个体与集体的关系。
她依据温尼科特（Donald Winnicott）及舍费尔的理论，指出在西
方，虚构与毛绒玩具都是"第三方客体"（objets tiers），它们的作
用是实现"关系净化"（décontamination relationnelle），也就是说，
它们帮助儿童借助某种共同的想象体系的中介，摆脱他人太过直
接的影响（2007）[2]。在存在虚构文化的社会中，这种距离有助于
主体性的萌芽。当然了，类似现象并不能在阿兰达人那里观察到。
相反，从西方人视角来看，一切似乎都是为了剥夺梦者自己的想
象力（当他做梦时，做梦的不是他，他对那个伟大的公共叙事的
贡献完全没有个性化色彩）。对现实的一切可能性参照都被终止：
旅行的不是他而是别人，是"梦中生灵"，但"梦中生灵"也是他
本人，因为他是"梦中生灵"播撒的其中一个"精灵–儿童"的
化身。然而，尽管强调这一差别，莫西弗最终仍然认为"土著人
的神话叙事与当代虚构在用途上的相似性"是存在的（2007: 11）。

1　我们可以联想到本雅明的观点，本雅明认为，小说的到来意味着给故事添加一个
　　结局（2000 [1972]）。
2　感谢莫西弗让我们参考了这篇尚未出版的激动人心的文章。

为了抵达这一结论，她指出，阿兰达人构筑了一种"共同的想象体系"（Heinich 2000）。可是，在这种完全持一元论的文化中，当任何与现实分离的领域都不会被考量时，我们还能谈论想象体系吗？在仪式背景下，阿兰达人的语言制品与产物并不属于再现领域；甚至语言——莫西弗解释道（1994）——也应被视为一种文化客体而非话语。的确，虚构与再现的关系[1]，以及虚构与叙事性的关系[2]，都可以再商榷。我们在阿兰达人的实践与虚构的用途中所观察到的任何一种差别（主体性、再现、叙事性、主客体区分、游戏、现实与想象观念……的缺失）都可以被讨论。我们并不认为哪一种差别可以构成判断虚构性的绝对标准，尽管如此，这些差别的总和勾勒出某种文化的轮廓，这一文化不承认虚构的任何一种一般用途，无论这种用途属于西方还是东方。

人类学视角同时还强调仪式文化与虚构文化的差别，在前者中，叙事性几乎是缺席的，正如阿兰达人的情况。在人类学家古迪（2006）看来，无论叙事性还是虚构都不是首要的，它们似乎很晚才在人类历史上出现，并且是同时出现的。在口头文化占主导地位的社会中，叙事往往不发达。在一些没有与书写建立联系（联系主要通过伊斯兰教建立）、没有宫廷社会（马里的班巴拉族属于宫廷社会，他们的巫师传统上被比作西方的行吟诗人[3]）的非

1　有关将虚构视作再现（représentation）而非操演（performance）的讨论，参见比尔利兹（Beardsley 1981）。在虚构理论家中，只有多勒泽尔认为虚构不属于任何摹仿形式。在这一点上，我们并不赞同多勒泽尔的观点。

2　尤其参见第一部分第二章。

3　这一类比只具有部分合理性。参见曾普（Zemp 1966）。

洲文化中，很少见到存在于传统社会中的叙述形式（传奇、史诗、神话、民间故事、个人叙事）。古迪认为，神话的叙事元素[1]被人种学家夸大并重构。至于故事，它们往往很短，而且毫无例外是给儿童看的。古迪将叙事性的缺失或稀薄现象归结于再现与虚构本身的内在问题（2006: 32）。如果故事不具备指称价值或某种医疗–宗教效力，成年人为什么还会长时间地坐着听完它呢？虚构要求某种特殊的话语情境，后者与传统口传文化语境互不相容。古迪甚至认为，虚构是人类的一种反常行为！叙述形式以及虚构的发展受到娱乐需求与文字使用的推动；长度首先是通过——他指出——故事套故事的形式（《一千零一夜》）及奇闻轶事汇编的形式（《十日谈》）实现的。虚构这种被认定的反常解释了人们对虚构所持的普遍的、持久的甚至可能永恒的敌意。

库纳人的巫歌：悖论与表演性

传统文化中与虚构相关的实践与产品十分罕见且脆弱的特点由此得到证实。这一特点是否源自仪式活动与借助书写和叙事性发展起来的虚构用途之间的根本断裂呢？

人类学家塞维里（Carlo Severi）有关美洲印第安文化的研究为我们所思考的问题提供了关键性启示。这些研究思考的是被视作想象力技巧之一的记忆问题：回忆通过精神图像的形式被固定下来，这一过程实际上与思想的运作本身有关（2007 [2004]: 199

1　古迪特别研究了达加里族（生活于加纳、布基纳法索、科特迪瓦交界处的民族）的巴格雷神话。背诵这一非凡的神话需要 8 个小时。神话中非常小的一部分是叙事性的（2006）。

及其后[1]）。塞维里的研究证明了幻兽、悖论和混种生物（créatures hybrides）在记忆进程中所起的核心作用。这一特征因悖论在其中所起的建构性作用，而直接关系到对虚构性的某种思考。

生活在巴拿马圣布拉斯群岛的美洲印第安部落库纳人的巫歌，尤其是"嫫巫之路"（voie de Mu），一种妇人难产时吟唱的有魔力的治疗性歌曲，很长时间以来一直吸引着人种学家[2]。在分析"嫫巫之路"时，塞维里指出了歌曲中累积的重重悖论，悖论既通过将痛苦的女性身体变为树木的隐喻体现，也通过歌曲提到的神话体现，神话的主要意象是一种混种生物，被称作"天豹"的长翅膀的猫科动物。唱歌的萨满本人也是一种模棱两可、悖论丛生的形象。他应当以对人有益的植物精气的形式与病魔作斗争，而疾病是另一个化身为超自然动物的萨满派遣来的。萨满代表了这一斗争的所有参加者，斗争的关键是产妇能否康复。实际上，巫歌讲述尤其实现或者说"表演"了一次宇宙旅行，在旅行中，萨满与"天豹"展开斗争，又完全与"天豹"合二为一。他变身为种种动物，然后摹仿所有这些动物的叫声。总之，库纳巫歌构建的是一种充满矛盾的陈述情境，在展开超自然战斗前，萨满用现在时久久地讲述别人如何去寻找他，他如何来到产妇所在的房子，他来到产妇身边前都做了什么。这一开场白实现了某种超越，对于之后的变形来说必不可少。在塞维里看来，这些悖论制造出一

1　尤其参见该书第三章"记忆、投射、信仰，或陈述者的变形"（Severi 2007 [2004]）。

2　例如列维–斯特劳斯（1949）。（中译文参见列维–斯特劳斯著《象征的效用》，见列维–斯特劳斯著《结构人类学》，陆晓禾等译，文化艺术出版社，1989 年。——译注）

种"反直觉的交际语境",在仪式背景下,这一交际语境属于某种记忆术,并导致了信仰的产生:混种生物是一个引人注目的形象,代表了对两种平行秩序进行组合的认知操作(2007 [2004]: 27)。

我们可以将上述分析搬移至虚构研究领域吗?虚构也制造出了矛盾的陈述情境与大量的混种生物。或许那些触目惊心的、反直觉的形象有助于对虚构的记忆。虚构的幻兽也让人产生一个疑问:它们推动读者或观众去思考它们在自然界的存在,而这一切在某些语境下,可能会导致新信仰的产生。不过,我们尤其会联想到,至少在西方,对幻兽的虚构再现曾有利于"熄灭信仰"。幻兽象征并重申了对不存在的事物(飞马是标志性形象)的再现的矛盾性质。在前现代及现代西方,混种生物与幻兽代表了虚构世界的本体异质性与多样性,这两种性质令其有别于现实世界。库纳印第安人仪式中的幻兽和虚构中的幻兽因而只具有部分的相似性。

此外,"媖巫之路"等创造的仪式交际语境非常不同于虚构所创造的语境。首先应该明确的是(正如塞维里强调的那样[1]),"媖巫之路"并不是唱给被治疗的病人听的,因为萨满使用的是一种仪式语言,没有被传授这种语言的产妇听不懂它。即便产妇可能知道仪式和库纳神话的大体内容,她仍然无法在细节上跟上吟唱。这是仪式吟唱和戏剧表演的第一个差别。但此二者仍然有一些相似之处。占有多种身份的萨满难道不像一个正在表演单人秀的乐团吗?

---

[1] 这一评论使其得以质疑列维-斯特劳斯对库纳巫歌的阐释,列维-斯特劳斯在其中看到的是一种精神分析治疗形式。

想象一场戏剧演出。这出戏唯一的演员不会讲观众的语言。尽管如此，观众还是涌向剧场去观看精彩的表演——摹仿一场动物大战的口技演出。此外，假设这位演员期待他的演出能够治愈或者至少纾解有战争或灾难创伤的观众的忧思。如此一来，库纳萨满与这位演员之间存在怎样的根本差异呢？根本差异在于：演员摹仿动物大战，而萨满直接投入了这场战斗。当然了，从物理现实来讲，无论演员还是萨满都没有战胜超自然动物。可是，两者的交际情境完全不同，一方是再现，另一方是行动。演员感动观众，激起后者的共情反应，可能还会通过观众和演员本人对戏剧人物的认同，产生某种神秘的净化效果；萨满直接攻击病魔，在他本人及其观众的视角下，他真实地变身成为天豹。这种差别相当于圣餐变体[1]与对其的寓言阐释之间的差别。仪式是具体的，虚构是隐喻性的（Meyer 2000: 65）[2]。

此外，对于舞台上的人，观众时而将他看成演员，时而将他看成角色，不断在欣赏演员演技与采取某种虚构内部视角之间徘徊。他不一定会将自己等同于角色，但仍然见证了人物的命运波折，对此作出了情感回应（这与道德评价密不可分），并在角色不知情的情况下预测他们的未来。这种态度不是参与仪式的观众会

---

1 Transsubstantiation，即在基督教圣餐中，面包和葡萄酒变为耶稣的身体和血。——译注

2 正如古迪指出的那样，虽然希腊悲剧源自丧葬仪式，"但葬礼并不会运用与悲剧相同的方式进行再现……。假如'再现'意味着例如《哈姆雷特》在舞台上再现一连串从生活中提炼出来的虚构行动，那么葬礼并不再现。更准确的说法是，葬礼行动，在自身之中，通过自身"（1997: 40）。

采取的态度。

　　只不过，演员与角色并非总是界限分明。在一些场合中，戏剧对神圣事物的再现在观众眼中不会失去或者说完全失去其仪式维度（Pavel 1988 [1986]: 34-35）。当代戏剧穷尽各种办法来取消过去被称为"第四面墙"的东西。尽管如此，不得不承认，在对戏剧表演的惯常接受中，观众还是会将演员与其扮演的角色区别开来。而这样一种区分会令萨满的巫歌失去效力及存在的理由。

　　因此，在仪式语境下，正是内在于话语和客体的（严格意义上的）表演性要求对其作出原则上有别于虚构的用途。行动与虚构是不兼容的，即便它们的联合或冲突是艺术中最常见的问题：抹除它们的差异，或者令虚构尝试去捕捉宗教实践的威力，这些都非常具有创造性。只不过，在一种了解事实与虚构差异的文化中，宗教仪式的地平线是无法触及的：阿兰达人与库纳人没有僭越任何边界。应用于当代戏剧的"表演性"概念，或者应用于文学的"行动"概念只能是一种隐喻或一种拟象性质的操演。

　　对仪式文化和虚构文化的区分并不仅仅建立于某种不同于行动的关系之上。实际上，将虚构定义为"共同的想象体系"是不够的，因为这样的定义无法帮助我们区别多样的实践。因此，从与信仰的关系来思考虚构是不可避免的（Flahaut 2005）。

第二章　虚构与信仰

上文我们区分了仪式语境与虚构的一般用途所需的语境。

然而，这一区别不能被简化为受信仰统治的古老世界与有能力摆脱信仰的现代世界之间的简单对立。它应当如此表达：仪式语境暗含了对某个神话体系的认同，以及相信某些实践活动有神力的天真信仰。反过来，虚构只有在有能力对信仰尤其宗教信仰提出质疑的文化中才能发展起来。虚构文化的繁荣因此可以被阐释为理性的进步。此外，人们一般就是如此来阐释柯勒律治的名言的，后者定义了面对虚构（包括童话与神话中的存在）应采取的合宜态度，也就是"怀疑的自愿终止"。这一建议意味着读者有能力假装相信，根据自己的意愿暂时相信。柯勒律治的理解很大程度上支撑了将虚构视作"共享的趣味假扮游戏"的定义（Schaeffer 1999）。盖勒格在这条路上走得更远，她认为，只有在读者有能力采取"反讽式信任"（2006: 246）态度时，虚构性才有可能存在。

这种二元对立态度并非没有依据，但也有待商榷。我们首先将论证，虚构文化与其说允许怀疑的自愿终止，不如说允许与信仰展开游戏。这意味着信仰能够被虚构影响，这也是宗教信仰与虚构文化之间的关系向来非常棘手的原因（Goody 2003 [1997]）。

事实与虚构的界限从很多方面看都是虚构与宗教对立的关键点。一方面，当虚构将宗教吸引至自己的领域，它会坐实、制造或加剧某种去神秘化（例如当 16—17 世纪的戏剧将古代神祇吸纳至自身范畴时）。另一方面，被"改宗"的虚构（例如西班牙黄金时期，很多世俗作品都被重写并被神圣化）也能够从对我们称之为"神圣指称对象"的服从中获得合法性。这种做法并非没有危险：包含了一定宗教指称维度的虚构不得不接受舆论或权威机构对其与事实相符程度的检验，而言论或权威机构完全不会考虑虚构的性质或其假定的边界。此时虚构的独立性听起来比任何时候都显得空洞，概念的脆弱性及其不恰当性被毫无掩饰地揭示出来。

我们不可能在这里书写宗教与虚构持续几千年的暧昧关系史。我们仅满足于通过强调这一临近关系的两面，呈现虚构与信仰游戏的方式及其限度，这一关系可以是彼此交流与提升，也可以是相互敌对与冲突。我们将对比几个古代［（尤其是贝莱主教让－皮埃尔·加缪（Jean-Pierre Camus）的小说］与当代的例子。在 21世纪初，《黑客帝国》三部曲呈现了宗教与虚构之间进行精彩合作的可能性。我们不知道这部卖座大片是否如某些阐释者预期的那样，引发了宗教的回潮，但其对犹太教、基督教、佛教思想的综合肯定是影片大获成功的一个原因。我们将思考这一宗教与虚构的当代融合是否以及在何种程度上，如其影迷所声称的那样制造了一个神话，我们又该对此作何理解。最后，宗教与虚构的冲突在围绕渎神话题展开的争论中表现得尤为激烈，这些争论也迫使我们去了解反事实虚构是否能够脱离指称对象，尤其当后者已被神圣化时。

一、虚构与信仰的游戏

有关信仰性质与运作方式的论战[1]在近几十年来逐渐复杂化，使我们能够从新的角度审视虚构性的某些特征。此类讨论并非今日才产生。普莱斯（Henry Habberley Price 1969）坚持认为，我们的信仰建立于一些证词之上，至于这些证词，我们只能在很少的情况下检验其准确性。普特南（1975）提出了"语言劳动分工论"，认为语言共同体取代了对话者不完整的认识，保障了指称的稳定性。也就是说，当我们在谈论并非自己直接认识的事物时，我们会不言自明地依赖由专家或证人组成的共同体。

认知依赖在信仰形成及知识获取过程中所起的作用由此得到确立。如果一般交流的特征是语义与认知依赖［换言之，即对范围不明的权威的不可避免的自动服从[2]，以及"阐释施惠"（charité interprétative）[3]］，那么虚构的情况又如何呢？帕维尔引用普莱斯和普特南，提到了这一论战，强调在面对信仰所采取的游移不定的共同态度与面对虚构的普遍态度之间存在一种连续统（1988 [1986]: 32）。我们也可以换一种方式提出问题。就算这一连续统

---

1 有关这一问题的出色梳理，参见奥里吉（Origgi 2004）。

2 科迪（Coady 1992）支持这种观点，认为在这些条件下获得的认识是理性的、得到证明的。

3 在戴维森（Davidson 1980）看来，根据这一原则，由于缺乏明显的反例，我们会被引导去相信别人对我们所说的一切。

确实存在，它也会导致摩擦与误解，如此一来，虚构能从应被称作"遗传性轻信倾向"的东西中获益吗？还是说恰恰相反，虚构是某些时刻在某些文化中产生的抗体，以阻止具有扩张力的信仰思想的传染[1]？

上文已提到，不少心理学实验（Gerrig 1993; Green & Brock 2000; Green 2004; Gerrig & Rapp 2004）反复重申了一个观点：文本无论是虚构性质的还是事实性质的，都能改变读者的某些信仰[2]。在格里格看来，读者甚至应该努力调动认知资源（尤其记忆）来破坏信仰不可抑制的扩张，因为理解的过程会自动导致接受的结果[3]。我们建议接受以下观点：怀疑是一种建构，需要为此付出认知上的努力，与此同时，与信仰的一般运作方式相比，虚构标签是一道脆弱的堤坝，在某些情况下甚至可能根本不存在。同时还应承认，某些情况下，虚构文本利用了信仰的运作方式，并加强了它的效果。因此，虚构是否会以特殊的方式影响信仰是一个尚未有答案的问题。它之所以难以回答，尤其是因为怀疑与信仰的关系比我们通常想象得更为紧密。

塞维里（2007 [2004]）提醒人们注意，不能将信仰的出现简单地认为是对某种世界观或某一系列命题的接受。从表面看似

---

1 我们联想到的是斯珀泊（Dan Sperber 1996）的模因论。

2 参见第一部分第四章。

3 吉尔贝（Daniel T. Gilbert 1991）对比了笛卡尔信仰观（与理解截然分开）与斯宾诺莎信仰观，根据斯宾诺莎，信仰自动产生自理解。抛弃一个观念需要比接受一个观念更多的努力。人有一种倾向，相信我们所理解的观念，正如相信我们所看到的事物。

矛盾的方式来说，信仰，即是怀疑。塞维里依据的是金斯伯格对巫术的研究，金斯伯格将信仰等同于"强烈的犹豫，敏感性被搅动，评判的充满焦虑的终止"（Severi 2007 [2004]: 236）。这种困扰并不是由劝说性的话语引起的，而是由形象网络引起的，为了能被记忆保留，这些形象必须是触目惊心且反直觉的。因此，被矛盾以及触目惊心的形象充斥的虚构似乎完全有可能触动敏感性，带来认知的转变。如果没有正当理由去猜测虚构会真实地影响信仰——推广也好，破坏也罢，那么昨日与今天的权力当局也不会那么严密地监视虚构了。

近期在不同学科内开展的研究促使我们支持一种视角，即承认虚构的其中一种效应是影响甚至创造信仰，因为虚构拥有独特的方法，能够令怀疑逐渐渗透进来。我们的信仰事实上很受虚构启发。因此，2000 年左右，为数众多的人对虚拟世界的认识很大程度上应归功于《黑客帝国》。虚构（例如 1973 年的《日本沉没》[1]）令毁灭人类文明的灾难出现的可能性变得可以想象，与此同时，迪普伊（Jean-Pierre Dupuy）正绝望地试图用自己的论著[2]说

---

1 小松左京（Sakyo Komatsu）的《日本沉没》（*Nihon Chinbotsu*）由柴田增实（Shibata Masumi）1977 年翻译成法语，并于 1973 年和 2006 年两次被搬上银幕。这部小说为某个话题——即虚构具有潜在的寓言与施为效果——提供了依据。福岛核泄漏灾难后，这一话题又回暖。

2 《论一种明智的灾难主义——当未来已定》（*Pour une catastrophisme éclairé. Quand l'avenir est certain* 2004），《浅论海啸形而上学》（*Petite Métaphysique des tsunamis* 2005）。

服顽固不化的头脑。人们[1]关心电影或电视虚构对有色人种、女性或同性恋者的再现，那是因为他们认为这种再现会影响观众设想女性与弱势群体在真实世界中的位置的方式。

我们充分意识到，我们的分析有削弱虚构地位的风险。我们的研究会不会为某些人提供武器与理由？过去，这些人烧毁了图书，关闭了剧院，今天，他们又对电影、电子游戏和合成世界充满了警惕。

与信仰的游戏

如果我们承认虚构很大程度上会影响信仰，这对事实与虚构的边界会产生什么影响？影响如下：虚构肯定现实中不存在的状态可以存在，将严肃的论断融入虚构的假设，由此呈现出一种从根本上说开放的游戏。我们假设虚构展开了与信仰的游戏。"游戏"的想法涵盖了两个现象集合以及两种类型的命题。

在今日对虚构性的一般理解中，"游戏"的第一个意义相当传统[2]。它暗示着进入虚构也即同意直面信仰与非信仰的认知冲突，也就是多少完整地接受整个虚构世界。"相信"一词意味着什么呢？用源氏和玉鬘的话来说意味着"甘愿受骗""信以为真"[3]；用舍费尔的术语来说意味着"沉浸"；还意味着接受文本或图像制造

1　例如法国的多样性形象委员会（commission Images de la diversité）或社会融合及平等局（Agence pour la cohésion sociale et l'égalité）。前者自 2007 以来受法国国家电影中心（CNC）委托，推动法国电影对少数族裔的再现。

2　例如舍费尔曾谈论虚构沉浸中的区隔或脱节（1999: 161）。

3　参见上文"《源氏物语》对虚构的思考"一节。

的仿象，像关注真人一般关注人物，通过想象力、记忆或情感的途径促进大脑对虚构所描绘世界的建构。如此一来，"不相信"一词又意味着什么呢？意味着克制住跳上舞台去干涉虚构行动的冲动，承认人物不是真人，用一种虚无系数干扰大脑对虚构世界的建构，将虚构与记忆区别开来。从这个角度看，虚构提供了自相矛盾的指令，时而倾向一极（当其向读者重申自己所呈现的世界不存在时），时而倾向另一极（当其令自己呈现的世界栩栩如生，或声称自己并非虚构时）。时代、文类、个体似乎都会促使虚构向某一极摇摆，但在虚构用途中，这两极都是不可避免且不可或缺的。更好的做法是将这一态度视作一种体验——很可能充满撕裂感，且结果常常不甚明朗，而不是将其视作一种命题态度，被一蹴而就地贴上了"仿佛"等标签，同时被覆盖上"趣味假扮游戏"等概念。虚构既呼唤"怀疑的自愿终止"也呼唤"怀疑的自愿建构"，条件是这些程序完全出于自愿，而这一点实际上很可疑。此外，对虚构的接触总是发生在一定时段内，这也会令一开始确立的命题态度产生变化，哪怕引起变化的原因只是虚构本身的杂糅性，因为虚构也包含了真实的信息与严肃的论断。

我们赋予"游戏"的第二个意义与经常被注意到的在两极（信仰 / 非信仰，沉浸 / 浮出[1]）之间的摇摆关系甚少，但与读者或观众在头脑中建构不同于寻常经验的另一个世界时暴露的信仰有

1　浮出（émersion）这一术语借自达洛斯（2012）。不过我们并不将无信仰这一极简单地视作一种距离感，也不认为"浮出"更具价值。无信仰状态具备一系列认知程序，与另一极一样，这些程序也对虚构用途具有建构作用。

关[1]。坚称与虚构接触有益处——包括其促进民主的功能（Citton 2011），这种做法在今天颇为常见。虚构此时被视作自我在不同可能世界的投射。我们并不想从根本上质疑这一观点，不过我们坚持一个事实，即这个游戏是开放的。结果很少被预测到，部分原因在于个体与历史时刻的多样性，在于虚构很少给出意义单一的教诲。虚构文化是准许并接受风险的文化。在宗教仪式中，尽管不排除有人心存怀疑［至少塞维里这样断言（2007 [2004]: 225）］，但仪式提供的是一种开放程度小得多的游戏。

我们将尽可能说明这个游戏的模式。我们可以假设，经验的广度是协商的结果，个体与文化差异对于主体的体验投入度具有决定性影响。有关"想象性的道德抵抗"（Gendler 2000, 2006; Driver 2008; Glon 2009; Stueber 2011）的研究表明，视角与价值观方面的极端差异会阻止读者或观众进入虚构。有些人没读过作品就态度强硬地谴责它们渎神，不少人没读完《复仇女神》（*Bienveillantes* 2006）就放弃了[2]，这些案例都证实了上述论断。读者或观众通常会避免接触太偏离常规的虚构，因为此时模拟——即便是暂时的——在他们看来需要付出太多情感。读者或观众的一般参照框架因而不会因为接触虚构而被悬置或废除，他们不会确立另一个参照框架，因为这么做意味着一种不成比例的认知付

1　即便如朗西埃所强调的那样（2000: 57-60），现代性通过对平庸与日常的艺术呈现，促使对寻常经验的表现与重视成为可能，我们也不认为现代性会抹除不同世界（并不一定是科幻世界）对读者或观众的吸引力。

2　关于利特尔（Jonathan Littell）小说引发的争议，尤其关于读者对该小说的抵制问题，参见若埃（Jauer 2008）。

出（Glon 2009）。然而，如果虚构呈现的世界并不那么偏离常规，如果读者或观众愿意接触这个世界，那么在大脑中进入一个可能世界，经历真实生活中不会发生或很少发生的事件或情景，这些都会引发一系列推论，可能需要借助非同寻常的认知路径。看起来，"仿佛"状态不会或者说几乎不会减弱这一由接触虚构带来的、由模拟、情感、评估构成的神经元爆炸效应。种种迹象表明，取道这些路径会带来经验的多元化，而后者与信念的某种可塑性[1]有关。

虚构的问题学功能

通过与制造怀疑相关的可能世界的投射来展开与信仰的游戏，这一做法可能与虚构的"问题学"功能存在紧密关系。虽然没有特别关注虚构，但梅耶（Michel Meyer）赋予了艺术一种特殊功能，即隐喻化地表现历史在"加速"时期[2]尤其文艺复兴时期[3]所带来的问题。当上一个历史时期的解决方案变得无效，当这些方案被视作隐喻以及"弱身份"（identités faibles）时，一个艺术创造空间便会打开。与此同时，科学会肯定新的强身份，而宗教会以

---

1 "信念可塑性"这一术语所指的正是改变信仰的能力，它借自莫内雷（Philippe Monneret），后者对其的解释运用了可能世界理论（2010）。

2 在雷默（O. Remaud）看来，"在漫长的时间延续中，特殊历史时期会给经历这些时期的人造成一种感觉，即一切都加速了，而他们所习惯的参照变得陈旧过时"（2008: 135）。

3 贝西埃将"问题学"一词专门用于探讨当代小说（2010），这与梅耶（2000）的做法完全不同，梅耶的问题学理论涵盖了整个西方艺术，尤其强调了古代与文艺复兴艺术。

旧身份的堡垒的形象出现（Meyer 2000: 48-49, 59, 68）。在梅耶看来，艺术作品的问题性在于追问"弱身份"，也就是从此被视为虚构的旧有解决方案。人们不再相信的神话便是一个例子。除了美感，艺术的问题学不会带来其他答案（2000: 123）。

这一非常宽泛的学说的价值在于，除了将"问题性"拓展至现代（朗西埃 2000 [1]）及后现代（Bessière 2010），还对宗教、道德与艺术的"摩擦"予以关注。

当有关混种生物（半人马、萨提尔、塞壬）、女巫以及戏剧中的古代神祇的性质及其艺术再现合法性的争论正要结束之时[2]，"弱身份"理论揭示了这些存在所能起到的作用。虚构赋予这些存在以情感，以人类的举止，以一种真实且经常颇为滑稽的戏剧在场，这无疑有助于它们的去神秘化过程。这些造物在 17 世纪占据了不同再现空间，这一时期也是信仰飘忽不定的时期。那么，虚构是否通过收编这些在很长时期内属性不明的生物，进而巩固信仰？这些生物被反宗教改革运动剔除出强身份流通过程，被公众赋予第二次生命，地位更低或仅仅是性质不同。同一时期，同样的命运也发生在教会摆脱的一些基督教圣人身上，因为教会希望通过此举将传说清除出神圣历史（Selmeci-Castioni 2009）。

不过，在虚构与信仰体制的关系中，收编失宠的生物肯定不是虚构唯一的功能。巴雅尔（Pierre Bayard 2005）揭示的虚构的

---

1 在朗西埃看来，19 世纪以前的文学属于再现体制，内在地具有等级性，旨在肯定而非挑战某种秩序。

2 有关戏剧中的招魂者，参见勒塞克勒（Lecercle 2011）；有关萨提尔，参见拉沃卡（Lavocat 2005）。

预测维度毋庸置疑，因而，在哥白尼和伽利略假设已无法想象的时期，在想象空间的旅行能够作为思想经验（Aït-Touati 2011）。当人们与迪科纳（Dyrcona）一起游历过月球与太阳王国后[1]，日心说变得更容易被接受。

从某种程度来说，当代人重分歧轻共识，重意义的"开放性"而轻意义的统一性。尽管我们对这一倾向认识颇深，我们仍然认为存在一个几乎无须争议的事实，即虚构会令知识、意见、观念、"模因"（Sperber 1996）等的传播与建构的普通模式失衡，哪怕这种失衡是暂时的、微不足道的。而且，后面我们会结合《达芬奇密码》（2003）看到，虚构有时也可能成为新模因的传播源头。

然而，虚构实现这一"问题学"效应的手段非常特殊。例如，这一效应可以建立于对叙述权威的搁置、模糊与抹除上。如果说信仰确立于认知依赖，以及对权威与他人专业知识的尊重，那么当虚构叙述者是被驱逐出西班牙时期的摩尔人时，会发生什么情况呢[2]？撒谎的叙述者在第二次智术师运动背景下得到飞跃式发展，自此，这一叙述者的变形构成了西方虚构史的一项基本内容（Cassin 1995）。16—17世纪流浪汉小说赋予置身社会最底层的人物以假想的著作权，18世纪赋予时常与世隔绝的女性以著作权，这些做法都邀请读者——往往是女性读者——实现某种转移，参

1　指西哈诺·德·贝热拉克（Cyrano de Bergerac）的作品（遗作，1657及1662年出版）。

2　见塞万提斯著《堂吉诃德》（1606—1616）。将摩里斯科人驱逐出西班牙的法令于1609年9月22日颁布。有关塞万提斯作品涉及的摩尔人问题及其与可能世界的理论关系，参见杜普拉（Duprat 2010）。

与某种思想体验形式，也即短暂地采取平时不可能采取的道德与
社会视角。

　　因此，接触虚构会令人不安，对此我们不必感到意外[1]。17 世
纪那些蔑视戏剧和小说的人往往从感染或传染的角度去设想它们
的影响，可以说是对模因理论的一种预见。或许从他们的角度出
发，他们完全有理由产生警觉。

　　丹·布朗那本销量达 8600 万本之多的小说《达芬奇密码》的
接受实际上的确颇具意味地改变了基督教信仰，导致教会对宗教
知识进行了校准。巴特·埃尔曼（Bart D. Ehrman）指出，对于
这部分受困扰的读者来说，丹·布朗的作品毫无疑问是虚构。他
们不承认小说人物的发现属于历史发现。不过，有关基督与抹
大拉的玛利亚之间的婚姻，或者君士坦丁大帝对福音书的篡改，
他们也表达了自己的疑惑，并且认为这些情况并非完全不可能
（2004）。我们不是很确定教会最后是否成功纠正了全部信徒的信
仰，并让后者接受了教会自己的不同于丹·布朗小说的基督生平
版本。官方叙事的陈述并没有被信徒否认，信徒们只是接受了存

1　2012 年，一个网民在美国某天主教网站上提出了这个问题，证明将虚构视作传
　　染的观念今天仍然存在："我喜欢阅读一些小说，但最近我一直在想应该如何处
　　理所读内容中的渎神言论。正常来说，我应该认为这没什么伤脑筋的，因为说这
　　些话的不是我，而是角色。但是，我是那种会'听到'自己心里所读内容的读
　　者，好像我就是说着书页上的话的叙述者。一位英语系的朋友曾告诉我，不是每
　　个人都是这样阅读的，这是促使我思考阅读方式和阅读内容的原因。……我想
　　指出的是，我读的并不仅仅是滑稽小说一类的东西。我也读科幻小说和奇幻小
　　说（《星际迷航》《时光之轮》等），但就算我的选择相当温和，仍然会遇到此类
　　麻烦。"（http://forums.catholic.com/showthread.php?t=700679）

在另一种说法的可能性，即便这后一种说法是由虚构提供的。一部分人可能会从中看到虚构离经叛道的用途，在我们所举的例子中，这一用途因丹·布朗对阴谋论主题的利用，因其对自己小说文献价值的肯定而得到了更好的发挥。

无论如何，问题尤其涉及虚构的开放游戏带来的风险及可能性出路。虚构的影响比经舍费尔阐释后的柯勒律治的名言所表达的要更为多样。

二、宗教与虚构：彼此的交织

宗教领域与虚构世界的关系并不仅限于通过提供多种解释版本来修正教条。

帕维尔（1988 [1986]）认为，虚构从历史与观念角度看均源于神圣领域。在他看来，这一神圣源头是虚构对人们产生吸引力、能够塑造人们生活、影响人们信仰的原因。

事实上，某些宗教领域与虚构用途之间存在很多相似性。多个世纪以来，处于教条与基督教信仰实践核心的道成肉身（Leupin 1993）与摹仿一直影响着读者与虚构人物的关系。佛教对投胎转世的信仰可能也同样促进了文学对多重存在的可能性的探讨[1]。佛教徒与道士正如反宗教改革思想家，他们支持某个十分

---

1 鲁晓鹏（Lu 1994）、乐唯（Levi 1995）、陆大伟（Rolston 1997）、顾明栋（Ming Dong Gu 2006）。

反直觉的观点，坚称真实世界不存在。由此生根发芽的非现实主义的泛虚构主义很可能提升了虚构的地位，因为在对世界之空洞与虚无的肯定中，严肃话语与戏谑话语之间的界限被腐蚀。对中国伟大小说家、《红楼梦》的作者曹雪芹（1723—1763）来说，只要还存在欲望，只要"觉醒"——佛教的核心概念——尚未产生，虚构创造的虚幻便被等同于对世界的依恋（Postel 2010: 140）。宗教将真实世界变成非现实，这一定程度上解释了为什么古代中国、中世纪及现代欧洲会大量创造小说或戏剧虚构，以及为什么人们会在两者之间发现类似的灵感源泉[1]。

因此，宗教与虚构的关系由交流、合作与敌对构成，对此我们无须吃惊。神圣文本很可能替代虚构文学。《圣经》《古兰经》《吠陀》这三本经书，每本都提供了相当多的故事，能够取代一个中等大小的书架上摆放的全部小说。过去正如今日，只拥有且只阅读自己宗教的神圣文本的共同体满足于通过这些书来为想象力提供养分，平息对叙事性的渴望[2]。

此外，宗教信仰并非或者说并非总是如磐石一般坚固。不少信徒很可能将超自然的存在，尤其那些不太重要的存在——例如天主教圣人——想象成虚构人物，并对其投以特别关注。对他们来说，准确认识与这些存在有关的历史真实可能并不重要。圣人生平的某个美化的、可作典范的版本在他们眼中可能胜过提供了一切科学性保障的传记。此外，在很长一段时期，这不正是天主

1　翻译家、著名汉学家乐唯（Jean Levi）比较了汤显祖的《邯郸记》（约 1600 年）与卡尔德隆的《人生如梦》。

2　关于将《圣经》视作叙事的问题，参见斯滕伯格（Sternberg 1985）。

教会的态度吗？宗教思想并不倾向于对事实与虚构做严格的区分，而是很容易接受两者边界的模糊特征。在这种情况下，以一种超历史的方式，寓言的、超验的真实始终胜过事实的真实[1]。

这一泛泛的说法当然需要补充说明。从中世纪末期起，天主教会开始拣择文本与圣徒。人们将当时非常流行的所谓的伪福音书[2]与正典区分开来。被指属于传说或半传说形象的圣人[3]在17世纪成为介于历史与虚构之间的文学人物[4]。因此，正是教会本身在被宗教改革撼动后，受一种历史准确性要求的刺激，将失宠的圣人抛入了虚构的轨迹。虚构于是成为教会官方话语的对手以及这一话语之外的避难所，因为官方话语在信徒看来太过理性（Selmeci-Castioni 2009）。不过，对正典的修正令信仰变得复杂，同时强加了一种反思性，后者可能推动了虚构在欧洲的发展。这一悖论很好地呈现了虚构的其中一种功能（一种有利于信仰相对化的游戏），至少在西方是如此。天主教会[5]对"事实文化"

1　马克罗比乌斯（Macrobe）著《西庇乌之梦》（*Le Songe de Scipion*），卷二，第3—17页。拉克坦提乌斯（《神圣制度》）（Lactance, *Institutions divines*, I, II）和圣奥古斯丁捍卫了寓言故事的重要性。

2　尤指写于2—4世纪的《雅各福音》《多马福音》《彼得福音》《玛利亚福音》《犹大福音》。参见豪尔登等（Houlden et al. 2007，第四章，第47页及其后）、尼尔森（Nelson 1969）。

3　例如阿奎莱亚的鲍里努斯（Paulin）、若撒法·昆泽维奇（Josaphat）、戈多禄（Théodore），亚历山大的加大肋纳（Catherine d'Alexandrie）及其他。参见谢尔迈齐-卡斯蒂奥尼（Selmeci-Castioni 2009）。

4　有趣的是，虚构中被赋予人性色彩的圣人往往会失去其传统特征，有时甚至失去名字。同样的现象也发生于基督教殉道者、古代神祇及女巫身上。

5　一种真正的历史方法在12世纪圣莫鲁斯派本笃会修士的坚持下得以确立。

（Shapiro 2000）的出现的推动力实际上仍然是有限的、相对的。

无法控制的游戏（17 世纪）

宗教与虚构之间漫长的交流史、情愿与不情愿的合作史不应遮蔽它们之间的根本差异，也不应遮蔽它们之间长达数千年且始终激烈的敌对状态。有些宗教的教条建立于信仰的强制性基础上（情况并非一直如此，因为基督徒是最先要求别人相信他们的，不同于古希腊人[1]），它们与虚构文化之间只能产生折衷、紧张与冲突的关系。此外，根据教条是否反偶像崇拜，根据其更看重事实（基于被认为可信的事实与叙事）还是更看重规范（强制性更多与行为准则、与对道德价值的尊重有关），还应区别不同的情境。教条也可以是更具包容性或更具排他性的：禁止再现、强迫信仰可以只关系到智力与创造活动的有限部分，或者反之，能够包括大部分人类实践。宗教与虚构的关系——有必要重申一下——也在很大程度上依赖政治权力赋予宗教权力的地位，而宗教权力不一定是统一的。也不应该认为不消费虚构的现象必然可以由禁令解释。理由可能仅仅在于，在这些宗教性非常强的文化中，不存在对虚构的兴趣。在信徒的目光中，虚构的空洞，它们传播的无聊感源自一个事实，即它们不属于任何仪式框架，因为虚构的话语与再现不具备严格意义上的施为性。我们无须坚持以背诵一篇寓言和背诵一篇经文的差别，来理解构成后者的行动以及被认为能从中获得的无尽的好处。对于虚构，在无用无益之外还要加上无

1　尼尔森（1969）。

耻：虚构的主要目的是撩拨人类情欲，而后者是大部分宗教的审判对象（Goody 2003 [1997]）。

在欧洲，宗教与虚构的冲突在 17 世纪白热化。这一时期用布夏的话来说，标志着"长达千年的基督教中心主义"（2006: 10）的结束。诚然，反虚构的宗教话语由来已久，圣奥古斯丁否定了没有寓意或没有明确说出自身性质的故事[1]。但是，神圣文本与世俗文本之间可能存在竞争，这在 17 世纪之前是无法想象的，因为与上帝创世相比，人类的发明微不足道。任何人都不可能会想到，虔诚会受到对虚构的兴趣的威胁。

一直要等到 17 世纪，某个观念才得到表达：无论从愉悦模式看（《阿丝特蕾》被其作者定性为"朝臣们的日课经"[2]），还是从充满冲突、执念与怀疑的模式看［例如小说家让−皮埃尔·加缪主教（1584—1652）］，虚构与神圣文本之间都可能存在某种平行关系。加缪主教是个很好的例子，完美呈现出当时基督教教化迫切性与虚构文学之间出现的新的紧张关系。虚构文学印刷品的传播尽管还不广泛，却已被视作妙不可言、令人疯狂，这一文学的目的在于打入上流社会圈子，这个圈子禁不起寻欢作乐的诱惑，同时也可能被新教理性吸引（Lavocat 2011b）。

加缪主教明确地将其作品构想成与信仰的游戏，并希望控制

---

1 《上帝之城》，卷六，第 4—7 页。关于这个问题，参见佩潘（Pépin 1987）及雪弗洛莱（Chevrolet 2007: 15, 33）。

2 有关这一插曲，以及从更广泛的角度来说，有关这一作品在 17 世纪文化中所扮演的角色，参见于尔菲《阿丝特蕾》2011 年版中德尼等人（Denis *et al.*）的文章（Urfé 2011 [1607]: 67）。

这一游戏的结果。实际上，他希望书写反小说式的小说，也就是具有小说外表的叙事，以便引诱读者，令其堕入陷阱，继而令其改宗（Robic-de Baecque 1999）。他给自己强加了一个非超人不能完成的任务，即用自己的作品去替换书架上所有的小说。他将自己的作品全部设想为奥维德、赫利奥多罗斯以及于尔菲作品的虔诚版改写[1]。

　　加缪的矛盾举动无论看来多么奇特，在当时仍然不是孤立现象。在同一时期也就是 17 世纪，尤其在西班牙，许多名著（比如蒙特马约尔的《狄亚娜》）被以基督教方式（a lo divino）重写，进行重写活动的有时是名著的作者本人[2]。这种对虚构的转换体现于，重写强加了一重明显的寓言维度，旨在调整阐释方向（当涉及名著时），限定阐释路径。"虔信小说"［例如法国人奈瓦兹（Nervèze）的作品，意大利人莫兰多（Morando）的作品[3]］往往通过给主人公设置隐修而非读者期待的婚姻结局，令小说的爱情题材偏移方向。尽管如此，这些临时收编西方虚构以满足宗教教化需求的活动完全没有阻挠虚构地位的确立，虚构的传播尤其通过翻译和对新读者的征服，在 17—18 世纪不断扩大。基督教重写令小说的写作与阅读以及戏剧的演出得到合法化，可能反而促进

1　于尔菲作品（布道辞、回忆录、政治及宗教著作之外的作品）数量之多难以想象：7 年间（1620—1627）他写了 23 部小说，有些小说长达 1000 多页，在 1628—1644 年间他写了 22 部短篇小说集！所有这些作品都伴有很长的副文本，前后被长篇幅的前言和后记包围，旨在预测读者反应并控制读者阅读。

2　尤其是洛卜·德·维迦（Lope de Vega）和卡尔德隆。

3　莫兰多的《罗莎琳达》（La Rosalinda）。关于这一问题，参见拉沃卡（Lavocat 2005）。

了虚构的独立。18 世纪最后 15 年读者数量的大量增加是对这一现象的强调。至 19 世纪，大批量存在的虔信小说不应遮蔽虚构获胜的事实，对其敌对阵营的光环的捕捉与利用——正如"艺术宗教"——证明了这一点 [1]。

神话、宗教与虚构：《黑客帝国》(1999—2003)

无论多么出人意料，沃卓斯基兄弟的三部曲 [2] 确实呈现出与 17 世纪的一些相似性。该三部曲至少从几世纪来被不断利用的两个领域，即古希腊罗马神话和基督教神圣历史领域，汲取了灵感，由此令人联想到这一时期对寓言的某种用途的兴趣，而这在 16—18 世纪的文化世界中是非常常见的现象。卡尔德隆宗教戏剧中的很多人物名叫"虔诚""世界""教会"，他们在戏剧中与狄安娜、潘神等共存。在《黑客帝国》中，与尼奥（Neo）、崔妮蒂（Trinity）、艾波克（Apoc）、塞拉弗（Seraph）来往的是墨菲斯（Morpheus）、佩瑟芬（Persephone）、奈奥比（Niobe）[3]。此外，《黑

1　舍费尔（Schaeffer 1994，2011 年放到网上）。

2　我们将用《黑客帝国》来指称整个三部曲，包括《黑客帝国》（*Matrix* 1999）、《黑客帝国 2：重装上阵》（*Matrix Reloaded!* 2003）、《黑客帝国 3：矩阵革命》（*Matrix Revolutions* 2003）及其他相关影片。如果指第一部电影，我们将标注年份（1999）以示区别。"矩阵"（matrix）在电影中是一个虚拟空间。

3　以上人名都具有涵义，或属于基督教历史，或属于古希腊罗马神话。Trinity 即"三位一体"，Apoc 令人联想到拉丁语《启示录》（*Apocalypsis Ioannis*）前几个字母，Seraph 为《圣经》中的炽天使，Morpheus 为希腊神话中的梦神摩耳甫斯，Persephone 为希腊神话中的冥后珀耳塞福涅，Niobe 为希腊神话中底比斯王后尼俄伯。尼奥（Neo）的名字虽然不属于这些领域，但调换字母顺序后为 one。——译注

客帝国》的情节令人联想到卡尔德隆的戏剧,《人生如梦》(1635),以及尤其《世界大舞台》(1655),在后一部戏中,人们在舞台经理目光注视下毫不知情地扮演着某个角色,而这位舞台经理并非别人,正是上帝本人。在 17 世纪末期,为了向美洲印第安人灌输基督教基础知识,《世界大舞台》这部剧被翻译,并在美洲印第安人部落演出(Kozinska-Frybes 1990)。《黑客帝国》是否扮演了类似的角色? 2000 年左右,全世界非基督教信仰的观众是否因为一部寓言性质的虚构片,而重新发现了宗教原则(哪些呢?)? 今天,一部虚构作品如此光明正大地利用文化与宗教资源,要求观众动用传统用来阅读神圣文本或道德虚构的解读模式,其属性究竟如何呢?

即便今天通过象征与宗教解释进行寓言式解码比在 17 世纪困难得多,《黑客帝国》(尤其三部曲第一部)对观众的吸引力之一仍然正在于对影片中的暗示与线索的解读,这些暗示与线索指向或神圣或世俗、或古老或现代的多重符码 [1]。这类多参照系的结构是很多前现代作品的特征,但它已不再是今天常见的虚构阅读模式。寓言式解读的重新出现令这部卖座大片的接受出现了有趣的一面,可能也对这部电影引起始终有些封闭的大学圈子的关注与研究起到了作用。其中一部严肃著作名为《〈黑客帝国〉注解》(*Exegesis of the Matrix*, Lloyd, 2003),另一部名为《重装上阵的福音》(*The Gospel Reloaded: Exploring Spirituality and Faith in* The Matrix, Seay and Garrett, 2003),后者影射了三部曲第二部

1　关于这个问题,参见迪兰(During 2003)。

《黑客帝国 2：重装上阵》。寓言促进了《黑客帝国》的经典化，其中经典化可以从两个角度去理解：首先，三部曲很快受到学术界的推崇，对电影的大量研究即是明证[1]。从这些研究者的言论来看，《黑客帝国》三部曲已经走进他们的课堂，无论他们教授的是电影、文学、传播还是神学[2]。此外，《黑客帝国》的经典化还在于，由于主题和效果的关系，它一方面被公认为是一部宗教作品，另一方面也被公认为是一个"神话"，因为它创造了其他神话，以及一个新的神话体系。在评估《黑客帝国》对信仰可能产生的影响时，其在全球取得的成功（不过，随着时间流逝，这一成功显得相对而又短暂[3]）可能跟电影本身的特点一样，起到了决定性作用：寓言是产生影响的一个因素，但不足以解释影响。有如此多的评论者感受到了三部曲的神圣性，那么构成其神圣维度的究竟是什么呢？在此种类型的阐释中，虚构性又处于何种地位呢？

在对《黑客帝国》宗教维度展开的分析中，我们需要区分两类研究，一类仅满足于列举宗教象征与电影故事之间的共同点，另一类则注意到其指称或影射的宗教的多样性，并对此展开了询问。第一类研究包括第一部电影刚上映时出现的一些评论。评论

1　例如我们可以参见欧文［Irwin (ed.) 2002］及叶菲特［Yeffeth (ed.) 2003］。叶菲特主编的文集的副标题——"《黑客帝国》中的科学、哲学与宗教"（Science, Philosophy and religion in the *Matrix*）——很能说明问题。这部文集在 2003、2004 年两度再版。

2　该系列电影可能还被用于德国宗教教理课。参见尚特尔（Chantre 2003）。

3　在全球票房最高的 50 部电影中，只有《黑客帝国 2：重装上阵》榜上有名，名列第 46 位。

者盘点了所有能让人在尼奥身上认出基督的元素[1]。但是，也有人在他身上认出了摩西——因为他要拯救锡安的人民——以及佛陀。将他等同于佛陀，这种看法很奇怪地因某种虚构外因素得到巩固：扮演尼奥的演员曾在别的电影中扮演过释迦牟尼（Flannery-Dailey et Wagner 2001）。尼奥的经历被等同于一次次的"觉醒"，且是佛教意义上的"觉醒"[2]。在（第一部电影结尾）将人类从矩阵中拯救出来的计划中，尼奥不正是一个"菩萨"，一个"渡人者"吗？不少研究比较了电影故事同某些佛教教义之间或多或少的相似性，根据这些教义，世界不过是一种表象，一种精神的再现（Flannery-Dailey et Wagner 2001; Ford 2000）。其他人则断言，对于这部因道家思想印记而缺乏静修冥想色彩的电影，应当理解打斗在其中所起的作用（Rabouin 2003）。评论者们兴致勃勃地探索着这些都有可能的阐释路径，不过他们经常只选择其中一条：比如对丰塔纳（Paul Fontana）来说，墨菲斯对尼奥下的命令"解放你的思想"（*free your mind*）毫无疑问是向正在追求精神成长的青年一代发出的信息（2003: 217）。他陶醉地对电影条分缕析，将它的成功视为基督教传教的意外收获（2003: 190）。

1　托马斯·安德森（Thomas Anderson）这个名字，乔伊开玩笑把尼奥叫作弥赛亚，太空飞船上的标语指向《马可福音》，人物的名字，飞船上的人与使徒的相似性，尼奥在矩阵里穿的服装很像神职人员，他的死亡与他的复活，以及《黑客帝国》最后他升上虚拟的天空。参见迪兰（During 2003）或者丰塔纳（Fontana 2003）。

2　汤匙男孩的插曲提供了对矩阵的明显的佛教阐释。关于这一点，参见迪兰著作中"汤匙男孩"（Spoon boy）条目（During 2003: 182-183）。

然而，影片的宗教指称那么频繁，涉及的宗教又那么多元，这不会令信息变得含混吗？基督拯救罪人[1]，但不是通过让后者意识到世界不存在进而令他大彻大悟的方式（Bassham 2002）——当然，卡尔德隆的《人生如梦》除外。此外，将《黑客帝国》的世界等同于任何特定的宗教环境都无法令人完全满意：如果寓言里唯一的神是一台伪装成 19 世纪资产者形象的机器，对人类没有任何爱，那么这还是基督教寓言吗？当摆脱世界幻象，也就是被等同于矩阵的轮回时，人们进入的不是轻盈的涅槃境界，而是一个地下城市，这个城市尽管名叫"锡安"，却没有任何天堂色彩，此时我们谈论的又是怎样的佛教寓言呢？这些矛盾与含糊之处没有躲过评论者的眼睛，不过大部分评论者都对它们忽略不计，将它们视作好莱坞制片商向青少年男性观众作出的无伤大雅的让步，或者是对世纪末信仰状态的反映，在世纪末，信仰被无所不包的新世纪音乐（new age）所感染。《黑客帝国》因而既被视作对某种信仰状态的反映，又被视作加强此种信仰的工具：巴沙姆（Gregory Bassham 2002）即表达了这样的看法，并对此哀叹不已。他强烈反对宗教多元主义，激起了名为自助餐厅多元主义（cafeteria pluralism）[2] 的争议，这一多元主义又被等同于《黑客帝国》中的折衷主义。因此，第一部《黑客帝国》尤其在第二个千年末引发了有关信仰是什么以及它应该是什么的论战。

1　在这一点上，C. S. 刘易斯的小说《纳尼亚传奇》（fabula de Narnia）第一部的电影改编（2005）比《黑客帝国》更为符合基督教价值观。

2　关于针对巴沙姆的其中一种回应，可参见网站：http://personal.bellevuecollege. edu/wpayne/Cafeteria%20Pluralism.html。

　　《黑客帝国》三部曲探讨信仰的方式与上述论战有部分关系。电影确实从不同角度提出了信仰问题。在第一部里，信仰是对表象世界的盲目认同，而托马斯·安德森应当要摆脱这个表象世界；信仰也使主人公相信墨菲斯的话，艰难接受新的现实以及他拯救世界的任务。在第二部里，信仰出现于某种无疑值得质疑的氛围下：它是崇拜尼奥的锡安居民的天真信仰。墨菲斯呈现出一个操纵人群的狂热分子的形象，他对宣称尼奥为救世主的预言深信不疑，然而，即使预言通过其他途径得以实现，墨菲斯仍然受到蒙骗（他不知道他对机器的反抗是机器程序的一部分）。实际上，电影提出的所有命题都是可颠倒的，这导致齐泽克认为，《黑客帝国》是一个罗夏测试（2007 [2002]）。我们在此不打算详细分析与这三部电影主要方面相关的含糊之处，只须指出，尼奥在第一部电影结尾自称反机器的英雄，在最后一部中成为机器的合作者。矩阵首先被等同于某个实施科技压迫与治安压迫的灰色世界，在第二部中成为一个危险而自由的仙境，里面住着摆脱机器束缚的各色各样、充满魅力的存在。三部曲以某个令人愉快的场景告终：黎明的光照亮了一座美国城市，也就是说，重启的机器产生的新幻觉充满无穷魅力。因此，尽管第一部电影引入了强烈的二元对立色彩，其中艰难的现实被呈现为对矩阵诱惑中清醒过来的人类来说唯一有可能的伦理选择[1]，到三部曲最后，这一二元论在很大程度上被修正。

1　矩阵时而被阐释为消费社会，时而又反过来被阐释为与自由资本主义相对立的保守的福利国家制度（*welfare state*）（Boettke 2003）。

有关这一反转的影响（尤其政治影响[1]）已存在很多论著。我们感兴趣的是这一反转促进电影被理解为神话的方式。实际上，对电影的宗教维度、多元主义、矛盾之处甚为敏感的评论者确实尤其发展了神话论。福特（James L. Ford 2000）将《黑客帝国》与《圣经》进行了对比，认为《黑客帝国》是一个神话，因为它源自差距很大的文化的接触。沃卓斯基兄弟重新启用了不同的传统，将其进行了拼贴，这些异质传统融合后，形成了整整一代人的世界观。马尼利耶（Patrice Maniglier 2003）依据列维－斯特劳斯的理论指出，《黑客帝国》是一个神话，因为电影连接了不同的象征符码与体系，为差异巨大的观众制造出一种共通语。在哲学家马尼利耶看来，电影本身并无意义，《黑客帝国》之所以能成为一个"社会事实"甚至一个"宗教事实"，是因为它成为了一个"共同场所"（2003: 155）。

以上分析均将虚构性排除在外。"矩阵神话"的拥护者强调，电影提供了有关起源的一种叙事，尽管据我们所知，人类与机器的战争并未发生，即便这一战争从某种程度上说与美国黑人[2]的权利斗争有点相似，或者也许会成为人类文明的一种可能走向。将

---

1 我们有理由怀疑，沃卓斯基兄弟一开始就已完全预见到情节的这一演变。某些人认为"9·11"事件可能导致对矩阵的白人世界展开正面的重新评估，不利于明显拥护多元文化的锡安社会。这是斯特拉顿（Stratton 2006）、庞（Bahng 2010）等人的阐释。

2 这里也存在一种模糊性。谁是黑人？锡安人大部分都是黑人，他们是反机器战争的英雄。但是机器本身又受到人类歧视，正如美国黑人。无论如何，延续《黑客帝国》的动画片《黑客帝国动画版》（*Animatrix*）有这样的暗示。《黑客帝国动画版》也由沃卓斯基兄弟执导。

从未真实发生的事件神圣化会产生一个问题，即神圣化本身是否足以成为奠定神话的基础？"神话"的概念出了名的难以界定。人类学家杭柯（Lauri Honko）提出了一个有用的定义，介于过于宽泛的理解（例如神话诗学）和过于狭隘的理解（确凿无疑地建立于预先存在的仪式之上）之间（1985 [1972]: 48）。这一居间的定义指出，神话为置身时间源头的事件、为世代重复的行为典范的神圣内容提供了信息（1984 [1972]: 50-51）。我们很难看出《黑客帝国》或任何一部当代科幻作品如何能够符合这一总的来说比较宽泛的神话定义。

然而，《黑客帝国》之所以能被视作神话——神话一词此处指的是一种具有神圣色彩的叙事，即使这种色彩较为淡薄——并不仅仅因为影片中具有大量影射或指称宗教的因素，不仅仅因为影片创造了一种公共象征语言，也不仅仅因为影片中存在一种有关起源的（虚构）叙事。

真正的原因在于沃卓斯基兄弟的三部曲处理的是虚拟现实。诚然，并非只有这一三部曲以虚拟现实为题材 [1]。但是，因为它已被写入历史，因为它处于新旧千年交替之际、数码革命速度最快的时期，它陪伴了一代人对虚拟的集体学习，并以自己的矛盾及自己的辩证运动促进了这种学习。与尼奥一样，我们从一个乏味过时的科技环境，从恐惧被电脑异化，担心对其太过依赖，过渡到对诱人得多的硬件环境的习惯与熟悉，以及由此导致的驯化。

---

1 在《黑客帝国》（1999）之前已有《宇宙威龙》（*Total Recall* 1990）、《移魂都市》（*Dark City* 1998）。与它同一时期上映的还有《感官游戏》（*eXistenZ* 1999）。

在人类被计算机驯服的新近历史中，《黑客帝国》确实提供了一种起源叙事。但这不是通过讲述智能机器起来反叛其创造者的未来战争，而是通过讲述尼奥加入机器阵营，通过讲述尼奥的机器化而实现的，这一机器化与尼奥的"复活"[1]重合，也是我们自己"复活"的象征。

这个故事的描绘与解释力量、它可能具备的鼓动功能还不足以解释它的宗教或神话维度。迪兰（Elie During 2003）非常中肯地强调，电影呈现了虚拟世界提出的具体问题，这个虚拟世界没有被当作一个抽象事物对待。《黑客帝国》呈现了一个仙境一般的空间，升级的身体能在其间飞翔，处于一种几乎具有分身术、无处不在的状态，电影由此超越了现实与虚拟世界彼此混淆的问题。正是通过这种居住虚拟空间即矩阵的方式，虚构性得以介入。正如毫不掩饰对《黑客帝国》的蔑视的米隆（Alain Milon）指出的那样[2]，科幻作品中的赛博身体摆脱了一切物质偶然性，完全是真实模拟经验中的身体的反面，因为后一种经验需要借助沉重的设备仪器。在虚构的虚拟空间中，轻盈如燕、刀枪不入的赛博身体拥有天使躯体的几乎一切优点。在三部曲第一部的最后一些画面中，尼奥在宣布被机器奴役的人类即将获得解放后，飞向矩阵的虚拟天空，就像超人、火箭或戏剧中的神。

对虚拟世界的虚构因此自视为与神圣性同质的空间，正如一切宗教对自己的设想。但是，虚拟再现层面并非神圣性通过类比

---

1 有关尼奥的杂糅特征，有关沃卓斯基三部曲中的超人类与后人类主题，尤其参见凯拉（Kera 2006）。

2 米隆认为，在《黑客帝国》中，"虚拟身体被简化为几个夸张的姿势"（2005: 63）。

显现的唯一层面。非虚构的、"电子本体论的"（ontoélectronique）（Ostrowiecki 2010）虚拟空间可以被视作这样一个场所：新的实体在此诞生，比如自动与现实互动的化身、搜索引擎和算法。电子领域也是很多仪式活动滋生的场所（Hillis 2009）。我们还不知道如何命名或者界定这个领域，与现实和虚构这组二元对立相比，这一领域是第三方领域。《黑客帝国》令这个领域住满表面看来为我们所熟悉的生物，但他们并不是或者不仅仅是他们的名字所指称的神祇的现代版本，而是电脑程序的化身，是除了数学形式主义之外完全无法具备形象的实体。矩阵中没有神，真实的电子领域也没有神，有的只是谜样的实体，具有无所不能、不断进化的力量，唯有虚构才能赋予其一种形象。因此我们假设，《黑客帝国》的"神话"维度在于某种多少失去内容的宗教想象与由种种电子实体激起的困惑感之间的结合。

我们面对虚拟现实，正如古代人面对闪电：我们想象出种种人物，赋予我们所不能理解的东西以形象。正是在这种意义上，《黑客帝国》是一个神话，尽管我们的文化已将神话的寿命缩短至几乎可以忽略不计，也就是几乎不到一代人的时间。

让－皮埃尔·加缪的作品、卡尔德隆的作品、沃卓斯基兄弟的作品以不同的方式实现了宗教领域与虚构领域的嫁接。加缪与卡尔德隆利用虚构为某个基督教教化计划服务，《黑客帝国》则反过来，为了虚构的利益而捕捉了宗教主题。这一对立导向了另一个对立：贝莱主教让－皮埃尔·加缪为引导阐释并尽可能弱化读者的自由而不断重复的努力都是徒劳，沃卓斯基兄弟作品的阐释开放性（例如明确鼓励以最信马由缰的方式进行阐释）在达到最大化时损害了意义的可读性。这种根本区别不仅仅在于作者所处历史时代的不同，甚至也不在于他们野心的不同，因为他们都希望自己的作品能够尽可能广泛地触及受众。区别更多地在于被我们视作虚构性试金石的与信仰的游戏。加缪视自己为一个捕鸟者，等待捕捉读者流浪的灵魂，以便改变它的信仰[1]。沃卓斯基兄弟则设置了一个阐释陷阱，其中宗教路径激起了来自一切可能性视角的无尽评论：正是通过这一策略，虚构令自己作为神话被接受。

无论是竞争还是策略性的融合，这些在宗教与虚构之间建立联系的模式始终是和平的。渎神问题则令不同信仰世界的并存产生的紧张关系变成了悲剧。

三、渎神，虚构的边界？

渎神这个困难的问题从很多方面令我们感兴趣。

首先，它向虚构与信仰的关系投去了一束强烈的光线。无论何种虚构理论都会受到严峻的考验。面对有时可能以悲剧告终的激烈冲突，理论可能显得渺小可笑，与此同时，各方处于完全不理解对方的状态。但我们仍然试图从理论角度去理解问题。我们将运用前几章讨论过的方法来考察当下正如火如荼进行的有关

---

1 加缪在《镜塔》（*La Tour des miroirs* 1631）的序言中便是如此解释的：书名指的正是一种捕鸟的陷阱，加缪将他试图通过文字捕捉的读者比作鸟。

渎神问题的论战。在任何时期，虚构接受问题都没有像现在这样，看起来特别像是西方专利。不过也不能说得太绝对，因为西方对虚构的接受看起来那么脆弱，保护它的法律目前正在遭到质疑。

　　首先我们有必要简要重申一下，如果说对亵渎宗教行为的惩罚存在于世界各地，那么因言语冒犯神灵而受惩罚至少是基督教的特征。在基督徒眼中，对基督的否认（以及对三位一体的错误阐释）构成了最主要的渎神罪，尽管从 4 世纪开始，这个词的涵义得到很大拓展，并最终与"异端"一词混为一谈。渎神–异端随后指一切反对教士集团权威的言行，在圣奥古斯丁及所有受其影响的神学家眼中，其严重程度超过了强奸或谋杀，因为渎神–异端攻击的是灵魂与救赎而非身体，攻击的是神而非人。渎神罪不仅是宗教权威的一种工具，同时也保护了耶稣特殊、复杂的地位。

　　渎神罪名最初的这一功能或许可以解释一个现象，即 20 世纪被安上这一罪名的文学艺术作品很多都以耶稣为对象或靶子。正如欧洲人权法院起草 1993 年奥托·普雷明格协会控诉奥地利一案（Otto-Preminger-Institut c. Autriche）判决书的法官意味深长地指出的那样，被处罚的电影[1]违反了反渎神法令，"因肖像呈现的圣

---

[1]　沃纳·施罗德（Werner Schroeter）的电影是对帕尼扎（Oskar Panizza）戏剧《爱的主教会议》（Das Liebeskonzil）（该剧本身在 1895 年获罪）的翻拍，这一翻拍本身依据的是由萨利内斯（Antonio Salines）执导的《爱的主教会议》在罗马贝利剧院（Teatro Belli）的演出。电影结合了《爱的主教会议》与作者帕尼扎诉讼案。

人——圣父上帝、圣母玛利亚、耶稣基督是天主教教义与实践的
中心人*物*"（强调为本书作者所加）。当代渎神行为提出的核心问
题建立于这些实体的性质之上，但人们对其性质的认识并不统一：
这些实体究竟是历史的、神圣的人，还是介入崇拜、文化与虚构
的人物？他们的形象本质上的模糊性意味着，信徒与非信徒或不
同宗教的信徒对他们是否真实存在的认识是截然不同的。

对于法律是否应该了解、预防、解决上述争端的问题，世界
各地的看法不尽相同[1]。对此持否定态度的国家为数不多，其中包
括比利时、法国（直至不久前）[2]以及土耳其。有关渎神言论的法
律实际上是政教优先关系的残余，这一关系在法国于 1905 年被废
除[3]。反过来，在有国教的英国，如果说最后一起因渎神罪被判死
刑的案件发生于 1612 年，那么最后一起判处艺术品渎神罪的诉讼
案发生于 1977 年［针对《同性恋新闻》（*Gay News*）主编，因他
发表了柯尔普（James Kirkup）的一首诗《爱情敢于说出自己的名
字》（The love that dares to speak its name）］。反渎神言论的法律

---

1 美国有反渎神言论的立法，但受宪法第一修正案保护的言论自由具有优先权，
 1960 年代以来尤其如此。参见哈尔斯赫尔（Haarscher 2007）以及沃尔霍夫
 （Voorhoof 2000 [1997]）。

2 1927 年宪法已取消国家宗教，自 2005 年以来，刑法中不再包含任何有关渎神言
 论的条文。不过，新刑法引入了"公开侮辱宗教价值观"罪（第 216 条第三款）。
 新宪法（2017）在改变体制性质的同时，可能对渎神言论的属性产生影响。

3 尽管如此，法国法律承认对言论自由的其他限制。1990 年 7 月 13 日的《盖索法》
 即证明了这一点，该法令第 9 条赋予纽伦堡法庭定义的反人类罪以"神圣"的参
 照价值。

自 17 世纪以来便被写入普通法，但为遵守欧洲人权法院颁布的不同法令，以及欧盟议会第 1805 号建议（2007），这一法律在 2008 年被英国废除。这些法令与建议本身非常含混[1]，我们从中看到对言论自由的强调与肯定，吻合欧洲人权法院公约第 10 条规定。公约明确适用于一切"可能震惊、冒犯或干扰国家或其中一部分民众的……思想"。因此，"渎神言论，作为对宗教的辱骂，不应被视作违反了刑法"。尽管如此，在某些情况下，出于"尊重和理解"文化和宗教多样性的"重要性"，对一些自由进行"限制"被认为是必要的。最后，对渎神言论造成的混乱和违法程度的评判权被交与国家，而国家的评判依据是均衡原则，也就是各方利益的平衡[2]。因此，欧洲人权法院的态度是摇摆不定的，其所采用的理念时而更为自由，时而更具抑制性：它允许"冒犯性言论"，但禁止"无缘无故的冒犯"（Haarscher 2007: 9-10）——这里的差别有待细细体会。此外，不少言论自由权利的捍卫者[3]发现，第 1805 号建议的表述将渎神言论等同于"仇恨言论"[4]，因而也就是等同于种族主义，促使渎神概念产生了令人不安、误导人的新延

1　哈尔斯赫尔（Haarscher 2007）已很好地指出了这一点。
2　这意味着言论自由不是一项绝对权利，考虑到目的与手段的关系，考虑到达到目的过程中获得的利益与不便之间的平衡，这一自由可以受到限制。均衡原则没有任何宪法依据。感谢普费斯曼（Otto Pfersmann）在这些问题上提供的解释。
3　例如沃尔霍夫（Voorhoof 2000 [1997]）提到的。
4　实际上，2007 年第 1805 号建议名为"渎神言论、辱骂宗教以及因宗教原因针对个人的仇恨言论"。

伸。在欧洲持续存在或新出现（例如在爱尔兰[1]）的有关渎神言论的立法建立于法律以外的一些动机，例如社会和平的维持、不同族群间的良好共处。无论如何，英国和爱尔兰的例子为今天或不久之后的欧洲国家与社会提供了另一种可能性，也即取消涉及渎神罪的法律，或改变这些法律，令其与相关国家内部所有共同体的宗教信仰有关。

我们在此对法律背景进行简要勾勒是必要的，因为这揭示了虚构属性问题所面对的当代政治冲突。不过，这一背景不足以让我们完全理解现象本身。实际上，渎神罪不存在——例如在法国——完全不能阻止一些压力集团表达不满，这些表达有时充满暴力，始终引人注目，1988 年 10 月 22 日晚至 23 日凌晨发生于圣米歇尔电影院的火灾便是明证。2011 年，在两部戏剧演出之际，我们也观察到同样的现象。这两部剧是卡斯特鲁奇（Romeo Castelluci）的《关于上帝之子的面孔的概念》（*Sul concetto di volto nel figlio di Dio*）和加西亚（Rodrigo García）的《各各他野餐》（*Golgota picnic*）。因此，接下来的分析提到的作品不仅包括被判渎神罪的作品（因为不同国家的法律体系差别很大），也包括那些引发强烈争议的作品。

我们提到的这些虚构作品[2]构成了 1950 年代以来，尤其 1970

1　在爱尔兰，自 2010 年 1 月 1 日起，一个发出渎神言论的人有可能会被处以 25000 欧元的罚款。这一法令的特殊性在于覆盖一切宗教。它取代了一条只保护天主教的法令。

2　我们没有特别关注穆罕默德漫画形象事件，这些漫画因为有明确的所指，所以不属于虚构问题。

年代末至 1980 年代因渎神言论成为审判对象（无论是否获罪）或
公众热议对象的小说、电影或戏剧的重要组成部分。这些作品中，
有的被起诉[1]，有的被教令（*fatwa*）裁决[2]。同一些作品[3]及其他几部

---

1 1952 年，罗塞里尼（Roberto Rosselini）的电影《神迹》（*Il Miracolo* 1948）在
   美国引发了一场诉讼官司［博斯汀诉威尔逊案（Joseph Burstyn, Inc. v. Wilson）］，
   指控被驳回。两年后，卡赞察斯基（Nikos Kazantzákis）的小说 *O τελευταίος
   πειρασμός*［1954 年在希腊出版，1959 年翻译成法语，书名 *La Dernière Tentation
   du Christ*（《基督最后的诱惑》）］甫一出版即受到东正教与天主教会的控诉：
   作者被驱逐出教会，小说也被列为禁书。在荷兰，作家雷韦（Gerard Reve）在
   1966—1968 年因亵渎宗教遭起诉，但他最终被释放。1977 年，英国《同性恋新
   闻》主编莱蒙（Denis Lemon）因发表了柯尔普的诗《爱情敢于说出自己的名字》
   被判缓刑。电影《万世魔星》（*Monty Python's Life of Brian* 1979）在爱尔兰被禁
   八年，在挪威被禁一年。阿赫特恩布施（Herbert Achternbusch）的电影《鬼魂》
   （*Das Gespenst*）在 1985 年被德国和奥地利法院定罪。1985 年，帕尼扎的《爱
   的主教会议》（作者在 1895 年被判入狱一年）被奥利地法院定罪（施罗德的电
   影也被扣押），1993 年欧洲人权法院宣布维持原判。1989 年，温格罗夫（Nigel
   Wingrove）的《狂喜的幻象》（*Visions of Ecstasy*）被英国电影分级局（BBFC）
   查禁，因而没能发行；欧洲人权法院维持原判。2007 年，此前导致《同性恋新
   闻》获罪的压力集团基督教之声（Christian Voice）失掉了一场诉讼，受控方是
   英国广播公司（BBC）总裁，因为英国广播公司播出了理查德·托马斯（Richard
   Thomas）和斯图尔特·李（Lee Stewart）任编剧的《杰瑞·斯普林格：歌剧》
   （*Jerry Springer: The Opera* 2003）。
2 马哈福兹 1959 年出版的《我们街区的孩子们》（1981 年翻译成英语）在埃及被
   禁止出版，并于 1989 年被谢赫阿卜杜勒·拉赫曼（Abdel Rahman）定罪。1994
   年，马哈福兹遭恐怖袭击。
3 电影《万世魔星》的上映遭到了激烈而持久的反对（直至 2007 年），尤其在英国
   和美国。《杰瑞·斯普林格：歌剧》先在伦敦上演两年（2003—2005），之后开
   始在英国巡演，过程中不断遭遇事故与抗议示威，大部分都是由基督教之声以及
   其他天主教团体组织的。苏格兰、爱尔兰和美国也爆发了示威活动。

作品，总共 5 部[1]，曾引发抗议游行，后者几次成功禁止或阻止了作品的演出或上映。这些作品从类型、成本、基调、受众与影响来看都不尽相同。一边是柯尔普的色情小诗（《爱情敢于说出自己的名字》[2]），写作并发表于 1970 年代同性恋文化得到肯定的语境下；另一边是马哈福兹（Naguib Mahfouz）的寓言式杰作《我们街区的孩子们》（1959），如同《摩西五经》一般分为五个部分，又如同《古兰经》一般分为 114 章。这两部作品之间能有什么共同之处呢？或者，一边是严肃的《基督最后的诱惑》（*La Dernière Tentation du Christ*）（1954 年小说出版，1988 年电影上映），被公开标榜为"对某个永恒的精神冲突的虚构探索"[3]；一边是滑稽搞笑的《杰瑞·斯普林格：歌剧》（*Jerry Springer: The Opera* 2003）。

1　在法国，由于法律中没有渎神罪，因此，尽管不少作品引发了或多或少引人瞩目的、来自天主教极端团体的抗议，但并没有诉讼事件发生。1985 年，戈达尔的电影《万福玛利亚》（*Je vous salue Marie*）在南特引发了示威游行。1988 年，斯科塞斯（Martin Scorsese）对卡赞察斯基小说的改编引发了暴力行动，圣米歇尔电影院在 1988 年 10 月 22 日夜里被烧，导致十多人受伤。2011 年，巴黎的示威人群试图阻止卡斯特鲁奇的戏剧《关于上帝之子的面孔的概念》上演。2011 年 10 月 20 日，"公民权"党活跃分子闯入市立剧院，中断了演出（当时上演的是卡斯特鲁奇的戏剧）并侵犯了多名观众。1993 至 2005 年间，在一连串由塔里克·拉马丹（Tariq Ramadan）组织的抗议活动后，在日内瓦上演伏尔泰一部涉宗教题材的作品的计划流产。

2　在这首以第一人称书写的诗中，一个罗马百夫长自称是基督众多的情人之一。诗歌题目听起来像是对同性恋权利的呼吁，因为它影射了阿尔弗莱德·道格拉斯（Alfred Douglas）诗歌中的一句诗"爱情不敢说出自己的名字"（The love that dare not speak its name 1894），这句诗曾在王尔德诉讼案中被引用。

3　在斯科塞斯的电影开始前，我们可以看到如下免责声明："本片并非根据各福音书改编，而是根据一部探讨永恒的心灵冲突的小说改编。"（The film is not based upon the Gospels but upon fictional exploration of this eternal conflict.）

这两部作品之间又能有什么共同之处呢？然而，假如我们从作品及其指称对象之间关系的角度来考察，那么作品间的异质性只是相对的。

上面提到的作品几乎都具备三种属性，这三种属性有时彼此交织：反事实变奏，制造相似性的平行版本，以及对肖像权的侵犯。我们的分析将集中于反事实变奏这一点上，它意味着为某个神圣实体（神、先知）的历史提供另一种版本，例如卡赞察斯基的《基督最后的诱惑》（1954）、萨拉马戈的《耶稣基督福音》（O Evangelho Segundo Jesus Cristo，1993 [1991]）[1]。变奏版本中可能出现时代背景的变换，因而经常具有滑稽色彩：帕尼扎的《爱的主教会议》（1894）是文艺复兴时期[2]，阿赫特恩布施的《鬼魂》（1985）或《杰瑞·斯普林格：歌剧》（2003）是当代。

平行版本严格来说并不提供有关神圣实体生平的另一个版本，而是提供另一个与其相似的人的生平。不过那些指控作品渎神的人将平行版本解读为乔装打扮的反事实版本（也就是神圣实体生平的一个丑化版本）。类比被视为丑闻，因为这种操作暗示着，如果虚构版本与神圣版本相似，那是因为它们可能是同一个源头产生的多个可能世界，同一种历史的不同变奏。这也解释了为什么尽管作者竭力将他们的虚构版本与神圣历史区别开来，他们却永

---

1 该小说被葡萄牙政府查禁（被某个文学奖候选名单除名）。尽管没有人强迫，但小说家之后离开了葡萄牙。他于 1998 年获诺贝尔文学奖。

2 选择这一时期的原因在于，上帝在此被表现为魔鬼的盟友，共同给人类带去了梅毒，惩罚堕落的人类。序幕明确指出："故事发生于 1495 年春，这是历史上最早记载梅毒的年份。"帕尼扎本人也感染了这种病毒。

远无法消除指控者的批判。这是《万世魔星》或罗塞里尼的《神迹》的遭遇。在《神迹》中，一个有智力障碍、生活于社会边缘的贫穷女孩［麦兰妮（Anne Magnani）扮演］怀上了一个流浪汉的孩子，她把这个流浪汉当成圣约瑟夫，在一次滑稽的化装游行中沦为村里人的笑柄。联邦最高法院（博斯汀诉威尔逊案）驳回了反电影方［道德审查会（The Legion of Decency）］的指控。这是美国言论自由权确立史上一个很重要的案件（Witten-Keller et Haberski Jr. 2008）。罗塞里尼在诉讼案期间捍卫的阐释——对卑微者神性的展示——获得了成功。

很多作品都融合了反事实、现时化与平行版本。《杰瑞·斯普林格：歌剧》结合了平行版本与现时化。至于戈达尔的电影《万福玛利亚》（1985），它的全部含混性恰恰在于一个事实，即我们不知道电影是一个平行版本（跟玛利亚与约瑟夫的故事相似的1980年代年轻人的故事），还是一种变换了时间背景的反事实（玛利亚与约瑟夫生平的另一个版本，在这个被认为贬低圣人的版本中，玛利亚与约瑟夫被搬至今日世界）。马哈福兹《我们街区的孩子们》同样如此，这部小说通常被认为是一个"寓言"。我们可以将杰巴勒（Gabal）、里法阿（Rifaa）、卡西姆（Qasim）的生活看成能令人联想到摩西、耶稣和穆罕默德生平的虚构，或看成《圣经》和《古兰经》的一种理性化、道德化的新版本。现时化也促使很多评论者从中看到了对纳赛尔政权的一种政治讽喻。

最后，侵犯肖像权这一罪状需要与前两者相区别。对侵犯肖像权的控诉并不仅仅出现于宗教圣像破坏领域，卡斯特鲁奇的戏剧（《关于上帝之子的面孔的概念》）所引发的反应即证明了这一点。这个案例值得关注，因为它没有运用任何反事实或平行类型；它之所以被认为亵渎了宗教，原因完全在于对基督形象的物理破坏（弄脏、撕裂）。戏剧使用的基督形象是安托内洛（Antonello da Messina）某幅油画的复制品的局部，但对那些诋毁戏剧的人来说，画面上的形象无疑可以等同于基督本人。很显然，这些诋毁者已经完全不了解文艺复兴时期的基督教徒非常熟悉的上下颠覆[1]。

将虚构理解为渎神，这样的阐释聚焦于指称对象，并假设了后者的透明性与单义性。这一指称对象粉碎了一切倾向于令其偏离轨道、令其变得复杂、令其失去攻击性的形式与阐释机制。

这是我们试图通过神圣历史的几种反事实版本呈现的。如果说历史的反事实版本吸引了不少注意力，且经常以“元史学”的名义被视为后现代主义的一个组成部分，宗教史的反事实版本却没有从这个角度，或通过其与历史的反事实版本的关系得到考察。然而，大部分宗教反事实版本都是在同一个时期发展起来的，也就是二战后（1950年代）、1970年代末及1980年代。我们很容易将这些反事实版本的出现同这些时期的思想与质疑自由联系起来。不过1970—1980年代也是事实与虚构的界限最受质疑的时期，以及可能世界逻辑与反事实逻辑广泛渗透进文化的时期。我们所

1　在赫里·梅特·德·布莱斯（Herri Met de Bles）近1550年画的油画《到骷髅地去》（*La Montée au Calvaire*）中，扛着十字架的基督跌倒了，画面中央只能看到他的脏脚和后背。像西勒诺斯一样的山强调了颠覆的重要影响（世俗与神圣、上与下）。

说的反宗教事实作品，其特殊性在于，指称对象的历史性及其官方版本的准确性是论战的焦点，且无法得到证实。人们对这一指称对象的神圣本质缺乏共识。指称关系在此明显受到信仰的限制。

我们将会看到，反宗教事实的虚构是如何面对上述困难的，在此过程中，它们又如何质疑了虚构的边界问题。

《基督最后的诱惑》（1954）：妖魔化的反事实

反事实的宗教故事的最好例子是《基督最后的诱惑》，因为无论是卡赞察斯基的小说还是斯科塞斯的电影都遭到了极端的排斥。反事实的插曲位于作品结尾，被呈现为魔鬼的创造。

直至被钉十字架，耶稣的故事与《福音书》讲述的相差无几，除了耶稣这个人物不断受到强烈怀疑的折磨，而且用了和《黑客帝国》中的尼奥几乎同样多的时间承认他就是"the one"（引用斯卡塞斯电影中的话）。在小说开头，耶稣是公众羞辱的对象，因为作为制造十字架的木工，他非常具体地与罗马压迫势力进行了合作。因此电影展现的更多是一个叫耶稣的普通人成为基督的方式，而非基督的生平 1。对基督这一人物犹豫、软弱的人性维度的强调为之后严格意义上的反事实情节奠定了基础。这一情节出现于作

1　这一主题也是卡赞察斯基另一部小说，即 1948 年《重上十字架的基督》（*Le Christ recrucifié*）的主题。这部小说同样被改编成电影［朱尔斯·达辛（Jules Dassin）1957 年的《该死的人》（*Celui qui doit mourir*）］。主人公是一个被对手杀死的年轻农民。他不是基督，只是一个非常有德的牧人，要在村庄受难时扮演基督的角色。但小说和电影都暗示这一人物即是基督。

品结尾部分（小说共33章[1]，这一部分内容在第30章讲述），一位自称由上帝派来的天使将耶稣从十字架上解救下来。事实上，这个天使的性感特征对读者来说是一个迹象，让人立即可以猜到这一显形的妖魔化本质。在耶稣的妻子抹大拉的玛利亚去世[2]后，耶稣又受含混的天使的指引，与马大……和玛利亚再婚；一夫多妻的木匠很快成为一个子女众多的家庭的家长。正是在这时出现了大量的可能世界，也出现了小说（1959 [1954]: 490-494）以及电影最精彩的片段。

耶稣遇到了保罗。保罗是基督死亡与复活的见证者，他不知道在这个版本中，基督的死亡与复活其实并没有发生。耶稣指责保罗撒谎与渎神，并肯定他在十字架上的受难只是一个梦（490）。保罗坚持自己的版本，将其视作具有典范意义的有益虚构，并自诩为这一虚构的作者：

> 我才不在乎什么真实什么谎言，也不在乎是否看到过你，或者你是否被钉死在十字架上。我用坚持、激情和信仰塑造了真实。我并不试图努力寻找真实，我制造真实。为了让世界得救，你必须被钉死在十字架上，而我必须把你钉死，不管你愿不愿意；你必须复活，而我必须让你复活，不管你愿不愿意……你要知道，

1　33 这个数字与基督的年龄重合，影射了神圣的指称对象。马哈福兹的小说也涉及大量数字象征。

2　但小说与电影对这一部分的处理方式不同：在小说中，耶稣在梦中之梦里看到抹大拉的玛利亚被石头砸死；在电影中，耶稣娶了抹大拉的玛利亚，她后来自然死亡。

我迫使空气具有你的外形，成为你的身体，成为荆冠，成为钉子，成为血……直至世界尽头，都有无数双眼睛抬起来，看你被钉死在空气中（491-492）。

虚构中的梦，虚构中的现实，这一系列颠覆的意义是双重且矛盾的。一方面，这些颠覆意味着无论事实如何，基督之死的官方版本是强制规定的，且圣保罗是这一官方版本的作者，是他"制造""塑造"了小说中表现为虚构的东西。另一方面，这些颠覆强调，真实世界是所有可能世界中最好的，而耶稣在十字架上的受难是必须的，且真实发生过。此外，替换版本明显被视为魔鬼的杰作，小说最后耶稣从梦中醒来即证明了这一点。

在其反事实的生平的终点，耶稣又见到了他的门徒，同时耶路撒冷的圣殿被烧毁（因此我们置身于公元 70 年）。内心苦涩、外表衰老的门徒们对耶稣发出了尖锐的指责。于是耶稣像遇到保罗之后体会到的那样，再次后悔自己从十字架上逃脱。此时，在小说中，他看到周围世界消失，而他在十字架上醒来。在电影中，斯科塞斯让耶稣在梦中的世界死去。这个故事套故事的小说很像中国神话传说，一家之主耶稣在死亡时醒过来，一切原来只是十字架上濒死的人做的一个梦。正如在客栈里睡着的可怜的卢生，当他在一个世界中死亡，在另一个世界中醒来时，梦里经历的五十年光辉的官宦与政治生涯灰飞烟灭，而此时别人蒸的一碗黄粱还没有熟（沈既济写于约 825 年的故事）。这个中国故事颇具某种宗教色彩：卢生因这个梦看破人世间的荣华富贵，醒来后成了一个道士。梦醒也是佛家意义上的"觉醒"，一种欲望的消除。

在 17 世纪汤显祖的戏剧版本中，因黄粱梦而"觉醒"的卢生进入了长生不老的世界。受佛教思想影响的卡赞察斯基[1]在令基督梦见自己的诱惑时，肯定想到了这一传统。

僭越行为并不体现于小说具有教化意义的话语中，这一话语肯定了牺牲的必要性及其高级价值（不同于萨拉马戈的小说，在萨拉马戈的小说中，十字架受难真实发生了，却成为人类的苦难[2]）。如果说卡赞察斯基的小说具有僭越性，那是因为它呈现了基督生平的多种可能版本。当然了，梦中的选择最终被抛弃，然而，小说一面坚持虚构中的真实世界的绝对必要性，使其吻合基督之死的官方版本，一面也暗示这一官方版本及其他不同版本是由一位作者编造出来的（卡赞察斯基／保罗）。在反宗教事实的故事中，上帝有时有着某个作者的名字[3]和他的姿态，而这个作者很可能就是小说作者本人。这会提醒我们反事实版本的虚构属性，不过，这也可能暗示着一切版本的虚假本质（包括神圣版本）。

因此，诋毁卡赞察斯基小说的人认为《福音书》中的基督不可能做这样一个梦（甚至认为把这样一种情节安置到基督头上令人愤慨）。从更本质的层面上说，这意味着对基督生平任何其他可能性的拒绝。事实上，被提出的问题其实是：虚构基督是否可能？

---

1 此外，他还写过一个有关佛祖生平的戏剧［《佛祖》（*Bouddha*），1941］。

2 十字架受难是某个坏神的主意。为了扩大自己的权力，这个神决定让基督出生。帮助巩固这个坏神统治的是一个有关厄运与罪恶的故事。

3 在萨拉马戈的小说里，在上帝与耶稣的一场对话中，一个声音从空中传来："可能这个神和即将到来的那个神只不过是指向同一事物的不同说法。""指谁？指什么？"另一个声音好奇地问。"指佩索阿，"人们听到，"不过也有可能，指那个人。"（1993 [1991]: 415）

也就是说，一个有着基督的名字和特征，但与由教义、《福音书》和文化传统建构出来的基督相比具有独立性的人物是否有可能存在？与"神圣"版本之间的差距应被归咎于虚构的错误，还是构成了一系列有关历史上的圣人与神圣事件的非主流观点？虚构可以创造虚构的神，自由地乔装打扮过气的神灵，比如 17 世纪对古希腊罗马神祇的处理。但是，当虚构选取"当值"的神灵时，与指称对象的关系必然会占据首要位置。被指控渎神的作品正是利用了这种模糊性。它们呼唤一种被理解为一定自由的虚构性（斯科塞斯电影的免责声明[1]即具有这种意味），同时又以危险但诱人的方式利用了指称对象，结果引发了具有强烈情感与文化记忆的推论，甚至对非信徒而言也是如此。

与此同时，假如我们承认存在某种类似虚构契约的东西，那么我们不得不注意到，这种契约在此处不起作用，或者说所起的作用甚少。我们认为，读者或观众受到引导，开始严肃思考某个假设，即基督可能或者说确实做了一个梦，这个梦被魔鬼挑起，因他自己的欲望而发酵。作品暗示自己是有关基督人性的更为准确的版本，而官方版本不允许有这种呈现。放弃贞洁（卡赞察斯基的基督只是做了个梦，萨拉马戈的基督经历了与抹大拉的玛利亚的强烈、幸福的爱情）是虚构基督生平的当代作品的一个常见元素。前面已提到的对丹·布朗小说的接受也在很大程度上建立于一个细节——抹大拉的玛利亚被赋予新的角色即耶稣的妻子。这一理解促使我们联想到，这一虚构情节可能正在很多信徒思想

1　见下文。

中，作为真实历史的一个受欢迎的可能版本被确立——实际上，真实历史究竟如何谁都不知道。虚构版本在西方大量出现可能还因为，尽管有博学、好斗的宗教团体的努力，官方版本越来越不为人所知，或逐渐失去了人们的信任。

《杰瑞·斯普林格：歌剧》（2003）：元电视真人秀与戏仿

另一些作品创造了比卡赞察斯基作品复杂得多的构造，来取消指称关系。梦是引入反事实元素、凸显虚构机制的一个方便手段。在理查德·托马斯和斯图尔特·李的《杰瑞·斯普林格：歌剧》中，引起争议的反事实情节由某个人物梦到，因此要对这个情节负责的是这个人物，尤其人物本身没有任何神圣之处。这个人物对应的是某个还活着的历史人物，也就是美国一档广受欢迎但充满争议的电视节目《杰瑞·斯普林格秀》的魅力十足的主持人杰瑞·斯普林格。不过斯普林格本人并没有抗议音乐剧对他名字的使用及对他个人的影射。然而，这部音乐剧呈现为对斯普林格电视真人秀的辛辣戏仿，其中最受期待的时刻是选手们的争执，他们最后甚至动起手来。此外，主持人正是在音乐剧第一幕最后，在争执引起的骚乱中，被其中一个选手不小心开枪击中［这人不是别人，正是蒙泰伊（Monteil），他在第三幕中以耶稣的身份再次出现］。第二幕和第三幕的场景设置在炼狱和地狱，在这里，魔鬼迫使杰瑞·斯普林格组织一场真人秀，参加者包括亚当和夏娃、耶稣、玛利亚、上帝和魔鬼自己。参加真人秀的神由第一幕中扮演选手的同一批演员扮演。在第三幕结尾，被驱逐出地狱的杰瑞·斯普林格在第一幕出现过的电视演播室中醒来，并因枪伤而死去。这里展现的始终是那个中国民间故事的情节，尽管运用的是滑稽模式。利用神圣实体的对应体来破坏前者的形象，暗示他们与爱吵闹的、深受性倒错之苦的人具有相似性（同一些人既扮演人又扮演神），这些严格来说都应归咎于自恋自大的电视主持人的想象：当上帝［刚在一首名为《做我不容易》(It ain't be easy being me) 的歌中表达自己的倦怠情绪］要求杰瑞·斯普林格帮他处理繁重的工作时，我们应从中看到对上帝无能的严肃判断，还是对杰瑞·斯普林格的虚构化身的权力欲望的滑稽表达，以及对真正的杰瑞·斯普林格的某种隐隐约约的讽刺？

抗议的强烈与频繁程度（假设它们来自看过音乐剧的观众）表明，这种虚构机制无法或者说很难抵抗被"神圣化的"指称对象的威望，尽管这种神圣化本身也促进了音乐剧那具有僭越性的狂欢。观众对虚构与非虚构之间的平衡的评价各不相同，他们或多或少都感受到了版本多样性带来的快乐与风险。

涉及宗教的反事实作品是奇怪而耐人寻味的客体。

首先，它们具有杂糅性，且这种属性有时并非作者有意为之，因为人物（当涉及神圣实体的对等形象时）从来不是完全的虚构人物。这是些无法成功获得独立性的虚构，对作品的接受已充分证明了这一点。这并不意味着这些作品对事实与虚构的界限提出了质疑，它们只是以明显的方式，揭示了某些虚构的事实性，这种事实性既是致命的，又是作品的本质属性。

此外，反宗教事实的作品以多种方式证实了虚构与信仰的联系。这些作品经常带着一种祛魅目的处理信仰现象，伏尔泰的《宗教狂热》、电影《万世魔星》尤其体现了这一点。在这一点上，我们可以认为，这些作品的展示是失败的，至少对一部分观众来说是如此，因为它们完全没有弱化既作为其基础又导致其被审判的信仰。这一失败很容易理解，因为从信仰的角度说，这些作品体现了与它们所述历史的正统版本的竞争关系。这一点对严肃作品来说尤其明显，在这些作品中，神圣实体的对应人物会引发兴趣与共情，正如卡赞察斯基和萨拉马戈小说中的人物耶稣。基督的这些虚构版本很容易在不太关心正统的读者心中干扰《福音书》，基督与抹大拉的玛利亚结婚的假说在《达芬奇密码》的读者与观众中获得的成功即证明了这一点。我们无法用边防机构来保护虚构。换句话说，用虚构所谓的独立性来反对虚构诋毁者的做法徒劳无益，因为虚构的独立性从语用学角度来说不存在，当涉及反事实作品时，这种独立性从逻辑学角度来说也是不存在的。更好的做法可能是确保圣人事迹的另一些版本能够流通，能够与官方版本竞争、并存（美国宪法第一修正案正是这样做的）。还应鼓励人们去理解大部分被指渎神的虚构作品的复杂机制，这些机制部分地中和了对信仰的挑战和对这一挑战的恐惧。这意味着国民教育不仅不应在教学中减少虚构的分量，甚至还应增加这一分量。

虚构的其中一种特性是创造变体，令故事版本多样化，生产多个可能世界。反宗教事实作品激起的反应表明，这一切并非无足轻重。不过，如果反事实作品因本质上的事实指称性质（而且指称的还

---

1 群众不管布莱恩本人的一再否认，坚持把他当作先知，群众的这种固执以一种滑稽的方式，将集体信仰的诞生呈现为偶然与愚蠢的结晶。

是圣人）而增加了风险，那么有风险的并不仅限于这些作品。

实际上，当平行版本涉及的不是圣人而是一些真实的个体，当这些真实的个体认为那些号称以他们为原型的虚构形象即是他们本人，并打算通过法律手段加以干涉时，又会出现什么情况呢？

第三章　法律的边界

反虚构诉讼并不多见，它们只是在近些年才引起文学理论家的关注[1]。在很长一段时期内，它们只被视为文学接受中的异常现象，由资产阶级的过分谨慎引起。法国翻案法院法官法尔科（Robert Falco）在 1949 年 5 月 31 日为一个案件作总结陈词时那充满优越感与怀旧感的语调很能说明问题。这一天，翻案法院推翻了塞纳省轻罪法庭一个世纪前对《恶之花》的判决。

我只想提醒大家，1857 年是一个法律羞耻感极强的年份……但请大家不要对代理检察长皮纳尔（Ernest Pinard）及他第二帝国的同事们过分严苛……他们被《恶之花》的绽放震惊，我们怎能谴责他们没能预见到，他们的后继者将对《恶之花》的生长无动于衷呢？自那时起，这些《恶之花》已经占领了文学。

1　控诉文学的案件已得到很好的研究，不过令我们感兴趣的案件不在其中。萨皮罗（Gisèle Sapiro）在她有关 19—20 世纪作家责任的重要著作中，区分出四种罪名，分别对应四个历史时期：伤害宗教（复辟时期），伤害风化、侵害财产（第二帝国），伤害国家利益（第三共和国），最后是背叛（解放时期）。她突显了文学获得自治、作家转变成先知形象以及作家责任成为论战焦点这些现象之间存在的联系的重要性（2011: 27 sq）。如要获得补充性书目，可参见这位作者的著作（2011: 10 n. 6）。

可能是时间起了作用……我只想请大家注意，在书籍是否有伤风化这个问题上，今天我们已进入到一个非常不同的法律阶段。

法尔科所谓的"无动于衷"其实并不是最终状况[1]。当法国加大对色情网站的打击力度时[2]，东京市政府也无视激烈争议，在2010年通过了一项法律，允许查禁呈现年轻虚构人物的色情漫画。

当然，诚如卡伊拉解释的那样，引发他所说的虚构"可接受性争议"（querelle d'acceptabilité）的动机是多种多样的[3]。这些冲突定时出现（且几个世纪以来一直如此），涉及虚构实施的控制以及虚构对更有用或更健康的活动的排挤。人们担心读者、观众、游戏玩家会摹仿负面人物；人们因接受的集体特征而不安，因为集体接受会引起群聚现象，或取消批评的独立性［电影刚产生时

---

1 同一年，1949年7月16日，法国颁布了"涉及青少年读物"的法令。这一法令规定（第2条），青少年读物不能包含"任何正面呈现抢劫、谎言、盗窃、懒惰、懦弱、仇恨、淫乱或其他可被定性为犯罪或轻罪、会败坏儿童或青少年道德的图片和叙事"。参见克雷潘与克伦斯滕［Crépin & Groensteen (dir.) 1999］。这两位作者指出，这一条法令（设立了一个审查委员会）不但服从道德指令，还服从商业指令（减少进口美国漫画）和政治指令［禁止《Hara-kiri》这本漫画，正如夏弗迪亚（Chavdia）在同一本著作中指出的那样，第137—147页］。

2 2010年12月15—16日颁布的《国内安全法》（LOPPSI）第4条查禁了一些"明显具有淫秽特征"的网站。然而，1994年以来，刑法第227-24条规定，有伤风化罪只有在"暴力或淫秽信息……有可能被未成年人看到或感知到"时才成立。审查制度明显在加强。

3 卡伊拉用一个首字母缩写词ANCRE［Accès（进入）、navigation（网络）、configuration（设置）、réflexivité（反思）、esthétique（审美）］总结了审查参数（Caïra 2007: 469-471）。

的电影院，或今天的大型多人在线角色扮演游戏（MMORPG）[1]]。每次出现新的媒体手段，这些争议便会重现。本章要考察的正是当冲突双方被移送至法院，当虚构的边界与属性受到质疑时，法庭对冲突的处理。

我们将在本章中呈现一种有别于卡伊拉的视野。卡伊拉毫无疑问是法国第一位从虚构研究角度关注这一领域的学者。他的贡献在于不再重提反审查的陈词滥调。律师皮埃拉（Emmanuel Pierrat）最近成为演唱这一已自动化的陈词滥调的冠军，这个角色随后又被报纸和作家们的请愿接替。卡伊拉著作《定义虚构》的第四章意味深长地名为"作为法外之地的虚构"（2011: 153）。在这一章中，卡伊拉指出了虚构享有的豁免权，在他看来，这一豁免权是完全的，并且经常被滥用。他回顾了[2]美国"免责声明"（disclaimer）史。这一声明宣布电影完全或部分地"属于虚构，一切与事实、在世者或过世者雷同之处纯属巧合"[3]；与此同时，电影名称本身有时却宣告了相反的事实［例如迪亚特尔（William Dieterle）1937 年的电影《左拉传》（La Vie d'Émile Zola）］。观众自然也不会对这一免责声明俯首帖耳，尤其因为一再重复后，它的可信度很快降低。如同 18 世纪小说中"捡到的手稿"这一母题

1　Massively Multiplayer Online Role-Playing Games。参见卡伊拉（Caïra 2007: 426-429）。

2　卡伊拉呈现了好莱坞是如何将审查制度纳入自己的运行模式中的（2005）。

3　自 1934 年起，在制作电影《拉斯普京与皇后》（Rasputin and the Empress）的米高梅公司（MGM）和刺杀拉斯普京的真正凶手王子尤苏波夫（Youssoupov）之间的诉讼案结束后，免责声明开始被强制要求。关于这一事件，参见阿基诺（Aquino 2005: 14 sq.）。

和一切断言事实性的形式一样，免责声明并不试图让人相信，它的意图是多少保护[1]作者和制片人免遭起诉，因为有些人可能会因自己的生平、姓名和声望被利用而讨要公道。在美国，免责声明构成的保护在宪法第一修正案的支撑下具有很强的有效性，正如知识产权领域律师阿基诺（John T. Aquino 2005）指出的那样。投诉者控诉强大的美国电影公司并胜诉的案例非常少。不过，无论是书还是电影，包括法国在内的欧洲大多数国家以及日本的情况与美国不同。卡伊拉举的唯一一个法国诉讼案（2011: 145 及其后）发生于 2007 年，涉案双方是《失落的国度》（*Pays perdu* 2003）的作者儒尔德（Pierre Jourde）和卢索村（Lussaud）的村民。不过，如果这些村民没有在集会时做出暴力行径，他们可能也不会被定罪。如果他们起诉儒尔德侵犯了隐私权或人格权，根据判例法，作家不一定能够胜诉。

　　这种不对称的原因肯定在于法律文化的不同：保护个人隐私与言论自由之间的平衡在美国与在法国不同。与此同时，虚构非但远没有成为一个"法外之地"，反而还成为不断协调上述平衡的场所。实际上，法官们确实摸索着，有时甚至借助非法律方面的依据，来尝试界定虚构的用途，并优先考虑接受方的观点。定义虚构的本质毫无疑问不属于法律管辖的范围。但是法官心照不宣地承认了事实与虚构之间的界限，未加讨论地认为文学与影视作品同时由虚构与事实元素构成，有时还会通过一项真正意义上的阐释工作，巧妙地对这些元素加以辨认。法律从本质上说是约束

1　免责声明实际上没有任何法律效力。

性的，它最终必须确立义务，并在不同的辩词之间做出取舍，因此法官需要确定每个引起争端的"事实"结构被接受为事实的条件。正因事实与虚构的区别始终存在，没有成为法律辩论的对象，所以我们能够谈论法律间接的二元性。

此外，法官、法令的起草者与评论者的阐释活动能够揭示一些智力与社会层面的变化，既关系到虚构地位，也关系到作家或个人的地位。这一规约性的阐释活动与虚构的某种用途有关，同时确定了它的其他用途，它受一些隐含的理论选择制约，我们有必要将这些选择揭示出来。

以上，我们从历时与比较的角度对相关领域进行了快速回顾，接下来我们将尝试通过三个法国案例 [1]，揭示上文提及的隐含的虚构思想。这三起案件分别是 1936 年因《天使的叛变》（*La Révolte des anges*）而对法朗士（Anatole France）后人提出的控诉，1973 年因《告密者》（*Le Voyou*）而对勒卢什（Claude Lelouch）提出的控诉，以及 2006 年因《海滩上的狐狸》（*Le Renard des grèves*）对法耶（Jean Failler）提出的控诉。当然，知名的案件还有很多。我们的选择能够呈现（关于作家或导演的）侵权事由的演变：从侵犯姓名权到侵犯隐私权。二十多年来，各类案件的增多毋庸置疑 [2]，

---

1 非常感谢曾我部真裕（Masahiro Sogabe）告知我们这些案件，并向我们提供了相关的法律文件。

2 我们并无意作详尽的考察。但仅在法国，我们就可举出以下例子：1999 年兰东（Mathieu Lindon）因《勒庞诉讼案》（*Le Procès de Jean-Marie Le Pen* 1998）获罪；2000 年，尚德纳戈尔（Françoise Chandernagor）因《有关戈达尔医生的真实小说》（*Le Roman vrai du Dr Godard*）获罪；潘潘［Jean-Christophe（转下页）

这一现象是由人们宣布取消事实与虚构的界限而造成的吗？我们将会看到，近期不断增加的对虚构的指控已超出了"实构"（faction）范畴，对涉及想象人物的儿童色情制品的打击便是证明之一。

一、与事实相关的轻罪

虚构因对外部世界的指称而被控诉，这是新近才有的现象。诚然，自古代开始，讽刺作品就令人不安，因而阶段性地被禁止。然而，在旧制度下法国被禁书目中，我们看到的几乎全是诽谤短文，它们无法或很难披上虚构的外衣。在 16—17 世纪，因侵犯宗教正统思想或妨害道德习俗而被列入罗马教廷禁书目录的小说数不胜数（Minois 1995），因不服从、不公正或太疯狂而被判刑或失宠的历史学家也不计其数 [1]。某位大人物很可能因在哪个虚构

（接上页）Pinpin］因《看到莫莱纳就看到苦痛》（*Qui voit Molène voit sa peine* 2001）获罪；弗朗索瓦·邦（François Bon）因《监狱》（*Prison* 1997）获罪。1998年，维勒贝克（Michel Houellebecq）在《基本粒子》（*Particules élémentaires*）再版时，不得不更改小说其中一个人物的名字。2011 年 9 月，若弗雷（Régis Jauffret）因灵感来自斯特恩（Édouard Stern）事件的《严厉》（*Sévère* 2010）而受审判，之后他又重蹈覆辙写了《赖克斯岛漫步》（*La Ballade de Rikers Island* 2014），并因这部作品被卡恩（Dominique Strauss-Kann）起诉。尽管艺术家们经常被定罪，但情况也非一贯如此，魏茨曼（Marc Weitzmann）根据图尔干（Jean-Louis Turqin）事件而写的《异国婚姻》（*Mariage Mixte* 2000）被起诉，但他最后胜诉。洛朗斯（Camille Laurens）的情况同样如此，她因《菲利浦》（*Philippe*）、《爱情，小说》（*L'Amour, roman*）两次被起诉，但两次都以她胜诉告终。

1 约翰·海沃德爵士（Sir John Hayward, 1564?—1627）在被问到他的《亨利三世生平与统治第一部分》［*First Part of the Life and Raign of the King*（转下页）

人物身上认出自己而起疑心[1]。但是，在现实与虚构的冲突史上，如果说有哪个领域长期以来似乎一直风平浪静，那恰恰是为当代诉讼提供素材的领域。那时，小说、诗歌与报纸[2]的作者与读者借助明显的、隐藏的、号称缺失或被揭示的线索，投身于复杂的阐释游戏。我们在此不准备详述这些活动的细节[3]，但它们毫无疑问调节着虚构与现实的关系，而这一关系比我们今天要轻松很多。人们对虚构与外部世界之联系的理解非常宽泛，这种宽泛性可能由几个因素导致。首先，私生活在当时并不受法律保护，而且不具备与今天等同的半径。一个无地位无职责的人（前提是他在虚构中认出了自己，因为虚构的主人公一般都是大人物）没有任何能力通过法律途径攻击作者。此外，大部分虚构作品，尤其当它们是英雄主义或牧歌风格时，会以加密的方式指向真实人物，达到颂扬或纪念的目的。在虚构人物的伪装之下认出某人，会被认

（接上页）*Henrie III*］中的伊丽莎白一世对埃塞克斯伯爵的评价是否过高时，捍卫了历史学家的自由："根据材料添加并创造理由以及话语，这是所有好的历史书写者都会运用的自由。"［转引自阿基诺（Aquino 2005: 12）］。海沃德爵士被女王囚禁终生。关于这一事件，亦可参见莱蒙（Lemon 2001）。

1　1665 年，布西–拉比旦（Bussy-Rabutin）被投进巴士底狱，因为他写的《高卢爱情故事》（*Histoire amoureuse des Gaules*）冒犯了王室。参见阿尔祖马诺夫（Arzoumanov 2005: 142 及其后）。

2　参见莱夫里耶（Alexis Lévrier）有关 18 世纪初期两份荷兰报纸［《厌世者》（*Le Misanthrope*）和《审查员》（*Le Censeur*）］的研究。这两份报纸不仅使用影射真人真事的线索，还以自相矛盾的方式（正面和负面的）将对这些线索的接受情况搬上了舞台。读者可能将报纸停刊的原因归结为这些含沙射影的肖像描写给作者招致的敌意（2005: 175）。

3　邦巴尔（Mathilde Bombart）和埃斯科拉（Marc Escola）主编的文集（2005）对 17 世纪的这些活动进行了深入探索。

为是对后者的致敬，是从属于某个风雅社会的标志，可能还是使
之长期留存于民众记忆中的保证。在 17 世纪初尤其如此，很多
书名大肆宣扬线索的存在，这是一种广告宣传的方式[1]：一切与真
实发生过的事件或存在过的人物之间的相似性都是有意的。这样
一种阅读契约与好莱坞的免责声明完全相反，它建立于某种解谜
活动之上。人们并不认为这一建立关系的游戏与阅读的愉悦无关，
可能因为当时还不存在艺术作品独立性这种概念，而小说对某个
圈子、某个特定社会的依赖得到接受甚至重视。

最初几起平民诉讼虚构的案例发生于 19 世纪末的法国，起
诉人认为自己在不情愿的情况下成为虚构的原型并因此受到了伤
害。判例记录的第一个相关案例发生在左拉与一个名叫杜维尔迪
（Duverdy）的人之间（1882 年 2 月 15 日）。几年之后，1887 年，
凡尔纳在工程师杜尔班（Turpin）控诉他损害名誉的案件中胜诉，
这位工程师在《迎着三色旗》（Face au drapeau）的某个人物身上
看到了自己。

20 世纪充斥着此类案件。三十多年来，控诉虚构的现象加速
发展，以致在某些人看来严重阻碍了艺术创作，促使律师在出版
过程中获得了比出版人更重要的位置（Grell 2009）。当卡伊拉哀
叹虚构的豁免权时，律师、记者和作家却在谈论案件的泛滥和某

---

1 例如蒙特勒（Nicolas de Montreux）的《林神阿玛丽娅的法国阿卡迪亚，摘自圣
山的奥朗尼克斯的〈朱丽叶的牧人〉，在这本书中，从几个故事和牧人的名字，
可以推断出不少宫廷里的老爷和夫人的情事》（L'Arcadie françoise de la nymphe
Amarille, tirée des Bergeries de Juliette d'Ollenix du Mont-Sacré, où par plusieurs
Histoires et sous noms de bergers, sont déduits les amours de plusieurs seigneurs et
dames de la cour, Paris, Gilles et Anthoine Robinot, 1625 ）。

种真正的法律约束，后者意在将虚构囚禁在自己的世界，令它与号称为它提供一切素材的现实割裂开来[1]。

这些案件意味着公众态度的转变，但这种转变并非理所当然。与日本的简单对比很能说明问题。面对虚构对外部世界的指称，日本的宽容态度要比欧洲持久得多，同时也更为令人惊讶，因为它是围绕 20 世纪上半期某种非常流行的、可称之为"私小说"的形式展开的[2]。福雷斯特将这些描写作家及其周边人物的第一人称书写等同于在法国被泛泛称为"自我虚构"[3]的作品。在日本，一直要等到 1960 年代，与现实有关的小说才时而会被判处轻罪。政客有田八郎（Hachirō Arita）因小说《宴后》而控告三岛由纪夫，这一轰动一时的案件标志着时代的转变（1961—1966）。作家在一审[4]时就败诉。该案件之后，出现了多起其他案件，例如韩国畅销书作家柳美里（Yū Miri）被诉案（2001）。这次的原告是一位残疾人，没有任何社会地位或压倒性的政治地位，情况正好相反。自 1980 年代起，这类诉讼案件在日本逐渐增多，尽管其严重程度比欧洲和美国轻许多。案件通常以作家败诉而告终[5]。

1　《世界报》图书专刊 2011 年 1 月 14 日专号集合了安戈（Christine Angot）、皮埃拉、埃奈尔和穆迪（Rick Moody）的文章，多次重申了这一观点。

2　关于这一点，参见大浦康介（Oura 2010a）。

3　福雷斯特更青睐"关于我的小说"（roman du je）（2005 [2003]）。

4　案件从 1961 年 3 月 15 日开始审理。东京地方法院 1964 年 9 月 28 日作出判决，三岛由纪夫败诉。三岛在同年 10 月上诉。由于原告于 1965 年 3 月 4 日去世，案件在 1966 年 11 月 2 日以双方和解告终（感谢大浦康介告诉我们这些确切信息）。

5　大浦康介提到高桥修（Osamu Takahashi）的案件，1994 年，这一案件罕见地以作家胜诉告终（2010b: 176）。

在大浦康介（2010b）看来，这些案子出现时间较晚，是因为市民权及私生活概念是在近期才发展起来的，同一时间，作家地位遭到了贬低。20 世纪上半期的读者看到自己成为"私小说""暴露小说""模特小说"或"实名小说"[1]主人公时，并不会觉得受了冒犯，因为他们与作家属于同一个社会，而作家极高的地位为他们提供了保护伞。大浦康介还提出了一个假设：某些近期被定罪的作者，他们直白的语言从某种程度上说撕裂了文本的虚构面纱，令对现实世界的指称变得更加难以忍受。确实，这些日本作家正是因人物原型感受到"道德上的痛苦"而被定罪。正如曾我部真裕（Masahiro Sogabe 2009）解释的那样，日本法庭在审判作家时，往往主张的是个人权利而非对私生活的保护；作家也不像在法国那样，被罚扣押作品或禁止出版，而是往往被判进行经济补偿。日本宪法虽然借鉴了美国宪法，但在这些案件中，言论自由并没能超越个人权利。

日本的例子富有意味地表明，混淆事实与虚构在 20 世纪上半期是一种标准做法，不会引起读者方面的任何抗拒反应，甚至包括那些有理由在这些作品中认出自己的人。受到审判的反而是那些虚构色彩最浓的作品（即使其中一些作品延续了"私小说"传统[2]）。同样的结论也适用于 17—18 世纪的欧洲小说，这些小说展现了真实或号称的事实性，却没有受到任何惩罚。在 20 世纪的法国，在"自我虚构""虚构纪录片"或"实构"等词被提出

---

1 *Watakushi-shôsetsu*（私小说）、*bakuro- shôsetsu*（暴露小说）、*moderu- shôsetsu*（模特小说）、*jistumei-shôsetsu*（实名小说）。参见大浦康介（2010a）。

2 大浦康介（2010a: 176）指出，车谷长吉（Chôkitsu Kurumatani）的情况尤其如此。

来之前，因不完全的虚构性或具欺骗性的事实性受到审判的是左拉、凡尔纳、法朗士、西默农（Georges Simenon）或圣安东尼奥（San-Antonio）。

这些案子使用的显然不是上述术语。我们有必要详细考察这些术语，至少对其中几个案子来说是如此。

二、从侵犯姓名权到侵犯个人隐私

1936 年 4 月 24 日，巴黎上诉法院修正了两年前（1934 年 2 月 7 日）一道有利原告的判决。原告以 "X 君" 的称呼匿名出现，被告是卡尔曼 – 列维（Calmann-Lévy）出版社和法朗士的继承人——他的外孙普西夏里（Lucien Psichari）。两次审判都以出版商和继承人被定罪告终，但第二次判决明显减轻了惩罚度：罚金从 20000 法郎降至 5000 法郎。但两次判决都没有禁止作品的出版与发行，与原告的请求相反。

这两次审判的结论建立于对文学作品的阐释之上，与这一阐释工作相关的考量并非全部属于法律领域。支撑这一阐释活动的是一种默认的对虚构价值的肯定，同时考虑到了虚构指称现实的能力以及人物的伦理价值。

辩论思路如下：即使 "小说家有毋庸置疑的权利，能够从生活中汲取小说必要的素材，这一权利也因出于对他人的法律人格与事实人格的尊重而受到限制"（*Jurisprudence générale Dalloz* 1936: 320）。然而，只有当真人被虚构人物 "充分指出"，且虚构人物有可能令其原型名誉受损时，换句话说，只有当虚构人物令真人"显得可笑或丑陋"时，这一限制才会实施。法院于是进行了一项可以说相当奇怪的练习，就是清点真人 X 君生平与虚构人物生平之间的所有共同点，之后以规定性的、主观的方式对虚构人物的性格和行为进行了评判。如果说这一审判确立于对虚构人物的审判之上，那绝非夸大其词！

法官进行的比较工作揭示了作品与生活的巧合，却对一件事只字未提，对于这件事，我们即便飞快阅读《天使的叛变》也能发现：虚构世界在任何方面都不可能与现实世界等同，因为在这部秉承讽刺与滑稽趣味的作品中，一切行动都具有超自然特征。实际上，现实生活中，已出现精神错乱迹象的图书管理员发现图书失踪了；虚构中，图书管理员发疯了，因为书架上的书被一个反叛天使抢劫一空，而且天使在自己的阅读中找到了反抗上帝的动机。

但是，在法官的读书报告中，尽管真实的图书管理员和他的虚构形象的生活彼此相似，他们的性格却截然相反。X 君是"一个有良知的、博学的公务员，是卓有才华的作家"，小说人物萨里耶特（Sariette）却是"一个老年机关职员，有些怪癖，目光短浅，可笑愚蠢，与库特林（Georges Courteline）笔下某个滑稽的人物非常相似"——我们可以欣赏法官提及另一文本的做法，这突显了法官的阅读能力。前者（X 君）有轻度癔症，被错误地关进疯人院；后者（萨里耶特）疯狂，以致犯下杀人罪行。法官甚至进行了某种发生学分析：他指出，这一悲剧性结局（他直截了当地指出这一结局从文学角度看非常糟糕[1]）是在作品第二版中被添加上去的（第一版一直保留手稿形式），而且是在 X 君被关进疯人院之后。这个细节令形势变得严峻：法官由此推断，萨里耶特的命运确实由 X 君曲折的生活所决定。

1936 年的上诉法院对出版商和著作所有者表现出更多的善意，这样做的唯一依据是对虚构人物的不同评价：

> 考虑到，如果说萨里耶特有些缺点或可笑之处，那么他确实也有一些与他的职业相关的品质，归根结底，他看起来不是一个丑恶或令人反感的人物。（Dalloz, *Recueil hebdomadaire*, 1936: 321）

萨里耶特这一人物指向真实世界的特点并没有被质疑，不过他引发了不同的评价。如果人们最终对他有好感，那么他给原型造成的损害相对就会减小。当然了，萨里耶特杀了人，但这一点恰恰无法安到 X 君头上。根据上诉法院法官意见，人物的杀人怒意显然是"小说编造的"。因此这是一个比其他元素更具虚构性的元素，它阻止将真人与虚构人物等同起来，因此对虚构有利。阐释所依据的标准一方面很不统一，包括情感标准和道德标准，另一方面这些标准又建立于对逼真性的理解之上。在某个与上一位法官相对立的观点中，上诉法院法官指出，公众懂得如何将虚构

1　"这一后来做出的改变将萨里耶特从一个平和的人变成一个愤怒的疯子，此外，这种改变对小说来说没有多大意义……"（Dalloz, *Recueil hebdomadaire*, 1936: 320）

元素与事实元素区别开来，因此不会给真实的图书管理员扣上小说人物犯下的罪行。

这里起决定性作用的不仅仅是法官对萨里耶特这一人物的同情，因为同情心显然很容易发生改变。法朗士属于伟大作家行列，1936 年的法官并没有对这一事实无动于衷：

> 鉴于……X 君的人格无论多么重要，也不能仅仅出于自身利益，要求将一位伟大的法国小说家的一部独特而有趣的作品从我们的文学遗产中清除出去……（Dalloz, *Recueil hebdomadaire*, 1936: 320）

因此，X 君被请求为了国家利益减轻个人仇恨。在类似案件中，没有任何判决与此次相似。如今再也不可能在作家去世后攻击他的作品，此外，人物必须"可笑或丑陋"的条文也消失了。初看之下，人们似乎避免了将人物当作真人处理的做法，代表了考虑作品虚构性方面的一种进步。然而实际上，有可能受影响的却是作品对现实的指称本身（1934 年的判决承认这是作家"毋庸置疑的权利"）。与此同时，自 1980 年代起，在此类案件中，尊重个人隐私的概念（可以宽泛地理解为不受打扰或不刺激好奇心的权利）取代了"姓名权"或"人格权"的概念。此外，如今的法官在面对当代作品时，很难再表现出 1930 年代的法官对《天使的叛变》持有的敬意。他们不再以同一种方式展现自己的阅读能力，但我们很难断言他们做出判决的依据更为客观。反过来，他们表现出对虚构性更为敏锐的意识，时常态度鲜明地否定混合事实与虚构的作品。这一杂糅现象在法官看来是新生事物，是某种二流文学的特征。

1973 年，勒卢什及阿里亚娜电影公司被判向亨利·什曼（Henri Chemin）支付赔偿金 12000 法郎（1974 年上诉法院维持原判），这一判决记录了第一次转变。这个案件与上一个不同。勒卢什并没有将什曼先生的生平元素赋予任何一个虚构人物，但他利用什曼的名字和职业创造了一个次要的虚构人物。实际上，在《告密者》中，一个拐骗儿童的人为了欺骗受害者，声称自己叫"亨利·什曼，是西姆卡公司公关部经理"。勒卢什（与什曼关系友好）和阿里亚娜公司的辩词指出，电影中的这一虚构身份不可能对真人造成损害，因为罪犯使用它是为了获取信任，假装自己是个值得尊敬的人。

审理这起案件的法官没有他战前的同事那么乐观，他认为电影观众没有能力做出如此微妙的区别：

> 在此案件中，错误与损害因一个事实加剧，即伪装行为将真人与一个特别可恶的罪犯的特征联系在一起。虽然在文学虚构中，罪犯被认为是窃取了一个令人尊敬的身份，但这种联系仍然是最令人反感的……因为很多普通观众可能抓不住这种差别，他们只记住了名字与拐骗儿童的犯罪行为之间的关联……（*Juris-Classeur périodique*, 1975: II, 17935）

最后，对真实人物名字的使用本身就有错误：

要么作者讲述的是真实事件，这种情况下受害人就被非法地暴露于公众的好奇心下；要么作者随意发挥了想象力，这种情况下对人格权的侵犯不言而喻……（*Juris-Classeur périodique*, 1975: II, 17935）

除了上述观察，上诉时还爆出了一个消息：亨利·什曼曾被那些认识他的人怀疑出让名字牟取利益。颇具讽刺意味的是，他所获得的赔偿都被用来弥补这一不恰当的假设带来的损失。此外，无论一审还是二审，法官都命令将出现亨利·什曼名字的电影片段扣押。

在这起案件中，法官惩罚的是对最基本的虚构契约的违背。在 17 世纪，那些声言只报导真实事件的悲剧故事作者往往谨慎地给他们的人物安上明显是想象出来的名字，用让–皮埃尔·加缪的话来说，他们这样做的目的是"不损害这些家庭的名誉"（1626: 30）。我们可以认为，勒卢什违背这一约定是因为他太轻率，还因为这个名字涉及的只是一个次要的虚构人物。但导演的笨拙给了法官机会，使得一个非常具有限制性的准则得到确立：根据上文引用的判决，对现存专有名词的使用有可能触犯法律，无论这些名词是否被用于虚构中。实际上，虚构情况下，错误被认为更加严重，因为作者"随意发挥了想象力"！那么，如果虚构名字碰巧与真人名字一样又会如何呢[1]？如果是绰号或假

1　这个问题在某个叫"基–皮埃尔·德·X"的人控告小说和电视电影《石室冢墓》（*Dolmen*）的作者、出版商、制片与发行公司（法国电视一台）一案的一审（2006年9月14日）和二审（2007年10月25日）时被提出。小说与电影中（转下页）

名呢[1]？

　　上述诉讼案标志着一种转折：自 1980 年代起，事实与虚构的区分不断得到肯定与明确。法官们都坚信，他们接触到的作品越来越倾向于混淆界限。此外，自 2005 年起[2]，在有关限制言论自由的案件中，诉讼不再依据《民法典》第 1382 条及第 1383 条进行，虚构作品因对外部世界的指称而被判轻罪时，依据的是保护个人隐私的法条（《民法典》第 9 条），这一保护自 1970 年代起得到加强[3]。

　　2006 年 2 月 7 日（2003 年一审），畅销书作者让·法耶（判决书中称为"让·X"）因小说《海滩上的狐狸》（2003）被上诉法院定罪时，法官依据的正是《民法典》第 9 条。判决书开头详细回顾了 1980 年代发生在凯尔鲁昂镇（Kerlouan）和梅内阿姆港口（Méhéham）的真实事件。之后，涉案的侦探小说，一部完全

（接上页）的一个人物"皮埃尔-马利·德·X"，一个布列塔尼贵族，被刻画得十分滑稽，X 替代的姓氏与原告的姓氏一样。作者声称这一姓氏在布列塔尼地区非常普遍，他们是在一本电话号码簿中找到这个姓氏的。原告声称这个姓氏只属于他的家族，而叫这个名字的虚构人物毫无疑问会指向他的家族。在这个案件中，原告的诉求在一审和上诉法院都被驳回。法庭衡量了基-皮埃尔和皮埃尔-马利的特征，并将电影中的玄幻元素考虑在内。法官认为这些元素增强了人物与真人之间的差距。

1　这一案件与夏蒂利埃（Étienne Chatiliez）的电影《生活是条静静的河流》（La vie est un long fleuve tranquille 1988）中的人物格罗赛尔太太有关。电影脚本作者、制片人和发行人被一个艺名叫格罗赛尔的女喜剧演员起诉。这位演员在一审（1999 年 5 月 3 日）和二审（1999 年 10 月 24 日）中均胜诉。

2　翻案法院，第一民事庭，2005 年 9 月 27 日。

3　1970 年 7 月 19 日第 n° 70-643 号法令，这一法令在 1994 年 7 月 29 日被第 n° 94-653 号法令修正。

没有虚构纪录片色彩的小说，以如下方式得到介绍：

> 鉴于……小说呈现了某个虚构的布列塔尼小镇"凯尔拉乌昂"
> （Kerlaouen）及其港口梅兹南（Meznam）的一些场所、人物与事
> 件，与真实事件、小镇人口及一度成为嫌疑犯的真实人物之间存
> 在相似性，这种相似性是作者通过融合真实人物生活中的真实事
> 件与一个创造出来的故事，刻意制造的结果……[1]

在这一背景下，原告"Z 女士"在某个小说人物加布列尔·布
朗达威（Gabrielle Brendaouez）身上认出了自己。在虚构作品中，
这一人物过去曾做过妓女。Z 女士认为人物的作风令她的名声蒙
尘，从法律角度说构成了对隐私权的侵犯[2]。现实与小说整体上的
一致性，地名的相近性，这些都构成了对作者不利的因素：

> 但是，鉴于对言论自由权的滥用所造成的对隐私权的侵犯能
> 够根据《民法典》第 9 条得到修正；鉴于上诉法院已不可辩驳地
> 指出小说人物与当事人之间的多处相似性必然导致的杂糅，并按
> 照规定报告了这些相似性，上诉法院完全承认，建立于真实事件

1　Cass. 1re civ., 7 février 2006, Jean F. et Société Sedim Éditions du Palémon c. Mme L. épouse S., pourvoi n° 04-10.941 c. contre Rennes, 1re civ., A, 12 décembre 2003.

2　曾我部真裕指出，判定小说违法不能令人满意。实际上，虚构（这里涉及小说人物加布列尔·布朗达威曾是妓女的往事）并不会暴露真人（Z 女士）的私生活，因此也不存在侵犯之说。曾我部真裕更倾向于"统一人格权"的说法，因为当一个负面人物被认出与某个真人相关时，虚构会改变公众对后者的看法（信息来源于个人交流）。

基础上的虚构作品如要利用他人生活中的元素，则不得在这些元素之外添加任何侵犯他人隐私权的元素，哪怕这些元素纯粹出于想象……[1]

这就导致了一个悖论：根据这一判决，虚构作品无法对"借自"真实生活的事件进行虚构处理！然而，正如雅内尔（Jean-Louis Jeannelle）及文集《生成与自我虚构》（*Genèse et autofiction* 2007）其他作者精辟指出的那样，对巴尔扎克、福楼拜、普鲁斯特或阿拉贡手稿的研究表明，对作家来说，小说的创作恰恰在于对指称现实的迹象的抹除。但是，在法官心目中，类似《海滩上的狐狸》这样的小说可能与过去的作品不同，它是对具有本体差异的元素（虚构素材与事实素材）的拼接，最终导致出现了有害的"杂糅"。

判例法的评论很清晰地表明，法学家在面对虚构作品成问题的新属性时看法很一致。例如，马利诺（Laure Marino）写了有关上述判决的评论，巧妙地提到"一个新概念：想象的私生活"。她补充道：

一位小说家从一则社会新闻中获得灵感，想象了一个融合虚构与现实的调查故事。问题恰恰出在这里……他把一些虚构元素赋予了某个可以通过现实元素得到辨认的人物，这有可能导致现

---

[1] 《司法宫公报》（*Gazette du palais*），2007 年 4 月 27 日星期五，2007 年 4 月 2 日星期六，第 995 页。

实与虚构的混淆。在这些"有关真实的虚构"中，现实主义实际上产生自被讲述的事件与历史的毗邻关系。然而，读者无法辨别真假，因而一切都进入了可能性的领域。最后，当真实事件披上虚构的外衣时，虚构事件便被当成了真实。[1]

我们可以反驳（借用《天使的叛变》一案中法官的论据）说，对绝大多数不认识 Z 女士的读者来说，《海滩上的狐狸》是一个虚构，而"被讲述的事件与历史的毗邻关系"是偶然的、暂时的。至于那些认识 Z 女士的人，他们应该有能力"辨别真假"，不会将她的生活与人物的生活混同起来。

三、法理隐含的二元性

因此，从某种程度上说，上文提及的确实是对虚构的诉讼。伴随这些案件的是一种企图加固堤坝，将虚构水域与事实水域分隔开来的徒劳尝试。1997 年，一部"掩饰得不够好的自传"[2] 的作者被定罪，自传中的"密码"被认为太容易破解。2006 年，也就是法耶因《海滩上的狐狸》获罪的同一年，拉罗什（Laroche）家

---

1 《司法宫公报》（*Gazette du palais*），2007 年 4 月 27 日星期五，2007 年 4 月 2 日星期六，第 995 页。

2 作者因其作品《焦虑的种子》（*Graine d'angoisse*）而获罪，尽管这部作品销量很低（这一点在判决中得到强调）。反过来，作者家庭对其未出版手稿《苦涩的母亲》（*Mère amère*）的控诉被驳回［第一民事庭，1997 年 2 月 25 日，公告 n° 73（1），第 47 页］。

族的诉求被法院驳回[1]。他们并不要求禁止播出有关格雷高里–维尔曼（Grégory-Villemin）的电视电影，只希望能获得预先观看影片的权利。在这个案件中，言论自由原则占了上风。此外，前一年，翻案法院的一道法令已重申，相比对个人隐私的尊重，信息权具有优先地位。总的来说，纪录片甚至虚构纪录片因其教育内容而被认为具有严肃性，比肤浅的虚构作品受到更好的保护，面对虚构作品，法官都非常乐意命令它们不要去干扰现实。

判例法通常会预见到受众对事实与虚构的混淆，它们的摸索受到了那些有意利用这种模糊性的作品的考验。塞卡伊（Claire Sécail 2009）曾指出，在 2000 年前后，电视制作领域出现了一个真正的拐点。在 20 世纪下半期，最需要谨慎对待的是那些从犯罪事件中获取灵感的虚构作品。而且，这种慎重与其说是因为担心受到法律处罚，不如说是出于对被认为态度保守的观众的尊重，以及对这些本身非常令人痛苦的事件的当事人的尊重（Sécail 2009: 156）。但从 2000 年前后，人们开始从不同视角看待与受众的关系。为了增加收视率，十几年来，电视台刻意拍摄了一些以新近发生的事件为题材的电视电影，有些案件还没结案就被拍摄成电影，由此不但侵犯了个人隐私，还违反了无罪推

1　1984 年 10 月 16 日，4 岁男孩格雷高里–维尔曼的尸体在离家 6 公里的一条河里被发现。经调查，警方锁定嫌疑人为维尔曼家亲戚贝尔纳·拉罗什。拉罗什先是获罪入狱，后又因证人翻供被释放，却在释放后遭男孩父亲让–马里·维尔曼杀害。格雷高里–维尔曼案之后又出现了多个嫌疑人，包括男孩的母亲克里斯蒂娜·维尔曼，但检察院因证据不足而无法锁定最终嫌疑人，案件不了了之。2006 年，法国电视三台播放了以此案件为背景拍摄的电视电影。——译注

定原则。根据塞卡伊的分析，法律诉讼无法终止此类操作，因为
电视台宁愿支付赔偿金，也不愿看到一项有利可图的拍摄计划流
产。此外，判决结果有时只是要求在电影开始前，花几秒钟播放
著名的然而没有任何法律效力的"免责声明"。只有电视台眼前
的财政困难才能迫使他们放弃一项商业策略，因为之后的法律程
序有时会十分昂贵。出版界人士薄弱的经济能力推动了自我审查
的发展。

因此，我们能否如诸多评论家那样，断言新型的文学、电
影、电视形式——例如虚构纪录片、自我虚构、伪纪录片（*mock-
documentaries*）[1]——要为诉讼案件的大量出现负责呢？

演变是复杂的。当代社会与法律的关系产生了总体上的转变，
法律观念变得越来越倾向于诉讼，我们不应该低估这种转变的影
响。此外，诉讼案件不断增多，其原因与其说在于作品的本质，
不如说在于作者与受众关系的转变，在于对虚构观念的集体聚焦，
从根本上说，集体看待虚构的目光对虚构不利。实际上，从日本
私小说到欧洲 17—18 世纪的悲剧故事、历史短篇、回忆录小说，
善意或恶意增加事实线索的类型与形式不计其数，但我们并没有
看到它们激起如今这样激烈的反应 [2]。

面对虚构，法理提出了自己的立场。它肯定事实与虚构的差

1　有关这一术语，参见罗兹与斯普林格［Rhodes & Springer (éd.) 2006］。

2　我们当然可以提出一些反例。根据佩吉（Paige 2011: 39），拉法耶特夫人之所以
　选择创造出克莱芙王妃这个人物，是因为《蒙邦西埃公爵夫人》（*La Duchesse de
　Montpensier*）遭到了冷遇。《蒙邦西埃公爵夫人》的故事尽管发生在查理九世时
　期，但女主人公的姓名与当时的某个大家族的姓名相同。

异，承认虚构作品中存在虚构素材和事实素材。这一未被言明的二元论抉择是以法规的形式做出的，因为自 1980 年代以来，法官或法律评论者一直谴责作者混淆了事实与虚构，即便他们的作品有时并不具备特别杂糅的形式。尽管如此，法官与法令评论者同时也注意到虚构指称真实世界的能力——受众的反应具有测试作品虚构性的价值。此外，法官的判断还建立于不断变化的接受标准之上。他们假设受众不具备与他们同等的辨别力。法官对接受活动不断加大关注，这也与三十年来文学理论中的某种重要倾向不谋而合。

　　律师特里夸尔（Agnès Tricoire）试图说服法官接受另一种更具学术性的虚构观，涉及可能世界或共享的趣味假扮游戏，根据这一虚构观，虚构是一个独立的、不具现实指称性的世界。然而，法官处于世界与文本的交界面。他们所占据的这个空间由虚构用途的冲突与规范化构成，与特里夸尔主张的虚构理论互不相容。法官的阐释实践表明了虚构及其悖论之间的界限的可渗透性（一位法学家笔下诞生的"真实的虚构""想象的私生活"这样的矛盾表达即体现了这种悖论）。这一悖论就是，我们的时代无法阻止自己预设这些界线的存在并将其设置为必须遵守的标准，但却没有解释也没有固定这些界线。

　　最后，我们还必须思考一个问题：虚拟世界的发展令思考事实与虚构的对立变得更加困难，那么这一发展是如何引发甚至加强上述现象的？在虚拟人物及虚拟财产属性的模糊性方面，赛博文化引发的法律问题非常具有代表性。

四、虚拟世界是法外之地吗？

如果说我们不知道自己在地球上的生活的原动力，不知道物理世界的原动力，虚拟世界的原动力对我们来说却并不神秘。亿万[1]没有身体也没有意识的实体，只是数据和像素的集合，在一些公司的技术人员和商业人员的眼皮低下演变（交谈、移动、战斗、交易、发生性关系）。这些公司的名字往往具有一定文学色彩，例如林登实验室（Linden Lab）[2]、暴雪（Blizzard）、艺术娱乐（Art Entertainment）、神话娱乐（Mythic Entertainment）或者摹仿共和国（Mimetic Republic）等。

然而，事情很快变得复杂起来，因为由这些以像素形式存在的虚拟化身完成的行动中，有些只是行动的再现，有些却是真实行动。无论虚拟化身的死亡或情色活动会引起操纵键盘的玩家的快感还是反感，这些活动确实与任何实际物体无关，因此也就是不存在的[3]。严格来说，数码化身的谋杀或强奸行径在虚拟世界不会受到任何法律处罚，除非认为法律应将玩家的情绪反应考虑在

1　根据柯内留斯与赫尔曼［Cornelius & Hermann (ed.) 2011: 96］，这一数据在 2009 年为 579 000 000，根据 KZero Cursiv 咨询公司提供的数据调查得出。

2　设计、管理和开发游戏《第二人生》（*Second Life*）的实验室及公司。

3　有关这一分裂可能引发的心理问题，参见苏坦托等人（Sutanto *et al.* 2011）。

内。另一方面，由于金钱（大量金钱[1]）流通于虚拟世界，因此在此实现的交易完全是真实的。所有虚拟世界都拥有一种虚拟货币，一般来说价值始终在变动，并且可以兑换成真实世界中流通的货币。林登美元、《冒险岛》中的枫币（meso）、《模拟人生》中的模拟币（simoleon）等能够让游戏玩家购买装备，在游戏中晋级，购买虚拟空间，装扮虚拟化身及其住所，并通过化身的中介，在虚拟世界内部获得某种令人艳羡的社会身份[2]。这一名利场引发了规模巨大的经济活动，无论合法与否[3]。玩家还可以借助虚拟化身，互相进行商业交易、有偿劳动[4]——除非他们情愿沦为奴隶[5]。因此，各种形式的不法行为（房地产投机、基金诈骗、敲诈勒索、

---

1 2009 年，虚拟财富交易次数达 30 亿次［Cornelius & Hermann (ed.) 2011］。经济学家卡斯特罗诺瓦（Edward Castronova）指出，游戏《无尽的任务》（*Ever Quest*）中某个世界的人均国民生产总值（PIB）与保加利亚相等，是印度或中国的四倍（2005: 19）。

2 关于这一点，参见普费弗等（Pfeffer, Wang et Beau 2007: 198-220），他们对虚拟世界经济学进行了非常有效的综合介绍。

3 通过买卖虚拟物品与人物，雇佣专业玩家驯养自己的虚拟化身或提高后者的能力。这些专业玩家有时被称作"打金者"（gold farmers），他们都是中国青年农民，为了每个月相当于几百欧元的收入，每天玩 12 小时的游戏（Pfeffer, Wang et Beau 2007: 210-220）。同时，游戏产业往往花费很小的成本就能享用玩家自己［被称作"模组玩家"（modders）］引入的创新。这是一种"游戏工作"，我们可以将其视作一种集体创新过程，或一种得到默认的剥削。"模组玩家"可能从开发商那里获得报酬，但得不到任何版税（Yee 2007: 254-258; Kücklich 2007: 259-268）。

4 例如作为虚拟服务员或园丁。

5 《第二人生》中有很多奴隶。不过，奴隶原则上不能买卖，至少不能以公开的方式。

令他人财产贬值、盗窃[1]）都在此产生。虚拟世界甚至成为避税天堂，洗钱的理想场所（Cornelius 2011）。

对这些现象的所有分析都强调了一点：在虚拟世界犯下的罪行几乎完全不会受惩罚。不受罚的原因是多方面的：首先，虚拟世界实现的交易很少被外部世界注意到。另一方面，游戏管理员几乎不会介入游戏玩家的争端，哪怕后者犯了明显的过错（Ludlow et Wallace 2007）。此外，最重要的一点是，对于如何界定虚拟世界的犯罪行为，目前还没有达成任何共识。

我们当然可以举几个真实的诉讼案例，在这几个案件中，盗窃虚拟物品的行为受到了法律惩罚[2]。然而，不应忘记，网络游戏规则明确规定，当游戏玩家的数据，也就是他们千辛万苦积攒的像素财产被故意或不小心删除时，他们不能向运营商提出任何补偿要求[3]。

然而，这些仅仅是财产吗？在柯内留斯（Kai Cornelius）看来，虚拟财产不稳定、转瞬即逝，直至现在也得不到法律很好的保护，因此法律应该有所改变（2011）。在梅耶看来，虚拟财产

1　如要详细了解《模拟人生》（*Sims*）或《第二人生》中的犯罪行为，参见勒德洛与华莱士（Ludlow & Wallace 2007），或苏勒与菲利普斯（Suler & Philips 2008）。

2　梅耶（Éric Meiller）提到一个案例，游戏《红月》（*Red Moon Online*）玩家李宏晨（Li Hongchen）因三分之一的数据和多件虚拟装备被盗，将北京北极冰科技发展有限公司告上法庭。他估计自己的损失达到了1200美元。法官判令运营商恢复装备，但没有同意赔偿金要求（Beau 2007: 225）。反之，一个荷兰法庭曾判处盗窃虚拟财产的小偷支付7000欧元的罚金。

3　有关林登实验室窃取绝对权利，以及无法采取任何方法抗议该公司的问题，参见卡普斯京（Kapustin 2007: 73）。

从法律意义上说不算财产，因此它们不能被售卖（2007）[1]。热索朗（Michel Gensollen）则明确指出，知识产权应与时俱进，以呈现大型多人在线游戏（MMOGs）的特性，赋予虚拟物品销售（例如在 eBay 上）所代表的模糊性以价值。这些虚拟物品允许玩家绕过游戏规则（例如购买受中国或墨西哥[2]职业玩家训练过的游戏角色），但也会促进这些规则的优化。热索朗呼吁有关虚拟物品的知识产权与时俱进，同时区分出四种论理模式，对思考这一问题颇有帮助：1）模式一将所有产权给予设计者，认为玩游戏纯粹是消遣，不会创造价值，同时认为虚拟人物与物品只是一些代码；2）模式二根据游戏玩家在虚拟世界创造的东西给予其版权（林登实验室的做法）；3）模式三让代码设计者和进行创造与创新的玩家共享知识产权；4）模式四取消了知识产权，并将虚拟财产视作公共财产（Gensollen 2007: 243-244）。不言而喻，采用一种或另一种模式，意味着对虚拟世界做出这样或那样的阐释，或认为虚拟世界是纯粹的虚构，或认为其是与真实交互的活动。游戏被赋予的很多特征都有利于后一种阐释：知识、训练、作为虚拟世界基石的趣味或社会竞赛必需的时间意味着大量的工作；一个广大的

1　梅耶指出所谓的"销售"只不过是改变数据库中的一个信息。

2　位于加利福尼亚州的黑雪（Blacksnow）公司在墨西哥蒂华纳市（Tijuana）一个工作室雇佣墨西哥人玩《网络创世纪》（Ultima Online）、《卡米洛黑暗时代》（Dark Age of Camelot）两款游戏，以达到再次出售物品与游戏角色的目的。开发《卡米洛黑暗时代》的神话娱乐公司冻结了黑雪公司雇员的账号。在之后的诉讼中，黑雪公司受到法律制裁。参见热索朗（Gensollen 2007: 235）、迪贝尔（Dibbell 2003）。

共同体似乎越来越愿意将交换价值赋予这一有趣的虚拟框架中创造的产品；某些人意欲与自己的游戏角色确立直接的等同关系，尽管就我们所知，这一请求目前还没有得到法律允许。

在这一点上，《黏巴达社区》(*LamdbaMOO*)虚拟强奸犯"笨狗先生"(Mr Bungle)的著名案例引人深思。1993年，《黏巴达社区》出现了一个游戏角色，外表是个肥胖的小丑，角色拥有人是纽约某大学生。这个角色能够进入其他角色的程序中，迫使其中一些女性角色做出下流的动作，直至他被其中一个虚拟角色"巫师"(Wizard)用一张魔网控制住（也就是阻止其操纵受害的游戏角色的代码）。受辱角色的主人感受到的创伤症状导致很难将这一事故单纯定性为没有影响的游戏片段[1]。玩家群体在这个问题上意见不一，不过"笨狗先生"还是受到惩罚：这个角色被消灭，也就是说玩家的账户被注销。作为游戏人物，他死了。但玩家本人自然没有受到影响[2]，而且他很快又以一个名叫杰斯特博士(Dr Jest)的新化身，在同一个游戏中重新现身(Dibbell 1998; Gensollen 2007: 240-241; Huff *et al.* 2003: 12; Hartmann 2011: 39)。

从不同的角度看，儿童和青少年色情制品问题提供了另一

1　关于性骚扰女性游戏角色导致的心理影响，参见沃尔芬戴尔(Wolfendale 2007)。

2　并非所有人都认为这种做法不言而喻。一部分人或者认为玩家应为自己的游戏角色给其他玩家造成的损失负责(Huff *et al.* 2003)，或者坚持游戏角色在玩家自我构建中的重要性(Wolfendale 2007)。其他研究者指出，某些玩家在无理由地使用暴力时会体会到一种罪恶感(Hartmann et Vorderer 2010; Hartmann, Toz et Brandon 2010; Hartmann 2011)。

个引人思考、值得关注的例子，证明对于从法律角度界定虚拟现实的本质，人们还缺乏共识。引发争议的有些是网络游戏，呈现了处于色情场景中的儿童形象（此外，这一问题类似近期在日本[1]及其他地区[2]产生的有关色情漫画的争议，这些漫画再现了一些未成年人形象[3]，包括女性［萝莉控（*Lolicon*）］、男性［正太控（*shotacon*）］，甚至幼龄儿童［幼儿控（*todderkon*）和宝宝控（*babycon*）][4]）；还有一些是具有儿童形象、投身色情活动的游戏角色，而角色的所有人都是成年人[5]。

　　不同文化在面对呈现恋童癖的素材时表现的态度差异不是我们此处要探讨的问题[6]。反过来，令我们感兴趣的，是法律表述的多样性，这种多样性表明人们在确定虚构与虚拟形象属性时的犹豫态度。

　　我们可以区分三种立场。第一种立场以法国为代表，在真实儿童照片与虚构儿童形象之间不作任何明确的区分。1993 年起草

1　持保守政见的东京市长在 2011 年禁止恋童癖色彩的漫画流通，引起日本漫画家、知识分子和一部分公众的抗议。直至目前为止，这一禁令似乎并没有得到执行。

2　例如美国。2009 年，漫画收藏家汉利（Christopher Hanley）受到法律处罚。

3　日本对未成年人的定义问题比较复杂，法定的成年年龄为 20 岁，但 13 岁以后发生性关系受到法律默许。（日本《刑法》现已将性同意年龄从 13 岁提高至 16 岁。——编者注）

4　萝莉控、正太控、幼儿控、宝宝控并非对未成年人形象的称呼，而是对迷恋这些形象的人的称呼，应为作者理解错误。——译注

5　当这种情况在《第二人生》中发生时，玩家的账号被冻结，数据被删除。此外，林登实验室还发布了有关这一问题的声明（http://wiki.secondlife.com/wiki/Linden_Lab_Official:Clarification_of_po licy_disallowing_ageplay）。

6　这些矛盾观点汇总，参见卡尔松·贝尔纳（Carlson Berne 2007）。

的《刑法》第 227—233 条曾得到修正与补充（惩罚明显加重），但精神没变："为传播目的定格、录制或传播具有淫秽色彩的未成年人形象的举动"都有可能受到罚款以及监禁的处罚。这条法令的语言表述（"定格""录制"）尽管没有明说，但令人想到绘画、动画片、电影和照片都被无差别地涉及。在南非（2003）、加拿大（2002，《刑法》第 163.1 条）情况尤其如此，虚拟儿童色情制品与普通儿童色情制品没有得到区分。

第二种立场是欧洲的主流立场，主张尤其应惩罚那些被认为具有"现实主义"色彩的再现[1]。在英国，1994 年的《刑事审判与公共秩序法》（Criminal Justice and Public Order）修订了 1978年的《儿童保护法》（Protection of Children Act），引入了"伪照片"（pseudo-photographie）概念，用来指那些虚拟形象（Akdeniz 1997）。一个时常被提出，用以反驳指称对象差异论（照片意味着真实儿童而非虚拟形象的参与）的论据是，虚拟形象已经或者说很快将变得与真实形象无法区分[2]。另一个常被提及的论据则假设虚拟形象与真实形象具有同等的效果（无论观看者是成人还是儿童，这些形象都可能产生刺激或造成创伤[3]），都有可能被用于犯罪行径（腐蚀真实儿童）。

1　如要对这一领域的欧洲立法有一个总体看法，可浏览欧盟议会（2013）网站，http://www.coe.int/t/dg3/children/News/ELSADocument.pdf。

2　虚拟形象的欺骗能力似乎在 2013 年得到大范围确认。某非政府组织创造了一个电子人物，专门引诱恋童癖掉入陷阱，这个与某动画人物非常相似的虚拟人物（"Sweetie"）令几十万网民受骗。

3　在这一点上存在很多争论。

荷兰则根据 2002 年修正的《刑法》第 240b 条法令，对拥有、出版或传播涉及儿童的色情油画、图画、数码动画片、漫画的行为进行惩罚。如此一来，在荷兰，这一领域现存的司法明显被加重。新的法令明确瞄准了虚拟形象[1]，特别提出了一个非客观化标准，即真实或虚构主体的外观年龄必须达到 18 岁以上（这令忠实于原文本的《罗密欧与朱丽叶》的演出可能受到法律处罚）。对外观年龄的评估权留给了受众——这里也就是法庭[2]。2012 年 10 月 9 日，有人在比利时参议院向司法部长提出了一个有关虚拟儿童色情制品的问题（n° 5-7146 号问题），这一问题强调，在荷兰，法律瞄准的是"现实主义"[3]再现。德国法律（2009）体现的是同样的精神。拥有或传播儿童色情图像——无论"真实的还是现实主义的"[4]——都会受到监禁处罚，这一法令导致产生了不少意见

---

1 参见联合国《儿童权利公约》，CRC/C/OPSC/NLD/1，荷兰，2007：7。

2 "《刑法》第 240b 条第 1 款规定，传播、公开展览、制造、进口、转移、出口或拥有未满 18 岁的青少年的色情图像属于犯罪行为。判定色情图像呈现的人的表面年龄的权利属于法院。因此不需要证明当事人的实际年龄。这一刑法规定也适用于虚拟儿童色情制品。因此，不再需要证明是否有真实儿童参与色情制品的制作。对某个外表像儿童的真实人物的再现也属于这一定义的范畴。"（CRC/C/OPSC/NLD/1: 19）

3 "部长因而重申，他对警方及公共检察署大力追查虚拟图像并起诉作者的行为表示支持，这些图像虽是假的，但仍表现出现实主义色彩"，http://www.senate.be/www/?MIval=/Vragen/SVPrint&LEG=5& NR=7146& LANG=fr。

4 « [...] die ein tatsächliches oder wirklichkeitsnahes Geschehen wiedergeben », http://www.gesetze-im-internet.de/stgb/index.html。

分歧[1]。

无论如何，虚拟再现因其公认的数码准确性，在很大程度上被等同于现实再现，这件事无论对错，本身意味深长。安德鲁·尼科尔（Andrew Niccol）的电影《西蒙妮》（*Simone*）的放映与上述大部分法令的颁布在同一年（2002），这部电影探讨了虚拟形象引起的担忧。然而，尽管预言大肆宣扬，数码存在并没能取代真实的演员［2001 年电影《最终幻想》（*Final Fantasy*）的不成功可能正在于真实演员的不可取代性］。从现实主义角度说，游戏电影（machinima）[2] 比不上任何电影。此外，虚拟音乐家和歌手经常公开表明他们的非现实性［例如初音未来（Miku Hatsune）或街头霸王（les Gorillaz）］，而非试图让别人把他们当真［比如寺井有纪（Yuki Terai）的做法］，可能是考虑到了"恐怖谷"（uncanny valley）[3] 法则。尽管如此，对拟象的恐惧始终占据上风。

尽管不乏冲突与改变，美国司法表达了一个更为传统的观点，后者确立的基础是现实指称性这一试金石。儿童色情制品在美国是遭禁的，并且不受宪法第一修正案保护。1996 年，《儿童色情法案》（Child Pornography Prevention Act）曾试图禁止对置

---

1 《第二人生》涉及的儿童色情问题在 2007 年 5 月 7 日的《美因兹报道》（Report Mainz）上被揭露，相关讨论参见：http://www.jurawiki.de/KinderPornographieIn SecondLife。

2 "游戏电影"（machinima 一词从 "machine" "cinéma" "animation" 等词而来）指那些利用游戏合成图片和游戏引擎拍摄的电影。

3 参见下一章。

身色情活动的儿童的一切再现，包括绘画与虚拟再现。2002 年，美国联邦最高法院认为这部法案有违宪法精神（*Ashcroft vs Free Speech Coalition*），理由是虚拟儿童色情制品并非"与儿童性虐待存在内在关联"，换句话说，它与现实世界无涉。对某个虚构狎童场景的呈现被等同于"个人私人想法"，法院不希望对其进行控制。国会因此起草了《立即终止对儿童（性）剥削的起诉救济及其他手段法》（"Prosecutorial Remedies and Other Tools to End the Explotation of Children Today" 2003 ），将与真实再现真假难辨的虚拟图像也纳入法律处罚范围。这是德国"现实主义"法令的一个更为极端的版本（Cornelius 2011: 114-115 ）。但是，最高法院似乎并不接受这一提案，同时继续以宪法第一修正案的名义，拒绝对不涉及现实的再现定罪，无论其与现实的相似程度如何。请注意，这一在西方立法中罕见的放任态度有一个局限性，由于猥亵罪并不受宪法第一修正案保护，由此产生了自由裁量权的可能性（2009 年漫画收藏家汉利正是因此而获罪[1]）。

　　在以上的快速回顾中，我们看到了一些互相矛盾的结论，并且注意到，虚拟现实时而被视为现实，时而被视为虚构。

　　实际上，在儿童色情制品问题上，自 21 世纪头十年开始，立

1　http://cbldf.org/about-us/case-files/cbldf-case-files/handley。同样受法律处罚的还有沃尔利（Dwight Edwin Whorley）（2007 年 12 月 4 日弗吉尼亚州里士满上诉法院），他因拥有萝莉类型的日本动漫而被判猥亵罪，尽管被告提出了动漫无涉现实的论据并援引了宪法第一修正案（美国 vs 沃尔利，http://www.ca4.uscourts.gov/Opinions/Published/064288.P.pdf ）。

法普遍变得严厉起来，以便应对网络犯罪的爆炸。这些法律表现出某种虚拟观念（虚拟从此被认为与真实同等），在不知不觉间强化了司法框架，允许法律对虚构实施道德控制。面对虚拟现实所呈现的新的干扰，我们所说的"法理隐含的二元性"难以招架（除了有宪法第一修正案保护的美国）。

但是，抛开虚拟儿童色情制品问题不谈，尽管有人呼吁颁布游戏角色权利宣言[1]，虚拟现实的出现目前来看并没有引发新的司法回应。不过，涉及虚拟物品的知识产权、属性与价值的法令很可能已产生变化。对于网络世界犯下的罪（儿童色情制品以外的罪），法律追究的不可能性或迟疑表明，赛博空间在很大程度上还是被视为虚构而非现实，从而导致产生了一些法外空间的存在。

虚拟现实制造的杂糅模式以及由其引发的争议和不同评价证明，我们很难再用事实与虚构二元对立的传统术语来思考这一现象。

1　这一著名的宣言起草于 2000 年（Ludlow et Wallace 2007: 270）。

第四章 虚拟、现实与虚构

今日人称虚拟现实（la réalité virtuelle 或 les réalités virtuelles）[1] 的东西会令现实与虚构的区分显得不合时宜吗？古老的二元对立真的最终被人工现实的出现驱逐了吗？是否应该认为，人工现实令现实与虚构实现了前所未有的融合，或者构成了第三种秩序、另一种本体论维度，在对这一现象最危言耸听然而并不罕见[2]的阐释中，有取代现实、取代虚构或同时取代这二者的倾向？此外，在灾难宣布者的思想中，受赛博空间入侵威胁的更多是现实。正如舍费尔（1999）和瑞安（2001）很中肯地指出的那样，不利于虚构的论据现在被用于谴责赛博文化产品。这是否意味着，赛博

---

1 这是卡多兹（Cadoz 1994）一本书的书名，这本科普读物尽管出版时间较早，但在这个问题上深具启发性。在法语界，这一领域的奠基之作是五卷本《论虚拟现实》（*Le Traité de la réalité virtuelle en cinq volumes*, 2006 [1996]），由福克斯（Philippe Fuchs）主编，有网络版。诚挚感谢雷恩法国国家信息与自动化研究所（INRIA）的布伦瑞克（Bertrand Braunschweig）及其团队［尤其是克里斯蒂（Marc Christie）和戈尼尔（Ronan Gaugne）］在实验室接待了我们，这一实验室研究的是虚拟沉浸。下文很多内容得益于这次参观。

2 受鲍德里亚（1981）影响，此类研究尤其在 1990 年代大量涌现。尤其参见维利里奥（Paul Virilio 1988）的著作及布鲁克和波瓦（Brook, Boal 1995）的编著。海姆（Michael Heim 1998）列举了一系列宣告现实被拟象取代的著作。米隆（Alain Milon 2005）著作的核心假设是身体消失于控制论文化中，属于同一类著作。

文化最终只不过是虚构的一种新形态、新用途？

为了尝试回答这些问题，有必要先做一些澄清。很多人谈论过虚拟现实的性质、危险或前景，正如他们中大部分人强调的那样，虚拟现实是多元的，并且没有得到很好的命名。

确实，如果将"虚拟"（virtuel）理解为潜力[1]，或者还未被实现的东西，那么"虚拟现实"（经常被缩写为 VR）就是悖谬的术语[2]。此外，我们真的很难理解在合成环境中，有什么是潜在的，因为这中间不涉及任何现实化过程。尽管有人指出了可能性与虚拟性之间的细微差异[3]，两个概念还是互相涵盖，促使人工现实与虚构的距离被拉近，这种模糊性进而有利于数码形象被等同于某种想象空间[4]。与此同时，不少人避免使用"虚拟现实"这一叫法，更倾向于采用"遥在"[téléprésence 或 téléexistence，田智前（Susumi Tachi）在 1980 年提出]、"数码世界"、"交互式多传感器环境"、"赛博空间"、"人工现实"。卡多兹则建议使用"整体再现"（représentation intégrale）一词，尽管这个词只适用于指称

1　亚里士多德，《形而上学》，第九卷。

2　专家们经常指出这一点。根据《论虚拟现实》（dir. Fuchs）作者们的解释，混乱产生自翻译，法语的"réalité virtuelle"译自英语的"virtual reality"[该词在 1980 年代由拉尼尔（Jaron Lanier）引入英语]。然而，英语中的"virtual"意味着"实际上"（2006 [1996]: 5）。因此，应该将虚拟现实理解为某种"准现实"（quasi-réalité），而非像米隆那样，奇怪地将其理解为某种正在实现的现实。"准现实"概念与索瓦乔（Sauvageot 2003）的假设不谋而合。

3　德勒兹（Deleuze 1968: 273）。

4　尤其由莱茵格尔德（Rheingold 1995 [1991]）提出。此外，几乎整个赛博朋克运动都持这一观点。

帮助我们沉浸于合成图像的交互机制（1993: 11）。

　　"虚拟"一词指的是电脑制造的任意一种视觉效果[1]，我们是在这种广泛意义上使用这个词的。只不过，合成图像多种多样，为各种不同的用途而制造。那么，它们全部会以相同的方式——哪种方式？——影响现实与虚构的区分吗？

一、（准）整体再现：交互与沉浸

　　我们首先将关注进入虚拟或人工现实的途径的几个方面。在这一过程中，使用者借助一些设备连接到一台强大的电脑上，后者允许他在一个合成世界里移动，看到并触摸物体的三维投影。这些设备可能包括一个头戴式显示器或眼镜、一副触感手套、一套数据衣、一个 *joystick*（操纵杆），有时可能还包括一个"洞穴状自动虚拟系统"（CAVE）[2]，也就是一个由屏幕构成的房间——有时包括地板和天花板[3]。我们无意在此介绍技术设备细节，这超出了我们的能力，此外，很多专家已更为精确地描述过这些细节（Cadoz 1994; Fuchs dir. 2006 [1996]）。只须指出，使用者戴的

1　我们从以下定义中获得灵感："广义上说，虚拟现实（VR）是赋予基于计算机的、旨在三维或更多维度上实现对概念、对象或空间的可视化的一系列方法的标签。"不过作者也指出，还存在其他建立于交互或信息之上的有效定义（Fernie & Richards 2003: 5）。

2　即 Cave Automatic Virtual Environment 的缩写。——译注

3　目前（2012 年）已知最大的"洞穴状自动虚拟系统"在雷恩法国国家信息与自动化研究所（INRIA），长达 17 米。

配件（眼镜和手套）上覆盖着传感器，会将使用者的位置，他的眼睛、头或四肢的方向与运动极其精确地传送至电脑。电脑实时计算这些数据与视线，促使呈现的物体与使用者视角相对应。于是使用者便产生错觉，觉得被投射的形象独立存在于他身体以外的空间，这反过来又促使他对自己的现实性确信无疑。这一套设备建立在交互性基础上，因为它在使用者与虚拟环境之间建立了"界面"（信息从人到电脑，或从电脑到人，或双向进行），也因为使用者能够作用于模拟环境，独立或与其他使用者一起完成某些任务。这一环境极容易制造沉浸效果，即便沉浸程度取决于应用目标。环境可以是半沉浸式的（使用者此时可与合成环境互动，但并不丧失与真实环境的接触），也可以是完全非沉浸式的[1]（从2013年开始销售的增强现实眼镜即属于这类情况[2]）。

吸引我们注意力的是引发最大沉浸感的设备。我们首先要重申一下，从今以后，我们可以通过电脑模拟任何人类感觉，视觉、听觉、嗅觉、触觉、味觉、情欲冲动[3]，但这一切只能借助装有与电脑相连的传感器的配件完成。以味觉模拟为例，使用者需要在嘴里放入一片舌状薄片，后者会传输由电脑发送的信号，刺激神经，促使后者产生不同的味道感觉。用传感器包裹整个身体是可

---

1 某些钻研力反馈设备的研究者（例如卡多兹所属的格勒诺布尔实验室）不关心沉浸问题。触感设备或者说力反馈设备提供了触觉模拟。

2 由在眼镜内植入一个微型电脑构成，电脑应用能够投射在使用者眼前，并被语音指令激活。

3 参见 http://www.google.com/patents/US20100191048?pg=PA4&dq=cybersex&hl=en &sa=X&ei=uwTBUayrNcShqQGXi4Ew&ved=0CD0Q6AEwAQ。

能的[1]，但这样非常沉重，极其不方便。我们越接近整体模拟，就越远离生存条件、与自身的关系、日常生活中的身体，至少从目前科技进步的条件来看是如此。完全的沉浸妨碍沉浸。不过，一副通过电脑与"洞穴状自动虚拟系统"的投影仪同步的立体眼镜足以制造现实的幻觉，具有既强大又无法回避的特征。

虚拟现实是一些错觉装置的延续，自古代开始，这些装置就是西方艺术（及其他艺术）的特征。不过，虚拟现实体验也在程度与性质上有别于这些装置。

使用者处于与宙克西斯（Zeuxis）的鸟儿一模一样的境地[2]。他不可能不相信他的感觉。他不可能在通过某辆非物质的汽车那不存在的车门时不弯腰，不可能不绕过像素森林的树干。他的讶异，他认知上的慌乱，可能还有他的惊恐，都可能与初看到视错觉画、意大利式剧院、走马灯、电影、照相的那代人的感受相似。这里涉及的确实是再现艺术走向完美历程中的一个新阶段（在我们看来似乎是最后一个阶段，但它没有任何理由止步于此）。

这位使用者也经历了由感官提供的信息陷阱的极端体验（17世纪新的光学设备也曾带给人们这种体验）。虚拟现实设备揭示，我们对事物的再现与感觉都是被建构出来的。假如再现与感觉都能复制，那么它们的个体维度以及我们与自身关系的晦暗特征都将消失（假如小玛德琳蛋糕作用于普鲁斯特的效果能够被数码化……）。如果电脑可以完美模拟理性或感性把握现实的条件，那

---

1 借助装有动力的外骨骼。

2 普林尼，《自然史》，三十五卷。我们再回顾一下：根据这个著名的故事，画家宙克西斯画了栩栩如生的葡萄，引来了鸟儿啄食。

么我们在自己眼中将显得像是台机器设备。我们对现实的感知直截了当地产生于数据组合的结果。无论数据是生物学的还是信息学的，我们的体验都是相同的。当代新怀疑主义对现实之现实性的怀疑可以在此找到理论依据。正是在这种意义上，单词CAVE（洞穴状自动虚拟系统）往往被与柏拉图的"洞穴"（cave）建立联系。

如果说有关现实的常识有可能因此被动摇 [1]，那么有关虚构的常见观念也会失去平衡。

实际上，即使我们知道，并非一切仿真都属于虚构，我们仍然习惯于将这两个词联系起来思考，其中一个原因正在于柏拉图对诗人、对拟象的审判。此外，尤其自尼尔（Victor Nell 1988）和舍费尔（1999）的研究成果发表后，沉浸概念就主要与虚构联系在一起了。我们一般认为，虚构联合了一切理想条件，促使在另一个世界的最高程度的沉浸得以发生。然而，我们不得不承认，事实并非如此。虚拟现实的投射带来了强度前所未有的沉浸体验，但这些投射总的来说不属于虚构。当然，它们也可以是虚构。但截至目前，虚拟现实技术的应用者主要是军人、飞行员、外科医生、天文学家、企业老总。我们总倾向于将沉浸等同于某种形式

1　证明这种混乱的一个例子是鲁塞尔（François-Gabriel Roussel）和杰利亚兹科夫－鲁塞尔（Madeleine Jeliazkova-Roussel）的一部著作，这部著作具有一个意味深长的书名——《在现实的迷宫中：虚拟时代现实的现实性》（*Dans le labyrinthe des réalités. La réalité du réel, au temps du virtuel* 2012 [2009]）。两位作者致力于构建一种有关现实的完整理论。他们采取的可以说是一种建构主义视角，对所有理论来之不拒（从相对论到政治上的 *storytelling*）。这部著作专门辟一章谈论了不同世界以及线上角色扮演游戏（第77—110页）。

的梦境[1]，但在虚拟现实中，沉浸与学习、训练的活跃实践紧密相关。很显然，此类沉浸的本质不是虚构，而是交互。与环境及其他使用者共同行动并互动的可能性发展了虚拟现实的某种用途，这一用途与虚构的用途（我们之后会提到游戏的例子）没有任何关系。在这一科技的大多数专业用途中，沉浸强度甚至是保障交互有效性的条件：在模拟演习中，士兵必须确实相信自己置身于敌军的炮火下，才能学会做出面对真实袭击的适当反应[2]。

大部分虚拟现实技术都紧密结合了沉浸与互动，而且往往应用于非虚构语境。此外，请注意，我们倾向于将这类沉浸界定为极端沉浸，它与信任或怀疑的自愿终止没有任何关系，因为这类沉浸是以无法控制的方式强加给使用者的，只要使用者通过传感器与电脑相连，他就没有摆脱沉浸的任何可能。

到目前为止，占主流的还是对吻合事实的虚拟现实的专业应用，不过近年来，娱乐产业逐渐引入了 3D 技术。不久的将来，玩家能在虚拟环境中玩电子游戏。随着立体视觉头盔[3]的出现，电脑屏幕的障碍已被扫除，这一障碍此前已因主观视角游戏人物及射击游戏被破坏。正如增强现实眼镜会导致手机和平板电脑消失（应用

1　神经科学专家梅茨吕茨便将由戏剧表演引起的虚构沉浸与某种催眠状态进行了比较（Metz-Lutz 2011）。关于这一点，参见第一部分第四章。

2　然而，在模拟演习与真实经验之间常常存在某种断裂。虚拟现实专家正在研究并试图缩小这种断裂。教育科学领域的研究者建议采用混合方式，将虚拟实验软件与真实经验结合起来（Chalak 2012）。

3　Oculus Rift（放在眼前的四方形盒子，通过带子固定在头上）。与一台电脑和一个控制台相连后，它能让使用者在虚拟环境中玩沉浸式电子游戏。2013 年面世。www.youtube.com/watch?v=EKhp4H3DUwE。

直接显示在眼镜佩戴者眼前），一件合适的视觉设备能很快让人进入电子游戏和社交平台的持存世界（persistant world），而无须再借助一台电脑。不久的未来，这将会令沉浸的可能性与强度最大化。

在探讨游戏问题之前，需要指出一点：虽然我们的某些分类方法需要得到修正（沉浸并不一定与虚构相关，在虚拟现实技术语境下，它与交互性相关），但事实再现与虚构再现的区分并没有被清除。情况正好相反。导致这一状况的原因是多方面的。

首先，所有专业用途（无论用于军事、医疗还是旅游业）都要求看到与现实一致的事物。如果天文学家要模拟一次登月旅行，那么对这一空间的再现不应是想象出来的，也不应从科幻小说中获取灵感，这点极其重要。对维苏威火山爆发前的庞贝城的视觉化可能会包含一些推测数据，但这种视觉化并不因此而成为虚构。这当然并不是说视觉化必须尽可能做到与现实一致，例如在呈现原子结构时，它便蕴含了某种象征化（Fuchs dir. 2006 [1996]: 12）。多重世界体验远非游戏领域专属。安装一套 CAVE 类型的设备需要极高的技术，且价格极其昂贵，安装这些设备的机构或公司对制造虚构不会有任何兴趣。试图将虚拟现实商业化并向公众推广的娱乐机构或产业青睐操作更便捷、价格更亲民的科技。无论出于何种原因，对虚拟现实的严肃或趣味用途都是不同的，不可能被混淆[1]。

---

1 阿鲁什（Allouche 2012）、贝松（Besson 2015）都强调了科学、游戏与虚构之间的彼此渗透，但这种渗透仅限于相当特殊的场所与领域［例如人体增强（human enhancement）领域］。在我们看来，这种渗透与其说是与虚拟现实相关的真实科学实践的特征，不如说是当代想象力的特征。

此外，虚拟现实体验并不局限于暗示我们的感觉是被建构的，它还允许我们重温这些感觉。在呈现某个厨房操作台的 3D 屏幕前面，通过操作与电脑相连的操纵杆，使用者清晰地感觉到不同质地的容器和黏稠度不一的液体的重量、质感，他假装将液体倒入锅中，直至做成……一个虚拟的煎饼。我们在雷恩法国国家信息与自动化研究所（INRIA）进行了这一触感体验，之后发现对现实的模拟远非让我们忘掉身体，而是能够在实验条件下，令我们有意识地发现自己对物理世界中的物体的具体感受，而日常生活的惯性本来已经令这一感受变得模糊。

然而，这并不能令我们过早断定合成世界的本质，到目前为止，这些世界还处于屏幕的另一边，跟虚拟现实技术带来的沉浸与交互性相比，跟未来的沉浸与交互性相比，这种沉浸与交互性还是很有限的。但是，这种交互性仍然是图书、戏剧舞台或电影院无法营造的。我们已经看到，交互与沉浸从任何角度说都不隐含虚构之义。有趣的合成世界是否比"洞穴"——无论是否是柏拉图意义上的——更欢迎虚构呢？它们会如何利用虚构呢？

二、趣味合成世界

当用于严肃用途时，虚拟现实的模拟不会创造世界。反过来，只要想一想那些最有名的网络游戏的名称——《魔兽世界》（*World of Warcraft*）、《安特罗皮亚世界》（*Entropia Universe*）、《第二人生》，就会发现这些游戏将自己视为世界、星球［《蓝色火星》

（*Blue Mars*）]、星系、无尽的群岛。

如果说尝试对这些世界和星球进行编目与描绘（很多导游手册、地图、目录和百科全书致力于此）是徒劳之举，我们至少可以将它们分为几种类型[1]，与凯卢瓦（Roger Caillois）划分的几大游戏类型重合：扮假作真（mimicry），战斗与竞技（agôn），策略与运气（alea），晕眩（ilinx）[2]。我们将指出，这些区分（尤其前两类）在应用于网络世界时，与不同程度的虚构性相吻合。

虽然娱乐活动一般会将这些类型结合起来，但将它们进行区分有助于区别不同的虚拟社区，在一些虚拟世界中占主导地位的是扮假作真，其他趣味元素不存在或处于次要地位（《第二人生》这一类型），在另一些虚拟世界中，战斗与竞技则结合了扮假作真（《魔兽世界》这一类型）[3]。考虑到凯卢瓦的另一种分类，也即对 *paidia*（朝向自由的、几乎不受约束的学习）和 *ludus*（建立于规则之上）的区别，很明显元宇宙（métavers）[4]（或虚拟社区）属于

---

1 比尔凯特（Irvin Bearcat）区分了角色扮演游戏、生活模拟游戏和运动战斗游戏（参见 Beau 2007: 20）。所谓"生活模拟游戏"或者说"模拟社区游戏"指的是我们在本章中用"元宇宙"一词指称的扮假作真游戏。比尔凯特指出，这些世界并没有固定的类型名称。

2 在这一章中，我们关注的不是休闲游戏，不是网上运动（足球、赛车、壁球、拳击等），也不是"俄罗斯方块"一类的解谜游戏。实际上，即便这些游戏具有某种程度的虚构性（因为它们建立于非现实指向的规则体系之上，且其中一些游戏具有扮假作真的特征），其虚构性也是非常微弱的。最后，虽然元宇宙和电子游戏并不制造严格意义上的晕眩感，但它们尤其会通过化身在天空飞翔以接近晕眩感。

3 在电子游戏史上，角斗游戏出现时间早于社会模拟游戏或元宇宙（Aarseth 1997: 98）。

4 和其他与赛博文化相关的词一样，"元宇宙"一词也首先出现于某部描写虚拟世界的虚构作品中，这部作品是斯蒂芬森（Neal Stephenson）出版于 1992 年的《雪崩》（*Snow Crash*）。

第一种类型，而电子游戏属于第二种类型。

　　不过，我们不确定是否应该满足于用虚构性程度的概念来思考这些问题。即使很多有关赛博文化之极端异质性的话语都有些言过其实，我们也不应低估一个事实，即赛博文化确实对虚构观念与用途——甚至一些新近的观念与用途——提出了质疑，因为这些观念与用途很大程度上仍受阅读、电影与表演的启发。拉近上述不同实践的关系（网络游戏仿佛一出观众也登台演出的戏；网络游戏与小说的区别只是表面上的）无法呈现电子游戏不可抹杀的特殊性（Ryan, 2006）。实际上，就算都是虚构，电子游戏中的游戏、身份、参与等概念与其在图书、电影或戏剧领域中的意义也完全不同[1]。

　　我们将指出，合成世界和网络游戏（元宇宙和电子游戏）本质上是杂糅的。一些人可能会说，一切文学作品都具有这种属性（Shields 2010）。但是，元宇宙和网络游戏令它们的世界以一种特殊的方式与现实彼此交织［现实在这一语境下常被称作 IRL, *In real life*（在真实生活中），这一称呼足以表明一种二分法虽被重新命名，但始终存在着］：将指称性再现与非指称性再现的结合体与交互性组合起来。此前不曾出现的正是这一组合及其变体。

扮假作真的虚拟世界

　　在一些虚拟世界（虚拟社区，或元宇宙）中，玩家并不"玩"，

1　在这方面，我们采纳了游戏专家尤其是阿尔赛斯（Aarseth 1997）和尤尔（Juul 2015 [2005]）的论证思路。

在另一些虚拟世界中，玩家得"玩"，如果"玩"意味着受角色扮演游戏和战争游戏启发，旨在打败对手、达到某个目的的活动（Messinger, Stroulia et Lyons 2008; Di Filippo 2012: 7）。我们在区分这两类虚拟世界时并不意在标榜自己观点的新颖性。

不属于角色扮演游戏类型的虚拟世界，其虚构特征值得商榷。实际上，角色扮演游戏爱好者及研究专家卡伊拉甚至否认《第二人生》（2010: 132）之类游戏中的世界具有虚构性。在我们看来，他的否定站不住脚。网络世界如果不是竞技游戏，那么它们就需要借助通常所说的"化身"（avatar）——无论这种称呼是否正确[1]——来构建一种虚构身份。很多研究者都坚持主张这一关系可能非常复杂，有时会根据不同文化区域（Schultheiss *et al.* 2011; Shawli 2012）具有不同的形式（Georges 2012; Geser 2007; Meadowz 2008; Di Filippo 2012）。不过，无论使用者在构建游戏化身时投入了多少感情，无论其多么依恋化身，无论其多么想在网上交流时保持隐身或戴上面具，这个使用者采用的都是某种表象、某个借来的身份：这一扮假作真的活动足以赋予线上社区以某种虚构性。

网上虚拟世界，又被称作"持存世界""元宇宙"或"大型多人在线游戏"［MMOGs，以区别于 MMORPGs（大型多人在线角色扮演游戏），因为没有 RP，*Role Player*，角色扮演］。这些虚拟

1　迪菲利波（Laurent Di Filippo 2012）认为借自印度教的"化身"（avatar）一词不是一个合适的词，一方面因其具有奥义内涵，另一方面也因为这个词假设了真实世界（由神一般的玩家统治）和虚拟世界（玩家以某个低等存在的形象出现）之间本质上的不平等。

世界具有多种类型。

我们可以区分出两种环境，在一种环境中，游戏角色会与世界一起进化（《第二人生》[1]、*There*[2]、*Twinity*[3]《蓝色火星》[4]、寿命短暂的 *Lively*[5]《哈宝》(*Habbo*)[6]、*Mamba Nation*[7]、*Ai Sp@ce*[8] 等），另一种环境只为使用者及其游戏角色提供一个个人网上空间（*IMVU*[9]、*Myspace*[10]）。还存在不少中间类型。例如在《安特罗皮

1　2003 年由美国林登实验室推出，其宣称在 2003 年至 2013 年间拥有 3600 万个注册账号。独霸市场很长时间后，自 2009 年起该网站开始走下坡路。据鲁塞尔和杰利亚兹科夫–鲁塞尔（Roussel & Jeliazkova-Roussel, 2012 [2009]）统计，网站注册账号数量从 2009 年的 1250 万跌至 2012 年的 80 万。尽管如此，仍然没有其他虚拟世界可与之匹敌。

2　1998 年推出，其后开开关关很多次。2012 年后重新投入使用。（有些游戏或网站无通用中译名，玩家一般使用外文名进行交流，这里保留了原文。下同。——译注）

3　德国元宇宙（Metaverse）公司 2006 年发布。

4　2009 年在夏威夷发布（开发公司：Avatar Reality）。

5　这个谷歌虚拟世界只维持了 5 个月，从 2008 年 6 月至 12 月。

6　哈宝旅馆由 Sulake Lab 公司（芬兰）开发，2000 年推出，面向 13 岁以上青少年（但这款游戏的很多玩家的年龄要小得多）。用户拥有一个化身，可以装修空间，尤其是内室空间。

7　2011 年由法国游戏公司摹仿共和国（Mimesis Republic）开发，目标是青少年。游戏允许玩家创造化身，参观、装修空间。

8　2008 年由多个日本公司共同开发。这款游戏的新颖之处在于游戏化身能跟动漫人物互动 [2004 年《团子大家族》（Clannad）同样如此，游戏有一个主故事，还有分开讲述五位女主人公的不同故事]。

9　一款美国游戏，2004 年推出。可以定制自己的游戏化身和个人主页。内容"成人级"。游戏声称拥有 300 万用户。

10　2003 年推出，是一个不创造虚拟世界的社交网络。因有众多音乐家主页而闻名，这些音乐家通过网站中介获得知名度。

亚世界》[1]，玩家既可以借助游戏角色杀死怪兽，也可以听音乐，结识其他游戏角色。在赛我网（*Cyworld*）[2]，网民都有自己的游戏化身，很重视自己"迷你小家"的装修与装饰，但"家"之外不存在外部空间。《模拟人生》[3]和《动物之森》（*Animal Crossing: Wild World*）[4]是"生活模拟"游戏（必须创造一个集体生活场所，让一个社区的人致富），它们的首要目标既不是社交也不是竞技。开发、装修、社交，这些活动在以扮假作真为主要特征的不同虚拟世界占据着不同的比重[5]。

我们暂且将那些只提供游戏化身构建而没有世界效果的游戏搁置一边。在我们看来，"大型多人在线游戏"或"元宇宙"特有的虚构性质事实上正存在于对场所的想象与对游戏化身的操纵的

1　2003 年由瑞典公司 MindArk 推出。网络世界由多个主题星球组成（游戏化身借助宇宙飞船，可以在这些星球间穿梭）。

2　韩国网站，1998 年推出，比脸书创立早 6 年，脸书诞生后被取代，至少在欧美市场是如此。网站声称在全世界拥有约 1 亿个账号（一半是韩国用户）。用户拥有一个化身，一个个人主页（minihompy），并且可以装修自己的"迷你小家"。有关韩国数码文化，参见吴明与拉森（Oh et Larson 2011）。

3　2002 年以 *The Sims Online* 之名由美国艺电公司（Electronic Arts）发布，2008 年关闭，之后由 Maxis 公司重新推出。游戏装饰、人物和需要获得的技能都令人联想到日常生活。模拟市民过着家庭生活，会成长、衰老、死亡。游戏旨在推动玩家以最优方式组织家庭生活。对这一游戏隐含的意识形态元素的分析，参见弗拉纳甘（Flanagan 2003）。

4　由日本任天堂公司 2001 年推出。游戏玩家的住所位于一个住满人形动物的村庄，其任务是负责场所的装修，维持居民的生存。

5　根据理查德·巴特尔（Bartle 2004）的一项研究，游戏玩家的动机是探险、提升自我、社交和控制。根据伊（Yee 2007），动机是社交、沉浸、游戏干扰、权威与权力欲。在我们看来，与趣味游戏（*ludus*）类型相对的元宇宙尤其有利于社交、探险与沉浸。

交叉过程中。

场所的杂糅性（hybridation）

大型多人在线游戏或元宇宙中的虚构并不存在于故事中，而是存在于对场所的想象中。与被小说的（昔日）辉煌统治的文学史向我们发出的邀请不同，这些环境提供了抛开叙事来思考虚构的可能性。

对虚拟世界的场所想象与对可能世界的场所想象吻合：与后者一样，前者也是宇宙空间。这些世界渴望成为由无穷无尽的岛屿或星球串起的念珠，它们的主要吸引力在于数量的充沛与对无限的承诺，与此相结合的是 3D 实时赛博空间特有的让人沉浸其中的品质，这一空间采取的是玩家视角："没影点的多重性，无限的层次的叠加，电影运动。"（Walther 2003: 209）[1] 瞬间从一地到另一地的"时空传输"（téléportation，林登实验室术语）、俯瞰视野、空中飞翔（《第二人生》）等强烈激活了童话故事中的真势元素，终止了真实世界的物理法则。通过自己的游戏化身，使用者以神一般无所不包的目光拥抱了整个虚拟世界（或者至少是这个世界的一小部分），人类普遍具有的某种欲望通过游戏化身得到了满足。进入 21 世纪以后，这种满足感可能有些减弱，实际上，在类似 Ai Sp@ce 等新近出现的一些线上世界里，游戏化身们只是简单地坐上火车从一地去另一地。然而，飞翔的化身毫无疑问促进了全球（尤其是西方和亚洲东部地区）对这些世界的沉迷。它们

1　有关虚拟世界空间问题，同时参见阔尔特鲁普［Qvortrup (éd.) 2002］。

看来似乎能够从真正意义上实现欲望与梦想：这是实现了的可能世界。《第二人生》的自我推销很大程度上利用了这一理念 [1]。

然而，尽管虚拟世界被公认为是没有末日也没有尽头的宇宙集合，我们仍然应该谨慎对待这种看法。一方面，游戏世界的尺寸受限于页面数量，有时比我们期待的要小很多。某网民就曾失望地指出，*Ai Sp@ce* 的三个岛屿非常相似，只有一个细节上的区别（作为游戏灵感来源的虚构作品中的主要场所——中学）[2]。《第二人生》的城市几乎没什么可看的（比如威尼斯，之后我们还会再谈到）。真实世界只是比线上世界的陈设更多一点，人口密度更高一点！此外，每个游戏都建议玩家在网络的无尽世界中创造自己的小小角落：工作室，"迷你小家"（赛我网），小公寓（*Ai Sp@ce*），位于曼哈顿或新加坡的带厨房的两室一厅（*Twinity*）。这种扎根行为一般来说都要收费，然而是绕不过去的举动。尽管虚构作品中有很多赛博空间流浪者——只需想想威廉·吉布森

1　与《第二人生》官方说明书一起发售的还有一张 CD（Rymaszewski *et al.* 2007 [2006]），内有多部游戏电影，包括罗比·丁戈（Robbie Dingo）的《更美人生》（*Better Life*），罗比·丁戈是罗布·莱特（Rob Wright）的游戏化身的名字。这部短片呈现了一个坐在轮椅上的人，他睡着后，梦见自己飞起来，随后伞降在一片蓝色的虚拟土地上（由此预演了卡梅隆的电影《阿凡达》）。在莱特另一部游戏电影《在你的时间里》（*In your time*），同一个人物又出现在这片蓝色土地上，这片土地逐渐形成了凡·高的一幅画，而人物最终溶解于画面中。这部游戏电影同样由林登实验室出品。这些游戏电影很清楚地表明了《第二人生》的自身定位：一种补偿，一个审美空间，令玩家同时成为艺术家和艺术世界的居民。这个令人向往的世界宣称为玩家所创造，但事实并非如此。

2　http://www.gamekult.com/blog/exelen/126462/Ai+sp@ce+le+MMO+pour+otaku+impressions.html。

（William Gibson）的赛博牛仔［《神经漫游者》（*Neuromancer*）1984］，但虚拟世界的"居民"——再次使用林登实验室的术语——并不是这样的流浪者。虚拟流浪汉有点像真实生活中的流浪汉，在最好的情况下他们是新手（"菜鸟"是一个侮辱人的称号），其他时候是穷人或没有能力的人[1]。标志这些社交游戏世界多维空间特征的，正是个体与地域（我的家，我的虚拟村庄）的联结，以及玩家培养化身的特殊元宇宙的广阔性（对虚拟空间的占领，以及与其他国家玩家的关系[2]）与赛博空间之无法估量性的联结。这一结构是一个可能性的隐喻，涉及对我们自身在一个扩张的宇宙、在整个世界中的位置的当代理解。此外，从其指称对象来看，这一结构具有高度的异质性。

　　实际上，虚拟世界具有很多变体：奇幻、梦境、仙境、来自广义文学和电影的想象世界，以及来自其他游戏、日本动漫、广告片段的想象世界，跨媒介性是其类型原则（Jenkins 2003）。例如，《蓝色火星》呈现了一系列想象空间，这些空间都拥有未被污染的大自然，很容易令人联想到阿卡迪亚[3]［阿卡迪亚（Arkadia）也是《安特罗皮亚世界》中第四个星球的名称］。尽管《第二人生》制造了自己的刻板形象（无数场所里的建筑是由原材料

1　马拉比（Malaby 2009: 29）强调，在《第二人生》中，财产的获得具有重要社会意义，被视作能力的体现。

2　事实上，线上世界有大量美国、亚洲、欧洲玩家。亚洲游戏世界（韩国与日本）在西方不如在其自身文化语境中受欢迎，而且有时很难进入，其中语言障碍是一个重要因素。

3　阿卡迪亚（*Arcadia*）是《蓝色火星》的一个入口、一个部分。

"prims"[1] 建造的简陋建筑，几乎总是被闪光的大海包围，背景乐总是电子音乐），但游戏中也存在一些具有高度艺术性的领域[2]。

然而，在元宇宙中，虚构性始终在不同程度上关系到对外部世界的指称。假如说想象元素与事实元素的混杂是一个平常现象，显然并非专属于赛博文化，那么我们想在此提出一个假设：元宇宙的吸引力恰恰在于真实与虚构的组合模式的创造性及创新性。

首先要注意的是，对于元宇宙中再现的世界，外部指称性仍然是其存在的理由，而在文学虚构中，这种指称性是可选的、次要的。文学虚构提及的外部世界的功能是可疑的［我们知道，利科和德贡布（Vincent Descombes）认为外部世界在此处于休眠状态[3]］。而在《第二人生》等元宇宙中，情况完全不同！对在某个虚拟站点主持选举会议的总统候选人来说，他的游戏化身听众哪怕以机器人和浣熊的形象出现，它们是否代表真实的选民，这一点非常重要。而选民也会将虚拟主席台上讲话的游戏化身视作真实的候选人，哪怕竞选地点位于某个想象出来的岛屿[4]。在这类虚拟世界中，事实元素成分可能会显得非常具有侵略性，导致人们只能在此看到广告和社交平台：以游戏化身为中介的交友俱乐部

1　在《第二人生》中，"prims" 或 "primitives" 是简单的几何形状，玩家可以将它们组装成修饰材料。

2　明斯基（Richard Minsky）在 *SLART*（2008）中统计了这些领域。*SLART* 是一本有关《第二人生》中虚拟艺术的杂志。

3　参见第一部分第二章。

4　根据勒克奈（Marie Lechner）和里弗瓦尔（Annick Rivoire）的观点，是 2007 年的总统选举促使法国人大量涌入《第二人生》。截至目前为止，该游戏的法国玩家数量位居第三，仅次于美国和德国（Cayeux et Guibert dir. 2007: 23）。

和购物中心。无论如何这是卡伊拉的观点，他将这些虚拟世界排除在虚构领域之外，认为它们不同于一切游戏——无论在线与否，甚至也包括象棋游戏（2011: 132）。实际上，在线上世界，金钱元素那么明显，那么令人不快地强调着自身，导致人们试图否认它们的虚构品质，因为人们本能地认为虚构总是与免费、与审美无目的性相关。去电影院看电影时，我们自然要付钱，但购买电影票并不能让我们在迪士尼电影中安置一座以我们的名字命名的房子。事实上，被利用来塑造这些虚拟世界的星球观经常可悲地表明，虚拟世界只是对现实世界的摹仿。我们可以如哲学家寇克蓝（Anne Cauquelin）那样充满厌恶地总结，游戏承诺的"第二人生"一点都不像一个可能世界，它只是平淡地反映出那些太过平凡的欲望（2010）。

　　然而，寇克蓝的视角忽视了线上虚拟世界的特殊性。她没能揭示构成线上虚拟世界主要吸引力的其中一个方面，也就是虚构性与现实指称性的前所未有的混杂。元宇宙中存在属性不同的空间，尤其存在联结这些空间的不同方式，这些方式结合了我们称之为"并置""引发'仿佛'状态的动态交叉"［或"道具"（prop）］和"嵌入"的手段。

　　Twinity 很好地展示了"并置"手段。这个虚拟世界打出的旗号是"现实主义"，出现在网站图标旁的文字是"动力来自真实生活"（*powered by real life*）。这是什么意思呢？玩家在有限形象范围内［被恰当地标记为"优雅男人"（*elegant man*）、"性感女人"（*sexy woman*）等］选择自己的化身并在此网站注册后，会看到自己的电脑屏幕上出现一帧由"谷歌地球"提供的地球照片。他可

以在五个城市中进行选择：柏林、伦敦、纽约、迈阿密和新加坡。之后他被要求根据一张"谷歌地球"提供的图片，选择一个负有盛名的地址，购买一套公寓，一套位于纽约第五大道附近，价值20—100欧元（真实货币）不等的两室一厅或三室两厅。这一公寓的特征（平面图、楼层）都会提供给玩家，仿佛在进行一次真正的不动产交易。公寓购买完毕，幸福的业主就只需花"globals"（*Twinity* 中的货币）来装修这个虚拟空间了。"globals"可以兑换成 *IRL*（在真实生活中）流通的货真价实的钱币：想象的公寓被嵌入与真实相符的环境中。玩家也可以在某个再现的城市中走动，这一城市的地形是对纽约或另一个城市地形的再现。不过，对真实的重构非常粗略。

推出几年后，*Twinity* 增加了一个虚构区域，一个毫无意外地被命名为棕榈岛（Palmodora）[1] 的岛屿，无甚新意地令北半球的居民联想到南方的假期。沙滩围绕着这个默默无闻的现代城市，沙滩上有一些度假小屋，并且不可避免地种植着赋予小岛名字的棕榈树，这的的确确是一个与真实世界无关的场所。因此，*Twinity* 缺乏奇幻色彩的世界将想象出来的封闭场所（游戏化身的公寓）融入摹仿真实世界某些场所的一系列画面中，其对真实的指示得到了卫星地图软件"谷歌地球"的证实，这一设置与某种纯粹的想象结构（棕榈岛，关于度假场所的刻板印象中最平常的一种）并置。

---

1 Palmodora 是一个生造的词，前半部分令人联想到英语 palm 或法语的 palme，即棕榈。——译注

虚拟公寓有一个真实地址，这一与真实的具有欺骗性的关联类似虚构中永恒的"仿佛"，因此我们也可以谈论动态交叉，用沃尔顿的术语来说，真实元素承担了"道具"（1990）功能。

Ai Sp@ce 的日本世界也结合了现实与虚构的并置与动态交叉，尽管结合方式有所不同。新来的游戏化身首先出现在再现秋叶原的画面中。在真实生活中，东京的这个街区是专门销售电子产品、玩 *cosplay*[1] 的街区。在 *Ai Sp@ce* 中，我们之所以认出真实生活中的秋叶原，全靠那些代表装扮成人物的真人的人物！虚构溢入现实，现实由此得到指称。我们可以认为这里存在一种动态交叉，它决定了进入虚构的方式，并制造了一种元虚构。

事实上，新来的游戏化身要从虚拟的秋叶原坐火车去游戏世界三个岛中的其中一个。这三个岛是团子岛（Clannad Island）、三界恋曲岛（Shuffle Island）和初音岛（Da Capo Island），它们不仅是虚构的场所，还是跨虚构的场所，因为它们的名称与在日本非常流行的几部"视觉小说"（*visual novel*，兼具电子游戏、小说与超文本特征的类型）中的岛屿相同。

如果说 *Twinity* 和 *Ai Sp@ce* 让游戏化身做了从真实到想象的运动，韩国游戏《冒险岛》（*Maplestory*）[2] 则暗示了相反的路径。这一极其不真实的世界近期添加了一些现实中存在的地点（新加坡、东京、马来西亚等）。不过，这些城市的建筑所承受的变形强

---

1 年轻日本人装扮成漫画或游戏中的虚构人物。关于这一问题，参见东浩纪（Azuma 2008 [2001]）。

2 2002 年由 Wizet（韩国）公司推出。游戏环境是仙界，同时令人联想到大航海冒险（游戏中的职业包括船长和探险家）。世界由岛屿组成。

调，这是真实的虚构版本，不同于 *Twinity* 对柏林的粗略重构。在元宇宙与在电子游戏中，真实与想象的区分方式显然有所不同。

嵌入是元宇宙中杂糅事实性与虚构性的普遍结构。我们在此给出两个复杂程度不一的例子。在《第二人生》中，我们很容易辨认出肯塔基大学的虚拟校园，这里教授的课程和信息完全是事实性的[1]，但游戏中的校园位于一座仙境般的岛上（我们知道，美国的这个州并没有海岸线）[2]。一个具有现实性的场所被嵌入到想象出来的风景中。

《第二人生》中的威尼斯从两种意义上说可以作为嵌入的例子。这个非常小、非常不完整的威尼斯沉浸在粉色的人工晚霞中，拥有与真实建筑大致相似的里亚托桥和总督府，但它四周被夸张的岛屿环绕。这里同样如此，具有现实性的场所被嵌入想象的风景中。现实通过一张拍摄于真实生活中的圣马可广场的游客照片闯入虚拟的圣马可广场，而后者因一片铺着地毯的地面失去现实性。真实照片像围墙一般将虚拟的圣马可广场团团围住（见下图），它们仿佛是屏障，阻挡那些漫游的游戏化身通过。后者会撞到这些墙，仿佛将他们与现实分隔的无法跨越的边界在此显形。再现层面的异质性可以从视觉和触觉上[3]被感知，这一点任何其他媒介都无法做到。

1　2006 年，150 个大学在《第二人生》中提供学习课程。

2　http://secondlife.com/destination/1158.

3　借助面向对象编程（POO）的使用。

《第二人生》

游戏化身：数码分身还是人物？

空间的杂糅性之外还要加上一个事实：合成环境具有持存性和交互性。这一点令合成环境既接近又远离真实世界以及传统虚构，无论后者是文学还是电影。

元宇宙和电子游戏之所以被称为"持存的"（persistant），是因为它们不停地被所有玩家的活动改变，即使其中一部分玩家不上线时也是如此。当一个玩家离开自己的电脑，之后又重新连线时，他会发现一个被其他人改变的合成环境，这摹仿并加强了真实世界的某个特征：在真实世界中，每个个体会留下自己多少可见的印记，但却没有能力对自己所处的环境进行整体的、持续的改造，后者只能依靠流逝的时间与全人类的行动。持存世界与真实世界的这种同构特征非常明显，其明显程度绝对不亚于 17 世纪时剧场与世界的同构特征。但是，虚拟世界与现实的关系并不同于剧场与世界的关系，一部戏剧的时间由情节组织，而扮假作真的持存世界却不是；与人类生活相反，这些世界并不朝衰老与死亡发展（《模拟人生》中的世界除外）。撇开人生是否可能具有叙述特征（是否处于一种天命论模式）这个问题不谈，可以承认的是，元宇宙中时间的无定型特征令其远离大部分传统艺术性虚构形式，而当涉及电子游戏时，这一本质区别就会消失。我们之后会谈到这一点。

虚拟世界也被称作"交互"世界，但此时这个词的用法不是我们在谈论虚拟现实模拟时的用法。实际上，这里并不涉及从视觉或触觉上模拟某个真实物品提供的感觉。从现实主义角度说，元宇宙提供的数码视觉效果远远低于照片或电影提供的图像。交互体现于玩家／用户对某个形象也即游戏化身的操纵。我们知道，从某种程度上说，玩家或用户可以任意改变这一形象（根据游戏性质和虚拟世界本身，化身的造型、外表、财产会发生很大变化），免费或付费为其添加各种能力，让其在虚拟世界走动，而虚拟世界本身在玩家／用户的行动作用下也会发展和改变。

在玩家／用户与其游戏化身的关系中，虚构成分同时具有以下关系的属性：孩童与其玩偶[1]，作者与其人物，或者参加狂欢节

1　在《模拟人生》、赛我网及很多类似《哈宝旅馆》《动物之森》等面向年轻公众的
　　游戏与世界中尤其如此。

的人与其面具[1]。在信息环境之外，这些关系哪种都不简单。

在游戏中，这一关系更为复杂，因为用户同时将自己视作作者与人物，并与他的面具合为一体。无论如何，他被强烈鼓励这样做。一切都在助推与自己游戏化身的最大程度的认同：技术程序、某些元宇宙的规则、游戏开发者的话语。考察过这一问题的大部分批评家都指出了认同机制的有效性，即使其间发生了某种演变。实际上，用户与其游戏化身完全等同的观点尤其吻合元宇宙出现与发展的第一阶段——始于 2003 年。此一阶段过后，出现了新一代用户 / 玩家，他们更有经验，更具批判性，情感上更为麻木。至于与游戏化身之间的关系，尽管卡梅隆和好莱坞在 2009 年给出了一个极端的虚构版本，但从此以后人们在看待这种关系时态度更为疏离、更为含混[2]。

让我们先回到设备问题。用户 / 玩家操纵键盘或操控器的触觉活动决定了其对 3D 数码世界的视觉理解，而这一数码世界的展开既采取了用户的视角，也（宣称并从虚构意义上）采取了游戏化身的视角，因为当化身走路、跑动或飞翔时，视线是根据其

1　蒂斯隆（Tisseron 2001）更强调与众多身份的嬉戏，这种嬉戏允许青少年展现自己私生活的碎片并获得他人的认同［蒂斯隆称之为“私生活外化”（extimité）］，由此探寻自己的身份。蒂斯隆还认为，事实与虚构之间的对立被一种认为图像皆编造的共识抹除。

2　梅多斯（Mark Stephen Meadows）将游戏化身视作“真实与想象的混合体”，但根据游戏性质区分出几种类型：“游戏化身是用户的一个具有交互性与社会性的代表”“你的化身是游戏中的一个角色”“你的化身允许你成为一个具有交互性的角色，通过这个角色，你能够影响、选择或改变故事情节”。（Meadows 2008: 14-15）

位置与移动计算的。与戏剧甚至电影相比，感知差异是巨大的：虽然在主观模式下，摄像机会跟随某个人物的目光而动，由此增强观众的代入感，但观众在任何情况下都不能左右人物的视线。电影观众不能改变银幕上人物的视角。在很多虚拟世界 [1]（无论是《第二人生》还是《魔兽世界》），用户／玩家的所见及所做与他认为他让自己的人物／游戏化身看到的世界或做出的动作一致。用户／玩家的视角在空间上绑定于自己的游戏化身，而化身大部分时候呈现给用户／玩家的都是其背部（"第一人称"射击游戏除外）。在《蓝色火星》和 Twinity 中，游戏化身交替呈现正面、背面、侧面形象，但视角始终是虚构的游戏化身的。

与游戏化身的认同起先可能是根据文学模式设想的，但这种认同跟发生于或被认为发生于读者与小说人物之间的关系有较大差异。首先，与小说人物——至少与传统小说人物不同的是，游戏化身是个全空的数码外壳，既没有故事也没有性格（重申一下我们谈论的是元宇宙而非电子游戏）。如果小说人物可以被定义为"一个投射交点"（carrefour projectionnel）（Hamon 1983: 9），那么如白纸一般的游戏化身更可能成为这种交点。

无论如何，完全的认同排斥虚构性。勒德洛（Ludlow 2007）

1　实际上，我们应该区分第一人称视角（在所谓"第一人称"射击游戏中，摄像机与游戏化身的脸和视角合为一体）、第二人称视角（本书这部分描述的视角）、第三人称视角或上帝全景视角［例如彼得·莫里诺（Peter Molyneux）的游戏《黑与白》(Black and White)或《模拟人生》］。（Meadows 2008: 19-20）

借助自身经验，坚持对人物与游戏化身进行区分[1]，并断言游戏化身不多不少，只是键盘手（那个敲击键盘的人）的延伸。在他看来，通过某个游戏化身频繁访问某个虚拟世界，这种行为不可避免地会制造认同关系[2]。在这一基础上，他呼唤法律严格地对真实个体及其游戏化身一视同仁！此外，他还在 2007 年出版的这部著作的附录部分附上了游戏化身权利宣言，宣言的作者科斯特（Raph Koster）[3] 表明自己照搬了 1789 年的《人权宣言》[4]。这一举动的意义非常含混，它促使某个想法获得了合法性［这一想法已经借由从《电子世界争霸战》（Tron）到《黑客帝国》的诸多电影而为人熟知[5]］，也即赛博空间的造物从此以后能够拥有独立性以及自己的生活。但是，与此同时，这一呼吁建立于对游戏化身一切虚构属性的否定之上，游戏化身被严肃地视为真人的表达与在场，因而理应受到应有的保护。然而，勒德洛也指出，用户对

1　"这本书讲述了很多人物的故事，尤其是好斗的记者斯克拉的故事，他于 2003 年 10 月创立了如今被称为《第二人生导报》的报纸。但是，一旦涉及虚拟世界，人物的概念可能会令人困惑。斯克拉是一个化身，一个像素构成的人，仅存在于计算机屏幕上。斯克拉在虚拟世界所代表的那个人，他的'键盘手'彼得·勒德洛则是一个真人，并且是本书的作者之一。"（Ludlow 2007: 1，作者前言）

2　维基百科上有关勒德洛的页面在介绍他与自己游戏化身的关系时，更为传统地将其视作一种真名与笔名的关系（http://en.wikipedia.org/wiki/Peter_Ludlow）。

3　科斯特也是最早的电子游戏之一《网络创世纪》（1997）的设计者。

4　宣言建立于某个经常被引用并被认为理所当然的前提之上，这一前提是："化身是真人在网络媒介中的表现，在任何其他论坛、场所、地点与空间中，化身的话语、行为、思想、情感均应被视为与人的话语、行为、思想、情感一样有效。"（Ludlow 2010: 270）

5　格泽（Geser）曾在 2007 年预言游戏化身会取得独立地位。

虚拟世界事务的评价非常多元。勒德洛本人以斯克拉（Urizenus Sklar）的笔名和记者斯克拉这一游戏化身记录了虚拟世界的日常。再如，在《模拟人生》世界的总统选举中，两位竞争的候选人表达了有关《模拟人生》世界属性的不同看法，一位游戏化身的所有人想认真履行职责，维护《模拟人生》住民的权利，另一位只不过是在扮演角色（这里是强盗的角色）。

用户对自己与化身的关系的设想并没有固定的模式。近期一些研究修正了绝对认同理论。法妮·乔治（Fanny Georges）区分了"作为木偶的化身""作为面具的化身"和"作为运动的化身"（2012）。迪菲利波试图取消"化身"（avatar）这一术语，同时建议采用更为中性的"人物"一词。"人物"强调了虚拟实体的虚构性，有可能将其带回更为古老的用途中。与化身的认同也与文化区域[1]、个体特征、游戏提供的可能性以及玩家代际身份有关。当规则允许一人同时拥有数个化身时，认同关系也会发生变化。这一现象经常出现于电子游戏中，但在大部分元宇宙中不太常见。本布里奇（William Sims Bainbridge）曾针对某个长期处于"霸权"地位的在线游戏《魔兽世界》[2]进行过一项有趣的社会学研究。他借助自己的 22 个被他称为"角色"（*characters*）的游戏化身展开了调查，细化了自己与这些"角色"的不同认同关系：以某种可

1　舒利（Ashraf Shawli）指出，在沙特阿拉伯，借助笔名和化身进行的交流有助于规避宗教审查（2012）。

2　《魔兽世界》由美国暴雪娱乐公司在 2001 年推出，被认为是最火爆的在线角色扮演游戏，其设计者宣称游戏拥有 1200 万个活跃账号。《魔兽世界》也是被研究得最多的游戏。

以预见的方式，这位学者宣布，那些被他冠以祖先名或最喜欢的作者名字〔马克斯罗恩（Maxrohn）和卡图鲁斯（Catullus）[1]〕的男性化身与他最为接近，与他最为疏远的是某个属"牛头人"种族的女性化身，后者的外形接近米诺陶洛斯[2]。频繁的性别转换（《魔兽世界》大部分女性角色的所有者都是男性玩家[3]）、具有某些人类特征但并非亚当后裔的多样族类，这些都有利于制造距离，为引发某种虚构效应提供可能性条件。

　　某些元宇宙也提供了可能引发虚构效应的设置，不过方式有所不同。在 Ai Sp@ce 中，用户的游戏化身（很像漫画人物，不能对其作出很大改变，以至于所有化身几乎大同小异）一旦进入自己的小公寓——由自己选择的小岛提供，身边便会出现另一个化身。这个分身（与用户选择的化身并不完全一致，但与后者有着相同的穿着打扮，并与其十分相像）始终是个女性。这个新化身被称作"角色人偶"（chara-doll），会伴随用户的化身去任何地方，与其进行互动，当然互动的方式确实相当贫乏（对话的可能性极为有限）。此外，化身及其分身会遇见视觉小说人物，后者在相遇

1　作者为他最喜欢的两个化身设计了一场生死决斗，令这一关系变得更为复杂有趣。

2　"我的角色之一阿达尔吉萨是牛头人女战士，这一事实似乎完全没有定义我的身份。以阿达尔吉萨的身份体验《魔兽世界》并没有让我感到自己成了女性或牛。"（2010: 182）牛头人直立行走，有水牛头、巨大的肱二头肌和长长的牛角。

3　在某个名为"骰子已掷出"（Alea Jacta Est）的《魔兽世界》玩家群，女性化身的比例是 27.2%（基数为 1096 个化身）。但这并不意味着拥有这些化身的玩家本人是女性（Bainbridge 2010: 179）。线上游戏总体上还是一个男性的世界。

时会报出自己的名字。遗憾的是，化身与小说人物之间的互动也没有得到很好开发。还有一个问题，*Ai Sp@ce* 里的实体外表同质，属性各异。这一现象产生的效果似乎是令化身置身某个虚构世界，在这里不加区别地居住着游客（用户的化身）、本地居民（"角色人偶"）和移民（视觉小说人物）。这种效果可能也会刺激虚构溢出，进入生活。且不提广泛流行的 *cosplay* 现象（我们已看到，这一现象本身已被反映在游戏世界中），真实生活中也有一类少女，她们变换形象，以便尽可能接近漫画人物[1]。

　　游戏化身的事实化也得到游戏运营商的鼓动。林登实验室的游戏化身明显在认同思路上做文章[2]。某些类似 *Twinity* 的平台允许用户根据照片来设计游戏化身[3]。《第二人生》、*Twinity*、《哈宝》、*Mamba Nation* 及其他合成世界的设计者不断邀请用户在脸书上发布自己游戏化身的新动态，给其申请推特账号，也就是在扮假作真的趣味世界之外，将游戏化身视作自己线上身份的基本构成要素。

　　反过来，脸书（尤其是类似赛我网、IMVU 等以化身互动的社交平台）也引发了一些从广义上说可能导致生活虚构化的活动，因为每个人都被鼓励去建构、展示、推广一种有关自身存在

1　有关这一问题，可参见维纳斯·安吉莉克（Venus Angelic）和达科塔·罗兹（Dakota Rose）的网站。这些美国少女的观众主要是中国人和日本人。

2　"《第二人生》中的化身究竟是什么？在虚拟世界，化身是可被创造、被个性化的数码人物。是 3D 模式的您本人。您可以创造一个与您相像的化身或一个新的身份。唯一的限制是您的想象力。您希望成为什么呢？" http://secondlife.com/whatis/avatar/?lang=fr-R。迪菲利波引用（Di Filippo 2012: 6-7）。

3　不少游戏也如此，参见贝松（Besson 2015）。

的 *storytelling*，一个 "自我神话"[1]。2005 年以来，"全球通用头像"（Gravatar，即 Globally Recognized Avatar 的缩写）出现，提供了将游戏化身形象（2007 年从一个拓展至两个）与用户一切网上活动结合起来的服务，这一服务也更为强烈地刺激用户去创造一个虚拟的另一自我，与其建立稳定的认同关系，令化身不间断地穿梭于严肃交流领域与扮假作真的趣味世界。

真正的虚构人物使用脸书和推特账号——例如丽齐·班奈特（Lizzie Bennet）（奥斯丁《傲慢与偏见》女主人公多个跨虚构昵称之一）[2]，一些女孩在视频网站上上传伪事实视频——之后发现其实都是演员在演戏[3]，这些都是性质不同的形象与叙事频繁流通的例子。这些形象与叙事经常具有不同程度的混杂性，结合了虚构、跨虚构、事实、半事实或半虚构与虚拟现实（virturéel）[4] 元素。人物、面具与身份的来回穿梭肯定了线上社交网络作为现实与虚构之间界面的功能，因为它们临近元宇宙或与后者交缠。不过我们很难断言，用户是否既能从这种流通中获得乐趣，又能辨别不同元素的性质（这是贝松的观点），或者说，我们很难断言，生活、游戏和人工现实的交叠是否形成了或正在形成一个错综复杂、难以解开的问题。

---

1 这一术语借自纳赫特尔加埃尔（Nachtergaël 2012）。

2 https://www.facebook.com/TheLizzieBennet.

3 小洛卡（LittleLoca）、寂寞女孩 15（LonelyGirl15）和丽莎·诺娃（Lisa Nova）（Meadows 2008: 17）。视频被发现是虚构的以后，引发了这些女孩的粉丝的强烈抗议，证明对事实性约定的破坏会被等同于谎言。

4 Virturéel 这一术语借自柯内留斯与赫尔曼 [Cornelius & Hermann (ed.) 2011: 98]。

　　游戏化身的本体杂糅性促使其在现实指称性（作为数码形式的另一个自我）与虚构性（作为人物）之间摇摆不定，在现实与虚构的交织中，这种杂糅性扮演了决定性作用。趣味元素的增强似乎很容易使化身倒向虚构人物一边。那么，是否应该将游戏与虚构等同起来呢？

游戏与虚构

　　1990 年代以来，将游戏概念等同于虚构，这一做法成为不言自明的事实，在西方尤其如此。那些年出版的虚构理论或将虚构界定为扮假作真的游戏（Walton 1990），或将其界定为"共享的趣味假扮"（Schaeffer 1999）态度，很大程度上助推了拉近虚构与游戏的做法。

　　"假定这堆沙子是草莓馅饼"，"在警察与小偷游戏中，你们是警察，我们是小偷"，"凡尔赛花园（或法国，或塔古斯河畔，或那不勒斯周边）是阿卡迪亚，朝臣们是牧人"，"我的游戏化身是逆戟鲸族魔术师"。

　　上面这些陈述难道不是出自相同的命题态度，并确立了同一种约定？

　　游戏与虚构——无论是古代虚构还是当代虚构——之间的密切关系毋庸置疑，这种关系既非我们时代专属，也非西方文明专属。亚瑟王传奇系列小说、《阿丝特蕾》《源氏物语》给无数游戏、竞赛、谜语、纸牌、骰子、变装游戏、角色扮演游戏提供了灵感。虚构与游戏之间的关联有时出人意料、异常复杂，例如在日本的"香道"（*Kodo*）游戏中，游戏参与者必须将紫式部小说的章节名

同他们要识别的香料联系起来。在 17 世纪的欧洲，梅涅斯特里耶
（Ménestrier）神父（1682）曾描述过一款跳棋游戏，后者依托的
是阿里奥斯托《疯狂的罗兰》中的人物与故事：参与者必须根据
骰子点数，令代表小说人物的小像在棋盘上前进，棋盘各个格子
标明了诗歌中的不同情节（Lavocat 2004）。

五花八门的游戏（种类那么多，以致从总体角度谈论游戏变
得越来越困难）因而是虚构的自然延伸。作为文化现象、研究对
象、过去令人又害怕又好奇如今已平淡无奇的主题，电子游戏的
出现很大程度上加强并揭示了游戏与虚构的密切关系。劳拉[1]闯入
一本文学理论著作（舍费尔 1999 年出版的《为什么需要虚构？》）
的开头令人（至少令法语学术界）印象深刻，这一现身表明了一
种新范式的出现：虚构被视作游戏，与此同时，文学研究领域的
专家们还意识到一个广袤的电子游戏世界的存在，这片区域直至
那时还在很大程度上不为人所知。即使阅读占主导的世界与线上
游戏世界之间的文化鸿沟远没有消失[2]，不考虑新用途——全球有

---

1 在巴黎学术圈之外，劳拉是个值得怀念的女主人公。游戏《古墓丽影》（Core
Design 游戏开发公司）设计团队负责人托比·加德（Toby Gard）想要设计一个
女版的印第安纳·琼斯，因此他的模型来自电影。劳拉的形象与过去那些丑陋、
雷同的人物完全不同，这个人物改变了电子游戏的形象，促进了它们的开放性。
1996 年随《古墓丽影》出现的劳拉在 1997 年登上了《面孔》（The Face）6 月号
的封面（McCarthy, Curran, Byron 2005: 20）。
2 一小部分研究者［瑞安、本波拉（Ben-Porat）、卡伊拉、贝松等］在文学理论和
电子游戏之间架起了通道。然而，在全球范围内，这两种文化始终处于彼此忽视
的状态。研究电子游戏的往往是社会学家或媒介研究者而非文学研究者。

1000 万至 3000 万人每周花二十多个小时玩线上游戏[1]——而思考虚构也已经变得不可想象。趣味世界与虚构之间的彼此渗透也呈现出新的特征。

虚构不仅仅为游戏提供背景（即便某些游戏研究者[2]这么认为）。游戏能应用从阅读获取的知识，能提供再度与人物结识的乐趣。它们尤其属于跨虚构性操作。我们知道托尔金的小说为最早期的角色扮演游戏——纸牌游戏或线上游戏，尤其为《魔兽世界》提供了故事世界。即使最新的一些游戏避免采用奇幻文学（fantasy）[3]中用滥的形象，近二十年的大片（《黑客帝国》《哈利·波特》《星球大战》《加勒比海盗》）每次上映后、上映时甚至上映前也都有相关游戏推出，这些游戏本身又影响着由续集、季播剧、动漫、同人小说、小说改编形成的庞大星云（Besson 2015）。也就是说，电子游戏和虚构在今日跨媒介、跨类型的广阔天地中形成了错综复杂的关系（Jenkins 2003）。

1　根据杜什诺（Ducheneault）、尼克尔（Nickell）、莫尔（Moore）和伊（Yee）的研究，要在《魔兽世界》中达到最高等级（60），需要在每个工作日花费 8 小时打游戏，如此持续将近两个月时间。15% 的玩家在开始游戏 8 个月后达到了这一等级［Beau (éd.) 2007: 54］。

2　游戏学（ludologie）是研究游戏的学问。该术语出现于 2000 年前后（Frasca 1999）。

3　2001 年，恩斯特·亚当斯（Ernest Adams）（国际游戏开发者协会创始人）受拉斯·冯·提尔（Lars von Trier）与托马斯·温特伯格（Thomas Vinterberg）的"道格玛 95"（Dogma 95）启发，制定了电子游戏十规则。其中一条规则邀请游戏设计者弃用侏儒、小精灵和龙的形象。

如果说电子游戏延续并创造出虚构[1]，那么从何种程度上说它们本身也是虚构呢？答案似乎显而易见。电子游戏中的虚构成分与虚构性程度明显高于元宇宙。具有现实指向性的飞地在此并不多见，在《魔兽时间》或《无尽的任务》（*Ever Quest*）中既没有大学也没有政党办事处。即便某些玩家体现出对自己操控的人物的依恋（为人物的功绩自豪，而且似乎会受到人物死亡的影响），相比一个没有特征的化身，将劳拉、阿泰尔（Altaïr）[2]或某个逆戟鲸魔术师（即便玩家在游戏过程中耐心地提高了她的性能）视作自我的延续似乎仍然更为困难。

然而，假如电子游戏是虚构，我们想在此指出，它们与文学、电影或戏剧虚构存在本质差异。

对电子游戏特殊性的评价当然已经有人在做，且评价也激起了不少争论，这些争论尤其聚焦叙述性问题，以及电子游戏是沉浸还是互动的问题。叙事学者（尤其瑞安[3]）与游戏研究者[4]之

1　不少电影是根据游戏拍摄的，例如《太空侵略者》（*Space Invaders*）（沃德2012）、《波斯王子：时之刃》（*Prince of Persia: the Sands of Time*）（迈克·内威尔2010）、《最终幻想》（坂口博信2001），以及根据游戏《断剑》（*Broken Sword*）拍摄的《国家宝藏》（*National Treasure*）（乔·德特杜巴2004）。

2　十字军东征时期的杀手，是《刺客信条》（*Assassin's Creed* 2007）的玩家能够操控的两个人物之一。

3　瑞安指出，坚持游戏之不可化约的特殊性的游戏研究者依据的是传统叙事学者的理论，后者出于其他动机，非常注意将文学领域与赛博文化带来的问题区分开来。

4　尤其是默里（Murray 1997）、阿尔赛斯（Aarseth 1996, 2004）、詹金斯（Jenkins 2003）以及尤尔（Juul 2011 [2005]）。有关这一争议及其影响，尤其参见瑞安（Ryan 2006）、尤尔（2011 [2005]: 15-17）。

间的争议已为人熟知，我们仅从与虚构性相关的角度对问题进行回顾[1]。

叙述性问题之所以令我们感兴趣，是因为虚构效果一般来说由叙事手法取得，这也导致叙事与虚构之间的混淆（英语"fiction"一词的意义坐实了这种混淆）成为家常便饭。叙事确实常常引发虚构沉浸。大多数有关电子游戏的研究都隐含了叙事、虚构与沉浸之间的结合，尽管这种结合并非不可避免[2]。不要忘了，由虚拟现实技术完成的模拟无需叙事与虚构便能制造完全沉浸的效果，并不具有叙事性、部分地具有虚构性的元宇宙也是沉浸式的，更不必提类似俄罗斯方块（Tetris）等的拼图游戏以及象棋游戏[3]。假如我们将沉浸理解为注意力离开周边现实世界，在借助或不借助想象的情况下进入另一个世界或另一种环境，那么这一认知转移的连接器（embrayeur）可以是多种多样的：当然可以是叙事，但尤其可以是音乐、噪声、三维透视、图像之美、对他人的同情以及游戏本身。起决定作用的并不一定是再现的现实主义，因为根据"恐怖谷"（uncanny valley）[4]原则，太过现实的合成再

---

1 比如，我们不关心游戏中叙述者缺席或叙事顺序等问题（Ryan 2006: 182 及其后）。

2 奥柯尔解释了寓言尤其古代虚构中的寓言如何引发沉浸的过程。她从普遍角度呈现了引发沉浸的机制的历史演变（Hautcoeur 2016）。

3 象棋游戏的叙述与虚构维度一直有争议，例如，卡伊拉承认这种维度，与瑞安观点相反（我们同意瑞安的观点）。

4 这一概念由森政弘（Masahiro Mori）在 1970 年提出，用来解释为什么与人类只有几分相似的机器人比人类特征更明显的机器人更容易被人接受，因为后者与人的相似度会产生某种令人不安的古怪感。

现会损害沉浸感[1]。

　　需要注意的是，在电子游戏中，有助于沉浸发生的元素的数量与重要性在不断增加。自 1990 年代末以来，游戏的叙事维度有很大发展，其中一个原因是为了吸引女性用户（McCarthy, Curran, Byron 2005: 120）。《魔兽世界》《无尽的任务》等游戏中没有完整的故事，因为每次"寻找"[2]本身构成了一次冒险。在以建立与发展不同世界为目标的文明游戏中，无论世界只是一个街区（《模拟人生》）还是一个国家（《文明》1995），故事都有关建设——或反建设[3]——及其曲折过程，过程的曲折性由其他玩家的攻击或人物的"自由意志"[4]导致。反过来，类似《古墓丽影》《断剑》《杀出重围》（Deus Ex 2003），尤其《波斯王子：时之刃》或《刺客信条》等游戏则建立于复杂的情节之上，它们设置了吊诡的结局[5]，或

1　瑟金（Ayse Saygin）及其团队进行的磁共振成像（IRM）实践表明，用于感知行动的大脑系统与人类外表有关联。因此，具有人类外表但做出机械动作的行动者会引发某种认知失调，而不具人形、动作机械的行动者不会引发这种认知失调。人形机器人的大量增加会不会改变神经元反应，这是一个开放性问题，目前来看，研究倾向于不鼓励人形机器人的生产（Kiderra 2014）。

2　"寻找"概念至关重要。尤尔（及其他学者）认为，寻找是游戏的叙事单位，是连接经典叙事和电子游戏的桥梁（Juul 2011 [2005]: 17）。

3　事实上，《模拟人生》确实引发了自觉自愿的自我摧毁策略，即玩家尽可能快地杀死他所照管的家庭（Meadows 2008: 14）。

4　《模拟人生》中的人物的确具有某种"自由意志"（这一功能可以被关闭），这种"自由意志"促使人物对神一般的键盘手的指令的服从充满了偶然性。

5　这个游戏的特殊性在于其结局令人惊讶，内容是一次时间旅行。麦卡锡、库兰和拜伦认为，情节的这一特殊性会推动玩家重新玩这个游戏（McCarthy, Curran, Byron 2005: 120）。

谜一般的开放式结局，以刺激玩家的阐释热情[1]。此外，科技进步（处理器速度和数据存储能力）也允许电子游戏呈现更吸引人的、比过去精细得多的世界形象。实际上，正是画面的审美品质促使玩家产生了勘探世界的欲望（McCarthy, Curran et Byron 2005: 93）。共情现象也出现在最新的游戏中，引发共情的尤其是次要人物［《我还活着》（I am Alive）2012］，或主人公的多重任务，例如《杀手信条》中阿泰尔从事可疑活动（刺杀九个大人物）的过失一定程度上被另一项任务弥补：他定时向一些受到不公正压迫的市民提供帮助。最新一代电子游戏甚至还会包含道德冲突：阿泰尔（仍然是《杀手信条》）最后意识到交托给他的任务的非正义性，于是反过来对抗他的导师。

然而，这些元素（叙事、世界形象、道德、共情）中的每一个都可能阻挠游戏，这表明它们并非游戏的本质属性。即使存在文化差异[2]，当介绍性场景太长，或当叙述性电影片段［过场动画（cutscenes）］导致的中断时间太长时，玩家就会变得不耐烦[3]。同样，如果无事发生，那么玩家，尤其有经验的玩家根本无心在 12 世纪的大马士革和耶路撒冷的房顶上散步，无论被出色复原的东

1　《刺客信条 I》的结尾，主人公置身一个当代世界，成为某个操纵他的跨国集团的囚徒，并看到他房间的墙上出现神秘的符号。这些符号引发玩家对其进行了各种解读。

2　日本玩家并不拒绝太长的过场动画。有关美日电子游戏形式与历史的对比，参见科勒（Kohler 2004）。

3　这一点曾引发争议。克莱弗耶等学者对过场动画持肯定立场（Klevjer 2002）。

方城市的全景多么壮观[1]：世界效应无法替代动作[2]。最后，我们很容易理解，对于某个需要尽可能多地取得胜利来积累点数的人物，共情不会是我们期待他拥有的主要品质（无论人物是引发共情还是表现共情）。如此一来，游戏的运转与虚构的基本特征形成了矛盾。此外，人物拥有几条性命，在死亡前有可能存储并重开游戏（对于可玩性来说必不可少），这些都制造了很不连贯的虚构世界（Juul 2011 [2005]: 6, 120, 122）。这一点可能也是导致与人物关系更为疏远的原因。

这里关系到的并非讲述故事的另一种方式。电子游戏是具有部分叙事性、部分虚构性的文化产品，但游戏的两个主要成分完全不能被等同于叙事与虚构。游戏研究者已很好地界定了这两个成分：一方面是构成游戏的规则，另一方面是游戏某个层面隐含的行动及其与现实的关系，这一层面恰恰被叫作"交互"层面。

阿尔赛斯（Espen J. Aarseth）很正确地指出，当文学研究者提到文学作品涉及的游戏规则时，他们并不知道自己在说什么。更确切地说，他们使用了一些隐喻，这些隐喻与夸大的读者理论（读者被视作作品的建构者，作品在每一次阅读中必然呈现不同面貌……）相结合，令互动、行动、规则、多重选择等概念在没有经验的读者眼中变得不可理解。如果说将阅读比作从火车上某

---

1 事实上，游戏设计者的确坚持游戏中的历史文献的严肃性。由于主人公要重新经历祖先在 12 世纪、16 世纪、18 世纪的生活，他们的冒险也是提供大量事实信息的时机。

2 例如这位恼怒的玩家的见证：http://www.play3- live.com/jeux-ps3/assassin-s-creed. html。

扇窗子被动凝视窗外风景（Aarseth 1997: 4），如果说这一比喻使
阅读行为简单化，那么当被用来描述线上游戏与书本，甚至与电
影或戏剧之间的差别时，这一比喻仍然不失贴切性。读者在头脑
里构建文本规定的事物状态，他阐释这一状态，推测可能有的叙
事走向，修正预期，但他做出的预期并不取决于他，而是取决于
事先确定的故事情节。游戏玩家同样可以投射一个虚构世界，但
这一建构并非仅仅在头脑中进行，他能够真实地改变游戏世界的
事物状态，且他部分或完全地为游戏世界发生的事件走向与结局
负责。

　　尽管如此，这一本质上的差别也不应该得到错误的阐释。夏
乌利（Michel Chaouli）关于超文本的研究（2005）已很好地指
出，将一部分读者或玩家的自由与另一部分读者 / 观众的异化对
立起来，其中自由指创造自己虚构世界的自由，而异化产生自仅
限于消费他人创造的作品的行为，这种对立其实是虚假的。实际
上，游戏世界是被强加的，而虚构世界是被建议的。进入游戏世
界的人被迫根据规则行动（游戏规则有时能编成好几本厚厚的册
子[1]）。这些规则在线上游戏世界占据如此中心的地位，以致很多
网民专门致力于僭越这些规则[2]。游戏构成了与现实世界并存的世
界（Caillois 1967 [1958]），因为它们是可能性的道义（与准许和
禁止相关）世界，也就是由规则构成的可能世界。尽管根据帕维
尔的术语，文学（戏剧、电影）虚构都是"规范与财富的世界"，

1　只须想一想《宝可梦》（Pokemon）游戏的复杂规则（1996）。

2　有关不守规矩的玩家（griefplayers 或 griefers）现象，参见霍林与孙春在（Holin
　& Sun 2007: 69-73）。

但它们没有任何强制性特征（Pfersmann 2004: 56-57）。游戏则相反，它们是规范性的虚构：规范是允许玩家探索可能性（策略的意义正在于此）的框架。尤尔（Juul 2011 [2005]）已经很清楚地阐明，游戏规则不应仅仅被理解为对行动的限制，还应被理解为行动的可能性条件以及行动的意义来源。

　　游戏规则与文学、戏剧和电影虚构的规则分属不同的模式。游戏规则不仅具有规范性（强制性特征），而且保持价值中立。在国际象棋游戏中，白子胜或黑子胜并不牵涉道德层面。即使很多游戏的主题是与恶的斗争，恩斯特·亚当斯（2001）对电子游戏设计者的一个建议是，任何一个阵营[1]都不是善或恶的代表。确实，如在《魔兽世界》，部落与联盟的价值分配达到了很好的平衡状态，这是可玩性的一个前提条件。然而，当与某些虚构历史世界，比如重现二战背景的世界（例如《二战在线：欧洲战场》）嫁接时，作为游戏本质属性之一的价值中立也会成为问题[2]。这种情况下，历史虚构的现实指称性与游戏规则对现实世界的更为彻底的悬置形成了冲突。游戏的道德维度已引发不少争议，不过本书的目的不是要探讨这一问题，而是要突显虚构与游戏的并存可能引发的模式冲突的价值。

1　"他们也许会胜利或失败，站在我这边或他们那边，但这里或许并没有善恶之分。"（McCarthy, Curran, Byron 2005: 58）

2　格拉塞（Olivier Glassey）与普雷齐奥索（Stéphanie Prezioso）如此解释："明确的规则是通过自动排除一切与意识形态相关的问题、评论或立场，确立一种无菌的中性形式。以军棋游戏和战争游戏为例，此类模拟的对象仅限于战争的技术层面。"（Glassey et Prezioso 2003: 193）

　　这一冲突很大程度上限制了叙事与主题可能性：一个游戏行动不可能是悲剧性的，因为玩家完全控制[1]其人物，并原则上引导后者取得胜利。尤尔（2011 [2005]: 20）也指出，心理与道德冲突很难体现为规则。语义悖论（尤其时间旅行）同样与游戏强加的时间进程不相兼容。这一切都属于虚构领域。

　　由于电子游戏要求扮假作真、讲述故事，因此它们确实具有虚构成分。然而，它们是杂糅的虚构，且这种杂糅性有时是双重的：一方面，杂糅性是偶然产生的，因为这些虚构有时也可以指向真实世界；另一方面，杂糅性又是本质上的，因为游戏建立于规则之上。尤尔将电子游戏视作"半真实的"（semi-réels），因为游戏规则与现实挂钩。例如，与存在于真实世界之外的虚构世界不同，一个足球场同时也存在于真实世界（Juul 2011 [2005]: 164-167）。然而，我们也可以认为，这些规则并不指向真实世界的任何事物，因而与法律一样具有虚构性（Pfersmann 2004）。因此，同样是虚构，但从逻辑角度说性质不同。在游戏的规约框架下做出的行动与现实相关，例如网球联赛冠军赢得奖杯并非虚构，尽管比赛依据的确实是被公认有效的虚构规则。即使线上竞赛令游戏化身对抗一个虚构怪兽，根据游戏规则，玩家的胜利也是实际的。这一胜利在虚构世界构成了行动，改变了虚构世界（怪兽死亡），而在现实世界，这一行动对应一系列真实操作：敲击键盘，移动鼠标，操作遥控器或无遥控器的操作台（2010 年开始商业化的微

1　某些游戏会考虑让化身的行动具有一些非必要的不可预见性，从而令情况变得复杂（《模拟人生》）。

软 Kinect 或索尼 Move），做出任何会被游戏世界的化身捕捉、编码与重复的动作。电子游戏的特殊交互性也体现于身势学事件与虚构世界行动的结合。

交互问题是所有虚拟世界共有的问题。然而，与元宇宙的杂糅性不同的是，电子游戏的杂糅性原则上说并不源自真实世界元素的存在（即便大量电子游戏旨在为历史事件与阶段提供信息），而是源自行动。游戏不指称现实，玩游戏意味着真实行动和制造真实行动，包括真实生活中（IRL）的玩家完成的动作，也包括在游戏的规约框架下发生的事件。

如此一来，是否应该认为游戏涉及的是虚构的一种新用途，或者说虚拟世界拥有自己的本体论，既非事实的也非虚构的？

当然了，我们一直在利用虚构进行娱乐与学习，但游戏与借助电子游戏完成的虚构之间的结合是全新事物。近期的一些游戏通过强调世界效应，通过引入容易引发共情的人物以及一种价值维度，通过发展情节，拉近了与虚构的距离，这一切证明虚构的古老力量始终被认为是有效的，也证明虚构与游戏始终保持着自身的异质性。它们的差异是逻辑上的，这一点已得到模态矩阵的揭示。游戏与虚构在多个角度存在差异：真势逻辑差异，因为两者对可能性与不可能性的分配不尽相同（玩家可以介入虚拟环境，但不能介入虚构）；道义逻辑差异，因为建立于规则基础上的游戏是给定的，而虚构世界是暗示的；道德逻辑差异，因为游戏对道德规范无动于衷，这一点与虚构相反；认知逻辑差异，因为玩游戏与读 / 看虚构作品要求的是不同类型的知识、训练与灵活性。

最后，游戏或虚构与真实的关系也具有本质差异。虚构与真实的关系涉及指称或伪指称[1]，游戏与真实的关系涉及行动。

因此，无论从程度上说还是从性质上说，真实、虚构与游戏之间的结合都是前所未有的，这一结合与其说建立于指称之上，不如说建立于互动之上，而我们应该谈论的正是这种结合。即便虚构的不少古老用途（尤其是沉浸与共情）很可能已被电子游戏回收，趣味维度仍然确立起一种本质上说完全不同的用途，无论从语用角度看还是从逻辑角度看都是如此。杂糅模式的特殊性被投入使用，它促使我们获得以下结论：游戏世界拥有自己的本体论。

然而，如果说在这些不同用途与趣味虚构世界之间还存有联系，那么这种联系可能体现于死而复生的人物身上：对虚构充满敌意的 1970 年代的文学理论曾试图搁置人物，电子游戏对于人物的复兴起到了重要作用。不过，人物始终是同一个人物吗？

1　参见本部分第二章。

第五章　人，人物

　　人物问题最好地揭示了文学理论摇摆不定且无力促成稳定共识的特征。如果说确实存在一项共识，从俄国形式主义直至 1990 年代，在整个 20 世纪逐渐成为固定的看法，这项共识便是：人物只存在于纸上，是一条"导线"（托马舍夫斯基 1989 [1925]: 261-265），一个"没有脏器的活人"（Valéry [1]），一个"游荡的词素"（Hamon 1977: 124）。处死人物这一关键举动的动机尤其政治动机已被揭示：布莱希特对认同现象的厌恶受到纳粹制度下戏剧效力的启发 [2]。巴特在谈到伊利亚·卡赞（Elia Kazan）的一部电影《码头风云》（*Sur les quais* 1954）时认为，对演员和人物的爱与虚构

---

[1]　"文学迷信。我如此称呼一些信仰，这些信仰的共同点是忘记了文学是词语构成的。比如人物这些没有脏器的活人的存在及其心理学。"（1941: 1.1, 221）瓦莱里这句话对于里卡杜（Jean Ricardou 1971: 77）、哈蒙（Philippe Hamon 1972: 86）等 1970 年代的批评家来说具有教条和旗帜价值。早在 1963 年，罗伯-格里耶就已经幽默地预言："'人物'这个词，人们已经对我们说得够多了！"（中译文参见罗伯-格里耶《快照集 为了一种新小说》，余中先译，湖南美术出版社，2001 年，第 93 页。——译注）这些宣言为高中法语课提供了无数作文主题。

[2]　尤其参见鲁森（Philippe Roussin），"什么是人物？"，艺术与语言研究中心"当代叙事学"研讨课（CNRS-EHESS）第一课，"人物、主体、演员、化身、存在：谁在叙事中栖居？"（2011 年 11 月 15 日）。本章最初的版本曾于 2012 年 3 月 20 日在该研讨课宣读。

沉浸结合在一起，形成了一种限制（"教导"）机制，令观众无法进行一种"客观"分析也就是政治分析：

> 我们可以了解，是**参与**[1]性质客观地将这个情景变成一段神话化情节。我们从一开始就被教导着去喜爱白兰度，因此再也不能在任何时刻批评他，或意识到他的愚蠢的客观。[2]

中国文化大革命背景下提出的资产阶级个人主义社会必将消亡的预言启发新小说作家和原样派杂文家大张旗鼓地宣告了人物的死亡[3]。而人物的回归至少是这些立场过时的症候。

是读者反应理论、认知科学和虚构理论在 1990 年代令人物起死回生的。这一批评领域的更新伴随着赛博文化和虚拟宇宙的爆炸式发展，后者带来新的人物，能够频繁进行跨媒介流通，并制造了前所未有的认同关系。分别闯入帕维尔《虚构的世界》和舍费尔《为什么需要虚构？》开头的匹克威克先生和劳拉是这一颠覆现象的先锋，至少从法国来看是如此。帕维尔和舍费尔选择的人物并非出自新小说，而是出自批评界不闻不问的那些虚构世界。他们两位以不常见的善意肯定了读者对人物的兴趣：帕维尔赞扬

1　原作强调了"参与"一词。

2　中译文参见巴特著《神话：大众文化诠释》，许蔷蔷、许绮玲译，上海人民出版社，1999 年，第 60 页。——译注

3　在别的语境下，对人物的攻击没那么强烈。E. M. 福斯特（E. M. Foster）有个著名的定义，将人物界定为虚构人（*Homo fictus*），是智人（*Homo sapiens*）的盟友与表亲，这一定义体现了对虚构力量与人物本体属性的更高的敏感性（2005 [1927]：尤其参见第三章"人物"）。

读者"慷慨的信任"和"宽容"，这两个品质赋予人物以一种存在形式（Pavel 1988 [1986]: 20, 38）。舍费尔坚持趣味摹仿对学习的有益作用。在当时很多人（包括本书作者）看来，这一范式转变打破了规则，令人兴奋——也可能是因为它与公众直觉重新建立了联系。

　　在同一时期，马格林（Uri Margolin）总结了当时流行的有关人物的不同理论（语言学的、美学的、主题学的、摹仿论的），并指出了摹仿论受到的偏爱，他认为这一派理论与直觉的联系最为紧密。摹仿论将对人物的认识归结为这个问题："作为一个可能存在的人的形象，人物究竟是什么？"（1990b: 453）。1990 年代以来，认知科学、媒介哲学[1]或媒介社会学领域取得的诸多研究成果都提出了这一问题。

　　因此，人物是形式主义和文本主义理论撤退的主要获利者。它确实无法被这些理论囊括。形式主义者竭尽全力摧毁我们的某个顽固的直觉，这一直觉将人物视作超越其语言、电影或虚拟条件的存在，而形式主义认为这一直觉是一种幻觉。但他们的努力都白费了。来自读者、观众、用户或玩家的那个部分，在侧重接受的理论的支持下不断膨胀，最终模糊了虚构的界限。帕维尔提到，一种观点认为匹克威克先生对其读者来说超越了狄更斯小说而存在，这一观点导致了对意欲将界限最小化的"融合主义"理论的辩护。

―――――――

1　例如勒南（Thierry Lenain）与威亚姆（Aline Wiame）主编的文集，该文集名为《人／人物》，探讨的是这两个概念的交叉现象。

人物性质问题跟现实与虚构的差异问题紧密相关。我们将首先探讨几种有关认同与共情的当代理论，指出它们在何种程度上抹除了人与人物的差异，并导致产生了一个有关虚构的新悖论，认为虚构只有在消除一切区别性特征之后，才能获得完全合法的地位。随后我们将提出一些建议，思考如何在一种向虚构产品整体开放的历时视野下进行有关共情的认知研究。

一、认同理论的更新

作为实践与理论工具，认同概念在视听媒介与电子游戏研究领域获得些许热度之前，在很长时期内一直受到质疑。不过，认同概念很大程度上已被共情概念取代，同一时间还出现了精神分析学在认知科学竞争下的衰退。在下文中，我们首先将区分两个概念（"认同"与"共情"），并评估它们在更新对虚构人物的理解方面的有效性。拉普朗什（Laplanche）和彭塔利斯（Pontalis）对认同的定义具有优势，它相当宽泛，足以囊括诸多不同种类的现象：

认同是一种心理进程，其间一个主体获得另一主体的某种外观、特征、属性，并以后者为模型发生完全或部分的转变（1967）。

认同实践具有不同用途。"效仿基督"（*Imitatio Christi*）鼓励基督徒尽可能地模仿基督，并吸收基督的品德。演员或观众对某个道德上的反面典型的认同是戏剧受责难的主要原因（Thirouin 1997）。事实上，17 世纪的道德教化者与诗学家一面尽力利用会导致模仿行动的认同倾向，一面也努力遏止这种倾向。

虽然认同并非虚构领域专属，它仍然标志了虚构的个体或集体用途的特征，且体现出某种显著的超历史延续性。13 世纪末，于阿尔·德·巴臧丹（Huart de Bazentin）和奥贝尔·德·隆格瓦尔（Aubert de Longueval）的客人们顶着《武士兰西诺》（*Lancelot du lac*）中人物的名字，穿着人物的衣服参加了一场巡游，并尝试重现小说的故事情节[1]；波西米亚国王腓特烈五世在 1620 年一封写给妻子的信中自称"可怜的塞拉东"[2]（Denis et Lavocat 2008: 283）；很多日本年轻人把自己打扮成漫画人物。历史长河中，虚构人物在为行为与自我认识提供榜样时虽然方式各异，但其中涉及的始终是被理解为"认同"的虚构用途。

在虚构受数百年指控的背景下，战后的欧洲在对待人物时表现出的攻击性以一种相当矛盾的方式，一方面确立于对个人主义的拒绝，另一方面又确立于害怕主体被异化的困扰之上。

将认同理解为一种影响机制，这一想法经常与精神分析学

---

1 《汉姆传奇》（*Roman du Hem*）（四千六百行八音节诗）讲述了这一事件。《汉姆传奇》由参加了巡游的萨拉辛（Sarrasin）写于 1278 年。这个活动在皮卡第的汉姆镇举行。这一时期路易十二禁止巡游，为避开禁令，参与者与观众都给自己取了克雷蒂安·德·特鲁瓦（Chrétien de Troyes）的小说人物的名字，并穿上了人物的服饰。

2 "pauvre Céladon"，塞拉东是于尔菲小说《阿丝特蕾》的男主人公。——译注

途径占据的主流地位有关，一些围绕文学（尧斯 1974）、电影（Friedberg 1990; Zillmann 1995）、戏剧（Wiame 2011）展开的认同研究便是这样的例子。弗洛伊德在歇斯底里症和俄狄浦斯情结中发现认同进程后，将其定义为对他者某些特征的无意识摹仿，并将其置于前反思层次。弗洛伊德还将认同视作审美愉悦感的来源之一，因为认同令被压抑的欲望得到满足，令童年时代得到延续（Florence 1984 [1978]）。

在这种视角下，认同与将艺术视作解放的设想产生了冲突。正是在这个意义上，它被阿多诺否定，因为阿多诺将其等同于大众娱乐占据统治地位的局面（1995 [1970]）[1]。认同也与康德提出的审美愉悦的无目的性观念形成了对立。

尧斯的贡献在于，在一个对他以及对人物非常不利［正如他本人指出的那样（1974: 384）］的批评语境中，他没有完全否定认同机制。在涉及虚构沉浸与人物时，他为两种对立的视角提出了一个折衷方案。他建议区分出五种认同模式，基本对应在亚里士多德与弗莱（Northrop Frye）理论启发下区分出的五种人物类型。他根据读者面对人物的自由度及其判断的独立性，从进步与退步两方面评价了读者的态度，并区分出以下几种态度：1）联想式认同；2）钦羡式认同；3）同情式认同；4）净化式认同；5）反讽式认同。读者可与以下人物发生认同：1）游戏者团体或仪式的其他参与者；2）一位作为楷模的主人公；3）一位普通的主人公；

1　观众与艺术品之间距离的缩小促使观众"受文化工业愚弄"（1995 [1970]: 36）。

4）一位痛苦或受困的主人公；5）一位"反英雄"式主人公。[1]

游戏与第一种认同模式相关联[2]，在与审美接受相关的行为等级中处于最低等级。最后两种认同模式（净化式与反讽式）受到重视，因为它们有助于作为反异化工具的批评精神的胜利。反过来，"幻觉带来的愉悦感"被标上"—"符号。

尧斯论著节选英译文发表的同一年，西苏在一篇颇具影响力的文章中（1974）[3]，总结了对认同及人物的最常见的不满。由于人物总是被提前编码，因此必然符合一些类型、符码与惯例。人物是一个社会符号，一个代言人，一个偶像，一定程度上可以被普遍化，始终保持着一致性。人物为某种隐藏的意识形态服务，该意识形态宣称"我"是一个完整的、有意识的、可被认识的而非（拉康意义上）分裂的主体。人物促进了与读者的交流，认同有助于读者的社会化，尽管读者需要为此付出代价，导致想象力被控制，主体性受压制。

尧斯与西苏的立场综合了 1990 年代虚构与认知转向前的认同

---

1 中译文参见耀斯著《审美经验与文学解释学》，顾建光等译，上海译文出版社，1997 年，第二章。——译注

2 游戏被标上了一个"+"（享受自由、社会性）和一个"—"（集体迷狂、退回古老仪式）。

3 尧斯、西苏的文章与其他文章［尤其英伽登（Roman Ingarden）一篇对文学批评中的"心理主义"充满敌意的旧文的翻译］一起被收入《新文学史》（*New Literary History*）有关人物的一期专号"换个角度看人物"（Changing view of character, vol. 5.2, 1974）。从整体基调看，该专号对人物仍然充满攻击性。40 年后，有关同一个问题，杂志推出了另一期专号［"换个角度看人物"（Changing view of character, vol. 44, 2011）］，在认知心理学的大力支撑下，复活了之前被它埋葬的人物。

观念，突显了美学以及与艺术品的政治关系的不同阶段、不同思想之间的差距的价值。

此外，那些年做出的人物预期寿命判断之后表明是错误的。当前媒体间性语境下对文化产品的重视很大程度上改变了视角[1]。铃铛猫娘［Di Gi Charat，"Charat"是"Character"的（角色）简称，日语中又被叫作"D. J. Kyaratto"或"D. J. Ko"］是一个很好的例子（Azuma 2008 [2001]: 71）。这个小小的日本人物让人意识到，要激发认同机制甚至令其充分运转起来，根本不需要假设一种心理学上的连贯性，也不需要假设一个同质的人物，更不需要假设某种有关主体统一性的意识形态。铃铛猫娘最先只是一个广告玩偶，没有任何背景故事。自1990年代末起，日本到处都能看到它，这一现象见证了消费虚构的一种新模式，与叙事没有任何关联（Azuma 2008 [2001]: 65）。人物本身由存储于数据库中的特征构成，这些特征也是独立的、可改变的吸引力元素[2]，可由网民自由组合：服饰特征、外貌特征（结合了女仆与猫的外表）、行为元素（更多是负面的，例如放肆、冒失、恶毒、堕落）、状态与语言（人类或非人，例如猫叫）。此外，可以看到，除了游戏——或许还有反讽，铃铛猫娘不具备任何可套用尧斯设想的行为模式的特征，它所引起的认同既不借由钦羡，也不借由同情或悲剧情

1　在这一点上，沙尔翁-德梅尔塞（Sabine Chalvon-Demersay）有关电视季播剧［《急救》（Urgences）］人物的接受研究颇具启发性。该项研究调查的年轻女观众醉心于混同演员与人物，但并非真的对区别懵懂无知，由此揭示出界限模糊所带来的乐趣。

2　日语为"Kyara-Moé"，其中的 moeri 意即"燃烧"。

感。这个不断被重新组合的人物催生出一大批动漫、小说、漫画和游戏。各种世界围绕其建立，又不断消失，而铃铛猫娘，这个名叫"人物"的人物，这个人物的寓言，却始终存在着，并无尽地变换着形式。铃铛猫娘引发了大规模的认同现象，不仅在东京街头明显可见，从此也出现于世界的各个角落。我们当然可以用"沉迷娱乐工业产品"这样的术语来分析这些现象，但如此一来就会错失这一乔装打扮现象蕴含的情色趣味维度，玩家在组装方面体现的创造力，以及对模型理念（成人，人类，积极性）的僭越。

铃铛猫娘

因此，人物不仅没有如 1970 年代诊断的那样消失，甚至在后现代解构的高级阶段之后还继续存在，至少东浩纪的研究得出了这样的结论。人物以某种基本形式、某种虚构分子继续存在，有可能通过有些令人不安的认同机制感染现实。

然而，我们也可以反驳传统认同理论，指出这些理论的应用半径太过宽大。在认同机制的反对者及其态度暧昧的捍卫者（尧斯）看来，认同被视为读者或观众与作品关系的基本构成要素。

现在是时候对这一虚假的"真理"提出质疑了。观看吉尼奥尔木偶剧表演的孩子们并不会将自己当作吉尼奥尔，而是会提醒吉尼奥尔警察来了。他们的举动表明他们并非将自己当作人物，而是将自己当作某个真实场景的见证人（Zillmann 1991: 36）。其他旨在测试色情电影观众情绪反应（例如血压测试）的实验揭示，镜头的客观性或主观性（后者被认为有助于激发认同）对主体的影响没有任何差别（Sapolsky 1970，转引自 Zillmann 1991）。齐尔曼据此认为，读者或观众采用的是见证人立场，此时与人物的认同是不可能的。

在齐尔曼（1991, 1995, 2006）之后，克里姆特（Christoph Klimmt）、埃夫纳（Dorothée Hefner）和沃德勒（Peter Vorderer）（2009）回顾了近期一些有关观众与影视人物关系的研究。研究使用的调查问卷[1]从不认为读者或观众与人物之间界限的消失是不言自明的。转移至或沉浸在虚构世界的读者或观众，他们的立场被描述为一种见证人、观察者、评判者的立场。克里姆特等人的建议是，将认同定义为通过采取某个人物的特征来临时改变自我观念的举动，并将此种认同概念专门用于谈论电子游戏中出现的交互情境。在他们看来，这些交互情境实现了玩家真实自我与其人物之间某种断断续续的融合（即便只是因为游戏人物会死多次）。但是，我们已经看到，根据年龄层次、游戏经验与虚拟世界性质（元宇宙或游戏）的不同，玩家与游戏化身的关系差异很大，除此之外，事实表明，距离与反讽在其中也扮演着重要作用（Besson 2015）。

---

1 由乔纳森·科恩（Jonathan Cohen 2001）制定。

因此，没有理由将认同观念局限于玩家与其游戏化身的关系上。我们建议不妨用这一概念来分析虚构产生的所有行为模式。或许某些作品相比之下更多地预见了这一用途，即便接受者在这方面有全部的自由：铃铛猫娘在设计时并没有考虑它之后的用途。

如此界定之后，认同概念变得没有那么单一绝对，能与共情概念区别开来，后者在今天倾向于执行某种过度的影响，占据了从前认同概念所占据的位置。因此我们还需要界定共情概念：在何种条件下，共情概念能够帮助理解人物，而不会导致虚构界限的消失？

二、共情文化

共情概念的出现迫使认同的范畴受到限制。实际上，认同的很多传统属性确实是属于共情的。

共情概念并不是一个全新的概念，不少研究梳理过它的历史。基恩（Suzanne Keen 2006）重申，该词是心理学家铁钦纳（Edward B. Tichtener）在 1915 年对德语词"Einfühlung"的英语翻译，从 1903 年开始，德国哲学家立普斯（Theodor Lipps）就已用该词来指称体会他人情感的事实。用这一概念来描述阅读（铁钦纳本人）或将其与美学理论确立联系［例如浮龙·李（Vernon Lee）1913 年的著作］，这些现象早已出现。正如我们很容易在 17 世纪找到认同理论的雏形，共情理论的雏形以"好感"（sympathie）一词的形式频繁出现于 18 世纪，例如出现于当时的艺术理论中。然

而，我们还是能够区别共情与好感。共情在于体会他人的情感
（特别是痛苦，但也可以是快乐或性快感），引发某种关切态度或
抗拒态度（此时我们会说反共情）。而好感在今天——从广义上
说——指的是一种面对他者的友善态度。

自 1950 年代以来，共情不断被各种采访与测试衡量，这些采
访与测试揭示了心理学反应（心率、流汗、脸部反应），帮助制定
了多个"共情量表"[1]。近期，借助磁共振成像技术，人们意识到，
见证或观看呈现自己同类某些反应的画面会同一时间在人类与灵
长类动物身上自动激活大脑上与摹仿和情绪相关的区域。这一进
程的速度表明，共情应该在进化过程中扮演了决定性角色，因为
它是危险情况下会引发适当反应——救援、互助、集体逃亡——
的条件反射。因此，共情反应几乎完全是不由自主的。近期的一
些研究表明，负责对被观察到的行动进行再现与摹仿的脑神经网
络（额顶叶皮层被激活，并与颞上叶皮层产生互动）通过脑岛
和杏仁核与边缘区域（与情绪相关）产生了交流。反应并不一定
需要大脑接收某个确切的再现内容，它属于一种回声或镜像效应
（Carr *et al.* 2003）。不同情绪（例如反共情）激活的是脑岛和杏仁
核的不同区域。实验表明，当观察并摹仿面部表情时，杏仁核会
被激活，产生非常强烈的情绪反应[2]。实验结果证实了此前的多项

---

1 基恩（Keen 2006, 2010）。有关这一问题的专业探讨，参见吉烈等人的文章（Gilet
 et al. 2013）。

2 在一项有关乐高游戏小人面部表情演变的研究中，研究者考察了具有模棱两可表
 情的乐高小人的增多（自 1990 年起）以及具有幸福表情的小人数量的稀少对儿
 童学习的负面影响（Bartneck、Obaid & Zawieska 2012）。

试验，后者的结论是，呈现痛苦的表演与电影媒介会引发最强烈的情绪反应（Zillmann 1995; Murray 1995）。最关键的问题在于对他人的观察、摹仿与情绪之间的共存关系。

共情研究最终使我们能够回应哈姆雷特的困惑（1601）：

> 可真是不可思议啊：看这个戏子
> 无非演一场虚构，做一场苦梦，
> 还能使灵魂都化入了想象的身份，
> 发挥了作用，直弄到脸色都发白了，
> 眼泪都出来了，神情都恍恍惚惚，
> 嗓门都抖抖擞擞，全身的精力
> 都配合意象！而且不为了什么！
> 为了赫古芭？
> 赫古芭对他或者他对赫古芭，有什么值得他哭她呢？
>
> 《哈姆雷特》，第二幕第二场 [1]

这几句非常有名的诗值得我们借助近期取得的研究成果进行重读，这些研究涉及与文学手法相关的感知模拟（Bolens 2008）。

---

1 Shakespeare (2002 [1601]): « Is it not monstrous that this player here, But in a fiction, in a dream of passion, Could force his soul so to his own conceit / That from her working all his visage wann'd, Tears in his eyes, distraction in's aspect, A broken voice, and his whole function suiting / With forms to his conceit ? and all for nothing!/ For Hecuba! / What's Hecuba to him, or he to Hecuba, / That he should weep for her? » （中译文参见莎士比亚著《哈姆雷特》，卞之琳译，浙江文艺出版社，2016年，第85—86页。——译注）

在上述段落中，共情机制既被拆解又被确立。哈姆雷特描述了情绪的复杂进程，例如灵魂（*his soul*）对想象（*his own conceit*）的服从。他描述并摹仿演员，尤其后者的面部表情（*all his visage wann'd ...*）。叠加的摹仿（演员扮演正扮演演员的哈姆雷特）可能会激发观众在大脑中模拟被摹仿的举止，而这在情绪的生产过程中起着决定性作用[1]。

对共情机制的揭示也解决了通常被我们称为"虚构悖论"的问题，这一悖论的典型例子是，尽管我们非常清楚安娜·卡列尼娜并不存在，我们仍然为她的命运难过（Radford & Weston 1975; Schneider 2009）。但是，如果我们承认，赫古芭[2]或安娜·卡列尼娜的虚构属性对于我们的脑神经反应没有影响，而共情共鸣令演员的表演及其从情绪上感染观众成为可能，那么悖论便会消失，不可思议（哈姆雷特的话）也变得可思议了。

如此得到理解的虚构悖论因此引发了另一个问题，即人与人物、虚构与非虚构的区别问题。在认知科学启迪下，这一问题又被重新提出，同时也揭示出当代人物研究方法的局限性。

三、新虚构悖论

自 1990 年代起，认知科学飞速发展，同一时间，西方甚至全

1　有关不同情绪理论的全面介绍，参见里梅（Rimé 2005）。
2　通译赫卡柏，后文将改用这一通行译名。——译注

世界思想史都对虚构倾注了前所未有的关注。认知科学发展的时期也是共情文化（Waal 2010 [2009]）甚至"关怀"（care）政治飞速发展的时期（Paperman & Laugier dir. 2006; Molinier, Laugier, Paperman dir. 2009）。这一时代背景促使我们以新的方式审视虚构：由于有助于提升对他人的关怀，虚构被发现对个体、社会、人类大有裨益（Zunshine éd. 2010; Vermeule 2010; Austin 2011）。

然而，尽管这一观点被广泛接受，却没有获得完全的认同。作为与他者关系的典范、作为批评工具的共情遭到不少批评，基恩统计了所有批评形式：共情被等同于一种政治上的淡漠和道德上的猥琐（将快乐建筑于他人的痛苦之上），因此被女性主义和后殖民批评者揭发，被指是作者操控或西方霸权的工具（Keen 2006: 223）。尽管存在这一来自文化研究领域的批评猛火，但有利于共情文化的虚构地位的提升是毋庸置疑的。只不过，对虚构的这一重视吊诡地与虚构人物特殊性的消失以及虚构边界的消除携手并进。

自 2006 年开始，这一新转向尤其体现于在认知或进化论视角下展开的虚构研究中 [1]。

让我们来逐一检视两个问题，第一个问题涉及与被当作真人的人物的关系，第二个问题涉及读者或观众与人物的道德关系。

1　21 世纪头十年，几部著作尤其尝试调和叙事学与认知科学（尤其参见 Bortolussi & Dixon 2003; Schneider 2009）。这些著作并不赞同真实之人与虚构人物可以等同的观点。

有用的虚构：作为邻居的人物

《我们为什么读虚构》（*Why We Read Fiction* 2006）既是詹赛恩一本著作的名字，也是她提出的一个问题，对于这一问题，詹赛恩的回答是，虚构的作用是训练儿童进行心智理论（*mind reading*）实践。虚构确实能训练儿童从他人的态度与话语中推导出思想与情感，这种能力之后有助于其把控社会生活中的互动关系。詹赛恩还认为，成年后，我们会继续阅读虚构，因为这一实践在我们与他人的关系中起着关键作用，决定着我们对共同生活能力的培养，并由此给我们带来快乐。如果我们将这一视角与科恩在不同著作中提出的观点——小说中的内心独白令读者进入他人意识（1981 [1978]）——相对照，我们就会明白，心智理论很大程度上侵蚀了十年前还可以被称之为"虚构特性"〔propre de la fiction（Cohn 2001 [1999]）〕的东西的轮廓。

在沃缪勒那里，所谓的"虚构特性"消失得更为彻底。沃缪勒的一部著作提出了与詹赛恩类似的问题：《我们为什么在意文学人物？》（*Why Do We Care about Literary Characters?* 2010）。在作者看来，流言蜚语（*gossip*）是我们对虚构感兴趣的源头。我们需要在叙事中、在人物身上安放我们向自己提出的问题，从最深刻的到最肤浅的。因此，我们对赫卡柏、对安娜·卡列尼娜感兴趣，正如我们对我们的邻居、同事，对历史人物或名人感兴趣。最后，对弗莱什（William Flesch 2008）来说，虚构阻断了我们想要监控他人是否符合道德准则的需求，这种需求因人的某种态度而变得尖锐，也即人在为全人类利益必须进行的合作面前所保持的一种暧昧态度：一方面珍视不合作的人物，一方面又希望看到他们受惩罚（弗莱什称其为"利他主义惩罚"）。根据所有这些理由，虚构都是"有用的"。这甚至是迈克·奥斯汀（Michael Austin）一本书的书名《有用的虚构——进化、焦虑与文学起源》（*Useful Fictions. Evolution, Anxiety, and the Origins of Literature* 2011），迈克·奥斯汀在书中同样采用了认知与进化论视角。

所有这些探讨虚构的近期研究揭示，肯定虚构（对个体、社会、人类）的有用性，聚焦道德问题[1]，取消虚构人物与真人之间的一切区别，这三者之间存在着关联。但是，这种关联颇成问题。这些研究建立于某个观念之上：在理解真人和虚构人物时，读者会进行同一种推理，会以相同的方式求诸自己的社会经验。然而，会以特殊方式干扰对人物的认知把握的互文记忆却从来没有被考量。研究者提出的另一个论据是，我们并不比了解虚构人物更了解真人。虚构人物不完整性的观点（Margolin 1990a）由此被抛弃，因为真人也同样不完整。从逻辑角度说，这一论据是无法被接受的，因为在真人这种情况下，就算我不了解我邻居的童年，就算我缺失了这一信息，我还是有可能获得这一信息的；但如果《伊利亚特》没有提及，我就没有任何办法了解赫卡柏的童年。然而，从认知角度说，上面提到的几位作者都断言，这两种情况没有任何差别。

这些断言可以被反驳。我们依据其他研究重申，大脑对人物

---

1 在其著作的引言中，沃缪勒解释道，她之所以采取书中的视角，是受一堂讨论库切的《耻》的课影响，在这堂课上，她注意到学生对《耻》的解读充满了价值评判与道德评估色彩（对男主人公充满敌意）。从某种程度上说，她采取认知与进化论视角，是为了填补教师的博学阅读与学生的表层阅读之间的鸿沟。

和真人的理解根据理解过程动用的不同记忆类型，确实存在某种真实的区别（Abraham *et al.* 2008, 2010）。不同记忆类型会引发特殊的神经元反应，证实它们逻辑属性的差异。然而，当情感介入时，这一差异恰恰有可能消失。那么，当我们考虑与真人或与人物关系的情感或道德维度时，真人与人物的区别又会如何呢？

共情与道德

虚构与道德评价的关系是一块试金石，能将承认虚构边界的理论与不承认这一边界的理论分开。为了揭示论辩的关键所在，首先必须强调共情与道德评价的紧密关系。

在认知心理学领域，不少实验已揭示共情与道德评判之间的相互依存关系。费尔德曼（Robert Stephen Feldman éd. 1982）与齐尔曼（1995, 2006）指出，被测试的主体乐于见到，他们认为善良的人物获得成功，他们认为邪恶的人物遭遇不幸。只有有精神疾病的儿童无法在这些情况之间建立联系，他们因人物的成功或失败感到开心或难过时，并不会考虑此前对这些人物做出的正面或负面评价。对其他人来说，共情受到他们对人或处境做出的评价的限制。因此，这里便出现了一个问题：面对真实的或虚构的处境，共情反应与道德评价会不会有所不同？

一些研究者考察过道德评判对虚构沉浸的影响（Gendler 2000; Glon 2009），他们认为无论读者是在阅读虚构作品，还是在现实生活中面临同一种经历，他们动用的都是同一种规范机制，这基于情绪反应的生物学基础。

　　但也有不少文学理论家认为，情绪与道德评判性质有别。沃尔顿的"准情感"（1990），库瑞的"离线"（*off line*）或"更苍白的"情感（1997）都没有获得任何实验的验证。但库瑞以令人信服的方式呈现出，我们在对人物进行道德评判时，尺度比面对真人时要大。

　　由虚构引发的共情并不推动我们采取行动：这是与真实处境引发的共情的根本区别。当孩子们提醒吉尼奥尔警察来了，当堂吉诃德毁坏傀儡戏台解救梅丽珊德拉[1]时，我们会觉得他们的态度不成熟或有问题。虚构的特性不正在于将读者或观众置于无能为力的见证人的位置吗？我们不得不压抑自己想干预的冲动。我们为保存人类而必须进行的合作责任被悬置。可能这种被动状态赋予了我们某种愉悦感，这是夏乌利（2005）的观点。还有一种可能是，被动状态会带来挫败感，否则僭越这一法则（进入虚构进行干预的不可能性）的转叙也不会出现得那么频繁。进入虚构进行干预的不可能性，这种不可能性激起的夹杂不满的愉悦感，很可能正是这一切塑造了与虚构处境相适应的共情反应。

　　还有一种可能，人们会更随意地对虚构人物表现出共情，原因恰恰在于这种共情并不要求行动。基恩甚至假设，与文学批评公认的原则相反，非现实主义虚构更容易触动读者或观众，因为与现实的距离更容易引发共情反应。明显表露的虚构性因而会起保护作用，确保读者在做出共情反应的同时不会危及也不需要投

---

1 《堂吉诃德》第二部第二十六章。这一情节为曼努埃尔·德·法雅（Manuel de Falla）一部短歌剧《佩德罗师傅的木偶戏》（*El retablo de Maese Pedro* 1923）提供了灵感。

入自身（2006: 220）。

或许正是出于这一理由，我们在面对虚构人物时，会产生真人无法引发的共情感。因为与自身的关系被中止（Abraham *et al.* 2008, 2010），因此我们对虚构人物的态度比对真人更为宽容（Currie 1997）。即使我们因代价太昂贵而不会对我们的认知与情感机制做出重大调整（Glon 2009），处于虚构沉浸状态时，我们的道德评判也要更为宽松。当卢梭在《关于戏剧演出给达朗贝尔的信》（2007 [1758]）中强调在剧院洒泪太容易、不会引发什么后果时，他使用的正是这一论据。

> 照底亚根·拉爱尔齐的看法，假如人心由想象的苦难引起的同情比真实的困难引起的同情还要强烈，假如戏剧的形象有时比他们在生活中的原型引我们流更多的眼泪，那末其原因不在于这里的波动较弱而没有达到真正的痛苦，像神甫杜波斯所设想的那样[1]，而是在于这种波动是抽象的，不涉及本人的利害关系。当我们把眼泪献给虚构的作品时，我们就满足了人道的需要而它不再向我们提出其余的要求……（2007: 26）

---

1 "他说，诗人只在我们的愿望的限度内才使我们伤心，只在我们喜爱的限度内才迫使我们爱他的英雄。这同经验中看见的一切是完全矛盾的。有许多人不想去看悲剧，因为由此引起的波动使他感到不舒服；另外一些人对看戏流泪感到害臊，而在这种场合又免不了流泪；类似的现象已非罕见，不能再认为它们是这位作家所定的规则的例外。"（中译文参见卢梭著《卢梭论戏剧（外一种）》，王子野译，生活·读书·新知三联书店，2007 年，第 26 页。——译注）

这些评论与当前神经科学领域的研究不谋而合，使我们能够做出以下结论：与自我关系相关的神经元区域越是没有被激活，虚构便越能引发更多的共情反应。

在进化论与认知视角下，对虚构、对作为共情反应支点的人物的新兴趣导致了虚构边界的消失。然而，即使在这种视角下，虚构所激起的情感与道德反应，其特殊性也是不容置疑的。这一特殊性在于评判的宽松，在于与自身关系的中断，在于干预的停止。同样可能的是，这一行动的终止恰恰是虚构具备引发情感的高级能力的原因[1]。

剩下的任务就是去理解在历史上，虚构通过何种特殊途径，引导情感要么做出共情反应，要么做出与认同相关的实践。

四、共情 VS 认同

假如只考虑真正得到实验验证的少量假设，那么有关叙事学与共情认知理论的交叉研究并不多（Keen 2006），且这些研究更多是建议摧毁目前取得的全部叙事学成果！事实上，我们确实不知道哪些叙述技巧有助于引发共情反应。有关这一主题的少量研究表明，第一人称叙述、内心独白以及叙述者对人物的评论都起不了任何作用。读者似乎决定仅仅依据人物的行动来评价

---

1 正如里梅指出的那样，不少认知科学研究者"认为，当个体计划的行动被打断时，大量情感会介入其中"（Rimé 2005: 33-34）。

他，看来完全不会考虑其他人物对这一人物的态度（Bortolussi & Dixon 2003）。此外，与幻想相比，现实主义没有任何优势（Klimmt, Hefner et Vorderer 2009）。强烈的共情反应也并非更容易由形象最丰满、最具吸引力或最惊人的人物引发；电视季播剧人物在引发强烈共情反应方面具有优势（Chalvon-Demersay 2011, 2012）。

由于这一领域的研究还没有太深入，上述总结可能只是暂时性的。我们也可以认为，借鉴修辞学的分析可能比借鉴叙事学的分析更容易获得成果。

基恩建议对旨在引发共情反应的作者策略展开研究。她区分了三种类型的策略：第一类面向群体内部成员；第二类瞄准的是群体外成员，旨在激起后者对这一群体的好感；第三类试图通过可能引发普遍情感的再现来激发共情（2006: 215）。霍根基于从全球收集来的一些资料，研究了他所说的"痛苦的结语"，也就是英雄取得胜利之后的章节，这些章节重点描写失败者的绝望。他认为，在两种形式的共情之间存在一种伦理冲突，一种被他称作"类型的"共情，确立于对群体的辩护之上，另一种被他称作"情境的"共情，呼唤的是个体的同情心（1996）。我们可以认为英雄的胜利更侧重激起认同而非共情。

实际上，在我们看来，应当将认同与共情视作虚构的两种不同用途，可以结合，但更多情况下互相排斥，而它们的结合或冲突很大程度上取决于历史文化语境。在太多情况下，有关共情的研究预设了超文化、超历史的情感反应的存在。这正是此类共情研究受文化研究与后殖民研究拥护者指责的地方[1]。实际上，在共情反应方面的某种变化毋庸置疑：我们在 17 世纪的文本中找不到任何策略的痕迹，表明作者意图刺激人们对残疾人和精神病患者产生共情反应，这一点不断令当代读者感到惊讶。同时还应区分两种类型的人物，一类人物为了自己的利益寻求读者的共情反应，另一类人物则是中介者，他们对他人表现出的共情也传染给了读者或观众。

　　某些时代、某些作品青睐认同机制，另一些策略更适于激发共情。在这一点上，灾难小说的例子很能说明问题。在 17 世纪的小说中［例如斯居代里小姐（Mlle de Scudéry）的作品］，描写灾难的章节经常揭示出英雄气质（ethos）与对受难者的同情表达之间的冲突，英雄气质会引发认同，但英雄绝非同情的中转站（Lavocat 2012）。这里存在一个断裂，只有身处灾难的人物的去英雄主义化才能弥合，这似乎是将英雄转变为具有共情心理的见证人的必要条件。不过，对作为共情中转站的人物的使用在 18 世纪成为灾难叙事的核心要素，笛福《瘟疫年纪事》中见证鼠疫的人物 H. F. 即很好地体现了这一点。

　　H. F. 是作为共情中转站的人物典型，他不但不具备英雄主义或传奇色彩，而且特征非常模糊。有关他的外表，我们什么都不知道。他既没有名字也没有妻子。正如我们此前提到的那样，最

1　共情视角引发的反对意见，参见基恩（Keen 2006: 222; 2010: 81）。很多反对者反复提及反沉浸的古老论据以及对人物的爱引发的盲目行动，我们可以在布莱希特和巴特的著作中看到此类论证。关于这一方面（以及有关 18、19 世纪英国文学）的后殖民研究，参见伍德（Wood 2002）。

能激发共情的并非最"丰满"的人物形象。恰恰相反，过度的特征甚至可能起到反共情效果（Keen 2006: 318）。实际上，在空缺、人物中性化和共情之间似乎确实存在某种关联，尤其当涉及作为"共情中转站"的人物时。

归根到底，共情可能是作为沉浸感的连接器而起作用的。然而，虚构的所有用途都与之兼容吗？这一问题尤其针对电子游戏领域被提出。玩家为赢得游戏而与人物产生的认同感原则上没有为对其手下败将的共情留下任何位置。共情的缺失甚至是电子游戏受到否定的一个理由，与它同遭诟病的是电子游戏的非道德性。正如我们在前一章看到的那样，价值观中立是游戏的固有特征。

然而，近期的一些游戏努力纠正这一缺陷，强化了某种普遍倾向，即前文已强调过的游戏的虚构化。育碧上海工作室（Ubisoft de Shanghai）在 2012 年推出的一款游戏即是其中一例。游戏名叫《我还活着》（*I am Alive*），出于一种不能再巧的巧合，这个名字让人立刻联想到笛福的《瘟疫年纪事》的最后一句话——"而我却活了下来"（"Yet I Alive"[1]）。此外，两者的主题也非常相似，因为 H. F. 与游戏主人公亚当（Adam，这个名字明显表达了游戏的全球化目标）一样，都行走在一个受难的城市：对 H. F. 来说是鼠疫笼罩下的伦敦，对亚当来说是地震和海啸过后

1　这个句子是有关瘟疫年（1665）的虚构日记的结尾："A dreadful Plague in London was / in the Year Sixty Five, / Which swept an Hundred Thousands Souls / Away; yet I alive! H. F."（Defoe 1990 [1722]: 248）（"伦敦发生一场可怕的瘟疫，/ 在六五年，/ 把十万人的生命一扫 / 而光，而我却活了下来！H. F."中译文参见笛福著《瘟疫年纪事》，许志强译，上海译文出版社，2013 年，第 372 页。——译注）

的芝加哥。《我还活着》的主人公激起了双重的共情：首先是为他本人，因为他在废墟中寻找自己的妻子爱丽丝和他的女儿。从这一点上说，亚当比 H. F. 更像小说人物，而且有些像孟佐尼作品《约婚夫妇》（1827）中，在鼠疫侵袭下的米兰寻找鲁齐娅的兰佐。此外，在游荡中，亚当经常面临选择，究竟是去救助他人、拯救生命，还是自保以求尽快达到目的。游戏设计者选择了介于可玩性和道德之间的某种和解形式，也就是虚构。在游戏的一部分场景中，利他主义选择得到肯定（正如下图呈现的那样），在另一些场景中，利他主义选择必须交由其他人物做出。

《我还活着》

　　《我还活着》并不是唯一的例子，将共情与认同结合起来的游戏如今越来越多（2007 年的《刺客信条》也是如此）。为了结合这两者，游戏设计者会利用次要人物，他们身处引发强烈情感的局面，而作为玩家化身投入游戏的人物很难应对这些局面[1]。引发共情的次要人物为游戏增添了高度的伦理价值，他们在《我还活着》中也在场。这种在场掩盖了认同（此处可定性为英雄主义认同）与共情［其中一个结果是将人物带回"普通英雄"（héros moyen）[2] 的处境］之间的冲突。此外，我们还可以指出，亚当在走路而不是跑步，而电子游戏中的化身一般都以跑步形象出现。网民在评价这款游戏时常对其中某一点赞不绝口，即游戏中出现的不是一个兵器专家，而是一个"普通人"。无论如何这点在多次的线上交流中被反复提及，参与交流的玩家都遗憾游戏旧版本的消失，在旧版本中，亚当这一人物的设计对战争英雄刻板模式的参照更少[3]。

综上所述，电子游戏深刻地证明了认同与共情的冲突。电子游戏与18—19世纪文学作品的比较呈现出，相比起小说，电子游戏存在共情方面的缺陷。这一点并不令人吃惊。然而，如果考虑17世纪的作品，上述结论的可靠性就要打点折扣，因为17世纪的人物普遍具有一种英雄主义气质，比起引发共情更容易引发认同。尽管此前我们一直坚持游戏的特殊性，现在我们可以指出，在两种情况下，小说与电子游戏都朝着同样的方向发展，那就是

1　这一信息由卡伊拉提供，诚挚感谢他的帮助。

2　我们联想到尧斯将建立于"同情"的认同与"不完美的、普通的主人公"挂钩（1974: 298）。

3　YouTube, http://www.youtube.com/watch?v=D9w4OMXvA5g.

对发人深思的道德冲突的呈现，以及对适于激发共情因而也就是有助于虚构沉浸的策略的发展。

近期的"认知转向"即便没有得到一致承认，即便没有颠覆文学研究的所有领域，当涉及读者、观众、玩家与人物的关系时，它也已成为不可忽略的因素。这意味着我们需要重新划定认同与共情概念的边界，而这一工作又能为理解和比较作品打开一些通道。

认知视角为人物的复活，更为虚构的合法化做出了强有力的贡献，但也带来了虚构边界被擦除的风险。这是我们要付出的代价，因为对于人物具有僭越作品与生活之边界的倾向，我们的理解与接受都来得太晚。之所以会产生这种企图（我们越过边界、成为小说人物、解救梅丽珊德拉或玳丝德摩娜的欲望），可能是因为共情机制与行动脱节是虚构特有的一种效果，而我们在面对这种共情机制时态度模糊。这种与行动领域分裂的情感消耗可能不能立即成为人类认知构造的一部分。模糊事实与虚构的差异——我们的时代错误地认为这是专属于自己的现象——带来的乐趣一定程度上可以由此得到解释。

第三部分

从一个世界到另一个世界

从一个世界到另一个世界。掉进洞穴，下坠，跌倒，房屋飞走，穿过镜子、屏幕、画布。虚构作品不断邀请我们模拟这一想象的运动——这是理解虚构的认知钥匙。实际上，边界跨越或门槛跨越[1]最好地体现了我们喜爱虚构的方式，这些虚构为我们提供了数不胜数的理想栖居之地。

所有人（至少西方人）都赞同将虚构视作世界，一切——尤其媒体文化都在邀请我们进入这个世界。但我们经常忘记，构成世界，构成这一世界有别于其他世界的本质上的他异性的，正是虚构的边界。这些都是本体论层面的问题。

本体论的名声不好。与其拉开距离甚至已成为近期不少以社会学[2]或文化研究[3]之名探讨虚构的著作的前提。这种否定可能表达了对空洞无益的形而上学思辨的怀疑，以及由反建构主义和反相对主义立场激发的敌意[4]。此外，"用途"概念经久不衰的热度，向读者与观众方面的重心倾斜，这些似乎都在召唤更偏向语用学的方法，以及表面看来与社会、历史勾连更为紧密的途径。

然而没什么比这一切更不确定的了。在我们看来，本体论视

1　尽管威斯特法尔（Bertrand Westphal）认为，从其属性来讲，边界是密闭的，而门槛是可以跨越的（2007: 163），但我们认为两者的区别并不大。

2　对虚构理论家最喜欢运用的本体论学说［尤其迈农（Meinong）与帕森斯的学说］的批评，参见卡伊拉（2011: 179-191）。从更普遍的角度来看，本体论与社会学的并存充满了纷争。利维与内夫（2009）的著作、梅苏（Michel Messu 2014）的反驳均证实了这一点。前两位学者批评了社会学对本体论的简化，梅苏从社会科学角度出发，坚持认为本体论与科学方法存在不兼容性。

3　例如，这是贝松在其有关媒体文化（2015）的著作中提出的一个前提。

4　舍费尔指出了这一远离倾向。他尝试将英伽登的思想重新引入当代论争中（2012）。

角不仅与有关虚构性的一切思考共存，还最好地契合了我们所置身的历史时刻。

虚构概念与某种本体论直觉密不可分。首先，对虚构性的理解意味着我们从存在层面对被再现的实体与事物状态进行评价：是否曾存在过；是否会存在。利维将本体论领域定义为"尝试将不同模式的存在分为几种基本实体类型加以阐明的理论领域"[1]，这一定义适用于我们的研究对象。我们也赞同内夫（Frédéric Nef）的观点，他指出，将本体论等同于对存在的思考，这一做法有些操之过急，因为本体论涵盖了"一个概念网络，包括可能性、本质、客体与事件"（2004: 16）。

自 1980 年代开始，伴随飞速发展的虚构研究的，是对人物的某种兴趣，包括对其生存模式的兴趣，对其不完整属性的兴趣，对其栖居几个世界——包括我们自己的世界——的倾向的兴趣。三十多年来，莱布尼茨不可避免地成为思想教父（无论别人会就过时的神学视角说些什么），虚构概念与世界概念的结合已成不言自明的事实，逻辑与文学研究彼此交叉（即使很有限），指称概念的有效性在语言转向大背景下得到讨论，这一切都令虚构研究扎根于某种本体论视角中。

这一飞跃也产生于一个有利于末世论发展的语境中。末世论虽然不会和本体论视角混同，但肯定对本体论的回归起到了推动作用。进入另一个千年，这一事件也会产生影响。无论如何，千禧年的前一年出现了沃卓斯基兄弟的《黑客帝国》和舍费尔的

1　利维与内夫（Livet et Nef），梅苏转引（Messu 2014）。

《为什么需要虚构？》。多勒泽尔的《异宇宙》（*Heterocosmica*）这部探讨可能世界、从书名看极像科幻小说的文学理论著作在 1998年出版。认为对这一时间线的跨越推动虚构性成为文化、艺术、思想领域的欲望与反思对象，这种想法真的荒诞不经吗？在这条时间线附近，人类被迫用自身经验去对抗恐惧和希望，引发恐惧和希望的是神话、宗教、流言，自然还有虚构，尤其是电影虚构作品。此外，信息网络、电子游戏和虚拟环境的全球发展，也促使人们以不同形式重提现实属性问题。在人类特殊性终结的时刻——这是舍费尔（2007）的观点，我们再次提出了什么是存在的问题。持多元世界论的哲学家大卫·刘易斯（David Lewis）断言只有一种存在方式（2007 [1986]），事实是否真的如此？如果他所言为真，那么动物、数码化身、植物、机器和人物又是以何种方式存在的呢[1]？

自文艺复兴末期以来，欧洲就生活在统一的本体论中（Descola 2005），这一统一本体论的碎裂成为今日提出虚构问题的语境。然

1　这些问题自然有其传统。斯唐吉（Isabelle Stengers）与拉图尔（Bruno Latour）尝试复活苏里厄（Étienne Souriau）被遗忘的著作，其中一部名为《存在的不同模式》（*Les Différents Modes d'existence* 1943）的论著如此开头："思想自在并通过自身存在吗？物质以同种方式存在吗？上帝存在吗？哈姆雷特、《春》、培尔·金特曾存在过并仍然存在吗？从何种意义上说呢？负数的平方根存在吗？蓝色玫瑰存在吗？对这些问题做出回答（回答是，或否，或某种程度上是，这已经不容易了）已经足够了吗？显然不够。通过累积，这些问题又提出了另一个问题，更为广泛，包含了所有这些问题，这个问题就是：存在方式是多样的吗？"（2009 [1943]: 79）

而，也许情况一直如此。西方（中国与印度同样如此）虚构领域
另一个艺术与理论蓬勃发展的伟大时期——即 16—17 世纪——
与认识论基石的动摇时期相吻合，正是这些认识论奠定了共同信
仰的基础。当教会宣布某些受崇拜的圣人是传说人物，当旅行者
肯定古代神话中那些混种生物生存于被新勘探到的遥远陆地上[1]，
当女巫飞翔或自以为飞翔于分崩离析的基督教世界之上时，本体
论类型表现出了其不严密性。有关虚构的思考可能特别容易在流
言及灾难多发的时期飞速发展，因为时代变迁对可能性与不可能
性领域的主观划分提出了质疑，陌生化了真实体验，促使人们对
事实性与虚构性的关系、差别、相互作用进行重新考量。

这正是当下的情况。尤其从一种西方视角来看[2]，我们生活的
历史时期，其标志是介于 1980 年代的泛虚构主义（海登·怀特肯
定是最好的代表）与某种稀释的泛事实主义之间的一种明显的钟
摆运动。这里的泛事实主义一方面表现为一种"现实饥渴症"[3]，例
如一些随笔作者与诗人[4]号称患了这种饥渴症，另一方面体现为资
料价值的提升，或者对虚构的生活功能的执着批评。至于虚构本
身，它们处境的模糊性激起了一种强烈又矛盾丛生的探询。一方

1　羊足萨提尔真实存在于非洲或美洲大陆，这是一个很古老的想法。地理大发现令
　　这一假设重新流行起来，直至 18 世纪（Lavocat 2005）。
2　在本书第一部分，我们已多次提到宣告虚构终结的日本后现代理论（例如大泽真
　　幸的理论）。
3　我们想到的是席尔兹的《现实饥渴症》（2010）。
4　尤其是弗朗索瓦·邦。这位作家和其他很多当代作家一样否定了虚构，或者以或
　　多或少有些创新的方式令事实与虚构杂糅，参见德·巴里（De Bary 2013）。对
　　这一现象的不同评价，参见奥雷隆（Oléron 2014）为德·巴里的著作写的书评。

面，好莱坞大片、电视季播剧与电子游戏的（几乎）全球统治地位巩固了虚构帝国；另一方面，媒介实践与支撑手段的重新分配不可避免地令文学掉入佚失故事的深井（挪用一下贾斯泼·福德[1]的话）。大量作者尤其法国作者探讨过文学研究是否气数将尽的问题，无疑表明了对这一现象的忧心忡忡甚至有些惊慌失措的觉察[2]。本书有关事实与虚构界限的思考的最后部分正是在这一令人不安的语境下书写的。在接下来的内容中，我们将继续解构文学经典，让不同时期（从文艺复兴末期至后现代）、不同文化区域与不同媒介自由地相互联系。

我们所持立场促使我们同时拒绝某种新怀疑主义式的泛虚构主义与某种泛事实主义，对于前者，我们已尝试指出，它不断"分泌"出无法超越的矛盾，至于后者，它完全不考虑虚构的吸引力，尽管这一吸引力此时体现得比任何时候都更为明显。前文中，我们首先主张应从更为广阔的时间与空间来理解虚构现象，之后借鉴认知与语用学途径界定了虚构所要求的态度（行动的禁止），在本书最后部分，我们建议更为坚定地采取本体论途径。此举有四个原因。

第一个原因上文已提到，即对虚构性的思考不可避免地会引发对存在方式及现实属性的疑问。

第二个原因是，主要由于可能世界理论的介入，当代论争尤其青睐本体论视角。可能世界理论是形式主义走入困境时出现的

---

1 见贾斯泼·福德的礼拜四·耐克斯特（Thursday Next）冒险故事系列小说第三部《轶失故事之井》（*Les Puits des histoires perdues* 2003）。

2 例如托多罗夫（2006）、儒弗（Jouve 2010）的著作。

一种替换性思路。

第三个原因是，虚构拥有自己独特的本体论。前面我们已通过辨析游戏的虚构性开始界定这一本体论。虚构独特的本体论既确立了自己的疆界，也确立了僭越疆界的欲望。不少虚构通过模拟对这一边界的匪夷所思的跨越，体现出了这种僭越欲望。

我们采取这一途径的最后一个原因是，我们注意到，虚构内的虚构思想（pensées autochtones[1]，也就是不少虚构之中包含的探讨虚构性的理论元素）主要提出了本体论问题，并以某种方式解决了这些问题。我们旨在阐明文化产品——这些产品并不仅仅是后现代产物——之中蕴含的这种虚构思想，不轻易向有些过时但仍声名显赫的自我反思概念投降。我们更希望呈现，虚构作品之中一切有关虚构的思想都具有某种本体论维度。在不将本体论简化为某种本质主义[2]的前提下，我们也坚持认为，虚构边界问题与专用于辨认边界的认知能力不可分割。虚构被创造出来是为了取悦读者，因此它们会启动一些认知操作，关系到我们自身与现实以及与想象的联系。我们可以假设，那些以虚构边界跨越为主题的虚构作品既象征了这一跨越机制，同时也在呼唤这一跨越机制。

接下来的四章会探讨上文提出的不同假设。

首先我们将指出，对可能世界理论的某种应用适用于勾勒虚构自身的本体论（第一章）。在将这一本体论定义为本体异质性与

---

1 这一术语借自圣热莱（2005）。

2 将本体论、英伽登现象学与认知视角结合起来的研究，参见舍费尔（Schaeffer 2012: 90-93）。

多样性之后，我们将围绕某个观念展开探讨，这一观念经常被敌对阵营用来反对某种虚构本体论，后者认为一个可能世界不可能是不可能的。既然如此，那么构成虚构世界质地的悖论本身又如何理解呢？我们将呈现虚构悖论之悖论，也即这一悖论的无处不在及其隐身倾向[1]。我们也将展现，某种类型的悖论如何以虚构世界的毁灭为主题（第二章）。随后，在明显包含一个次级世界的虚构中，我们将分析虚构的自我摧毁维度，以及多世界本体论与灾异思想之间存在的亲缘性。此时虚构讲述了现实与虚构边界的跨越，并通过讽刺、象征或奇幻模式，寓示了与这一不可能的跨越相关的欲望与危险（第三章）。在最后一章中，这一思考将引导我们回到转叙问题，转叙问题凝聚了有关虚构边界的一切当代思考。我们将捍卫一个观点，根据这一观点，转叙并不存在，假使存在，那么它恰恰是作为虚构而存在的。

---

1 读者或观众视角。

第一章　现实世界与可能世界

当忒奥多鲁斯参观可能世界金字塔的各个房间时，除了真实世界位于金字塔尖这个特点之外[1]，没有任何别的特征能将它与其他世界区分开来[2]。忒奥多鲁斯梦中漫步的故事引发的强烈兴趣至今仍未消退[3]，它的吸引力在于，所有世界——也包括那个位于顶端的世界——似乎都具有同样的本体论属性。从神义角度来看，这当然不成问题，因为现存世界是上帝选择并令其成为现实的世界，其他所有可能世界则因上帝至高无上的洞察力而被否定。

然而，在 1960 年代发展起来的对可能世界的逻辑与数学阐

1　朱庇特让忒奥多鲁斯做了一个梦，梦里忒奥多鲁斯看到了可能世界金字塔，也就是假如塞克斯图斯·塔奎尼乌斯不登上罗马皇位，其人生的其他一切可能性。这个故事穿插在有关自由意志的讨论中：为什么朱庇特没有改变塞克斯图斯邪恶的灵魂，好让他不至于犯下最终通向灭亡的罪行？［莱布尼茨（1969 [1710]: 414）］（中译文参见莱布尼茨著《神义论》，朱雁冰译，生活·读书·新知三联书店，2007 年，第 430—434 页。——译注）

2　多个世界可能存在的想法由来已久，可能最先由德谟克利特提出（原子可以形成不同的构造）。在中世纪，上帝是否创造了多个世界一直是有争议的话题。1277年，上帝不可能创造多个世界的学说被否定。参见比安希与兰迪（Bianchi et Randi 1993 [1990]: 6）。

3　这个故事经常被比喻为信息化语境下的某种超文本实践。参见夏扎尔（Chazal 2000）。

释中[1]，上述优势是或者几乎是一种无稽之谈。有关现存世界的属性，逻辑学家们并没有达成一致意见[2]：现存世界属于可能世界整体，还是在这一整体之外？可能世界是现存世界的变体，还是说比之可能世界，现存世界不具备任何特殊属性？我们是否可以如大卫·刘易斯这位模态实在论（réalisme modal）的拥护者所主张的那样，认为在逻辑空间因而也就是在一切世界中仅有一种存在方式，无论存在者是生物还是精神实体？

这些问题触及了非实在物的存在方式或不同事物状态之间的关系，而且无论我们从何视角将虚构理解为世界——无论我们是通过世界（现实世界与虚构世界）之间的关系来理解虚构，还是将虚构视作一切变体的总和——这些问题都与虚构密切相关。

可能世界理论是否适合用来分析文化产品，这一点不断遭到争议[3]与质疑[4]。逻辑概念确实很难应用于文学或影视作品分析。逻辑学将"可能世界"界定为由完整的[5]极大一致（也即无矛盾的）命题集构成的事态，这些命题的特征是其模态值（真势价

1　有关刘易斯的模态相对论与莱布尼茨的现实主义（actualisme）之间的对比研究，参见马杜阿（Madouas 1999: 363-387）。

2　拥护"可能世界"理论的逻辑学家认为所有世界具有同一属性，不同于拥护"现实主义"理论的逻辑学家，后者认为现实世界是判断其他世界现实性的起点。参见瓦尔齐（Varzi 2010 [2005]）。

3　艾柯（Eco 1985 [1979]: 157-225; 1996 [1994]: 101-128）、孔帕尼翁（Compagon 1998: 140-145）。

4　要全面回顾逻辑学与文学研究者在此问题上的误解与对立，参见罗南（Ronen 1994）。

5　如果对于构成某一世界的所有命题我们均可做真假判断，那么这个世界就是"完整的"。

值、道义价值、道德价值、认知价值[1]）。且不说这些词汇可能引起文学研究者的反感，这一定义是否适于套用到虚构上也值得商榷。帕维尔、沃尔顿、拉马克（Peter Lamarque）与奥尔森（Stein Haugom Olsen）指出，虚构经常是自相矛盾的、不完整的[2]（我们将在下一章中探讨这一问题）。最后，读者是否以逻辑方式来阅读虚构，这点也值得怀疑。强调读者反应与共通直觉的文学理论与可能世界逻辑学几乎没有什么关联。虚构显然不能仅仅被定义为命题的集合（别忘了疑问句、命令句并不是命题），尤其当我们从虚构产生的效应角度去理解它们时更是如此。况且当虚构并不具备语言结构时又会如何呢？我们有理由担心，可能世界视角只能宽慰传统文本主义，并错误地引导注意力集中于虚构的摹仿及再现层面[3]。

这些疑问本身并不能阻止将可能世界理论应用于虚构研究。虚构世界与某些逻辑模型之间无法达到完全契合[4]，这一困境是显而易见的，有关虚构世界与虚构实体之不完整性的论战已呈现了这一点[5]。然而，有意思的恰恰是虚构作品程度不一的不完整性、逻辑连贯性的扭曲以及与模态的关系，如果不将文学理论与可能世界理论进行比较，这些问题可能永远不会被提出[6]。此外，将我

1　分别关系到可能与不可能、准许与禁止、善与恶、知晓与无知。

2　帕维尔（1988 [1986]: 67）、沃尔顿（1990: 64）、拉马克与奥尔森（1994: 91）。

3　这是卡伊拉的观点（2011: 17-26）。

4　多勒泽尔即建议不重合（1998: 14-15）。

5　可参见克里滕登（Crittenden 1982, 1991）、圣热莱（Saint-Gelais 2000）。

6　可参见帕维尔（Pavel 1975）、多勒泽尔（Doležel 1998）、拉沃卡（Lavocat 2010a）。

们对虚构世界的理解局限于语言结构也是矛盾的，因为视觉与信息艺术已成为虚构世界增生并实现媒介多样性的最佳支撑[1]。一个可能的虚构世界是事物的另一种可选状态，由语言结构、固定或活动的图像以及趣味互动所限定。

不少当代作品与某种虚构观念之间的亲缘性一目了然，这一虚构观念要结合平行版本、变体、一个世界到另一个世界的过渡等语汇去理解。两者之间的亲缘关系揭示了哲学、艺术与文化之间的一种新关联。托尔金的《指环王》提供了一个令完整性[2]达到最大限度的宏观世界的例子。《黑客帝国》在一个由系列版本（1999—2004）构成的世界提出了自由意志问题。村上春树小说很好地列举了进入其他嵌套或平行世界的不同方式：掉进电视机屏幕另一边（《天黑以后》2004）；借道某个疯狂博士搭建的大脑回路（《世界尽头与冷酷仙境》1985）；在高速公路上找到时间的一条岔路（《1Q84》2009）。至于电视季播剧，它们尽情地利用平行世界与时间悖论，《迷失》（*Lost* 2004—2010）、《危机边缘》（*Fringe* 2008—2013）、《十三号仓库》（*Warehouse 13* 2009—）是其中的代表作。可能世界理论并不仅仅适用于一类非常特殊、非常当代的文化产品，但这一重合仍然揭示出某种共同的敏感性，而一系列问题正是基于这一敏感性，以不断更新的方式被提出。尤其是虚构边界问题，如果边界不存在，那么从一个世界进入另一个世界的现象将不会产生任何吸引力。

1　虚构理论框架下对形象的一种思考，可参见盖尔顿［Guelton (dir.) 2011］。
2　"完整性"这一术语借自帕维尔（1983a）。

文学理论家受可能世界理论启发后所确立的立场在这一点上显得有些模棱两可。率先采取这一途径的帕维尔曾提议区分两类理论，一类严格区分现实与虚构（他称之为"分隔主义"[1]理论），一类承认现实与虚构彼此交叠或界限模糊（他称之为"融合主义"理论）。他认为后一类理论比前一类更为"自由""包容"与"灵活"。帕维尔否定了与现实或事实叙事的关系的优先性，以便颂扬虚构的本体论与认识论尊严。在他看来，从灵活的角度，也就是从直觉而非逻辑角度去理解，"世界"理念意味着虚构生物的一个居所、一种环境、一种存在方式，这些虚构生物与我们在现实生活中遇到的生物相似。因此，帕维尔对虚构的辩护建立于对其边界的抹除，我们将在本章及后面的章节就这一点展开探讨、提出质疑。

然而，在帕维尔的理论中，虚构边界的抹除并不意味着将现实与虚构等同起来[2]。他的虚构理论接近单子论，建立于事实性与虚构性、现实与想象的等级差别而非本质差别之上。

瑞安（2000）也区分了两类理论，一类［"类推的"（analogique）］从等级角度来理解事实与虚构差别，另一类［"数字的"（digital）］通过清晰划定的界限形式来考量这种差别。有趣的是，她并没有明确表达对这两类理论的取舍，因为在她看来，前一类理论巩固了共同直觉，后一类理论对应一种要求更高的虚构性理论研究。

1　对于这一内涵非常复杂的术语可能产生的影响，请参见我们的论文（Lavocat 2009b）。

2　例如，他将与真实世界相比进行了"创新"的虚构称为"凸显结构"（structure saillante）（1988 [1986]: 59）。

她本人的理论主张摇摆于两极之间。

　　我们看到，在单子论与二元论的论战中，虚构理论家经常占据一个居间的位置[1]。这一现象的其中一个原因可能在于，受可能世界理论启发的虚构理论是在 1980 年代，在后现代理论与语言转向语境下建构起来的。尽管一者的理论来源是分析哲学，另一者的理论来源是解构思想，但它们之间也产生了某种程度的交汇。

　　然而，对于上述模棱两可特征最主要的解释是，可能世界理论本身引发了对这些世界的属性及其边界的思考：世界的多元化抹除了等级关系。接下来我们将探讨，我们如何能够借鉴刘易斯的现实性索引理论（théorie indexicale de l'actualité），将虚构理解为一个"对我们来说现实的世界"。之后我们将尝试通过栖居于虚构世界的生物的存在方式，换句话说，通过这些生物的本体差异，来确立虚构世界的特殊性。

一、现实世界是可能世界中的一个吗?

　　可能世界理论是通过克里普克语义学模式（1963）得到界定的。这一模式包括可能世界集合 M，一种可及关系 R（也就是在可能世界集合中，某些可能世界与其他可能世界之间的关系），以及一种赋值关系，即对于每一对由一个可能世界 M 和一个命题 P 构成的组合，命题 P 在该世界中都具备真价，令对相对真值的形

1　并非所有理论家都持一种模糊观点。多勒泽尔即主张严格区分事实性与虚构性。

式化成为可能。"可能性"概念（在逻辑学中，这一概念只不过是一种可及关系，也就是一种关系概念）和"世界"概念之后很大程度上被文学研究者以隐喻的方式得到诠释。克里普克模式并非本体论，因为它并没有确立被抽象化的不同世界的属性。实际上，如果说可及关系根据某个作为参照的世界得到界定，那么什么也无法迫使我们将这个参照世界等同于现实世界，因为任何一个可能世界都可以作为参照物。刘易斯主张一种更为极端的设想并称其为"模态实在论"，从这种设想来看，一切可能世界都是真实存在的物理世界[1]。

有关可能世界观念，还存在一种相对温和的版本，拥护者主要是雷舍尔（Nicholas Rescher 1973）和普兰丁格（Alvin Plantinga 1973），在这些学者看来，可能世界并不是独立存在的，而是都从属于现实世界，并仅仅存在于大脑中。刘易斯以更为思辨的方式提出了一个假设，认为虚构世界可以是一个现实世界（monde actuel），而真实世界（monde réel）可以是一个可能世界，如同另一个可能世界一样。

无论如何设想可能世界，这些设想都允许我们将虚构世界当作参照世界，从这一参照出发，我们能够通向无数的可能世界。

指称与现实

"指称世界"应如何理解？从我们的假设来看，它既意味着我们可以通过虚构陈述指称其他世界（现实的或虚构的），也意味着

1　刘易斯（Lewis 2007 [1986]）。亦可参见罗斯·卡梅隆（Cameron 2009）。

虚构投射出它自己的指称世界，令我们能够指称虚构事物。

　　从虚构作品的指称功能来看，我们赞同拉马克和奥尔森[1]的分类。实际上，问题并不在于指出虚构从本质上说不可避免地指向现实。一方面，对于某种虚构状态，不该混淆指称和与历史状态的相似性；另一方面，对于某个虚构陈述，不该混淆指称和对普遍观念的表达或对现实存在的谈论。我们甚至可以认为，尽管指称操作有时非常重要，在涉及反事实故事时尤其如此，但一般来说指称操作并不是文学交际最重要的方面。因此，真理问题（语义学意义上的对应）并不是定义想象作品的主要因素，因为正是这一问题确立了想象作品与以指称为主要目标的作品——例如历史著作——的差别。与此同时，可能正是非指称性真理，也即普遍观点、明显或隐晦的"相关主题一般性宣言"引发了推理链，对读者来说构成了作品的真理和价值。此外还应承认，教给读者知识的不一定是指称关系（例如，一个 20 世纪的读者原则上很少会对一部 17 世纪小说产生索隐兴趣），而是读者通过推理获得的非指称性真理（Lamarque et Olsen 1994: 325）。

　　因此我们承认，虚构可以通过（但它没有这种义务）专有名词外延与描写，借助影射与寓言手段，指称世界上的事物。如果虚构失去参照现实世界或其他虚构的可能性，那么转叙、跨虚构性、反虚构性都将不复存在[2]。阐释作品必然需要理解这种关系。动画片《怪物史瑞克 3》（*Shrek 3*）之所以搞笑，是因为观众认出

1　拉马克与奥尔森（1994，尤见第五章）。

2　有关这些概念，参见热奈特（Genette 2004）、圣热莱（Saint-Gelais 2011）及本书后文。

里面的角色出自其他虚构世界（指向后者），确切地说是迪士尼版本的格林童话和佩罗童话。考虑到这些关系有助于我们区分主要指称现实世界或其他虚构的虚构，和仅仅指称自己投射的世界的虚构。

实际上，虚构命题也构建出了自己的指称领域，这是其能下论断的基础。这一假设令某个暗含"在虚构 F 中"[1]之义、未言明地与每个虚构命题捆绑的算子失去了效力。这一算子无法体现世界效应，无法体现扮假作真的模糊性，也无法体现那种赋予不存在事物以存在形式和真值的超历史倾向。此外，从经验现象学角度来看，在阅读与阐释过程中也不太可能有这一隐含算子的在场。

对于虚构构筑自身指称世界的假设，普特南、克里普克与唐纳兰的涵义理论提供了充分的理论依据[2]。普特南放弃了（弗雷格意义上的）传统语义理论，根据后者，某个词语的涵义（内涵）决定了它所指称的物体的类别（外延）。弗雷格实际上假设的是，意义令我们获得指称对象。普特南则持相反的观点，认为外延具备明确的社会性与指代性（Putnam 1973: 710），因此外延并

1　这是一个悠久的传统：冯·戴伊克（Van Dijk）建议将虚构文本的特征界定为受非现实算子"irr"的控制（1976）。沃尔顿假设存在算子"F"，根据这个算子，有些句子可以从虚构角度判定真假（1990）。伍兹（Woods）假设，虚构陈述的真值受"作者如是说"（author's say-so）（1974: 24）限定。在莱文（Levin）看来，虚构陈述中占主导地位的是某个隐含的句子"我想象……"（1976）。亦可参见雅克诺（Jacquenod 1988: 110）。拉马克和奥尔森认为，算子允许我们忽略本体论视角（1994: 96）。

2　普特南（Putnam 1973）、克里普克（Kripke 1982 [1972]）、唐纳兰（Donnellan 1966）。

非由内涵决定，指称对象也不由意义提供。克里普克的严格指示词（désignateur rigide）理论（根据这一理论，专有名词和某些词语对物体与个人的指称独立于对这些物体或个人的确定描摹）确立于一个假设，即指称对象受语境、言语活动以及社会惯例决定，这部分地逃离了陈述者的控制。这一理论对某种虚构理论具有重要影响。让我们快速提一下某个经常被重申（Pavel 1986；Saint-Gelais 2011）的主张，这一主张认为，根据严格指示词理论，虚构人物在一切有其出现的作品中都指向同一个个体，哪怕他一点都不像将其创造出来的作品中的形象（哪怕他除了姓名以外，已失去一切能帮助我们认出他的生平因素[1]）。指称对象的索引理论（théorie indexicale）尤其促使我们认为，在某个特定虚构世界的语境下，姓名、术语和命题能成功地指称现实世界中并不存在的个体、物体与事件。但这一理论完全没有导致克里普克混淆事实性与虚构性[2]。

因此我们假设，虚构具有三种指称方式（我们忽略了直接与间接指称的区别，以及将虚构融入文学、影视或虚拟作品文本组织中的文体手段的多样性）：虚构外指称（外延）、虚构间指称（引文、跨虚构性、互文性）和虚构内指称。因此，这里涉及的是一

1　这意味着，比如说，所有作品中的唐璜都是同一个人。但如果一部作品中叫这个名字的是一条狗，那么此唐璜还是彼唐璜吗？

2　在其"洛克讲座"（2013 [1973]）中，克里普克指出，虚构作品中的专有名词以假装的方式指称事物，正如虚构命题是一些假装为真的命题（2013 [1973]: 24）。他坚持对虚构人名与历史人名绝对的区分。即使未来所有人都不记得拿破仑曾存在过，一本有关拿破仑的书仍然指称一个真实的历史人物（2013 [1973]: 27）。

种由言语活动正常运作形成的涵义关系。"虚构内指称"意味着通过语言（假如我们止步于文本或语言产品）构筑一个世界，而另外两种非必要操作则通向另外的世界（真实或虚构世界）。

如此一来，从何种意义上说我们可以将虚构构筑的外部世界视作现实世界呢[1]？

首先需要明确的是"现实"（actuel）一词的意义。这一概念来自亚里士多德（《形而上学》第九卷）、中世纪形而上学以及经院哲学对现实（acte）与潜能（puissance）的区分："现实（acte）是完美，是现存的实际（réalité）……潜能或潜力是接受完美的能力……如此定义的潜能是一种不完美，非存在，但它并不是纯粹的非存在或虚无，因为它是某个时刻能够上升为存在、现实化、从潜能变为现实的非存在。"[2] 现实的（actuel）因而是那处于现实化过程中的存在物。我们也可以指出，在传统模态本体论观念中（例如邓斯·斯各脱的理论[3]），可能性的最终目标是成为现实（Nef

---

1　"实际"（actuel）一词本身于 14 世纪下半期出现于布鲁诺·达·隆戈布科（Bruno da Longobucco）的《手术》（*Cyrurgie*）中，意即"立即行动"（CNRTL, "actuel, elle" 词条）。16 世纪，在多个场合，尤其在加尔文（Jean Calvin）笔下，该词具有"有效的""确实的""真实的"之意。从 18 世纪中期开始，它才具备了"属于当下"这一意义。

2　德·伍尔夫（De Wulf 1899: 45-46）。关于形而上学与当代模态逻辑学也即"分析性形而上学"的关系，参见内夫（Nef 2004），尤见第 636—641 页。这一主张受到一部分强调逻辑–数学模型重要性以及分析哲学科学野心的学者的质疑。然而，本体论的回归、对存在以及世界概念（后结构主义文论与这一当代哲学间亲缘关系的基石）的兴趣明显体现出形而上学质询的痕迹。关于这一问题，亦可参见莫努瓦耶与内夫［Monnoyer et Nef (dir.) 2002］。

3　内夫强调了邓斯·斯各脱、莱布尼茨与刘易斯之间的继承关系（Nef 2004: 347）。

2004: 350）。从中世纪至今的相关论争令四种立场浮现：1）模态观念论，认为可能世界对人类来说是观念，对上帝来说是在场（这是莱布尼茨的立场）；2）现实论，认为现实世界享有特权，我们通过联系现实世界来构想可能世界（普兰丁格等人持这一立场）；3）模态实在论，认为所有可能世界无论是现实的还是仅仅是可能的，都以同一种方式存在，因为每个现实世界对它自身来说都是现实的；4）可能论，认为现实世界并不享有任何特权，而且可能世界间关系的确立应该撇开这种特权（刘易斯）[1]。

　　事实上，刘易斯借助某种"现实性索引理论"[2]，建议将"现实"世界确定为"我所在的世界"。这一术语对他而言意味着："说一个世界是现实的，这意味着说我们是这个世界的一份子。"（Lewis 2007 [1986]: 195）因此，如果我们认为存在数以万计的可能世界，而每个可能世界上都活动着我们的对应体[3]，那么这些世界对这些对应体来说就是现实的："假如我犯了罪，那么成为现实世界的就应该是另一个世界。那个最接近我们但我的对应体犯下罪行的世界，是另一个世界变为现实的世界。"（Lewis 2007 [1986]: 196）我们可以很清楚地看到，如果"现实"由说话者或想象中的读者所处的场所决定，那么指称对象就会根据视角发生

1　内夫（Nef 2004: 350）。

2　有关现实的索引理论，参见施莱辛格（Schlesinger 1984）。

3　刘易斯的对应体概念取代了克里普克的可及性概念，有关对应体概念，参见内夫（Nef 2004: 664 及其后）。内夫如此定义这一概念："有世界 w 上的 a，和世界 w'上的 b，如果 a 和 b 具备相同本质，那么可以说 b 是 a 的对应体。即使在一个与我们非常不同的可能世界中，苏格拉底的对应体也不可能是一只锅子，因为这一厨具与柏拉图的老师并不具备相同的本质。"（Nef 2004: 666）

变化。现实与虚构的差别由此变得相对化[1]，因为真实世界失去了作为现实与参照物的特权。

模态实在论很受文学研究者欢迎[2]，但它遭到奎因（Quine）[3]及其他许多哲学家[4]的猛烈批判。这一争议超出了本章讨论的范围，且与我们的研究对象没有直接关系。但我们认为，指出刘易斯的某位反驳者的一些论据不无裨益，这位反驳者是罗伯特·M.亚当斯（Robert M. Adams），他梳理了种种"现实性理论"，中肯地指出争议的关键问题其实与现实世界的属性相关（Adams 1974）。罗伯特·M.亚当斯解释道，首先，被他称为"有关现实性的乐观主义理论"并不能告诉我们自己是否身处最完美的世界，因而也不能告诉我们自己是现实存在的。这是莱布尼茨的主张，它假设现实世界是被上帝选中的世界，因为它是最完美的世界。在这种情况下，现实性与价值相关，因此有理由以巴洛克方式（"我是睡着还是醒着？"），在可能世界理论与有关真实世界价值的存在主义的、形而上学的怀疑之间建立关联。

我们所处的世界是否是现实的世界？这一怀疑在 20 世纪被很

---

1 劳特利（Richard Routley 1979）揭露了"分析哲学中的真实虚构"。

2 例如瑞安。

3 奎因曾批判模态理论。与克里普克和刘易斯相反，他认为本质概念是绝对的。他同时反对普特南、克里普克、唐纳兰的观点，认为词语涵义并不存在于外延中，而是存在于内涵中。在提出实体假设方面，他是极简主义的拥护者（与迈农和刘易斯相反）。关于奎因的思想，尤其参见洛吉埃–拉巴泰（Laugier-Rabaté 1992）。奎因的元本体论应用于虚构理论时，否定了虚构人物的任何存在形式，关于这一点，参见冯·因瓦根（van Inwagen 1980, 1983）。

4 尤其参见冯·因瓦根（van Inwagen 1980）。

多科幻小说重新激活（尤其是菲利普·K.迪克的小说），它与某种宗教视野不可分割。在基督教语境下，对我们所处的世界性质的怀疑往往伴随着对其价值的彻底否认。卡尔德隆的《世界大舞台》（1655）即是如此，在这部戏剧中，被搬上舞台的是价值的缺失，是人所生活的世界的吊诡的不存在。道教与佛教背景下，黄粱梦的故事（或神奇枕头的故事）所表达的，仍然是一个有关人生虚空的教训。黄粱梦的故事自8世纪起便在中国家喻户晓[1]，故事主人公卢生在睡梦中进入另一个世界，他将这个世界当作真实世界，在此生活了80年后去世，临终时在真实的世界醒来，终于获得智慧，甚至成仙。此类故事跨越不同的历史文化，以多种多样的形式出现，它们对世界的属性提出了质疑：第二个世界是一个梦吗？是做梦的人真实生活过的一个可能世界吗？这里涉及的是打破一种确信，即认为我们所生活的世界是真实的世界。黄粱梦的故事揭示，在每个世界中，卢生都深信自己身处真实世界，这个故事因而利用了现实性索引理论。讲故事的人或剧作家的艺术在于令这一双重现实性的悖论在读者眼中显得可信，可信度尤其因第二个世界被搬上舞台，立即在演出中成为现实而得到增强。格里尔帕策（Franz Grillparzer）的《梦幻人生》（*Der Traum, ein Leben* 1831）就是这样的例子。

1　指沈既济（740—800）的《枕中记》。由雷威安（André Lévy）翻译，收录《中国古代神怪与奇幻故事集》（*Histoires extraordinaires et récits fantastiques de la Chine ancienne*）。汤显祖（1550—1616）改写了这个故事，收入自己的《玉茗堂四梦》。这一故事曾被当作解释灵魂转世的典型例子。有关这一主题在世界范围内的成功，参见克内希特格斯（Knechtges 1973）。

有关现实性的乐观主义理论没有为我们提供任何手段，可以确认自己存在的真实性，与之相反的是刘易斯的索引理论，该理论将现实性与随语境变化的指称对象联系起来。因此，现实世界是我所在的，以及这一陈述发生的世界。罗伯特·M.亚当斯批评这一理论让现实性概念变得相对化。他否定了一个观点，根据这个观点，现实性并非世界的一种绝对属性，而是依赖这个世界的居民。他重申，存在如笛卡尔和莱布尼茨所定义的那样，是一种不可分析的简单属性。因此，面对刘易斯的理论，罗伯特·M.亚当斯提出"极端现实主义"和"温和现实主义"，前者认为不存在可能世界，所谓可能世界充其量只是一种具有教育意义的虚构，后者承认存在可能世界，这些可能世界是通过逻辑，用现实世界的材料构筑出来的，因而是现实世界的一部分。罗伯特·M.亚当斯本人是温和现实主义的拥护者。

有趣的是，罗伯特·M.亚当斯用来证明现实性索引理论不可能的其中一个论据来自文学领域：我们会被某个虚构人物的快乐与忧伤感动，但我们并非真心认为灾难降临于人物身上不好。这一问题确实引发了不少笔墨官司，它所激发的回答的多样性促使我们谨慎对待罗伯特·M.亚当斯的断言。要注意的是，哲学家很自然地将文学世界视作一些可能世界。

因此，如果文化产品是可能世界，我们就能像罗伯特·M.亚当斯一样，断言它们是根据真实世界的特征，通过想象构筑起来的。但是，与刘易斯一道，认为虚构世界是"对我们来说现实存在的"世界也不无道理，因为当阅读、表演或游戏将我们带至某个世界，我们会采取这个世界里的视角。虚构世界并没有成为真实的世界，但它成了"对我们来说现实的"世界。

事实上，虚构作为现实世界的属性可以从客观（作为一种逻辑数据，或通过将这一世界写入作品的程序）与主观（作为一种由阅读或观看演出引发的认知转变）两种角度去理解。帕维尔曾提到对一种新的本体论视点的采用，但这只有在最乐观的接受条件下才有可能发生（1985）。瑞安则认为这一过程兼具客观性与主观性：她提出"再中心化"（1991）这一术语来指称将虚构世界转变成"文本现实世界"（TWA, *Textual Actual World*）的过程，并不遗余力地描述了"文本现实世界"与其他真实或平行世界的关系。她采用旅行隐喻来描述这一被舍费尔称作"虚构沉浸"的操作。受认知心理学启发、将阅读视作"转移"的研究也异曲同工（Gerrig et Rapp 2004; Green et Brock 2000）。因此，我们可以将虚构的现实世界同时视作由人工制品处境规定的事物状态以及由阅读投射出的想象世界。

将虚构当作"对我们来说现实的"世界，这一学说虽然最初衍生自可能世界理论，但它实际上与不同的视角都兼容。汉伯格的"虚构陈述出发点"理论以及"指示转移"[1]理论都分析了瑞安称之为"再中心化"的文本程序。

我们赞同通过"世界"这一术语去理解这一问题，这样做有

---

1 参见西格尔（Segal 1995）。帕特隆在提到西格尔时对"指示转移"理论作了如下解释："读者将自己的指示中心转移至故事人物所处的时空，有时甚至可能转移至某些人物的意识中。指示转移理论旨在辨识、描述一些语言与文本程序，后者允许读者在故事世界确立自己的指示中心，以一种稳定的形式保持这一中心，并随故事展开转移这一中心。"（Patron 2009: 238）

三方面的便利。首先，可能世界理论有助于从哲学上确立虚构世界及生物存在的假设。其次，可能世界理论认为不同世界之间不存在等级差别，这就允许我们提出世界的本体属性（真实的、现实的、虚构的、平行的、虚拟的）问题。最后，"世界"一词暗示了可能世界逻辑学与宇宙论之间的相似性，这种相似性也邀请我们从关系与网络的角度去看待虚构作品。

世界的多元化

可能世界数不胜数。忒奥多鲁斯梦中金字塔的房间也数不胜数。如果每个生物的每个行动排斥了其他行动，造成了不同的事态，由此产生了一个没有实现的行动的集合，那么我们就会被无穷无尽的可能世界包围（Bradley et Swartz 1979: 2）。此外，逻辑学本体论——例如迈农的理论——认为想象出来的生物也是存在的，这种慷慨虽受嘲讽（尤其受到奎因的批评）[1]，但也获得了虚构理论家的支持，促使他们合情合理地将这些逻辑学家当作不可多得的盟友[2]。实际上，这种慷慨确实也吻合虚构的某些根本属性。

一切可能世界哲学与文学理论背后是一种对多元化与丰富性的想象，这种想象尤其通过宇宙相似性起作用，唯有这种宇宙相似性才能与无穷无尽的可能性相提并论。用于理解虚构的多元世界模型——我们可以通过多种方式去理解这种模型——引发了一

---

[1] 有关从虚构理论角度对迈农著作进行的批评，参见卡伊拉（2011: 179-183）。卡伊拉否定了被他称为"本体论途径"的视角。

[2] 例如帕维尔（1988 [1986]）。

些极简洁或极繁复的探索，有待我们做出评价。

多勒泽尔的研究可以被视作有史以来最经济、最谨慎的探索。实际上，可能世界的"异宇宙"模型促使作者将文学虚构作品视作一个由不同模态组织而成的世界，进而否定被他称之为"唯一世界"的模型，后者仅限于在一种虚构摹仿论视角下，对作品与真实进行对比。

其他理论家更为彻底地探索了多元世界模型对虚构思想发展的影响，哪怕仅仅是为了强调这种模型的局限性。他们将可能世界逻辑学与量子物理学的多重宇宙论——例如艾弗雷特（Hugh Everett）在 1957 年提出的理论——进行了对比［Saunders *et al.* (éd.) 2010; Allori *et al.* 2011］。但这种比较很快令难题显现。持多重宇宙论的物理学家假设，平行世界是真实存在的，并且能够被客观地观察到，而虚构理论家即便拥护模态实在论，仍然认为可能性只是真实地存在于思想中而非物理世界中。

因此，瑞安在注意到文学可能世界与物理多重宇宙仅存在表面相似性后，一方面下结论指出了此二者的不兼容性，另一方面又在当代作品中提炼出几种宇宙模型，承认了不同现实秩序的存在（2010a）。

另一位尝试将可能世界理论、某种艺术哲学与量子物理学假设结合起来的是寇克蓝。寇克蓝对被她称作我们的"背景本体论"（ontologie d'arrière-plan）的学说发起了攻击，这一"背景本体论"受缚于我们所生活的地球，返祖式地支持地心说，阻碍我们给予可能世界现实性学说以信任（2010）。但艺术与游戏推动我们向可能性敞开，因为它们本身就是多元宇宙[1]。寇克蓝将某些作品（尤其当代音乐作品）当作多重宇宙或多元宇宙进行分析，因为这些作品同时展现了不同的时间维度。

"宇宙逻辑学"理论注意到某种理论困境，实现了向作品本身的回归，其做法是，在跨虚构性、摹仿、复制等给作品笼罩上多重变体之星云的现象中，辨认出多种多样的可能性。这也是我们给自己设置的任务。

二、虚构作品的本质特征

虚构作品处于多元化可能世界的中心。但这并不意味着我们赞同事实与虚构之间无差别的学说，而是帮助我们更好地理解这些世界的相互交叠。

虚构的可能世界

包裹真实世界与虚构世界的可能世界具有何种属性？

从定义来看——至少根据亚里士多德以来的西方哲学对可能性的定义，真实世界的可能世界是还未成为现实的世界。可能由纳粹德国的胜利而导致的事物状态并没有成为现实，最多只存在于某些人头脑中。它只能以某种反事实虚构的形式出现，例如菲

---

1 不过，作者鼓励我们将可能世界视作真实的，认为与真正进入可能世界相比，艺术的敞开只是构成了一种托辞。

利普·K.迪克、罗伯特·哈里斯（Robert Harris）或罗斯的小说[1]。真实世界没有变体。

然而，当代文化却动摇了这种确信。当公共权力机构策划让国家公务员参加反恐演习，以便在真正遇袭时能够评估甚至压制恐怖分子的行动，这里涉及的是一个人人知晓的假扮活动，没有任何趣味性可言，也不是一个谎言。这一处境可以被当作某个可能世界暂时的、实验性的现实化加以分析。

此外，虚拟世界之所以具有吸引力，很大程度上是因为它们以现实化了的可能世界的形象示人（林登实验室将元宇宙命名为《第二人生》的意义全部在此）。很多玩家确实将虚拟世界当作现实世界的平行世界，而这成为拉近真实与虚构关系的有力论据，因为无论前者还是后者都令我们进入其他世界。然而，在我们看来，无论如何，只要游戏化身的行动不承担任何法律责任，元宇宙作为真实世界变体的属性就是一种假象。这巩固了元宇宙的半虚构属性，而这种属性也在最近的计算机元宇宙中得到加强与体现，例如《安特罗皮亚世界》中新玩家是在卡吕普索的岛上登陆的，而 Ai Sp@ce 的新玩家登陆的小岛拥有某本日本小说的名字。进入这些世界的通道都指向虚构。这些计算机元宇宙在文本与图像虚构世界的轨道上运行。

实际上，虚构世界确实位于可能世界星云的中心，这些可能世界由其他作品、作品阐释、受作品启发而制作的装饰与物件构成。我们无法将自己挪移到另一个世界（除非在短暂的梦中，或

---

1 《高堡奇人》（1962）、《祖国》（1992）、《反美阴谋》（2004）。

在浮想联翩的脑海中，大多数时候都是在一种半失去意识的状态下[1]），在这个世界，历史或我们人生中的某个事件并没有发生或发生了但有所不同。反过来，虚构作品周围却真真正正环绕着各种变体的光晕。

　　这些可能世界形成了或稠密或稀薄的星云，有可能在不同程度上被实现。虚构作品当然存在许多没有实现的可能性：未书写的变体，故事情节的不同走向可能导致的事物状态，读者提出但在阅读过程中逐渐放弃的种种假设（Eco 1979）。但是，相比真实世界中产生的梦境与假设，虚构世界属于更为牢固的世界。它们被其他世界围绕，后者构筑得多少有些完整，或多或少是可居住的，属于多少有些复杂的、具有广延性的、处于扩张中的体系，彼此之间由以下各种参照关系相互联结：来源、草稿、摹仿、续写、改编、跨虚构、泛虚构或周边产品。当代文化与赛博文化最大化地实现了对人物的再利用，由于人物本身有可能在多种多样的支撑媒介上得到无穷无尽的再组合，因此当代文化与赛博文化无法用互文性理论，只能用可能性组合理论来进行分析（Azuma 2008 [2001]）。

1　"在日常思考中，我们经常在头脑中改变我们所遭遇的处境、我们的想法或发生的事件，我们会如实观察一些细节，令其他细节发生变化。我们让什么改变了呢？在什么事件、什么处境面前，我们不会允许哪怕一丁点儿变化呢？在深刻的直觉层面，我们会察觉到哪些事件接近于真实发生过的事件呢？在我们看来，什么样的状况是'险些发生'或'很可能发生'的（即便这一事件毫无疑问没有发生）呢？当我们听到一个故事，我们无意识想到的又是事件的哪些版本呢？"（Hofstadter 1985 [1979]: 720）

我们这一时代的特征是虚构星河的构建与扩张。奇怪的是，作为母体的往往是已有一个多世纪之久的作品，也就是 19 世纪的作品。圣热莱研究过大量体现《包法利夫人》人物回归的当代跨虚构作品（2007）[1]；奥斯丁和柯南·道尔的作品在今天正经历一种无可比拟的跨媒介扩张。某些更为古老的作品也成为一些规模宏大的宇宙的母体，例如阿里奥斯托的《疯狂的罗兰》，以及《堂吉诃德》（无视了塞万提斯的初衷[2]！）或《阿丝特蕾》。在 17 世纪，《阿丝特蕾》中的故事被改编成无数戏剧，主人公的孩子成为两部小说的人物，因为《阿丝特蕾》是以主人公的婚礼结尾的[3]。

按时间顺序对这些世界进行比较（其构成、规模、与初始世界的关系、所涉及的文类与媒介、可能的僭越范围、扩张中的自发性与商业广告策略部分），这一内容无法在本章框架内进行。我们仅满足于指出，在初始世界基础上进行的宇宙扩张获得了新的领地，而这一过程几乎总是会涉及新媒介的开发：17 世纪的芭蕾或悲喜剧，19 世纪的报纸、游戏、电视季播剧[4]、连环

1　在 1980 至 2006 年间，法语、英语、意大利语写成的此类中长篇小说不下 10 部。

2　塞万提斯写了《堂吉诃德》第二部，并令小说人物死去，以便阻止阿维亚乃达（Avellaneda）之流对小说进行续写。

3　杜布罗卡尔（Du Broquart）的《贝洛尔的胜利》（*La Bellaure triomphante* 1630），阿吕斯（Jacques Alluis）的《爱情学校，或博学的主人公》（*L'École d'amour ou les héros docteurs* 1665）。

4　仅举两例。《迷失奥斯丁》（*Lot in Austen* 2008）是一部以奥斯丁小说《傲慢与偏见》为背景的英国迷你剧（一位女读者进入了小说的世界，而小说女主人公伊丽莎白·班纳特则逃脱了小说）。《神探夏洛克》（*Sherlock* 2010—）也是英国季播剧，它将柯南·道尔的小说人物放到了当代背景中。

画[1]，20 世纪末 21 世纪初的社交信息网络[2]。

因而，对于进入虚构的可能世界的人来说，这些世界在成为指称对象的同时，具有变为现实的能力。它们通过摹仿、游戏及行为的模式化改变了真实世界。因此，虚构的属性之一是置身运动演变着的可能性星云的中心，这些可能性或还未现实化，或已成为现实。这就解释了现实与虚构的某些交叠现象，同时也确立了它们在本质上的差异[3]。

虚构的本体异质性

正如德斯科拉（Philippe Descola 2005）解释的那样，自文艺复兴末期开始在西方占主流地位的自然主义本体论假设了真实世界整体上的同质性。与此相反的是，标志虚构人物特征的却是其本体异质性。

真实世界本质上的同质性并非是公认的事实。毫无疑问，即便在当代西方社会，各种本体论（泛灵论的、类比式的）的残余

---

1 不少日本漫画改编自西方经典文学作品，例如左拉［矢泽爱（Ai Yazawa）2000年出版的《娜娜》，2002 年翻译成法语，在日本卖出 300 万册］与福楼拜的作品［五十岚优美子（Yumiko Igarashi）2012 年出版的《包法利夫人》，2013 年翻译成法语。同一位画家还根据《罗密欧与朱丽叶》创作了漫画］。

2 例如奥斯丁的小说《傲慢与偏见》女主人公丽齐·班奈特的推特账号。

3 瑞安（2017 年，私下交流）反驳了这一论据：真实世界也被（通过出版）成为现实的可能世界围绕，而这些可能世界恰恰都是虚构的。我们认为，现实与虚构之间的模态关系和虚构与其他虚构之间的关系并非同一层面上的问题，"变体"这一术语亦不具备相同意义。证据是，一个虚构人物完全可以从一部作品旅行至另一部，从一个虚构世界来到另一个，从一种状态进入另一种（计划、草稿、电影、小说、漫画人物），而真实世界的居民不具备这些特权。

仍然存在，并在不知不觉间影响了我们对存在方式之一致性的感知。很多人相信超自然生物的存在，认为后者可能入侵真实世界，他们并不完全相信真实世界具有本质上的同质性。此外，我们所处的时期不正是某个假设或者说某种信仰在我们眼中越来越陌生的时期？根据这一假设，存在只有唯一一种方式[1]。赛博文化动摇了这种确信，因为我们不知该如何定义一个游戏化身[2]。某些玩家将对化身的操纵视作自己的另一种存在方式。无论如何，存在以及"生物"的定义处于当代思考的中心。对舍费尔所谓的"人类特殊性"（2007）的广泛接受，当代有关动物性甚至植物敏感性（Chamovitz 2012）的研究，这一切都在某种程度上促使我们修正对存在于世的方式的认识，这种认识是根据直觉确立的人类中心主义，且符合某种自然主义本体论。

　　这一变迁也导致现实与虚构的差异明显变得模糊。然而，无论变迁采用何种术语，变迁程度有多深，存在于真实世界的方式可能的多元化与虚构世界的多元化之间毫无共同之处。虚构世界具有本质上的异质性。当然，历史上曾有过一个时期，也就是17世纪末至19世纪初，在这段时期，所谓的"现实主义"小说曾呈现一个本质相似的人群，但这仅是文化的一个局部且暂时的状态。此外，如果我们仔细考察某些经典作品，会发现其中的人物并没有表面看来那么具有同质性，例如拉法耶特夫人同时代的读者就觉得，《克莱芙王妃》中历史人物与虚构人物的并存很是奇

1　这一假设由刘易斯提出（Lewis 2007 [1986]）。
2　我们在第二部分第三章和第四章讨论过这一问题。

怪[1]。但这种异质性与《高卢的阿玛迪斯》或任何一部巴洛克芭蕾舞剧的异质性相比相对较弱，因为在后者中来往穿梭着各种神、混种动物、寓言和跨虚构人物。在当代，品钦（Thomas Pynchon）[2]和村上春树的作品——仅以他们的作品为例，近些年最成功的电影——沃卓斯基兄弟、卢卡斯（George Lucas）、卡梅隆的电影，都足以证明杂糅的本体又回到了当代文化中，而电子游戏更是将这种本体多样性发挥到了最大程度[3]。

这里涉及的正是虚构的一种优势。与真实世界的本体多样性（假使存在的话）相比，虚构的本体多样性程度更高且性质有别。这种多样性体现于两个层面。

第一个层面与虚构人类学的种属有关。虚构中的人物很少局限于人，这一结论平淡无奇。在人们研究虚构之初，虚构首先被视为不可能的生物（ficta）生长的地方。虚构理论家对飞马与独角兽的钟情本身已很能说明问题，因此一部虚构中存在幻兽，这几乎总意味着对虚构的一种虚构内思考（例如村上春树的《世界尽头与冷酷仙境》）。我们很容易摆脱这些实体，例如通过将它们与神话原型建立联系[4]，此外，从整个人类文化来看，它们的数量

1　这是瓦林库尔（Valincour 1678）的观点。参见佩吉（Paige 2011: 49）。

2　在《葡萄园》（2018 [1990]）中，像活死人或幽灵的"类死人"，其存在方式显然具有交替性，即便它具有多种阐释可能性（政治的、精神分析的、佛教的等）。关于这一点，参见瓦尔塔（Valtat 2000）。

3　2012 年，《魔兽世界》有 12 个种族（人类、矮人、暗夜精灵、德莱尼、侏儒，以及敌对阵营的血精灵、兽人、巨魔、亡灵等），12 种职业。在《无尽的任务》中，有 16 个种族，16 种职业（参见 Roussel et Jeliazkiva-Roussel 2012 [2009]: 54）。

4　坎贝尔（Joseph Campbell 1978 [1949]）很中肯地指出，存在于神话和童话故事中的奇幻生物对应一系列数量有限的原型。

与种类也不是无限的。我们也很容易不加区别地将它们当作想象的产物，但这种方式过于简单，抹除了读者应该或者说确实已察觉到的异质的东西。

帕维尔已经很中肯地暗示，一部虚构作品之中如果出现非人类或类人生物，这种在场就是一种迹象，意味着实体从信仰领域向虚构领域的迁移（1988 [1986]: 55）。此类转移经常与某个历史时期吻合，这些时期往往是这些实体的身份被质疑，有时甚至被彻底修正的时期，例如16—17世纪西方的幽灵、圣人、魔鬼、吸血鬼、古代神祇、萨提尔、塞壬、半人马等的例子。或许托尔金作品中的半兽人和霍比特人的身份要更为简单，因为可能很少会有读者去询问自然界是否真的存在此类生物。然而，在充斥着平行世界与混种生物的当代虚构和我们对量子物理学与遗传学研究不太深入的了解所引发的询问之间，很难不看到一种联系：卡梅隆电影《阿凡达》的成功，其原因可能部分地归结于信息学与遗传学研究主题的增多。

尽管如此，虚构生物的种属多样性并不仅仅因为人们怀旧地终止了对它们的怀疑，或因为它们在自然界的存在可能性引发了困惑。虚构确实能推动不同本体论之间的和解，因为它们的一个主要功能在于满足全世界人民对存在多元性的向往，而多元性与宗教一起，或者说取代宗教，成为对人类有限性的永恒回应。

理解虚构本体异质性的第二种方式与对人物的指称有关。不同于某个多次被肯定的观点（例如德贡布1983），指称——也就是在另一个现实或虚构的世界有一个对应体的事实——赋予了虚构人物以清晰可辨的存在地位与模式。

实际上，指向真实世界的人物（以寓言、历史或纪录片的方式，以讽刺或戏仿的方式）与指向人物所属虚构世界或另一个虚构世界的人物，他们并不具备相同的行为举止。首先，人物名册不尽相同。热恋的心（Cœur épris）、阿明达、包法利夫人、拿破仑，这些人物的命名方式各不相同，分别借助的是寓言程序、对文学符码的借用、对真实世界命名学的摹仿以及真实世界里的名字。虚构理论家对专有名词问题格外关注，这点在情理之中。克里普克的严格指示词理论（1980 [1972]）有助于辨认在不同世界间穿梭的人物，因此受到虚构理论家的极大推崇[1]。不过，需要补充的是，不同的命名条件与虚构人物的不同类别相吻合。属性上的不同影响了虚构人物的行动，比如，与真实世界不存在的虚构人物相比，历史人物的叙事可能性范畴一般来说就狭窄很多。与此同时，虚构人物也呼唤不同的阅读模式：剖析与辨认调节着大脑对人物的构形，并令其变得复杂。

两个来自不同时期的例子有助于支持这些假设。

第一个例子属于一个古老的类型，它令本体异质性达到最大程度，并累积了多种杂糅形式。弗洛尼克尔（Nicolas Frenicle）的《著名牧羊人谈话录》（*L'Entretien des illustres bergers* 1634）实际上同时是一部混合了诗句与散文的田园小说，一种具有强烈外部指称与自传色彩的叙述，中间穿插了属于爱情战争历史小说的叙事。在离巴黎不远的圣日耳曼的一处田庄，一小群"著名的"（即在虚构世界以外也小有名气）朋友醉心于交谈、运动、游

1　例如帕维尔（1988 [1986]）或瑞安（1991）。

戏、斗诗。《著名牧羊人谈话录》用各种听来牧歌风味十足的假名
来指称这群人，小说讲述的正是这群人的活动，以及作者生活中
的一些事件（他的疾病、他妻子的疾病）。同时也是叙述者的作
者自称阿明达（就像维吉尔《牧歌》中的一个牧人），他的朋友
们自称塞利拉（Cérilas）、达蒙（Damon）、梅纳克（Ménalque）。
现代研究者在这些人中辨认出了当时的一些诗人和文人，包括科
勒泰（Colletet）、莫迪（Mauduit）、戈多（Godeau）、维尔纳夫
（Villeneuve）、孔拉尔（Conrart）、里什莱（Richelet）等 [1]。比起我
们，1634 年的读者——至少与这一群人来往密切的读者——无疑
更容易辨认出这些牧人的原型。那么这部半纪实的田园小说，其
人物的异质性能给读者带来怎样的愉悦呢？实际上，这个有真人
原型的牧人团体也包括一些纯粹的虚构人物，他们的名字并非牧
歌中常见的名字，而是借自古希腊文学：来自阿卡迪亚的阿那克
西美尼（Anaximène）和克里奥门尼斯（Cléomène）向巴黎的伪
牧人讲述了他们的人生，正如当时的小说读者期待的那样，他们
动荡的人生充斥着离别、绑架、海难这些事件。阿那克西美尼受
到阿明达–弗洛尼克尔和塞利拉–科勒泰的安慰，克里奥门尼斯在
梅内拉斯–里什莱那里找到了避难所……想象出来的英雄和有现
实原型的人物穿梭于同一个空间。对内行的读者来说，这一现象
引发的效果，可能类似《谁陷害了兔子罗杰》（*Who Framed Roger
Rabbit* 1988）将电影人物和连环画人物混在一起引发的效果！在

1　参见科希（Cauchie 1942: 115-133）。在这一点上，斯特凡·马瑟（Stéphane Macé）
　　在其修订的《著名牧羊人谈话录》（Champion, 1998）引言中重申了这一古老研
　　究的结论。

弗洛尼克尔的小说中，本体差异并不仅仅因为人物的名字而变得明显。由于在真实世界具有原型，这些"著名牧羊人"被迫在行动方面处于一种完全的惰性状态，而虚构人物却可以进行种种错综复杂的冒险。有真人模型的牧羊人可以与真正的人物来往，却无法与他们混同起来。

无论哪个时代，大部分有真实原型的人物都会受到类似限制，除非远去的时代和文类规则令历史联系变得极度松散，比如斯居代里小姐某部作品中居鲁士的例子[1]。不过《战争与和平》中的拿破仑在叙事可能性领域显然不具备与娜塔莎同样的自由，因他与真实世界的关联，他永远只能做一个次要人物。

指称异质性不适用于那些被认为早于小说的古老形式中。

斯派克·琼斯（Spike Jonze）的电影《改编剧本》（Adaptation 2002）包含了三种类型的人物。电影的成功及其令人感兴趣之处恰恰在于剧本掌控虚构性程度的灵活性，而不同的虚构性程度意味深长地吻合不同的叙事可能性。与最低虚构性相对应的是最小叙事可能性，由扮演约翰·马尔科维奇（John Malkovich）角色的约翰·马尔科维奇体现，此外他仅短暂出现于电影开头[2]。真人客串现象（effet caméo）[3]在电影界当然不罕见，但需注意的是，

---

1 《阿塔曼或大居鲁士的故事》（*Artamène ou le Grand Cyrus* 1649—1653）。

2 这部电影还存在另一个真人客串现象，创意写作教授罗伯特·麦基（Robert Mckee）的角色由麦基本人扮演，而他确实在密歇根大学教授创意写作。两次真人客串的功能当然是不同的，前一次真实在场效应建立于名人（马尔科维奇）的名气之上，后一次真实在场效应将名气带给了一个大众不熟悉的人（麦基）。

3 参见本部分第四章。

除了极个别情况[1]，真人客串的往往是配角，或露面时间很短的角色，因为他们虚构性程度太低。电影尤其建立于前后两部分的对照之上，前半部分指向真人真事，后半部分则不是。在前半部分中，人物查理·考夫曼（尼古拉斯·凯奇饰演）扮演编剧查理·考夫曼的角色[2]，（在电影的现实世界中）负责改编记者苏珊·奥尔良的书，一部讲述作恶多端的兰花种植者约翰·拉罗什（John Laroche）的纪实作品《兰花窃贼》（*The Orchid Thief* 1998）。苏珊·奥尔良和约翰·拉罗什存在于真实世界中，他们的角色分别由梅丽尔·斯特里普和克里斯·库珀饰演。电影后半部分是对《兰花窃贼》的一种可能性的续写，并不指向真实世界（且丑化了人物），由某个虚构人物——唐纳德·考夫曼（Donald Kaufman）完成，他扮演的是查理·考夫曼的双胞胎弟弟。唐纳德·考夫曼从未真实存在过，且在真实世界也没有原型，但他被第 75 届奥斯卡金像奖提名，增添了混乱，或者说将注意力吸引至电影在处理与外部世界关系方面的精湛技艺上。苏珊·奥尔良、约翰·拉罗什、查理·考夫曼、尼古拉斯·凯奇、梅丽尔·斯特里普、克里斯·库珀，也就是真实人物与扮演这些人物或真实或虚构形象的演员，他们都参与了电影的放映与宣传。因电影获得的名气在前

1　例如，在洛朗·杜尔（Laurent Tuel）的《让–菲利浦》（*Jean-Philippe* 2006）（又译《超级歌迷》——译注）中，主人公闯进了一个可能世界，在这里，让–菲利浦·斯麦特（Jean-Philippe Smet，由其本人饰演）还没有成为强尼·哈里戴（Johnny Hallyday）。

2　查理·考夫曼是《成为约翰·马尔科维奇》（*Being John Malkovich* 1999）的编剧，这部电影同样由斯派克·琼斯执导。

三位眼中可能弥补了虚构部分呈现的令人不快的假设，这个部分是他们的真实故事的可能世界：在电影后半部分，苏珊·奥尔良的虚构版成了瘾君子，与拉罗什有一段令人不安的情色关系，并最终把他推上谋杀之路。我们可以认为，这些人坚信事实与虚构有别，才会接受对他们的人生的这种想象性延续，尽管他们的人生看起来不可避免地充满了由虚构所构筑的种种可能性。

这个令人惊叹的剪辑富含启示。首先，它坚持了指称真实的版本带来的限制与虚构版本兴高采烈的自由之间形成的对立，前者令人物查理·考夫曼的灵感枯竭，后者被视作虚构的作者唐纳德·考夫曼的作品。另一方面，在虚构版本及虚构程度上做文章也伴随着与其他可能世界的关系的编织，这些可能世界或已实现（《成为约翰·马尔科维奇》），或还没有实现，例如《改编剧本》的结尾，查理·考夫曼（重申一下，由尼古拉斯·凯奇饰演）决定拍摄一部讲述自己经历的电影，并打算让德帕迪约（Gérard Depardieu）来饰演查理·考夫曼的角色。

在《著名牧羊人谈话录》和《改编剧本》之间存在一些相似性。两部作品中都有一个被剥夺行动的指向真人真事的版本，占据了叙事的三分之二篇幅，而在后三分之一篇幅中展开的是一个明显虚构的版本，不断求助于英雄主义小说和冒险电影的传统主题（虚构版本中的约翰·拉罗什最后被鳄鱼咬死）。斯派克·琼斯的人物在影片中逐渐改变了属性，因此他没有求助于性质各异的人名表。此外，古代小说读者和当代电影观众触及指称对象的模式也有较大差异。在前一种情况下，只有熟悉作者圈子的人才有解密能力。在第二种情况下，指称对象不仅在网络上为很多人所熟悉，而且网民都被吸引着去确立从斯派克·琼斯电影到苏珊·奥尔良小说，从查理·考夫曼到唐纳德·考夫曼的现实与虚构、虚构与现实的关系。要做到这一点，网民只需点击一下超链接。当今世界，维基百科页面构成了具有参照价值的现实世界。信息媒介增加了我们的世界的本体异质性印象，因为事实信息与虚构实体之间的往来变得无休无止，且瞬时完成。

归根到底，我们可以区分出青睐本体多元性（中世纪、巴洛克时代与当代）与反过来限制这种多元性的类型与时代，所谓的摹仿式或现实主义作品便是限制本体多元性的例子。摹仿真实世界，就是要模拟一个只有唯一一种存在方式的世界，这一点令人深思，也证明至少在西方，真实世界更多是从本体同质性角度得到考量的。

我们在这里捍卫的立场并没有得到一致认同。除去帕森斯（1980、1982）、帕维尔（1988 [1986]）和圣热莱（2011），赞同虚构的指称对象具备异质性的研究者为数甚少。德贡布（1983: 262）和多勒泽尔（1999: 18）坚持一种严格的二元论，断言虚构中的一切虚构存在具有同等程度的虚构性。他们既假设现实与虚构之间存在无法化约的差异，也坚持虚构存在的同质化特征。我们质疑这一假设，但并不因此混同不同的世界。

直至目前，讨论一直围绕着历史小说展开。德贡布借助一个优雅的比较，拒绝承认历史人物和虚构人物（用帕森斯的术语来说是"游牧人群"与"土著居民"）在指称真实世界方面存在区别（1983: 279）。他认为一切人物都是面具，无论其是虚构人物还是具有真人原型。他强调，在狂欢节游行中，大臣面具不同于龙面具，但它们都是面具。然而，这种比较值得质疑。戴着大臣面具或龙面具的，都是组织狂欢节的城市的居民。反过来，虚构人物在大多数时候都不戴面具。假如他们戴面具，假如他们拥有双重属性，那么他们就是寓言性的、历史性的、跨虚构的，这一现象呼唤不同的阐释操作，同时为这些人物确定了某种类型的行为举止。

多勒泽尔则认为，赋予这些人物不同本质的做法是荒谬而天真的。他的一个论据是，假设人物具有本体差异，那么不同的对应体之间就不可能存在"跨世界"的联系[1]。然而事实恰恰相反，促使读者能够察觉到人物的穿越往来的，正是本体异质性。1970年代的叙事学与结构主义研究确实忽略了这一现象。而可能世界视角制造了一种有益的陌生化效果，令我们更能感受一些作品的奇特魅力，在这些作品中，克莱芙王妃成为德·内穆尔公爵的情人[2]，贝尔特·包法利常常拜访福楼拜，而她妈妈爱上了纽约的一位文学教授[3]。假如包法利夫人、福楼拜和库格马斯（Kugelmass）教授都是同种类型的虚构人物，那么这些作品就既不好笑也不奇怪了。另外，对《改编剧本》的理解意味着我们必须承认，电影融合了属性不同的两个版本。

1　"作为还没有实现的可能性，所有虚构实体都具有同样的本体属性。"（1999: 18）

2　例如，在布阿吉贝尔（Pierre Le Pesant de Boisguilbert）的小说《德·雅纳克小姐》（*Mademoiselle de Jarnac* 1685）中。有关这一问题，参见我们的文章（Lavocat 2007）。

3　我们联想到的是雷蒙·让（Raymond Jean）的《包法利小姐》（*Mademoiselle Bovary* 1991）和伍迪·艾伦的短篇小说《包法利夫人，是别人》（1981 [1975]）中的"库格马斯故事"。关于这一问题，参见圣热莱（Saint-Gelais 2007）。

　　实际上，不少虚构正是以世界的多元性，以虚构生物的不同属性与不同存在方式为主题的。这一巧合鼓励我们采用受可能世界理论启发的研究途径。然而，这一途径在悖论问题上遭遇了挫折，悖论由跨虚构性与转叙现象争相引起，关注虚构边界问题，就会对这些悖论特别敏感。那么，如何解决这一困难呢？

第二章 不可能的可能世界

援引可能世界理论的虚构思想之所以被拒绝，其中一个经常被提及的原因是，文化产品经常投射出不可能的世界（Walton 1990: 64; Caïra 2011: 170）。帕维尔颇为幽默地谈到这一困难：

福尔摩斯平静地画着方形圆圈的形象始终令人不安，尤其因为矛盾的物体确实是虚构文本的组成部分。它们有时在作品中处于边缘位置，有时却在此占据中心，例如在博尔赫斯的玄学叙事中，或者在当代科幻作品中。这些矛盾事物的存在无疑阻止我们将虚构世界等同于可能世界，也阻止我们将虚构理论简化为克里普克的模态理论。（1988 [1986]: 67）

帕维尔给出的答案（与可能世界理论拉开距离）与多勒泽尔提出的理论差异很大。实际上，多勒泽尔采用了克里普克对可能世界的定义，也即可能世界是事物的一种稳定状态（非矛盾的），并认为不符合这一定义的虚构都是失败的：

不可能世界的逻辑结构拒绝可能性实体的虚构存在。文学有各种途径去建构不可能的世界，但却会从整体上损害文学活动；

一个不可能的世界无法令虚构存在诞生。（Doležel 1998: 163）[1]

　　多勒泽尔将虚构世界的建构问题置于自己理论的中心，认为"叙述行动"——也被他称为"真实化力量"（force d'authentification）——会被一切转叙、元虚构以及悖论削弱强度。如果这一奠基性原则受到冲击，世界就会失却连贯性，而虚构沉浸也会变得不完全或者受阻碍。

　　这些理论家的立场促使我们不得不面对一种两难处境。我们应该平静地接受虚构的悖论（理由是现实本身可能也没那么连贯，正如帕维尔暗示的那样[2]），还是应该采取狭隘的虚构观？后一种态度也意味着将 1650 年前以及 1950 年后的很大一部分文化产品排除在外。悖论因此成为虚构还未成熟或已经过时的迹象，而虚构的繁荣现象仅存在于某个有限的时间段内[3]。如此狭隘的虚构观无法令我们满意，悖论在不同时期的用途与效果应该得到更为精确的记录，它们同虚构性的关系也应得到更为准确的分析。这正是我们在本章中尝试做的事情。

　　我们将首先指出帕维尔和多勒泽尔的立场，这两种立场表面

1　多勒泽尔瞄准的是新小说、元虚构及后现代虚构。

2　刘易斯援引了某个这一类型的论述，断言时间旅行中的因果循环可以是不可理解的，但并非是矛盾的："几乎每个人都同意，上帝，或大爆炸，或宇宙的整个无限过去，或氚原子的衰变都是没有原因的，而且是无法解释的。因此，如果这些是可能的，那么时间旅行中出现的无法解释的因果循环为什么是不可能的呢？"（Lewis 1976: 148）

3　盖勒格（Gallagher 2006）及佩吉（Paige 2011）提出了更为狭隘的虚构定义，认为 19 世纪以前没有虚构！

看来相互对立，实际上却是可以调和的。如何将虚构中无处不在的悖论和它们损害甚至毁灭虚构世界的能力联系起来思考？指出虚构不可避免的模棱两可性是不够的，即便虚构世界毫无疑问存在某种无法抹除的自我毁灭成分（我们将会在本章及下一章中看到这一点）。不过，一切都仿佛阅读——或观看——以及阐释程序的效果与功能会侵蚀悖论，进而去除它们的危险性。这便是虚构悖论的悖论：悖论的的确确是虚构性的基本构成要素，与虚构性、与虚构世界的肌理与结构密不可分；然而，它们又倾向于隐身，因为阐释不可避免地会将它们简化。只有特别顽强的语义悖论才不会被忽略。

我们将首先借助瑞安和卡伊拉提出的分类，呈现虚构中的这一悖论之悖论。随后我们将谈论集合论悖论以及说谎者悖论，这两种悖论在虚构中体现了虚构本质上的悖论色彩，也就是赋予非存在一种存在形式。

一、虚构中的悖论之悖论

读者是如何处理虚构中的逻辑矛盾以及不可能性的？瑞安强调了认知效应，我们通常会做出认知上的努力来摆脱虚构悖论。卡伊拉指出了虚构中大量存在但经常被忽略的悖论。艾柯在很早以前就注意到，对那些具有时间旅行等不可思议功能的机器，要

证明其运转的合理性，大部分读者[1]满足于极简的、异想天开的
解释（1985 [1979]）。

　　在瑞安（2010a）看来，如果不能求助于平行世界这一解决办
法（大部分虚构并不涉及这种办法），那么对读者来说，还存在五
种减少悖论的方式。阅读矛盾即意味着通过以下方式令矛盾最小
化：1）"心理主义"（mentalisme），我们假设叙述者疯了；2）"虚
拟化"（virtualisation），我们选择事物状态的一种版本，放弃与这
一版本对立的其他版本；3）"寓言主义"（allégorisme），通过令
矛盾指向某个隐藏的意义来解决矛盾；4）"元文本主义"（méta-
textualisme），根据这一倾向，作者能同时暗示多种可能性，表明
他写作能力精湛（形式主义者称这种能力为"裸露程序"）；5）"瑞
士奶酪结构"（structure en fromage suisse），读者在作品中挑拣出
抵抗阐释的部分并跳过这些部分。如果上述策略都失败了，瑞安
便会如多勒泽尔一般，断定虚构世界会崩塌（2010a: 78-80）。

　　上面描述的态度都极有可能出现。仅以科塔萨尔著名的短篇
小说《夜，仰面朝天》（1956）为例，这个短篇允许我们采取上述
所有态度，网络上存在的大量评论即证实了这一点。读者可以只
采纳小说结尾令人咋舌的假设，该假设揭示 20 世纪那个出事故的
摩托车手只是前哥伦布时代某个摩托族印第安人的梦（这是"瑞
士奶酪"方法）。读者可以认为，在做噩梦的是受伤的摩托车手，
他在临死前产生了幻觉（解决方法 1）[2]。这种解读也意味着质疑摩

1　有一些科学知识丰富的科幻作品爱好者，例如伊根（Greg Egan）的读者，他们
　　往往会去寻找作品在科学上的可能性。

2　http://www.musanostra.fr/auteurLesarmessecretes%20julioCortázar.html.

托族印第安人故事的现实性，由此令他的世界"虚拟化"（解决方法 2）。读者也可以赞叹最后的反转，将之视为一种巧妙制造吊诡惊奇效应的精湛技巧（解决方法 4）[1]。科塔萨尔的故事也可以被看成——事实上已被看成——一个存在主义或起源寓言，或寓示人类在命运面前无能为力，或暗示南美洲各国都具有殖民地起源（解决方法 3）[2]。一切包含谜团的文学或影视作品都会在网络上引发无法控制的阐释活动，我们可以认为这一阐释活动的主要功能在于解决谜题，由此可能延续、重复沉浸感，并令其在另一个层面上重生。网民费了很多心思去辨别、归类、解决矛盾，这似乎是一种占有的方式。博尔赫斯和科塔萨尔的小说，大卫·林奇的电影《穆赫兰道》（*Mulholland Drive* 2001），沃卓斯基兄弟的电影《黑客帝国》（1999—2004）都具有极强的引发评论的能力。

认知心理学和神经科学领域的某些研究可以为这一现象提供一些解释。早在 1974 年，皮亚杰已在《关于矛盾的研究》（*Recherches sur la contradiction*）中提到，一切行动、知觉或认知都具有自发做出肯定的倾向，而真实具有实证性。矛盾诞生于肯定与否定的认知失衡，而主体会借助对相对性的学习——这种学习在儿童成长过程中至关重要，通过重建平衡来试图解决矛盾。2008 年，隆戈（Matthew Longo）及其合作者表明，对不可能的运动的观察会减弱大脑中与摹仿相关的区域的活动。根据费斯特（Evelyn C. Ferslt）和冯·克拉蒙（2007），在一篇逻辑不连贯的

1　某个老师的建议，参见 http://gsi.berkeley.edu/awards/01_02/quinn.html。

2　http://oidnaciones.wordpress.com/2011/01/28/two-ways-of-reading-la- noche-boca-arriba.

文本面前，大脑活动会激活额顶区域，这可能可以被理解为大脑在寻求连贯性的迹象。所有这些研究考察的都是为降低悖论程度而能做出的认知努力。我们也可以从隆戈、科索布德和伯滕塔尔（Longo, Kosobud & Bertenthal 2008）的研究结果出发，假设某些虚构效应（摹仿、共情、虚构沉浸）因读者或观众遭遇了矛盾而被取消。如果说不可能的虚构如同瑞安、多勒泽尔或沃尔顿设想的那样，无法引发虚构沉浸[1]，那么我们可以假设，对这些虚构的认知处理旨在以一种或另一种方式，或是令悖论变得不可见，或是将其作为跳板，借助阐释迂回来克服悖论，由此重新打开虚构沉浸的路径。

无论如何，虚构对悖论保持非常开放的态度。不可能性与虚构性甚至是不可分割的。卡伊拉将虚构与纪实对立起来，认为虚构无须借助不同版本的相互印证来提供证据，他的观点强调了虚构中体现这一限制缺失的因素（2011: 154）。实际上，不可能性经常触及信息的生产（例如不可能的叙述者的例子——叙述者是一个死者、婴孩、动物或物体），或信息的传播，当被讲述的是任何人都不可能知道的事物时：他人的思想，精神旅行，发生于密室中的事件或发生于人类消失以后的事件（2011: 81）。然而，对他人思想的呈现是虚构性的一个主要标志（Cohn 1990, 2001）。以一种更为普遍的方式，虚构性的内在标准都属于被忽略的悖论[2]。

1　不过，下文我们将修正这一观点，我们将呈现，转叙并不是任何时候都会令人跳脱沉浸感（参见本部分第四章）。

2　第三人称异故事叙事实际上会导致一个简单过去时形式的动词失去表达过去时间的价值，由此允许其与时间指示词——例如表示现在或将来的副词——结合。参见汉伯格（Hamburger 1986 [1957]）。

这一类不可能性大部分都会立即被接受者接受，不会被看作悖论，更多是被看作虚构性的基本构成要素，而对虚构性的理解会随时代的变化而变化。如此一来，在 17 世纪，某种小说的惯常写法开始失去其理所当然的色彩，根据这一惯例，小说是某个人物讲述的一个冗长的故事，对于故事中的事件，人物本身并没有参与。这种变化意味着在虚构表达中，对摹仿的逼真性的某种顾虑开始出现（Pavel 1996）。

尽管如此，卡伊拉还是强调，虚构世界应该是逻辑自洽的，否则这个世界便会崩塌；虚构宇宙同样如此，它们只有在包含可共存的世界时才具有吸引力（2011: 85）。可能我们不仅需要根据悖论的逻辑性质及其可想象程度[1]，还需要根据其出现的层次——文本、世界、世界集合——来区分悖论。不过，我们在此提出的是另一种等级划分方式。

为了说明虚构中的悖论之悖论的某些方面（悖论一方面在虚构中无处不在，是虚构的构成要素，另一方面也影响着进入虚构的可能性），我们需要区分三个彼此关联的层次。第一个层次是虚构本身的悖论，也即赋予非存在以存在。这一层次决定了第二层次的悖论，我们可以称之为"结构性"悖论，因为它们影响了虚构世界的呈现形式与模式（说谎者悖论和集合论悖论）。最后，第

1　阿什林（William L. Ashline 1995）在梳理多勒泽尔、艾柯、麦克黑尔（Brian McHale）、刘易斯的观点后，提出了一种分类方法，将不可能世界的不同的不可想象性程度也考虑在内：违反逻辑法则现象；导致我们对世界无法作任何断言的诸多矛盾；导致我们只能通过元语言来描述世界的不可能性。与麦克黑尔一样，阿什林也没有将后现代虚构考虑在内。

三个层次涉及虚构呈现的悖论主题：我们仅会提及一个最明显的悖论，也就是时间旅行，对于这一悖论，我们将肯定其末世论维度，后者戏剧化了悖论的毁灭性影响。

二、非存在悖论

几十年来，"虚构悖论"一般指人物命运在我们身上引发的情感，尽管我们知道这些人物都是虚构的（Radford & Weston 1975; Schneider 2009; Gefen 2016, 2017）。哈姆雷特在看到诠释赫卡柏故事的演员令观众掉泪时，已经思考过这个古老的问题，最近这一问题又因对共情的研究而被重新提出［Keen 2006, 2007; Vouilloux et Gefen (éds.) 2013］，并在更广泛的层面融入到非存在之存在的问题之中。我们在此只想重申一下这一问题在西方哲学论争中的核心地位，及其与某种虚构思想的出现在观念与历史方面的关联[1]。不存在物的存在问题是持久的哲学困惑之源，它被亚里士多德与斯多葛学派谈论过，之后又被中世纪哲学尤其邓斯·斯各脱和托马斯·阿奎那谈论过（Ashworth 1998）。在16—17 世纪，它被本体论思想家［尤其苏·阿列兹（Suárez）[2]］重拾。

---

[1]　这一关联的价值尤其被马丁内斯－博纳蒂（Felix Martínez-Bonati 1981）突出。奥尔森（Jon-Arild Olsen）也提到虚构的双重性，并认为虚构悖论来源于虚构陈述的真值条件属性，这是非存在物问题的一个推论（http://www.voxpoetica.org/entretiens/intOlsen.html）。

[2]　有关苏·阿列兹与虚构思想的关系，参见德莫奈（Demonet 2010）。

至 20 世纪，它又被迈农及某些分析哲学家提及，根据迈农的观点，我们能够指称思维客体。

正因非存在与虚构思想之间存在紧密联系，我们得以理解对迈农著作的重新发掘之于上文已谈论过的当代虚构理论的重要性。这一巧合的另一个标记是虚构内标记：16—17 世纪的虚构作品中存在大量半人马、幻兽、飞马、羊鹿，也就是几乎所有中世纪不可能存在的事物（*impossibilia*），而这一时期也是这些虚构获得合法性的时期，对于它们的地位存在大量探讨与理论思考（Chevrolet 2007; Duprat 2009; Duprat et Chevrolet 2010）。这种"回收"现象所具有的反思与元虚构维度经常被直接点明[1]。此外，这也促使我们不将某些区别看得过于绝对，包括语义悖论[2]与不可能的混种生物的区别，包括违背逻辑与违背现实世界物理、生物法则的区别。这种区分在今日很常见[3]，但古代哲学家和文艺复兴时期的诗艺理论家并不会这样做[4]。我们仅对语义悖论感兴趣，但我们假设所有这些虚构悖论彼此关联，因为它们与非存在悖论是一体两面的关系。

---

1 在 17 世纪末一部意大利寓言小说中，人们带着"虚构的"狗捕猎羊鹿，羊鹿是一种"什么都不是的"动物，"它像谎言一样什么都不是，因为它不是真实的"（Seravalli 1696: 686）。

2 我们赞同科利（Colie 1966）的观点，认为悖论是不可能性的一种逻辑及修辞形式。

3 例如维达尔–罗塞（Vidal-Rosset 2004: 9）的观点。对刘易斯来说，只有违背矛盾律才会令一个世界变得不可能（1976）。

4 帕特里齐将这些混种动物称作"动物悖论"（Patrizi 1971 [1586], 1.X）。关于这一点，参见本人文章（Lavocat 2010b）。

　　如果非存在悖论与虚构性密不可分，那么悖论之悖论（无处不在但不被察觉）便能得到解释：它内在于某个可能世界假设，这一可能世界对我们来说是实际存在的。此处我们不再谈论虚构沉浸以及怀疑与信任的终止——无论是否自愿——的语用与认知维度，不过，重申一下非存在悖论与形而上学领域以及宗教领域的古老关系，可能也不无裨益。尽管这一关系存在于诸多文化中［Lavocat et Duprat (dic.) 2010］，但西方虚构在很长时期内一直被视作神的创造的不合法、可笑且徒劳的竞争对手。在文艺复兴时期，虚构常常通过累积悖论，频繁展现自身的缺陷，以及自身作为人造物的特性（Colie 1966; Lavocat 2004, 2010b）。中世纪的亚里士多德主义者[1]，从笛卡尔、斯宾诺莎到莱布尼茨，都认为上帝服从非矛盾原则，因为尽管上帝力量无限，他仍然无法创造不可能世界，也无法令方形圆圈存在。因此，悖论证明虚构是人类产物，是不完美的、有限的。然而，悖论的属性其实是极其模糊的，正如今天人们很乐意援引量子物理学，来假设现实本身可能是矛盾的，库萨的尼各老（Nicolas de Cues）的否定神学［《有知识的无知》（De Docta ignorantia），1440］断言上帝本身是一个悖论。在这种视角下，虚构悖论体现了对某种高级真理、某种与现实本质相关的启示的直觉。无论这一模糊性在历史长河中呈现怎样的形式，它始终关乎事物本质。

1　关于这一点，参见科尼格–普拉隆（König-Pralong 2005: 178 及其后）。

三、虚构的结构悖论

结构悖论与非存在悖论密切相关，会影响虚构世界构筑与显现的方式。它包含人类思想中两个最基本的"怪圈"[1]，也就是说谎者悖论和集合理论衍生的集合论悖论。前者与叙述声音相关，后者与时空相关。

古老的埃庇米尼得斯（Épiménide）悖论曾被经院哲学大量研究过，根据这一悖论，如果一个克里特人说"所有克里特人都是骗子"，那么这句话就既非真也非假。这一悖论的解决涉及对自我指称问题（矛盾产生于一个事实，即句子将自身当作陈述内容）、陈述问题以及施为性问题（句子在陈述时完成了一个行动，与这一陈述的内容相抵触）的探讨。在西方文化史中，这一悖论的深化与概念化曾引发人们尝试创造出趣味的或半诙谐半严肃的陈述，类似"这是愚人在说话"[2]。伊拉斯谟这句话非常巧妙地具有自我摧毁特征，它可以谈论一切同时又公开否定自己。这句话开启了 16 世纪，这一时期也是修辞学战胜逻辑学并收编了部分逻辑学问题的时期。在托马斯·莫尔那里，叙述者的名字叫希斯拉德（Hythlodée），即"满口胡言的人"，他讲述了自己在乌托邦的旅行，而他的名字从一开始就取消了他的话语的可靠性。

1　这是侯世达（Hofstadter 1985 [1979]）非常有名的术语。

2　伊拉斯谟，《愚人颂》（*Éloge de la folie* 2000 [1511]）。（"这是愚人在说话"为法译本正文标题，中译本无此句，译者根据法文译出。——译注）

叙述者也可以属于一个被假定爱撒谎的民族，例如摩尔人：希德·哈梅特·贝内恩赫利（Cid Hamet Ben Engeli）的堂吉诃德历险编年史来源可疑，不可取信。托马斯·莫尔和巴特雷米·阿诺（Barthélemy Aneau）［《阿勒克托尔或雄鸡》（*Alector ou le coq* 1560）开头］也利用了"序言悖论"[1]，根据这一悖论，作者不认同著作的部分内容，或指出了其中的不足或错误之处。

说谎者悖论，不可能的叙述者

我们能否将说谎的叙述者、不可靠叙述者和不可能的叙述者归入同一范畴？换句话说，不可靠叙述者和不可能的叙述者属于悖论吗？叙述者给出故事（*fabula*）层面的不完整、错误或具有欺骗性的信息，他们采用的策略的多样性需要我们具体问题具体分析。当叙述者的秘密被揭开，例如他其实深陷自己假装毫不在意地描述的三角恋[2]，或者事实证明他其实就是自己宣称寻找的凶手[3]，此时读者就会被迫修正自己对故事世界的理解。将这种调节当作悖论来分析是不合适的，即使调节会因叙述者成为涉事人物而制造出转叙效果。反过来，当叙述者漏洞令虚构世界分化成几个彼此不兼容的版本[4]［例如莫泊桑的《奥尔拉》或诺兰（Christopher

---

1　这一悖论是这样说的："由于本书涉及的事物非常复杂，我意识到本书的文本可能会包含一些错误。我提前请求原谅。"参见克万维格（Kvanvig 1998: 211-213）、拉沃卡（Lavocat 2004）。

2　罗伯-格里耶的《嫉妒》（1957）。

3　阿加莎·克里斯蒂的《罗杰疑案》（1926）。

4　有关可能世界与奇幻世界的关系，参见特雷尔（Traill 1995）。

Nolan）的《盗梦空间》[1]，或当叙述者那么不可靠，以致他描述
的世界的属性无法确定时（例如莫尔的《乌托邦》或品钦的《拍
卖第四十九批》），我们面对的的确是悖论，后者在虚构中重新创
造出作为虚构性构成要素的本体悖论，并将其当作了虚构的主题：
投射出的事物状态在虚构中既是又不是真实的[2]。用一个最典型的
日本类型来作比，这样的世界是一个"浮世"[3]：这是一个实际的虚
构世界，一个初始世界吗？或者说这只是另一个世界的一个可能
世界，一个梦，一种幻觉，一个谎言，一个虚构中的虚构？这一
效应属于克里特人悖论，因为一个"满口胡言的人"，一个从定义
看即是说谎的叙述者的人只能一面假设存在某个世界，一面又否
定这个世界的存在。假装的行为被推开，被分解，被解除。这一
切促使我们做的，并非终止怀疑，而是终止信任——假设我们愿
意这么做，并成功做到长期保持这种状态。

　　然而，我们总是不可阻挡地倾向于忽略这些迹象。《乌托邦》
不断提醒人们，书中呈现的世界是不存在的，尤其通过一些明显
具有否定色彩的名称，例如用"阿尼德罗"（Anydre，无水的）来

1　最后一个世界的性质无法确定的特点巧妙地得到保留，因为电影以一个旋转的陀
　　螺的画面告终（陀螺停止转动意味着人们确实置身虚构中的现实世界）。观众不
　　得不回想他的视觉感受（他是否看到陀螺旋转减速了？）；观众于是意识到，他
　　期望看到故事以某种方式结束，而这种愿望改变了他的视觉记忆。

2　有关这部小说及其"可变现实"策略，参见麦克黑尔（1987: 116）。

3　在17—18世纪的日本，文学围绕花街柳巷的歌舞伎剧目与演员发展，与对"凄
　　凉的浮世"之不稳定特征的描绘密不可分。这一表达体现了此类书写的特征，后
　　者以井原西鹤（1999 [1688]）的作品为代表，往往主动描写生活与戏剧角色间的
　　混淆。

指称乌托邦中的河流。然而，为这一不存在之境绘制的图像（例如安布罗修斯·霍尔拜因 1518 年作品）将乌托邦呈现为一个普通的国家，无法将其与虚空或否定联系起来；悖论是无法或者说很难用图像表现的，尽管视错觉画确实存在。它能作为精神图像存在吗[1]？很可能我们大脑中的乌托邦无法记住表现不存在之境的困难指令。此外，对于是否要投入游戏，是否要信任最可疑的叙述者，我们会表现出犹豫。库瑞认为，我们这种不知悔改的天真部分地根植于某种双重错误的持续存在，我们会一方面混淆真实作者与叙述者，另一方面又将获取意义的期望寄托于作者意图的表达中（1993）。

我们在读故事时获得的快乐很难被悖论搅乱。

那么不可能的叙述者的情况又如何呢？他们的陈述的逻辑属性应该会中断对某个精神世界的构建。可能正是出于这一原因，某些吊诡的叙述者——例如死者——只在小说结束后［例如卡维索（Jacopo Caviceo）1500 年左右的《朝圣者》（*Peregrin*）］或以一带而过的方式（例如笛福《瘟疫年纪事》的叙述者 H. F. 偶然提到他被埋葬的地方[2]）揭示自己的身份。但是，在电影一开始便被杀害的乔·吉利斯（Joe Gillis）从墓中传来的声音并没有给《日落大道》[*Boulevard du crépuscule (Sunset Blvd)* 1950]的世界笼罩上任何不现实的阴影。是否正是出于这个原因，电影的

---

1 提出这个问题并不意味着我们要将与虚构的关系简化为对精神图像的构建（牵涉其中的还包括情感、感觉模拟和逻辑直觉）。

2 "这篇纪事的作者，正是出于他自己的意愿，埋葬在那块地里的，而他姐姐是几年前埋葬在那里的。"（笛福，2013: 351）

音乐剧和戏剧改编无一例外地忘记了已死的叙述者[1]？在汉普顿
（Christopher Hampton）改编的音乐剧（1991）中，乔·吉利斯只
在故事最后才死去，在别处，他根本没有死亡［在葛洛丽亚·斯
旺森（Gloria Swanson）的一项音乐剧制作计划中；这一计划制定
于 1952—1954 年间，但并没有付诸实践］（Perry 1993）。仿佛这
一悖论只是故事的一个次要信息，是被重写实践忽略并修正的轻
微异样。

为了保留其干扰功能[2]，悖论必须体现得非常明显，并且明确
指向虚构性。在斯佩罗尼（Sperone Speroni）的戏剧《卡那刻》
（Canace 1546）的序幕中，一个刚出生便死去的人物以一个尚在
世的成年男人的形象，解释了这部戏剧的梗概（在剧中他会被分
尸），以及为什么、出于什么目的维纳斯给了他一具“虚构的”
（fittizio）肉身，使他由此能够说出序幕的内容。在这个确切的例
子中，不可能的化身明确为共情机制服务：序幕坚称一具成年人
的身体更能体会一个新生儿的不可言说、无法再现的痛苦，并将
这种痛苦传达给观众（Lavocat 2008）。

在《骗婚记》（《狗的对话》前篇）中，塞万提斯幽默地与寓

---

1 关于这部电影，参见凡尔奈（Vernet 1980）、塞里绪埃罗（Cerisuelo 2000，第 6
章，第 245—260 页）。塞里绪埃罗的著作提供了拓展阅读文献。
2 对巴特来说（论及爱伦·坡的故事《弗德马先生案例的真相》），“我死了”这句
话构成了“最高程度的僭越，‘语言的一个丑闻’：在语言的一切可能性陈述的理
想总和中，第一人称（我）和表语‘死了’的连接恰恰是极端不可能的连接；这
个故事准确无误地占据的，正是语言的这个空洞处与盲点”（1973: 48-49）。

言中会说话的动物的一般写法拉开了距离[1]，令狗的对话具有几个层面的意义。这一不可能的话语首先涉及说话者的生物属性（狗自己也不断追问它们是不是被女巫变成狗的人），同时也涉及它们的道德精神与它们对真理的追求。此外，会说话的动物的不可能性——因假设有魔鬼介入而受到怀疑——与所述故事的"浮世"特征紧密相关。坎布萨诺（Campuzono）与多疑的比拉尔塔（Peralta）之间的对话倾向于将《狗的对话》这个故事当作一个谎言，除了让人取乐没有任何其他作用[2]，换句话说，这是一个虚构，对于它，应该依据惯例或出于自愿，殷勤地"准备好去相信"[3]。另一种可能性解释（染上梅毒的坎布萨诺的健康状况引发的梦境或谵妄）也同样被安排。因此，读者拥有多种路径来合理化悖论："心理主义"和"元文本主义"（再次使用瑞安的分类）。但是，读者也可以从字面来解读悖论，或者相信女巫的力量（故事对其持怀疑态度），或者承认存在一个可能世界，在这个世界中，动物会讲话，物种混杂和变形事件时有发生，总之，本体异质性在这里

1　例如，当坎布萨诺保证故事（应该重构两条狗的对话）的真实性时，比拉尔塔硕士强调道："这事太奇怪了，"硕士说，"要是我们回到了马利卡斯塔涅的那个时代，那么南瓜也会说话；或者回到了伊索的那时代，那么公鸡能和狐狸对话，这些动物能和那些动物交谈呢。"（中译文参见塞万提斯著《塞万提斯训诫小说集》，陈凯先、屠孟超等译，重庆出版社，1992年，第465页。——译注）

2　"由于您一个劲儿地使我确信，"硕士说，"你是听到过两只狗的对话的，那我倒非常想听听这两只狗在谈些什么，因为这个对话已被少尉先生的这支神笔记录下来了。"（塞万提斯1992: 465）（译文略有改动。——译注）

3　"下面我要同您讲的事，您完全有理由感到吃惊，但请您不要画十字，也不要说不可能，或者提出其他反驳意见，先生，请您准备好去相信。"［本段字面意义较为重要，译者未在中译文中找到与西语原文和法语译文完全对应的文字，故而参照法译文（2008 [1613]: 449）译出。——译注］

是一个主流现象。虚构阅读允许读者在多种可能的本体论之间进行选择，而这些本体论根据不同历史地理元素进行的结合很可能有利于作品在读者心目中永葆青春。

集合论悖论

集合论悖论与集合理论[1]有关，与埃庇米尼得斯悖论也不无关系，因为它同样与自我指称问题有关。对于"不包含自身的集合的集合包含自身吗？"（如果 $y=\{x|x\in/x\}$，那么 $y\in y\Leftrightarrow y\in y$）这个问题，我们既不能作肯定回答，也不能作否定回答。罗素曾分析这一悖论[2]，并推动了数理逻辑的确立。这并非本书关注的重点，我们只是想借此暗示，扰乱并吸引共同直觉的基本逻辑悖论是构筑虚构世界强有力的方法。

实际上，很多虚构确实拥有莫比乌斯环的形象[3]，后者较好地形象化再现了集合论悖论问题。这一问题最古老的一种表达（约公元前 4 世纪）体现为某种具有宗教色彩的思想体验，那便是庄周梦蝶这一著名道家寓言。虚构中最常见的两种结构性悖论密切相关，都属于集合论悖论。这两种悖论一种是嵌套世界悖论（大

1　集合论悖论由康托尔（Georg Cantor）在 1880 年左右提出。有关这一悖论的历史及其在思想史上的影响，参见侯世达（Hofstadter 1985 [1979]: 22 及其后）。

2　罗素（1902）将这一悖论重新表述如下：一个理发师提议帮所有不给自己理发的人理发，且只给这些人理发。那么这个理发师应该给自己理发吗？（in Vodal-Rosset 2004: 13-14）

3　在侯世达和麦克黑尔论著中，莫比乌斯环的形象常被用来描述悖论虚构。这一形象已被里卡杜（Ricardou 1971: 153-155）引用，之后又被沃尔夫（Wolf 1993: 361）重拾。同时参见皮尔（Pier 2013）。

多数时候以梦的形式出现），被包含的世界其实是包含其他世界的世界，另一种是会改变事物现状的时间旅行悖论。在这两种情况下，次级世界与初始世界的依附关系在时间中被颠覆：从此以后，是现在或未来决定了过去；是梦境塑造了现实，而非相反。论证过程确实制造了某种"怪圈"，因为我们不得不同时认为 1 ∈ 2 并且 2 ∈ 1。整体与部分的相互蕴含关系破坏了因果原则，是埃德加·莫兰（Edgar Morin）意义上的复杂性（2007）[1] 的一种具体体现。正如刘易斯指出的那样，令时间旅行在逻辑上站得住脚的唯一方式是考虑可能世界的分岔（Lewis 1976）。

四、时间旅行的特殊个案

时间旅行与梦境一样，是将集合论悖论融入故事的最常见方式[2]。我们将简要检视时间旅行问题，将其与灾难形象进行对比分析，灾难隐喻了虚构在悖论压力下出现的内爆。这一自我毁灭行为可以被理解为虚构本质的极端体现。大部分例子来自应被标记为"科幻"的作品，也揭示了这一文类的哲学深度，阿鲁什（Sylvie Allouche 2004, 2005, 2006, 2007）已很好地指出了这一点。最后我们将把几个选自当代文学作品的例子与 17 世纪一部在时间

1　复杂性问题实际上要求我们考虑整体与部分的关系。

2　有关这一问题，参见瑞安（Ryan 2010a, 2010b）。她依据自己的"瑞士奶酪"理论，考察了三部小说，分别是菲利普·K. 迪克的《逆时钟世界》、D. M. 托马斯（D. M. Thomas）的《白色旅馆》和卡雷尔的《胡子惊魂》。

上做文章的小说进行比较。这种比较有助于我们思考时间旅行在何种条件下会被当作悖论的问题。

悖论与灾难

大量以时间悖论为主题的科幻作品[1]其实只能二者选其一：改变第一个世界（虚构中的现实世界），或者肯定这个世界。刘易斯已指出，只有后一种情况会构成悖论[2]。

但也存在一些作品，结合了上述两种选择，例如安德森（Poul Anderson）著名的小说《时间巡逻》（*Time Patrol* 1955）：一个 1954 年的"时间警察"进行了一次时间旅行，目标是通过劝说 5 世纪的撒克逊人与罗马人结盟，改变全人类的历史。这次旅行后，他没能抵挡诱惑，返回 1944 年的伦敦，想将自己深爱的妻子从炮火中救出来。他的雇主（属于 9000 年左右发展出来的一个高度文明）最后同意取消她在 1944 年死亡的版本，并启用了两个相爱的人在 1850 年左右都幸存下来的版本。未来人神秘地宣称，这两个版本其实一直并存着，而且他们修复了一个异常现象（我们不知道这里是否涉及平行世界）。这一宽容度，这一逻辑–时间上的灵活性可能都受某种愿望推动，也即"二战"后，人们渴望在总体接受历史进程与不幸的情况下，通过虚构来消除个体的不幸，哪怕只

1　某网站统计了这一主题的电影，不下于 33 部，大部分在 21 世纪后出品（http://www.vodkaster.com/Listes-de- films/Voyages-et-paradoxes-temporels-la-liste-qui-joue-la-montre）。

2　刘易斯认为，时间旅行本身并非不可能，但对过去的改变却会导致产生矛盾："你无法将现在或未来的事件从原来的样子更改为改变后的样子。"（1976: 149）

能消除其中一小部分。

　　贾斯泼·福德也选择了某种充满矛盾的调和形式（2006 [2003]）。礼拜四·耐克斯特的丈夫被某种强权"消灭"：女主人公生活的世界被这一世界的另一版本取代，在这个版本中，她的丈夫在小时候便去世了。然而，令人费解的是，礼拜四·耐克斯特成功保留了对那个从未存在过的人的记忆，而且一直怀着他的孩子，与此同时，在她生活的世界，那个不在场者的物理与记忆痕迹都已全部消失。我们看到，无论是可能性的增生，还是以版本概念来设想世界，都无法消除矛盾。

　　保守选项（第一个世界被确认）和"消灭"选项——如果我们斗胆重复一下贾斯泼·福德的词语（第一个世界被消灭）——之间非理性的调和在很长时期内都属于例外情况，但这一解决方式似乎越来越得到发展。

　　实际上，二战后的虚构（尤其在 1950 年代）并不是通过可能世界增生的形式来处理悖论的，它们更多借助了一种启示录式的解决途径：被改变的过去要么导致叙述困境[1]，要么导致虚构中的现实世界的毁灭。弗雷德里克·布朗（Fredric Brown）一则极短的小说《实验》（1958）[2] 假设，在反复经历时间旅行中发生的事件

1　例如，对同一时间段的无限重复是布尔（Pierre Boulle）小说《无尽的夜》（1953）的结局。

2　这一小说存在诸多版本。它最先刊登于 1954 年的《银河科幻》（*Galaxy Science Fiction*），之后收入《地狱蜜月》（*Honeymoon in Hell* 1958）。它出现于这一文集的法译本（Denoël，1964，直至 1997 年共重版 6 次；2007 年由伽利玛出版社出版），以及"口袋书科幻文丛"的《时间旅行故事集》（*Histoires de voyages dans le temps* 1975）中，第 271—273 页。

时，某种变量有能力令世界，无论如何令虚构消失：

> "第一台时间穿越机器，先生们！"约翰逊教授骄傲地向他的两位同行宣布，"当然了，这只是个功能有限的模型，只对重量不超过 3 磅 5 盎司的物体有效，而且最多只能到达距现在 12 分钟的过去或未来。不过，它是能用的。"
>
> 这一简化模型像一架邮政人员常用的小天平，只是在托盘下方安装了两个有刻度的表盘。约翰逊教授拿起一个小金属管子。
>
> "这是我们用来做实验的物体，"他说，"这是一个黄铜管，重 1 磅 3 盎司。我会先把它送到 5 分钟后的未来。"
>
> 教授俯身在机器上，在一个表盘前转动了手柄。
>
> "请看你们的手表，先生们！"他说。
>
> 两位同行都去看他们的手表，约翰逊教授轻轻地将金属管放在机器的托盘上。金属管消失了。
>
> 5 分钟后，大概误差一秒钟，金属管又出现了。约翰逊教授把它从机器上取了下来。
>
> "现在，先生们，去 5 分钟前。"
>
> 他在另一个表盘前转动了手柄，将金属管拿在手中，看了看自己的手表。
>
> "现在是 2 点 50 分，"他说，"我会启动机器，把管子放到托盘上，把时间调至 3 点整。这样一来，管子应该在 2 点 55 分从我的手上消失，并于我将它放置托盘上的时间的 5 分钟前出现于托盘上。"
>
> "那你怎样才能把管子放到托盘上呢？"一个同行问道。

"当我的手接近它时，它会从托盘上消失，重新出现于我的手上，好让我的手将其放置于托盘上。3 点钟。请仔细观察，先生们。"

管子从约翰逊教授的手上消失了。

然后它出现于时间穿越机器的托盘上。

"你们看到了吗？在我将管子放到上面的 5 分钟前，它出现于托盘上了！"

两位同行看着管子，皱起了眉头。

"可是，"其中一位说，"现在管子在您将其放置于托盘上的 5 分钟前出现在机器上，但如果您在 3 点钟改变主意，不把它放置到托盘上，那会发生什么事呢？您的机器的运转难道没有包含某种悖论吗？"

"您的话很有意思，亲爱的同行，"约翰逊教授说道，"我倒没想过这个问题。得做个实验。也就是说，我不放置……"

机器的运转不包含任何悖论。管子留在原地。

然而这个世界中剩下的一切，教授们，同行们，一切的一切，都消失了。（1964: 102-103）

体现这一解决方案的经典例子是巴贾维尔（René Barjavel）的《不小心的旅行者》（*Le Voyageur imprudent* 1943）：时间旅行者杀死了自己的爷爷，令自己的出生变得不可能，由此抹除了自己的生活及其在现在留下的一切痕迹，包括他新婚妻子的记忆。

体现相反解决方案的一个极端例子是穆考克（Michael Moorcock）的《看这人》（*Voici l'homme* 1969）。这一解决方案可以说是保守的解决方案：时间旅行者发现历史上的基督是个无

能的人，于是取代了他，并被钉死在十字架上，吻合我们熟知的
《圣经》的内容。

　　尽管穆考克的小说具有颠覆性色彩，第一种解决方案（巴贾
维尔方案）仍然比第二种更难让人接受。实际上，对初始世界的
肯定最终令虚构中的现实世界得以保留原样，哪怕导致这一结果
的因果关系异乎寻常，大部分具有莫比乌斯环形象的作品采用的
都是这一解决方案，包括那些结构最复杂的作品，例如《堤》（*La
jetée* 1962）。在克里斯·马克（Chris Marker）这部电影中，主人
公的童年回忆正是他自己的死亡，然而，即使这一点从逻辑上说
令人费解，观众仍将这一反常现象视作某种预定的命运的现实化，
尽管实现的方式非常迂回（多次到过去与未来的时间旅行）。预定
命运的现实化是一个古老的悖论，但我们的文化已习惯接受此类
悖论，我们能在《一千零一夜》等作品中找到无数类似例子[1]。这
一悖论也与莱布尼茨的证明相关，根据这一证明，现实世界最终
是唯一的且最完美的世界。上述大部分作品都做出了这样的选择，
包括卡梅隆 1984 年的电影《终结者》。人类改变事件走向的努力
最终都是徒劳：这尤其是谷口治郎（Jiro Taniguchi）的图像小说
《遥远的小镇》（*Quartier lointain* 2003 [1998]）带给我们的教诲。
在这部小说中，一个成年人以他小时候的形象回到了过去。他原
本打算去爱一个之后长久失联的女孩，以及阻止他的父亲离开家，
但他最后放弃了这两个计划，一切还是完全按照三十年前的样子

1　例如《一千零一夜》"脚夫和姑娘的故事"系列中第三个流浪汉的故事，第十四、
　　十五夜。

重新发生了。这是一个保存式的保守解决方案，尽管存在第二个世界，然而只有第一个世界——也即虚构中的现实世界——的特权与独特性得到了增强。刺杀希特勒的时间旅行已经成为一个文学母题[1]。刺杀尝试一次次地失败，这反而更好地突显了昆汀·塔伦蒂诺（Quentin Tarantino）的电影《无耻混蛋》（*Inglourious Basterds* 2009）中，在电影院刺杀希勒特及其将领们的行动包含的令人兴奋的僭越价值：这一谋杀事件的自我指称特征[2]十分明显，仿佛虚构抓住反事实元素，来欢快又凶猛地宣告自己的权力。

　　这种做法对虚构中的现实世界的打扰显得更为大胆，更为令人不安，因此在很长一段时期内，这一做法都比较罕见。它可以短暂出现，且以逗趣为主。在伍迪·艾伦的"库格马斯故事"中，包法利夫人在纽约逗留的时间并不长，但这足以导致主人公的毁灭。严谨地看，时间悖论会令虚构中的现实世界分裂，导致后者因过去的改变而走上分岔的、相互排斥的多重路径。尽管漫威漫画公司发行的漫画采取了最大化解决方案（每次时间旅行创造一种新的现实，现实世界数以百计），多个不同现实的共存仍然是难以想象的，而"保存式的"解决方案仍然是最常见的。对时间悖论的想象与图像再现的困难可能解释了一个现象，即时间悖论为何那么频繁地与灾难主题联系在一起。实际上，这一悖论确实经常导致虚构中的现实世界的毁灭［例如克里斯汀（Pierre Christin）

1　挪威画家杰森（Jason）创作的漫画《我杀死了阿道尔夫·希勒特》（*J'ai tué Adolf Hilter* 2006）；电视季播剧《超能少年》（*Misfits*）第 3 季第 4 集（2009）。

2　不仅因为这一反事实的情节发生在电影院，而且这一情节可以被理解为刘别谦（Ernst Lubitsch）电影《你逃我也逃》（*To Be or Not to Be* 1942）的一个新版本。

和梅济耶尔（Jean-Claude Mézières）自 1967 年起出版的 22 卷系列漫画《时空特工瓦莱里安》（*Valérian, agent spatio-temporel*）[1]]，或者至少导致了虚构人物的毁灭：我们已提到，在巴贾维尔小说中，不但主人公消失了，连认识他的人的记忆也消失了。在《回到未来》（*Retour vers le futur* 1985）中，马丁·马克弗莱（Marty McFly）看到自己的手逐渐消失，与此同时，在一个因他的错误而改变的过去，他的父母亲相遇的概率也变小了。即使如此，一切最终还是回归正途。不过我们不得不强调泽米吉斯（Robert Zemeckis）这部电影大胆的、令人愉快的特点：初始世界不仅被肯定，还在很大程度上被改良[2]。

从这一快速的回顾可见，绝大部分作品之所以呈现时间悖论，是为了更好地扼杀这一悖论，因为其中涉及的关键问题是虚构世界的内爆，可能还有现实概念的动摇，而世界末日是对这一动摇的隐喻。然而，多部全球发行的通俗作品，比如以漫威公司作品为代表的漫画和以《迷失》[3]为代表的电视季播剧，它们提出了极其不同的替代方案：对前者来说是现实世界的增生，对后者来说是现实世界的极度弹性，也就是说现实世界可以被对过去的无尽

---

1 这一漫画的故事非常有意思。之所以产生时间悖论，是因为作者过早设定了世界末日这一结局，而作品的长寿迫使作者想象世界末日之后的一系列可能。2007年，这一系列漫画以《瓦莱里安与洛尔琳娜》（*Valérian et Laureline*）之名再版。

2 儿子闯入父母在他出生前的生活，彻底改变了两人的生活：在初始世界，他们是平庸可笑的，在最终世界，他们生活幸福、心满意足。电影巧妙地满足了青少年试图将父母亲改造得更好的欲望。

3 《迷失》（2004—2010）把通过精神旅行回到过去来改变现在的现象系统化了。参见阿楚埃尔（Hatchuel 2013）。

操纵改变。对时间悖论效应的这种极端化毫无疑问是当代文化的
特有属性。

17 世纪的时间旅行

如果说早在文艺复兴末期，拿说谎者悖论做文章已经是大量
语言类作品的特征，那么时间悖论似乎确实是当代尤其 20 世纪中
期以来的产物。然而，早前的时代真的对这一悖论一无所知吗？
一个代表着 17 世纪上半期文学创作的古老例子[1]令人猜想，尽管
20 世纪之前确实存在时间不连贯问题，但后者并不具备之后获得
的功能与地位。

贡贝维尔［Marin Le Roy de Gomberville，畅销作家，巨著
《波列格桑德尔》（Polexandre）的作者］在 1621 年出版了一部奇
怪的小说《嘉莉黛》（La Carithée）。这部小说题献给了小说人物，
正文前有三个序言。在第一个序言中，作者向人物发话，吹嘘田
园生活的种种妙处，自称奈邦特（Népante）并肯定自己是人物之
一。在第二个序言中，作者暗示牧人们都是当时一些真人的化身，
这些人还在等着看自己爱情的结局。最后，在第三个序言中，作
者先是区别了胡编乱造的故事与逼真的故事，并将自己的小说归
入后一类，之后指出他之所以将这部小说的时代背景设置在提比
略时期，是因为他想讲述的是日尔曼尼库斯的故事。他还解释道，
他的主人公虽名为塞兰特（Cérinthe），但他其实不是别人，正是

1　我们也可以举一个中世纪的例子，此时跨虚构性和时间悖论的效果虽未引起注
　　意，但其实很常见（用可能世界理论观照中世纪文献，参见 Wahlen 2010）。

查理九世（1574 年去世，比作者写书时间早半个世纪），而小说人物都是查理九世的近臣（作者根据当时的回忆录，讲述了国王的爱情）。不仅作者本人的第一个和第三个序言自相矛盾，而且从对作品的不同解释可见，属性不同的人物（历史人物、虚构人物、寓言人物）共存于《嘉莉黛》中。他们分属三个时期：人们会碰到提比略和大阿格里皮娜，这两个人很熟悉塞兰特–查理九世。还有其他时间问题，例如塞兰特在虚构中成为奈邦特的亲密好友，而奈邦特在第一个序言中介绍自己是作者的化身。此外，塞兰特和奈邦特还向对方讲述自己的生平，提供越来越多的证据，证明在另一个世界，他们确实是查理九世和贡贝维尔本人，而且他们显然不可能认识彼此。因此小说空间是一个历史–寓言–自我虚构空间，相隔非常遥远的时代在此融合。

这一组合营造出一种甚至在作者本人看来都相当古怪的效果，促使他在序言中对此进行了解释。但这部小说与悖论有关吗？如果说分属不同时代、具有不同属性的人物不可能彼此交往，时代错乱问题[1]却并没有采取时间悖论的形式，否则这一悖论会以明显的方式颠覆因果法则。奈邦特和塞兰特的时间旅行（自然没有被当作主题处理）导致他们干涉了过去的事件，但他们是以不起眼的方式介入的，甚至可以说他们的介入有明确的目标。奈邦特充当了塞兰特与嘉莉黛的传话人，塞兰特偶然救了大阿格里皮娜的

1　时代错乱（anachronisme）问题在 16—17 世纪曾引发争论，尤其在有关埃涅阿斯和狄多相遇的问题上。富尔蒂耶对该词界定如下："anachronisme：在推算时间时所犯的错误。诗人笔下常出现时代错乱问题，比如人们说维吉尔在写狄多时就犯了这个毛病。"（Furetière 1690 [1684]: 94）

性命。可是，就我们所知，无论贡贝维尔还是与他同时代的任何人都没有试图去改变历史流向。奈邦特本可以杀死塞兰特，来阻止圣巴托洛缪夜屠杀（小说自然从未提到过这件事）；塞兰特本可以谋杀提比略，拯救日尔曼尼库斯，与大阿格里皮娜相恋。但贡贝维尔不是穆考克也不是塔伦蒂诺。《嘉莉黛》也非常不同于《战争与和平》一类的经典历史小说，因为在《战争与和平》中，假扮成人物的托尔斯泰并没有与拿破仑成为朋友。贡贝维尔不是托尔斯泰。

我们很难估量一本类似《嘉莉黛》的小说打开的可能性，也很难将这种可能性与一部当代虚构作品中的时间旅行打开的可能性相比。正如多勒泽尔强调的那样，反事实预先假定并强化了事实与虚构的区别（2010a）。实际上，要令某个替代版本呈现偏差，那么初始世界（历史版本）就必须是众人公认的、稳定的；在具有明确事实指称性的故事的多个变体之间，偏差的可能性以及对偏差的衡量在不同时期有所不同。在这一点上，在整个 16 世纪与 17 世纪[1]，古代作者拥有某种不充分的自由，且这一自由是通过激烈的论战争取来的。只要人物或事件部分地具有传奇色彩，或者来自久远的时代，那么小说家们还是很乐意启用历史人物或历史事件的：于是波斯国王居鲁士（公元前 6 世纪）被赋予了孔代亲王的爱情经历[2]。龙沙（1572）认为实事求是的时间期限是 400 年，过了这个期限，人们就可以随心所欲地做几乎任何事了。以今天

1　关于这一点，参见第一部分第二章。

2　在斯居代里小姐的《阿塔曼或大居鲁士的故事》中。

为基准来推算，400 年前正是法国大革命时期。然而，我们很难想象一部小说在没有特别的僭越企图的情况下，刻意忽略这一时期的真实信息。比如，新近出版或拍摄的大量有关玛丽–安托瓦内特的小说或电影虚构作品中，没有一部假设她没上断头台。

因此，与今天的作家相比，17 世纪作家所享有的相对的、合理的宽容，其程度同时更大也更小。17 世纪的作家很容易混淆年代，但他们的虚构作品并不是反事实的（也就是说，它们并不是作为真实世界历史的反面被设想与接受的）。可能当时的人不像今天的人那样，以如此线性的方式［Pasquier (éd.) 2001］看待时间，更何况寓言文化允许自由地架设时间的桥梁。他们对待事实与虚构之区别的态度，也不会促使他们将不同时代之间的相遇理解为可能导致世界、主体或这两者均毁灭的旅行（例如巴贾维尔或克里斯·马克的作品）。反过来，在当代虚构作品中，时间悖论经常被视作一种威胁：在《迷失》《瓦莱里安》及其他很多作品中，当前世界的居民惊恐地承受着在过去世界进行的冒险事件的结果，因为过去世界有可能改变他们的现实。这里涉及的是关于时间和可能性的另一种观念，一定程度上是非线性的、反亚里士多德主义的：一方面，人们可以改变过去；另一方面，这一行动的结果却或是无用的，或是会带来灾难。很多当代虚构作品将时间悖论视为一种诱惑，一个与灾难想象相关的问题。这一演变很大程度上取决于虚构始终不稳定的性质及其与历史的关系。吊诡的是，一方面，对边界的僭越与过去相比更为频繁；另一方面，这一边界却被认为比以往更容易渗透，而边界跨越的结果经常被戏剧化。

然而，这一技巧因被反复使用，似乎已经失去效力。对时间的操纵如今出现得那么频繁，以至于因果循环几乎可以不被察觉，而认知失衡效果也变得极其有限。时间悖论由此从 19 世纪之前的相对隐形状态过渡至今天令人麻木的超级曝光状态（我们在后面会看到，转叙情况同样如此）。

　　因此，我们主张在历时视角下，从本体论途径来考察虚构中的不可能世界。对长时段的考虑有助于避免仅将目光集中于几部所谓的"后现代"虚构作品所导致的歪曲。这一考虑也突出了非存在悖论的首要性、不可能性概念的多变性，以及在不同时代由违背逻辑法则导致的不同影响：这里至关重要的是对虚构性的定义（无论我们是否首先将虚构看作一个令人沉浸其中的世界），但同样重要的还有与时间的关系，历史与虚构的区分，以及现实概念本身。

　　最后，上述视角使我们能够强调虚构的悖论之悖论。一方面，这一悖论内在于虚构；另一方面，悖论之悖论的显现构成了一个极端，对这一极端的跨越会导致（虚构）世界的终结。逻辑–语义悖论确实具有毁灭世界的力量。读者 / 观众倾向于抗拒这一极端，拆解这种危险，因此他们或是忽略悖论，或是竭尽全力减少并且解决悖论（阐释工作主要借助寓言途径）。因此，麦克黑尔（1987）看重的悖论的颠覆力量很容易被侵蚀。归根到底，可能我们需要从中看到，虚构始终在抵抗自我摧毁倾向。或者换句话说，虚构具有一种认知构造，能够借助阐释来安排哪怕是最令人不适的世界，从而从这些世界获得快乐。

第三章　虚构中的虚构边界

最具诱惑力（至少对文学研究者来说）的可能世界理论是那些在世界的本体边界消失问题上最为极端的理论。这些理论假设，与产生自假设、预想、虚构的世界相比，现实存在的特征并没有赋予受我们感官验证的现象世界以更多优势，因为每个可能世界都可以成为另一个可能世界的参照对象。（Lewis 2007 [1986]）

如果所有世界都具有相同地位，那么这些世界中的居民都将是同等的，或者至少是可以彼此共存的。然而，虚构作品由于包含明显虚构出来的次级世界[1]，因此再现了不同世界之间的界限，由此反过来坚持了世界的异质性。

这些多中心的虚构并没有抹除不同层次之间的本体差异，不仅如此，它们还运用某些17—20世纪期间出现频率令人咋舌的技巧，增强了这种差异。这是否意味着，虚构是某种保守主义本体论的回音？如此一来，将另一个可能世界包含在内，这只能有助于重新肯定唯一世界模式的优越性；表面看来，我们的感觉，胡塞尔所定义的我们的"原信念"（urdoxa），也即我们那无法超

1　我们再回顾一下，在我们的术语中，"世界1"或者说"一级世界"是指虚构中作为参照的现实世界，"世界2"或者说"次级世界"是指虚构中的虚构世界，是能从一级世界进入的可能世界。

越的居住于这个世界的现实感，这一切都迫使我们只能接受唯一世界模式[1]。今天，虚构时常被视作思维实验，被视作向各种可能性的敞开（Murzilli 2009），这样一来，如果一些虚构包含了另一个明显虚构出来的世界，如果这些虚构会自动否定后一个世界的价值，把它当作一个与现实相比不尽如人意、不完整的世界，我们对此又该如何理解？虚构不时会反攻自身，这点出现在17—18世纪的小说中并不令人意外，因为这些时代对小说的冷嘲热讽是不加掩饰的，但如果当代虚构作品也是如此，就不免令人意外。

虚构中的次级世界实际上并不具有它们所参照的世界的属性，后者在虚构世界是实际存在的。无论从逻辑角度看，还是从物理或生理法则角度看，这些次级世界都是不可能世界，被称作"虚构国"，似乎承受着某种本体缺陷，这种缺陷尤其影响到了其中的人物。无论在17—18世纪的作品中，还是在20—21世纪的作品中[2]，从一个世界到另一个世界的过渡都呈现了它们作为存在物[3]与非存在物的属性，并对这种属性提出了质疑。在这些虚构中，次级世界有一个共性，即它们明显都是虚构，而叙述内容是从虚构中的现实世界进入虚构中的虚构世界的过程。我们将转叙性质

1　关于这一点，参见寇克蓝（Cauquelin 2010: 138 及其后）。然而，如果接受巴罗（Aurélien Barrau）和南希（Jean-Luc Nancy）的观点，有关"世界"观念的当代科学与生存经验已经失效，并让位于多元宇宙观念（2011: 13）。同时参见巴罗（Barrau *et al.* 2010）。

2　此类作品在19世纪的缺席耐人寻味。在这个世纪，我们没有找到此类多中心的作品。

3　从迈农在《对象论》（*Théorie de l'objet* 1999 [1904]）中的界定，以及刘易斯（Lewis 2007 [1986]）和雷舍尔（Rescher 2003）的界定去理解。

的作品排除在外，在这些作品中，人物的言语表明他们已意识到
自己的身份，但他们的世界并没有被呈现[1]。某些近期的作品刻画
了另一些世界，后者完全或部分地是虚构中的虚构世界[2]，但它们
呈现了不同的特征[3]，更多属于反事实历史，我们不打算在此讨论
这一问题[4]。属于奇幻文学或英雄奇幻文学[5]领域的作品也可以被
纳入我们讨论的范围，但这里我们只能简要提及。我们要做的更
多是借助某些虚构中的虚构所构成的放大镜，思考虚构世界特有
的本体论，并突显一个事实：在相隔几个世纪、距离非常遥远的
文化区域，有一些特征持续不断地出现，它们是虚构思想的构成
要素。

1　例如皮兰德娄的《六个寻找剧作家的角色》或保罗·奥斯特（Paul Auster）的
　　《密室中的旅行》（Paul Auster*Travels in the Scriptorium* 2007）。

2　保罗·奥斯特的《黑暗中的人》（*Man in the Dark* 2008）和村上春树的《1Q84》
　　（2009—2010）。

3　次级世界是现实世界以及虚构中的现实世界的平行世界，因为某个历史事件改变
　　了走向而出现，总的来说，它们与它们的对应世界之间没有物理和生物法则方面
　　的区别。

4　关于这一点，尤其参见多勒泽尔（2010a 和 2010b）。

5　在奇幻小说（fantasy novels）这一类型中，C. S. 刘易斯小说《纳尼亚传奇》中的
　　世界具有复杂的属性。它是平行于现实世界的一个世界，但也是某个超自然世界
　　的复制品，是由信仰产生的心灵产物，部分地由某个魔术师建造。我们还可以提
　　一下米切尔·恩德（Michael Ende）的小说《永不结束的故事》（*Die unendliche
　　Geschichte* 1979）。罗杰·泽拉兹尼（Roger Zelazny）和他的续写者（1970—
　　1991）写的《安珀志》（*Le Cycle des princes d'Ambre*）呈现了一个多元宇宙，其
　　中所有的世界（包括地球）是某个名叫安珀的唯一真实世界的镜像。安珀的标志
　　是一只独角兽。除了安珀的世界，其他所有世界都可以被欲望和梦境改变。

一、作为群落生境（biotope）的虚构世界

气象与食物

令某个世界多少适合居住的是它的气象。自古代开始，人们就假设气候能塑造身体与习俗。很早就被划入虚构领域的国度阿卡迪亚[1]，它的特征恰恰是特别温和的气候，这种气候时常与某个唯一的季节即春天相关联。自虚构世界被理解为国度的那一刻起，它们常常不仅被赋予某种时空体（chronotope），还被赋予某种特殊的群落生境。

在 17—18 世纪的作品中，虚构中的虚构里普遍出现的，的确是一个形象刻板的永恒春天。老实说，在那一时期，很多嵌套在虚构中的想象世界看起来都与阿卡迪亚相似，一位英国译者在翻译布让（Guillaume Hyacinthe Bougeant）的小说时甚至选择用 "*country of Arcadia*"（阿卡迪亚国）来翻译 "Romancie"（小说国）[2]，因此《方–费雷丁王子小说国奇遇记》（*Le Voyage*

---

1 提到阿卡迪亚的文学作品数量众多。具体参见我们编撰的词条 "Arcadie, espace littéraire"（阿卡迪亚，文学空间）（Lavocat 2011d）。

2 "Romancie" 或 "Romantie" 或 "Romanie" 一词出现于 17 世纪中期，用来指称小说国。富尔蒂耶在《新寓言或雄辩国最后的动乱》（*Nouvelle allégorie ou Histoire des derniers troubles arrivés au royaume d'Éloquence* 1658）的一个注释中解释了这个词。同一时期的意大利出现了具有同样意义的 "Romanzia" 一词。关于这一点，参见我们编撰的词条 "Le pays des romans"（小说国）（2011c）。

merveilleux du prince Fan-Férédin, dans la Romancie 1735)[1]的英译本
1789 年面世时，书名成了《方－费雷丁王子阿卡迪亚国奇遇记》
(*The Wonderful Travels of Prince Fan-Feredin, in the Country of Arcadia*)。

在阿吕斯（Jacques Alluis）的《爱情学校，或博学的主人公》[2]
中，一对爱吵架的恋人阿利道尔（Alidor）和多丽丝（Dorise）想
前往小说国，通过向小说主人公求教，学会爱人的本领。随着气
候环境被"田园化"，变得越来越温柔，阿利道尔和多丽丝猜到他
们离目的地不远了：

或者因为太阳散发新的威力，或者因为人会越走越热，他们
本该在途中感觉到温度升高的，但他们反而感觉到一阵温柔的凉
意，在这个季节令人倍感舒适、妙不可言，这令他们非常吃惊。
(1665: 5-7)

在《方－费雷丁王子小说国奇遇记》中，这个国度的空气
是"人所能呼吸到的最纯净、最平和、最健康、最无变化的空气"
(II, 13)，在这里，"无变化"同时标志着空气与小说风格的特征，
颇具讽刺意味。

小说国的好空气益处很多。它令闹别扭的爱人沉浸在平复心
绪的氛围中。这不仅仅是一种温暖的空气，还是一种让人变得平

1　布让这部小说在 1993 年出了一个现代版本；我们引用的还是最初的版本，网上
　　能找到一个 1788 年的版本（法国国家图书馆 Gallica 电子图书馆）。
2　关于这部鲜为人知的小说，参见埃斯曼（Esmein 2004）和我们的文章（2011c）。

和、温柔、不再偏激的空气。它与小说主人公（来自其他小说的跨虚构人物）教给阿利道尔和多丽丝的爱的艺术课和谐并存。不过，在布让笔下，小说国的空气尽管有各种价值——或者正由于这些价值[1]，却还是引发了打呵欠的流行病（1735：第七章）。

在布让采取的讽刺笔调下，小说国的空气让人变美[2]、富有营养[3]。至少从《堂吉诃德》[4]以来，食物与小说世界的不兼容性是一个母题：哭脸骑士出于种种原因（摹仿骑士小说英雄、虚构沉浸的乐趣[5]、爱的忧伤）不吃东西，或吃得很少。毫不意外地，在阿吕斯的小说国中，食物很糟糕，主人公无论如何都更喜欢听故事，而不是靠吃来获得乐趣：

　　他们先上了桌，不过他们确实没有消耗多少东西，一方面因为桌上没什么佳肴，另一方面也因为他们品尝到的乐趣阻止他们

1　但是美德绝不能被放弃。小说第六章提到"下小说国"，也就是故事和游侠小说的国度，这个地方可能没那么无聊，但它却是不宜居的。方–费雷丁王子没有在这里游历。我们看到阿吕斯对"故事镇"表达了同样的蔑视。

2　"看到自己变化那么大，自己都认不出来了，我实在太吃惊了！我的头发原本几乎接近红棕色，现在是最漂亮的金色；我的额头变宽了，我的眼睛变得灵动闪亮……我一下子明白，我之所以有那么令人开心的变化，全靠了这个国家的空气。"（1735：第4章第24页）

3　"不过这空气尤其有一种品质，对所有呼吸它的人来说，它可以充当食物。"（1735：第4章第25页）

4　跟这一问题相关的全部讨论，参见佩尔博纳（Peyrebonne 2007）。

5　"桑丘，你这话很对。你要到哪儿去就去吧；吃得下多少就尽量吃。我身体已经饱满，只是心神上还有点欠缺，听听这位老兄讲故事正合我的需要。"（中译文参见塞万提斯著《堂吉诃德》（上），杨绛译，人民文学出版社，1987年，第422页。——译注）

吃东西，抑制了他们的食欲。（1655: 12）

　　食物质量低劣，甚至被取消，这个主题虽然是老生常谈，却仍然十分吸引人，尤其当我们想到，会饮的主题在文艺复兴时期常常将美食的乐趣与谈话的乐趣联系起来（Jeanneret 1987）。古典时期取消食物或提供食物假象的画面寓示的，正是进入另一个不存在的[1]世界的过程。

　　三个半世纪后，阿卡迪亚梦境（几乎[2]）已经消散。然而，《开罗紫玫瑰》表明，虚构世界的群落生境几乎没有改变。女主人公塞西莉亚从一个（现实）世界进入另一个（虚构）世界，发现在电影里的世界，香槟是干姜水假冒的。我们从中可以看到对电影拍摄时的真实环境的诙谐影射。不过，冒充香槟的汽水尤其让人联想到假币、拟象、错觉，最终成为令感官失望的替代品[3]。空气质量也出了问题。当塞西莉亚从银屏一侧跨越到另一侧，进入电

1　例如在西哈诺·德·贝热拉克描写的月亮上，人们以菜冒出的热气为食［《月球王国纪事》（*Les États et Empires de la Lune* 1657）］。

2　例如，这种梦境在德·拉玛尔（Walter de la Mare）小说《亨利·布罗肯》（*Henry Brocken. His Travels and Adventures in the Tich, Strange, Scarce, Imaginable Regions of Romance* 1904）中频繁出现。亨利·布罗肯在梦与书的国度遇到了很多小说主人公。这个国度位于物产丰饶、风光旖旎、四季如春的大自然中。

3　电影中的电影里面的人物来到现实世界，毫不含糊地吹嘘了现实世界的好处，一切好处都与感官满足有关（这一场景不乏讽刺意味，因为他是在一些妓女面前说这番话的）："相比赛璐珞和忽明忽暗的阴影的世界，死亡的结局在现实世界中看起来多么神奇……您是否跟我一样，对这存在的质地感到惊奇？玫瑰花的香味。真正的食物。美妙的音乐。"

影世界时，她进入失重状态[1]：

> "我感觉自己那么轻。好像飘浮起来了。"
>
> "这让人失去平衡。"

身体的轻盈[2]带来一种失重感，让人联想到星际旅行。当代理论家确实喜欢将虚构沉浸比作星际旅行（例如 Ryan 1991: 22 ）。

上述三部作品拥有一些相同的主题，这些主题属于某种古老的可能属于西方的虚构观念。

但我们也在村上春树的小说《世界尽头与冷酷仙境》（1985）中找到了上述元素，即便次级世界的属性和进入这一世界的模式很不相同。

在这部日本小说中，进入另一个世界的过程比上述三部作品更富戏剧性。日语初版中，这一过程被表现为一扇黑门的图，此外，在页眉位置，这扇黑门与鲍勃·迪伦的背影交替出现[3]。进入另一个世界的方式，是在故事主人公–叙述者的大脑内，从一种

1　在 17 世纪末某部意大利小说描写的一个小说国中，主人公也飘浮着，但他是因为被虚空之风充盈而膨胀（*Lo Scoprimento del mondo umano di Lucion Agatone Prisco*, Angelo Seravalli, 1969, livre II。有关这部珍贵的作品，参见我们的论文，Lavocat 2011e）。

2　在电影结尾，这种轻盈感以更为欢快的方式体现于弗雷德·阿斯泰尔（Fred Astaire）和金格尔·罗杰斯（Ginger Rogers）的舞姿中，电影院中塞西莉亚陶醉地观看了他们的表演。

3　小说每两章中有一章写虚构中的真实世界，另一章写虚构中的想象世界。鲍勃·迪伦和黑门从某种意义说是两部分各自的标记。

脑回路进入另一种。主人公－叙述者的大脑已在他不知情的情况下被改变，他时而面对的是现实世界，时而沉浸于另一个世界，而且在小说结束前，他并不知道后一个世界是他自己想象出来的。但是，将这个（名为"世界尽头"的）次级世界与古代小说国进行对比并非过分之举。实际上，"世界尽头"是存储于叙述者无意识之中的信息的名称，这些信息是一个（有些疯狂的）博士提取出来的，他年轻时曾作为剪辑助理在电影界工作过。博士将这些信息像剪辑电影一般组织起来，之后植入叙述者的大脑。由此，次级世界便具有了模棱两可的性质，既是一部艺术品，又是头脑想象的产物。

与古代小说国一样，时间在"世界尽头"也几乎是停滞的。这里的气候不是永恒的春天，而是无尽的冬天[1]。叙述者被身不由己地、残酷地剥夺了影子，体重得到减轻[2]。他在"世界尽头"吃的食物味道古怪，不过他最终还是适应了这种味道[3]。为他准备食物的女孩介绍说：

这地方的食物和别处的略有不同。我们用种类极少的材料做出很多花样，看似肉而不是肉，看似蛋而不是蛋，看似咖啡而不

---

1 这样的冬天容易令人联想到受女巫控制的纳尼亚世界（C. S. Lewis 2005 [1950—1956]）。

2 完全是字面意义上的。因为看门人将叙述者与他的影子（也是一个独立的人物）分开时说它太沉了。

3 与真实世界的反差因为一个事实而变得更为明显，这一事实就是，真实世界食物丰富，常被认为滋味美妙，食物在真实世界中起到重要作用。

是咖啡，一切都做得模棱两可、似是而非……[1]

　　食物的替代令人联想到《开罗紫玫瑰》中次级世界的晚会上出现的干姜水[2]。但是，在《世界尽头与冷酷仙境》中，我们不知道食物是什么做的[3]，事实上，想象世界的本体属性问题在此确实更为令人不安。

　　我们还在贾斯泼·福德（2006 [2003]）笔下的世界中看到了食物方面的这种匮乏。礼拜四·耐克斯特从一个世界进入另一个世界，遇见了她即将取而代之的虚构人物玛丽，玛丽问她，真实世界的人需要依靠吃来维持生命一事是否属实（Fforde 2006 [2003]: 17）。此外，书籍世界没什么美食，至少在同样来自现实世界、爱好饕餮的女主人公祖母看来是如此。（Fforde 2006 [2003]: 299）

小说国的时间与身体

　　从一级世界进入次级世界后，人物变美变强了（在布让笔

1　中译文参见村上春树著《世界尽头与冷酷仙境》，林少华译，上海译文出版社，2007年，第242页。——译注

2　请注意，在这两个例子中，作品的书名或题目包含了次级世界的名称，这一事实刻意营造了一种世界等级的含混。《1Q84》这个书名产生了同样的效果。

3　在《黑客帝国》（1999）中，主题被颠倒，因为美味的是矩阵中虚拟世界的模拟食物（塞弗在餐厅叛变的一幕即揭示了这一点），而反叛者在现实世界中食用的是一种引不起食欲的能量饮品（"一种结合了人工合成氨基酸、维他命和矿物质的单细胞蛋白质"）。这提出了一系列哲学问题"究竟是什么构成了人"，并暗示矩阵幻觉中的生活可能比真实世界中的生活更富人性。

下）。他们能够像阿吕斯和村上春树的小说人物那样获得永生。反过来，虚构人物则需要面对被呈现为真实生活独有属性的一切：丑陋与贫穷，以及爱情和性。在贾斯泼·福德笔下，礼拜四·耐克斯特（书籍世界中的真实人物）与玛丽（虚构中的虚构人物）的对话很好地概括了这种区别：

> "哦！"她大叫一声，睁大了双眼，"您从外面的世界来！"
>
> 她用食指尖碰了碰我，好像我是玻璃人。
>
> "这是我第一次看到有人从另一边来，"她宣布道，发现我不会碎裂，她明显松了口气，"告诉我，你们必须定期剪头发，这是真的吗？你们的头发真的会长长吗？"
>
> "是的，"我微笑着回答，"我的指甲也是。"
>
> "真的吗？我是听过一些流言蜚语，不过之前还以为这些只不过是传说。我猜你们肯定也要吃东西吧？我的意思是，为了活命吃东西，而不是因为书里提到了这些？"
>
> "这是生活的一大乐趣。"我向她保证道。
>
> 我不会告诉她人们在真实世界遭遇的麻烦，比如蛀牙啦，大小便失禁啦，衰老啦这些。玛丽生活在一扇有着三年寿命的窗子内部，她不会变老，不会死亡，不会结婚，没有孩子，不会生病，也不会有任何变化。（2006 [2003]: 16-17）

对存在本质的这类划分尽管涉及主题，却仍然无法阻止悖论的产生。分类会因作品不同而产生细微差别，而这导致虚构的悖论多少有些明显地被突显出来。

在阿吕斯的小说国中，生命虽永恒，但会变老。小说国的居民实际上都是其他小说的主人公，他们只在自己的历险结束后才会进入这个国度，时间上大致吻合他们原先所属的著作出版的时间。从那时起，他们便既不可能死亡，原则上也不能再经历新的冒险。因此，于尔菲小说的主人公们大约 50 来岁，而赫利奥多罗斯的主人公们有将近 1400 岁，这就令他们的属性很成问题：他们既不是神也不是人。此外，未完成的小说也成了问题，这些奇怪造物的自由的有限性被暴露无遗，还没写到主人公结婚大结局就中断的小说使得整个国家到处都是单身汉。任何结局都不可能再产生了，因为它没有被写出。叙述可能性方面的这种停滞令小说国看起来像个文学冥府[1]。

然而，不可能性只是相对的。正如小说人物会变老，阿利道尔和多丽丝也遇到了"本土的"小说主人公，用帕森斯（1980）的分类术语来说，这些"本土的"小说主人公是"移民"人物的儿女。他们是《阿丝特蕾》小说主人公的孩子，在小说国中，他们有着与自己的双亲差不多的经历，只是过程没那么漫长复杂。最后人们发现阿利道尔和多丽丝也是小说主人公的儿女：他们的父母亲是斯居代里小姐和贡贝维尔作品中的人物，这意味着他们的故事是《克蕾莉亚》（Clélie）和《克利奥帕特拉》（Cléopâtre）未言明的续集。阿利道尔和多丽丝结了婚，将自己的新身份告诉

---

1 此外，将地狱当作一个转叙性场所，作者与人物或人物彼此之间在此对话，这是一个传统主题。关于这一问题，参见拉博（Rabau 2012: 51-55）。

了他们在巴黎的父母亲，之后在小说国定居[1]。这部有趣的续写巧妙地将一级世界与次级世界等同起来，而没有考虑本体层面的逻辑连贯性问题。小说国既是一个具有限制性（人物被他们此前在另一部小说中的生活所限制）的跨虚构场所，又是一个一级虚构世界，很多冒险在此展开，尽管这些冒险都是小打小闹，而且缺乏原创性。

伍迪·艾伦将虚构中的虚构人物的生命所具有的内在矛盾推到了极限。从虚构隐含的虚构理论角度来看，电影存在很明显的逻辑问题。为什么电影中的电影《开罗紫玫瑰》中的汤姆·巴克斯特能够轻松穿越银幕，其他想摹仿他的同伴却迎面撞上了玻璃？在虚构的真实世界里，汤姆身体的触感让人感觉他是个普通人。然而，当电影中的电影里的某个人物——凯蒂·海恩斯触碰到属于一级世界的塞西莉亚时，她失去了知觉，仿佛她面对的是一个不同种属的生物，一个外星人。从虚构进入真实世界的汤姆·巴克斯特发现了性的奥秘，这是整部电影喜剧性的一个来源，同时触及汤姆本人的本体属性。定义汤姆的，是这一电影角色的勇敢、浪漫、从不蓬头垢面等品质吗？如果是的话，即便他能吻塞西莉亚［他自己认为，他甚至是一个"超会接吻的人"（*a great kisser*）］，他可能也无法投入到好莱坞电影没有预见的行动中[2]。与

---

1 选择次级世界是一个值得注意的例外，因为对真实世界的选择常常被呈现为一种伦理要求（在《黑客帝国》和《盗梦空间》中被戏剧化）。《世界尽头与冷酷仙境》的叙述者也留在了次级世界，不过他是被禁锢在此的。

2 无论如何，电影中的电影里面的另一个人物是这样暗示的："我已经厌倦每天晚上都跟你结婚。我们从来没有到过卧室。"

此同时，这一照本宣科的人物又被某个事实推翻：汤姆不断声称他有学习以及适应真实世界的能力，换句话说，就是有"同化"自身的能力，如此一来，他为什么不去学习如何做爱、如何死亡呢？同一位演员同时饰演汤姆·巴克斯特和吉尔·谢泼德（在电影中的电影里饰演汤姆的角色），这会让观众觉得，汤姆没有身体或没有完整身体的假设是完全反直觉的。尽管如此，当汤姆怀恋地提起自己的父母亲时，观众的怀疑被以喜剧方式激活：

> 爸爸过去喜欢对妈妈说："敏儿，你真可爱。"爸爸是一张卡片，我从没见过他。他在电影开始前就死了。

纸人怎么能够生出有血有肉的孩子呢[1]？此外，这种犹豫令人联想到围绕虚构世界本质上的不完整性展开的论战（Pavel 1983b；Montalbetti 2006）。这种不完整性通常会被推理程序弥补，例如，无须明确指出一个人物有两只眼睛、两条腿、一个性器官，我们也能假设事实确实如此，但涉及汤姆这位虚构中的虚构人物时，就什么都无法断言了。

在贾斯泼·福德笔下，虚构中的虚构人物从触感上说与真实世界的人物无异，区别前一类人物的是某些感官缺陷：他们没有

1　弗兰·奥布莱恩（Flann O'Brien）在《双鸟渡》（*At Swim-Two Birds* 1939）中探索了这一可能性。在年轻叛逆的主人公写的小说中，一位作者让他笔下某个女性人物怀了他的孩子。他提到让这个混种人以半人形象出现的可能性。最后分娩时，在某种超自然氛围中，生出来的是一个成年男子。后者拥有一些令人不安的能力，并利用这些能力处决了他的父亲兼作者。

嗅觉，同时，虽然没有明说，但他们似乎无法识别声音[1]。

在村上春树的《世界尽头与冷酷仙境》中，彻底迁移至虚构世界的人物的身体发生了变形，这种变形与书中反复强调的某个悖论密不可分[2]。博士在塑造叙述者大脑时创造了这个虚构世界，在他看来，这一被称作"世界尽头"的次级世界是永恒的，因为思想可以无限分裂：根据芝诺悖论，运动不存在，因为我们可以将单位时间内的运动无限分解下去。实际上，一级世界和次级世界事件的大致对等促使我们假设，次级世界事件是一级世界事件在梦中的呈现。然而，在一级世界中，故事持续了三天，在次级世界中，故事持续了大约一年。因此我们能够明白，为什么博士会对主人公说，在世界尽头，他将获得几乎永恒的生命[3]，因为真实时间在这里延展、膨胀。这令人联想到中国传说黄粱梦里梦中时间的特征[4]。

---

1 从触觉来区分真实人物与虚构人物的尝试不具有说服力，礼拜四·耐克斯特的经历已经说明了这一点："我轻轻用指尖触碰他的胸。他看起来跟我之前在书中或别的地方碰到的人同样真实。他会呼吸，会微笑，会皱眉。——我怎么猜得到这结果呢？"（2007 [2002]: 367）不过她还是成功揭穿了虚构人物的身份，因为当对话展开时，如果不指明说话者，他就不知道是谁在说话了（这暗示着他在阅读）。此外，小说提到虚构人物原则上没有嗅觉，但我们不知道这一状况产生的原因，也不知道例外产生的原因（2007 [2002]: 250）。

2 正如导致叙述者大脑改变的博士跟他解释的那样，"你的故事真正的问题，是它不借助时间矛盾无法发生"（1992 [1985]: chap. XXVII, 438）。（中译本中没有找到相应译文，故而根据法译本译出。——译注）

3 "进入思维中的人是不死的。准确地说，纵使并非不死，也无限接近于不死，永恒的生。"（村上春树 2007: 311）

4 梦中过完了起起伏伏的完整一生，而做梦的人只睡了几分钟，睡着的时间只够煮熟一碗黄粱（沈既济 1998 [750 左右]）。

想象世界这种几乎永恒的性质与叙述者几乎非人的特征有关，在次级世界，体现这一性质的，是村里的钟坏了这一事实[1]。在这个时间几乎停滞的世界，叙述者或者说叙述者投射出来的自身形象承受着缓慢的去人格化过程。他的本体属性的转变表现为，由于他被剥夺了影子且影子慢慢死去，他的情感和记忆也逐渐消失。在这个世界，人物之间无法产生肉体关系[2]。最后，通过对抗这一过程（影子逃出世界尽头，叙述者-化身流亡至作为自己世界的反叛地带的森林），真实自我与虚构自我的融合似乎终于得以实现。然而，这个次级世界既具有由技术操纵的虚拟世界的特征，又具有想象世界的特征，在这个次级世界，人物（实际上只有一个，其余人物都是他在不知情情况下想象出来的）承受着本体缺陷带来的痛苦，这种缺陷把他变成了幽灵：这一后启示录式的冷酷仙境像极了冥间。

村上春树笔下的次级世界与贾斯泼·福德笔下的纸上世界存在相似性，福德笔下的女主人公在书籍世界，也对抗着记忆不可避免的消逝，包括对过往生活的记忆，尤其是对她从前爱过、此时怀着他孩子的男人的记忆[3]。在女主人公展开冒险的《牧羊犬

1　有关这一主题，参见萨莫瓦约（Samoyault 2004），尤其第 157—158 页有关停走的表与日本文学中的灾难——尤其广岛灾难之后——之关系的内容。

2　叙述者还是被鼓动着去与次级世界的一个女孩发生关系。这个女孩似乎是虚构里的真实世界中某个女孩的梦境翻版，在一级世界中，他爱着这个女孩。然而，他还是拒绝了这种可能性或者说诱惑，因为他认为这样做会加快自己的去人格化过程（2007：第 16 章，第 22 章）。

3　她成为某个具有超能力的造物的牺牲品，后者进入她的大脑内部，摧毁了她的记忆。

"影子"》（*Shadow, The Sheep Dog*）[1]中，书中的完美世界颇具代表性地结合了时间停止状态（季节不会更迭，同一些荒诞的举动不断重复）与某种情感缺失状态，这种缺失最终让人无法忍受：人们发起暴动，反抗强加的情感冷漠，但这场暴动滑稽地将人物带向了杀戮的疯狂（第 19 章）。在这个案例中，福德小说的讽刺目的与布让小说带给人的阅读感受相去不远。

归根到底，无论在布让、伍迪·艾伦、福德还是村上春树笔下，完美与沉闷都是这些世界的特征。《亨利·布罗肯》中魔幻的书籍世界住满了与幽灵很相似的梦中生物：年轻的主人公参观了简·爱和罗切斯特的家（他们是有望拥有漫长跨虚构生涯的典型代表[2]），发现在他们婚后，什么事都没可能发生了。两人都被禁锢在自己的特征中，禁锢在一个后小说的永恒世界。这类相遇确实可能唤起读者的渴望，去短暂地接近、分享他们喜爱的著名人物的私密生活，与他们在一起。这里涉及的根本不是给读者提供新的冒险故事。

因此，从 17 世纪至 20 世纪，对虚构性质的探寻存在某种连续性，而虚构的性质呈现出两个矛盾。第一个矛盾在于叙事与虚构的对立。创造另一个体现虚构理念的世界，这倾向于暗示存在

1　伊妮德·布莱顿（Enid Blyton）的一部儿童读物。

2　福德的礼拜四·耐克斯特系列小说第一部名为《谋杀简·爱》（*L'Affaire Jane Eyre* 2001）。女主人公多次进入小说《简·爱》的世界，简·爱和罗切斯特也多次来到真实世界。

另一种时间性[1]，与故事（*fabula*）的发展不相兼容。这一时间性是重复的（伍迪·艾伦、福德、德·拉玛尔），被延缓的（布让[2]），趋于无序的（阿吕斯笔下，《阿丝特蕾》人物的孩子们的冒险是他们父母亲经历的不足道的翻版），包含了某种末世灾难维度（村上春树）。这一与身体的分解相关的时间性，其模型是冥府模型。第二个矛盾在于虚构人物的性质，他们是人也是非人，是人的拟象，在最近出现的变体中，他们也可以是某个赛博格的无意识的投射。

二、想象、真实与死亡

归根到底，在上述结构中出现的，不正是将虚构视作虚空、空缺、缺失的古老观念吗？我们可以结合想象的属性，通过两个反复出现的主题，来探寻次级世界这种顽固的否定性或者说本体缺陷。第一个主题是传说生物与向另一个世界或向死亡跨越的理念之间的联系。第二个主题是主人公发现次级世界另一个基本特征时产生的不满足感。这另一个基本特征，我们建议称其为"祈愿式可塑性"，换句话说，这些次级世界能被思想、信仰与欲望的力量改变。

---

[1] 正如尼古拉杰娃（Maria Nikolajeva）指出的那样，奇幻故事（*fantasy*）的共同特征是具备另一种时间性。不过需要指出的是，在虚构中的虚构里，时间经常被延缓、拉长。

[2] 不过，在这部小说的第14章与最后一章中，方–费雷丁王子将几千页的小说内容缩短至三天零几段。这一滑稽的加速与一连串冒险事件结合，与长河小说假定应有的缓慢速度形成对照，这样的做法耐人寻味。

传说生物的死亡

次级世界的元虚构特征，尤其布让的"小说国"和村上春树小说中那个被阴森地称作"世界尽头"的国度，因神话与童话动物的存在而变得更为明显，例如布让小说中的人羊、半人马、天马、塞壬，村上春树小说中的独角兽。这些幻兽从很早起就象征着故事的理念。在村上春树小说中，人物在一级世界讨论了亚洲或欧洲的独角兽的属性，讨论的结论是，独角兽在任何情况下都是"幻兽"[1]。独角兽的元虚构属性由此得到强调。

因此，明确这些传说中的动物的功能不无裨益[2]。作品中出现的这些幻兽有一个共同点：它们与世界跨越有关；它们会死去，这一点与次级世界的人不同。上述两部作品从任何一点看都相差甚远，但在这两部作品中，死亡都与传说动物的在场不可分割。

对于方–费雷丁王子来说，进入小说国的过程非常艰难：骑马从高处摔下并掉进一个深渊后，他来到一处荒无人烟的野外，之后又在一条狭小的山道中走了很长时间。在位于他摔下的山崖和他穿越的山崖之间的中间地带，他发现了一处奇怪的墓穴：

首先吸引我目光的，是一个类似墓地的场所，一处墓穴，或者说一堆特殊生物的尸骨：各种形状的犄角，弯曲的长指甲，长着翼翅的龙风干的皮，还有各种长长的鸟嘴。我立即想起自己读过的小说，格里芬、半人马、天马、飞龙、哈尔比亚、萨提尔和

---

1 "但无论如何，独角兽都是子虚乌有的动物。惟其子虚乌有，才被赋予了各种特殊的寓意。"（村上春树 2007: 98）
2 我们也可以从《纳尼亚传奇》与《永不结束的故事》中选取类似的例子。

其他类似的动物。于是我开始向自己道贺，我离自己寻找的国度不远了。（1665：第 1 章，第 7 页）

守护这堆尸骨的是一头粗鲁的半人马，他并不回答方–费雷丁王子的问题。王子发现自己有关半人马的文学知识一点都帮不上忙。这是小说唯一一处强调书籍与事实不符的地方。

在小说国，方–费雷丁王子也遇到了数不胜数的传说怪兽，生活于笼中，或被当作坐骑使用[1]。这些想象出来的生物被驯服，颠覆了统治小说国的理想化原则。

例如，传说动物吊诡地成为虚构中的虚构里的一个干扰元素。将传说动物的尸体陈列在传说王国的边缘，这应被理解为虚空对自身空洞性的揭露吗？布让是否还想展示古老的神话动物体系已经过时？或许吧。不过，一切似乎都在表明，在虚构之虚构的边缘，通过某种颠覆，传说的标志代表了某种谜样的、有些可怕的（*unheimliche*）的现实。无论在 17 世纪的法国作品中，还是在 20 世纪末的日本小说中，令人不安的怪异性都以幻兽骨架的形式出现。

村上春树将独角兽和它们的骸骨（特别是它们的头骨）写成了从一个世界进入另一个世界的联结器。只有世界尽头的金色独角兽才能每天穿越密不透风地将这个国度围起来的墙。从一个塔顶上，叙述者能够看到，它们夜里睡在围墙外面一处森林里，对

1　在福德的书籍世界中也有这么一个地方，神话传说中的生物都被抛弃在此："萨提尔、穴居人、幻兽、精灵、仙女、林仙、塞壬、火星人、矮妖、哥布林、哈尔比亚、戴立克和洞穴巨人。"（2003: 104）

于这个空间，我们完全无法知晓其性质（这是另一个想象出来的地方吗？还是属于现实世界？）。无论如何，有穿越能力的独角兽都会在冬天相继死去。一个与布让小说中的半人马同样高大、同样可怕的看守不间断地烧着它们的尸体，柴火冒出的烟弥漫在世界尽头的冬季风景中。独角兽头颅之后被存放在一个图书馆里，叙述者的任务是解读封闭在这些头颅里的"古老梦境"。但是，传说生物穿越的，还有另一层边界，因为在一级世界，叙述者拥有一个独角兽头骨。这个头骨被证实是赝品（由博士制造，博士也部分地创造了次级世界），但小说结尾它所泛出的超自然光环揭示了两个世界之间的（脑神经）连接。

　　小说在次级世界法则和活着的尤其死去的独角兽这一象征之间确立了关联与对立关系。这部小说对这一关系的探讨比布让的小说更为明显，且具有不同的意义。布让的小说国是个人造的场所，因讨人喜欢而极其无聊。幻兽的骨架意味着被无限循环利用的主题的损耗与过时特征。村上春树小说中的次级世界更多有关"失去"这一主题：失去的记忆、影子、心。独角兽明显是主体性的象征[1]，它们浓缩了被这个不死的世界所撤销的人性的部分[2]。

　　在这两个例子中，幻兽象征并对抗着它们所属的世界。它们

1　与《永不结束的故事》中的年轻主人公一样，《世界尽头与冷酷仙境》中的主人公也承受了某种去人格化过程。

2　在第32章中，反叛的影子向叙述者解释，独角兽有着完美但冰冷的世界之外的人（其实也就是叙述者本人）的心脏和自我，他以弱者、影子和独角兽的名义，竭力劝说叙述者放弃次级世界，也就是保存自己的心脏和自我。

代表了一级世界中的虚构与次级世界中的现实。作为边界与过渡地带的生物，它们体现了虚构的悖论，以及现实与虚构的相遇。

造物主的忧伤

传说动物的命运也是某种关系之模糊性的写照，这一关系是一级世界主人公与虚构之虚构中的次级世界形成的关系。

对这两个世界的选择问题是所有作品都会涉及的主题。解决这一问题的途径通常是对虚构中之现实世界的选择。阿吕斯的小说是一个例外，因为主人公发现自己是小说主人公后，毫无顾忌地选择在小说国，在没有云彩也没有尽头的惬意生活中永久定居。与之相反的是，方－费雷丁王子为了结婚，在梦中离开了小说国，之后德·拉布罗斯先生醒来，认为方－费雷丁王子就是他本人。此外，德·拉布罗斯先生也即将订婚。虚构中的真实人物的选择与其梦境虚构出来的化身的选择相同，这肯定了现实的优越性（婚礼的完成是其精髓）。三个半世纪后，在伍迪·艾伦的电影中，塞西莉亚也是以同样的本体论假设为由，放弃了可爱的汤姆，选择了令人失望的吉尔，正如电影中演员们自相矛盾的建议所暗示的那样：

> 跟真人走吧。我们都有局限。
> 跟汤姆走吧。他没有任何缺点。

虚构人物被假定的内在局限性还与婚姻有关。婚姻在此被视作一种制度，那么，一个由虚构人物做出的法律行为能有什么价值呢[1]？

多纳利神父可以在这里为我们主持结婚仪式。

没用的。神父得是个人。

《圣经》可从没说过神父不能是电影里的人。

塞西莉亚的选择最后被表明是个灾难，因为真人立即表现出他在道德而非本体上的局限性，即使如此，一切还是暗示着，她的选择是合情合理的。同样，《黑客帝国》中的尼奥－安德森、《盗梦空间》中的柯布、《1Q84》中的女主人公，他们选择回到或尝试回到初始世界，也就是虚构中的真实世界，他们的选择也得到了肯定。

《世界尽头与冷酷仙境》提出了一个更为模棱两可的妥协方案。主人公实际上留在了次级世界，一方面是因为他被迫停留于此（令他能够进入现实的脑神经系统已被无可挽回地损坏），另一方面是因为他决定如此，在次级世界，他选择不跟随他的影子走上貌似自杀的逃亡之路。主人公以反对者和被排斥者的独特姿态接受了强加给他的世界，伴随这一选择，他作为次级世界创造者的事实也被披露。甘愿在自己的世界被边缘化，这一举动被理解为保存自我、抵抗主体分解的顾虑。与此同时，古怪的最终妥协逐渐明朗，它将是在想象世界的生存可能性，然而又带有身份

---

1 这个问题始终具有现实意义，虚拟空间举行的任何仪式（例如婚礼）都会引发这一询问（Hillis 2009）。

被保留导致的不舒适感与痛苦。村上春树的人物决定将次级世界视作他自己的创造物，而非一个拟象，成为唯一一个做出亚里士多德意义上的"诗性"（poiesis）[1]选择的人物。似乎他自愿回到柏拉图的洞穴中，明白是他本人制造了那投射到墙上的影像。但是，还应强调的是，如果说在所有否定想象力的作品中，祈愿式可塑性都是完全的[2]，那么《世界尽头与冷酷仙境》中的世界却并非如此，因为这个世界唯一的居民被他自己创造的生物迫害，因而不得不与自己进行斗争。小说的多个元素邀请读者将这一令人不适的属性理解为作家处境的一个寓言。

在任何情况下，从一个世界进入另一个世界的主人公们最终都没有采纳大卫·刘易斯的假说，该假说断言各个可能世界在本体论层面具有绝对同等地位，且没有赋予存在于现实的事实以任何优越性。虚构人物表现出某种强烈的现实主义色彩。我们甚至应该感到奇怪，由阿吕斯实现的（可能太过简单的）反转（一切都是虚构，一级世界与次级世界的主人公都是虚构人物）没有被更为频繁地利用[3]。相反，主人公的二元性和强调虚构中的真实世界与虚构世界之区别的程序相吻合：在伍迪·艾伦的电影中，虚构是黑白的，现实是彩色的[4]；在恩德的《永不结束的故事》中，

---

1 在亚里士多德的《诗学》中，poiesis 有制作、创造、生产之意，之后又衍生出"诗歌"等意。——译注。
2 想象世界对于欲望的满足程度达到了极致。正如塞西莉亚放弃汤姆时说："在你们的世界，事情总有办法成功解决。"
3 在保罗·奥斯特的小说《密室中的旅行》中，作者发现他自己也是人物之一。
4 然而，这一二分法讽刺地遭到一个事实的挑战，即一级世界中的真实人物吉尔和塞西莉亚多次以透明的形象出现，仿佛他们比汤姆这个虚构人物更不真实。

现实是用红色印刷的，虚构是用蓝色印刷的；在村上春树的小说中，描写虚构的章节标号为双数，描写真实的章节标号为单数，且两部分具有不同的页眉标题与图标。

三、走向无差别的本体？

然而，虚构本质上的保守主义可能正在被粉碎。至少这是两个从当代流行文化中选取的例子所暗示的。在盖·安德鲁斯（Guy Andrews）的英国电视季播剧《迷失奥斯丁》中，奥斯丁的一位女书迷阿曼达·普瑞斯（Amanda Price）发现自己身处她最喜欢的小说《傲慢与偏见》的世界[1]。进入次级世界之初，她很是困惑，做出了（伍迪·艾伦电影中）凯蒂·海恩斯看到塞西莉亚时的举动：阿曼达掐了玛丽·班奈特（《傲慢与偏见》虚构家族中的众姐妹之一）一把。伍迪·艾伦电影的反转非常巧妙：塞西莉亚"真实"身体的触感令人陌生、令人害怕，甚至令凯蒂·海恩斯晕倒，但这都是从虚构人物的角度来看的（此外，这对观众来说也是一次有趣的思维体验）。《迷失奥斯丁》的做法更容易预料，掐人的是从虚构中的真实世界进入虚构世界的"真实"人物。玛丽·班奈特的身体明显与阿曼达的身体无异：前者惊跳起来，发出痛苦的叫声，后者在触及前者的胳膊时，没有察觉任何异样。这点令

---

1 需要重申的是英语世界对奥斯丁小说异乎寻常的好感，尤其《傲慢与偏见》，它被一系列非常丰富的跨虚构与元虚构作品包围（电影、电视季播剧、同人小说）。

阿曼达吃惊，也令我们吃惊[1]。

《开罗紫玫瑰》

　　这一经历预示着一级世界和次级世界的平行比较，且对比有意没有突出世界的本体差异。被突显的是由时代与社会阶级差异造成的不兼容性，对比之下当代世界无疑得到肯定，而与阿曼达交换位置的丽齐·班奈特也高兴地适应了这个社会。当阿曼达努力阻止次级世界独立时（即她努力要让原小说世界的事件也发生于她所在的世界，后者构成了小说的反虚构[2]版本），季播剧以完全反虚构的方式结束：在小说中征服达西的不是丽齐·班奈特，

1　在以礼拜四·耐克斯特为主角、极具元虚构特征的系列小说中，福德笔下的人物会反复做这个动作。

2　"反虚构"一词借自圣热莱（2011），我用它指代明显参考了某个虚构且为后者之变体的虚构版本。

而是阿曼达·普瑞斯。电视剧的最后一幕呈现了女读者躺在人物怀里的镜头。此外，阻止他们结合的障碍从来不是本体层面的，而是社会层面的。

《迷失奥斯丁》

同样的选择也见诸《十三号仓库》第 4 季第 5 集《大问题》，这一集于 2013 年 5 月 13 日在美国播出。在调查开头，置身图书馆的主人公们被超自然地投射至一本他们翻开的书中，这是一本未写完的侦探小说。跟上一个例子一样，他们闯入小说的行径也伴随着一次时间旅行（1950 年代，可能因为这是侦探小说与电影的黄金时期）。在这一集结尾，他们发现自己寻找的嫌疑人原来是小说的作者，一位金发蛇蝎美人的情人。他解释自己因妻子去世而没有写完小说，他选择来到自己的小说世界，与以妻子为原型创造的一个人物生活在一起。主人公们起先想把作者带往出口（表现为一个发光的洞），但这位作者改变了主意：他决定留在自己小说的世界，与自己的人物在一起。主人公们热烈祝福了作者的这一感性抉择，独自回到现实世界。次级世界的最后一幕呈现了作者与人物相拥相偎的画面。女读者与人物组成一对也是《迷失奥斯丁》的最后一幕。《十三号仓库》中的主人公们在走出小说后又置身图书馆，他们再次打开小说，发现小说的结局已经写好。这一结局是幸福的：人物——也就是作者和他的人物——远离坏人，在一座充满异域风情的岛上过上了平静的日子。

在上述两个例子中，意外结局与观众被认为会抱有的反面期待形成反差，这种反面期待也得到人物本身的认同：阿曼达和小说家都认为回到初始世界的选择是理性的，他们也打算这么做。最后一刻出现的反转起因于爱——对人和人物的爱，这一点在《大问题》中因对已故妻子的回忆而变得复杂：沃缪勒将我们思念人物的方式与思念死者的方式进行比较的做法（2010: 48）可能并没有错。因此，这些虚构体现的其实是对人物的欲望。电视季播剧这种媒介对这些虚构的大胆做法可能并非毫无影响：在《十三号仓库》这个例子中，《大问题》这一集很短，观众之后再也不会看到小说家这个次要人物，这些可能都令非理性选择变得更为微不足道。尽管如此，上述例子还是表明，虚构中的真实存在与虚构存在相遇的悖论可以被愉快地克服，真实与虚构的边界可以在虚构中被抹除。

如果我们考察更多更为复杂的、巩固边界的例子，我们可以提出以下几个假设——有关虚构之中的虚构理论，这些理论不断出现于虚构中，且更多持对虚构不友好的态度。

第一个假设是对虚构的柏拉图式谴责的长盛不衰，与真实和真理相比，虚构被指控是有缺陷的。在阿吕斯笔下，人们送给小说国新婚夫妇的是假珍珠；在伍迪·艾伦电影中，电影中的电影人物喝的是干姜水而非香槟，并且用假币支付。村上春树小说中人物的影子已经有说服力地指出，人物所处的人工世界"有问题"（2007: 61）。只有《纳尼亚传奇》中的寓言世界具有某种本体尊严，但这个世界是对另一个超自然世界的反映，只有死亡才能通向这后一个世界。虚构世界只有在作为某个宗教世界的复制品时才具有合法性。作为多个世界（尤其是面向儿童的世界）的创造原则，信仰扮演着主要角色，它强调了宗教世界与虚构世界的毗邻关系。但是，尽管大部分虚构中的虚构世界都居住着美好、贞洁、多少具有永恒生命的生物，这些虚构世界仍然显得像是超自然世界的不完美替代品。

还需指出的是，可以从次级世界结构中推导出的虚构内虚构理论与伊瑟尔（Wolfgang Iser）的多个假说之间存在某种一致性。伊瑟尔赋予上文强调的本体缺陷一种黑格尔式解读。他将虚构界定为边界的跨越与超越（1993 [1991]）。在伊瑟尔看来，否定性是虚构文本的本质属性，因为文本的脱漏与空白是其有效性的前提（1976）。是否出于这个原因，古典时期永恒的春天之后被冬天取

代，且当虚构再现自我时，次级世界经常更多表现为荒芜的世界
或白色的世界？伊瑟尔界定虚构的方式与虚构作品对虚构的界定
具有某种关联。

现实与虚构之间的边界跨越最后会令人联想到死亡。麦克黑
尔指出，在现实中，我们知道自己命中注定要做出的唯一一次本
体层面的边界跨越正是从生到死的过渡[1]。他还假设转叙不断提醒
着我们这一点，这一假设的可能性非常大。无论如何，在我们引
用的作品中，边界被呈现的方式确实证实了这一点。

然而，我们也可以认为这是虚构的诡计。一级世界霸道地窃
取了真实世界的属性，因为它能为另一个可能世界提供参照，后
者的魅力尽管被久久地探索、发掘，却仍然遭到抛弃，被一种同
样具有虚构色彩的虚假现实取代。虚构人物的现实主义可能具有
某种存在主义色彩，甚至某种教育意义，但这一现实主义归根到
底是一种错觉，因为它的功能在于赋予一级世界以过高的本体优
越性，以至于《黑客帝国》中的真实世界自称"锡安"，也就是应
许之地。"虚构的诡计"用鲍德里亚青睐的术语来说[2]，在于引发我
们对现实的某种乌托邦式欲望，而后者最终是为虚构本身服务的。

我们的最后一个假设是认知层面的。对于柯勒律治的名言，

1　麦克黑尔（1987: 231）。布朗肖也从另一个完全不同的角度论述过某种虚构经验，
　　虚构被当作反射自身空洞的东西："……这种贫瘠是虚构的精髓，即向我们呈现
　　那令虚构变得不真实的东西，这东西唯有借助阅读可得，却无法借助我的存在
　　得到……"（1949: 79-80）
2　《拟象与仿真》（1981）。正是这部著作启发沃卓斯基兄弟拍摄了《黑客帝国》三
　　部曲的第一部，这一点令鲍德里亚深感遗憾。

直至目前，我们对"怀疑"的兴趣大于"终止"。近期一些研究表明，置身虚构情境（scenarii）会激活大脑与语义记忆相关的特殊区域，而置身事实情境会激活大脑与情景记忆相关的区域[1]。此外，因阅读或观看虚构行动产生的模拟过程会引发感觉与情绪，同时阻碍导向行动的进程[2]。

因此，我们是否可以假设，以虚构方式再现进入虚构过程的虚构作品自很多个世纪以来就已描绘了这一认知现象？进入想象世界的愉悦正是一种终止，一种休息，是生存必备的某些功能的暂时停工，是我们与世界、与自身关系的暂时断联。如此一来，对于人们在虚构世界中不吃或吃得不好，对于身体常常在此飘浮的现象，我们还会感到吃惊吗？进入虚构世界意味着以极其特殊的方式、以断开连接的方式或以空转的方式实施我们的感官和情感功能。去物质化和眩晕可能是对产生于脑神经元进程中的脱节现象的虚构表达。这就能够解释，从一个世界进入另一个世界、从真实进入虚构的过程为什么总是被表现得既美妙又危险，令思想狂喜、自由，却令感官失望。尽管如此，正如我们在本书中不断指出的那样，边界跨越也有一些益处，促使当代电视季播剧中几个主人公非常罕见地在最后一刻（in extremis）决定这样做。转叙既有悲剧版本，也有喜剧版本，但它始终以虚构的方式，时而强调时而抹除世界之间的差异。我们将在本书最后一章尝试探讨这一问题。

---

1 情景记忆与特殊语境下的记忆有关，也与主体的个人经历有关。语义记忆更多是对概念的记忆（Van der Linden 2003）。参见第一部分第四章。

2 正如我们在本书第二部分指出的那样。

第四章 虚构边界与转叙问题

虚构的边界是随转叙的出现而诞生的吗？这一假设听起来可能匪夷所思。然而，毋庸置疑的是，人们对虚构边界的兴趣很大程度上得益于一个事实，即"转叙"一词在批评语汇中的出现。这个词首先出现于热奈特 1972 年的著作中[1]，随后于 1987 年出现于麦克黑尔笔下，后者在一项有关后现代主义的研究中探讨了转叙问题。这两项前驱性研究在思考事实与虚构的区别时采取了不同方式。在法国，根据热奈特的视角，转叙突显并强调了虚构的边界；在美国，麦克黑尔的阐释（1987）更多推广了边界消除的理念。麦克黑尔的确将转叙理解为某种混淆界限的操作。我们可以认为，两位学者的差异来源于他们的参考文献的不同：热奈特依据的文献包括 18—20 世纪的小说（直至新小说），麦克黑尔只聚焦于当时最新的文本[2]。不过，产生差异的原因更多在于，这是对转叙的两种不完整理解，在我们看来，对于转叙，我们既应认

---

1 （Genette 1972: 243-251; 1983: 58-59; 2004）；2004 年著作部分内容被皮尔和舍费尔的编著（2005: 21-35）摘录。（热奈特 2004 年著作的中译本参见《转喻：从修辞格到虚构》，吴康茹译，漓江出版社，2013 年。考虑到论证与表述的连贯性，涉及或引用热奈特该著作时均由本书译者根据原文译出。——译注）
2 玛利纳（Malina 2002）的做法同样如此。玛利纳坚持认为转叙具有颠覆性。

为它指出了某种僭越边界的共同愿望，也应承认这一跨越从现实角度来说从未被实现。

转叙被认为既加强又抹除了虚构的边界，追溯转叙的来源无法解释这一明显的矛盾。不少批评家曾关注转叙的"史前史"，尤其是为了在热奈特的定义与某种古老的修辞学[1]甚至法律传统[2]之间建立联系。热奈特本人援引了丰塔尼耶（Fontanier）的"作者转叙"（métalepse d'auteur），即"假装诗人'本人造成他吟唱的结果'，比方维吉尔……'让'狄多'死去'"[3]。但是，在1970年代之前的所有转叙观念中缺失的[4]，恰恰是被热奈特现代化的转叙观念所具有的限定性特征：对某个层级、限度——总而言之就是对某种边界的僭越与跨越理念。热奈特心中想到的确实是一次非法的旅行，一种闯入禁区的行为：

从一个叙述层到另一个叙述层的过渡原则上只能由叙述来承担……任何别的过渡形式，即使有可能存在，至少也总是违反常

1　例如参见瓦格纳（Wagner 2002）。

2　鲁森解释，在诉讼阶段的研究框架内，转叙建立于替代理念，指的是将诉讼案件转移至另一个法庭的问题。此时它是一个辩护工具。在基督教阐释学背景下，转叙与寓言被混同（Roussin 2005: 38-45）。

3　中译文参见热奈特著《叙事话语 新叙事话语》，王文融译，中国社会科学出版社，1990年，第163页。——译注

4　然而，丰塔尼耶将转叙描写为一个大胆的举动，作者通过这一举动采取了造物主的姿态："可能还需要联系转叙……这一手段与前面那些同样大胆，通过这一手段，处于迷狂状态或情感热度中的人会完全放弃叙述者角色，去扮演至高无上的主人或主宰的角色，结果他不是简单地去讲述一件正发生或已发生的事，而是去指挥、命令这件事发生了。"（1977 [1821—1830]: 129）

规的……故事外的叙述者或受述者任何擅入故事领域的行动（故事人物任何擅入元故事领域的行动）……都会产生滑稽可笑（当斯特恩或狄德罗用开玩笑的口吻描写这种行动时）或荒诞不经的奇特效果。

我们把叙述转喻（métalepse narrative）这个术语推而广之，用它指上述一切违规现象。……所有这些手法通过强烈的效果表明它们不管可能与否尽力设法跨越的界限有多么重要，而这条界限恰恰是叙述（或表现）本身；这是两个世界之间变动不定但神圣不可侵犯的边界，一个是人们在其中讲述的世界，另一个是人们所讲述的世界。（1990: 163-165）

热奈特在 2004 年出版的有关转叙的最新著作重拾了同样的观点。2005 年出版、由皮尔和舍费尔（在热奈特指导下）主编的有关转叙的重要论文集，其副标题为"再现契约的扭曲"，仍然表明了一种僭越观念。然而，《辞格 III》的遗产并没有被原封不动地继承下来，现实远非如此。

实际上，热奈特的观点的确不乏继承与发扬者，他们或反复廓清叙事的"层次"（Schlickers 2005: 151-152），或区分出"上升"转叙与"下降"转叙[1]。尽管如此，这一过程还是产生了多次

---

1 换句话说，叙述者或读者层面的转叙以及人物层面的转叙。根据人们认为故事外和元故事层次是位于"叙述堆栈"（pile narrative）的高处还是低处，对"上升"或"下降"转叙的定义有所不同。热奈特建议将"下降"转叙（虚构与真实生活的相互干涉，至少真实生活被虚构再现的情况）称为"反转叙"，同时却又建议将其视作转叙的一个特例（2004: 27）。皮尔翻转了叙述堆栈的方向（转下页）

决定性的演变。无论文学理论领域还是文化产品领域，这些演变以多种方式对"变动不定但神圣不可侵犯的边界"产生了冲击。如果转叙无处不在，如果界限因被反复踩踏而被抹除，那么"僭越""扭曲""违法"或"奇特效果"还剩多少意义呢？

一、边界的后撤

自 1970 年代以来，多个现象综合作用，动摇了热奈特提出的转叙定义。

本体论转叙驱逐修辞学转叙

第一个引人瞩目的转变很大程度上增强了热奈特 1972 年做出的一个区分。热奈特将转叙分为两类，一类是"平常而无伤大雅"（1990: 164）的转叙（叙事被讲故事的人自己打断，大多数情况下是为了发表评论，解释行动，或如弗鲁德尼克指出的那样，实现某种场景转换[1]），另一类是更为"大胆"的转叙，因为它们

（接上页）（2005: 252），他援引内尔斯（Nelles 2002: 339-353）和瓦格纳（Wagner 2002），认为"上升"转叙发生于转叙外，"下降"转叙发生于转叙内。实际上，目前公认的是，人物离开自己的虚构世界、进入作者或读者的世界属于"上升"转叙，作者进入虚构世界则属于"下降"转叙。不过，从世界的角度来考虑问题，正如我们即将要做的那样，能够帮助我们避免依赖某个在我们看来有些不自然的等级划分。

1 弗鲁德尼克也谈论了"控制转叙"，这一现象在 19 世纪的小说中十分常见（2005: 73-94）。

更加直接地体现在字面上。热奈特引用了斯特恩、皮兰德娄和罗伯-格里耶，但没有区分叙述者呼唤读者、作为人物的人物登上舞台、图画中的人物介入故事这几种情况。

一种新的、如今已成经典的分类方法（尤见 Ryan 2005: 151-166）区分了作为话语事件的转叙（"修辞学转叙"）和作为"实际"事件的转叙，"本体论转叙"属于后一种类型。

麦克黑尔[1]曾指出，转叙跨越了本体障碍，实现了现实与虚构的融合。内尔斯（William Nelles 1997）在同一种意义上提到了"本体论转叙"。正如这一术语暗示的那样，随着所谓"后经典"叙事学的出现，研究者的兴趣逐渐从叙事"层"转移至世界之间的关系。与此同时，人们的注意力也集中至那些字面揭示的转叙，此类转叙在 15—19 世纪十分罕见，甚至不存在，但在当代媒介中成为寻常现象。实际上，尽管存在一些反例，但 18 世纪的转叙的确尤其倾向于借助一位频繁侵入故事的叙述者，这种效果之后在 19 世纪被普遍化、平淡化。到了 20 世纪，作者、读者和人物在虚构内部相遇的现象不断增多，这就提出了一个问题，即"本体论转叙"本身是否也如之前的"修辞学转叙"那样，正在失去其效能。无论如何，在实验文学和先锋文学[2]开发转叙的阶段过后，自 20 世纪末起，媒体和大众文化开始大规模地利用转叙。电

1　（1987：第 8 章、第 9 章，尤其第 226 页）。

2　麦克黑尔举的大部分例子，例如费德曼（Raymond Federman）、巴思（John Barth）、冯古内特（Kurt Vonnegut）等都属于这一类型（1987：第 8 章，297–215）。

视季播剧、奇幻文学（Klimek 2010）、科幻作品[1]、青少年文学[2]，以及连环画[3]中充斥着转叙，大部分时候转叙以极其直接的形式呈现，作者与自己的人物相遇、结婚，作者强暴尤其杀死自己人物的例子实在不胜枚举。不过，需要指出的是，上述仓促的梳理尤其适用于文学领域，因为最早期的连环画[4]和电影中就已存在运用转叙手法的作品。

区分在话语层面介入的转叙与影响故事进展的转叙，这一做法并非毫无依据，也得到很多后来者效仿。我们确实可以赞同对两种情况进行区分，一种情况下，作者/叙述者对叙事展开评论，向读者或人物发话，哪怕如《宿命论者雅克》或《项狄传》中的作者/叙述者那样强行闯入、大声发话；另一种情况下，作者/叙述者把自己设置为虚构人物，一个最常被引用的例子是《法国中尉的女人》中的一个章节，在这一章节中，与书的作者约翰·福

---

1 斯蒂芬·金（Stephen King）大部分作品都运用了转叙，例如《最后一桩案子》（*Umne's Last Case* 1993）或《黑暗塔》（*The Dark Tower*）第六部（2004）、第七部（2006）。

2 例如恩德的《永不结束的故事》或霍特（Tom Holt）的《我的英雄》（*My Hero* 1996）。一位作者掉入书中，他的合著者竭尽全力想把他解救出来。他从一本书来到另一本书，却无法走出书本世界。他的合著者为了救他，最后不得不亲自进入自己的冒险小说中。

3 仅以葛城一（Hajime Katsuragi）的《成为最后魔王的我只好想办法做掉女主角了》（*Lasboss x Hero*）为例（2013，前四章英译本）。一位过气漫画家决定杀死自己的漫画女主角。他被吸入漫画中，与自己的人物展开了对抗。有关漫画中的转叙问题，可参见库科宁（Kukkonen 2011）。

4 人们经常以艾弗里（Tex Avery）的作品为例。此外，《贝卡西娜》（*Bécassine*）系列作品中有不少作者转叙的例子［例如《贝卡西娜在土耳其》（*Bécassine chez les Turcs* 1919）、《贝卡西娜去泡海水浴》（*Bécassine aux bains de mer* 1932）］。

尔斯（John Fowles）同名的人物进入到另一个人物（他肯定这是"自己的人物"）所在的火车车厢去消灭他。这部小说之所以被广为评论，很大程度上依靠这个情节[1]。《开罗紫玫瑰》中汤姆·巴克斯特穿越银幕的情节也同样如此，在上一章中，我们也沦陷于它的魅力。乌纳穆诺（Miguel de Unamuno）[《迷雾》（*Niebla*）1914]、奥布莱恩（《双鸟渡》1939[2]）或格诺（Raymond Queneau）[《伊卡洛斯之翼》（*Le Vol d'Icare*）1968]的小说同样由于其转叙维度而深受批评界青睐。我们这个时代对于最直接地从字面体现出来的转叙的趣味不容置疑：我们喜欢影响故事的转叙，这些转叙回收利用了某个古老对峙带来的困扰，即任何有思想的生物与其生命缔造者的对峙，这位生命缔造者常常也是生命终结者[3]。陈述层面的转叙相对而言引不起兴趣，可能因为它们无法赋予某个以直接形式提出上述存在问题的主题以多种形式[4]。

瑞安突出了"本体论转叙"另一方面的价值。在她看来，这一类僭越的特性在于通过促使一个世界被另一世界"感染"，通过制造两个世界之间的"相互渗透"（2005: 207）来抹除事实与虚构

1　尤其参见麦克黑尔（McHale 1987）、哈琴（Hutcheon 1989）、伊姆霍夫（Imhof 1990）。

2　赫尔曼（1997）研究过福尔斯和奥布莱恩。关于《双鸟渡》，亦可参见伊姆霍夫（1990: 64-79）。伊姆霍夫借用了麦克黑尔的术语"中国匣子"（Chinese box）（1987: 201）。

3　圣父几乎永远都是男性的。从这个角度说，马克·福斯特（Marc Forster）的电影《奇幻人生》（*Stranger than Fiction* 2006）是个例外，因而也格外值得关注。

4　不过，热奈特的《转喻》通过援引博尔赫斯，以这一结论结尾（2004: 131）。麦克黑尔也在转叙与死亡之间建立了联系（1987: 119-132）。

的界限。她为说明这一理念提供的模型（一种交缠结构和一条咬住自己尾巴的蛇取代了传统的"叙述堆栈"）暗示着，转叙擦除了一切标志不同世界的痕迹，摧毁了现实与虚构的边界。此外，她并没有指出自己论及的只是虚构中的现实与虚构中的虚构之间的边界，实际上，她引用的文学作品（例如借自科塔萨尔的例子）只涉及虚构内转叙。因此，我们得采取一种虚构内部视角，才能断言真实世界与虚构之间的界限已被消除！

这样一种假设与热奈特的假设截然相反，实际上是值得质疑的。热奈特本人其实赞同差别主义立场。从逻辑上说，转叙观念与世界融合观念是不兼容的，除非我们改变对转叙的定义，这是完全可能的，但此时涉及的就是另一回事了。所有转叙作品都根据其所依托的媒介提供的手段，探索了如何呈现具有本体差异的世界的可能性，哪怕世界之间的跨越非常简单、非常雷同（例如福德的作品），哪怕我们需要以反讽模式去处理世界之间的差别（例如《开罗紫玫瑰》）。现实与虚构之间的差别自然常常被人物否定。此外，这也常常是人物的信条，例如《迷雾》主人公奥古斯托·佩雷斯的朋友，或者《六个寻找剧作家的角色》中的父亲就持这样的信条。即使作者的宣言能支撑人物的反现实主义假设[1]，也没有任何理由将其当真。拿皮兰德娄那出著名的戏剧来说，一切舞台指示都旨在突出两类人物的对立，一类饰演的是想象力的产物（黑衣服、面具、庄严的姿势），另一类饰演的是真人（浅色

---

[1] 皮兰德娄在剧作前言——前言的写作晚于戏剧——以及戏剧最早几场表演中发表了这些宣言。因此，作者与人物对现实性质的认识的一致性是在之后构筑起来的。我们可以将这种一致性理解为一种模糊边界的策略。

衣服、生气活力）。既要再现某种无法得到视觉支持（观众面对的只是有血有肉的演员）的观念差异——除非依靠服装与戏剧手法，又要否定这种差异，这甚至是整部戏剧的悖论！

世界融合并没有发生，因为所有转叙作品的关键问题在于与边界的博弈，在于通过模拟跨越行为来突显这一边界。这一跨越行为的目的并不在于取消边界，恰恰相反，它旨在令这一边界变得可见——可以理解，可以看见，可以在想象中触摸。这一思想体验是虚构的优越性所在，从表面上看，我们对这一体验的渴望从未如现今这般强烈。

有些人之所以支持通过转叙实现世界融合的假设，唯一的解释是虚构对理论产生的影响，或者说，这些人采纳的公设隐含的意义与其说与虚构相关，不如说与现实本身的性质相关。这一假设无法从作品本身推知，我们已在上一章中证实了这一点。此类混淆是由转叙领域的拓展造成的，转叙被应用于叙事作品之外的媒介后，导致不同范畴的界限变得模糊。概念扩大的另一个结果是，边界与转叙从虚构内部向虚构外部的转移得到加强。

因此，我们首先有必要做一些区分[1]，在我们看来，迄今为止做出的区分还不够清晰；其次还有必要重申一个事实——界限位于虚构与现实世界之间，与界限位于虚构内部的情况完全不同。当我们谈论转叙时，大多数时候我们谈论的是后一种情况。

那么，当问题的关键是虚构与真实世界之间的关系时，在何种意义上，我们可以谈论转叙呢？

---

1 克里米克本人也表达了这一观点（Klimek 2010, 2011）。

边界位移与转叙溶解

叙事王国已四分五裂，与它一起碎裂的，还有从虚构叙事中汲取全部例子的叙事学王国。正是热奈特本人在有关转叙的长期思考中打开了这条通道。1972 年，他举的例子是狄德罗、斯特恩、普鲁斯特、科塔萨尔、博尔赫斯；2004 年，他援引的是来自绘画、戏剧尤其是电影领域的例子。

然而，这一拓展导致了不少困难。热奈特第一个注意到，这种拓展意味着转叙定义的修正。他之前曾避开杜马塞（Dumarsais）拉近转叙与形象化描写（hypotypose）的做法，但他最后却觉得这种做法对于说明形象的某些用法[1]甚至某些力量来说都十分中肯："我们何时能够'展现'一个事件？以及为什么要讲述它？"（2004：125）因此，在戏剧或电影中，倒叙，预叙，对梦境、幻想、故事不同版本（例如黑泽明的《罗生门》）的呈现，这些在热奈特看来都属于转叙（2004：124），因为它们依据的都是"形象的众所周知的暗示力量"（2004：121）。

转叙概念的扩大最后还与叙事有关：热奈特将内心独白也置于这一边界越来越模糊的修辞格的范畴之内（2004：126）。作为试金石的"奇特效果"从此变得越来越不明显，甚至不复存在。

作为一种次要的、边缘化的修辞格，转叙此前几乎不为古典时期的修辞学家所注意，在《辞格 III》中占据的篇幅不超过三页。然而此后它转变成某种泛化的对象，以致最终与虚构混同起

---

1 形象化描写与转叙之间的相似性"完全适用于戏剧与电影（不同于文学）所运用的某种方式，通过这种方式，戏剧与电影将事件呈现在我们面前，它们本来也可以仅满足于通过人物或叙述者来描写或讲述这些事件"（2004：125）。

来。最后，正如我们能够料想的那样，它消失不见，也带走了虚构本身。

这一由概念扩大导致的溶解现象具有多种不同形式。贝西埃（2005）和锡东（2010）都断定，一切虚构叙事都具有转叙性质，但他们提出假设的依据却截然相反。对贝西埃来说，泛化的转叙与虚构假定的本体同质性携手并行：读者会毫无困难地接受虚构法则，无论后者属于何种性质（包括转叙形式）。因此，根本不存在僭越行为（2005: 291）。反过来，对锡东来说，一切虚构叙事都旨在通过激发认知反应、引发举止行动来抵达真实，因此，仅阅读虚构就能产生某种"转叙性的剧情化活动"。叙事的效应是一种"转叙性制模"，这又被理解为一种大脑活动，即"将虚构人物的行为转变成真实个体的行为"（2010: 86）。此外，这些效应既能由虚构引发，也能由电话通话或我们在日常生活遇到的大量微叙事引发（2010: 112）。转叙把虚构带入无处不在的假象中，由此导致了它们共同消失的命运。

虚构边界——从虚构内部的界限至现实世界与虚构作品之间的真实界限——的位移确实实令转叙概念变得模糊。这一点也得到舍费尔的明确肯定。舍费尔曾依托某部电影对转叙进行研究[1]，他的观点之所以特别值得关注，是因为我们不能怀疑《为什么需要虚构？》的作者存有缩小事实与虚构之间的差别的企图[2]。舍费尔首先指出，叙事学无法描述《大独裁者》（1940）结尾饰演

1　参见舍费尔与皮尔共同主编的有关转叙的文集（Schaeffer 2005b: 323-334）。

2　恰恰相反，舍费尔从语用学角度出发，多次肯定这一差别的存在（例如 Schaeffer 2005c: 19-36）。

理发师亨克尔的卓别林的"真实在场效应"，随后认为，如果将虚构沉浸描述为某种分裂的精神状态，那么转叙就内在于任何虚构沉浸。沉浸始终与浮出并存，被虚构捕获与扎根于现实的感觉互相叠合（2005b: 325）。这种模棱两可状态也是《大独裁者》人物的特征，因为饰演这个人物的演员卓别林似乎随时有可能摆脱自己的角色，正如他在电影结尾表现的那样。如果说转叙对贝西埃来说只是证实了文学本身的机制，那么对舍费尔来说，它所起的是放大虚构沉浸的作用，在电影中尤其如此。这两种立场之间的相似性[1]只是表面的：对一方（贝西埃）来说，转叙只是悖论的一种形式，而悖论产生自文学受自身法则统治这一事实；对另一方（舍费尔）来说，转叙悖论是某个"双头"主体在"分裂"中与虚构产生的关系，这个主体永远不可能彻底沉浸于虚构中，因此也不可能被虚构欺骗。在前一种情况下，转叙说明了文学的自主性；在后一种情况下（舍费尔以及锡东），转叙说明其与真实的关系通过接受者的中介产生！转叙于是只成为对通常容易遭忽略的常见现象的放大处理。麦克黑尔也持这种立场，他将转叙与作者对其人物的爱或叙述者对读者的吸引联系起来，并断言爱是一种跨越本体边界的转叙关系（1987: 223）。令汤姆·巴克斯特穿越银幕的确实是爱，但这一举动也可以被诠释为塞西莉亚对电影的爱的比喻。正如上文已指出的那样，转叙对麦克黑尔来说也是死亡的修辞格，因为它是从一个世界向另一个世界的过渡。

然而，上述所有解读难道没有将转叙当作寓言来处理吗？人

1　即便舍费尔本人强调了这种相似性（Schaeffer 2005b: 334 n.13）。

们不是以字面的方式，将转叙作为事件来考察的。修辞格本身变成了修辞，它是为其他东西而设置的，后者是沉浸，是爱，是死亡，是与世界分离的文学，是与世界勾连的文学。最终，转叙承受了一切悖论都不得不承受的命运[1]：消解悖论的最好方式尤其是并且主要是通过寓言，令悖论合理化。

我们建议恢复转叙的字面性，也就是恢复转叙的僭越能力以及由此而来的制造快乐的能力。这意味着，一方面，我们要分析经常伴随转叙出现的真实在场效应，这会推动我们重新评估指称关系制造的效果。另一方面，这会将转叙活动局限于虚构内部，只与能被轻松僭越的内部边界有关。转叙的"奇特效果"来自于，转叙在作用于某个虚构边界的同时，摹仿了现实与虚构之间不可能的僭越行为。

我们的首要任务是明确不属于转叙场域的现象，并由此探测我们在上文假设的局限性带来的结果。

二、伪转叙与真边界

正如我们在上文提到的那样，转叙标志了虚构最多样化的用途与效应。

从真实世界到虚构（沉浸、互动），从虚构到真实世界（借助虚构来规范行为、假扮成人物、主题公园、周边产品），利用

1　我们已在第三部分第二章结合瑞安的观点（2010a: 79）对这一问题进行了论述。

虚构的模式，进入虚构的途径，与虚构游戏并延续与虚构的互动的方式是多种多样的。无论涉及的是古代虚构还是现代虚构。但是，需要再重申一下吗？除了霍特、福德或葛城一笔下虚构的读者、作家或漫画家[1]，其他时候创作或阅读一本书并不能让人成为这本书的一部分。除非在村上春树的小说或伍迪·艾伦的电影中，否则看一部电影并不能让人穿越银幕。在迪士尼乐园度过一天并不能让人分享仙子们的日常生活，但这却是德·拉玛尔小说中亨利·布罗肯的命运，或者那个倒霉的旅行者的命运，因为他在奥维德描写的变形真实发生的国度迷路了［在兰斯迈耶（Christoph Ransmayr）某部小说中[2]］。电子游戏、超文本和目前尚未广泛传播的互动电影试验[3]确实是邀请接受者将介入行为与虚构沉浸结合起来的装置，但辨明这两种态度是相互有别还是相互混同的争论始终存在[4]。无论何种情况，无论人们对这一问题作何回答，这里涉及的并非转叙程序，而是其拟象，如果我们将转叙理解为对本体边界的真实跨越。

毫无疑问，我们这一时代的特征之一，便是创造出大量的趣味形式，来尝试绕开真实跨越虚构与现实边界的不可能性。出于这一原因，转叙概念的溶解与媒介文化的扩展紧密相关。更确切

1 《我的英雄》（1996）;《谋杀简·爱》（2001）和《轶失故事之井》（2003）;《成为最后魔王的我只好想办法做掉女主角了》（2012）。

2 《最后的世界》（*Le dernier des mondes [Die letzte Welt]* 1988）。

3 关于这一点，参见《电影手册》（*Cahiers du cinéma*）第628期附录《数码电影》（2007）一文，以及瓦贡著作（Wagon 2007）。

4 对卡伊拉（2011）和贝松（2015）来说，互动与沉浸是一回事。瑞安（1994）、夏鸟利（2005）和本书作者持相反观点（参见本书第一部分第四章）。

地说，真转叙与伪转叙[1]（转叙拟象）现象在此大量出现[2]，最终导致了混淆。

举例来说，我们是否该将一切引发幻觉的装置视作转叙？如果是，那么所有视错觉装置，从宙克西斯的鸟[3]至街头霸王音乐会，都将属于转叙行列。然而，无论上当受骗时多么吃惊或多么开心[4]，这些情况下出现的只是转叙幻觉[5]。我们坚持认为，当注意力向主观性一极，也就是接受方转移，关注真实感与非真实感的相互干扰与难以辨别时，出现的始终只是转叙幻觉。

那么，如果边界不存在，或者边界如在戏剧中一般只是约定俗成的，又会出现什么情况呢？

虚构内转叙当然可以出现于戏剧内部，我们只须想一下《六个寻找剧作家的角色》。但我们感兴趣的是外部界限，也就是舞台与观众席之间的界限——我们知道这一界限是很晚才被暂时固定

---

1 霍夫曾提到"转叙幻觉"（Hofer 2011: 240）。

2 有关这一点，参见库科宁和克里米克主编的出色文集［Kukkonen & Klimek (ed.) 2011］。

3 老普林尼，《自然史》第三十五卷。鸟儿前来啄食宙克西斯画的葡萄。这个故事历来被用来说明摹仿制造幻觉的能力。

4 在街头霸王的一场著名的音乐会中（2006），观众首先会看到，虚构生物（街头霸王是一些四肢不成比例的漫画人物）与真实人物（一群不会在台上变身的说唱歌手）的区别明确得到肯定。但是，麦当娜如仙女般降临街头霸王中间的场面令人困惑。当另一个麦当娜带着一群舞者出现，而街头霸王消失时，我们才知道第一个麦当娜是全息投影。从技术角度说，全息影像（投射）和真人出现于同一个空间并非始终是可能的。http://www.youtube.com/watch?v=6_gnMOom7kE。参见霍夫（Hofer 2011）。这一装置成功的原因在于其所暗示的现实与虚构的对比，且似乎对虚构抱有更多的好感（至少我们这么认为）。

5 正如霍夫（2011: 241）很正确地强调的那样。

下来的[1]。瑞安曾理性地区别出几种伪转叙，她认为"真实的转叙"
（这一术语对她来说意味着发生于现实生活中的转叙）虽然非常罕
见，但确实存在。举例来说，在她看来，当一个演员刺杀另一个
演员，却假装是在扮演角色时，就发生了"真实的转叙"（2006
[2004]）。我们可以将这类事故与司汤达讲述的观众冲上舞台去杀
奥赛罗的轶事相比较[2]。这些攻击摧毁了一切形式的虚构契约（正
如堂吉诃德将佩德罗师傅的木偶撕成了碎片[3]），它们与前面的例
子一样，也不是转叙，只是原因恰好相反。对其他媒介来说，书
页或银幕的障碍无法跨越，但在舞台与观众席之间不存在任何物
质或本体层面的障碍。

  正是出于上述原因，奥比尼亚克神父才会在《戏剧实践》

---

1 我们回顾一下，在法国，直至18世纪中期，观众还在舞台上，很大程度上推迟
   了"第四面墙"的确立。

2 在《拉辛与莎士比亚》中，这一轶事出现于"浪漫主义者"的辩词中，涉及戏
   剧幻觉的本质，这一幻觉在舍费尔看来完全是"分裂的"（2005a）。依据"浪漫
   主义者"，戏剧中，"纯粹的幻觉"的美妙时刻是罕见且短暂的。而且除了年轻女
   孩与平民百姓，对其他人来说，在这些时刻之后出现的，是冗长的批评距离的时
   刻。巴尔的摩士兵的故事证明了这一点："在去年（一八二二年八月），还有一个
   士兵在巴尔的摩剧院场内值勤，他看见奥瑟罗在同名的悲剧第五幕中亲手掐死戴
   斯德蒙娜，不禁大声惊呼：'从来没有听说一个该死的黑人当着我的面杀害一个
   白种女人。'他立即开了一枪，打伤饰演奥瑟罗的演员的手臂。几年以来，这类
   事件时有发生。这个士兵确实产生了幻想，对舞台上的戏剧动作信以为真。但
   是，一个普通观众，在他看戏看得入神，在他……热烈鼓掌的时候……没有产
   生完全的幻想……在巴尔的摩剧院值勤的士兵的幻想才是完全的幻想。观众知
   道他们是坐在剧院里，参与一件艺术作品的演出，并不是参加某一真实事件，这
   一点你也不能不同意。"（中译文参见司汤达著《拉辛与莎士比亚》，王道乾译，
   上海人民出版社，2006年，第21—22页。——译注）

3 《堂吉诃德》第二部第26章。

（*Pratique du théâtre* 1657）中不厌其烦地指出，不应该如古代戏剧或俗众戏剧那样，将他所谓的"行动真理"与"演出"混同起来：

> 因此，弗洛里多尔（Floridor）和博夏多（Beau-Chateau）本身只能被视作演出者（Représentants）；而他们所扮演的贺拉斯和西拿从诗歌角度来说应被视作真正的人物，因为我们假设在行动与说话的是他们，而非扮演他们的人，仿佛弗洛里多尔和博夏多不再存在，而是转变成了这些由他们承担姓名与利益的人。（2001 [1671]: 86）

在这一精彩的段落中，戏剧人物的属性得到正确的界定：观众应该"假设"演员"仿佛"改变了本质。但这样的假扮根本无法确保世界的密闭性。演员饰演人物，但他不是人物，这种双重身份与电影演员相同[1]。与电影不同的是，在戏剧中，虚构空间的分隔，那堵从来只是以隐喻方式存在的"墙"的牢固性，非常具有相对性。与翻越这堵"墙"有关的众多传闻体现出的暴力（谋杀、辱骂）揭示出同时也可能弥补了这一障碍或保护伞的脆弱性，仿佛不得不通过将这一断裂戏剧化来令其存在。

不过，还是存在一些更为甜蜜的僭越，正如克莱龙小姐这位受18世纪法国观众追捧的演员不自觉激起的反应：

---

[1]　纳卡什（Jacqueline Nacache 2003）很好地指出，作为真人的演员通常情况下都会与其承担的角色和饰演的人物互相干扰。

一位地位尊贵的亲王答应高乃依，叫大臣们把正厅后座坐满，高乃依却要求把这些位置留给圣但尼街的商人。他的意思是头脑正直、心灵敏感、没有偏见、毫不自负的人。正是从这一阶层的一位观众那里，在某个南部外省，全情投入、惟妙惟肖地饰演阿里阿德涅的女演员（克莱龙小姐）某一天收到了无比真诚、无比正确的掌声。在那一幕中，阿里阿德涅跟她的心腹女仆讨论谁会是她的情敌，在说出"使他背叛的，是迈伊斯蒂，是阿格莱亚吗？"这个句子时，克莱龙小姐看到一个男人，两眼满是泪水，用抽抽噎噎的声音朝她喊道："是淮德拉，是淮德拉。"这正是自然的喊声为艺术的完美鼓掌。（Diderot et D'Alembert 1751—1765: IV, 684）[1]

归根到底，女演员的崇拜者的态度，与提醒吉尼奥尔警察来了的孩子的态度并无二致。这种态度只是表明了虚构沉浸状态下共情反应的强度——《百科全书》的主编以一种十分模糊的态度肯定了虚构沉浸，将其视作南方地区某个出身平民阶层的天真观众的行为。我们又回到那个问题，也即弄清进入虚构的渴望或对进入虚构的想象是否构成了转叙？这种渴望与想象在剧院中可能

1　这个故事出现于《百科全书》"Déclamation"（朗诵）这一词条中，是对某个严厉评价的修正，这一评价关乎剧院中对情感的夸张表达激起的反应所具有的反思特征："观众中有另一类人，会自动受到夸张朗诵的过度情绪的影响。"（1751—1765: IV, 684）与克莱龙小姐有关的传闻之后又被克莱芒（Clément）和拉波特（Laporte）提到（1775: 90）。最后，传闻被女演员本人在自己的回忆录中证实（共和国七年 [1798]: 233）。感谢勒塞克勒（François Lecercle）告诉了我们这段轶事。

扰乱戏剧表演。此外，正是这种扰乱构成了某部早期默片的滑稽主题：乔许叔叔想进到电影里，去找一对跳舞的男女，结果他扯下了作为银幕的布，结束了电影放映（1902）[1]。这部短片是对某种伪转叙、某种转叙欲望的虚构呈现，正如《小夏洛克》（Sherlock Junior 1924）[2] 的例子。

　　当这些出入（戏剧）虚构世界的行为以出人意表的方式发生于现实中，却又没有以连贯和谐的方式融入某种装置时[3]，它们会摧毁这种装置，而且大部分时候是以令人瞠目结舌的方式。通常而言，转叙在不同属性的实体的并存上做文章，由此创造出一个本质上具有异质性的空间，刺杀演员、辱骂观众或仅仅是停止表演（正如米歇尔·皮科利 2006 年在贝尔蒂埃工作室演出《李尔王》时的举动），都会在丑闻、尴尬或痛苦中令表演结束。当人们追求的是距离感时（例如某个女演员[4]在台上做完爱后，大声指责

1　埃德温·S. 鲍特（Edwin S. Porter）的《乔许叔叔看电影》（Uncle Josh at the Moving Picture Show）。塞里绪埃罗（Cerisuelo 2000: 74）在分析这部电影时，引用了武田清（Kiyoshi Takeda）在 1986 年［《电影自反性话语考古》（Archéologie du discours sur l'autoréflexivité au cinéma）］提出的一种学说。

2　由巴斯特·基顿（Buster Keaton）饰演的男主角在看一部讲述一条项链被盗事件的电影时睡着了；他梦见自己进入了电影，在里面成了侦探［被蒙塔尔贝蒂（Montalbetti 2006: 120）和威斯特法尔（Westphal 2007: 234, 255）引用］。

3　2013 年于巴黎上演的一部名为《剪刀的最后一刺》（Dernier Coup de Ciseaux）的戏剧中，观众被要求向人物提问，随后通过投票指出凶手。在一部传统林荫道戏剧之后出现的是某种集体游戏。这里也不存在转叙。这部戏剧的英语改编版（《剪除疯狂》，Shear Madness）已在美国上演 30 年。这部戏剧最早是德语的（Pörnter 1963）。

4　安吉莉卡·利德尔（Angélica Liddell）。参见苏热（Surgers 2012: 320）。

观众偷窥[1]），这种距离感会制造一种效果，有别于不同世界的交叠，而后者正是转叙的标志。

三、真实在场效应（effet de présence réelle）

转叙研究最早集中关注的是来自文本的例子，电影领域例子的出现阐明了可以称之为"真实在场"（Cerisuelo 2000: 34）的现象。希区柯克在自己的电影中转瞬即逝的身影是此类从电影中获取灵感的转叙的典型例子。这里发生的不仅仅是不同世界（虚构世界与导演居住的、作为虚构源头的现实）的融合或重叠。卓别林的观众或许能够在亨克尔这个人物身上辨认出演员的个人风格，但希区柯克的情况与之不同，他是作为希区柯克本人出现在电影中的。我们不确定是否可以将"希区柯克在电影里"简单地视作"卓别林–亨克尔"现象的某种加强版本。在后一种情况下，被揭示的只是由演员饰演的电影人物的双重性。在另一种情况也就是"希区柯克在电影里"这种情况中，我们看到的不是人物，而是真人。这些表演的逻辑属性是不一致的。

然而，这一差异还得被观众察觉到才行，这意味着某人在虚

---

1 苏热令人兴奋地分析了"对谎言的出自道德的拒绝"，这种拒绝促使很多当代导演——卡斯特鲁奇、戴尔波诺（Pippo Delbono）、加西亚、利德尔、朗贝尔（Pascal Rambert）、法布尔（Jan Fabre）秉持明确拒绝虚构的态度，并在他们的戏剧中插入真实片段。评论界认为这是某种道德教化目标的表达，这种表达虽然并非全新（17世纪曾用真马来替代飞马装置），但它加深了现实、真相与虚构的混淆程度。评论界同时将这种混淆视作腐化与操纵的工具（Surgers 2012: 318-324）。

构电影中的形象被视作事实性的，也就是说与其真实版本相吻合：观众必须认出希区柯克的背影。希区柯克在电影中的现身引入了某种指称异质性，对这种异质性的承认，以及这种作为效果的异质性所产生的功效，这一切都建立于希区柯克本人形象的广告与媒体传播之上。

大众电影、电视以及接替它们的出版物与因特网（我们已提到维基百科扮演的角色，维基百科如今已被视作保障现实性的手段）制造、散播了世界的不同版本，并赋予它们真实性，促使观众注意到一些巧合、一致性与不协调，正是后者确立了对事实性与虚构性的评判。

这一评判是由不同的策略——极小化策略或极大化策略而引发的。大多数时候，"真人客串"（从英语"*cameo appearance*"而来，指的是自己扮演自己的行为，最先出现于电影界）效应由背景中转瞬即逝的现身实现，这些现身经常是无声的，与主要情节也没有直接关联。正如"camée"一词（表面刻着某人形象的首饰）暗示的那样，这些转叙涉及的都是微小事件，是突兀的现实碎片，拥有足够的封闭性与自足性，既不会令虚构世界产生裂缝，又能强调并引人品味另一个世界即虚构外世界的在场带来的不适感。这些在场有时让人觉得像幽灵显形的原因正在于此，《日落大道》中玩牌的人为我们提供了最扣人心弦的例子 [1]。

正如此类真人客串效应表明的那样，转叙的关键问题在于突

1　巴斯特·基顿、安娜·Q. 尼尔松（Anne Q Nilsson）和 H.B. 沃纳（H. B. Warner）在《日落大道》中饰演自己，打了一局著名的桥牌。

显某种本体异质性，对这种异质性的察觉提供了只有接触虚构才能带来的认知益处，我们在上文已经归纳了这些益处[1]。

但是，还存在另一些策略，与呈现"希区柯克在电影中"的策略正好相反。这些策略瞄准的是普遍化的真人客串效应。例如拉里·戴维（Larry David）担任演员、编剧、制片人的美国季播剧《消消气》（*Curb Your Enthousiasm* 2000—2011）。所有角色都拥有饰演他们的演员的名字，事件与人物性格都被认为与拉里·戴维、其亲友圈及其工作圈的生活及真人性格相吻合。因此，《消消气》强调的是某种事实性契约，接近于真人秀契约。这点当然具有欺骗性。饰演拉里·戴维妻子的女演员可能会像拉里·戴维的妻子那样离婚，但她并不是拉里·戴维的妻子。一旦某个"故事"（*fabula*）在真人客串效应上发展起来，我们就进入到虚构世界——这可能从另一个角度解释了为什么真人客串现象一般来说总是受到限制且转瞬即逝。在这样的背景下，一切叙述发展，无论是遵照剧本还是临场发挥，都打消了事实性评价，减弱了真实在场效应。无论从本体论角度还是从其可能性的接受角度看，我们都很难描述这一季播剧中的角色的属性。电视观众是只满足于关注其中一人，心不在焉地在事实性或虚构性判断之间摇摆不定，还是仅仅简单地终止了对他们所看到的人、事、物属性的判断？这一态度会根据季播剧播放的时代，根据影响事实性评价的角色的知名度而发生变化吗？换句话说，在美国以外的地方，人

们会更多地将《消消气》视作虚构吗[1]？无论如何，介绍这部季播剧的维基百科页面（英语）的作者竭尽全力区分事实性与虚构性元素，在他们看来，构成这部季播剧质地的是虚构性元素。此类区别操作似乎也标志了学界或者至少是有相关知识背景的人士对此类产品的接受态度，它促使我们认为，如果说虚构与事实的杂糅毫无疑问撤销了转叙引发的冲击，对本体异质性的察觉却不会消失。不过我们可以假设，真人客串效应的普遍化会令虚构进入另一种类型与本体论范畴，具有自身的法则，最终会被电视观众，或者至少部分电视观众毫无困难地接受[2]。

认为普遍化的真人客串现象完全是当代的产物是错误的。莫里哀和他的剧团于 1663 年在凡尔赛宫上演的《凡尔赛即兴》（*L'Impromptu de Versailles*）完全属于这一类型。莫里哀这一人物在戏剧开头的点名假装申斥冥顽不灵的演员们，实则证明了这一点：

> **莫里哀**　喂！嗬！布雷库尔先生！
>
> **布雷库尔**　怎么？
>
> **莫里哀**　拉格朗热先生！
>
> **拉格朗热**　什么事？
>
> **莫里哀**　迪克鲁瓦西先生！

1　我们还可以举米歇尔·布朗（Michel Blanc）的《累得要命》（*Grosse Fatigue* 1994）为例。不过这部片子与《消消气》的区别也很明显：虽然所有演员演的都是自己，但故事并不是且也不声称是演员们自己的经历。

2　只有这个例子能证明贝西埃（2005）观点的合理性。

迪克鲁瓦西　你有什么吩咐？

莫里哀　迪帕克太太！

迪帕克太太　怎么啦？

莫里哀　贝雅太太！

贝雅太太　有什么事？

莫里哀　布丽埃太太！

布丽埃太太　你要干什么？

莫里哀　迪克鲁瓦西太太！

迪克鲁瓦西太太　怎么回事？

莫里哀　埃尔韦太太！

埃尔韦太太　我来啦。[1]

这样的清点给观众留下时间，让他们可以一个一个地确认，舞台上每一个人物和与其同名的演员重合。点名既起到指称人物的作用，也附带介绍了整个剧团。

我们已指出，这样的做法意味着演员需要具有充分的知名度，而真人客串效应确认、增强并为后世记录了这种知名度。请注意，真人客串效应在戏剧中是最强的，因为演员本人的身体保证了其现身的事实性。但戏剧中的真人客串效应也是最容易消逝的。一旦莫里哀不再由莫里哀本人饰演（这种巧合对我们的吸引力毫无

1　中译文参见莫里哀著《凡尔赛即兴》，肖熹光译，见《莫里哀戏剧全集》第2卷，文化艺术出版社，1999年，第107页。——译注

疑问大于对莫里哀同时代人的吸引力[1]），真实在场效应就将不复存在。最多只能让观众通过承认某人处于"莫里哀饰演莫里哀"的处境，在想象中重构这种效应。通过表演与中介实现的真实在场效应很大程度上失去了力量，这可能也是莫里哀从未认为《凡尔赛即兴》能在他去世后继续流传的原因[2]。

假如确如多位批评者指出的那样，每种媒介的"功能可供性"（affordance，限度与可能性）密切关系转叙的形式与效果[3]，那么这一结论对建立于真实在场效应之上的转叙类型来说尤其适用。具备肉身的最大可能性导致产生了最强烈的在场效应，与这种可能性相关联的，是最为脆弱的结构：这是所有舞台表演艺术的特征。在表演艺术的反面也即文学文本中，作者的真实在场感（人物或读者都无法制造这种感觉）始终只能靠专有名词来暗示。专有名词是事实指称性的保证，很容易制造，却只是真实在场的微弱迹象，即便后者在种种策略下多少会显现出来。在保罗·奥斯特的《玻璃城》（*City of glass* 1985）的开头，虚构的作家奎因接到一个电话，对方要求与保罗·奥斯特通话，奎因最终决定假扮他并不认识的保罗·奥斯特。转叙处于作者与人物之间某种身份替换游戏的开始，这项游戏清空了"保罗·奥斯特"这个名字的指称内

---

1 这部戏在当时的确没有获得成功。它于 1663 年 10 月被呈献给国王，11 月 4 日在皇宫上演，之后始终与别的戏在一起演出。1663 年它仅上演 13 次，1664 年仅上演 1 次［参见福雷斯蒂埃与布尔基（Claude Bourqui）主编的《莫里哀全集》中的《凡尔赛即兴》注释，2010: I, 1601—1602］。
2 莫里哀没有为这部剧提供任何包括出版在内的特殊要求（参见《凡尔赛即兴》注释，2010: I, 1602）。
3 克里米克（Klimek 2010, 2011）、詹森（Jensen 2008）、瑞安（Ryan 2004）。

容，即便小说最后出现了一个名叫"保罗·奥斯特"，并在叙述者看来要对奎因的命运负责的人物。挖空所指减轻了真实在场效应，最终导致保罗·奥斯特这一人物被《密室中的旅行》（2006）里的布兰克先生（Mr Blank）这一人物取代。布兰克先生是一位作者，他被自己对人物的责任感折磨，他与自己的人物尤其奎因之间产生了冲突。布兰克是保罗·奥斯特的替身，他的身影逐渐淡化，最终确定无疑地转变成一个人物，令他的消失成为既定事实。反过来，在乌纳穆诺的《迷雾》结尾，"乌纳穆诺"的突然出现具有摧毁性，制造了非常强烈的外部指称暗示，虽然《迷雾》中那个倒霉的人物奥古斯托·佩雷斯（Augusto Pérez）阴险地假设，乌纳穆诺自认为是小说作者，其实不过是个人物。这一外部指称性被戏剧化，因为小说中的乌纳穆诺吹嘘自己具有决定生死的能力，而这一能力被奥古斯托·佩雷斯最后的悲惨命运证实。在这个例子中，真实在场效应、外部指称与死亡决定权具有内在关联，其联系方式很好地体现了热奈特赋予某些转叙的怪诞基调。

因此，将真实在场搬上舞台具有决定性意义。在电影的例子中，我们强调了与观众之间的默契关系的重要性，这种默契建立于演员或导演本人的知名度之上。请注意，在一则叙述性虚构中，这样的知识没什么重要价值。实际上，只要作者的名字（而无须了解作者本人或其外貌）与小说中某个人物的名字重合，就能制造出转叙现象，也就是说让现实的多少有些令人不安的幽灵显现。

并非一切转叙都依靠真实在场确立，事实远非如此。然而，大部分转叙都属于此类情况，这也令我们明白拿外部参照物做文章的重要性，而这样的做法肯定增添了虚构带给我们的乐趣。它们产生的效果多种多样且互相矛盾。如果假设转叙的目标尤其在于暴露虚构的程序，阻止沉浸感的产生，那就是对转叙的错误简化。转叙不仅能拓展虚构王国（奥斯特的小说通过描写虚构对现实的吸收，已经证明了这一点），也能悲怆地指出虚构的脆弱性（例如在《迷雾》中）。在同人虚构中，转叙揭示出其作者们的天真与不断膨胀的自恋倾向[1]，有时甚至具有某种不可否认的自我推销效果（《堂吉诃德》以及《贝卡西娜》的例子即是如此）。

更为常见的情况是，转叙令虚构中充满不在场的虚构创造者们的幽灵。本体异质性的特点在于，令从未存在过的人与那些还活着的人甚至尤其那些已过世的人的形象与名字共存。

最后一个来自传媒文化领域的例子证实了上述观点：《绝望主妇》第八季（2011）最后一集将最后的自我指称转叙与一种幽灵再现结合起来：女性人物互相道别，准备离开作为她们冒险大本营的郊区住宅。她们接待了由季播剧编剧饰演的搬家工人（浏览过相关网站和这部片子精彩集锦的观众很清楚这一点），这是这部剧完结的标志与证书。然而，已死去的人物（前几季讲述了他们的故事）又恋恋不舍地出现于这个街区。因此，这部季播剧以呈现某种双重本体异质性而告终，这种双重本体异质性其实在第一

1　同人文中的"玛丽苏"（Mary Sue）或"盖瑞苏"（Gary Sue）现象，作者隐藏于形象刻板的人物身后，在重写时赋予自己最美好的角色，表达了介入自己最喜欢的主人公的生活的渴望。关于这一点，参见塔克（Turk 2011: 96-98）。

集就已显现，因为故事是由一个已死去的女叙述者讲述的[1]。

四、虚构内转叙

我们用"虚构内转叙"指称那些产生于虚构内部的转叙，以便将其与建立于真实在场效应的转叙区别开来。此外，这两种转叙经常被结合使用。

虚构内转叙是最常见的转叙形式，在我们看来，这也是最有意思的转叙形式。实际上，只有在虚构内部才有可能再现现实与虚构的边界，才有可能真正地跨越这一边界。在虚构内部，转叙在大胆与怪诞创意方面有充分的发挥空间——只须想一想礼拜四·耐克斯特因为掉入裤子清洗标签的世界而摆脱狱卒的情节（Fford 2005 [2002]: chap. XXIX）。虚构内转叙提供了探索多样的思维体验的机会，其中最重要的体验是对虚构存在的意识进行想象。

为了弄清虚构内转叙的机制及其可能起到的作用，无论如何应该做出必不可少的区分，区分的依据是外部指称性，也就是真实边界与虚构边界的差别。实际上，汤姆·巴克斯特穿越银幕的行为与希区柯克出现于自己电影中的行为不能被相提并论，甚至

---

1 剧集以街区一位居民玛丽·爱丽丝·杨（Mary Alice Young）的自杀事件开始。之后玛丽成为故事的叙述者，主动以说教的口吻对事件展开评论。几集之后，她被其他叙述者取代，这些叙述者同样已死亡。感谢马约（Bénédicte Mailhos）为我们提供了这个例子。

很难用同一个术语去描述。在前一种情况下，一个虚构人物穿越了一个虚构的边界；在后一种情况下，希区柯克只是穿越了摄影棚，而他的现身在虚构中嵌入了一块现实飞地。至于克莱龙小姐的崇拜者，严格来说，他什么都没有穿越，最多只是打破了某种约定，因为他只是在想象中来到阿里阿德涅与淮德拉的世界，忘记她们其实都是由演员饰演的。

　　我们还应做出另一种区分。在一些情况下，转叙涉及的人物都是虚构人物（例如《开罗紫玫瑰》）。在另一些情况下，转叙涉及的人物中有一部分具有现实性，要么被再现的作者是作品的作者（例如在《迷雾》结尾，当奥古斯托·佩雷斯遇到乌纳穆诺时），要么被再现的作者是另一部作品的作者（例如雷蒙·让《包法利小姐》中的福楼拜）。此时由真实在场效应制造的效果与前一种情况并不相同。此外，人物可以来自另一部作品，用圣热莱（2007, 2011）贴切的术语来说，人物是跨虚构的，例如福德笔下的礼拜四·耐克斯特在书籍世界遇到的赫维仙小姐、简·爱或哈姆雷特[1]。拉博（Sophie Rabau）敏锐感觉到两类作者的差别，一类是出现于自己书中的作者，另一类是与自己的人物形成转叙关系的作者。她建议在分析费讷隆（Fénelon）《亡灵对话录》（*Dialogues des morts*）中阿喀琉斯与荷马的相遇时使用"异转叙"（hétérométalepse）一词（2005: 65）。为了在此基础上增

1　狄更斯《远大前程》（1861）的女主人公赫维仙小姐是《轶失故事之井》的主要人物，简·爱是《谋杀简·爱》的主要人物。哈姆雷特以及一大群文学人物出现于《救救哈姆雷特！》（*Sauvez Hamlet !* 2004）中。

加一点额外的精确性，同时避免术语膨胀[1]，当人物来自另一部虚构作品，例如费讷隆《亡灵对话录》中的阿喀琉斯，或福德的《谋杀简·爱》中的简·爱，我们更倾向于使用"跨虚构转叙"（métalepse transfictionnelle）一词；用"现实指称作者转叙"（métalepse d'auteur référentielle）来指称雷蒙·让小说中的福楼拜；用"自我指称作者转叙"（métalepse d'auteur autoréférentielle）来指称乌纳穆诺小说中的乌纳穆诺，或保罗·奥斯特小说中的保罗·奥斯特。这些作者转叙并不局限于制造某种在场效应（希区柯克在自己某部电影中短暂现身）。只要虚构内部会产生两个本质不同的世界或居民的相遇，例如乌纳穆诺与奥古斯托·佩雷斯对话的例子，那么作者转叙便是真正的转叙。

　　此外，还存在一些混合结构，既包含虚构内转叙性相遇，同时也突显了现实与虚构的边界问题。在《西姆先生的隐秘人生》[*La Vie très privée de Mr Sim (The Terrible Privacy of Maxwell Sim)* 2010] 中，西姆在小说最后几页碰到一位正在度假的作家，后者正是创造他的作者。即使这位作家看起来似乎与乔纳森·科（Jonathan Coe）的形象吻合，也没有任何证据可以让我们从形式上将他们等同起来。此外，作家这一人物在小说中没有名字。麦克斯威尔·西姆与作家进行了一次紧张的交谈，在此过程中，西姆听见自己说，他所寻求的幸福似乎确实触手可及，但瞬间将被摧毁，作家听完后打了个响指，然后整本书就结束了。一方面，

1　梅耶–明内曼（Meyer-Minnemann）谈到"水平转叙"（2005: 145），但我们认为这一术语缺乏清晰性。

麦克斯威尔·西姆的历险被迫终止，另一方面，我们的阅读也被迫终止，这双重的终止是虚构内和虚构外的作者权力的最好证明——终止来得那么突然，以致很多读者都表达了他们的愤怒和挫败感[1]。这个结尾巧妙地结合了对虚构内边界的跨越（作者遇见了自己的人物，并在我们无能为力的目光下抹除了他）与对虚构闯入现实的模拟：虚构内作者的残酷举动确确实实结束了小说，通过剥夺呼之欲出的结局，令我们的期待落空。这一双重转叙也属于某种类型的"纹心"结局，通过利用集合论悖论，制造了某种吊诡的融合感，包括故事不同层次的融合，创造与接受的融合。《关于〈太太学堂〉的论战》（La Critique de l'École des femmes 1663）的结尾即是如此，在结尾处，人物被要求写出观众刚刚看的那出戏（2010 [1663]: 512）。

　　然而，将虚构内转叙与在作品和读者/观众之间的真实边界上做文章的转叙区别开来还不够。我们建议引入另外的区别。第一个区别涉及转叙的动机程度；第二个涉及具有本体差异的人物或世界的毗邻程度与真实出现的可能性程度，或者更确切地说，涉及转叙的字面程度。动机与字面性是从热奈特的理论中生发出来的概念，它们使我们能更为精确地描述转叙现象。

1　有关这本小说的评论汇总，参见 http://www.complete-review.com/reviews/coej/terrible.html，尤其参见奥瑟弗（M. A. Orthofer）发表在网站的文章《〈完全评论〉之评论》（The Complete Review's Review, 2011 年 3 月 27 日）。奥瑟弗否定了作者表明自己权力的方式（"这里作者想要这样，这里那里，科或轻或重地展现出自己的权力"）。

动机与转叙悖论的融合度

正如我们在上文指出的那样，僭越是界定转叙的一个元素，即便这一元素如今那么常见，以致已经变得淡化、弱化。然而，在某些作品甚至在一些新近出版的作品中，僭越始终能够起作用，由此以最突出的方式证明了自己的效力。作者与其人物的相遇，无论是麦克斯威尔·西姆、哈罗德·克里克（Harold Crick）还是露比·斯帕克斯（Ruby Sparks）[1]，都会引发某种由悖论导致的晕厥（成为作品主题，被人物感受到，被搬上舞台），制造反抗和毁灭的浮夸风格，虽然在极罕见的情况下，这一毁灭在最后关头能被避免，例如马克·福斯特的电影《奇幻人生》的例子。

作者与人物的转叙性相遇（既属于集合论悖论，又属于说谎者悖论）具有潜在的毁灭性，在作品中体现为人物的灭亡，因而此类悖论也和其他悖论一样，提出了如何融入某种叙述经纬的问题。那么虚构是如何利用这种困难，并在必要情况下解决这一困难的？

那些直至目前为止关注所谓"本体论"转叙的人一般来说完全不会考虑一个问题，即这些转叙的影响经常被某个根据不同模式执行合理化进程的机制减弱。第一种模式在于将转叙呈现为人物精神世界的投射。第二种模式相当于令人物对其生存条件产生错误的、不完整的认识。第三种合理化转叙的方法在于对某种隐晦状态的保留，并不明确指出相遇的人物及世界的本质。最后，转叙还可以借助寓言的形式得到暗示。大多数有名的甚至已成经

1　分别指前文已提到过的《西姆先生的隐秘人生》、马克·福斯特的《奇幻人生》（2006）和乔纳森·戴顿（Jonathan Dayton）的《恋恋书中人》（2012）。

典的转叙都采取了上述弱化模式，有时还会结合运用这些模式。我们在此试图对这些模式加以说明，因为虚构处理自身悖论的方式阐明了虚构的本质属性。

　　精神世界（mondes mentaux）

　　第一种解决方案时常借助梦的主题。在《方–费雷丁王子小说国奇遇记》结尾，德·拉布罗斯先生醒了过来，读者于是明白方–费雷丁王子不过是德·拉布罗斯先生本人在梦中的投射。由果及因，小说国的旅行因而也不过是夜间的一次神游，尽管哪怕再次阅读，讽刺意味浓厚的转叙情节看起来也不像是个梦。寓言的资源也被动用，例如第十三章的例子，在这一章中，船只刚在小说国靠岸，船上的乘客，包括克里夫兰（Cleveland）和玛侬·莱斯科（Manon Lescaut）在内，就对船主提出起诉，要他对他们不愉快的海上旅行负责。我们知道这位船主是这些人物的作者，而旅行就是小说本身。作者没有在诉讼中出现，而惩罚是在作者不在场的情况下宣布的，这就避免了作者与人物的相遇：对小说的控诉由布让担任预审法官，令这一转叙手法变得没有必要。

　　在《双鸟渡》中，虚构中的真实作者和人物也没有相遇。尽管奥布莱恩运用转叙的大胆程度很少有人能够企及，但这一技法的运用是为了造成世界交叠的效果[1]。叙述者想象了一位作者特雷利斯（Dermot Trellis），这人跟他的一个女性人物生了一个孩子。

---

[1]　麦克黑尔（1987: 36, 58, 109, 151, 173, 211）和赫尔曼（1997: 133-136）都为这部非凡的小说写过富有启发性的评论文字。

诞生自杂糅世界的儿子加入了人物反作者的阴谋：这个儿子自己也开始写作，并让他的父亲承受了耸人听闻的酷刑折磨，之后当特雷利斯的女佣不小心将写有人物故事的纸张烧毁时，这个儿子与其他人物一样消失了。世界的这种交叉[1]明显来源于叙述者充满复仇意味的想象力以及他的文学实验。叙述者是个大学生，试图反抗他叔叔的权威，后者是特雷利斯在一级世界的对等人物。由于纸上人物不小心被烧，特雷利斯在最后关头幸存下来，这与叔侄的和解相吻合。这个故事中的动机比前一个例子中的要强烈许多，因为它建立于对反抗父权行为的寓言性展示以及作者与人物的关系之上。

保罗·奥斯特《黑暗中的人》（*Man in the Dark* 2008）提供了另一个产生自精神世界碰撞的转叙的例子。在一个平行世界，既没有"9·11"恐怖袭击事件，也没有伊拉克战争，这个世界明显是老人奥古斯特·布里尔（August Brill）想象力的产物。在失眠的夜里，他给自己讲一个个故事，这样就可以不去想死去的妻子和他孙女的男朋友，后者正是在伊拉克战争中死去的。布里尔想象出来的这个世界遭到一场内战的蹂躏，内战的导火索是对2004年布什当选总统这一结果的抗议。虚构的这一用途被叙述者本人明确指出，这就解释了小说中为什么会出现惊人的转叙事件。如同在奥布莱恩小说中一样，人物完全明白自己是虚构的，并决定消灭他们的作者；在这部作品中，这个计划同样以人物的灭亡告终。作者布里尔的次级世界的居民出发去一级世界（"虚构中的

---

1 特雷利斯的人物世界并不是均质的，因为里面有很多来自爱尔兰传说的人物。

真实世界"）寻找他们的作者，但以一种完全出人意料的方式，他们都在一次袭击中被杀。这场袭击由参加内战的联盟军发起，它没有任何理由在一级世界，也就是爆发伊拉克战争的作者的历史世界发生。能解释两个世界之间这种匪夷所思的渗透的，是布里尔本人的心理变化，为了对抗自己创造出来的魔鬼，他牺牲了自己的想象世界。

　　将可能世界视作精神构造，这为悖论提供了友好的环境。相比对转叙的简化，更合理的做法可能是谈论其丰富的阐释可能性，因为其所暗示的心理学阐释制造出某种虚构中的虚构理论的元素，这些元素首先与虚构的用途相关。

错误信仰的世界

　　转叙的第二种嵌入形式是令人物对其属性产生不完整的、错误的认识。这些人物的信仰世界排除了转叙。在《堂吉诃德》第二部开头，堂吉诃德从参孙·加尔拉斯果处得知，他过往的冒险经历都被一个摩尔历史学家写出来了，并且取得了轰动性的成功，以至于另一个历史学家虽然对堂吉诃德的事迹没那么清楚，也加入到讲故事的行列。从这个角度来说，堂吉诃德和桑丘·潘沙在整个冒险过程中不断遇到这个或那个故事的读者，与其中的两位展开对话，比较了已出版的讲述他们冒险经历的不同版本，这些事完全算不上是悖论[1]。当然了，这些讲述堂吉诃德丰功伟绩的故

1　第二部第 59 章。施利克尔（Schlickers）在《堂吉诃德》第二部中看到了某种垂直陈述转叙（2005: 157）。

事的历史性明显是假托的，因为这种历史性与塞万提斯在小说前言中所说的自相矛盾，在前言中，塞万提斯高声宣布了对自己创造物的父权。正因我们知道这一点，我们才会觉得堂吉诃德与他的冒险故事的读者之间的相遇有些怪异，令这些相遇笼罩上强烈的转叙色彩。从人物信仰出发进行的解读也产生于减弱这些段落的争辩性与争议性的倾向，因为塞万提斯与以阿维亚乃达[1]之名写作的作者之间的竞争是写作《堂吉诃德》第二部的表面动机，同时很可能要对这一部分的转叙特征负责。

同样地，在雷蒙·让的小说(《包法利小姐》)中，白尔特·包法利前去寻找福楼拜，是为了谴责他将她家门的不幸公之于众。当她出现在福楼拜面前时，福楼拜极度的惊讶首先使人猜测他明白自己面对的是自己的一个人物，但没有任何证据证实这一猜测。相反，在随后两人的对话中，福楼拜向女孩保证，他完全照实描写了她的母亲，而白尔特也承认了这一点。正如《堂吉诃德》的例子，转叙效果完全是由读者自己构建出来的，因为读者拒绝接受对事实进行虚构，而所有人物无一例外其实都属于虚构范畴。

《贝卡西娜》提供了另一个体现混合结构的有趣例子。女主人公与堂吉诃德和白尔特·包法利一样，都没有意识到自己的虚构性，即便她有幸在一个由最明显的真实在场效应构成的转叙中遇到了自己的作者。这位作者——寇姆利（Léon Caumery）在一个性质不明的场所（与转叙悖论的抽象性相适应），把他的笔给了他

1　塞万提斯认为阿维亚乃达是他的敌人德·维迦。

的人物[1]，他们的动作与对话都强调了人物地位的低下：

《贝卡西娜去泡海水浴》，《交笔》，巴黎，戈蒂耶－朗格罗出版社（Gautier-Languereau），1932 年，第 27 号插画，第 394 页，本雄（J·P·Pinchon）插图，寇姆利文。

　　太太们、小姐们、先生们，我的任务是把这个故事的主要人物召集到沙布勒芬，现在我的任务结束了。贝卡西娜会给你们讲接下来的故事。所以，我撤了，我把我的笔交给她。

　　再见，太太们，再见，小姐们，再见，先生们！……

寇姆利

---

1 《贝卡西娜去泡海水浴》，《交笔》，巴黎，1932 年，第 27 号插画。

贝卡西娜：你们好，太太们，你们好，小姐们，你们好，先生们……

寇姆利先生说把笔交给我。这只是一种说法。这支笔，他得自己留下，好给我写的东西改错。而且我更喜欢用铅笔，用这种工具写东西不会乱糟糟的。现在，我接着讲我们的故事了……

作者那不合宜的建议完全没有激起贝卡西娜的任何困扰。她对自身存在的清醒意识实际上只局限于知道，她所写的或别人写她的文章会每周一次刊登在《苏泽特的一周》（*La Semaine de Suzette*）上。她知道自己很受欢迎，虚构作品通过描绘她与年轻女读者的见面会，多次呈现并赞美了她的受欢迎程度[1]。这些自我指称的插画的自我推销效果毋庸置疑，正如塞万提斯的转叙的论战意图毋庸置疑。

令人物拥有这些具有欺骗性的知识可能是将转叙嵌入叙述经纬的最古老、最经济的方式。实际上，我们确实看到，人物对自身虚构性的意识经常与他们随即而来的毁灭密不可分：《迷雾》中的奥古斯托·佩雷斯，《西姆先生的隐秘人生》中的麦克斯威尔·西姆，《奇幻人生》中的哈罗德·克里克，《恋恋书中人》中的露比·斯帕克斯都是这样的例子。转叙悖论经常呈现为一种死局，仿佛具有反思意识的虚构人物，其不可思议的存在条件只能呈现作者的强大力量，并导向人物的灭亡。认为自己是个真实的

1　例如《贝卡西娜在土耳其》（1919）开头。

人，这样的错误意识能够抚慰人物，令其长久存在下去。这一意识也鼓动读者采取一种双重的视角，促使读者摇摆于人物信仰的世界（对这一人物来说不存在虚构，因此不存在转叙）与作者意图之间，揭示这一意图的是前言或作品中的反讽、自我指称甚至自我再现等手法。人物信仰与作者意图构成了不同的可能世界，这些世界之间的协商与来往的关键点正是转叙[1]。

阐释的多元性

避免悖论的毁灭性效果的第三个以及最后一个方法是令转叙隐而不现，转叙由此成为一种阐释。在克里米克（Sonja Klimek）[2]看来，科塔萨尔著名的短篇小说《花园余影》（*Continuidad de los parques* 1956）正是这样的例子。实际上，我们的确可以认为，读者这个人物正在读的东西与发生在他身上的事件之间的关系纯属偶然。故事强烈暗示，来刺杀读者的杀手是他正阅读的小说中的人物。然而，我们是否必须由此推断，杀手这一人物在阅读期间具有了肉身并进入了读者的世界？难道不是读者反过来进入了小说的世界吗？唯有这样的阐释会呼唤转叙。还有一种可能是，出于某种不为人知的原因，小说预见并预言了读者生活中的事件。我们还可以将这部小说视作说明虚构控制的例子，读者在想象中同时扮演了杀手和受害者的角色。转叙是某种阐释选择的结果。

1　博科布萨·卡安（Michèle Bokobza Kahan 2009）曾将转叙作为建构作者气质的手段进行研究，这一气质又与真实作者在文学场域的地位有关。

2　亦可参见梅耶–明内曼（Meyer-Minnemann 2005: 147）。

我们可以对另一个很长的转叙片段进行类似的分析[1]。这一片段出自姆伊（Chevalier de Mouhy）骑士的《拉姆基斯》（*Lamekis* 1735—1738）[2]，可能是对《堂吉诃德》第一部第九章的摹仿。在这一章中，堂吉诃德与风车战斗的叙述戛然而止，让位给了一个用第一人称叙述、内容为寻找一部更为完整的手稿的故事，同样，拉姆基斯的冒险故事也因手稿佚失而终止。然而，如果说在塞万提斯笔下，找到的手稿中的虚构故事尊重并坐实了堂吉诃德历险的记录者——一位摩尔历史学家的虚构，在姆伊笔下，对所谓的空白的填补笼罩上某种奇幻叙事的形式，灵活地设置了多种可能性阅读的空间。叙述者姆伊依次遭遇了以下事物：一只在床上折磨他的巨大蛆虫；一条将他带到地下墓穴的蓝毛犬，在这个墓穴中，他的小说《拉姆基斯》中的所有冒险故事都已被画出；一群变形为小说人物的动物；最后是一部自行写作的手稿，羽毛笔或者会自动在纸上书写，或者被一个漂亮的女幽灵握住。虫子、狗、女孩都是《拉姆基斯》中的人物。作为人物的叙述者姆伊自己阐释了这些相遇，时而将其解释为梦，时而解释为被灵感过度加热、可能已疯狂的灵魂出现的幻觉，时而解释为真实发生的事件。其

---

[1] 这一片段位于两卷本《拉姆基斯》第一卷第四部分结尾，第五部分开头："第四部分就此结束，而第五部分中没有任何地方提到德哈哈尔的故事，这让我猜想，可能是写作存在巨大空白，或者有几页手稿丢失了。我觉得自己有责任填补这个空白，去最博学的作者那里寻找些片段，帮助我写完这个这么有趣的故事。"（1735—1738: 339-340）

[2] 在另一篇探讨转叙的文章中，博科布萨·卡安的论述引发了对这部小说以及从更广泛的角度说对波德隆和姆伊作品的关注。

他人物都没有看到姆伊所说的一切 [1]，他们倾向于暗示，想象力紊乱这一假设是正确的理解。小说还提供了一个更为魔幻的阐释：其中一个幽灵告诉姆伊，他以为是他创造了故事，但这些事都是真的，是由他的某个人物——哲学家德哈哈尔（Déhahal）通过超自然途径让他听写下来的。据我们所知，除了那些以地狱为背景的作品［例如 1674 年出版的布雷古尔（Brécourt）的《莫里哀的幽灵》（*L'Ombre de Molière*），1712 年出版的费讷隆的《亡灵对话录》］，姆伊的作品 [2] 是第一部描写作者确实与人物见面的作品。不过，作品也暗示了足够多的阐释可能性，使得悖论丑闻得以缓和。

在我们分析的第一个例子中（精神世界），转叙是某个虚构人物想象力的产物。在第二个例子中（错误信仰的世界），转叙在人物不知情的情况下产生；为了理解转叙，我们不能采取人物的视角，而是要将其与作者意图进行比较。在第三个例子中，我们不知道文中有没有转叙，它是多个可能性中的一个，取决于读者方面的阐释决定。我们认为有必要较为详细地考察一下，转叙是通过何种结构嵌入叙事经纬，并在阐释层面被激活并生效的。这些要素有助于构想一种有关转叙的诗学与阐释学，但这一设想只有在将转叙的范围如我们之前提出的那样限制在虚构内部才有实现

1　"得了吧！您真是疯了，"那位夫人喊起来，"您可能是想寻开心吧，或者您的工作、您的想象力让您头晕，使您眼花了。"（1735–1738: 360）

2　姆伊作品中，涉及转叙的作品还有《暴发户农民和暴发户农妇在歌剧散场时的争执》（*Le Démeslé survenu à la sortie de l'opéra entre le paysan parvenu et la paysanne parvenue* 1735）。参见博科布萨·卡安（Bokobza Kahan 2004）。

的可能。

从这个角度看，我们还需要考察虚构内转叙不同程度的字面性，后者是转叙僭越力量的来源，而这一僭越力量是产生愉悦的源泉，对于毫无疑问受悖论破坏的虚构世界来说，它也是危险的源头。

字面性（littéralité）

悖论的僭越力量与其字面程度密切相关。热奈特尽管没有明确地将这两者联系在一起，但他自 1972 年起就已将"奇特效果"视作转叙的试金石，在 2004 年，他更是强调了"从修辞格到虚构"（这是其著作的副标题）的过渡，也就是强调了某一程序，后者在于从字面严肃地理解某个修辞格。转叙由此得以与制造了很多笑话的双关修辞相提并论。从热奈特的视角看，向字面意义的转变引发了事件，因此与叙事和虚构的展开密不可分。

热奈特的假说从多个方面得到了验证。从字面去理解"维吉尔让狄多死去"，这意味着创造出一个虚构故事，其中作者维吉尔本人点燃了烧死迦太基女王的柴堆（Genette 2004: 17）。此外，这件事几乎就发生在丰特奈尔《死者的对话》（1683）的一则对话中，狄多在其中抱怨维吉尔给她安排的名声和命运，她说自己曾见过维吉尔，后者给她读了自己的诗歌[1]。事实上，虚构内转叙很大程度上可以被理解为对创造与接受行为的具体化、虚构化，经

---

1 "他在这里为我朗诵了他的诗，他让我出现的整个片段，除去那些坏话，当然非常神圣。"《对话 III》，《狄多与斯特拉托妮可》（1989 [1683]: 60）。

常还是对这些行为的戏剧化，呈现了其不同侧面与不同功能[1]，包括教化功能、论战功能、自我推销功能以及在 17—18 世纪尤其突出的批评功能。当代转叙的目的则没那么容易辨别。

从字面去理解作者、人物、读者／观众之间关系的某个方面无论如何都不等同于任何形式的双关修辞，即便双关修辞也能制造奇特效果，而且也不乏批评维度——索雷尔的滑稽田园小说对夏莉特（Charite）肖像的描绘即是很好的例子（夏莉特的嘴唇是珊瑚束，眼睛是太阳[2]……）。不过，令作者与人物，或者更为罕见地令读者／观众与人物、作者与读者／观众之间的关系具体化的转叙必然要赋予虚构外元素（作者、读者／观众）以具体形象；此外，人物也拥有某种程度的元虚构意识。这些操作可以具有不同等级，在西方文学文化中这标志了转叙史的不同阶段。毋庸置疑，我们在此归纳的字面性的不同等级与任何美学评价都不吻合。《堂吉诃德》中的转叙结构（根据我们的分类来看属于中等程度）比《恋恋书中人》更为复杂，但后者的字面性属于最高等级，也就是第三级或者说最后一级。

我们建议首先区分出一类转叙，在这类转叙中，对交叉点的跨越（对一则叙事而言），或从更广泛的角度说对不同世界之边界的跨越，通过某个陈述行动或某个替代陈述行动的举动实现（第一级）。接下来的一类转叙体现于对作者或读者／观众的虚构或非虚构再现，不过被再现的作者或读者／观众并不生活于人物生活

1　博科布萨・卡安建议区分游戏性质、论战性质、混合性质（混合了多个特征）、极端自由主义性质的转叙（2009: §12）。

2　《怪诞的牧羊人》（*Le Berger extravagant*），1627, I: 77-78, II: 145-149。

的世界（第二级）。我们还可以认为，另一些转叙也属于这一中间
等级，这些转叙由一些人物的处境构成，这些人物或对自身的属
性有部分的意识，或有完整的意识，但从未遇到他们的作者或读
者／观众，最关键的一点在于，这些人物会继续生活在一个本体
同质的世界。最后，第三级转叙涉及某种事物状态，在这一状态
下，作者、读者／观众和人物生活于同一个世界，同时又知道他
们自己是谁。最后一种情况在今天已经十分常见，正是在这种情
况下，出现了不同的虚构世界，后者的本质因转叙程序而产生了
异质性。

第一级转叙包含瑞安称为"修辞学"转叙（2005）的所有结
构。但转叙问题向媒介多样性的敞开迫使我们选用另一个词进行
替换。我们有理由认为，电影中的"对着镜头说话"对应书写文
本中作者或人物对读者的召唤。同时请注意，某种类型的转叙
的"折旧率"很大程度上取决于其所涉及的因素及其所依托的媒
介，尽管这个比率很难确定。对读者发话本身并不具有任何僭越
色彩，它们只有在频繁闯入、特别具有挑衅意味的情况下，例如
在狄德罗、斯特恩或波德隆（Laurent Bordelon）笔下，才会令人
吃惊。

作者对人物发话的现象更为罕见（无论如何，在 19 世纪
和 20 世纪的虚构作品中很罕见[1]），并制造了更为明显的奇特效
果。实际上，如果一段陈述没来由地突然冒出，我们只能将它归

1　在更为古老的虚构作品中，作者实际上经常向人物发话。例如让-皮埃尔·加缪
　　的作品。

于作者名下；当这段陈述向人物发话时——例如霍桑（Nathaniel Hawthorne）的某则短篇小说[1]，它便构成一种入侵，制造了一种幽灵现身般的效果。一面向被其监视、控制的生灵发话，一面又保持隐身状态，这不正是超自然力量的特性吗？此外，作者经常是为了警告、建议、谴责人物，才从本体界限的另一头向其人物发话的。

至于人物向读者或观众发话，这在戏剧中司空见惯，因此在上文中我们已不再将其视作转叙，因为舞台与观众席之间的分隔既非材质上的也非本质上的。影视人物经常在电影中尤其在电视季播剧中[2]向观众发话（通过语言、姿势或目光）：电视季播剧强烈的转叙倾向再次证实了电视媒介在重新界定和模糊真实与虚构空间的过程中所起的作用，因为季播剧从长时段来看能够渗透进日常生活与私人空间[3]。

然而，我们在上文中已有机会强调，在涉及转叙时，与对虚构内部界限的跨越相比，对于真实与虚构之真实边界的一侧与另一侧的交流或模拟交流，我们的兴趣要小得多。

第二级转叙仍然不是严格意义上的转叙，因为此时虚构包含

1　霍桑，《韦克菲尔德》（*Wakefield* 1841）。参见埃蒙（Emond 2011）、唐吉（Tanguy 2007）。

2　我们在网站 http://fr.wikipedia.org/wiki/Quatrième_mur 上找到一个不完整的清单，上面分别列了 10 部电影，15 部电视剧。

3　正如沙尔翁–德梅尔塞强调的那样，"与电视季播剧主角建立的长期关系处于季播剧效力的中心"。实际上，观众可能在 10 年或 15 年间观看同一部季播剧，这解释了季播剧为什么能够塑造观众的世界观，并构成了观众的主要经验框架之一（Chalvon-Demersay 2012: 40）。

多个世界，而这些世界之间的边界具有密封性。例如，《堂吉诃德》的狂热读者在市集上买到一部阿拉伯语写的手稿，并雇了一名译者翻译它，但这个市集并非堂吉诃德和桑丘·潘沙可能出现的地方（第一部第 9 章）。请注意，这一转叙肯定并增强了虚构色彩（堂吉诃德的历险是由某个阿拉伯作家讲述的），并有助于赞美虚构提供的愉悦（虚构出来的叙述者/读者不惜一切代价想读到故事的后续）。在《拉姆基斯》中，故事发生的世界也不是转叙产生的空间。即使人物姆伊在梦中的巴黎遇见（或在幻觉中见到）了《拉姆基斯》中的人物，拉姆基斯的奇妙旅行也是在另一个时间另一个世界进行的。

有时，转叙会溢出虚构的边缘，例如佩雷斯·加尔多斯（Benito Pérez Galdós）那部惊人的小说《曼索朋友》（*El amigo Manso* 1882）。在这部小说中，虚构人物的生命的极限与虚构中之虚构的边界完全重叠。小说由人物讲述自己如何被作者创造出来开始，以这个人物——此时已去世——对其朋友及其学生的评价结尾。已死亡的叙述者曼索似乎获取了作者才有的无所不知的能力，断言自己具有监控生者头脑的禀赋。无论如何，转叙并没有介入严格意义上的小说本身，也就是讲述人物生平的部分；人物在死亡以后才意识到自身的属性，也就是故事中的一个角色。小说始于下面这个吊诡的陈述："我已不存在了。"（*Yo non existo*，位于叙述人物创造过程的第一章开头）这句话很快被第二章标题反驳："我叫马克西莫·曼索。"（*Yo soy Máximo Manso*）（1882: 4）在获得虚构生命之前，人物或者说人物原型（proto-personnage）讲述了自己如何被一个作家朋友游说，这位作家又如何说服他给他的计划帮忙。之后他被某个神秘操作带到虚构生活中，这个神秘操作涉及墨水和火。这个开端很自然地给第二章及之后的篇章投去某种反讽微光。这些篇章提到了曼索的童年，以及他的家庭和社会状况，仿佛他并非一个从虚无中创造出来的人物。这一开端也检验了我们的虚构沉浸倾向，实际上，开头这一转叙丝毫没有影响虚构沉浸。曼索对人物制造过程的回忆完全不妨碍读者像紧随任何人物的冒险那样紧随他的冒险。因此，此类转叙回应的是世界并置逻辑，并向各种各样的阐释敞开：反讽或非反讽地指出虚构作品的创作程序，但不一定摧毁这些程序；暗示人物与死者之间的亲缘关系，暗示虚构诞生的想象空间以及这些空间以外的空间；将创造行为呈现为相遇、神秘操作和占有；强调真实生活和虚构世界的紧密关系，强调这两个世界混淆的危险或诱惑。产生自不同精神世界之撞击的转叙（前文分析过的《双鸟渡》和《黑暗中的人》）属于这一类型，并自动地选取了上述最后一个方面作为自己的主题。

实际上，在作品结尾出现的一些转叙也属于这一类型。即使作者入侵了麦克斯威尔·西姆所在的世界，并令后者消失，即使奥古斯托·佩雷斯只需步行便能来到乌纳穆诺家中，并且途中不会遭遇什么特别的困难，转叙仍然构成了终结乔纳森·科和乌纳穆诺小说的章节。它们强加了一种结局，与这个结局相比，此前讲述的故事都具有独立性。诚然，当作为虚构人物的生存条件被揭示时，两个人物的空洞感（奥古斯托·佩雷斯和麦克斯威尔·西姆皆如此）部分地得到了解释，这一解释通过类比或许也能适用于人类的生存条件。尽管如此，在这两部作品中，虚构与转叙片段仍然是并置的，而非交织的。

第三级转叙的情况与此不同，因为这些转叙令作者、人物、读者／观众共享同一个空间。当然了，这里的作者、读者／观众都是小说人物。当作为人物的作者指向其他真实作者（费讷隆《亡灵对话录》中的荷马；雷蒙·让《包法利小姐》中的福楼拜）或作者本人（《迷雾中》的乌纳穆诺，或《法国中尉的女人》中的约翰·福尔斯）时，人物便拥有了一种特殊的逻辑地位。如果情况并非如此，那么作为人物的作者［《恋恋书中人》中的凯文（Calvin Weir-Fields）和《奇幻人生》中的凯伦·埃菲尔（Karen Eiffel）都是虚构作者］、作为人物的读者（福德小说中的礼拜四·耐克斯特和《迷失奥斯丁》中的阿曼达·普瑞斯）或作为人物的观众（《开罗紫玫瑰》中的塞西莉亚）模拟的是一种不同于虚构人物的属性。

作为人物的作者、作为人物的读者／观众与作为人物的人物遇见彼此，第三类人物完全意识到自己的虚构地位，这两个元素的结合是当代作品的专属特征，20 世纪末 21 世纪初的作品尤其如此。此前的转叙例子很难符合全部条件。荷马和阿喀琉斯的确在费讷隆笔下的地狱中相遇，但两人都不认为阿喀琉斯是虚构的；另外，荷马对阿喀琉斯的谴责也是间接在向王子们发话，指责他们对赞助现代荷马的事情漠不关心，这一谴责预设了阿喀琉斯是一个历史上的英雄。

据我们所知，在古代例子中，唯一一个呈现作者与人物共享同一空间且充分意识到这一点的例子，是莫里哀剧团的演员布雷古尔为向莫里哀致敬而创作的一部剧。《莫里哀的幽灵》（1674）描绘的地狱中除了有地狱诸神，还集合了莫里哀和他的人物，尤其是德·普索尼亚克先生、汝尔丹先生太太、妮考尔。但是，人物还有一个模糊得不能再模糊的身份。根据《莫里哀的幽灵》开头的人物列表，这些人物都出自莫里哀的戏剧："女才子，出自《女才子喜剧》""龟公，出自《假想的龟公》""四个医生，出自《医生喜剧》"。但在这部戏剧中，他们尤其是被莫里哀丑化、受莫里哀冒犯的真人的代表。这一模糊性导致产生了很多类似下文的对话：

> **莫里哀**　你是谁啊，这样跟我说话？
>
> **侯爵**　朋友，我是被你嘲笑的侯爵中的一个。
>
> **莫里哀**　我给你的那些大炮都到哪里去了？（1674：第6场，第43页）

侯爵、龟公、医生是以莫里哀笔下人物的身份、以这些人物的原型的名义发出抱怨的。地狱中的妮考尔既是《贵人迷》中爱笑的女仆，又是向作者致敬的观众，用她自己的话来说，作家把她逗乐了很多次。人物既是莫里哀创造的，又不是他创造的。

这种模糊性可能是这部短剧的辩护目的所要求的，这是一部献给已故的莫里哀的作品：布雷古尔通过呈现人物滑稽的指责，回应了诽谤中伤莫里哀的人。人物的怨恨、作者与人物之间的敌意之后多次得到更为严肃的呈现（丰特奈特、布让、皮兰德娄、奥布莱恩、伍迪·艾伦、奥斯特、福德的作品），每次都揭示出获得意志的人物所代表的无法克服的矛盾。

实际上，之后的转叙性作品对作者的好意确实远远达不到布雷古尔的致敬程度。品德高尚的人物抵制道德败坏的作者强加给他的角色，这是一个永恒的主题[1]。人物吁求独立性的第一个手段是伦理冲击。转叙的作用有时不正在于为热衷"规范与善"[2]的公众提供更令其满意的版本，严肃地（布让）或反讽地（奥布莱恩或奥斯特）暗示对虚构的某种修正吗？认为转叙只有颠覆作用的评论者们应当注意了，即使在最新近的作品中，奋起反抗的人物一般来说也都充满良善的情感，是他们的创造者的不人道与不道德行为的牺牲品。这一主题与现代性的关系似乎肯定，残酷与艺术创作携手并行。保罗·奥斯特那些转叙特征明显的作品（尤其是《密室中的旅行》）一部比另一部更着力于探索一种对立，对立的一方是人物代表的善与正义，另一方是人物创造者的恶意，这一切最终导向了对作者优越地位的最模棱两可的呈现。

近期一个来自电影领域的例子能支撑上述假设，同时可能也提供了另一种可能性，不同于人物与谋杀人物的作者之间的永恒对抗。据我们了解，就转叙性相遇来说，《奇幻人生》是个独一无二的例子，不仅电影中的作者是女性（凯伦·埃菲尔），而且消灭

1　这是狄多对维吉尔的批评（Fontenelle 2010 [1683]），玛侬·莱斯科对普雷沃神父的批评（Bougeant 1992 [1735]）。在《双鸟渡》中，弗里斯奇（Furriskey）拒绝照作者的预想去扮演诱惑者的角色，他给作者下药，以便能与他本该欺骗并抛弃的女孩过上平静的生活。出于同样的原因，在礼拜四·耐克斯特冒险故事第三卷中，大蠢货老爷的侍从迪恩因抗拒自己的角色而从书的世界消失，他是跟女佣咪咪一起逃走的，原本在小说中，他勾引了咪咪但最后抛弃了她（Fford 2003: chap. XXIV）。在《开罗紫玫瑰》中，汤姆·巴克斯特的道德明显比他的设计者、扮演者、制片人更为高尚。

2　摹仿一下帕维尔的术语（2003）。

人物的决定最终被取消。这两个元素之间显然并非没有关联。这部电影另一个有关转叙的独特之处在于，哈罗德·克里克与众多人物的做法背道而驰，后者不停地向他们的作者索求生命或更多的生命（六个寻找剧作家的角色、奥古斯托·佩雷斯、麦克斯威尔·西姆、《密室中的旅行》中的弗勒德先生），哈罗德·克里克却放弃了这种要求。他先是恳求他的作者放过他，之后接受了她为他安排的命运，由此获得了某种尊严，令他更加具备人性。

　　哈罗德·克里克保住了性命，这最后的反转可以被等同于作者方面的退出：在达斯汀·霍夫曼（Dustin Hoffman）饰演的大学学者看来，对幸福结局的选择令凯伦·埃菲尔的作品失去了价值——作者本人也同意这一点。我们当然无须被迫接受这一论断。作者放弃自己的计划，这赋予电影中的转叙某种新颖、隽永的意味。作者确实放弃了自己的权力，因为凯伦·埃菲尔的书写完并出版之时，也是哈罗德·克里克在医院康复之时，陪伴哈罗德·克里克的是迷人的安娜·帕斯卡（Ana Pascal），观众猜测克里克会与安娜开始一段新的生活。直觉告诉我们，人物哈罗德·克里克毫无疑问获得了生命与独立：一切可能性都愉快地向他敞开，至少根据电影最后的画面，观众倾向于做出这样的推断。同样处境下的麦克斯威尔·西姆没能获得类似的结局（《西姆先生的隐秘人生》2010），在这部电影中，刚刚开始的同性恋情被作者的武断决定（电影如此呈现）扼杀。我们应该承认，马克·福斯特的电影对转叙的处理更为字面，更为独特，颠覆性也更小。

　　上文的分析刻意没有特别关注形式层面，这些分析促使我们对现存的几个有关转叙的固有观念进行修正或反驳。

修辞学转叙与本体论转叙的区别首先应该从等级与程度的角度来重新定性。由于转叙能制造某种效果，这一效果又与属性不同的实体与世界之间的相遇所导致的不可能性相关，从这个角度说，一切转叙都是本体论转叙。作为悖论，转叙引发了一种独特的认知反应，强度大小不一，可能产生自一切悖论都会导致的理解困局。但转叙的效应不局限于此。转叙的确会引发特殊的冲击与愉悦感，但由于其在不同年代、不同媒介中的形式与功能千变万化，我们很难勾勒出冲击与愉悦感的范围。

但我们至少可以断定，引发认知动摇是转叙本质功能的一部分。因此，我们将不能制造认知动摇的一切都排除在转叙定义与范畴之外，例如虚构或文学的正常运作，再如表演中舞台与观众席之间的交流。某些作品试图为冲击而制造冲击（乔纳森·科的《西姆先生的隐秘人生》无疑是这样的例子），或者通过不断地胡思乱想、添油加醋，尝试描绘冲击的一切可能性（福德小说）。其他作品利用转叙来摆脱对手（塞万提斯）、向朋友兼大师致敬（布雷古尔）、征用小说（布让）。超越各项计划的特殊性，处于转叙核心的是现实在虚构作品中的回响，以及创造者与其创造物之间的关系。

尽管如此，我们并不认为转叙的主要功能是质疑再现、挑战权威。我们甚至可以认为事实正好相反，并肯定当前出现的转叙潮流证伪、驳斥了半个世纪前宣布作者和人物已死的言论。在新近出版的作品中，转叙帮助呈现了作者全知全能的特征（尤其是科或奥斯特的作品）。此外，读者／观众与人物之间备受期待的临近关系自 1990 年代以来受到虚构理论的重视，在转叙中，这种临近关系也得到满足。我们也不能断定转叙的目标与主要效应是阻碍虚构沉浸，因为转叙有时会增强虚构沉浸，或者至少表现出这种倾向（我们关心"我们的朋友"曼索的命运，尽管他号称自己已不存在）。转叙也并非内在地具有颠覆性。作者与人物的对抗主要涉及一种伦理关系（此外人物总是主动控诉他们的作者）。人物获得自我意识与独立存在的标志经常表现为反抗，很少表现为对伦理秩序的放弃，而读者或观众也会无视种种不可能性，慷慨地将存在的独立性赋予人物。我们在上文已指出某种张力，一方面是转叙悖论，与一切悖论一样，它包含某种毁灭性因素；另一方面是缓和这一悖论、将其融入叙述经纬、令其具备阐释可能性的种种手段。

　　无论如何，在我们看来，最关键的一点在于密切关注与指称对象的关系，后者决定了真实在场效应。此外还应区分两类转叙，一类涉及现实与虚构的边界，另一类再现了对某个虚构边界的跨越。这两类转叙经常被混同，也正是因此，认为转叙会取消虚构边界的想法才那么普遍。但是，正如我们尝试指出的那样，如果说边界确实存在，那么它是无法被跨越的，对它的跨越只能是一种拟象；如果边界是虚构的，那么对它的跨越从其定义来说也是虚构的。真正的转叙并不存在[1]。

1　这一假设曾引发不少反对意见。放弃把演出或游戏的终止叫作"转叙"，不少理论家对这一想法持保留意见。卡伊拉倾向于选择谈论转叙的不同层次，认为外部世界对虚构的干扰可以构成低层次的转叙（私下交流时表达的观点）。但是，只要虚构内转叙的逻辑、主题、修辞特殊性得到承认，这一假设就是可以接受的。

结　论

促使我们对虚构边界进行捍卫的，是我们对虚构的兴趣。

这一宣言意味着要远离一个世纪的形式主义，远离几千年来人们在虚构沉浸面前表现出的充满恐惧的怀疑。此外，它产生自某种非功利的爱。虽然我们既不否认亚里士多德的遗产，也不反对探讨虚构带给人类的无限益处的认知主义与进化论主张，但我们对虚构的辩护并不是基于它们的用途。说实话，我们甚至没有为虚构辩护，或者说很少为其辩护。虚构在美国中学教育中所占的比重不断下降，新的反渎神法的颁布明显不利于虚构的发展，这些现象都应引起我们的警觉。但当一些虚构作者被指控僭越了虚构与现实的界限时，我们并没有每次都自动加入支持他们的行列。虚构需要我们的帮助吗？虽然有几位当代作家对虚构表现出某种轻蔑的厌倦，但虚构的新用途在不断增多（对书籍——尤其无图小说——造成了影响），足以证明其在全球范围内的生命力。

反过来，虚构的边界需要得到捍卫，因为五十年来，在被反复攻击之后，这些边界已被破坏。捍卫边界并不意味着我们要将自己封闭于此。我们尝试考察越过[1]边界或自以为越过边界的种种

1　我们认为"越过"（passer）这个中性的词比"僭越"（transgression）或"违反"（viol）等隐喻好，因为它们毫无益处地给"边界"增添了悲怆的负担。

方式，由此划出这些边界。在涉及最能代表这一跨越行为的修辞格——转叙时，我们指出这一跨越只可能是虚构的，尽管我们没有明确阐述边界的真实跨越与对这一跨越行为的虚构呈现之间的区别[1]。此外，我们多次发现，理论奇怪地受到了虚构的传染。至于取消或跨越虚构边界的渴望，这明显与边界在意识中的确立密不可分：正是集体赋予了这一区别以重要性，导致对这一区别的质疑得到重视与突显。这一渴望尽管不是我们时代特有的，却尤其体现了我们这一时代的特征。由此，以下悖论得到了解释：今天的人们号称虚构边界不存在，但也许我们从未像现在这样，对边界有如此深刻的意识。转叙的大量出现正说明了这一点，我们已注意到，今天的转叙比过去极端了很多，在20世纪之前的作品中，我们看不到任何明确表达对自己的虚构状态深有意识的人物。

归根到底，我们坚持主张通过虚构与事实的不同杂糅模态来理解虚构，这些模态大部分时候都令虚构性与事实性的轮廓被显现，而非被抹除。

*

因此，我们首先努力呈现了某些思想的不足，这些思想——其中一部分影响很广——曾主动致力于或被动地被用来质疑事实与虚构的边界。我们并没有局限于某个试图打倒一切二元论的时代。我们讨论的边界是双重的，因为对事实造物与虚构造物之对立性的否定在大部分时代都与某种怀疑主义人类学密不可分（这

---

1 第三部分第四章。

一人类学在东西方都拥有某种神秘主义变体[1]），后者假设主客体领域难以分开，换言之，想象与现实无法区别。所谓的经典叙事学的后撤促成了 *storytelling* 在当代的统治地位[2]，从 *storytelling* 到利科、海登·怀特和拉康的遗产[3]，我们尝试研究了所有旨在模糊这一边界的论据，最终获得了以下结论：没有哪种试图达到这一目的的论据不遭遇一个或多个矛盾，或者，联系登尼希（Gunter Demnig）的"绊脚石"（*Stolpertein*）[4]形象，没有哪种试图达到这一目的的论据不撞上现实。事实上，在 1980 年代，面对旨在取消界限的学说（尤其是怀特的理论），揭示其令人无法忍受的特征的，经常是大屠杀问题。然而，在 20 世纪末之前，上述论据中的一大部分都已经被讨论过，而且讨论形式的差别比我们想象的要小得多。对事实与虚构的区别的所谓漠视无论在 17 世纪还是在今天都不存在。在 17 世纪，这一区别被归入历史与诗歌的区别。反过来，某种关系却是上世纪末特有的，也就是发现了虚构概念的历史性，以及重新开始将某个古老得多的意识，也即虚构在作为话语实践的历史学中扮演的角色作为问题提出来探讨。这两种思想之间的关联，也就是虚构概念的历史性与历史的虚构性之间的关联，产生于 1970 年代"语言转向"的大背景下，根据我们

---

1 我们已在上文强调了卡尔德隆某些作品与中国佛教故事之间的相似性。

2 第一部分第一章。

3 第一部分第二、三章。

4 *Stolpertein* 字面意义为"把人绊倒的铺路石"，这些石头覆盖着黄铜，上面刻着受纳粹迫害的人的名字以及死亡的时间、地点。在德国的很多城市——尤其柏林——以及其他一些欧洲城市，它们被镶在受害者曾经生活过的地区的马路上。

的假设，正是这种关联成为知识界思考事实与虚构边界的主要动力。

　　然而，无论昨日还是今天，无论过去或现在的怀疑主义浪潮多么强大，这一边界仍然具有重要性。至少在大部分时候是如此。当然，在某些文学历史书写实践、某些趣味性的飞地中，了解事实与虚构各占多少比例并不是首要的。随着时间的推移，很多"事实性"作品都成了这样的例子（谁还会对启发司汤达写出小说《红与黑》的社会新闻感兴趣呢？[1]）。尤其在趣味性语境下，边界的模糊有时就是游戏规则本身（例如季播剧《消消气》），以致读者/观众早已对此习以为常。人们还时常强调，对于数字原住民（digital natives）的一代来说，相信一切图像都是构建出来的，比为其贴上事实还是虚构的标签更为重要。但是，有关文学或电影作品的诉讼案件（当指称对象被某人认出，且这种辨认对此人来说十分重要——无论这种想法是否有根据）以几何倍数增长，每当摄像头前的忏悔被发现是演员在演戏时，网民都会反应过激，每当小说攫取历史的某个敏感点，或反过来，每当权力话语借用虚构的框架与语言时，就会有争议产生，这一切更多呈现了边界的抵抗力。

　　事实与虚构的区别和真实与想象的区别相辅相成，后一组区别常常是前一组区别的支撑。这一区别具有多重依据。

1　然而，抵抗运动成员让·普雷沃（Jean Prévost）在 1942 年出版了《贝尔戴事件》（*L'Affaire Berthet*）（安托万·贝尔戴的虚构对应者是于连·索雷尔），之后又在《司汤达的创作》（*La Création chez Stendhal*）中坚持了自己的观点。请注意，在《红与黑》的教学中，评论始终会提到这一社会新闻。

　　首先是逻辑学与本体论依据。指称问题（从利科到帕维尔，很多声音在探讨与虚构作品的关系时都认为这是个次要问题）是绕不开的，哪怕理由仅仅是因为这一问题确立了虚构作品独有的本体多元性。与人不同，虚构存在可以指称或不指称现实，可以指称其他虚构存在；有关虚构特有的本体论，我们下文再谈。虽然我们在明知自己反主流的情况下还是选择了本体论视角，我们仍然深知，从奥斯汀到舍费尔，长久以来，是语用学途径为区分事实与虚构提供了最具说服力、最广为采纳的论据。可能不恰当地借自柯勒律治的"怀疑的自愿终止"[1]，沃尔顿和舍费尔的扮假作真游戏，不同版本之间的不重合（卡伊拉认为不同于纪录片，虚构允许出现这种不重合），这一切都贴切地标志了现代西方人面对虚构的常见态度。但这也正是这一理解途径的局限所在：它只是描述了虚构的其中一种用途，而且它几乎必然地会导向简化主义。与一种特殊姿态挂钩、作为文化能力的虚构于是被局限于西方历史上一个非常短暂的时期（对某些人来说是 19—20 世纪）。我们已经指出拒绝某种仅为现代西方所有的虚构观[2]的理由。此外，如果说我们没有采取这一类型的视角，那是因为它们都没有将事实与虚构区别问题的一个重要困难考虑在内，这一困难关乎虚构在获得认识与影响信仰方面起到的作用。读者 / 观众的百科知识的很大一部分是由虚构作品构成的。虚构提供了有关过去的大部

1　实际上，柯勒律治在想象力与宗教虔诚之间建立的深刻关系赋予他的"怀疑的自愿终止"以一种别样的内涵，不同于当代虚构理论家在使用这一表达时的理解，即将这一表达当作抱着游戏心态打开虚构世界之门的"芝麻"。

2　参见第二部分第一章。

分——有时甚至可能是全部——非专业知识：19 世纪在我们头脑中形成的画面主要是巴尔扎克和左拉告诉我们的不是吗？我们对周围世界的认识同样如此。因为观看了一部电视季播剧而认为自己对巴尔的摩市的犯罪活动了如指掌的人何其多啊[1]！实际上，旨在记录现实的虚构作品能让我们看到真实世界的某些地方，从各种可能性来看，没有这些虚构，我们永远不可能进入这些地方。虚构在很大程度上塑造了我们对世界的理解，以及我们存在于世的方式。我们只须想一想现在的很多日本年轻人，他们的举止让人无法不联想到漫画主人公。

　　不同来源的信息不断交叉，这即便没有擦除事实与虚构的区别，也令"虚构契约"的观念变得模糊。尽管如此，读者或观众仍经常表达他们的受骗感。若不是读者感觉到由副文本和写作手法制造的期待最终落空，这种受骗感便不会存在。但是，要确切指出在整个阅读或观看表演过程中，"虚构契约"究竟体现于何处，尤其指出在何种情况下这种契约不会被打破，这始终是一件难事。宗教与虚构领域的毗邻关系令某种虚构性契约变得更为脆弱，这一契约大致可以表述为：被讲述的行动完全属于扮假作真的领域，所有人物都是想象出来的，因此作者无须对此负责。指向敏感历史对象，甚至指向神圣实体（基督、穆罕默德）的反事实虚构已多次表明，当区别与保护虚构的标准建立于某种信仰模式之上时，这些标准十分容易碎裂。正如我们上文指出的那样，认为指称对象在虚构框架内会被悬置，这样的判断是错误的，因为涉及反事

1　《火线》(*The Wire* 2002—2008)。

实作品时，对真实世界（或假定的真实世界）之中某些事物的指称从逻辑角度说是这些作品的内在属性[1]。

因此，将虚构观念完全建立于某种与信仰或怀疑的终止相关的语用姿态之上是不可取的。我们仅满足于假设，虚构促进与信仰的游戏，它们通过抵抗当代社会过分重视的反讽与僭越，既能肯定信仰，也能转移信仰。此外，我们也确信（在这方面我们赞同发现"想象性的道德抵抗"[2]的研究者的观点），虚构并不能以极端的方式颠覆我们的价值体系，因为达到这一结果的认知耗费太过高昂。

不过，虽然我们同时放弃了"怀疑的自愿终止"与"信任的自愿终止"（从一种完全不同于柯勒律治的当代视野来看，这两者密不可分[3]），但我们启动了另一个标准，同时是语用与认知的，也就是行动标准。这一标准促使我们能够将虚构与宗教仪式和游戏区别开来。我们假设虚构要求某种终止，并非信仰的终止，而是行动冲动的终止。由于共情是引发虚构沉浸的主要因素，因此这种沉浸感很好地说明了虚构激发的矛盾运动：尽管大脑的共情和共鸣邀请我们去行动，我们却无法行动（我们永远无法阻止安娜·卡列尼娜卧轨自杀）。行动的终止在我们看来导致产生了某种挫败感，后者可能成为取消虚构边界的欲望或幻觉的来源。我们

1　第二部分第二章。

2　这一概念由詹德勒（Gendler 2000）提出，此后受到非常深入的研究。

3　舍费尔（1999）认为虚构沉浸是一种分裂态度；达洛斯认为虚构沉浸是"沉浸"（immersion）与"浮出"（émersion）之间的转换（2012）。对柯勒律治来说，"怀疑的自愿终止"意味着采取一种诗性信仰，由此进入真正的信仰（1817）。

正是从这一角度分析了转叙[1]。

我们将虚构边界设想成大脑再现的产物，有逻辑依据，且不可避免地会引发穿越边界的欲望。这一设想的提出要归功于近些年神经科学领域取得的研究成果。神经科学实际上同时揭示了两点，首先是帮助我们区分想象与现实的大脑部件，其次是这一部件的脆弱性，因为它不仅会受疾病影响，而且对每个人来说，对事实与虚构的区别与不同的记忆类型存在着同质联系。然而，记忆无疑是神经系统中的薄弱环节。此外，对于事实与虚构的混淆，情感也会起到作用。从情感角度说，事实性或虚构性的人工制品其实分不出优劣，至少从目前的认识发展状况来看是如此。尽管如此，事实与虚构激发的是不同的认知反应。事实激活的是与自身相关的记忆，虚构刺激的是语义记忆，它会导致认知及感知脱节。这种与自我、环境、行动的脱节使得道德评判与共情反应变得松垮。因此，如果说几个世纪以来，虚构作品与事实作品相互借鉴对方的手法，交换彼此的目的，有时甚至试图伪装成它们所不是的样子（我们已经看到，更多的虚构伪装成事实，而非相反），我们也无须感到吃惊：我们可以假设，创作出这些作品的人希望能够积累、组合不同的认知刺激。

这毫无疑问是一些电视季播剧（虚构纪录片）或博物馆装置意图达到的教学目标，这些剧集和装置借助虚构人物，将某个具有教学意义的内容搬上了舞台。从这个角度说，虽然我们指出，不少领域对虚构的敌意有回升的迹象，但虚构入侵某些传统上来

1　第三部分第四章。

说对其陌生的领域也是我们这个时代的特征。例如，我们尤其注意到博物馆学领域出现的因引入虚构脚本而导致的知识缺失。在某些情况下，杂糅远远无法做到在不造成任何损失的前提下结合事实与虚构的优势。

*

喜爱虚构，这也是对虚构存在不可磨灭的特殊性的重申。我们探寻了虚构人物的存在本质，思考了读者或观众强烈渴望与人物共存、分享人物世界、享受人物陪伴的原因。这意味着生活于一个"规范与财富的世界"——再次借用帕维尔漂亮的术语，一个（大部分时候）比我们的世界美好得多的世界吗？很有可能。但是，在我们看来，虚构世界最主要的吸引力还在于其本体多元性。我们指的是本质属性差异巨大的生物共存于这些世界。它们的差别不仅是种属上的（神、幻兽、仙女、幽灵等），也是逻辑属性上的（在真实世界或另一部虚构作品中是否有对应体）。现实世界不可能出现这种多元性。最宽容的本体论认为，人类近旁生活着大量超自然生物，或者植物有它们自己的生存模式。即便与这些本体论相比，虚构也始终处于夸张得多的位置[1]。没有人会假设现实世界中的人能在神的陪伴下生活，能与赛博格繁衍后代，能与半人马野餐。我们当然可以认为，信息进步和基因操纵有一天会将上述可能性带给人类。但虚构建议的始终是其他的可能性。

---

1 例如，雷尼埃（Isabelle Régnier）在一篇题为《动物变异更新了虚构想象力》的文章中列举了近期一些以人兽杂交为主题的电影与小说（《世界报》2014 年 10 月 6 日星期一）。

我们可以指出，某些人拥有一种寓言维度：在用滥的颂歌语言中，人们常将某位王子转变成神话或虚构人物，称他就"是"正义、战争或荣耀。但是，无论御用文人的天赋如何，说路易十四或拿破仑是寓言，这与说《玫瑰传奇》中的贝拉戈耶（Bel-Accueil）[1]是寓言性质不同，因为路易十四和拿破仑作为历史人物、作为人的条件远远超越了他们被认为"代表"的概念。历史人物的寓言维度从来只是附加的，而且可以说是偶然的，但这一维度却构成了某些虚构人物的本质。

当然了，扩大或缩小虚构本体多元性的作品、时代与类型都是存在的。但这种多元性却存在于所有时代。例如在 18 世纪，当小说开始摹仿起现实世界的同质性时，歌剧便接收了所有从小说中逃离的有仙术的寓言人物。本体异质性甚至存在于某一类小说中，在这类作品中并存着历史人物与虚构人物——克莱芙王妃和内穆尔公爵，拿破仑和娜塔莎。

这一异质性会带给我们快乐的原因很难解释清楚。我们可以假设，虚构（至少在西方）承载了对过去时代的怀念，在那些时代，泛灵论、异教信仰、转世说构成了共同信仰的基石，不可思议的造物的可能性也没有被排除。可能虚构本质上的慷慨是对我们自身有限性的一种补偿。

然而，虚构这一独有的特征是一切虚构造物的共同条件所造成的结果，这一条件被其中一些虚构造物以最明确的方式表述出来。

1　Bel-Accueil 意即"好客"。——译注

实际上，我们的调查一直深入到去追问，人物本身对他们的条件会说些什么？与通常的认识或许不同，虚构的现实主义（作为本体论公设）大部分时候都非常牢固。当人物不赞同这种现实主义时，其（虚构或现实的）作者经常会提醒他自身生存条件的严酷性，例如打个响指让他消失[1]。

这并不意味着重走瓦莱里那条已被很多人踩踏过的老路，即使他在那段经常被引的段落中提出的"没有脏器的活人"这一表述相当准确地呈现了人物的悖论。如果说人物"活着"，那不是就生物学意义而言的。某些生物学家提出的对生命的最新定义［罗森（Robert Rosen）[2]指出，生物学为认识论与本体论提供了相遇的场域］对于我们重新界定虚构边界并非毫无意义。有能力自我构成、自我维系（从细胞到人体）的独立器官都可以被认为是活的。生命的特征是自我生产，机器从来做不到如此，即使我们将能够自行编写的信息程序考虑在内。这一理论的先行理论是马图拉纳和瓦芮拉（Maturana & Varela 1989 [1972]）的"自创生系统"（système autopoïétique）理论[3]，这一点对文学研究者来说既具吸引力又具欺骗性。我们知道"自创生"概念曾以隐喻的方式被广泛应用于社会科学（法学、传播学、社会学、信息学[4]）和文学理论，

1　我们指的是乔纳森·科的《西姆先生的隐秘人生》的结尾。

2　"生物学中的理论"，未出版，转引自霍夫梅尔（2007: 223）。

3　通过一个自动的自我生产系统来定义生命的理念来自罗森在 1970 年代进行的研究。马图拉纳和瓦芮拉的"自创生系统"理论由这一理念宽泛地派生而来。这一理论的数学建模由霍夫梅尔（2007）完成。感谢霍夫梅尔为我们提供了对这一问题的解释。

4　尤其是卢曼（Luhmann 1990）。有关这一问题，参见夏尼亚尔（Chanial 1994）。

在文学理论中，这一概念进入某个源自德国浪漫主义的漫长传统，与自我指称概念融合，最后构成了"文学的绝对"（拉库－拉巴尔特、南希 2012）。

我们的视角与上述视角完全相反。虚构生物的本体论是：虚构生物从严格意义上说并不是自创生的。因为虚构不是独立的系统，除非我们抹除创造与接受即作者与读者这两个生产机制。这种做法是完全有可能的，它甚至是整个结构主义时期的法则，它导致产生了看待文学作品（因为当时只涉及文学作品）的一种可以说是荒诞不经的视角，赋予文学作品以自己的行动，从作品的自我生产直至某种互文性观念，即将互文性理解为某个幽灵图书馆的藏书之间无须人类中介的无尽对话。正如我们此前所见，这样一种观念还隐含了对虚构世界的可能性面貌完全不感兴趣的态度（尤见第一部分第三章有关原样派的讨论）。

然而，虚构人物证明甚至不厌其烦地解释了上述本体论，从 20 世纪初开始大量出现的文本与电影尤其如此，在这些作品中，虚构人物遇见了他们的作者、读者或者观众。他们激起了我们的遗憾，暗示了我们对某种表明自己无能状态的否认，因为他们是人造的，不可能拥有独立的生命，除非我们愿意相信，我们对文本的阐释以及我们用来延续他们生命的手法可以作为他们生命的替代品。一般来说，虚构——尤其当其包含次级世界时——再现自身条件的方式也是对虚构局限性的肯定（参见第三部分第三章）。而将这一点考虑在内并非意味着贬低虚构的价值。

实际上，我们坚持认为，虚构是具有极其独特的属性的可能世界，其特征之一是引发我们的修复渴望，这种渴望之所以显得必要，恰恰因为虚构不具有自创生属性，无法自我生产与再生产。虚构可能世界从逻辑上说经常是不可能的，这令其与数学可能世界彻底区别开来。它们的特殊性在于，它们是由矛盾构成的，即便这些矛盾有时没有得到明确讨论，因为矛盾源自虚构的本质，也就是对非存在实体之存在的模拟。最不明显的悖论位于虚构语言的中心（正如汉伯格指出的那样），比如在时态系统中。并非所有悖论都是隐而不显的，那些影响陈述（说谎者悖论）和故事结构（集合论悖论）的悖论都相对较为明显。但这些悖论出现并发展至极限后，就会导致虚构世界的内爆[1]，正如最具字面性的转叙在大多数情况下都是杀死人物的机器。

　　虚构不可能性的修复能力正是在此时介入的，这一能力存在于阐释中。当主体遭遇矛盾时，上文我们借助心理学和神经科学尝试阐明的机制会在主体身上引发解决或忽略矛盾的倾向。此外，大部分包含悖论的虚构都提供了解药，为那些可以称之为"调节"的阐释以及合理化行为提供了条件：寓言便是最好的证明。虚构是需要阐释的世界，真实世界不需要阐释，即使需要，也不是以相同的方式。这些世界的人造特征（也就是非自创生特征）通过悖论体现出来，我们可以认为这些世界是不完整的。不过我们更喜欢说它们处于对可能性的等待之中：读者或观众的阐释会抚平、纠正或忽略阻碍产生虚构沉浸的矛盾。正是从这一意义上，我们可以跟艾柯一样谈论"合作"。换句话说，再次借用生物学家霍夫

1　参见第三部分第二章。

梅尔（Hofmeyr）[1] 的术语，我们本身是允许作为非独立系统的虚构人物得到重新创造的条件的。没人会怀疑悖论同时也是一种认知诱饵，呼唤一种解决方法，后者本身能够引发愉悦感，打开进入虚构世界的通道。一个充满无法被化解的矛盾的世界是无法居住的。

　　因此，可以进入的世界多少都具备可接受的可能性。亚里士多德认为可信的不可能性优于不可信的可能性，这一观点非常中肯。逼真（vraisemblance）观念的历史并非我们要讨论的话题，只须指出，即使读者或观众具有极强的容忍度，这一观念也有其限度，限度之一是其历史局限性。撇开社会学的、审美的、历史的、类型的变体不谈，一种连贯的形式似乎确实是进入虚构的条件，而我们时刻准备通过阐释来修正、完善这种形式。这就是为什么我们可以断言虚构是一些可能世界，只不过其可能性（可进入性）处于等待之中，需要读者、观众、网民去建构。此外，我们也需要引入种种改造方法，令这一虚构观念对一切文化产品来说都有效。

　　我们在对虚构的爱和对其边界的捍卫之间建立了联系。虚构的边界，也就是它的疆域。我们曾尝试让人体会这一疆域在多元性与杂糅性的照耀下所呈现出来的本质上的地域色彩。

　　我们的立场可能不一定得到认同，但幸运的是，对虚构的爱是共同的。在全球范围内，这份爱体现于数不胜数的虚构作品中，

1　私下交流（2014）。

后者将不可遏抑地取文学经典而代之。这份爱在读者与观众无限的阐释善意中得到继续，证明这份善意的，是对文学作品、影视作品、游戏的网络评论，尤其来自非专业读者或观众的评论的大量涌现。阐释始终朝着有利于虚构沉浸的方向发展，弥补所有不足，哪怕需要为此剔除悖论。最后，这份特别容易沉浸在幻想中的爱在被滥用的语言和荒唐的理论中体现出来，后者向某种诱惑投降，企图赋予文化制品以独立的生命。无论反对意见如何，欲望的对象似乎始终是人物。以那个名字恰恰叫作"角色"[1]的日本小人偶为代表，人物一直存在，而且即使小说与书籍都将消失，人物也将始终存在。

---

1 "Charat"。有关这一问题，参见东浩纪（Azuma 2008），以及本书第二部分第五章。

主要参考文献 [1]

Aarseth, Espern J. (1997), *Cybertext, Perspective on Ergotic Literature*, Baltimore, Londres, The Johns Hopkins University Press.

– (2007), « Doors and perception: fiction vs. simulation in games », in *Intermédialités. Histoire et théorie des arts, des lettres et des techniques/Intermediality: History and Theory of the Arts, Literature and Technologies*, n°9, p.35-44. Disponible en ligne, URL: http://id.erudit.org/iderudit/1005528ar [consulté le 15 août 2013], DOI: 10.7202/1005528ar.

Abraham, Anna, von Cramon, D. Yves et Schubotz, Ricarda I. (2008), « Meeting George Bush versus meeting Cinderella: the neural response when telling apart what is real from what is fictional in the context of our reality », *Journal of Cognitive Neuroscience*, vol. 20, n°6, p.965-978.

Abraham, Anna et von Cramon, D. Yves (2009), « Reality = Relevance ? Insights from spontaneous modulations of the brain's default network when telling apart reality from fiction », *PloS ONE*, vol. 4, n°3, p.1-9.

Adams, Robert Merrihew (1974), « Theories of actuality », *Noûs*, vol. 8, n°3, p.211-231.

Adorno, Theodor W. (1995 [1970]), *Théorie esthétique*, traduit de l'allemand par Marc Jimenez, in *Théorie esthétique; Paralipomena; Théories sur l'origine de l'art; Introduction première*, traduit de l'allemand par Marc Jimenez et Éliane Kaufholz, Paris, Klincksieck, « Collection d'esthétique », p.15-359.

［阿多诺:《美学理论》，王柯平译，四川人民出版社，1998 年。］

Aït-Touati, Frédérique (2011), *Contes de la lune. Essai sur la fiction et la science*

1　本书提及的很多文献都尚未被译成中文。如有中译本，此处将提供具体出版信息。——译注

modernes, Paris, Gallimard, « NRF Essais ».

Akdeniz, Yaman (1997), « The regulation of pornography and child pornography on the Internet », *Social Science Research Network*, 28 février. Disponible en ligne, URL: http://dx.doi.org/10.2139/ssrn.41684 [consulté le 3 mars 2013].

Allori, Valia, Goldstein, Sheldon, Tumulka, Roderich et Zanghì, Nino (2011), « Many-worlds and Schrödinger's first quantum theory », *British Journal for the Philosophy of Sciences*, vol. 62, n°1, p.1-27.

Allouche, Sylvie (2004), « Science-fiction et philosophie: pour une exploration des possibles de la techno-science », *Solaris*, n°149, p.101-110.

– (2005), « De la science-fiction en philosophie et réciproquement: à partir des expériences de pensée sur l'identité personnelle de Locke », in Françoise Dupeyron-Lafay (éd.), *Détours et hybridations dans les œuvres fantastiques et de science-fiction*, Aix-en-Provence, Publications de l'université de Provence, « Regards sur le fantastique », p.69-80.

– (2006), « L'hypothèse Matrix, pouvons-nous prouver que nous sommes réels ? », *Eurêka*, n°3, p.50-55.

– (2007), « Quelques problèmes spéculatifs de l'immortalité numérique – à partir de fictions de Greg Egan, Charles Stross et John Varley », in Francis Berthelot et Philippe Clermont (dir.), *Science-fiction et imaginaires contemporains*, Colloque de Cerisy, 21-31 juillet 2006, Paris, Bragelonne, « Essais », p.23-37.

Altmann, Ulrike, Bohrn, Isabel C., Lubrich, Olivier, Menninghaus, Winfried, Jacobs, Arthur M. (2012), « Fact versus fiction; how paratextual information shapes our reading processes ». *Social Cognitive and Affective Neuroscienses*, n°29, doi: 10.1093/scan/nss098.

Ankersmit, Franklin R. (1983), *Narrative Logic. A Semantic Analysis of the Historian's Language*, La Haye, Boston, Londres, M. Nijhoff.

［安克施密特:《叙述逻辑: 历史学家的语言的语义分析》, 田平、原理译, 大象出版社, 2012 年。］

– (2005), *Sublime Historical Experience*, Stanford, Stanford University Press.

Aquino, John T. (2005), *Truth and Lives on Film. The Legal Problems of Depicting Real Persons and Events in a Fictional Medium*, Jefferson (North Carolina),

Londres, McFarland & Company.

Aristote (1980), *La Poétique*, texte, traduction et notes par Roselyne Dupont-Roc et Jean Lallot, Paris, Seuil, « Poétique ».

［亚里士多德：《诗学》，陈中梅译注，商务印书馆，1996 年。］

– (1994), *Éthique à Nicomaque*, traduit par Jules Tricot, Paris, Vrin, « Bibliothèque des textes philosophiques ».

［亚里士多德：《尼各马可伦理学》，廖申白译注，商务印书馆，2003 年。］

– (2010), *Les Métaphysiques*, édité par André de Muralt, Paris, Les Belles Lettres, « Sagesses médiévales ».

［亚里士多德：《形而上学》，李真译，上海人民出版社，2005 年。］

Aron, Raymond (1971), « Comment on écrit l'épistémologie: à propos du livre de Paul Veyne », *Annales. Économies, sociétés, civilisations*, 26ᵉ année, n°6, Paris, Armand Colin, p. 1319-1354.

Arzoumanov, Anna (2005), « L'Histoire amoureuse des Gaules. Entre chronique scandaleuse et divertissement galant », *Littératures classiques*, n°54: « Lectures à clé », dirigé par Marc Escola et Mathilde Bombart, p.141-151.

Ashline, William L. (1995), « The problem of impossible fictions », *Style*, vol. 29, n°2, p.215-234.

Ashworth, Earline J. (1998), « Logic, medieval », in *Routledge Encyclopedia of Philosophy*, édition Edward Craig, vol. 5, Londres, New York, Routledge, p.746-759.

Aubignac, François Hédelin, abbé d'(2001 [1671]), *La Pratique du théâtre*, édition Hélène Baby, Paris, Honoré Champion.

Audet, René, Saint-Gelais, Richard (dir.) (2007), *La Fiction, suites et variations*, Québec, Rennes, Éditions Nota Bene, Presses universitaires de Rennes.

Audran, Marie (2003), « Sa vie est un roman », *Le Point*, 11 avril.

Austin, John L. (1994 [1957]), « Plaidoyer pour les excuses » [« A plea for excuses »], in *Écrits philosophiques [Philosophicals Papers]*, traduit de l'anglais par Lou Aubert et Anne-Lise Hacker, Paris, Seuil, « La Couleur des idées », p.136-170.

Austin, Michael (2011), *Useful Fictions. Evolution, Anxiety, and the Origins of Literature*, Lincoln (Neb.), University of Nebraska Press, « Frontiers of Narrative ».

Azuma, Hiroki (2008 [2001]), *Génération Otaku. Les enfants de la postmodernité* [動

物化するポストモダン一オタクから見た日本社会 ; *Dōbutsuka suru Postmodern.*
Otaku kara mita Nihonshakai], traduit du japonais par Corinne Quentin, Paris,
Hachette.

Badiou, Alain (2013), *Le Séminaire. Lacan. L'antiphilosophie 3*, Paris, Fayard,
« Ouvertures ».

Badiou, Alain, Bénatouil, Thomas, During, Elie *et al.* (2003), *Matrix, machine
philosophique*, Paris, Ellipses.

Bahng, Aimee (2006), « Queering *The Matrix*: hacking the digital divide and slashing
into the future », in Myriam Diocaretz et Stefan Herbrechter (dir.), *The Matrix in
Theory*, Amsterdam, New York, Rodopi, « Critical Studies », p.167-192.

Bainbridge, William Sims (2010), *The Warcraft Civilization. Social Science in a
Virtual World*, Cambridge (Mass.), MIT Press.

Balibar, Étienne et Laugier, Sandra (2004), « Agency », in Barbara Cassin (dir.),
Vocabulaire européen des philosophies. Dictionnaire des intraduisibles, Paris,
Seuil, Le Robert, p.26-32.

Banfield, Ann (1995 [1982]), *Phrases sans parole. Théorie du récit et du style indirect
libre [Unspeakable Sentences. Narration and Representation in the Language of
Fiction]*, traduit de l'anglais par Cyril Veken, Paris, Seuil.

Barbier, Frédéric (1996), « Mesure(s) du livre », in *Histoire & Mesure*, vol. 11, n°1-2, p.
173-177. Disponible en ligne, URL: http://www.persee.fr/web/revues/home/prescript/
article/hism_0982-1783_1996_num_11_1_1725 [consulté le 3 février 2013].

Baroni, Raphaël (2007), *La Tension narrative. Suspense, curiosité et surprise*, Paris,
Seuil, « Poétique ».
［巴罗尼:《叙述张力》, 向征译, 外语教学与研究出版社, 2020 年。］
– (2009), *L'Œuvre du temps. Poétique de la discordance narrative*, Paris, Seuil,
« Poétique ».

Barrau, Aurélien, Gyger, Patrick, Kistler, Max et Uzan, Jean-Philippe (2010), *Multivers.
Mondes possibles de l'astrophysique, de la philosophie et de l'imaginaire*, Montreuil,
La ville brûle.

Barrau, Aurélien et Nancy, Jean-Luc (2011), *Dans quels mondes vivons-nous ?*, Paris,
Galilée, « La Philosophie en effet ».

Barthes, Roland (1957), *Mythologies*, Paris, Seuil, « Pierres vives ».

［巴特:《神话——大众文化诠释》, 许蔷蔷、许绮玲译, 上海人民出版社, 1999 年。］

– (1966), « Introduction à l'analyse structurale des récits », *Communications*, vol. 8, p.1-27.

［巴尔特:《叙事作品结构分析导论》, 张裕禾译, 见《西方文艺理论名著选编 (下)》, 伍蠡甫、胡经之主编, 北京大学出版社, 1987 年, 第 473—504 页。］

– (1973), « Analyse textuelle d'un conte d'Edgar Poe », in François Rastier (éd.), *Sémiotique narrative et textuelle*, Paris, Larousse, « Collection L », p.29-54.

– (1977), *Fragments d'un discours amoureux*, Paris, Seuil, « Tel Quel ».

［巴特:《恋人絮语》, 汪耀进、武佩荣译, 上海人民出版社, 2009 年。］

– (1984a), « Écrire, verbe transitif ? » (1966), in *Le Bruissement de la langue*, Paris, Seuil, p.21-32.

– (1984b), « Le discours de l'Histoire » (1967), in *Le Bruissement de la langue*, Paris, Seuil, p.153-166.

［巴尔特:《历史的话语》, 李幼蒸译, 见汤因比等著《历史的话语》, 张文杰编, 广西师范大学出版社, 2002 年, 第 110—124 页。］

– (1984c), « De la science à la littérature » (1967), in *Le Bruissement de la langue*, Paris, Seuil, p.11-19.

– (1984d), « L'effet de réel » (1968), in *Le Bruissement de la langue*, Paris, Seuil, p.167-174.

Bartneck, Christoph, Obaid, Mohammad et Zawieska, Karolina (2012), « The emotional expressions of LEGO minifigure faces », *Proceedings of the 1st International Conference on Human-Agent Interaction*, Sapporo, p.III-2-1.

Bassham, Gregory (2002), « The religion of *The Matrix* and the problems of pluralism », in William Irwin (éd.), The Matrix *and Philosophy. Welcome to the Desert of the Real*, Chicago, Open Court Publishing Co, « Popular Culture and Philosophy », p.111-125.

Bataille, Georges (1962 [1947]), *L'Impossible*, 2e édition, Paris, Minuit; titre initial: *Haine de la poésie*, Paris, Minuit.

［巴塔耶:《不可能性》, 曹丹红译, 南京大学出版社, 2017 年。］

– (1988a), « L'érotisme, soutien de la morale » (1957), in *Œuvres complètes*, vol. 12,

Paris, Gallimard, p.467-471.

– (1988b), « Le paradoxe de l'érotisme » (1955), in *Œuvres complètes*, vol. 12, Paris, Gallimard, p.321-325.

Baudrillard, Jean (1981), *Simulacres et Simulation*, Paris, Galilée.

– (2003), « Baudrillard décode *Matrix* », interview par Aude Lancelin, *Le Nouvel Observateur*, 19-25 juin.

Bayard, Pierre (2005), *Demain est écrit*, Paris, Minuit, « Paradoxes ».

Beardsley, Monroe C. (1981), « Fiction as representation », *Synthese*, vol. 46, n°3: The Richard Rudner Memorial Issue, p.291-313.

Beau, Frank (éd.) (2007), *Culture d'univers. Jeux en réseau, mondes virtuels, le nouvel âge de la société numérique*, Limoges, Fyp éditions.

Becher, Tony et Trowler, Paul R. (2001 [1989]), *Academic Tribes and Territories. Intellectual Enquiry and the Culture of Disciplines*, second edition, Buckingham, SRHE, Open University Press.

［比彻、特罗勒尔：《学术部落及其领地》，唐跃勤等译，北京大学出版社，2008 年。］

Beevor, Antony (2011), « Author, author. "The appeal of faction to writers and readers has recently increased in a dramatic way" », *The Guardian*, 19 février.

Bell, Alice et Alber, Jan (2012), « Ontological metalepsis and unnatural narratology », *Journal of Narrative Theory*, vol. 42, n°2, p.166-192.

Benjamin, Walter (2000 [1936]), « Le Conteur. Réflexions sur l'œuvre de Nicolas Leskov » [« Der Erzähler Betrachtungen zum Werk Nikolai Lesskows »], traduit de l'allemand par Pierre Rusch, in *Œuvres III* [*Gesammelte Schriften*], Paris, Gallimard, « Folio Essais », p.114-151.

［本雅明：《讲故事的人》，见阿伦特编《启迪：本雅明文选》，张旭东、王斑译，生活・读书・新知三联书店，2008 年，第 95—118 页。］

Benoist, Jocelyn (2011), *Éléments de philosophie réaliste. Réflexions sur ce que l'on a*, Paris, Vrin, « Moments philosophiques ».

Bentham, Jeremy (1996 [1932]), *Théorie des fictions [Bentham's Theory of fiction]*, texte anglais et français, traduction, introduction et notes de Gérard Michaut, Paris, Éditions de l'Association freudienne internationale.

Benveniste, Émile (1966), *Problèmes de linguistique générale*, Paris, Gallimard,

Bibliothèque des sciences humaines.

Berner, Christian (2006), « Nietzsche et la question de l'interprétation », Conférence d'agrégation présentée le 10 novembre 2006 à l'université de Bourgogne et le 27 janvier 2007 à l'université de Lille. Disponible en ligne, URL: http://stl.recherche. univ-lille3.fr/sitespersonnels/berner/textesenligne/nietzscheetinterpretation.pdf [consulté le 30 avril 2014].

Bessière, Jean (2005), « Récit de fiction, transition discursive, présentation actuelle du passé, ou que le récit de fiction est toujours métaleptique », in John Pier et Jean-Marie Schaeffer (dir.), *Métalepses. Entorses au pacte de la représentation*, Paris, École des hautes études en sciences sociales, « Recherches d'histoire et de sciences sociales », p.279-294.

– (2010), *Le Roman contemporain ou La problématicité du monde*, Paris, PUF, « L'Interrogation philosophique ».

［贝西埃:《当代小说或世界的问题性》，史忠义译，北京大学出版社，2012 年。］

Besson, Anne (2015), *Constellations. Des mondes fictionnels dans l'imaginaire contemporain*, Paris, CNRS Éditions.

Bianchi, Luca et Randi, Eugenio (1993 [1990]), *Vérités dissonantes. Aristote à la fin du Moyen Âge [Le verità dissonanti: Aristote alla fine del Medioevo]*, traduit de l'italien par Claude Pottier, Fribourg, Paris, Éditions universitaires, Éditions du Cerf, « Vestigia ».

Binoche, Bertrand (2006), « Clio, la peste et l'utopie », in Sabrina Vervacke, Éric Van der Schueren et Thierry Belleguic (éd.), *Les Songes de Clio. Fiction et histoire sous l'Ancien Régime*, Québec, Presses de l'université Laval, p.631-645.

Blanchot, Maurice (1949), « Le langage de la fiction », in *La Part du feu*, Paris, Gallimard, p.79-89.

Blayer, Irene Maria F. et Sanchez, Monica (éd.) (2002), *Storytelling. Interdisciplinary and Intercultural Perspectives*, New York, Peter Lang.

Boettke, Peter J. (2003), « Human freedom and the Red Pill », in Glenn Yeffeth (éd.), *Taking the Red Pill. Science, Philosophy and Religion in* The Matrix, Dallas, BenBella Books, « Smart Pop », p.174-188.

Bokobza Kahan, Michèle (2004), « Intrusions d'auteur et ingérences de personnages:

la métalepse dans les romans de Bordelon et de Mouhy », *Eighteen-Century Fiction*, vol. 16, n°4: « The edge of fiction/Aux confins du roman », p.639-654. Disponible en ligne.

– (2009), « Métalepse et image de soi de l'auteur dans le récit de fiction », *Argumentation et analyse du discours*, n°3: « Ethos discursif et image d'auteur ». Disponible en ligne, URL: http://aad.revues.org/671 [mis en ligne le 15 octobre 2009, consulté le 9 septembre 2013].

Bolens, Guillemette (2008), *Le Style des gestes. Corporéité et kinésie dans le récit littéraire*, préface d'Alain Berthoz, Lausanne, Éditions BHMS (Bibliothèque d'histoire de la médecine et de la santé).

Bombart, Mathilde et Escola, Marc (dir.) (2005), dossier « Lectures à clés », *Littératures classiques*, vol. 2, n°54.

Booth, Wayne C. (1961), *The Rhetoric of Fiction*, Chicago, Londres, University of Chicago Press.
［布斯:《小说修辞学》, 华明等译, 北京大学出版社, 1986 年。］

Borghero, Carlo (1983), *La Certezza e la Storia. Cartesianesimo, pirronismo e conoscenza storica*, Milan, Franco Angeli Editore.

– (2011), « Pirronismo storico e altri scetticismi », in Camilla Hermanin et Luisa Simonutti (éd.), *La Centralità del Dubbio. Un progetto di Antonio Rotondò*, Florence, L. S. Olschki, vol. 1, p.107-137.

Bortolussi, Marisa et Dixon, Peter (2003), *Psychonarratology. Foundations for the Empirical Study of Literary Response*, Cambridge, Cambridge University Press.

Boscaro, Adriana (2006), « Monogatari », in Franco Moretti (éd.), *The Novel, vol. 1: History, Geography, and Culture*, Princeton (N. J.), Princeton University Press, p.148-241.

Bouchard, Mawy (2002), « L'invention fabuleuse de l'histoire à la Renaissance (Bodin et La Popelinière) », *Littératures*, n°47: « Fictions du savoir à la Renaissance », Toulouse, Presses universitaires du Mirail, p.101-117. URL: http://www.fabula.org/colloques/document101.php [consulté le 17 mars 2014].

– (2006), *Avant le roman. L'allégorie et l'émergence de la narration française au xvie siècle*, Amsterdam, Rodopi.

Boutaghou, Maya (2010), « Peur de la fiction ? Le cas de la culture arabe moderne », in Françoise Lavocat et Anne Duprat (dir.), *Fiction et cultures*, Paris, Nîmes, Lucie éditions, « Poétiques comparatistes », p.93-110.

Bradley, Raymond D. et Swartz, Norman (1979), *Possible Worlds. An Introduction to Logic and Its Philosophy*, Indianapolis, Hackett.

Braun, Robert (1994), « The Holocaust and problems of historical representation », *History and Theory*, vol. 33, n°2, p.172-197.

Bremond, Claude et Pavel, Thomas (1998), *De Barthes à Balzac. Fictions d'un critique, critiques d'une fiction*, Paris, Albin Michel, « Idées ».

Brook, James et Boal Iain (éd.), (1995), *Resisting the Virtual Life. The Culture and Politics of Information*, San Francisco, City Lights.

Brooks, Peter (1984), *Reading for the Plot. Design and Intention in Narrative*, New York, Alfred A. Knopf.

Cadoz, Claude (1994), *Les Réalités virtuelles. Un exposé pour comprendre, un essai pour réfléchir*, Paris, Flammarion, « Dominos ».

Caillois, Roger (1967 [1958]), *Les Jeux et les hommes. Le masque et le vertige*, 2ᵉ édition revue et augmentée, Paris, Gallimard.

Caïra, Olivier (2005), *Hollywood face à la censure. Discipline industrielle et innovation cinématographique,* Paris, CNRS Éditions.

– (2007), *Jeux de rôle. Les forges de la fiction*, Paris, CNRS Éditions.

– (2011), *Définir la fiction. Du roman au jeu d'échecs*, Paris, Éditions de l'EHESS.

Caïra, Olivier et Larré, Jérôme (dir.) (2009), *Jouer avec l'histoire*, Villecresnes, Pinkerton Press.

Calame, Claude (1996), *Mythe et histoire dans l'Antiquité grecque*, 2ᵉ édition revue et corrigée, Lausanne, Payot.

– (2010), « La pragmatique poétique des mythes grecs: fiction référentielle et performance rituelle », in Françoise Lavocat et Anne Duprat (dir.), *Fiction et cultures*, Paris, Nîmes, Lucie éditions, « Poétiques comparatistes », p.33-56.

Cameron, Ross (2009), « God exists at every (modal realist) world: response to Sheehy », *Religious Studies*, vol. 45, n°1, p.95-100.

Campbell, Joseph (1978 [1949]), *Le Héros aux mille et un visages [The Hero with a*

Thousand Faces], Paris, Robert Laffont.

［坎伯:《千面英雄》, 朱侃如译, 立绪文化事业公司, 1997 年。］

Canary, Robert H. et Kozicki, Henry (éd.) (1978), *The Writing of History. Literary Form and Historical Understanding*, Madison, University of Wisconsin Press.

Carignan, Michael I. (2000), « Fiction as history or history as fiction ? George Eliot, Hayden White and Nineteenth-Century Historicism », *Clio*, vol. 29, n°4, p.395-415.

Cario, Erwan (2011), « *I Am Alive*, revenu d'entre les morts », *Libération*, 14 mars 2012.

Carlson Berne, Emma (2007), *Online Pornography*, Detroit, New York, San Francisco, New Haven Conn, Waterville Maine, Londres, Greenhaven Press, « Opposing Viewpoints ».

Carr, Laurie, Iacoboni, Marco, Dubeau, Marie-Charlotte, Mazziotta, John C. et Lenzi, Gian Luigi (2003), « Neural mechanisms of empathy in humans: a relay from neural systems for imitation to limbic areas », *Proceedings of the National Academy of Sciences of the United States of America*, vol. 100, n°9, p.497-502.

Carrard, Philippe (1998 [1992]), *Poétique de la Nouvelle Histoire. Le discours historique français de Braudel à Chartier [Poetics of the New History. French Historical Discourse from Braudel to Chartier]*, Lausanne, Payot-Lausanne.

Carroll, Noël E. (1990), « Interpretation, history and narrative », *The Monist*, vol. 73, n°2, p.134-167.

Casanova, Pascale (1999), *La République mondiale des lettres*, Paris, Seuil.

［卡萨诺瓦:《文学世界共和国》, 罗国祥等译, 北京大学出版社, 2015 年。］

Cassin, Barbara (1986), « Du faux ou du mensonge à la fiction », in Barbara Cassin (dir.), *Le Plaisir de parler. Études de sophistique comparée*, Paris, Minuit.

– (1995), *L'Effet sophistique*, Paris, Gallimard, « NRF Essais ».

Castanet, Didier (2006), « Éditorial. "L'impossible, c'est le réel, tout simplement": Jacques Lacan », *L'en-je lacanien*, série 2, n°7: « L'impossible », p.5-7. Disponible en ligne, DOI: 10.3917/enje.007.0005.

Castelvetro, Lodovico (1978 [1570]), *Poetica d'Aristotele vulgarizzata e sposta*, éd. Werther Romani, Rome, Bari, G. Laterza e Figli.

Castronova, Edward (2005), *Synthetic Worlds. The Business and Culture of Online*

Games, Chicago, The University of Chicago Press.

Cauchie, Maurice (1942), « Les églogues de Nicolas Frénicle et le groupe littéraire des Illustres Bergers », *Revue d'histoire de la philosophie*, p.115-133.

Cauquelin, Anne (2010), *À l'angle des mondes possibles*, Paris, PUF, « Quadrige ».

Cavaillé, Jean-Pierre (1991), *Descartes, la fable du monde*, Paris, Vrin, « Contextes ».

Cavell, Stanley (2003), *Disowning Knowledge in Seven Plays of Shakespeare*, édition revue et augmentée, Cambridge, Cambridge University Press.

Cayeux, Agnès de et Guibert, Cécile (dir.) (2007), *Second Life. Un monde possible*, Paris, Les Petits Matins.

Centner, Christian (dir.) (2006), *L'Insistance du réel*, Ramonville-Saint-Agne, Éditions Érès.

Cerisuelo, Marc (2000), *Hollywood à l'écran. Essai de poétique historique des films: l'exemple des métafilms américains*, Paris, Presses de la Sorbonne nouvelle, « L'Œil vivant ».

Certeau, Michel de (1972), « Une épistémologie de transition », *Annales. Économies, sociétés, civilisations*, 27ᵉ année, n°6, p. 1317-1327.

Chakrabarty, Dipesh (2009 [2000]), *Provincialiser l'Europe. La pensée postcoloniale et la différence historique [Provincializing Europe: Postcolonial Thought and Historical Difference]*, traduit de l'américain par Olivier Ruchet et Nicolas Vieillescazes, Paris, Éditions Amsterdam.

Chalak, Hanàa (2012), « Apports de l'expérimentation virtuelle en sciences », *Agence des usages TICE*, ministère de l'Éducation nationale. Disponible en ligne, URL: http://www.cndp.fr/agence-usages-tice/que-dit-la-recherche/-54.htm [mis en ligne le 1ᵉʳ juin 2012, consulté le 15 mars 2014].

Chalvon-Demersay, Sabine (2011), « Enquête sur l'étrange nature du héros de série télévisée », *Réseaux*, vol. 1, n°165: « Les séries télévisées », Paris, La Découverte, p.181-214. Disponible en ligne.

– (2012), « La part vivante des héros de série », in Pascale Haag et Cyril Lemieux (dir.), *Faire des sciences sociales. Critiquer*, Paris, Éditions de l'EHESS, « Cas de figure » vol. 21, p.32-57.

Chamovitz, Daniel (2012), *What A Plant Knows. A Field Guide to the Senses*, New

York, Farrar, Straus & Giroux.

［查莫维茨：《植物知道生命的答案》，刘夙译，长江文艺出版社，2014 年。］

Chanial, Philippe (1994), « Des cercles autopoïétiques aux cercles du langage. Note critique sur l'analyse du droit comme système autopoïétique », *Quaderni*, vol. 22, n°22: « Exclusion-intégration: la communication interculturelle », p.37-48.

Chantre, Pierre-Louis (2003), « La religion de *Matrix* », *Allez savoir ! Le magazine de l'université de Lausanne*, n°27, octobre, p.3-11. Disponible en ligne, URL: http://www.unil.ch/webdav/site/unicom/shared/alllezsavoir/AS0027.pdf [consulté le 3 mars 2013].

Chaouli, Michel (2005), « How interactive can fiction be ? », *Critical Inquiry*, vol. 31, n°3, p.599-617.

Chapelain, Jean (2007), *Opuscules critiques*, édition Alfred C. Hunter, introduction, révision des textes et notes par Anne Duprat, Genève, Droz.

Chavdia, Christophe (1999), « Il était une fois *Hara-Kiri*, "journal bête et méchant", et ses interdictions », in Thierry Crépin et Thierry Groensteen (dir.), *« On tue à chaque page ». La loi de 1949 sur les publications destinées à la jeunesse*, Paris, Éditions du Temps/Musée de la bande dessinée, p.137-147.

Chazal, Gérard (2000), *Les Réseaux du sens. De l'informatique aux neurosciences*, Seyssel, Champ Vallon, « Milieux ».

Chehhar, Mohammed (1994), « Les "Versets sataniques". Une fable, un lien entre l'Orient et l'Occident », *Revue des sciences sociales de la France de l'Est*, p.51-56.

Chevrolet, Teresa (2007), *L'Idée de fable. Théories de la fiction poétique à la Renaissance*, Genève, Droz.

« Cinéma en numérique » (2007), supplément au n°628 des *Cahiers du cinéma*, Cahiers du Cinéma/Festival d'automne à Paris.

Citton, Yves (2007), *Lire, interpréter, actualiser. Pourquoi les études littéraires ?*, Paris, Éditions Amsterdam.

– (2010a), *Mythocratie. Storytelling et imaginaire de gauche*, Paris, Éditions Amsterdam.

– (2010b), *L'Avenir des humanités. Économie de la connaissance ou cultures de l'interprétation ?*, Paris, La Découverte.

Cixous, Helène (1974), « The character of "character" », *New Literary History*, vol. 5, n°2: « Changing views of character », p.383-402.

Clairon, Mlle (an VII [1798]), *Mémoires d'Hyppolite Clairon, et réflexions sur l'art dramatique, publiés par elle-même*, Paris, Buisson.

Clément, Jean-Marie Bernard et Laporte, Joseph de (1775), *Anecdotes dramatiques*, Paris, La Veuve Duchesne.

Cléro, Jean-Pierre (2006), *Y a-t-il une philosophie de Lacan ?*, Paris, Ellipses.

– (2012), « Les mathématiques, c'est le réel. Variation sur un thème lacanien », *Essaim*, n°28, p.17-27.

Coady, C. A. J. (1992), *Testimony. A Philosophical Study*, Oxford, New York, Clarendon Press, Oxford University Press.

Codro Urceo, Antonio (1502), *In hoc Codri volumine haec continentur: Orationes, seu Sermones [...]. Epistolae. Silvae. Satyrae. Eglogae. Epigrammata*, édition Filippo Beroaldo, Bologne, Giovanni Antonio Benedetti.

Cohen, Jonathan (2001), « Defining identification: a theoretical look at the identification of audiences with media characters », *Mass Communication and Society*, vol. 4, n°3, p.245-264.

Cohn, Dorrit (1981 [1978]), *La Transparence intérieure. Modes de représentation de la vie psychique dans le roman [Transparent Minds. Narrative Modes for Presenting Consciousness in Fiction]*, traduit de l'anglais par Alain Bony, Paris, Seuil, « Poétique ».

– (1990), « Signposts of fictionality: a narratological perspective », *Poetics Today*, vol. 11, n°4: « Narratology revisited II », p.775-804.

– (2001 [1999]), *Le Propre de la fiction [The Distinction of Fiction]*, traduit de l'anglais (États-Unis) par Claude Hary-Schaeffer, Paris, Seuil, « Poétique ».

Coleridge, Samuel Taylor (1983 [1817]), *Biografia Literaria or Biographical Sketches of my Literary Life and Opinions*, édition James Engell et W. Jacskon Bate, Londres, Princeton (N. J.), Routledge and K. Paul, Princeton University Press, « Bollingen series ».

［柯勒律治:《文学传记》，王莹译，中国画报出版社，2019 年。］

Colie, Rosalie L. (1966), *Paradoxia Epidemica. The Renaissance Tradition of Paradox*, Princeton (N. J.), Princeton University Press.

Colm Hogan, Patrick et Pandit, Lalita (2005), « Ancient theories of narrative (non-Western) », in David Herman, Manfred Jahn et Marie-Laure Ryan (éd.), *Routledge Encyclopedia of Narrative Theory*, New York, Routledge, p.14-22.

Confucius (1981), *Les Entretiens de Confucius*, traduit du chinois par Anne Cheng, Paris, Seuil, « Points Sagesses ».

［孔子：《论语》］

Corneille, Pierre (1999 [1660]), *Trois Discours sur le poème dramatique*, édition Bénédicte Louvat et Marc Escola, Paris, Flammarion, « GF ».

Cornelius, Kai et Hermann, Dieter (éd.) (2011), *Virtual Worlds and Criminality*, Berlin, Heidelberg, Springer Verlag.

Corneliussen, Hilde G. et Walker Rettberg, Jill (2008), *Digital Culture, Play and Identity. A* World of Warcraft® *Reader*, Cambridge (Mass.), The MIT Press.

Correard, Nicolas (2008), *Rire et douter: lucianisme, scepticime(s) et pré-histoire du roman européen (xv*ᵉ*-xviii*ᵉ *siècle)*, thèse de doctorat soutenue le 6 décembre, sous la direction de Françoise Lavocat, université Paris 7-Denis Diderot.

Cranston, Edwin A. (1969), « *Atemiya*. A translation from the *Utsubo monogatari* », *Monumenta Nipponica*, vol. 24, n°3, p.289-314. Disponible en ligne.

Crépin, Thierry et Groensteen, Thierry (dir.) (1999), *« On tue à chaque page ». La loi de 1949 sur les publications destinées à la jeunesse*, Paris, Éditions du Temps/ Musée de la bande dessinée.

Crittenden, Charles (1982), « Fictional characters and logical completeness », *Poetics*, vol. 11, n°4-6, p.331-344.

– (1991), *Unreality. The Metaphysics of Fictional Objects*, Ithaca (N. Y.), Cornell University Press.

Cues, Nicolas de (1932 [1440]), *De Docta ignorantia*, édition Hernest Hoffmann et Raymond Klibansky, in *Opera omnia*, édité par l'Académie de Heidelberg, Leipzig, Meiner.

Currie, Gregory (1986), « Fictional truth », *Philosophical Studies*, vol. 50, n°2, p.195-212.

– (1989), *An Ontology of Art*, Londres, Macmillan.

– (1990), *The Nature of Fiction*, Cambridge, Cambridge University Press.

– (1993), « Interpretation and objectivity », *Mind*, vol. 102, n°407, Oxford, Oxford

University Press, p.413-428.

– (1995), « Imagination as simulation: aesthetics meets cognitive science », in Martin Davies and Tony Stone (éd.), *Mental Simulation. Evaluations and Applications-Reading in Mind and Language*, Oxford, Blackwell, p.151-169.

– (1997), « The paradox of caring fiction and the philosophy of mind », in Mette Hjort et Sue Laver (éd.), *Emotion and the Arts*, New York, Oxford University Press, p.63-77.

– (2004), *Arts and Minds*, Oxford, Clarendon Press.

Currie, Gregory et Ichino, Anna (2013 [2000]), « Imagination and make-believe », in Berys Gaut et Dominic Mclver Lopes (éd.), *The Routledge Companion to Aesthetics*, 3ᵉ édition, New York, Routledge, p.253-262.

Cusset, François (2003), *French Theory. Foucault, Derrida, Deleuze & Cie et les mutations de la vie intellectuelle aux États-Unis*, Paris, La Découverte.
［库塞：《法国理论在美国：德里达、福柯、德勒兹公司以及美国知识生活的转变》，方琳琳译，河南大学出版社，2018 年。］

Cutting Edge (The Women's Research Group) (éd.) (2000), *Digital Desires. Language, Identity and New Technologies*, Londres, I. B. Tauris Publishers.

Dandrey, Patrick (2006), « Historia in fabula: les noces d'Apollon et Clio au xviiᵉ siècle », in Sabrina Vervacke, Éric Van der Schueren et Thierry Belleguic (éd.), *Les Songes de Clio. Fiction et histoire sous l'Ancien Régime*, Québec, Presses de l'université Laval, p.3-32.

Daros, Philippe (2012), *L'Art comme action. Pour une approche anthropologique du fait littéraire*, Paris, Champion, « Unichamp-essentiel ».

Davidson, Donald (1980), « Mental events », in Ned Block (éd.), *Readings in Philosophy of Psychology*, Londres, Methuen, vol. 1, p.107-119.

De Bary, Cécile (dir.) (2013), « La fiction aujourd'hui », dossier de la revue *Itinéraires. Littérature, textes, cultures*, n°2013-1, Paris, L'Harmattan.

Decety, Jean et Ickes, William (éd.) (2009), *The Social Neuroscience of Empathy*, Cambridge (Mass.), The MIT Press.

Declerck, Gunnar (2010), *Phénoménologie et psychologie du tangible. Éléments pour une théorie de la valeur cognitive et pratique de la résistance*, thèse de doctorat soutenue le 29 mars 2010 à l'université de technologie de Compiègne sous la direction de Charles

Lenay et de François-David Sebbah.

– (2013), « Why motor simulation cannot explain affordance perception ». Disponible en ligne sur *Adaptive Behavior*, DOI: 10.1177/10597123 13488424.

De Groot, Jerome (2009), *Consuming History. Historians and Heritage in Contemporary Popular Culture*, Londres, Routledge.

Deleuze, Gilles (1968), *Différence et répétition*, Paris, Presses universitaires de France.

［德勒兹:《差异与重复》, 安靖、张子岳译, 华东师范大学出版社, 2019 年。］

Demeusoy, Vincent, avec la collaboration de Coillard, Jean-Christophe (2009), « Censure et liberté d'expression dans le domaine de la création aux États-Unis d'Amérique », recherche réalisée pour l'Observatoire de la liberté d'expression en matière de création auprès de la Ligue des droits de l'homme. Disponible en ligne, URL: http://www.ldh-france.org/-Debats [consulté le 5 mai 2013].

Demonet, Marie-Luce (2002), « Les êtres de raison, ou les modes d'être de la littérature », in Eckhard Kessler et Ian MacLean (dir.), *Res Et Verba in Der Renaissance*, Wiesbaden, Harrassowitz Verlag, p.177-195.

– (2005a), « Le "possible passé": la reconstitution historique dans le récit au xvie siècle », *Revue des sciences humaines*, n°280, p.25-47.

– (2005b), « Les mondes possibles des romans renaissants », in Michèle Clément et Pascale Mounier (dir.), *Le Roman français au xvie siècle ou Le Renouveau d'un genre dans le contexte européen*, Strasbourg, Presses universitaires de Strasbourg, « Europes littéraires », p.121-143.

– (2010), « Objets fictifs et "êtres de raison", locataires de mondes à la Renaissance », in Françoise Lavocat (dir.), *La Théorie littéraire des mondes possibles*, Paris, CNRS Éditions, p.127-148.

Denis, Delphine et Lavocat, Françoise (2008), « *L'Astrée*, livre des jeux », in Delphine Denis (dir.), *Lire* L'Astrée, Paris, Presses de l'université Paris-Sorbonne, « Lettres françaises ».

Derrida, Jacques (1977), « Limited Inc a b c », *Glyph*, n°2, Baltimore, Londres, The Johns Hopkins University Press, p.162-254.

Desan, Philippe (1987), *Naissance de la méthode: Machiavel, La Ramée, Bodin,*

Montaigne, Descartes, Paris, A.-G. Nizet.

– (1993), *Penser l'Histoire à la Renaissance*, Caen, Éditions Paradigme.

Descartes, René (1996 [1637]), *Discours de la méthode pour bien conduire sa raison, et chercher la vérité dans les sciences*, in *Œuvres de Descartes*, édition Charles Adam et Paul Tannery, Paris, Vrin.

［笛卡尔:《谈谈方法》, 王庆太译, 商务印书馆, 2000 年。］

Descola, Philippe (2005), *Par-delà nature et culture*, Paris, Gallimard, « Bibliothèque des sciences humaines ».

Descombes, Vincent (1983), *Grammaire d'objets en tous genres*, Paris, Minuit, « Critique ».

– (1995), « L'action », in Denis Kambouchner (dir.), *Notions de philosophie*, II, Paris, Gallimard, « Folio Essais », p.103-174.

De Wulf, Maurice (1899), « La synthèse scolastique », *Revue néo-scolastique*, vol. 6, n°21, p.41-65.

Dibbell, Julian (1998), « A rape in cyberspace », in *My Tiny Life. Crime and Passion in a Virtual World*, New York, Henry Holt & Company. Disponible en ligne, URL: http://www.juliandibbell.com/articles/a-rape-in-cyberspace/ [consulté le 30 juillet 2013].

– (2003), « The unreal estate boom », *Wired*. Disponible en ligne, URL: http://www.juliandibbell.com/texts/blacksnow.html [consulté le 30 juillet 2013].

Diderot, Denis et D'Alembert (éd.) (1751—1765), « Déclamation », in *Encyclopédie ou dictionnaire raisonné des sciences, des arts et des métiers*, Paris, Brisson puis David, Le Breton, Fauche, vol. 4, p.691-692. Disponible en ligne.

Di Filippo, Laurent (2012), « Les notions de personnage-joueur et Roleplay pour l'étude de l'identité dans les MMORPG », *Revue ¿ Interrogations ?*, n°15: « Identité fictive et fictionnalisation de l'identité (I) ». Disponible en ligne, URL: http://www.revue-interrogations.org/Les-notions-de-personnage-joueur [consulté le 3 août 2013].

DiLalla, Lisabeth F., Watson, Malcolm W. (1988), « Differentiation of fantasy and reality: preschoolers'reactions to interruptions in their play », *Developmental Psychology*, vol. 24, p.286-291.

Dimakopoulou, Stamatina (2006), « Remapping the affinities between the Baroque and the Postmodern: the folds of melancholy and the melancholy of the fold », *E-rea. Revue électronique sur le monde anglophone*, 4.1. Disponible en ligne, URL: http:// erea.revues.org/415 [consulté le 5 avril 2013].

Diocaretz, Myriam et Herbrechter, Stefan (éd.) (2006), *The Matrix in Theory*, Amsterdam, New York, Rodopi, « Critical Studies ».

Doležel, Lubomír (1998), *Heterocosmica. Fiction and Possible Worlds*, Baltimore (Md.), Londres, The Johns Hopkins University Press.

– (1999), « Fictional and historical narrative: meeting the postmodernist challenge », in David Herman (éd.), *Narratologies. New Perspectives on Narrative Analysis*, Columbus, Ohio State University Press, p.247-273.

– (2010a), « Les narrations contrefactuelles du passé », in Françoise Lavocat (dir.), *La Théorie littéraire des mondes possibles*, Paris, CNRS Éditions, p.197-216.

– (2010b), *Possible Worlds of Fiction and History. The Postmodern Stage*, Baltimore (Md.), The Johns Hopkins University Press.

Donnellan, Keith (1966), « Reference and definite descriptions », *The Philosophical Review*, vol. 75, n°3, p.281-304.

Dooley, Brendan (1999), *The Social History of Skepticism. Experience and Doubt in Early Modern Culture*, Baltimore (Md.), The Johns Hopkins University Press.

Driver, Julia (2008), « Imaginative resistance and psychological necessity », *Social Philosophy and Policy*, vol. 25, n°1, p.301-313.

Dubois, Claude-Gilbert (1972), *La Conception de l'histoire en France*, Paris, Nizet.

– (1982), « Entre science et imaginaire; la vision de l'histoire au xvie siècle », in Gilbert Gadoffre (dir.), *Histoire et communication*, actes du colloque de juillet 1982, Loches-en-Touraine, Paris, Institut collégial européen, p.20-28.

– (1987), « Conscience et imaginaire historiques en France au xviie siècle », in *Histoire et conscience historique à l'époque moderne*, Bulletin de l'Association des historiens modernistes des universités, Paris, PUPS, n°2, p.19-40.

– (2001), « Les lignes générales de l'historiographie au xvie siècle », in *L'Histoire et les historiens au xvie siècle*, actes du VIIIe Colloque du Puy-en-Velay, études réunies et présentées par Marie Viallon-Schoneveld, Saint-Étienne, Publications de l'université de Saint-Étienne, p.13-25.

Ducheneault, Nicolas, Nickell, Eric, Moore, Robert J. et Yee, Nick (2007), « Une solitude collective ? Observations sur le capital social dans un jeu vidéo multijoueurs: *World of Warcraft* », in Frank Beau (dir.), *Cultures d'univers. Jeux en réseau, mondes virtuels, le nouvel âge de la société numérique*, Paris, Fyp Éditions, p.47-64.

Dulong, Renaud (1997), « Les opérateurs de factualité. Les ingrédients matériels et affectuels de l'évidence historique », *Politix*, vol. 10, n°39, p.65-85.

Dupont, Florence (2007), *Aristote ou le vampire du théâtre occidental*, Paris, Flammarion-Aubier, « Libelles ».

Duprat, Anne (2004), « Fiction et définition du littéraire au xvie siècle », in Françoise Lavocat (dir.), *Usages et théories de la fiction. Le débat contemporain à l'épreuve des textes anciens (xvie-xviiie siècles)*, Rennes, Presses universitaires de Rennes, « Interférences », p.63-86.

– (2009), *Vraisemblances. Poétiques et théorie de la fiction, du Cinquecento à Jean Chapelain, 1500—1670*, Paris, Honoré Champion.

– (2010), « Des mondes imaginaires aux mondes possibles. Syllogismes de la fiction baroque », in Françoise Lavocat (dir.), *La Théorie littéraire des mondes possibles*, Paris, CNRS Éditions, p.149-170.

Duprat, Anne et Chevrolet, Teresa (2010), « La bataille des fables: conditions de l'émergence d'une théorie de la fiction en Europe (xive-xviie siècle) », in Françoise Lavocat et Anne Duprat (dir.), *Fiction et cultures*, Paris, Nîmes, Lucie éditions, « Poétiques comparatives », p.239-254.

During, Ellie (2003), « Les dieux sont dans la matrice », in Alain Badiou, Thomas Bénatouil, Elie During *et al.*, *Matrix, machine philosophique*, Paris, Ellipses, p.81-97.

Eco, Umberto (1985 [1979]), *Lector in fabula ou la Coopération interprétative dans les textes narratifs [Lector in fabula: la cooperazione interpretativa nei testi narrativi]*, traduit de l'italien par Myriem Bouzaher, Paris, Grasset, « Figures ».

– (1996 [1994]), *Six Promenades dans les bois du roman et d'ailleurs [Sei passeggiate nei boschi narrativi]*, traduit de l'italien par Myriem Bouzaher, Paris, Grasset. ［艾柯:《悠游小说林》，俞冰夏译，生活·读书·新知三联书店，2005 年。］

Ehrman, Bart D. (2004), *Truth and Fiction in The Da Vinci Code: A Historian Reveals What We Really Know about Jesus, Mary Magdalene, and Constantine*, Oxford,

Oxford University Press.

［埃尔曼：《〈达·芬奇密码〉的真实与虚构》，焦晓菊译，华夏出版社，2006 年。］

Emond, Paul (2011), « L'auteur et ses personnages (2): "Attendez, Wakefield !" ». Disponible en ligne [blog], URL: http://www.paulemond.com/article-l-auteur-et-ses-personnages-2-attendez-wakefield-70373614.html [dernière modification le 27 mars 2011, consulté le 30 décembre 2013].

Ernst, Carl W. (1987), « Blasphemy (Islamic concept) », in Mircea Eliade *et al.* (éd.), *The Encyclopedia of Religion*, vol. 2, New York, Macmillan Publishing Company, p.242-245.

Esmein, Camille (2004), *Poétiques du roman. Scudéry, Huet, Du Plaisir et autres textes théoriques et critiques du xviie siècle sur le genre romanesque*, Paris, Honoré Champion, « Sources classiques ».

– (2008), *L'Essor du roman. Discours théorique et constitution d'un genre littéraire au xviie siècle*, Paris, Honoré Champion, « Lumière classique ».

Evans, Richard J. (1997), *In Defence of History*, Londres, Granta Books.

［艾文斯：《捍卫历史》，张仲民等译，广西师范大学出版社，2009 年。］

Feigelson, Kristian (2002), « Natacha Laurent, l'œil du Kremlin », *Cahiers du monde russe*, vol. 43, n°4. Disponible en ligne, URL: http://monderusse.revues.org/4032 [mis en ligne le 17 juin 2009, consulté le 19 mars 2014].

Feldman, Robert Stephen (éd.) (1982), *Development of Nonverbal Behavior in Children*, New York, Spinger.

Fernie, Kate et Richards, Julian D. (2003), *Creating and Using Virtual Reality. A Guide for the Arts and Humanities*, Oxford, Oxbow Books.

Ferré, Vincent (2001), *Tolkien: sur les rivages de la terre du milieu*, Paris, Christian Bourgois.

Ferreyrolles, Gérard (éd.) (2013), *Traités sur l'histoire (1638—1677). La Mothe Le Vayer, Le Moyne, Saint-Réal, Rapin*, Paris, Honoré Champion, « Sources classiques ».

Ferstl, Evelyn C. et von Cramon, D. Yves (2007), « Time, space and emotion: fMRI reveals content specific activation during text compréhension », *Neuroscience Letters*, vol. 427, n°3, p.159-164.

Flahaut, François (2005), « Récits de fiction et représentations partagées », *L'Homme*.

Revue française d'anthropologie, n°175-176: « Vérités de la fiction », p.37-56.

Flanagan, Mary (2003), « Une maison de poupée virtuelle capitaliste ? *The Sims: domesticité, consommation et féminité* », in Mélanie Roustan (dir.), *La Pratique du jeu vidéo: réalité ou virtualité ?*, Paris, Budapest, Turin, L'Harmattan, p.175-198.

Flannery-Dailey, Frances et Wagner, Rachel (2001), « Wake up ! Gnosticism and buddhism in *The Matrix* », *Journal of Religion and Film*, vol. 5, n°2. Disponible en ligne, URL: http://www.unomaha.edu/jrf/gnostic.htm [consulté le 7 janvier 2013].

Flavell, John (1987), « Speculations about the nature and development of metacognition », in Franz E. Weinert et Rainer H. Kluwe (éd.), *Metacognition, Motivation, and Understanding*, Hillsdale (N. J.), Lawrence Erlbaum, p.21-29.

Flesch, William (2008), *Comeuppance. Costly Signaling, Altruistic Punishment and Other Biological Components of Fiction*, Cambridge (Mass.), Harvard University Press.

Florence, Jean (1984 [1978]), *L'Identification dans la théorie freudienne*, Bruxelles, Facultés universitaires Saint-Louis.

Fludernik, Monika (1996), *Towards a "Natural" Narratology*, Londres, New York, Routledge.

– (2005), « Changement de scène et mode métaleptique », in John Pier et Jean-Marie Schaeffer (dir.), *Métalepses. Entorses au pacte de la représentation*, Paris, École des hautes études en sciences sociales, « Recherches d'histoire et de sciences sociales », p.73-94.

Foda, Hachem (2010), « La notion de quasi-acte et la naissance de la fiction dans la poésie arabe médiévale », in Françoise Lavocat et Anne Duprat (dir.), *Fiction et cultures*, Paris, Nîmes, Lucie éditions, « Poétiques comparatistes », p.73-92.

Foley, Barbara (1982), « Fact, fiction, fascism: testimony and mimesis in Holocaust narratives », *Comparative Literature*, vol. 34, n°4, p.330-360.

– (1986), *Telling the Truth. The Theory and Practice of Documentary Fiction*, Ithaca (N. Y.), Cornell University Press.

Fontana, Paul (2003), « Finding God in *The Matrix* », in Glenn Yeffeth (dir.), *Taking the Red Pill. Science, Philosophy and the Religion in* The Matrix, Dallas, BenBella Books, p.189-219.

Fontanier, Pierre (1977 [1821—1830]), *Les Figures du discours*, Paris, Flammarion, « Champs ».

Ford, James L. (2000), « Buddhism, christianity, and *The Matrix*: the dialectic of myth-making in contemporary cinema », *The Journal of Religion and Film*, vol. 4, n°2.

Forest, Philippe (1991), *Les Romans de Philippe Sollers*, thèse de doctorat soutenue à l'université Paris 4-Sorbonne sous la direction de Pierre Brunel.

– (1992), *Philippe Sollers*, Paris, Seuil, « Les Contemporains ».

– (1995), *Histoire de « Tel Quel »: 1960—1982*, Paris, Seuil, « Fiction & Cie ».

– (2005 [2003]), « La beauté du contresens: roman du je, watakushi-shôsetsu, hétérographie », in Michaël Ferrier (dir.), *La Tentation de la France, la tentation du Japon. Regards croisés*, Arles, Philippe Picquier, p.173-182, rééd. dans *La Beauté du contresens et autres essais sur la littérature japonaise*, Allaphbed 1, Nantes, C. Defaut, p.11-27.

– (2005), *De « Tel Quel » à « L'Infini ». Nouveaux essais*, Allaphbed 2, Nantes, C. Defaut.

– (2006 [1999]), *Le Roman, le réel. Un roman est-il encore possible ?*, in *Le Roman, le réel. Et autres essais*, Allaphbed 3, Nantes, C. Defaut.

Forestier, Georges (1989), « Théorie et pratique de l'histoire dans la tragédie classique », *Littératures classiques*, n°11, p.95-107.

– (1999), « Littérature de fiction et histoire au xviie siècle: une suite de raisonnements circulaires », in Georges Ferreyrolles (éd.), *La Représentation de l'histoire au xviie siècle*, Dijon, Éditions universitaires de Dijon, p.123-138.

Forster, Edward Morgan (2005 [1927]), *Aspects of the Novel*, Londres, Penguin Books.
［福斯特:《小说面面观》, 冯涛译, 人民文学出版社, 2009 年。］

Foucault, Michel (1966), *Les Mots et les Choses. Une archéologie des sciences humaines*, Paris, Gallimard, Bibliothèque des sciences humaines.
［福柯:《词与物》, 莫伟民译, 上海三联书店, 2016 年。］

Fowler, Edward (1988), *The Rhetoric of Confession. Shishosetsu in Early Twentieth-Century Japanese Fiction*, Berkeley, University of California Press.

Frasca, Gonzalo (1999), « Ludology meets narratology: similitude and differences between (video) games and narrative » [première publication en finnois dans *Parnasso*, n°3, 1999, p.365-371]. Disponible en ligne, URL: http://www.ludology. org/articles/ludology.htm [consulté le 15 août 2013].

Freud, Sigmund (1976 [1929]), *L'Interprétation des rêves [Die Traumdeutung]*, traduit en français par Ignace Meyerson, nouvelle édition augmentée et entièrement révisée par Denise Berger, 8ᵉ réimpr., Paris, PUF.

［弗洛伊德：《梦的解析》，李燕译，陕西师范大学出版社，2008 年。］

Friedberg, Anne (1990), « A denial of difference: theories of cinematic identification », in E. Ann Kaplan (éd.), *Psychoanalysis and Cinema*, Londres, Routledge, p.36-45.

Friedländer, Saul (éd.) (1992), *Probing the Limits of Representation*: *Nazism and the Final Solution*, Cambridge (Mass.), Harvard University Press.

Fuchs, Philippe (dir.) (2006 [1996]), *Le Traité de la réalité virtuelle*, vol. 1, Paris, Presses des Mines.

Fulford, Robert (2001 [1999]), *L'Instinct du récit [The Triumph of Narrative. Storytelling in the Age of Mass Culture]*, traduit par Albert Beaudry, Saint-Laurent (Québec), Paris, Bellamin, Sofedis.

［弗尔福德：《叙事的胜利》，李磊译，南京大学出版社，2020 年。］

Fumaroli, Marc (1987), « Historiographie et épistémologie à l'époque classique », in Gilbert Gadoffre (dir.), *Certitudes et incertitudes de l'histoire. Trois colloques sur l'histoire*, Paris, PUF.

– (2002 [1980]), *L'Âge de l'éloquence. Rhétorique et « res literaria » de la Renaissance au seuil de l'époque classique*, Genève, Droz.

Furetière, Antoine (1690 [1684]), Dictionnaire universel, contenant généralement tous les mots françois tant vieux que modernes […], Rotterdam, La Haye, A. et R. Leers, data.bnf.fr/11903745/antoine_furetiere/rdf. xml.

Gallagher, Catherine (2006 [1996]), « The rise of fictionality », in Franco Moretti (éd.), *The Novel, vol. 1*: *History, Geography, and Culture*, Princeton (N. J.), Princeton University Press, p.336-364.

Geertz, Clifford (1993 [1973]), *The Interpretation of Cultures*: *Selected Essays*, Londres, Fontana Press.

［格尔茨：《文化的解释》，韩莉译，译林出版社，1999 年。］

Gefen, Alexandre (2016a), « Fiction », in Arts et émotions. Un dictionnaire, a cura di
Mathilde Bernard, Alexandre Gefen et Carole Talon-Hugon, Paris, Armand Colin.

– (2016b), « Le monde n'existe pas: le "nouveau réalisme" de la littérature française
contemporaine», in Matteo Majorano (a cura di), L'incoerenza creativa nella
narrativa francese contemporanea, Macerata, Quodlibet Studio, coll. « Lettere.
Ultracontemporanea ».

– (2017), Réparer le monde. La littérature française face au XXIᵉ siècle, Paris, José
Corti.

Gélinas, Dominique (2011), « L'immersion virtuelle; une muséographie pour aller
plus loin », in Catherine Arseneault et al. (dir.), Actes du 10ᵉ colloque international
étudiant du Département d'histoire de l'université Laval, Québec, Artefact, p.223-
243. Disponible en ligne, URL: http://cm.revues.org/2000 [mis en ligne le 25
septembre 2014].

Gell, Alfred (2009 [1998]), L'Art et ses agents. Une théorie anthropologique [Art and
Agency. An Anthropological Theory], traduit de l'américain par Sophie et Olivier
Renaut, Dijon, Les Presses du réel, « Fabula ».

Gendler, Tamar Szabó (2000), « The puzzle of imaginative resistance », Journal of
Philosophy, vol. 97, n°2, p.55-81.

– (2006), « Imaginative resistance revisited », in Shaun Nichols (éd.), The Architecture
of the Imagination. New Essays on Pretence, Possibility, and Fiction, Oxford,
Clarendon Press, Oxford University Press, p.149-173.

Genette, Gérard (1972), Figures III, Paris, Seuil, « Poétique ».
［部分内容见热奈特：《叙事话语 新叙事话语》，王文融译，中国社会科学出版社，
1990 年。］

– (1982), Palimpsestes. La littérature au second degré, Paris, Seuil, « Poétique ».
［部分内容见热奈特：《热奈特论文选 批评译文选》，史忠义译，河南大学出版社，
2009 年。］

– (1983), Nouveau Discours du récit, Paris, Seuil, « Poétique ».
［热奈特：《叙事话语 新叙事话语》，王文融译，中国社会科学出版社，1990 年。］

– (1990), « Fictional narrative, factual narrative », Poetics Today, vol. 11, n°4: « Narratology
revisited II », p.755-774.

– (1991), *Fiction et diction*, Paris, Seuil, « Poétique ».

［热奈特：《虚构与行文》，见史忠义主编《热奈特论文集》，史忠义译，百花文艺出版社，2001 年，第 81—199 页。］

– (2004), *Métalepse. De la figure à la fiction*, Paris, Seuil.

［热奈特：《转喻》，吴康茹译，漓江出版社，2013 年。］

Gensollen, Michel (2007), « Vers une propriété virtuelle ? L'économie réelle des univers persistants », in Frank Beau (dir.), *Cultures d'univers. Jeux en réseau, mondes virtuels, le nouvel âge de la société numérique*, p.229-244.

Georges, Fanny (2012), « Avatars et identité dans le jeu vidéo », *Hermès, La Revue*, vol. 1, n°62, Paris, CNRS Éditions, p.33-47. Disponible en ligne, URL: http://hdl. handle.net/2042/48274 [consulté le 2 août 2013], DOI: 10.4267/2042/48274.

Gerrig, Richard J. (1993), *Experiencing Narrative Worlds. On the Psychological Activities of Reading*, New Haven (CT), Yale University Press.

Gerrig, Richard J. et Allbritton, David W. (1990), « The construction of literary character: a view from cognitive psychology », *Style*, vol. 24, n°3, p.380-391.

Gerrig, Richard J. et Rapp, David N. (2004), « Psychological processes underlying literary impact », *Poetics Today*, vol. 25, n°2, p.265-281.

Geser, Hans (2007), « Me, my Self and my avatar: some microsociological reflections on "Second Life" », in *Towards Cybersociety and "Vireal" Social Relations*, Zürich. Disponible en ligne, URL: http://socio.ch/intcom/t_hgeser17.htm [consulté le 16 août 2013].

Gewertz, Catherine (2013), « Rethinking literacy: reading in the Common-Core Era », *Education Week*, Supplément, vol. 32, n°12. Disponible en ligne, URL: http://www. edweek.org/ew/articles/2012/11/14/12cc-nonfiction.h32.html [consulté le 17 mai 2013].

Gilbert, Daniel T. (1991), « How mental systems believe », *American Pyschologist*, vol. 46, n°2, p.107-119.

Gilet, Anne-Laure, Mella, Nathalie, Studer, Joseph, Grühn, Daniel et Labouvie-Vief, Gisela (2013), « Assessing dispositional empathy in adults: a french validation of the Interpersonal Reactivity Index (IRI) », *Canadian Journal of Behavioural Science/Revue canadienne des sciences du comportement*, vol. 45, n°1, p.42-48.

Ginzburg, Carlo (1983 [1966]), *Les Batailles nocturnes, sorcellerie et rituels agraires aux xvi*ᵉ *et xvii*ᵉ *siècles [I Benandanti. Stregoneria e culti agrari tra Cinquecento e Seicento]*, traduit de l'italien par Giordana Charuty, Paris, Flammarion, « Champs ». [金斯伯格：《夜间的战斗》，朱歌姝译，上海人民出版社，2005 年。]

– (1992), « Just one witness », in Saul Friedländer (éd.), *Probing the Limits of Representation: Nazism and the Final Solution*, Cambridge (Mass.), Harvard University Press, p.83-96.

– (2010 [2006]), « Paris, 1647: un dialogue sur fiction et histoire », in *Le Fil et les traces. Vrai faux fictif [Il filo e le tracce]*, traduit de l'italien par Martin Rueff, Lagrasse, Verdier. Disponible en ligne.

Glassey, Olivier et Prezioso, Stéphanie (2003), « La guerre en ligne », in Mélanie Roustan (dir.), *La Pratique du jeu vidéo: réalité ou virtualité ?*, Paris, L'Harmattan.

Glon, Emmanuelle (2009), « La résistance imaginative morale: fiction, cognition et bivalence », in Catherine Grall et Marielle Macé (dir.), *Devant la fiction, dans le monde*, Rennes, Presses universitaires de Rennes, « La Licorne », p.213-224.

Goody, Jack (1994 [1993]), *La Culture des fleurs [The Culture of Flowers]*, traduit de l'anglais par Pierre-Antoine Fabre, Paris, Seuil, « La Librairie du xxᵉ siècle ».

– (2003 [1997]), *La Peur des représentations. L'ambivalence à l'égard des images, du théâtre, de la fiction, des reliques et de la sexualité [Representations and Contradictions. Ambivalence towards Images, Theatre, Fiction, Relics and Sexuality]*, traduit de l'anglais par Pierre-Emmanuel Dauzat, Paris, La Découverte.

– (2006), « From oral to written: an anthropological breakthrough in storytelling », in Franco Moretti (éd.), *The Novel, vol. 1: History, Geography, and Culture*, Princeton (N. J.), Princeton University Press, p.3-34.

Goody, Jack et Watt, Ian (1963), « The consequences of literacy », *Comparative Studies in Society and History*, vol. 5, n°3, p.304-345.

Gossman, Lionel (1978), « History and literature », in Robert H. Canary, Henry Kozicki (éd.), *The Writing of History: Literary Form and Historical Understanding*, Madison, Londres, University of Wisconsin Press, p.3-40.

Grafton, Anthony (2007), *What was History ? The Art of History in Early Modern Europe*, Cambridge, Cambridge University Press.

Green, Melanie C. et Brock, Timothy C. (2000), « The role of transportation in the persuasiveness of public narratives », *Journal of Personality and Social Psychology*, vol. 79, n°5, p.701-721.

Green, Melanie C., Brock, Timothy. C. et Kaufman, Geoff F. (2004), « Understanding media enjoyment: the role of transportation into narrative worlds », *Communication Theory*, vol. 14, n°4, p.311-327.

Green, Melanie C., Garst, Jennifer et Brock, Timothy C. (2004), « The power of fiction: determinants and boundaries », in L. J. Shrum, *The Psychology of Entertainment Media. Blurring the Lines between Entertainment and Persuasion*, Mahwah (N. J.), Londres, Lawrence Erlbaum, p.161-176.

Greimas, Algirdas Julien (1970), *Du sens, essais sémiotiques*, Paris, Seuil.

［格雷马斯:《论意义》，冯学俊、吴泓缈译，百花文艺出版社，2005 年。］

Grell, Isabelle (2009), « Autofiction et autocensure: instrument d'autocensure ». Disponible en ligne, URL: http://www.autofiction.org/index.php?post/2008/10/31/ Autofiction-et-autocensure2 [consulté le 15 janvier 2013].

Grondin, Jean (2006), *L'Herméneutique*, Paris, PUF, « Que sais-je ? ».

Gross, Sabine (1997), « Cognitive Readings; or, The Disappearance of Literature in the Mind », *Poetics Today*, vol. 18, n°2, p.271-297.

Gu, Ming Dong (2006), *Chinese Theories of Fiction. A Non-Western Narrative System*, Albany, SUNY Press.

Guelton, Bernard (dir.) (2011), *Fictions & médias: intermédialités dans les fictions artistiques*, Paris, Publications de la Sorbonne, « Arts et monde contemporain ».

Haarscher, Guy (2007), « Liberté d'expression, blasphème, racisme: essai d'analyse philosophique et comparée », Working Papers du Centre Perelman de philosophie du droit, n°2007/1. Disponible en ligne, URL: http://www.philodroit.be [mis en ligne le 24 juin 2007, consulté le 27 janvier 2013].

Haenel, Yannick (2010), « Jan Karski », *Le Monde*, 26 janvier.

Hamburger, Käte (1986 [1957]), *Logique des genres littéraires [Die Logik der Dichtung]*, traduit de l'allemand par Pierre Cadiot, préface de Gérard Genette, Paris, Seuil, « Poétique ».

Hamon, Philippe (1972), « Pour un statut sémiologique du personnage », *Littérature*, vol. 6, n°6, p.86-110. Disponible en ligne.

– (1983), *Le Personnel du roman. Le système des personnages dans les* Rougon-Macquart *d'Émile Zola*, Genève, Droz, « Histoire des idées et critique littéraire ».

Harris, Paul L., Brown, Emma, Marriott, Crispin, Whittall, Semantha et Harmer, Sarah (1991), « Monsters, ghosts, and witches: testing the limits of the fantasy/reality distinction in young children », *British Journal of Developmental Psychology*, vol. 9, n°1, p.105-123.

Hartmann, Tilo (2011), « Is virtual violence a morally problematic behavior ? », in Kai Cornelius et Dieter Hermann (éd.), *Virtual Worlds and Criminality*, Berlin, Heidelberg, Springer Verlag, p.31-44.

Hartmann, Tilo, Toz, Erhan et Brandon, Marvin (2010), « Just a game ? Unjustified virtual violence produces guilt in empathetic players », *Media Psychology*, vol. 13, n°1, p.339-363. Disponible en ligne.

Hartmann, Tilo et Vorderer, Peter (2010), « It's okay to shoot a character: moral disengagement in violent video games », *Journal of Communication*, vol. 60, n°1, p.94-119.

Hasson, Uri, Landesman, Ohad, Knappmeyer, Barbara, Vallines, Ignacio, Rubin, Nava et Heeger, David J. (2008), « Neurocinematics: the neuroscience of film », *Projections*, vol. 2, n°1, p.1-24. Disponible en ligne, URL: http://www.cns.nyu.edu/~nava/MyPubs/Hasson-etal_NeuroCinematics2008.pdf [consulté le 2 mars 2013].

Hatchuel, Sarah (2013), *Lost. Fiction vitale*, Paris, PUF.

Haug, Walter (1985), *Literaturtheorie im deutschen Mittelalter von den Anfängen bis zum Ende des 13. Jahrhunderts. Eine Einführung*, Darmstadt, Wissenschaftliche Buchgesellschaft.

Hautcœur, Guiomar (2016), *Roman et secret. Essai sur la lecture à l'époque moderne*, Paris, Garnier.

Hawting, Gerald R. (1999), *The Idea of Idolatry and the Emergence of Islam: From Polemic to History*, Cambridge, Cambridge University Press.

Hayward, Malcolm (1994), « Genre recognition of history and fiction », *Poetics*, vol. 22, n°5, p.409-421.

Hazard, Paul (1989 [1935]), *La Crise de la conscience européenne*, Paris, Fayard.

［阿扎尔：《欧洲思想的危机》，方颂华译，商务印书馆，2019 年。］

Heim, Michael R. (1998), *Virtual Realism*, Oxford, Oxford University Press.

Heinich, Nathalie (2000), *Être écrivain. Création et identité*, Paris, La Découverte, « Armilaire ».

Heinzle, Joachim (1990), « Die Entdeckung der Fiktionalität. Zur Walter Haugs "Literaturtheorie im deutschen Mittelalter" », *Beiträge zur Geschichte der deutschen Sprache und Literatur*, vol. 1990, n°112, p.55-80.

Herman, David (1997), « Toward a formal description of narrative metalepsis », *Journal of Literary Semantics*, vol. 26, n°2, p.132-152.

Herman, Jan et Hallyn, Fernand (éd.) (1999), *Le Topos du manuscrit trouvé. Hommage à Christian Angelet*, Louvain, Paris, Peeters.

Herman, Jan, Kozul, Mladen et Kremer, Nathalie (2008), *Le Roman véritable. Stratégies préfacielles au xviiiᵉ siècle*, Oxford, Voltaire Foundation.

Hermant, Héloïse (2004), « Les soldats de Salamine. De la fabrique de l'histoire à la fabrique de la fiction, une impossible épopée », *Labyrinthe*, n°18: « La recherche dans tous ses éclats », p.89-103. Disponible en ligne.

Hersant, Marc (2009), *Le Discours de vérité dans les mémoires du duc de Saint-Simon*, Paris, Champion.

Higgins, Charlotte (2010), « Is fictionalising historical figures OK ? », *The Guardian*, 1ᵉʳ juin.

Hillgruber, Andreas (1986), *Zweierlei Untergang. Die Zerschlagung des Deutschen Reiches und das Ende des europäischen Judentums*, Berlin, Siedler.

Hillis, Ken (2009), *Online a Lot of the Time*: *Ritual, Fetish, Sign*, Durham (N. C.), Duke University Press.

Himmelfarb, Gertrude (1989), « Some reflections on the New History », *The American Historical Review*, vol. 94, n°3, p.661-670.

– (1992), « Telling it as you like it: postmodernist history and the flight from fact », *Times Literary Supplement*, 16 octobre.

Hochmann, Thomas (2009), « Fiction et liberté d'expression », *Vox-poetica. Lettres et sciences humaines*. Disponible en ligne, URL: http://www.vox-poetica.org/t/hochmann.html [date de publication: 12 septembre 2009, consulté le 15 janvier

2013].

Hofer, Roberta (2011), « Metalepsis in live performance: holographic projections of the cartoon band "Gorillaz" as a means of metalepsis », in Karin Kukkonen et Sonja Klimek (éd.), *Metalepsis in Popular Culture*, New York, De Gruyter, « Narratologia », p.232-251.

Hofmeyr, Jan-Hendrick S. (2007), « The biochemical factory that autonomy fabricates itself: a systems-biological view of the living cell », in Fred. C Boogerd, Frank Bruggeman, Jan-Hendrick S. Hofmeyr et Hans V. Westerhof (éd.), *Systems Biology*, Elsevier, p.217-242.

Hofstadter, Douglas R. (1985 [1979]), *Gödel, Escher, Bach. Les brins d'une guirlande éternelle [Gödel, Escher, Bach]*, version française de Jacqueline Henry et Robert French, Paris, Inter-Éd.

［侯世达:《歌德尔、艾舍尔、巴赫》，严勇等译，商务印书馆，1997 年。］

Hogan, Patrick Colm (1996), « Toward a cognitive science of poetics: Anandavardhana, Abhinavagupta, and the theory of literature », *College Literature*, vol. 23, n°1, p.164-178.

– (2003a), *The Mind and Its Stories. Narrative Universals and Human Emotion*, New York, Cambridge University Press.

– (2003b), *Cognitive Science, Literature, and the Arts. A Guide for Humanists*, New York, Routledge.

Holin, Lin et Sun, Chuen-Tsai (2007), « Griefplayers: les empêcheurs de jouer en rond. La construction de la norme et la déviance dans les jeux en ligne », in Frank Beau (dir.), *Culture d'univers. Jeux en réseau, mondes virtuels, le nouvel âge de la société numérique*, Limoges, FYP Éditions, p.69-73.

Honko, Lauri (1984 [1972]), « The problem of defining myth », in Alan Dundes (éd.), *Sacred Narrative. Readings in the Theory of Myth*, Berkeley, University of California Press, p.41-52.

［杭柯:《神话界定问题》，见邓迪斯主编《西方神话学读本》，朝戈金等译，广西师范大学出版社，2006 年，第 52—65 页。］

Horace (1989), *Art poétique*, in *Épitres*, texte établi et traduit par François Villeneuve, Paris, Les Belles Lettres, « Collection des universités de France », p.202-226.

［贺拉斯：《诗艺》，杨周翰译，见亚理士多德、贺拉斯《诗学诗艺》，人民文学出版社，1962 年，第 135—162 页。］

Hottois, Gérard (2002), *Penser la logique. Une introduction technique et théorique à la philosophie de la logique et du langage*, 2ᵉ éd., Bruxelles, [Paris], De Boeck Université.

Houlden, Leslie, Gould, Graham, Hall, Stuart G., Need, Stephen W. et Wickham, Lionel (2007), *Decoding Early Christianity. Truth and Legend in the Early Church*, Westport (conn.), Greenwood World Publishing.

Howell, Robert (1979), « Fictional objects: how they are, and how they aren't », *Poetics*, vol. 8, n°1-2: « Formal semantics and literary theory », édition John Woods et Thomas Pavel, p.129-140.

Huet, Pierre-Daniel (2004 [1670]), *Traité de l'origine des romans*, in Camille Esmein (éd.), *Poétiques du roman. Scudéry, Huet, Du Plaisir et autres textes théoriques et critiques du xviiᵉ siècle sur le genre romanesque*, Paris, Champion, p.441-535.

Huff, Charles, Johnson, Deborah G. et Miller, Keith (2003), « Virtual harms and real responsibility », *IEEE Technology and Society Magazine*, vol. 22, n°2, p.12-19.

Husserl, Edmund (1985 [1913]), *Idées directrices pour une phénoménologie [Ideen zu einer reinen Phänomenologie und phänomenologischen Philosophie]*, traduit de l'allemand par Paul Ricœur, Paris, Gallimard, « Tel ».

［胡塞尔：《纯粹现象学和现象学哲学的观念》，李幼蒸译，中国人民大学出版社，2013 年。］

Huston, Nancy (2008), *L'Espèce fabulatrice*, Arles, Actes Sud.

Hutcheon, Linda (1987), « Metafictional implications for novelistic reference », in Anna Whiteside et Michael Issacharoff (éd.), *On Reference in Literature*, Bloomington, Indianapolis, Indiana University Press, p.1-13.

– (1989), « Historiographic metafiction. Parody and the intertextuality of History », in Patrick O'Donnell et Robert Con Davis (éd.), *Intertextuality and Contemporary American Fiction*, Baltimore (Md.), Londres, The Johns Hopkins University Press, p.3-32.

– (1996), « The politics of impossible worlds », in Calin-Andrei Mihailescu et Walid Hamarneh (éd.), *Fiction Updated. Theories of Fictionality, Narratology, and*

Poetics, Toronto, University of Toronto Press, p.213-226.

Imhof, Rüdiger (1990), « Chinese box: Flann O'Brien in the metafiction of Alasdair Gray, John Fowles, and Robert Coover », *Eire-Ireland: A Journal of Irish Studies*, vol. 25, n°1, p.64-79.

Ingarden, Roman (1974), « Psychologism and psychology in literary scholarship », *New Literary History*, vol. 5, n°2: « Changing views of character », p.213-223.

Irwin, William (éd.) (2002), *The Matrix and Philosophy. Welcome to the Desert of the Real*, Chicago, Open Court.

［欧文:《黑客帝国与哲学》，张向玲译，上海三联书店，2006 年。］

Iser, Wolfgang (1985 [1976]), *L'Acte de lecture. Théorie de l'effet esthétique [Der Akt des Lesens. Theorie ästhetischer Wirkung]*, traduit de l'allemand par Evelyne Sznycer, Bruxelles, Mardaga, « Philosophie et langage ».

［伊瑟尔:《阅读行为》，金惠敏等译，湖南文艺出版社，1991 年。］

– (1993 [1991]), *The Fictive and the Imaginary. Charting Literary Anthropology [Das Fiktive und das Imaginäre. Perspektiven literarischer Antropologie]*, Baltimore, Londres, The Johns Hopkins University Press.

［伊瑟尔:《虚构与想象》，陈定家、汪正龙译，吉林人民出版社，2003 年。］

Jackson, Bruce (2007), *The Story is True. The Art and Meaning of Telling Stories*, Philadelphie, Temple University Press.

Jacobs, Arthur M. (2015), « Towards a Neurocognitive Poetics Model of Literary reading », in Roel William (a cura di), *Cognitive Neuroscience of Natural Language Use*, Cambridge University Press, pp, 135-195.

Jacquenod, Claudine (1988), *Contribution à une étude du concept de fiction*, Berne, Francfort-sur-le-Main, Paris, Peter Lang, « Sciences pour la communication ».

Jakobson, Roman (1990 [1957]), « Shifters and verbal categories », in *On Language*, édition Linda R. Waugh et Monique Monville-Burston, Cambridge (Mass.), Harvard University Press, p.386-392.

Jannidis, Fotis (2013), « Character », in Peter Hühn *et al.* (éd.), *The Living Handbook of Narratology*, Hambourg, Hamburg University Press. Disponible en ligne, URL: http://www.lhn.uni-hamburg.de/article/character [dernière modification le 24 février 2013, consulté le 15 mars 2013].

Jauer, Annick (2008), « Ironie et génocide dans *Les Bienveillantes* de Jonathan Littell », *Fabula*, colloques en ligne, « Théorie, notions, catégories »: « Hégémonie de l'ironie ? ». Disponible en ligne, URL: http://www.fabula.org/colloques/document982.php [article publié le 8 juin 2008, consulté le 26 janvier 2014].

Jauss, Hans Robert (1974), « Levels of identification of hero and audience », *New Literary History*, vol. 5, n°2: « Changing views of character », p.283-317.

– (1987 [1982]), « Expérience historique et fiction » [Ästhetische Erfahrung und literarische Hermeneutik], in Gilbert Gadoffre (dir.), *Certitudes et incertitudes de l'histoire. Trois colloques sur l'histoire*, Paris, PUF, p.117-132.

［耀斯:《审美经验与文学解释学》, 顾建光等译, 上海译文出版社, 1997 年。］

Jeannelle, Jean-Louis et Viollet, Catherine (dir.) (2007), avec la collaboration d'Isabelle Grell, *Genèse et autofiction*, Louvain-la-Neuve, Academia-Bruylant, « Au cœur des textes ».

Jeanneret, Michel (1987), *Des mets et des mots. Banquets et propos de table à la Renaissance*, Paris, José Corti.

Jeannerod, Marc (2001), « Simulation of action as a unifying concept for motor cognition », in Scott H. Johnson-Frey (éd.), *Cognitive Neuroscience. Perspectives on the Problem of Intention and Action*, Cambridge (Mass.), The MIT Press, p.139-165.

Jenkins, Henry (2003), « Transmedia storytelling. Moving characters from books to films to video games can make them stronger and more compelling », *MIT Technology Review*, 15 janvier. Disponible en ligne, URL: http://www.technologyreview.com/news/401760/transmedia-storytelling/ [consulté le 15 août 2013].

Jenkins, Keith (1997), *The Postmodern History Reader*, Londres, New York, Routledge.

Jenny, Laurent (2000), « Du style comme pratique », *Littérature*, n°118, p.98-117. Disponible en ligne.

Jensen, Klaus Bruhn (2008), « Intermediality », in *The International Encyclopedia of Communication*, édition Wolfgang Donsbach, Londres, Wiley-Blackwell.

Jenvrey, Dominiq (2011), *Théorie du fictionnaire*, Paris, Questions théoriques, « Forbidden beach ».

Jonard, Norbert (1997), *Introduction au théâtre de Luigi Pirandello*, Paris, PUF.

Jongy, Béatrice (dir.) (2008), « L'automédialité contemporaine », *Revue d'études culturelles*, n°4, Dijon, Abell.

Jorland, Gérard et Thirioux, Bérangère (2008), « Note sur l'origine de l'empathie », *Revue de métaphysique et de morale*, vol. 2, n°58: « Figures du conflit », p.269-280.

Jouve, Vincent (2010), *Pourquoi étudier la littérature ?*, Paris, Armand Colin.

Jullien, François (1985), *La Valeur allusive: des catégories originales de l'interprétation poétique dans la tradition chinoise (contribution à une réflexion sur l'altérité interculturelle)*, Paris, École française d'Extrême-Orient.

– (1995), *Le Détour et l'accès. Stratégies du sens en Chine, en Grèce*, Paris, Grasset.

［朱利安:《迂回与进入》，杜小真译，商务印书馆，2017 年。］

– (1996), *Procès ou création. Une introduction à la pensée chinoise. Essai de problématique interculturelle*, Paris, Librairie générale française.

Juul, Jesper (2011 [2005]), *Half-real. Video Games between Real Rules and Fictional Worlds*, Cambridge (Mass.), Londres, MIT Press.

Kansteiner, Wulf (1994), « From exception to exemplum: the new approach to nazism and the "Final Solution" », *History and Theory*, vol. 33, n°2, p.145-171.

Kapustin, Gregory (2007), « L'économie politique de *Second Life* », in Agnès de Cayeux et Cécile Guibert (dir.), *Second Life. Un monde possible*, Paris, Les Petits Matins, p.61-74.

Kaufmann, Vincent (2011), *La Faute à Mallarmé. L'aventure de la théorie littéraire*, Paris, Seuil, « La Couleur des idées ».

Keen, Suzanne (2006), « A theory of narrative empathy », *Narrative*, vol. 14, n°3, p.207-236.

– (2007), *Empathy and the Novel*, New York, Oxford University Press.

– (2010), « Chapter three. Narrative empathy », in Frederick Luis Aldama (éd.), *Toward a Cognitive Theory of Narrative Acts*, Austin, University of Texas Press, p.61-94.

– (2011), « Readers'temperaments and fictional character », *New Literary History*, vol. 42, n°2, p.295-314.

– (2012), « Narrative empathy », in Peter Hühn *et al.* (éd.), *The* Living *Handbook of Narratology*, Hambourg, Hamburg University Press, URL: hup.sub.uni-hamburg.de/

lhn/index.php?title=NarrativeEmpathy&oldid=1726 [consulté le 20 mai 2012].

Kelley, Donald R. et Sacks, David Harris (éd.) (1997), *The Historical Imagination in Early Modern Britain. History, Rhetoric, and Fiction, 1500—1800*, Cambridge, Cambridge University Press.

Kellner, Hans (1994), « "Never again" is now », *History and Theory*, vol. 33, n°2, p.127-144.

Kera, Denisa (2006), « *Matrix* – The new constitution between hardware, software and wetware », in Myriam Diocaretz et Stefan Herbrechter (dir.), *The Matrix in Theory*, Amsterdam, New York, Rodopi, « Critical Studies », p.212-225.

Kiderra, Inga (2014), « Your brain in androids », http://ucsdnews.ucsd.edu/archive/newsrel/soc/20110714BrainAndroids.asp [consulté le 8 août 2013].

Kidd, David Corner, Castano, Emanuele, « Reading literary fiction improves theory of mind ». *Science*, vol. 342 (issue 6156), p. 377-380, doi; 10.1126/science 1239918

Kilito, Abdelfattah (2006), « Qissa », in Franco Moretti (éd.), *The Novel, vol. 1: History, Geography, and Culture*, Princeton (N. J.), Princeton University Press, p.262-268.

Klevjer, Rune (2002), « In defense of cutscenes », in Frans Märyä (éd.), *Proceedings of Computer Games and Digital Cultures Conference*, Tampere, Tampere University Press, p.181-202. Disponible en ligne.

Klimek, Sonja (2010), *Paradoxes Erzählen. Die Metalepse in der phantatischen Literatur*, Paderborn, Mentis.

– (2011), « Metalepsis in fantasy fiction », in Karin Kukkonen et Sonja Klimek (éd.), *Metalepsis in Popular Culture*, New York, De Gruyter, « Narratologia », p.22-40.

Klimmt, Christoph, Hefner, Dorothée et Vorderer, Peter (2009), « The video game experience as "true" identification: a theory of enjoyable alterations of players'self-perception », *Communication Theory*, vol. 19, n°4, p.351-373.

Knechtges, David R. (1973), « Dream adventure stories in Europe and T'ang China », *Tamkang Review*, vol. 4, n°2, p.101-119.

Kohler, Chris (2004), *Power-Up. How Japanese Video Games Gave the World an Extra Life*, Indianapolis, Brady Games.

König-Pralong, Catherine (2005), *Avènement de l'aristotélisme en terre chrétienne.*

L'essence et la matière, entre Thomas d'Aquin et Guillaume d'Ockham, Paris, Vrin, « Études de philosophie médiévale ».

Koyré, Alexandre (1973), *Études d'histoire de la pensée scientifique*, Paris, PUF.

Kozinska-Frybes, Joanna (1990), « El "gran teatro" del nuevo mundo », in Josep Ignasi Saranyana *et al.* (dir.), *Evangelización y teología en América (siglo xvi)*, Pampelune, Publicaciones de la Universidad de Navarra, vol. 2, p.1435—1441. Disponible en ligne.

Kraepelin, Emil (1921), *Manic-depressive insanity and paranoia*, Édimbourg, E. & S. Livingstone.

Kriegel, Blandine (1996), *L'Histoire à l'âge classique*, Paris, PUF.

Kripke, Saul A. (1963), « Semantical considerations on modal logic », *Acta Philosophica Fennica*, n°16, p.83-94.

– (1980 [1972]), *La Logique des noms propres [Naming and Necessity]*, traduit par Pierre Jacob et François Recanati, Paris, Minuit.

［克里普克：《命名与必然性》，梅文译，上海译文出版社，2001 年。］

– (2013), *Reference and Existence. The John Locke Lectures*, Oxford, New York, Oxford University Press.

Kristeva, Julia (1969), *Sēmeiōtiké. Recherches pour une sémanalyse*, Paris, Seuil, « Points Essais ».

［克里斯蒂瓦：《符号学》，史忠义译，复旦大学出版社，2015 年。］

– (1979), « Le Vréel », in *Folle Vérité. Vérité et vraisemblance du texte psychotique*, séminaire dirigé par Julia Kristeva (université de Paris 7, 1977—1978) et édité par Jean-Michel Ribettes, Paris, Seuil, p.9-35.

– (1983), *Histoires d'amour*, Paris, Denoël.

［克莉斯特瓦：《爱情故事》，姚劲超等译，华夏出版社，1992 年。］

Kücklich, Julian (2007), « Un phénomème de "mods". Les travailleurs précaires de l'industrie des jeux vidéo », in Franck Beau (éd.), *Culture d'univers. Jeux en réseau, mondes virtuels, le nouvel âge de la société numérique*, Limoges, Éditions FYP, p.259-268.

Kuiken, Don, Miall, David S. et Sikora, Shelley (2004), « Forms of self-implication in literary reading », *Poetics Today*, vol. 25, n°2, p.171-203.

Kukkonen, Karin (2011), « Metalepsis in comics and graphic novels », in Karin Kukkonen et Sonja Klimek (éd.), *Metalepsis in Popular Culture*, New York, De Gruyter, « Narratologia », p.213-231.

Kukkonen, Karin et Klimek, Sonja (éd.) (2011), *Metalepsis in Popular Culture*, New York, De Gruyter, « Narratologia ».

Kvanvig, Jonathan L. (1998), « Paradoxes, epistemic », in *Routledge Encyclopedia of Philosophy*, éd. Edward Craig, Londres, New York, Routledge, p.211-213.

Lacan, Jacques (1966), « La science et la vérité », in *Écrits*, Paris, Seuil, p.855-877.

– (1973), *Les Quatre Concepts fondamentaux de la psychanalyse, 1964* (Le Séminaire 11), édition Jacques-Alain Miller, Paris, Seuil.

– (1986), *L'Éthique de la psychanalyse, 1959—1960* (Le Séminaire 7), édition Jacques-Alain Miller, Paris, Seuil.

– (2004), *La Logique du fantasme, 1966—1967* (Le Séminaire 14), Paris, Association lacanienne internationale.

Lacoue-Labarthe, Philippe et Nancy, Jean-Luc (1978), *L'Absolu littéraire. Théorie de la littérature du romantisme allemand*, Paris, Seuil, « Poétique ».

［拉库-拉巴尔特、南希:《文学的绝对》，张小鲁等译，译林出版社，2012 年。］

Lamarque Peter et Olsen, Stein Haugom (1994), *Truth, Fiction and Literature. A Philosophical Perspective*, Oxford, Clarendon Press.

LaMarre, Heather L. et Landreville, Kristen D. (2009), « When is fiction as good as fact ? Comparing the influence of documentary and historical reenactment films on engagement, affect, issue interest, and learning », *Mass Communication and Society*, vol. 12, n°4, p.537-555. Disponible en ligne.

La Mothe Le Vayer, François de (1755), « De la crédulité » (1660), in *Œuvres [...] nouvelle édition revuë et augmentée*, t. VI, partie II, lettre 88, Dresde, Michel Groell, p.239-247. Disponible en ligne sur Gallica (BnF).

– (1996 [1648]), « Préface pour un ouvrage historique », in *Œuvres [...] nouvelle édition revuë et augmentée*, t. VI, partie II, Dresde, Michel Groell, p.281-310. Disponible en ligne.

– (2013 [1638]), *Discours sur l'histoire*, texte établi par Frédéric Charbonneau et Hélène Michon, in Gérard Ferreyrolles (dir.), *Traités sur l'histoire (1638—1677). La*

Mothe Le Vayer, Le Moyne, Saint-Réal, Rapin, Paris, Honoré Champion, « Sources classiques », p.119-212.

– (2013 [1668]), *Du peu de certitude qu'il y a dans l'histoire (1668)*, texte établi par Frédéric Charbonneau et Hélène Michon, in Gérard Ferreyrolles (dir.), *Traités sur l'histoire (1638—1677)*. *La Mothe Le Vayer, Le Moyne, Saint-Réal, Rapin*, Paris, Honoré Champion, « Sources classiques », p.213-250.

Lang, Berel (1992), « The representation of limits », in Saul Friedländer (éd.), *Probing the Limits of Representation*: *Nazism and the Final Solution*, Cambridge (Mass.), Harvard University Press, p.300-317.

Lang, Luc, *Délit de fiction. La littérature, pourquoi ?*, Paris, Gallimard, 2011.

Langer, Lawrence L. (1975), *The Holocaust and the Literary Imagination*, New Haven, Londres, Yale University Press.

Lanzmann, Claude (2010), « *Jan Karski* de Yannick Haenel: un faux roman », *Marianne*, 23 janvier, n°666, p.84.

Laplanche, Jean et Pontalis, Jean-Bertrand (1967), *Le Vocabulaire de la psychanalyse*, Paris, PUF.

Laugier-Rabaté, Sandra (1992), *L'Anthropologie logique de Quine. L'apprentissage de l'obvie*, Paris, Vrin.

Lavocat, Françoise (2004), « Fictions et paradoxes. Les nouveaux mondes possibles à la Renaissance », in Françoise Lavocat (dir.), *Usages et théories de la fiction. Le débat contemporain à l'épreuve des textes anciens (xvie-xviiie siècles)*, Rennes, Presses universitaires de Rennes, « Interférences », p.87-111.

– (2005), *La Syrinx au bûcher. Pan et les satyres à la Renaissance et à l'âge baroque*, Genève, Droz, « Travaux d'humanisme et Renaissance ».

– (2007), « Transfictionnalité, métafiction et métalepse. Les exemples aux xvie et xviie siècles », in René Audet et Richard Saint-Gelais (dir.), *La Fiction, suites et variations*, Québec, Rennes, Éditions Nota Bene, Presses universitaires de Rennes, p.157-178.

– (2009a), « Un crime de vent ? L'inceste fraternel au théâtre: réécritures d'Ovide », in François Lecercle, Laurence Marie et Zoé Schweitzer (dir.), *Réécritures du crime. L'acte sanglant sur la scène (xvie-xviiie siècles)*, Toulouse, Paris, SLC, Honoré

Champion.

– (2009b), « Les théories contemporaines de la fiction: au-delà du binarisme ? », in Eduardo F. Coutinho (dir.), *Beyond Binarisms. Discontinuities and Displacements: Studies in Comparative Literature*, Rio de Janeiro, Aeroplano editora, p.27-36.

– (2010a), « Les genres de la fiction. État des lieux et propositions », in Françoise Lavocat (dir.), *La Théorie littéraire des mondes possibles*, Paris, CNRS Éditions, p.15-52.

– (2010b), « Mimesis, fiction, paradoxes », *Methodos. Savoirs et textes*, n°10: « Penser la fiction ». Disponible en ligne, URL: [consulté le 10 mars 2013].

– (2011a), « Frontières troublées de la fiction à la fin de la Renaissance: Apulée et le débat sur la métamorphose », *Cahiers du dix-septième. An Interdisciplinary Journal*, vol. 13, n°2, p.92-109. Disponible en ligne.

– (2011b), « Fait et fiction dans l'œuvre de Jean-Pierre Camus: la frontière introuvable », *Dix-Septième Siècle*, vol. 2, n°251: « Journées internationales Jean-Pierre Camus », Paris, PUF, p.263-270.

– (2011c), « Le pays des romans », in Marie-Christine Pioffet (dir.), *Dictionnaire analytique des toponymes imaginaires dans la littérature narrative de langue française (1605—1711)*, Québec, Presses de l'université Laval, « La République des lettres ».

– (2011d), « Arcadie, espace littéraire », in Olivier Battistini, Jean-Dominique Poli, Pierre Ronzeaud *et al.* (dir.), *Dictionnaire des lieux et pays mythiques*, Paris, Robert Laffont, « Bouquins », p.76-81.

– (2011e), « Paradoxes et métalepses au pays des romans », in Benoît Bolduc et Henriette Goldwyn (éd.), *Concordia Discors*, choix de communications présentées lors du 41ᵉ congrès national de la North American Society for Seventeeth-Century French Literature, New York University, 20-23 mai 2009, vol. 2, Tübingen, Gunter Narr, « Biblio 17 », p.105-115.

– (2011e), « Paradoxes et métalepses au pays des romans », in Benoît Bolduc et Henriette Goldwyn (éd.), *Concordia Discors*, choix de communications présentées lors du 41ᵉ congrès national de la North American Society for Seventeeth-Century French Literature, New York University, 20-23 mai 2009, vol. 2, Tübingen, Gunter

Narr, « Biblio 17 », p.105-115.

– (2012), « Narratives of Catastrophe in the Early Modern Period », *Poetics Today*, vol. 33, n°3-4, p.254-299.

Lavocat, Françoise (dir.) (2004), *Usages et théories de la fiction. Le débat contemporain à l'épreuve des textes anciens (xvie-xviiie siècles)*, Rennes, Presses universitaires de Rennes, « Interférences ».

– (2010), *La Théorie littéraire des mondes possibles*, Paris, CNRS Éditions.

– (2011), *Pestes, incendies, naufrages. Écriture du désastre au xviie siècle*, Turnhout, Brepols, « Les styles du savoir ».

Lavocat, Françoise et Duprat, Anne (dir.) (2010), *Fiction et cultures*, Paris, Nîmes, Lucie éditions, « Poétiques comparatives ».

Lecercle, François (2011), *Le Retour du mort. Débats sur la sorcière d'Endor et l'apparition de Samuel*, Genève, Droz.

Leclaire, Serge (1971), *Démasquer le réel. Un essai sur l'objet en psychanalyse. Avec une contribution de Juan David Nasio*, Paris, Seuil.

Leder, Stefan (1998), « Conventions of fictional narration in learned littérature », in Stefan Leder (éd.), *Story-telling in the Framework of Non-fictional Arabic Literature*, Wiesbaden, Harrassowitz, p.34-60.

Leibniz, Gottfried Wilhelm (1969 [1710]), *Essais de théodicée. Sur la bonté de Dieu, la liberté de l'homme et l'origine du mal*, édition Jacques Brunschwig, Paris, Garnier-Flammarion.

［莱布尼茨：《神义论》，朱雁冰译，生活·读书·新知三联书店，2007 年。］

Lemon, Rebecca (2001), « The faulty verdict in "The Crown v. John Hayward" », *Studies in English Literature 1500—1600*, vol. 41, n°1, p.109-132.

Le Moyne, Pierre (2013 [1670]), *De l'histoire*, texte établi par Marie-Aude de Langenhagen et Anne Mantero, in *Traités sur l'histoire (1638—1677). La Mothe Le Vayer, Le Moyne, Saint-Réal, Rapin*, édition Gérard Ferreyrolles, Paris, Honoré Champion, p.251-567.

Lenain, Thierry et Wiame, Aline (éd.) (2011), *Personne, personnage*, Paris, Vrin, « Annales de l'Institut de philosophie de l'université de Bruxelles ».

Lenglet Du Fresnoy, Nicolas (1970 [1734]), *De l'usage des romans, où l'on fait voir leur utilité et leurs différents caractères, avec une bibliothèque des romans, accompagnée de remarques critiques sur leur choix et leurs éditions*, Genève, Slatkine.

Le Tasse (Torquato Tasso) (1997 [1586]), *Discours de l'art poétique*, in *Discours de l'art poétique, Discours du poème héroïque*, traduit de l'italien, présenté et annoté par Françoise Graziani, Paris, Aubier.

Leupin, Alexandre (1993), *Fiction et incarnation. Littérature et théologie au Moyen Âge*, Paris, Flammarion, « Idées et recherches ».

Lever, Maurice (1981), *Le Roman français au xviie siècle*, Paris, PUF.

Levi, Jean (1995), *La Chine romanesque. Fictions d'Orient et d'Occident*, Paris, Seuil, « La Librairie du xxe siècle ».

Levin, Samuel R. (1976), « Concerning what kind of speech act a poem is », in Teun A. van Dijk (éd.), *Pragmatics of Language and Literature*, Amsterdam, Oxford, New York, North-Holland, American Elsevier, p.141-160.

Lévi-Strauss, Claude (1949), « L'efficacité symbolique », *Revue de l'histoire des religions*, vol. 135, n°135-1, p.5-27 [repris dans *Anthropologie structurale*, Paris, Plon, 1958, p.231-234].

［列维–斯特劳斯：《象征的效用》，见列维–斯特劳斯著《结构人类学》，陆晓禾等译，文化艺术出版社，1989 年。］

– (1962), *La Pensée sauvage*, Paris, Plon.

［列维–斯特劳斯：《野性的思维》，李幼蒸译，商务印书馆，1985 年。］

Lévrier, Alexis (2005), « Comment piquer la "maligne curiosité des lecteurs": la question des lectures à clés dans les deux premiers "spectateurs" francophones », in *Littératures classiques*, vol. 2, n°54: « Lectures à clés », Mathilde Bombart et Marc Escola (dir.), p.169-178.

– (1997), « Blasphemy: the judeo-christian concept », in Mircea Eliade *et al.* (éd.), *The Encyclopedia of Religion*, vol. 2, New York, Macmillan Publishing Company, p.238-242.

Lévy, Pierre (1997), *Cyberculture. Rapport au conseil de l'Europe dans le cadre du projet Nouvelles technologies, coopération culturelle et communication*, Paris, Strasbourg, Odile Jacob, Éditions du Conseil de l'Europe.

Lewis, David K. (1976), « The paradoxes of time travel », *American Philosophical Quaterly*, vol. 13, n°2, p.145-152.

– (2007 [1986]), *De la pluralité des mondes [On the Plurality of Worlds]*, traduit de l'américain par Marjorie Caveribère et Jean-Pierre Cometti, Paris, Éditions de l'Éclat.

Limoges, Jean-Marc (2009), « The gradable effects of self-reflexivity on aesthetic illusion in cinema », in Werner Wolf (éd.), *Metareference across Media. Theory and Case Studies*, Amsterdam, Rodopi, « Studies in Intermediality », p.391-408.

– (2011), « Metalepsis in the cartoons of Tex Avery: expanding the boundaries of transgression », in Karin Kukkonen, Sonja Klimek (éd.), *Metalepsis in Popular Culture*, New York, De Gruyter, « Narratologia », p.196-212.

– (2012), « La métalepse au cinéma. Aux frontières de la transgression », *Cinergie*, n°1: « Il Cinema e le altre arti ». Disponible en ligne, URL: http://www.cinergie.it/?p=292 [consulté le 5 juin 2013].

Livet, Pierre (2005), *Qu'est-ce qu'une action ?*, Paris, Vrin, « Chemins philosophiques ».

– (2014), « Les émotions de la fiction: émotions sémantiques ou développement d'une sémantique émotionnelle sociale », Conférence donnée à l'Institut Jean-Nicod (CNRS-EHESS-ENS), séminaire de Jérôme Pelletier, Paris, 6 mars 2014.

Livet, Pierre et Nef, Frédéric (2009), *Les Êtres sociaux. Processus et virtualité*, Paris, Hermann.

Livingston, Paisley et Mele, Alfred R. (1997), « Evaluating emotional responses to fiction », in Mette Hjort et Sue Laver (éd.), *Emotion and the Arts*, New York, Oxford University Press, p.157-176.

Lloyd, Peter B. (2003), *Exegesis of the Matrix*, Londres, Whole-Being Books.

Longo, Matthew R., Kosobud, Ann et Bertenthal, Bennett I. (2008), « Automatic imitation of biomechanically possible and impossible actions: effects of priming movements versus goals », *Journal of Experimental Psychology: Human Perception and Performance*, vol. 34, n°2, p.489-501.

Löschnigg, Martin (1999), « Narratological categories and the (non-) distinction between factual and fictional narratives », in John Pier (éd.), *Recent Trends in Narratological Research*, Tours, GRAATT, n°21, p.31-48.

Louis, Annick (2010), « États de fiction, fictions d'États », in Françoise Lavocat et Anne Duprat (dir.), *Fiction et cultures*, Paris, Nîmes, Lucie éditions, « Poétiques comparatistes », p.213-227.

Lu, Xiao peng (1994), *From Historicity to Fictionality. The Chinese Poetics of Narrative*, Stanford (ca.), Stanford University Press.

Ludlow, Peter et Wallace, Mark (2007), *The Second Life Herald. The Virtual Tabloid that Witnessed the Dawn of the Metaverse*, Cambridge (Mass.), The MIT Press.

Luhmann, Niklas (1990), « The work of art and the self-reproduction of art », in *Essays on Self-Reference*, New York, Oxford, Columbia University Press, p.191-214.

Lyotard, Jean-François (1983), *Le Différend*, Paris, Minuit.

Macé, Marielle (2011), *Façons de lire, manières d'être*, Paris, Gallimard, « NRF Essais ».

［马瑟：《阅读：存在的风格》，张琰译，华东师范大学出版社，2018 年。］

Macé, Marielle (dir.) (2010), « Du style ! », dossier de *Critique*, n°752-753, Paris, Minuit.

McCarthy, David, Curran, Steve et Byron, Simon (2005), *The Complete Guide to Game Development, Art and Design*, Cambridge, Ilex.

McCarthy, Mary (1961), « The fact in fiction », in *On the Contrary. Articles of Belief, 1946—1961*, New York, Farrar, Straus & Cudahy, p.249-270.

McHale, Brian (1987), *Postmodernist Fiction*, New York, Londres, Paris, Methuen.

McIntosh-Varjabédian, Fiona (2011), « L'écriture de l'histoire et la légitimité des études textuelles. Peut-on encore parler de *linguistic* ou de *cultural turn* en littérature générale et comparée ? », *Vox poetica*, 30 janvier. Disponible en ligne, URL: http: www.vox-poetica.com/sflgc/biblio/mcintosh.html [consulté le 7 février 2013].

Madouas, Sébastien (1999), « L'Adam vague et la constitution de mondes possibles: une pensée modale de l'individu », in Dominique Berlioz et Frédéric Nef (éd.), *L'Actualité de Leibniz. Les deux labyrinthes*, Décade de Cérisy, Stuttgart, Franz Steiner Verlag, « Studia Leibnitiana », p.363-387.

Maitre, Doreen (1983), *Literature and Possible Worlds*, Londres, Pembridge Press.

Malina, Debra N. (2002), *Breaking the Frame. Metalepsis and the Construction of the*

Subject, Colombus, Ohio State University Press, « The theory and interpretation of narrative series ».

Malaby, Thomas M. (2009), *Making Virtual Worlds: Linden Lab and Second Life*, Ithaca (N. Y.), Londres, Cornell University Press.

Mallarmé, Stéphane (2003 [1897]), « Divagations », in *Œuvres complètes*, II, édition Bertrand Marchal, Paris, Gallimard, « Bibliothèque de la Pléiade », p.77-277.

Maniglier, Patrice (2003), « *Matrix*, la machine mythologique », in Alain Badiou, Thomas Bénatouil, Elie During *et al., Matrix, machine philosophique*, Paris, Ellipses, p.147-156.

Marchesini, Giovanni (1905), *Le Finzioni dell'anima. Saggio di etica pedagogica*, Bari, G. Laterza & Figli.

Margolin, Uri (1989), « Structuralist approaches to character in narrative: the state of the art », *Semiotica*, vol. 75, n°1-2, p.1-24.

– (1990a), « Individuals in narrative worlds: an ontological perspective », *Poetics Today*, vol. 11, n°4: « Narratology revisited II », p.843-871.

– (1990b), « The what, the when and the how of being a character in literary narrative », *Style*, vol. 24, n°3, p.453-468.

– (1992), « Fictional individuals and their counterparts », in Joe Andrew (éd.), *Poetics of the Text. Essays to Celebrate Twenty Years of the Neo-Formalist Circle*, Amsterdam, Atlanta (Ga.), Rodopi, « Studies in slavic literature and poetics », p.34-56.

– (1995), « Changing individuals in narrative: science, philosophy, literature », *Semiotica*, vol. 107, n°1-2, p.5-31.

– (1998), « Characters in literary narrative: representation and signification », *Semiotica*, vol. 106, n°3-4, p.373-393.

– (2008), « Character », in David Herman, Manfred Jahn, Marie-Laure Ryan (éd.), *Routlege Encyclopedia of Narrative theory*, New York, Londres, Routledge, p.52-57.

Markley, Robert (éd.) (1996), *Virtual Realities and Their Discontents*, Baltimore (Md.), The Johns Hopkins University Press.

Martin, Wallace (1986), *Recent Theories of Narrative*, Ithaca (N. Y.), Londres, Cornell University Press.

[马丁:《当代叙事学》, 伍晓明译, 中国人民大学出版社, 2018 年。]

Martinez, Matías, Scheffel, Michael (2003), « Narratology and theory of fiction. Remarks on a complex relationship », in Tom Kindt et Hans-Harald Müller (éd.), *What is Narratology ? Questions and Answers Regarding the Status of a Theory*, Berlin, Walter de Guryter.

Martínez-Bonati, Felix (1981), « Representation and fiction », *Dispositio*, vol. 5, n°13-14, p.19-33.

Marx, William (2012), *Le Tombeau d'Œdipe. Pour une tragédie sans tragique*, Paris, Minuit, « Paradoxe ».

Maturana, Humberto Rumesin et Varela, Francisco J. (1980 [1972]), *Autopoiesis and Cognition: The Realization of the Living*, Dordrecht, Boston, Londres, D. Reidel Publishing Company, « Boston studies in the philosophy of science ».

Mauss, Marcel, avec la collaboration de Durkheim, Émile (1969 [1910]), « Les Aranda et Loritja d'Australie centrale. I », in *Œuvres II: Représentations collectives et diversité des civilisations*, présentation de Victor Karady, Paris, Minuit, p.437-439.

Mazurek, Raymond A. (1985), « Ideology and form in the postmodernist historical novel: *The Sot-Weed Factor* and *Gravity's Rainbow* », *Minnesota Review*, n°25, automne (nouvelle série), p.69-84.

Meadows, Mark Stephen (2008), *I, Avatar. The Culture and Consequences of Having a Second Life*, Berkeley, New Riders.

Meiller, Éric (2007), « La cession des biens virtuels » in Frank Beau (éd.), *Cultures d'univers. Jeux en réseau, mondes virtuels, le nouvel âge de la société numérique*, Limoges, Fyp éditions, p.221-228.

Meinong, Alexius (1999 [1904; 1921]), *Théorie de l'objet. Présentation personnelle [Gegenstandstheorie – Selbstdarstellung]*, traduit de l'allemand par Jean-François Courtine et Marc de Launay, Paris, Vrin, « Bibliothèque des textes philosophiques ».

Meister, Jan Christoph (2005), « Le *Metalepticon*: une étude informatique de la métalepse », in John Pier et Jean-Marie Schaeffer (dir.), *Métalepses. Entorses au pacte de la représentation*, Paris, École des hautes études en sciences sociales, « Recherches d'histoire et de sciences sociales », p.237-238.

Ménestrier, Claude-François (1682), *Des ballets anciens et modernes selon les règles du théâtre*, Paris, René Guignard.

Messinger, Paul R., Stroulia, Eleni, Lyons, Kelly (2008), « A typology of virtual worlds: historical overview and future directions », *Journal of Virtual Worlds Research*, vol. 1, n°1. Disponible en ligne, URL: http://journals.tdl.org/jvwr/index. php/jvwr/article/view/291/245 [consulté le 17 juillet 2013].

Messu, Michel (2014), « La sociologie peut toujours faire l'économie d'une ontologie. Discussion de l'ouvrage de Pierre Livet et Frédéric Nef, *Les Êtres sociaux. Processus et virtualité*, Paris, Éditions Hermann, 2009 », *SociologieS*. Disponible en ligne, URL: http://sociologies.revues.org/4649 [mis en ligne le 7 mars 2014, consulté le 15 juin 2014].

Metz-Lutz, Marie-Noëlle, Bressan, Yannick, Heider, Nathalie et Otzenberger, Hélène (2010), « What physiological changes and cerebral traces tell us about adhesion to fiction during theater-watching ? », *Frontiers in Human Neuroscience*, n°4, p.1-10. Disponible en ligne.

Meyer, Michel (2000), *Questionnement et historicité*, Paris, PUF, « L'Interrogation philosophique ».

Meyer-Minnemann, Klaus (2005), « Un procédé narratif qui "produit un effet de bizarrerie": la métalepse littéraire », in John Pier et Jean-Marie Schaeffer (dir.), *Métalepses. Entorses au pacte de la représentation*, Paris, École des hautes études en sciences sociales, « Recherches d'histoire et de sciences sociales », p.133-150.

Michelet, Jules (1966 [1862]), *La Sorcière*, Paris, Garnier-Flammarion.

［米什莱：《女巫》，张颖绮译，电子工业出版社，2014 年。］

Millet, Baudouin (2007), *« Ceci n'est pas un roman ». L'évolution du statut de la fiction en Angleterre de 1652 à 1754*, Louvain, Paris, Dudley (Mass.), Peeters.

Milon, Alain (2005), *La Réalité virtuelle. Avec ou sans le corps ?*, Paris, Autrement, « Le Corps plus que jamais ».

Minois, Georges (1995), *Censure et culture sous l'Ancien Régime*, Paris, Fayard.

Mita, Munesuke (1992), *Social Psychology of Modern Japan,* traduit par Stephen Suloway, Routledge.

Miyoshi, Masao et Harootunian, H. D. (éd.) (1989), *Postmodernism and Japan*, Durham (N. C.), Duke University Press.

Moisseeff, Marika (1994), « Les objets cultuels aborigènes ou comment représenter l'irreprésentable », *Genèses*, n°17, p.8-32.

– (2005), « La procréation dans les mythes contemporains: une histoire de science-fiction », *Anthropologie et sociétés*, vol. 29, n°2: « Le mythe aujourd'hui », p.69-94.

– (2007), « Qu'en est-il du lien entre mythe et fiction ? Réflexions à partir de l'ethnographie des Aranda (aborigènes australiens) », communication orale lors de la journée d'étude: « Le concept de fiction, une rupture épistémologique ? », organisée le 15 juin 2007 par Annick Louis, Jean-Marie Schaeffer et Sebastian Veg (Centre de recherches sur les arts et le langage-CNRS-EHESS), Paris, Maison Suger.

– (2008), « Nous n'avons jamais été humains. Le néotène, les chimères et les robots », in Serge Gruzinski (dir.), *Planète métisse*, Arles, Paris, Actes Sud, Musée du quai Branly, p.152-165.

– (2010), « Au cœur du système hiérarchique occidental: l'évolution biologique », in André Iteanu (dir.), *La Cohérence des sociétés. Mélanges en hommage à Daniel de Coppet*, Paris, Éditions de la Maison des sciences de l'homme, p.341-368.

Molinier, Pascale, Laugier, Sandra et Paperman, Patricia (dir.) (2009), *Qu'est-ce que le care ? Souci des autres, sensibilité, responsabilité*, Paris, Payot & Rivages.

Le Monde des livres (2011), articles de Christine Angot, Yannick Haenel, Emmanuel Pierrat, Rick Moody, daté du 14 janvier.

Monneret, Philippe (2010), « Fiction et croyance: les mondes possibles fictionnels comme facteurs de plasticité des croyances », in Françoise Lavocat (dir.), *La Théorie littéraire des mondes possibles*, Paris, CNRS Éditions, p.259-291.

Monnoyer, Jean-Maurice et Nef, Frédéric (dir.) (2002), « Métaphysique et ontologie: perspectives contemporaines », numéro de la *Revue de métaphysique et de morale*, vol. 4, n°36, Paris, PUF.

Montalbetti, Christine (2006), « Ce que la métalepse fait à la fiction: théorie et pratique », in Michel Braud, Béatrice Laville et Brigitte Louichon (éd.), *Les Enseignements de la fiction*, Bordeaux, Presses universitaires de Bordeaux, « Modernités », p.117-128.

Moretti, Franco (éd.) (2006), *The Novel, vol. 1: History, Geography, and Culture*,

Princeton (N. J.), Princeton University Press.

Morin, Edgar (2007), « Complexité restreinte et complexité générale », in Jean-Louis Le Moigne et Edgar Morin (dir.), *Intelligence de la complexité. Épistémologie et pragmatique, Colloque de Cerisy 2005*, La Tour d'Aigues, Éditions de L'Aube.

Morison, Patricia et Gardner, Howard (1978), « Dragons and dinosaurs. The child's capacity to differentiate fantasy from reality », *Child Development*, vol. 49, n°3, p.642-648.

Murray, Smith (1995), *Engaging Characters. Fiction, Emotion, and the Cinema*, Oxford, New York, Clarendon Press, Oxford University Press.

Murzilli, Nancy (2009), *La Fiction littéraire comme expérience de pensée*, thèse de doctorat de philosophie sous la direction de Jean-Pierre Cometti, soutenue le 28 novembre 2009, université d'Aix-Marseille 1.

Nacache, Jacqueline (2003), *L'Acteur de cinéma*, Paris, Nathan, « Cinéma ».

Naccache, Lionel (2006), *Le Nouvel Inconscient. Freud, Christophe Colomb des neurosciences*, Paris, Odile Jacob.

– (2010), *Perdons-nous connaissance ? De la mythologie à la neurologie*, Paris, Odile Jacob.

Nachtergaël, Magali (2012), *Les Mythologies individuelles. Récit de soi et photographies au xxᵉ siècle*, Amsterdam, New York, Rodopi, « Faux Titre ».

Nash, Cristopher (1990), *Narrative in Culture. The Use of Storytelling in the Sciences, Philosophy, and Literature*, Londres, Routledge.

Nef, Frédéric (2004), *Qu'est-ce que la métaphysique ?*, Paris, Gallimard, « Folio Essais ».

Nell, Victor (1988), « The psychology of reading for pleasure: needs and gratifications », *Reading Research Quarterly*, vol. 23, n°1, p.6-50.

Nelles, William (1997), *Frameworks. Narrative Levels and Embedded Narrative*, New York, Peter Lang.

– (2002), « Stories within stories: narrative levels and embedded narrative », in Brian Richardson (éd.), *Narrative Dynamics. Essays on Time, Plot, Closure, and Frames*, Columbus, The Ohio State University Press, « The theory and interpretation of narrative series », p.339-353.

Nelson, William (1969), « The boundaries of fiction in the Renaissance: a treaty between truth and falsehood », *English Literary History*, vol. 36, n°1, p.30-58.

– (1973), *Fact or fiction. The Dilemma of the Renaissance Storyteller*, Cambridge (Mass.), Harvard University Press.

Nethersole, Reingard (1991), « Comparing or connecting ? (What actually is the object "for" comparative literature and what is its "necessary" method ?) », in Gerald Gillespie (éd.), *Littérature comparée/Littérature mondiale. Comparative Literature/ World Literature*, New York, Berne, Francfort-sur-le-Main, Paris, Peter Lang, p.89-100.

Nichols, Bill (1991), *Representing Reality, Issues and Concept in Documentary*, Bloomington, Indiana University Press.

Nicot, Jean (1606), *Thresor de la langue francoyse, tant ancienne que moderne*, Paris, David Douceur.

Nietzsche, Friedrich (1978 [1974]), « Fragments posthumes, fin 1886—printemps 1887 », in *Œuvres philosophiques complètes*, vol. 12, traduit de l'allemand par Julien Hervie, Paris, Gallimard [« Nachelelassene Fragmente Herbst 1885— Herbst 1887 », in *Sämtliche Werke. Kritische Studienausgabe in 15 Bänden*, édition Giorgio Colli et Mazzino Montinari, Berlin, De Gruyter].

Nikolajeva, Maria (2000), *From Mythic to Linear. Time in Children's Literature*, Lanham (Md.), Scarecrow Press.

Norman, Larry (2011), *The Shock of the Ancient. Literature & History in Early Modern France*, Chicago, University of Chicago Press.

Nowotny, Helga (1989), *Eigenzeit. Entstehung und Strukturierung eines Zeitgefühls*, Francfort-sur-le-Main, Suhrkamp.

［诺沃特尼：《时间：现代与后现代经验》，金梦兰、张网成译，北京师范大学出版社，2011 年。］

Nünning, Ansgar (1993), « Mapping the field of hybrid new genres in the contemporary novel: a critique of Lars Ole Sauerberg, *Fact into Fiction* and a survey of other recent approaches to the relationship between "fact" and "fiction" », *Orbis Litterarum*, vol. 48, n°3, p.281-305.

– (1997), « Crossing borders and blurring genres: towards a typology and poetics of postmodernist historical fiction in England since the 1960s », *European Journal of English Studies*, vol. 1, n°2, p.217-238.

– (2003), « Narratology or narratologies ? Taking stock of recent developments, critique and modest proposals for future usage of the term », in Tom Kindt et Hans-Harald Müller (éd.), *What is Narratology ? Questions and Answers Regarding the Status of a Theory*, Berlin, Walter de Guryter, p.239-275.

– (2005), « How to distinguish between fictional and factual narratives: narratological and systesmtheoretical suggestions », in Lars-Åke Skalin (éd.), *Fact and Fiction in Narrative. An interdisciplinary Approach*, Örebro, Univ. Library, p.23-56.

Oatley, Keith (1992), *Best Laid Schemes. The Psychology of Emotions*, Cambridge, New York, Port Chester, Paris, Cambridge University Press, Éditions de la Maison des sciences de l'homme, « Studies in emotion and social interaction ».

– (1999), « Why fiction may be twice as true as fact. Fiction as cognitive and Emotional Simulation », *Review of General Psychology*, vol. 3, n°2, p.107-117. Disponible en ligne.

Oh, Myung et Larson, James F. (2011), *Digital Development in Korea. Building an Information Society*, Londres, New York, Routledge.

Oléron, Anaïs (2014), « Problématisation et/ou réhabilitation du rapport à la fiction ? », compte rendu de Cécile De Bary (dir.), *Itinéraires. Littérature, textes, cultures*, n°1: « La fiction aujourd'hui », Paris, L'Harmattan, 2013, *Acta Fabula*, vol. 15, n°3. Disponible en ligne, URL: http://www.fabula.org/acta/document8522. php [consulté le 3 août 2013].

Olsen, Jon-Arild (2006), « *L'esprit du roman. Œuvre, fiction et récit* (2004). Entretien avec Sylvie Patron », *Vox poetica*, 15 janvier 2006. Disponible en ligne, URL: http://www.voxpoetica.org/entretiens/intOlsen.html [consulté le 17 juillet 2012].

Origgi, Gloria (2004), « Croyance, déférence et témoignage », in Élisabeth Pacherie et Joëlle Proust (dir.), *La Philosophie cognitive*, Gap, Paris, Ophrys, Éditions de la Maison des sciences de l'homme, « Cogniprisme », p.167-184. Disponible en ligne.

Osawa, Masachi (1996), 虚構の時代の果て―オウムと世界最終戦争 (*Kyokō no jidai no hate: Aum to sekai saishū sensō*), Tokyo, Chikuma Shinsho.

Ospovat, Kirill (2014), « The theater of war and peace: the "Miracle of the House of Brandenburg" and the poetics of European absolutism », in John W. Boyer et Berthold Molden (éd.), EUtRopEs. *The Paradox of European Empire*, Paris, Chicago, University of Chicago Center in Paris, p.202-238.

Ostrowicki, Michał (2010), « The metaphysics of electronic being », *Comparative Literature and Culture*, vol. 12, n°3, article 4. Disponible en ligne, URL: http:// docs.lib.purdue.edu/clcweb/vol12/iss3/4 [consulté le 26 janvier 2013].

Oura, Yasusuke (2010a), « Le *watakushi shôsetsu* et la fiction », in Yasusuke Oura (éd.), *Fiction de l'Occident, fiction de l'Orient*, actes du colloque international, Kyoto, Institut de recherche en sciences humaines, université de Kyoto, p.41-52.

– (2010b), « Procès de la fiction, procès de la littérature: sur quelques cas au Japon », in Françoise Lavocat et Anne Duprat (dir.), *Fiction et cultures*, Paris, Nîmes, Lucie éditions, « Poétiques comparatistes », p.176-186.

Pachet, Pierre (2010), « Le roman de l'Histoire », *Le Monde*, 6 février 2010.

Paige, Nicholas D. (2011), *Before Fiction. The Ancien Régime of the Novel*, Philadelphie, University of Pennsylvania Press.

Panero, Maria Eugenia, Black, Jessica, Barnes, Jennifer L. Skolnick Weisberg, Deena, Golstein, Thalia R. Brownell, Hiram, Winner Ellen (2017) « Reply. No Support for the Claim That Literary Fiction Uniquely and Immediately Improves Theory of Mind; A Reply to Kidd ans Castano's Commentary» Journal of Personality and Socail Psychology, vol. 112, n°3 e-5-e-8 doi.org/10.1037/pspa0000079.

Paperman, Patricia, Laugier, Sandra (dir.) (2006), *Le Souci des autres. Éthique et politique du* care, Paris, Éditions de l'EHESS, « Raison pratique ».

Parsons, Terence (1980), *Nonexistent Objects*, New Haven, Londres, Yale University Press.

– (1982), « Are there nonexistent objects ? », *American Philosophical Quarterly*, vol. 19, n°4, p.365-371.

Pasquier, Pierre (dir.) (2001), « Le temps au xviie siècle », numéro de *Littératures classiques*, n°43, Paris, Champion.

Passeron, Jean-Claude (2006 [1991]), *Le Raisonnement sociologique. Un espace non poppérien de l'argumentation*, Paris, Albin Michel, « Bibliothèque de l'évolution de l'humanité ».

Patrizi, Francesco (1971 [1586]), *Della poetica* [...], vol. III: *La Deca plastica*, édition Danilo Aguzzi Barbagli, Florence, Instituto Nazionale di Studi sul Rinascimento.

Patron, Sylvie (2009), *Le Narrateur. Introduction à la théorie narrative*, Paris, Armand Colin.

Paul, Herman (2011), *Hayden White. The Historical Imagination*, Cambridge, Malden (Mass.), Polity.

Pavel, Thomas (1975), « "Possible worlds" in literary semantics », *Journal of Aesthetics and Art Criticism*, vol. 34, n°2, p.165-176.

– (1983a), « Incomplete worlds, ritual emotions », *Philosophy and Literature*, vol. 7, n°2, p.48-58.

– (1983b), « The borders of fiction », *Poetics Today*, vol. 4, n°1, p.83-86.

– (1988 [1986]), *Univers de la fiction [Fictional Worlds]*, traduit et remanié par l'auteur, Paris, Seuil, « Poétique ».

– (1996), *L'Art de l'éloignement. Essai sur l'imagination classique*, Paris, Gallimard, « Folio Essais ».

– (2001), « Reviews the book *The Distinction of Fiction*, by Dorrit Cohn », *Comparative Literature*, vol. 53, n°1, p.83.

– (2003), « Fiction et perplexité morale », XXVᵉ conférence Marc Bloch, EHESS, 10 juin 2013. Disponible en ligne, URL: http://cmb.ehess.fr/59 [consulté le 2 janvier 2013].

– (2010), « Univers de fiction: un parcours personnel », in Françoise Lavocat (éd.), *La Théorie littéraire des mondes possibles*, Paris, CNRS Éditions, p.307-313.

Pelletier, Jérôme (2005), « Deux conceptions de l'interprétation des récits de fiction », *Philosophiques*, vol. 22, n°1, p.39-54.

– (2008), « La fiction comme culture de la simulation », *Poétique*, n°154, avril, p.131-146.

– (2011), « Du récit à la fiction: un point de vue de philosophie cognitive », in Sylvie Patron (éd.), *Théorie, analyse et interprétation des récits/Theory, analysis, interpretation of narratives*, Berne, Peter Lang, p.211-243.

– (2016), « Quand l'émotion rencontre la fiction », in Françoise Lavocat (dir.), *Interprétation littéraire et sciences cognitives*, Paris, Hermann, p.123-155.

Pépin, Jean (1987), *La Tradition de l'allégorie de Philon d'Alexandrie à Dante*, Paris, Études augustiniennes.

Périn, Jean (1990), « Réel et symbolique chez Jeremy Bentham », *Le Discours psychanalytique. Revue de l'Association freudienne*, n°3, février, p.95-104.

Perry, George C. (1993), « *Sunset Boulevard* ». *From Movie to Musical*, New York, Henry Holt & Co.

Peyrebonne, Nathalie (2007), « L'aliment, marqueur de l'altérité dans le *Don Quichotte* », in Philippe Meunier (dir.), *La Représentation de l'Autre dans le* Don Quichotte *de Cervantes*, actes de la journée d'études organisée par le CELEC-GRIAS (université de Saint-Étienne) le 13 octobre 2005, Saint-Étienne, Publications de l'université de Saint-Étienne, p.27-39.

Pfeffer, Aurélien, Wang, Lingyun et Beau, Frank (2007), « L'économie des détrousseurs de monstres », in Franck Beau (dir.), *Culture d'univers. Jeux en réseau, mondes virtuels, le nouvel âge de la société numérique*, Limoges, Éditions FYP, p.198-220.

Pfeifer, Barbara (2009), « Novel in/and film: transgeneric and transmedial metareference in *Stranger than Fiction* », in Werner Wolf (éd.), *Metareference across Media. Theory and Case Studies*, Amsterdam, Rodopi, « Studies in Intermediality », p.409-423.

Pfersmann, Otto (2004), « Les modes de la fiction: droit et littérature », in Françoise Lavocat (dir.), *Usages et théories de la fiction. Le débat contemporain à l'épreuve des textes anciens (xvie-xviie siècles)*, Rennes, Presses universitaires de Rennes, « Interférences », p.39-61.

Piaget, Jean (1974), *Recherches sur la contradiction*, Paris, PUF, « Études d'épistémologie génétique ».
［皮亚杰:《关于矛盾的研究》, 吴国宏译, 华东师范大学出版社, 2005 年。］
– (2003 [1926]), *La Représentation du monde chez l'enfant*, Paris, PUF, « Quadrige ».

Pier, John (2005), « Métalepse et hiérarchies narratives », in John Pier et Jean-Marie Schaeffer (dir.), *Métalepses. Entorses au pacte de la représentation*, Paris, École des hautes études en sciences sociales, « Recherches d'histoire et de sciences sociales », p.247-262.

– (2013), « Metalepsis », in Peter Hühn *et al.* (éd.), *The* Living *Handbook of Narratology*, Hambourg, Hamburg University Press. Disponible en ligne, URL: http://wikis.sub.uni-hamburg.de/lhn/index.php/Metalepsis [dernière modification le 13 mars 2013, consulté le 5 mai 2013].

Pier, John et Garcia Landa, José Ángel (éd.) (2008), *Theorizing Narrativity*, Berlin, Walter de Gruyter.

Pier, John et Schaeffer, Jean-Marie (2005), « Introduction. La métalepse, aujourd'hui », in John Pier et Jean-Marie Schaeffer (dir.), *Métalepses. Entorses au pacte de la représentation*, Paris, École des hautes études en sciences sociales, « Recherches d'histoire et de sciences sociales », p.7-15. Disponible en ligne.

Pier, John et Schaeffer, Jean-Marie (dir.) (2005), *Métalepses. Entorses au pacte de la représentation*, Paris, École des hautes études en sciences sociales, « Recherches d'histoire et de sciences sociales ».

Pierrat, Emmanuel (2010), *Accusés Baudelaire, Flaubert, levez-vous ! Napoléon III censure les Lettres*, Bruxelles, Paris, André Versaille.

– (2010b), « "Faites gaffe" dit l'avocat à l'oreille des écrivains », interview par Marc Pennec, *Ouest France*, 23 mars.

Pigeot, Jacqueline (2017) *L'Âge d'or de la prose féminine au Japon (X^e-XIe siècles)*. Les Belles Lettres.

Pihlainen, Kalle (2002), « The moral of the historical story. Textual differences in fact and fiction », *New Literary History*, vol. 3, n°1: « Reconsideration in literary theory, literary history », p.39-60.

Plantinga, Alvin (1973), « Transworld identity or worlbound individuals ? », in Milton K. Munitz (éd.), *Logic and Ontology*, New York, New York University Press, « Studies in contemporary philosophy », p.193-212.

Popkin, Richard H. (1960), *The History of Scepticism from Erasmus to Descartes*, Assen, Van Gorcum.

Popkin, Richard H. et Schmitt, Charles B. (éd.) (1987), *Scepticism from the Renaissance to the Enlightenment*, Wiesbaden, O. Harrassowitz.

Postel, Philippe (2010), « Comment la fiction vint aux Chinois », in Françoise Lavocat et Anne Duprat (dir.), *Fiction et cultures*, Paris, Nîmes, Lucie éditions, « Poétiques comparatistes », p.127-148.

Pratt, Mary Louise (1977), *Toward a Speech Act Theory of Literary Discourse*, Bloomington, Londres, Indiana University Press.

Prentice, Deborah A. et Gerrig, Richard J. (1999), « Exploring the boundary between fiction and reality », in Shelly Chaiken et Yaacov Trope (éd.), *Dual-Process Theories in Social Psychology*, New York, The Guilford Press, p.529-546.

Prévost, Jean (2014 [1942]), *L'Affaire Berthet. Grand récit historique*, Le Raincy, Éditions de la Thébaïde, « Au marbre ».

Price, H. H. (Henry Habberley) (1969), *Belief*, Londres, Georges Allen & Unwin.

Prince, Gerald (2003), « Surveying narratology », in Tom Kindt et Hans-Harald Müller (éd.), *What is Narratology ? Questions and Answers Regarding the Status of a Theory*, Berlin, Walter de Guryter, p.1-16.

Prstojević, Alexandre (2012), *Le Témoin et la bibliothèque. Comment la Shoah est devenue un sujet romanesque*, Nantes, Cécile Defaut.

Pullinger, Kate (2010), « Historical fiction vs Historians again ! ». Disponible en ligne [blog], URL: http://www.katepullinger.com/blog/comments/historical-fiction-vs-historians-again [consulté le 15 mars 2013].

Putnam, Hilary (1973), « Meaning and reference », *Journal of Philosophy*, vol. 70, n°19, p.699-711.

– (1975), « The meaning of "meaning" », in Keith Gunderson *et al.* (éd.), *Minnesota Studies in the Philosophy of Science vol. 7: Language, Mind and Knowledge*, Minneapolis, University of Minnesota Press, p.131-193; repris in *Philosophical Papers vol. 2: Mind, Language and Reality*, Cambridge, Cambridge University Press, 1975, p.215-271.

［普特南：《"意义"的意义》，见《普特南文选》，李真编译，社会科学文献出版社，2009 年。］

– (1984 [1981]), *Raison, vérité et histoire [Reason, Truth, and History]*, traduit de l'anglais par Abel Gerschenfeld, Paris, Minuit.

［普特南：《理性、真理与历史》，童世骏、李光程译，上海译文出版社，1997 年。］

Qvortrup, Lars (éd.) (2002), *Virtual Space. Construction. Spatiality in Virtual Inhabited 3D Worlds*, Berlin, Londres, Spinger.

Rabau, Sophie (2005), « Ulysse à côté d'Homère. Interprétation et transgression des frontières énonciatives », in John Pier et Jean-Marie Schaeffer (dir.), *Métalepses. Entorses au pacte de la représentation*, Paris, École des hautes études en sciences sociales, « Recherches d'histoire et de sciences sociales », p.59-72.

– (2010), « Les mondes possibles de la philologie classique », in Françoise Lavocat (dir.), *La Théorie littéraire des mondes possibles*, Paris, CNRS Éditions, p.223-242.

– (2012), *Quinze (Brèves) Rencontres avec Homère*, Paris, Belin, « L'Antiquité au présent ».

Rabouin, David (2003), « Le tao de la Matrice », in Alain Badiou, Thomas Bénatouil, Elie During *et al.*, *Matrix, machine philosophique*, Paris, Ellipses, p.63-76.

Radford, Colin et Weston, Michael (1975), « How can we be moved by the fate of Anna Karenina ? », *Proceedings of the Aristotelian Society, Supplementary Volumes*, vol. 49, p.67-93.

Rancière, Jacques (2000), *Le Partage du sensible. Esthétique et politique*, Paris, La Fabrique.

Ranum, Orest A. (1980), *Artisans of Glory. Writers and Historical Thought in Seventeenth-Century France*, Chapel Hill (N. C.), University of Carolina Press.

Rapin, René (2013 [1657]), *Instructions pour l'histoire*, texte établi et annoté par Béatrice Guion, in Gérard Ferreyrolles (éd.), *Traités sur l'histoire (1638—1677). La Mothe Le Vayer, Le Moyne, Saint-Réal, Rapin*, Paris, Honoré Champion, p.580-676.

– (1709), « Réflexions sur la philosophie », in *Les Œuvres du P. Rapin qui contiennent les réflexions sur l'éloquence, la poétique, l'histoire et la philosophie, avec le jugement... des auteurs...*, t. II, Amsterdam, Pierre Mortier.

Recueil hebdomadaire de jurisprudence (1936), Paris, Jurisprudence générale Dalloz.

Remaud, Olivier (2008), « Petite philosophie de l'accélération de l'Histoire », *Esprit*, n°spécial 6: « Le monde à l'ère de la vitesse », p.135-152.

Rescher, Nicholas (1973), « The ontology of the possible », in Milton K. Munitz (éd.), *Logic and Ontology*, New York, New York University Press, « Studies in contemporary philosophy ».

– (2003), *Imagining Irreality. A Study of Unreal Possibilities*, Chicago, Open Court.

Revaz, Françoise (2009), *Introduction à la narratologie. Action et narration*, Louvain-la-Neuve, De Boeck-Duculot.

Rheingold, Howard (1995 [1991]), *Les Communautés virtuelles. Autoroutes de l'information, pour le meilleur et pour le pire [The Virtual Community]*, traduit de l'anglais par Lionel Lumbroso, Paris, Addison-Weslay France.

Rhodes, Gary D. et Springer, John Parris (éd.) (2006), *Docufictions: Essays on the Intersection of Documentary and Fictional Filmmaking*, Jefferson (N. C.), McFarland & Co.

Ricardou, Jean (1971), *Pour une théorie du nouveau roman*, Paris, Seuil.

Rich, Frank K. (2006), *The Greatest Story Ever Sold. The Decline and Fall of Truth from 9/11 to Katrina*, New York, The Penguin Press.

Ricœur, Paul (1955), *Histoire et Vérité*, Paris, Seuil, « Esprit. La condition humaine ».

［利科：《历史与真理》，姜志辉译，上海译文出版社，2004 年。］

– (1969), *Le Conflit des interprétations. Essais d'herméneutique*, Paris, Seuil, « L'Ordre philosophique ».

［利科：《解释的冲突》，莫伟民译，商务印书馆，2017 年。］

– (1975), *La Métaphore vive*, Paris, Seuil, « L'Ordre philosophique ».

［利科：《活的隐喻》，汪堂家译，上海译文出版社，2004 年。］

– (1980), *La Fonction narrative*, Paris, ISEO-ICP.

– (1983), *Temps et Récit*, t. I, Paris, Seuil, « L'Ordre philosophique ».

［利科：《情节与历史叙事》（《时间与叙事》卷一），崔伟锋译，上海人民出版社，2023 年。］

– (1984), *Temps et Récit*, t. II, Paris, Seuil, « L'Ordre philosophique ».

［利科：《虚构叙事中时间的塑形》（《时间与叙事》卷二），王文融译，商务印书馆，2018 年。］

– (1985), *Temps et Récit*, t. III, Paris, Seuil, « L'Ordre philosophique ».

– (1986), *Du texte à l'action, Essais d'herméneutique 2*, Paris, Seuil, « Esprit ».

［利科：《从文本到行动》，夏小燕译，华东师范大学出版社，2014 年。］

– (2000), *La Mémoire, l'histoire, l'oubli*, Paris, Seuil, « L'Ordre philosophique ».

［利科：《记忆，历史，遗忘》，李彦岑、陈颖译，华东师范大学出版社，2017 年。］

Rimé, Bernard (2005), *Le Partage social des émotions*, Paris, PUF, « Psychologie sociale ».

Robic-de Baecque, Sylvie (1999), *Le Salut par l'excès. Jean-Pierre Camus (1584—1652), la poétique d'un évêque romancier*, Paris, Honoré Champion, « Lumière classique ».

Robbe-Grillet, Alain (2012 [1963]), « Sur quelques notions périmées », in *Pour un nouveau roman*, Paris, Minuit, p.31-34.

［罗伯-格里耶:《关于某些过时的定义》，见《快照集 为了一种新小说》，余中先译，湖南美术出版社，2001 年，第 93—114 页。］

Rodinson, Maxime (1961), *Mahomet*, Paris, Le Club français du livre.

Rolston, David L. (1997), *Traditional Chinese Fiction and Fiction Commentary. Reading Between the Lines*, Stanford (Cal.), Stanford University Press.

Ronen, Ruth (1994), *Possible Worlds in Literary Theory*, Cambridge, Cambridge University Press.

Rooth, Anna Birgitta (1976), *The Importance of storytelling. A study based on field work in Northern Alaska*, Uppsala/Stockholm, Almqvist & Wiksell.

Rorty, Richard (1990 [1979]), *L'Homme spéculaire [Philosophy and the Mirror of Nature]*, traduit de l'anglais par Thierry Marchaisse, Paris, Seuil, « L'Ordre philosophique ».

［罗蒂:《哲学和自然之镜》，李幼蒸译，商务印书馆，2003 年。］

– (1994 [1991]), *Objectivisme, relativisme et vérité [Objectivity, Relativism and Truth: Philosophical Papers I]*, traduit de l'anglais par Jean-Pierre Cometti, Paris, PUF, « L'Interrogation philosophique ».

Rösler, Wolfgang (1980), « Die Entdeckung der Fiktionalität in der Antike », *Poetica*, n°12, p.283-319.

Rousseau, Jean-Jacques (1995 [1758]), *Lettre à D'Alembert sur les spectacles*, in *Œuvres complètes*, t. V: *Écrits sur la musique, la langue et le théâtre*, édition publiée sous la direction de Bernard Gagnebin et Marcel Raymond, avec la collaboration de Samuel Baud-Bovy, Xavier Bouvier *et al.*, Paris, Gallimard, « Bibliothèque de la Pléiade ».

［卢梭:《卢梭论戏剧》（外一种），王子野译，生活·读书·新知三联书店，2007 年。］

Roussel, François-Gabriel et Jeliazkova-Roussel, Madeleine (2012 [2009]), *Dans le labyrinthe des réalités. La Réalité du réel, au temps du virtuel*, Paris, L'Harmattan, « L'Ouverture philosophique ».

Roussin, Philippe (2005), « Rhétorique de la métalepse, états de cause, typologie, récit », in John Pier et Jean-Marie Schaeffer (dir.), *Métalepses. Entorses au pacte de la représentation*, Paris, École des hautes études en sciences sociales, « Recherches d'histoire et de sciences sociales », p.37-58.

– (2011), « Qu'est-ce qu'un personnage ? », exposé introductif au séminaire du CRAL (CNRS/EHESS): « Narratologies contemporaines. Personnages, sujets, acteurs, avatars, êtres: qui habite le récit ? », 15 novembre 2011, Paris, École des hautes études en sciences sociales.

Routley, Richard (1979), « The semantic structure of fictional discourse », *Poetics*, vol. 8, n°1-2: « Formal semantics and literary theory », édition John Woods et Thomas Pavel, p.3-30.

Ryan, Marie-Laure (1991), *Possible Worlds, Artificial Intelligence, and Narrative Theory*, Bloomington (Ind.), Indianapolis (Ind.), Indiana University Press.

– (1994), « Immersion vs. Interactivity: virtual reality and literary theory », *Postmodern culture*, vol. 5, n°1, p.447-457.

– (2000), « Frontière de la fiction: digitale ou analogique ? », in René Audet et Alexandre Gefen (éd.), *Frontières de la fiction*, p.17-41, colloque en ligne, URL: http://www.fabula.org/colloques/frontieres/Ryan.pdf.

– (2001), *Narrative as Virtual Reality Immersion and Interactivity in Literature and Electronic Media*, Baltimore, The Johns Hopkins University Press, « Parallax ».

– (2004), « Metaleptic machines », *Semiotica*, vol. 2004, n°150.1, p.349-469. Disponible en ligne.

– (2005a), « Possible-worlds theory », in David Herman, Manfred Jahn et Marie-Laure Ryan (éd.), *Routledge Encyclopedia of Narrative Theory*, New York, Routledge, p.446-450.

– (2005b), « Logique culturelle de la métalepse, ou la métalepse dans tous ses états », in John Pier et Jean-Marie Schaeffer (dir.), *Métalepses. Entorses au pacte de la représentation*, Paris, École des hautes études en sciences sociales, « Recherches d'histoire et de sciences sociales », p.201-224.

– (2006), *Avatars of Story*, Minneapolis, University of Minnesota Press, « Electronic Mediations ».

［瑞安：《故事的变身》，张新军译，译林出版社，2014 年。］

– (2010a), « Cosmologie du récit. Des mondes possibles aux univers parallèles », in Françoise Lavocat (éd.), *La Théorie littéraire des mondes possibles*, Paris, CNRS Éditions, p.53-81.

– (2010b), « Paradoxes temporels dans le récit », *A contrario*, vol. 1, n°13, p.19-36.

Rymaszewski, Michael *et al.* (2007 [2006]), *Second Life. Le guide officiel*, Paris, Pearson.

Saint-Gelais, Richard (2000), « La fiction à travers l'intertexte: pour une théorie de la transfictionnalité », in René Audet et Alexandre Gefen (éd.), *Frontières de la fiction*, p.43-76, colloque en ligne, URL: http://www.fabula.org/colloques/frontieres/224. php [consulté le 5 janvier 2014].

– (2005), « Les théories autochtones de la fiction », Atelier Fabula. Disponible en ligne, URL: http://www.fabula.org/atelier.php?Les_th%26eacute%3Bories_ autochtones_de_la_fiction [dernière mise à jour: 23 mars 2006, consulté le 15 juin 2014].

– (2007), « Madame Bovary comblée ? Du personnage en situation transfictionnelle », in Françoise Lavocat, Claude Murcia et Régis Salado (éd.), *La Fabrique du personnage*, Paris, Champion, p.269-286.

– (2011), *Fictions transfuges. La transfictionnalité et ses enjeux*, Paris, Seuil, « Poétique ».

Salmon, Christian (1999), *Tombeau de la fiction*, Paris, Denoël.

– (2008 [2007]), *Storytelling. La machine à fabriquer des histoires et à formater les esprits*, postface inédite de l'auteur, Paris, La Découverte.

Samoyault, Tiphaine (2004), *La Montre cassée*, Lagrasse, Verdier, « Chaoïd ».

Sapir, Jacques, Stora, Frank et Mahé, Loïc (dir.) (2010), *1940: et si la France avait continué la guerre… Essai d'alternative historique*, Paris, Tallandier.

Sapiro, Gisèle (2011), *La Responsabilité de l'écrivain. Littérature, droit et morale en France (xixe-xxie siècle)*, Paris, Seuil.

Sartre, Jean-Paul (1964 [1948]), *Qu'est-ce que la littérature ?*, Paris, Gallimard.
［萨特：《什么是文学》，施康强译，人民文学出版社，2018 年。］

Sauerberg, Lars Ole (1991), *Fact into Fiction. Documentary Realism in the*

Contemporary Novel, Londres, Macmillan.

Saunders, Simon, Barrett, Jonathan, Kent, Adrian et Wallace, David (éd.) (2010), *Many Worlds ? Everett, Quantum Theory, and Reality*, Oxford, Oxford University Press.

Sauvageot, Anne (2003), *L'Épreuve des sens. De l'action sociale à la réalité virtuelle*, Paris, PUF.

Schaeffer, Jean-Marie (1994), « La religion de l'art: un paradigme philosophique de la modernité », *Revue germanique internationale*, n°2. Disponible en ligne, URL: http://rgi.revues.org/470 [mis en ligne le 26 septembre 2011, consulté le 25 août 2012].

– (1999), *Pourquoi la fiction ?*, Paris, Seuil, « Poétique ».

– (2005a), « *Mimèsis* et narration », communication orale du 1er février 2005, séminaire du CRAL (CNRS/EHESS): « Narratologies contemporaines », Paris, École des hautes études en sciences sociales.

– (2005b), « Métalepse et immersion fictionnelle », in John Pier et Jean-Marie Schaeffer (dir.), *Métalepses. Entorses au pacte de la représentation*, Paris, École des hautes études en sciences sociales, « Recherches d'histoire et de sciences sociales », p.323-334.

– (2005c), « Quelles vérités pour quelles fictions ? », *L'Homme. Revue française d'anthropologie*, n°175-176: « Vérités de la fiction », p.19-36.

– (2007), *La Fin de l'exception humaine*, Paris, Gallimard, « NRF Essais ».

– (2012), « L'esthétique d'Ingarden aujourd'hui: une mise en perspective », in Jean-Marie Schaeffer et Christophe Potocki (dir.), *Roman Ingarden. Ontologie, esthétique, fiction*, Paris, Éditions des Archives contemporaines, p.83-93.

– (2013), « Fictional vs. factual narration », Document 3, in Peter Hühn *et al.* (éd.), *The Living Handbook of Narratology*, Hambourg, Hamburg University Press. Disponible en ligne, URL: http://hup.sub.uni-hamburg.de/lhn/index.php/Fictional_ vs._Factual_Narration [dernière modification le 8 mars 2013, consulté le 7 juin 2013].

Schlesinger, George N. (1984), « Possible worlds and the mistery of existence », *Ratio*, vol. 26, n°1, p.1-17.

Schlickers, Sabine (2005), « Inversions, transgressions, paradoxes et bizarreries. La métalepse dans les littératures espagnole et française », in John Pier et Jean-Marie Schaeffer (dir.), *Métalepses. Entorses au pacte de la représentation*, Paris, École des hautes études en sciences sociales, « Recherches d'histoire et de sciences sociales », p.151-166.

Schneider, Steven (2009), « The paradox of fiction », *Internet Encyclopedia of Philosophy*. Disponible en ligne, URL: http://www.iep.utm.edu/fict-par/ [consulté le 15 mars 2013].

Schnider, Armin (2008), *The Confabulating Mind. How the Brain Creates Reality*, Oxford, Oxford University Press.

Schultheiss, Daniel, Bowman, Nicholas David et Schumann, Christina (2011), « "Me, myself and my avatar ?": cultural differences of character attachment and usage motivation in MMORPGs », 13th General Online Research, Düsseldorf, 14-16 mars 2011. Disponible en ligne, URL:http://www.gor.de/wp-content/uploads/2013/01/abstractband_gor11.pdf [consulté le 15 juillet 2013].

Scudéry, Georges (2004 [1641]), préface d'*Ibrahim*, in Camille Esmein (éd.), *Poétiques du roman. Scudéry, Huet, Du Plaisir et autres textes théoriques et critiques du xviie siècle sur le genre romanesque*, Paris, Champion, p.118-149.

Searle, John R. (1982 [1975]), « Le statut logique du discours de fiction » [« The logical status of fictional discourse »], in *Sens et expression. Études de théorie des actes de langage*, traduction et préface de Joëlle Proust, Paris, Minuit, p.101-119.
［塞尔：《虚构性语篇的逻辑状态》，见《表达与意义》，王加为、赵明珠译，商务印书馆，2017年。］

Seay, Chris et Garrett, Greg (2003), *The Gospel Reloaded. Exploring Spirituality and Faith in The Matrix*, Colorado Springs, Pinon Press.

Sécail, Claire (2009), « L'écriture télévisuelle au risque de la loi: la fiction criminelle », *Le Temps des médias*, 2009/2 (n°13), p.154-170.

Segal, Erwin M. (1995), « Narrative comprehension and the role of deictic shift theory », in Judith F. Duchan, Gail A. Bruder et Lynne E. Hewitt (éd.), *Deixis in Narrative. A Cognitive Science Perspective*, Hillsdale (N. Y.), Lawrence Erlbaum, p.3-17.

Selmeci-Castioni, Barbara (2009), *La Tentation littéraire. Littérature et sainteté en France au xviie siècle*, thèse de doctorat sous la direction de Jean-Pierre van Elslande, université de Neuchâtel, soutenue le 30 juin 2009, à paraître sous le titre: *Images saintes, écritures feintes. Littérature et sainteté en France au xviie siècle.*

Severi, Carlo (2007 [2004]), *Le Principe de la chimère. Une anthropologie de la mémoire [Il Percorso e la Voce. Una antropologia della memoria]*, Paris, Éditions de la rue d'Ulm, Musée du quai Branly, « Asthetica ».

Shapiro, Barbara J. (1983), *Probability and Certainty in Seventeenth-Century England. A Study of the Relationships between Natural Science, Religion, History, Law, and Literature*, Princeton (N. J.), Princeton University Press.

– (1991), *« Beyond Reasonable Doubt » and « Probable Cause ». Historical Perspectives on the Anglo-American Law of Evidence*, Berkeley, University of California Press.

– (2000), *A Culture of Fact. England, 1550—1720*, Ithaca, Londres, Cornell University Press.

Sharon, Tanya et Woolley, Jacqueline D. (2004), « Do monsters dream ? Young children's understanding of the fantasy/reality distinction », *British Journal of Developmental Psychology*, vol. 22, n°2, p.293-310.

Shawli, Ashraf (2012), « Le rôle de la dichotomie pseudonyme/avatar dans la construction identico-communicative: cas des sites saoudiens du Tchat », *¿Interrogations ?*, décembre. Disponible en ligne, URL: http://www.revue-interrogations.org/Le-role-de-la-dichotomie [consulté le 3 août 2013].

Shields, David (2010), *Reality Hunger. A Manifesto*, New York, Vintage Books.

Shirane, Haruo (éd.) (2008), *Envisioning The Tale of Genji*, New York, Columbia University Press.

Sidney, Philip (2002 [1595]), *An Apology for Poetry (or the Defence of Poesy)*, édition Geoffrey Shepherd revue par Robert W. Maslen, Manchester, Manchester University Press.

Simon, Agathe (2003), « Georges Bataille, le plaisir et l'impossible », *Revue d'histoire littéraire de la France*, vol. 103, n°1, Paris, PUF, p.181-186. Disponible en ligne.

Simons, Jon S., Henson, Richard N. A., Gilbert, Sam J. et Fletcher, Paul C. (2008),

« Separable forms of reality monitoring supported by anterior prefrontal cortex », *Journal of Cognitive Neuroscience*, vol. 20, n°3, p.447-457.

Skalin, Lars-Åke (2005), « Fact and fiction in the novel: a narratological approach », in *Fact and Fiction in Narrative. An Interdisciplinary Approach*, Örebro, University Library, p.53-83.

– (2008), « Telling a story: reflections on fictional and non fictional narratives », in Lars-Åke Skalin (éd.), *Narrativity, Fictionality, and Literariness. The Narrative Turn and the Study of Literary Fiction*, Örebro, Örebro University.

Skalin, Lars-Åke (éd.) (2005), *Fact and Fiction in Narrative. An Interdisciplinary Approach*, Örebro, University Library.

– (2008), *Narrativity, Fictionality, and Literariness. The Narrative Turn and the Study of Literary Fiction*, Örebro, Örebro University.

Skolnick, Deena et Bloom, Paul (2006), « What does Batman think about SpongeBob ? Children's understanding of the fantasy/fantasy distinction », *Cognition*, vol. 101, n°1, Amsterdam, Elsevier, B9-B18. Disponible en ligne.

Sogabe, Masahiro (2009), « La garantie constitutionnelle de la liberté d'expression au Japon: une comparaison avec le droit français », *Revue du droit public et de la science politique en France et à l'étranger*, vol. 125, n°2, p.375-395.

Sollers, Philippe (1971), « *R. B* », *Tel Quel*, n°47, p.19-26.

– (2006), *Logique de la fiction* (1968), in *Logique de la fiction et autres textes*, préface de Philippe Forrest, Nantes, C. Defaut, p.15-53.

Sorel, Charles (1671), *De la connaissance des bons livres ou examen de plusieurs autheurs*, Paris, André Pralard.

Souriau, Étienne (2009 [1943]), *Les Différents Modes d'existence; suivi de Du mode d'existence de l'œuvre à faire*, présentation Isabelle Stengers et Bruno Latour, Paris, PUF, « MétaphysiqueS ».

Sperduti, Marco, Arcangeli, Margherita, Makowski, Dominique, Wantzen, Prany, Zalla, Tiziana, Lemaire, Stéphane, Dokic, Jérômes, Pelletier, Jérôme, Piolino, Pascale (2016), « The paradox of fiction; Emotional response toward fiction and the modulatory role of self-relevance », *Acta Pyschologia*, 165: 53-59.

Sperber, Dan (1996), *La Contagion des idées. Théorie naturaliste de la culture*, Paris,

Odile Jacob.

Stendhal (1993 [1854]), *Racine et Shakspeare [sic]. Études sur le romantisme*, Paris, L'Harmattan, « Les Introuvables ».

［司汤达:《拉辛与莎士比亚》，王道乾译，人民文学出版社，2006年。］

Sternberg, Meir (1985), *The Poetics of Biblical Narrative. Ideological Literature and the Drama of Reading*, Bloomington (Ind.), Indiana University Press.

Stone, Dan (1997), « Paul Ricœur, Hayden White, and Holocaust historiography », in Jörn Stückrath et Jürg Zbinden (éd.), *Metageschichte. Hayden White und Paul Ricoeur. Dargestellte Wirklichkeit in der europäischen Kultur im Kontext von Husserl, Weber, Auerbach und Gombrich*, Baden-Baden, Nomos Verlagsgesellschaft, p.254-274.

– (2003), *Constructing the Holocaust. A Study in Historiography*, Londres, Portland (Or.), Vallentine Mitchell.

Stone, Dan (éd.) (2001), *Theoretical Interpretations of the Holocaust*, Amsterdam, Atlanta (GA), Rodopi.

Stratton, Jon (2006), « "So tonight I'm gonna party like it's 1999": looking forward to *The Matrix* », in Myriam Diocaretz et Stefan Herbrechter (dir.), *The Matrix in Theory*, Amsterdam, New York, Rodopi, « Critical studies », p.27-52.

Struve, Daniel (2009), « Kaimami, bungaku no jôtô hensô » (Vision dérobée: un lieu commun et ses variations), in Katsumi Fujiwara et Terada Sumie (éd.), *Genji monogatari no tômeisa to futômeisa* (Opacité et transparence dans le *Roman du Genji*), Tokyo, Seikansha, p.9-24.

– (2010), « La fiction dans la littérature du Japon classique », in Françoise Lavocat et Anne Duprat (dir.), *Fiction et cultures*, Paris, Nîmes, Lucie éditions, « Poétiques comparatives », p.165-175.

Stückrath, Jörn et Zbinden, Jürg (éd.) (1997), *Metageschichte. Hayden White und Paul Ricœur. Dargestellte Wirklichkeit in der europäischen Kultur im Kontext von Husserl, Weber, Auerbach und Gombrich*, Baden-Baden, Nomos Verlagsgesellschaft.

Stueber, Karsten R. (2011), « Imagination, empathy, and moral deliberation: the case of imaginative resistance », *The Southern Journal of Philosophy*, vol. 49, supplément 1, p.156-180.

Suler, John R. et Phillips, Wende L. (1998), « The bad boys of cyberspace. Deviant behavior in multimedia chat communities », *CyberPsychology and Behaviour*, n°1, p.275-294.

Surgers, Anne (2012), *L'Automne de l'imagination. Splendeurs et misères de la représentation, xvie-xxie siècle*, Berne, Peter Lang, « Liminaires, passages interculturels ».

Sutanto, Juliana, Phang, Chee-Wei, Tan, Chuan Hoo et Lu, Xianghua (2011), « Dr Jekyll vis-à-vis Mr Hyde: personality variation between virtual and real worlds », *Journal Information and Management*, vol. 48, n°1, Amsterdam, Elsevier Science Publishers B. V., p.19-26. Disponible en ligne.

Tanguy, Guillaume (2007), « Hawthorne et ses métalepses », *Transatlantica*, 1/2007. Disponible en ligne, URL: http://transatlantica.revues.org/1601 [mis en ligne le 3 août 2007, consulté le 31 décembre 2013].

Taylor, Richard (1991), « Ideology as mass entertainment: Boris Shumyatsky and Soviet Cinema in the 1930s' », in Richard Taylor, Ian Christie (éd.), *Inside the Film Factory. New Approaches to Russian and Soviet Cinema*, Londres, Routledge.

Testart, Alain (1991), *Des mythes et des croyances. Esquisse d'une théorie générale*, Paris, Éditions de la Maison des sciences de l'homme.

Thirouin, Laurent (1997), *L'Aveuglement salutaire. Réquisitoire contre le théâtre dans la France classique*, Paris, Champion, « Lumière classique ».

Thoss, Jeff (2011), « Unnatural narrative and metalepsis: Grant Morrison's *Animal Man* », in Jan Alber et Rüdiger Heinze (éd.), *Unnatural Narratives – Unnatural Narratology*, Berlin, De Gruyter, « Linguae & Litterae », p.189-209.

Tisseron, Serge (2001), *L'Intimité surexposée*, Paris, Ramsay.

Todorov, Tzvetan (2006), *La Littérature en péril*, Paris, Flammarion, « Café Voltaire ».
［托多罗夫:《濒危的文学》，栾栋译，华东师范大学出版社，2016 年。］

Tomachevski, Boris Viktorovitch (1966 [1925]), « Le héros », in Tzvetan Todorov, *Théorie de la littérature. Textes des formalistes russes*, réunis, présentés et traduits par Tzetan Todorov, préface de Roman Jakobson, Paris, Seuil, p.293-298.
［托马舍夫斯基:《主人公》，见托多罗夫编选《俄苏形式主义文论选》，蔡鸿滨译，中国社会科学出版社，1989 年，第 261—265 页。］

Tontoli, Gabriele (1648), *Il Mas'aniello, overo Discorsi Narrativi. La Sollevatione di Napoli*, Naples, Roberto Mollo.

Traill, Nancy (1995), *Possible Worlds of the Fantastic. The Rise of the Paranormal in Fiction*, Toronto, University of Toronto Press.

Tsuiki, Kosuke (1996), « Entre rêve et réel, la tuché dans le rêve "Père ne vois-tu… ?" », *La Cause freudienne*, vol. 10, n°34: « L'apparole et autres blablas », p.53-58.

Turk, Tisha (2011), « Metalepsis in Fan Vids and Fan Fiction », in Karin Kukkonen et Sonja Klimek (éd.), *Metalepsis in Popular Culture*, New York, De Gruyter, « Narratologia », p.83-102.

Turner, Martha S., Simons, Jon S., Gilbert, Sam J., Frith, Chris D. et Burgess, Paul W. (2008), « Distinct roles for lateral and medial rostral prefrontal cortex in source monitoring of perceived and imagined events », *Neuropsychologia*, vol. 46, n°5, p.1442-1453.

Uomini, Steve (1998a), *Cultures historiques dans la France du xviie siècle*, Paris, L'Harmattan.

– (1998b), « Clio chez Calliope: éléments doctrinaux et critiques de l'historiographie romanesque française du premier xviie siècle », *Dix-Septième Siècle*, n°201/4, p.669-681.

Vaihinger, Hans (2008 [1911]), *La Philosophie du comme si [Die Philosophie des Als Ob]*, traduit de l'allemand par Christophe Bouriau, Paris, Kimé.

Valéry, Paul (1941), *Tel Quel*, 4e édition, Paris, Gallimard.

Valincour, Jean Baptiste Henri Du Trousset de (1972 [1678]), *Lettres à Madame la Marquise de*** sur le sujet de « La Princesse de Clèves »*, Tours, Éditions de l'université François-Rabelais.

Valtat, Jean-Christophe (2000), « "Prière pour la libération du chemin périlleux de l'état intermédiaire". L'entre-deux-morts politique: dans *Vineland* et *Le Post-exotisme en dix leçons, leçon onze* », in Juliette Vion-Dury (dir.), *Entre-deux-morts*, Limoges, Presses universitaires de Limoges, p.217-233.

Van der Linden, Martial (2003), « Une approche cognitive du fonctionnement de la mémoire épisodique et de la mémoire autobiographique », *Cliniques méditerranéennes*, vol. 1, n°67: « La mémoire entre psychanalyse et neurosciences », Toulouse, Érès, p.53-

66.

Van Dijk, Teun A. (1976), « Pragmatics and poetics », in Teun A. Van Dijk (éd.), *Pragmatic of Langage and Literature*, Amsterdam, North Holland, p.23-57.

Van Inwagen, Peter (1980), « Indexicality and actuality », *The Philosophical Review*, vol. 89, n°3, Duke University Press, p.403-426.

– (1983), « Fiction and metaphysics », *Philosophy and Literature*, vol. 7, n°1, p.67-77.

Varzi, Achille C. (2010 [2005]), *Ontologie [Ontologia]*, traduit de l'italien par Jean-Maurice Monnoyer, Paris, Ithaque, « Science & métaphysique ».

Veg, Sebastian (2010), « La fiction retrouvée: questions sur la genèse de la littérature chinoise moderne », in Françoise Lavocat et Anne Duprat (dir.), *Fiction et cultures*, Paris, Nîmes, Lucie éditions, « Poétiques comparatistes », p.149-164.

Vermeule, Blakey (2010), *Why Do We Care about Literary Characters ?*, Baltimore (Md.), The Johns Hopkins University Press.

Vernet, Marc (1980), « La transaction filmique », in Raymond Bellour (dir.), *Le Cinéma américain. Analyses de films*, t. II, Paris, Flammarion, p.123-143.

Veyne, Paul (1971), *Comment on écrit l'histoire, essai d'épistémologie*, Paris, Seuil, « L'Univers historique ».

– (1978), *Comment on écrit l'histoire, (augmenté de) Foucault révolutionne l'histoire*, Paris, Seuil, « L'Univers historique ».

［韦纳：《人如何书写理论》，韩一宇译，华东师范大学出版社，2018 年。］

– (1983), *Les Grecs ont-ils cru à leurs mythes ? Essai sur l'imagination constituante*, Paris, Seuil, « Des travaux ».

［韦纳：《古希腊人是否相信它们的神话：论构建的想象》，张垃译，华东师范大学出版社，2014 年。］

– (2008), *Foucault, sa pensée, sa personne*, Paris, Albin Michel.

［韦纳：《福柯：其思其人》，赵文译，河南大学出版社，2018 年。］

Viart, Dominique (2009), « Nous sommes rassasiés de modèles romanesques », propos recueillis par F. Roussel, *Libération*, 4 mars 2009. Disponible en ligne.

Vidal-Rosset, Joseph (2004), *Qu'est-ce qu'un paradoxe ?*, Paris, Vrin, « Chemins philosophiques ».

Virilio, Paul (1988), *La Machine de vision*, Paris, Galilée, « L'Espace critique ».

［维利里奥:《视觉机器》，张新木、魏舒译，南京大学出版社，2014 年。］

Vouilloux, Bernard, Gefen, Alexandre (a cura di) 2013, *Empathie et esthétique*, Paris, Éd. Hermann.

Voorhoof, Dirk (2000 [1997]), « Blasphème: des perspectives différentes ? » [« De vrijheid van kunstexpressie en blasfemie. Het Europees Hof in een dubieuze rol », Samenleving en Politiek], *Espace de libertés. Magazine du Centre d'action laïque*, série document, n°5.

Waal, Frans de (2010 [2009]), *L'Âge de l'empathie. Leçons de la nature pour une société solidaire [The Age of Empathy. Nature's Lessons for a Kinder Society]*, traduit de l'américain par Marie-France de Palomera, Paris, Les Liens qui libèrent.

［德瓦尔:《共情时代》，刘旸译，湖南科学技术出版社，2014 年。］

Wagner, Frank (2002), « Glissements et déphasages (note sur la métalepse narrative) », *Poétique*, n°130, Paris, Seuil, p.235-253.

Wagon, Gwenola (2007), *Utopie d'un cinéma interactif. Accessibilité des images en mouvement*, thèse de doctorat sous la direction de Jean-Louis Boissier, soutenue en 2006 à l'université Saint-Denis, Paris 8. Disponible en ligne, URL: http://www. sudoc.fr/119091445 [consulté le 5 janvier 2014].

Wahlen, Barbara (2010), *L'Écriture à rebours. Le Roman de Meliadus du xiiie au xviiie siècle*, Genève, Droz.

Walther, Bo Kampmann (2003), « La représentation de l'espace dans les jeux vidéo: généalogie, classification et réflexions », in Mélanie Roustan (dir.), *La Pratique du jeu vidéo: réalité ou virtualité ?*, Paris, Budapest, Turin, L'Harmattan, p.205-218.

Walton, Kendall L. (1990), *Mimesis as Make-Believe is Important Reading for Everyone Interested in the Workings of Representational Art*, Cambridge (Mass.), Harvard University Press.

［沃尔顿:《扮假作真的模仿：再现艺术基础》，赵新宇等译，商务印书馆，2013 年。］

Weil, Françoise (1986), *L'Interdiction du roman et la librairie, 1728—1750*, Paris, Aux amateurs de livres, « Mélanges de la bibliothèque de la Sorbonne ».

Weinberg, Bernard (1970 [1950]), *Critical Prefaces of the French Renaissance*, Evanston (Ill.), Northwestern University Press.

– (1961), *A History of Literary Criticism in the Italian Renaissance*, Chicago,

University of Chicago Press.

Westphal, Bertrand (2007), *La Géocritique. Réel, fiction, espace*, Paris, Minuit, « Paradoxe ».

– (2011), *Le Monde plausible. Espace, lieu, carte*, Paris, Minuit, « Paradoxe ».

Whang, Leo Sang-Min, Chang, Geunyoung (2004), « Lifestyles of virtual world residents: living in the on-line game "Lineage" », *CyberPsychology & Behavior*, vol. 7, n°5, p.592-600.

White, Hayden V. (1973), *Metahistory. The Historical Imagination in 19th-century Europe is a Historiography*, Baltimore, The Johns Hopkins University Press; introduction traduite de l'anglais par Laurent Ferri sous le titre « Poétiques de l'histoire » dans *Labyrinthe*, vol. 2, n°33: « "Patates chaudes": poétiques, savoirs, politique », 2009, p.21-65.

［怀特:《元史学》，陈新译，译林出版社，2004 年。］

– (1976), « The fiction of factual representation », in *The Literature of Fact. Selected Papers from the English Institute*, édition Angus Fletcher, New York, Columbia University Press, p.21-44.

– (1982), « The politics of historical interpretation: discipline and de-sublimation », *Critical Inquiry*, vol. 9, n°1: « The politics of interpretation », septembre, p.113-137.

– (1987), *The Content of the Form: Narrative Discourse and Historical Representation*, Baltimore (Md.), The Johns Hopkins University Press.

［怀特:《形式的内容：叙事话语与历史再现》，董立河译，文津出版社，2005 年。］

– (1992), « Historical emplotment and the problem of the truth », in Saul Friedländer (éd.), *Probing the Limits of Representation: Nazism and the Final Solution*, Cambridge (Mass.), Harvard University Press, p.37-53.

– (1996), « Storytelling: historical and ideological », in Robert Newman (éd.), *Centuries 'Ends, Narrative Means*, Stanford, Stanford University Press, p.58-78.

– (2007), « Guilty of History. La longue durée de Paul Ricœur », *History and Theory*, vol. 2, n°46, p.233-251.

– (2010), « Postmodernism and textual anxieties » (1999), in *The Fiction of Narrative. Essays on History, Literature and Theory, 1957—2007*, édition Robert Doran, Baltimore, The Johns Hopkins University Press, p.301-317.

Wiame, Aline (2011), « Des personnages en quête d'un moi: de l'usage des schèmes théâtraux dans la représentation du sujet », in Thierry Lenain et Aline Wiame (éd.) (2011), *Personne, personnage*, Paris, Vrin, « Annales de l'Institut de philosophie de l'université de Bruxelles », p.191-212.

Wieviorka, Annette (2010), « Faux témoignage », *L'Histoire*, n°349, p.30-31.

Williams, Bernard (2006 [2002]), *Vérité et véracité. Essai de généalogie [Truth & Truthfulness. An Essay in Genealogy]*, traduit de l'anglais par Jean Lelaidier, Paris, Gallimard, « NRF Essais ».

［威廉斯:《真理与真诚》, 徐向东译, 上海译文出版社, 2013 年。］

Wittern-Keller, Laura, Haberski, Raymond Jr (2008), *The Miracle Case. Film Censorship and The Supreme Court*, Lawrence (Kan.), University Press of Kansas, « Landmark law cases & American society ».

Wittgenstein, Ludwig (2005 [1953]), *Recherches philosophiques [Philosophische Untersuchungen]*, traduit de l'allemand par Françoise Dastur, Maurice Élie, Jean-Luc Gautero *et al.*, avant-propos et appareil critique d'Élisabeth Rigal, Paris, Gallimard.

［维特根斯坦:《哲学研究》, 陈嘉映译, 上海人民出版社, 2005 年。］

Wood, Marcus (2002), *Slavery, Empathy, and Pornography*, Oxford, New York, Oxford University Press.

Wolf, Werner (1993), *Ästhetische Illusion und Illusionsdurchbrechung in der Erzählkunst. Theorie und Geschichte mit Schwerpunkt auf englischem illusionsstörendem Erzählen*, Tübingen, Niemeyer.

Wolf, Werner (éd.) (2009), *Metareference across Media. Theory and Case Studies*, Amsterdam, Rodopi, « Studies in intermediality ».

Wolfendale, Jessica (2007), « My avatar, my self: virtual harm and attachment », *Ethics and Information Technology*, vol. 9, n°2, p.111-119. Disponible en ligne.

Woods, John (1974), *The Logic of Fiction. A Philosophical Sounding of Deviant Logic*, La Haye, Mouton.

Wright, Georg Henrik von (1963), *Norm and Action. A Logical Enquiry*, Londres, New York, Routledge and Kegan Paul, Humanities Press.

Yee, Nick (2007), « Gameworkers. Une exploration de la frontière entre le travail et le jeu », in Franck Beau (dir.), *Culture d'univers. Jeux en réseau, mondes virtuels, le nouvel âge de la société numérique*, Limoges, Éditions FYP, p.254-258.

Zavarzadeh, Mas'ud (1976), *The Mythopoeic Reality. The Postwar American Nonfiction Novel*, Urbana, Chicago, Londres, University of Illinois Press.

Zeami, Motokiyo (1984 [1400－1408]), *On the Art of the Nō Drama: The Major Treatises of Zeami [* 風姿花伝 *, Fūshi kaden]*, édition Masakazu Yamazaki, traduit du japonais par J. Thomas Rimer, Princeton (N. J.), Princeton University Press, « Library of Asian translations ».

Zeitlin, Judith T. (2006), « Xiaoshuo », in Franco Moretti (éd.), *The Novel, vol. 1: History, Geography, and Culture*, Princeton (N. J.), Princeton University Press, p.249-261.

Zemp, Hugo (1966), « La légende des griots Malinké », *Cahiers d'études africaines*, vol. 6, n°24, p.611-642.

Zhang, Longxi (2005), *Allegoresis. Reading Canonical Literature East and West*, Ithaca (N. Y.), Cornell University Press.

Zillmann, Dolf (1991), « Empathy: affect from bearing witness to the emotions of others », in Jennings Bryant et Dolf Zillmann, *Responding To the Screen: Reception and Reaction Processes*, Hillsdale (N. J.), Lawrence Erlbaum Associates, p.135-168.

– (1995), « Mechanisms of emotional involvement with drama », *Poetics*, vol. 23, n°1-2, p.33-51.

– (2006), « Empathy: affective reactivity to others'emotional experiences », in Jennings Bryant et Peter Vorderer (éd.), *Psychology of Entertainment*, Mahwah (N. J.), Lauwrence Erlbaum Associates, p.151-181.

Zillmann, Dolf et Cantor, Joanne R. (1977), « Affective responses to the emotions of a protagonist », *Journal of Experimental Social Psychology*, vol. 13, n°2, p.155-165.

Zipfel, Frank (2001), *Fiktion, Fiktivität, Fiktionalität: Analysen zur Fiktion in der Literatur und zum Fiktionsbegriff in der Literaturwissenschaft*, Berlin, Erich Schmidt Verlag.

Žižek, Slavoj (2007 [2002]), *Bienvenue dans le désert du réel [Welcome to the Desert of the Real: Fives Essays on September Eleven and Related Dates]*, traduit par François Théron, Paris, Flammarion, « Champs », 2007.

［齐泽克:《欢迎来到实在界这个大荒漠》, 季广茂译, 译林出版社, 2012 年。］

Zunshine, Lisa (2006), *Why We Read Fiction. Theory of Mind and the Novel*, Columbus, The Ohio State University Press.

Zunshine, Lisa (éd.) (2010), *Introduction to Cognitive Cultural Studies*, Baltimore, Johns Hopkins University Press.

人名译名对照表

Aarseth, Espen J. 阿尔赛斯

Abdel Rahman 阿卜杜勒·拉赫曼

Abraham, Anne 亚伯拉罕

Abu Hamid al-Ghazali 安萨里

Achery, Luc de 达希里神父

Achternbusch, Herbert 阿赫特恩布施

Adams, Ernest 恩斯特·亚当斯

Adams, Robert M. 罗伯特·M. 亚当斯

Adorno, Theodor W. 阿多诺

Akkad, Moustapha 阿卡德

Allen, Woody 伍迪·艾伦

Allioux, Jean-Marie 阿利乌

Allouche, Sylvie 阿鲁什

Alluis, Jacques 阿吕斯

Amyot, Jacques 阿米欧

Anderson, Poul 安德森

Andrews, Guy 盖·安德鲁斯

Aneau, Barthélemy 巴特雷米·阿诺

Angot, Christine 安戈

Ankersmit, Franklin R. 安克施密特

Antonello da Messina 安托内洛

Apulée 阿普列乌斯

Aquino, John T. 阿基诺

Aragon, Louis 阿拉贡

Arioste, Federico Ariosto, dit L' 阿里奥斯托

Aristote 亚里士多德

Arita, Hachirō 有田八郎

Aron, Raymond 雷蒙·阿隆

Arzoumanov, Anna 阿尔祖马诺夫

Ashline, William L. 阿什林

Assarino, Luca 阿萨里诺

Astaire, Fred 弗雷德·阿斯泰尔

Aubignac, François Hédelin, abbé de 奥比尼亚克神父

Augustin (saint) 圣奥古斯丁

Austen, Jane 奥斯丁

Auster Paul 保罗·奥斯特

Austin John L. 奥斯汀

Austin Michael 迈克·奥斯汀

Altaïr 阿泰尔

Avellaneda, Alonso Fernández de 阿维亚乃达

Avery, Tex 艾弗里

Azuma, Hiroki 东浩纪

Badiou, Alain 巴迪欧

Bahng, Aimee 庞

Bainbridge, William Sims 本布里奇

Chaplin, Charlie 卓别林

Charles Quint 卡洛斯一世

Chatiliez, Étienne 夏蒂利埃

Chaudier, Christophe 肖迪耶

Chavdia, Christophe 夏弗迪亚

Chazal, Gérard 夏扎尔

Chehhar, Mohammed 谢哈尔

Chemin, Henri 亨利·什曼

Chevrolet, Teresa 雪弗洛莱

Chrétien de Troyes 克雷蒂安·德·特鲁瓦

Christie, Agatha 阿加莎·克里斯蒂

Christie, Marc 克里斯蒂

Christin, Pierre 克里斯汀

Cicéron 西塞罗

Citton, Yves 锡东

Cixous, Hélène 西苏

Clairon 克莱龙小姐

Clément, Jean Marie Bernard 克莱芒

Cléro, Jean-Pierre 克莱罗

Coady, C. A. J. 科迪

Codro Urceo, Antonio 乌尔齐奥

Coe, Jonathan 乔纳森·科

Cohen, Jonathan 乔纳森·科恩

Cohn, Dorrit 科恩

Coleridge, Samuel 柯勒律治

Colie, Rosalie L. 科利

Colletet, Guillaume 科勒泰

Compagnon, Antoine 孔帕尼翁

Conrart, Valentin 孔拉尔

Cooper, Chris 克里斯·库珀

Corneille, Pierre 高乃依

Cornelius, Kai 柯内留斯

Correard, Nicolas 柯拉尔

Cortázar, Julio 科塔萨尔

Courteline, Georges 库特林

Courtilz de Sandras, Gatien de 桑德拉斯

Cousin, Victor 维克托·库赞

Cranston, Edwin A. 克兰斯顿

Crépin, Thierry 克雷潘

Crick, Harold 哈罗德·克里克

Crittenden, Charles 克里滕登

Croce, Benedetto 克罗齐

Curran, Steve 库兰

Currie, Gregory 库瑞

Cusset, François 库塞

Cyrano de Bergerac 西哈诺·德·贝热拉克

Dandrey, Patrick 丹德烈

Dante Alighieri 但丁

Daros, Philippe 达洛斯

Darrieussecq, Marie 达里厄塞克

Darwin, Charles 达尔文

David, Larry 拉里·戴维

Davidson, Donald 戴维森

Dayto, Jonathan 乔纳森·戴顿

De Bary, Cécile 德·巴里

De Bazentin, Huart 于阿尔·德·巴臧丹

Declerck, Gunnar 德克勒克

De Falla, Manuel 曼努埃尔·德·法雅

Defoe, Daniel 笛福

Defonseca, Misha 米莎·德丰塞卡

Himmelfarb, Gertrude 希梅尔法布

Hitchcock, Alfred 希区柯克

Hofer, Roberta 霍夫

Hoffman, Dustin 达斯汀·霍夫曼

Hofmeyr, Jann-Hendrick S. 霍夫梅尔

Hofstadter, Douglas R. 侯世达

Hogan, Patrick Colm 霍根

Holbein, Hans 霍尔拜因

Holbein, Ambrosius 安布罗修斯·霍尔拜因

Holin, lin 霍林

Holt, Tom 霍特

Homère 荷马

Honko, Lauri 杭柯

Hottois, Gérard 奥图瓦

Houellebecq, Michel 维勒贝克

Houlden, Leslie 豪尔登

Huet, Pierre-Daniel 于埃

Husserl, Edmund 胡塞尔

Huston, Nancy 于斯顿

Hutcheon, Linda 哈琴

Ibn Ishaq 伊本·伊斯哈格

Ibn Sa'd, Muhammad 伊本·萨德

Ichino, Anna 伊基诺

Igarashi, Hitoshi 五十岚一

Igarashi, Yumiko 五十岚优美子

Imhof, Rüdiger 伊姆霍夫

Ingarden, Roman 英伽登

Irwin, William 欧文

Iser, Wolfgang 伊瑟尔

Iwamatsu, Masahiro 岩松正洋

Jackson, Bruce 杰克逊

Jacob, François 弗朗索瓦·雅各布

Jacobs, Arthur M. 雅各布斯

Jacquenod, Claudine 雅克诺

Jakobson, Roman 雅各布森

James, Henry 亨利·詹姆斯

Jason, John Arne Sæterøy, dit 杰森

Jauer, Annick 若埃

Jauffret, Régis 若弗雷

Jauss, Hans Robert 尧斯

Jaworski, Jean-Philippe 亚沃尔斯基

Jean, Raymond 雷蒙·让

Jeannelle, Jean-Louis 雅内尔

Jeannerod, Marc 詹诺德

Jeliazkova-Roussel, Madeleine 杰利亚兹科夫-鲁塞尔

Jenkins, Henry 亨利·詹金斯

Jenkins, Keith 基斯·詹金斯

Jenson, Klaus Bruhn 詹森

Jonard, Nobert 若纳尔

Jonza, Spike 斯派克·琼斯

Josaphat 若撒法·昆泽维奇

Jourde, Pierre 儒尔德

Jouve, Vincent 儒弗

Jullien, François 朱利安

Juul, Jesper 尤尔

Ka'b ibn al-Ashraf 凯布·伊本·艾什拉夫

Kafka, Franz 卡夫卡

Kansteiner, Wulf 坎斯坦纳

Kapustin, Gregory 卡普斯京

Nancy, Jean-Luc 南希

Nash, Christopher 纳什

Nef, Frédéric 内夫

Nell, Victor 尼尔

Nelles, William 内尔斯

Nelson, William 尼尔森

Nerval, Gérard de 奈瓦尔

Nervèze, Antoine 奈瓦兹

Newell, Mike 迈克·内威尔

Niccol, Andrew 安德鲁·尼科尔

Nickell, Eric 尼克尔

Nicolas de Cues 库萨的尼各老

Nietzsche, Friedrich 尼采

Nikolajeva, Maria 尼古拉杰娃

Nilsson, Anne Q 安娜·Q. 尼尔松

Nolan, Christopher 诺兰

Nowotny, Helga 诺沃特尼

Nünning, Ansgar 纽宁

Oatley, Keith 奥特利

O'Brien, Flann 弗兰·奥布莱恩

Ockham, Guillaume de 纪尧姆·德奥坎

Oh, Myung 吴明

Oléron, Anaïs 奥雷隆

Olsen, Jon-Arild 扬–阿里尔德·奥尔森

Olsen, Stein Haugom 斯坦因·豪根·奥尔森

O'Mink, Louis 明克

Origgi, Gloria 奥里吉

Orthofer, M. A. 奥瑟弗

Osawa, Masachi 大泽真幸

Oura, Yasusuke 大浦康介

Ovide 奥维德

Pachet, Pierre 帕谢

Paige, Nicolas 佩吉

Pandit, Lalita 潘迪特

Panizza, Oskar 帕尼扎

Papas, Irène 艾琳·帕帕斯

Paracelse 帕拉塞尔苏斯

Parsons, Terence 帕森斯

Pasquier, Étienne 帕斯基耶

Passeron, Jean-Claude 帕瑟伦

Patrizi, Francesco 帕特里齐

Patron, Sylvie 帕特隆

Pavel, Thomas 帕维尔

Paulin 阿奎莱亚的鲍里努斯

Pazzina, Oskar 帕尼扎

Pavel, Thomas 帕维尔

Peirce, Charles Sanders 皮尔斯

Pelletier, Jérôme 佩尔蒂埃

Pépin, Jean 佩潘

Peplau, Anne 佩普劳

Perec, Georges 佩雷克

Pérez Galdós, Benito 佩雷斯·加尔多斯

Périn, Jean 佩兰

Peyrebonne, Nathalie 佩尔博纳

Pfeffer, Aurélien 普费弗

Pfersmann, Otto 普费斯曼

Phillips, Wende L. 菲利普斯

Piaget, Jean 皮亚杰

Piccoli, Michel 米歇尔·皮科利

Pier, John 皮尔

Pierrat, Emmanuel 皮埃拉

Robbe-Grillet, Alain 罗伯-格里耶

Rodinson, Maxime 罗丁森

Rogers, Ginger 金格尔·罗杰斯

Rolston, David L. 陆大伟

Ronen, Ruth 罗南

Ronsard, Pierre de 龙沙

Roosevelt 罗斯福

Rooth, Anna Birgitta 鲁思

Rorty, Richard 罗蒂

Rosen, Robert 罗森

Rösler, Wolfgang 罗斯勒

Roth, Philip 罗斯

Rousseau, Jean-Jacques 卢梭

Rosselini, Roberto 罗塞里尼

Roussel, François-Gabriel 鲁塞尔

Roussin, Philippe 鲁森

Routley, Richard 劳特利

Roy, Pierre-Charles 鲁瓦

Royal, Ségolène 罗雅尔

Rubin, Zick 鲁宾

Russell, Bertrand 罗素

Ryan, Marie-Laure 瑞安

Sade, Donatien Alphonse François de 萨德

Saikaku, Ihara 井原西鹤

Saint-Gelais, Richard 圣热莱

Saint-Maur 圣莫鲁斯

Saint-Simon, Louis de Rouvroy de 圣西门

Sakaguchi, Hironobu 坂口博信

Salines, Antonio 萨利内斯

Salmân al-Farisi 赛尔曼·法利西

Salmon, Christian 萨尔蒙

Salviati, Leonardo 萨尔维亚蒂

Samoyault, Tiphaine 萨莫瓦约

San-Antonio 圣安东尼奥

Sanchez, Monica 桑切斯

Sandras, Courtilz de 桑德拉斯

Sapiro, Gisèle 萨皮罗

Saramogo, José de Sousa 萨拉马戈

Sarkozy, Nicolas 萨科齐

Sarrasin 萨拉辛

Sartre, Jean-Paul 萨特

Sauerberg, Lars Ole 索尔伯格

Sauvageot, Anne 索瓦乔

Saygin, Ayse 瑟金

Scaliger, Jules César 斯卡利杰

Schaeffer, Jean-Marie 舍费尔

Scheffel, Michael 谢费勒

Schlesinger, George N. 施莱辛格

Schlickers, Sabine 施利克尔

Schmitt, Charles B. 施密特

Schnider, Armin 施耐德

Schroeter, Werner 沃纳·施罗德

Scorsese, Martin 斯科塞斯

Scott, Ridley 斯科特

Scudéry, Mlle de 斯居代里小姐

Searle, John 塞尔

Sebald, W. G. 塞巴尔德

Sebond, Raymond 雷蒙·塞邦

Sécail, Claire 塞卡伊

Segal, Erwin M. 西格尔

Selmeci-Castioni, Barbara 谢尔迈齐-卡

Thomas, Richard 理查德·托马斯

Thomas d'Aquin 托马斯·阿奎那

Tichtener, Edward B. 铁钦纳

Tisseron, Serge 蒂斯隆

Todorov, Tzvetan 托多罗夫

Tolkien, J. R. R. 托尔金

Tolstoï, Léon 托尔斯泰

Tomachevski, Boris Viktorovitch 托马舍
    夫斯基

Traill, Nancy 特雷尔

Tricoire, Agnès 特里夸尔

Trowler, Paul R. 特罗勒尔

Tsuiki, Kosuke 立木康介

Tuel Laurent 洛朗·杜尔

Turk, Tisha 塔克

Turner, Martha S. 特纳

Turteltaub, Jon 乔·德特杜巴

Tyler, Royall 泰勒

Unamuno, Miguel de 乌纳穆诺

Urfé, Honoré de 于尔菲

Vaihinger, Hans 费英格

Valéry, Paul 瓦莱里

Valincour, Jean Baptiste Henri Du Trousset
    de 瓦林库尔

Valtat, Jean-Christophe 瓦尔塔

Van Beek, Erik 范比克

Van Dijk, Teun 冯·戴伊克

Van Gogh, Vincent 凡·高

van Inwagen, Peter 冯·因瓦根

Van Lunsen, Rik 范伦森

Varela, Francisco J. 瓦芮拉

Varillas, Antoine 瓦利亚

Varzi, Achille 瓦尔齐

Veg, Sébastien 魏简

Vermeule, Blakey 沃缪勒

Vernant, Jean-Pierre 韦尔南

Verne, Jules 凡尔纳

Vernet, Marc 凡尔奈

Veyne, Paul 韦纳

Viart, Dominique 维亚尔

Vico, Giambattista 维柯

Vidal-Naquet, Pierre 维达尔–纳凯

Vidal-Rosset, Joseph 维达尔–罗塞

Vignier, Nicolas 维尼耶

Villeneuve, J. C. 维尔纳夫

Vinterberg, Thomas 托马斯·温特伯格

Virgile 维吉尔

Virilio, Paul 维利里奥

Voltaire 伏尔泰

Von Cramon, D. Yves 冯·克拉蒙

Von Trier, Lars 拉斯·冯·提尔

Von Ward, Jeff 沃德

Vonnegut, Kurt 冯古内特

Voorhoof, Dirk 沃尔霍夫

Vorderer, Peter 沃德勒

Wachowski, Andy and Larry/Lana 沃卓斯
    基兄弟

Wael, Monique de 莫妮卡·德·韦尔

Wagner, Frank 瓦格纳

Wagon, Gwenola 瓦贡

Waley, Arthur 阿瑟·韦利

Wallace, Mark 华莱士